店招

漂流木
富华杰专卖店
辞旧迎新
欢度春节
送爱情兔
全场包邮
(特价、秒杀除外)
HAPPY NEW YEAR 2011
兔年吉祥
贺年
店铺首页 HOME
信用评价 FEEDBACK
给你颜色 COLOR
超值换购 REDEMPTION VALUE
千人秀 SHOW
收藏本店 BOOKMARK
售后服务 SERVICE
「时间之外 自由自

鲜果城堡疯抢店
鲜果LANUOS带您一起FLY......
首页
信用评价
热卖专区
送红包
会员及批发
购物必读
买家秀帖
城主出书啦
淘宝超高人气
人气宝贝

鲜果城堡
疯抢店
HOME 返回首页
信用评价
购物必读
会员及批发
人气宝贝
收藏我们
更多惊喜等你拿

SKYRING [时尚先锋，扮靓品位人生!]
7月主题
仲夏夜之夢
DESIGN BY

8月 www.skyring520.com
妍家花园 · 约定之地
I have a date with Skyring

店标

效果图提供者：格格坞设计空间/ Design by www.ggwu.cn

视觉推广

赚钱淘宝店铺装修全攻略

●刘涛 编著●

電子工業出版社
Publishing House of Electronics Industry
北京•BEIJING

内容简介

如果想自己动手对淘宝店铺进行装修，并且要求相关的技巧和方法又简便易学，那么就选择这本书吧。本书系统地讲述了淘宝店铺的装修，并且每章都独立成文，可以根据自己所关注的重点来进行学习。

全文共分为4篇，第1篇为装修工具使用，在这里主要讲解了在店铺装修过程中，需要用到的一些软硬件工具的操作。包括数码相机的选择、图片的拍摄、图片的编辑处理和Dreamweaver CS4在店铺装修中的基本使用；第2篇为淘宝店铺装修基本知识，这里主要讲解了淘宝各类店铺的主要特点、可供装修的区域，特别是配合淘宝的改版，重点介绍了淘宝卖家中心的使用；第3篇为店铺装修，在这里以淘宝旺铺标准版为例，系统地介绍了淘宝旺铺标准版的各个部分装修技巧；第4篇为店铺推广篇，在这里，简单地介绍了一下店铺推广宣传的方式，其中对改版后的直通车及淘宝客的相关操作做了说明。

图书在版编目（CIP）数据

视觉推广：赚钱淘宝店铺装修全攻略 / 刘涛编著. —北京：电子工业出版社，2011.1
ISBN 978-7-121-12612-3

Ⅰ. ①视… Ⅱ. ①刘… Ⅲ. ①电子商务－商业经营－中国 Ⅳ. ①F724.6

中国版本图书馆CIP数据核字（2010）第249721号

策划编辑：张彦红
责任编辑：许　艳
文字编辑：王　静
印　　刷：
装　　订：三河市鑫金马印装有限公司
出版发行：电子工业出版社
　　　　　北京市海淀区万寿路173信箱　邮编100036
开　　本：787×980　1/16　印张：32　字数：785千字　彩插：2
印　　次：2012年1月第2次印刷
印　　数：5001~6500册　　定价：49.00元

凡所购买电子工业出版社图书有缺损问题，请向购买书店调换。若书店售缺，请与本社发行部联系，联系及邮购电话：（010）88254888。

质量投诉请发邮件至zlts@phei.com.cn，盗版侵权举报请发邮件至dbqq@phei.com.cn。

服务热线：（010）88258888。

前言

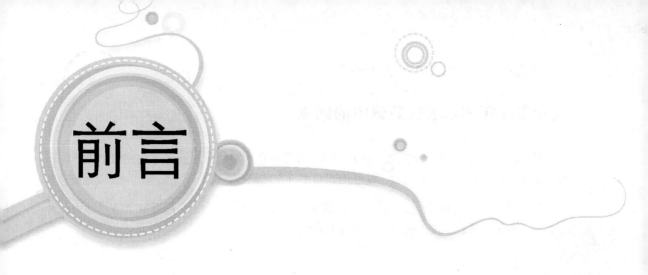

毋庸置疑，淘宝网是一个成就了很多人梦想的舞台，并且还有越来越多的人为了追逐自己的梦想，仍在不断地投身其中，收获属于自己的那片天地。但是当我们真正置身其中时，才会发现经营一个淘宝店铺并不是光靠一腔热忱就能成功的。

装修是新手卖家面临的最大问题

作为一个新手卖家，我认为店铺的装修无疑是一项高难度的工作，对于那些店铺装修高手也是崇拜无比。我在淘宝店铺装修的过程中有时遇到某个问题，久思不得其解。幸好，淘宝社区里面有许多朋友都在无私地分享自己的经验，供我们这些新手进行学习。但是向高手们请教后，得到的只是只言片语的提示，虽然受益良多，然而这种不系统的店铺装修知识的积累，对于我自己装修店铺并没有什么益处，反而让我的店铺装修不伦不类。

于是，我在淘宝网上找到了店铺装修类的卖家，请他们对我的店铺进行了系统装修，店铺整体效果自然很棒。但随着时间的推移，店铺经营的产品有所调整，原来的装修已经不适应现在的店铺，我希望能对店铺的装修进一步更改。由于当时装修卖家承诺终身免费使用店铺装修文件，所以对于我的要求，他们也很爽快地答应了，但是要先交费，并且只是修改一下店铺分类中的文字就要5元钱！

这个代价也太高了！特别是对于我们这些小卖家来说，省钱就是赚钱！于是我萌生了自己装修店铺的想法。我买来很多相关资料进行系统学习，经过一个多月的摸索，终于明白了店铺装修的那些事儿！我利用学到的知识，把自家店铺装修得焕然一新！

为众多新手卖家解决装修中的问题

为了让更多的店主像我一样装修自己的店铺，我陆续在淘宝社区里发表了一些关于店铺装修类的帖子，没想到这些帖子发表之后，竟然得到众多淘友的热捧。

自从帖子发布之后，我就多了一个任务，那就是每天义务为各位卖家解答装修的问题。不管是红心卖家，还是三皇冠卖家，我都一一为他们详尽回答。

本书的出版

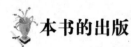

但是我所写的帖子并不系统，只是侧重某个方面来写，想到哪里就写到哪里，正是由于帖子的杂乱，才造成了淘友们读后一知半解。此时正好电子工业出版社约我写一本淘宝店铺装修的书籍，借此机会，我将店铺装修的内容进行了系统而全面的整理，**希望通过本书的讲解，让天下没有难装的店铺！**

致谢

由于本书所讲的部分内容是我自己从淘宝社区中学习并积累的经验，可能会和其他朋友的观点有相似的地方，这是在所难免的，在这里向先前发表这种观点的人致以敬意，因为正是众多卖家的无私奉献，才能让我们这些新手卖家能够更快更好地掌握相关的知识和技能，从而可以随心所欲地装修自己的店铺！

在本书的编辑过程当中，旺旺 ID 为“邂逅私家摄影”的老冯，在数码相机的选择和图片的拍摄方面为我提供了大量的专业建议，并为我提供了图片处理当中所需要的各类图片素材；内蒙古农业大学美术专业的赵振兴为本书的图形设计提供了大量的专业建议……正是由于像他们这样众多朋友的无私帮助，才使本书迅速成稿，在此对他们致以衷心的感谢！

参与本书编写工作的人还有赵振兴、陈广、吴素琴、吴祥、汪心勇。

最后，希望广大卖家在学习了本书之后，能真正地掌握淘宝店铺装修的方法，并灵活应用，享受自主装修带来的无限乐趣。

编 者

图片宝贝

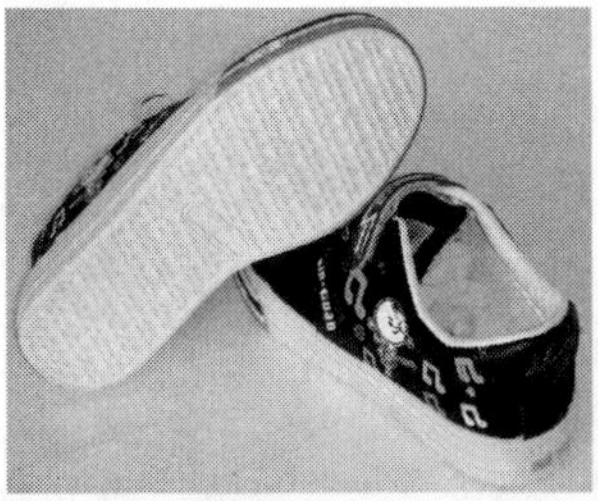

目录

第 1 篇　装修工具使用

图片宝贝

图片宝贝

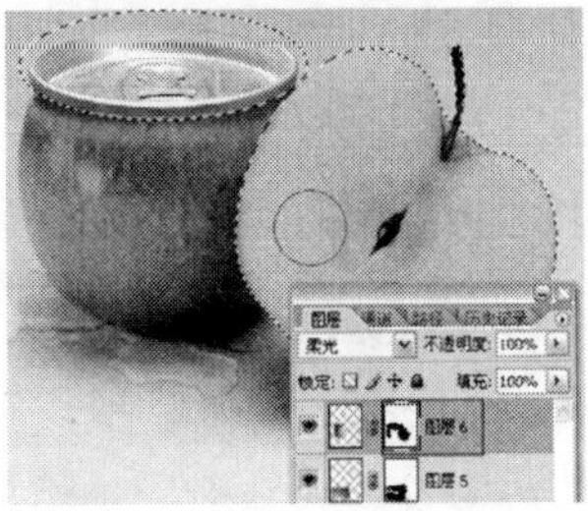

第 2 篇 淘宝店铺装修基本知识

第 5 章

图片宝贝

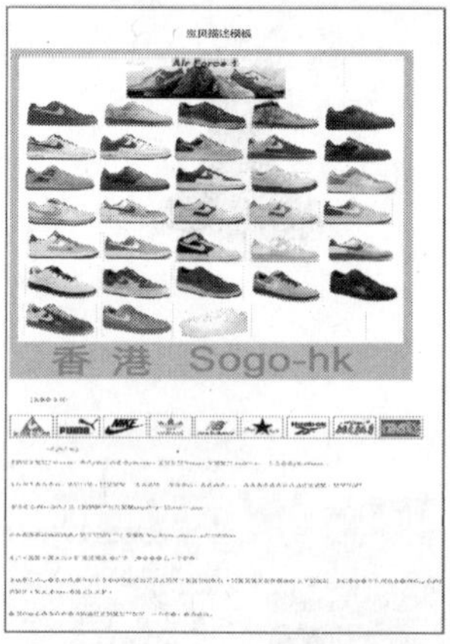

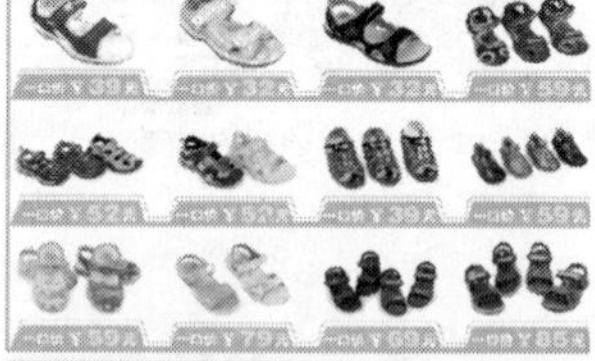

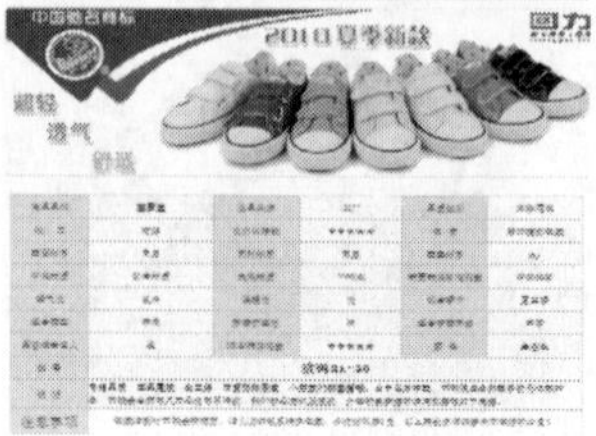

图片宝贝

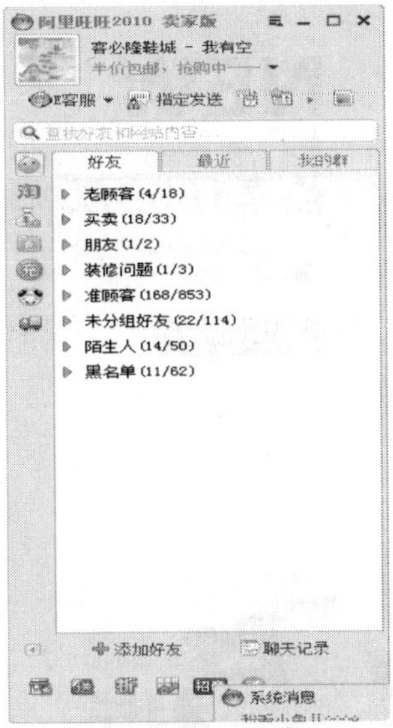
阿里旺旺2010 卖家版
好友
最近
老顾客 (4/18)
买卖 (18/33)
朋友 (1/2)
装修问题 (1/3)
准顾客 (168/853)
未分组好友 (22/114)
陌生人 (14/50)
黑名单 (11/62)
添加好友
聊天记录
系统消息

阿里旺旺2010 卖家版
我的淘宝
我是买家
买到宝贝
竞拍宝贝
我的收藏
淘心得
我是卖家
卖出宝贝
售中宝贝
我的店铺
阿里进货
店铺管理
发布宝贝
发货管理
网店版
仓储配送
商家服务
分销平台
金融服务
我的设置
添加好友
聊天记录

图片宝贝

NEW
（适合3-18岁）
热卖1659双
马上抢购!

春季
新品
5折
直减半价再包邮
折后仅售49元

JOMA
39元
真皮舒适

图片宝贝

第 11 章

第 12 章

图片宝贝

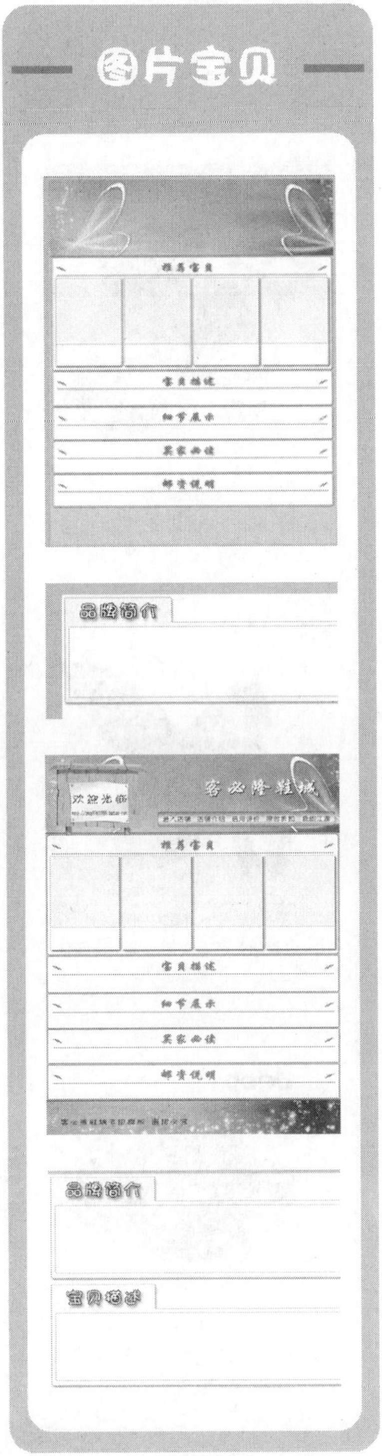
图片宝贝
推荐宝贝
宝贝描述
细节展示
买家必读
邮费说明
品牌简介
欢迎光临
客必隆鞋城
推荐宝贝
宝贝描述
细节展示
买家必读
邮费说明
品牌简介
宝贝描述

第 4 篇　店铺推广篇

第 15 章

第 1 篇

装修工具使用

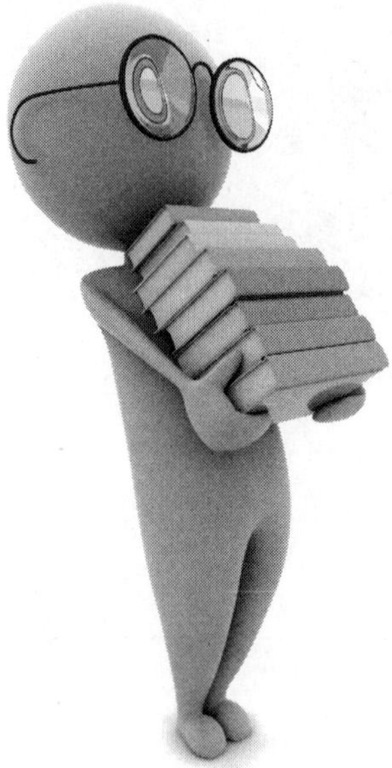

第 1 章 宝贝图片任我拍

1.1 数码相机轻松选

数码相机又名数字式照相机（英文全称：Digital Camera，简称 DC），它是一种利用电子传感器将光学影像转换成电子数据的精密电子设备。

数码相机对于一般的个人用户来说，其主要用于旅游摄影留念和日常生活拍摄等方面。不过在个人用户当中，还是有将近半数的用户用它来进行专业摄影及为自己的工作提供便利；而作为单位用户，数码相机最主要还是用于工作中。

对于淘宝卖家来说，数码相机主要是用来拍摄宝贝的图片，以方便宝贝在店铺内展示，获得买家的认可。由于网络购物的特殊性，买家对产品的认识主要是通过店铺中的图片，因此一张好图胜过千言万语，所以拍出好的图片是我们淘宝卖家梦寐以求的事。如何才能拍出好的图片呢？前提条件是要选择一款适合自己的拍照工具。

按用途来分，数码相机现在主要分为卡片相机、长焦相机和单反相机三种，如图 1-1 所示。不管是哪一种相机，对于一台数码相机好坏的评定，主要看以下几个参数。

图 1-1

1.1.1　感光元件

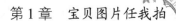

感光元件是数码相机的心脏，也是数码相机最为关键的核心技术，当然这些技术也只掌握在少数厂家手中。而在目前，数据相机的感光元件的核心是传感器，而组成传感器主要分两种：一种是光感应式的电荷耦合元件(简称 CCD)，如图 1-2 所示；另一种是互补金属氧化物半导体(简称 CMOS)，如图 1-3 所示。

图 1-2

图 1-3

由于 CCD/CMOS 是数码相机用来感受光线的电子元器件，它类似于传统相机的胶卷，CCD/CMOS 面积越大，其感光性能就越好，成像效果也就越佳。衡量 CCD/CMOS 好坏的指标很多，有像素数量、CCD/CMOS 尺寸、灵敏度及信噪比等，其中像素数量及 CCD/CMOS 尺寸是最重要的衡量指标。

像素数量指的是 CCD/CMOS 上感光元件的数量，数量越多，当然所得图像就越清晰。对于 CCD/CMOS 尺寸而言，现在市面上的消费级数码相机主要有：2/3 英寸、1/1.8 英寸、1/2.7 及 1/3.2 英寸四种，数值越大，相应感光元件的尺寸也就越大。

对于感光元件的尺寸和像素数量我们要综合考虑，因为在保持 CCD/CMOS 尺寸不变的情况下，让 CCD/CMOS 的像素数增加虽然是好事，但这也一定会导致单个像素的感光面积缩小，这样一来就存在着曝光不足的可能。因此我们在增加 CCD/CMOS 像素数的同时还想维持现有的图像质量，那就必须在维持单个像素面积不减小的基础上增大 CCD/CMOS 的总面积。目前大尺寸 CCD/CMOS 加工制造比较困难，成本非常高。因此，CCD/CMOS 尺寸较大的数码相机，价格也较高。超薄、超轻的数码相机 CCD/CMOS 尺寸一般也小，并且越专业的数码相机，CCD/CMOS 尺寸也就越大，当然价钱也就越高。

1.1.2 像素

通常情况下，我们一般都认为像素指的就是一台数码相机的分辨率。它是由相机里的CCD/CMOS上的光敏元件数目所决定，一个光敏元件就对应一个像素。因此像素越高，意味着光敏元件就越多，相应的成本肯定就越高，但同时也就意味着这种相机捕捉下来的画面也就越精细。

另外在当前市场中，关于数码相机的像素有三种说法，一种为插值像素（将数码相机中的感光器件所形成的实际像素，通过相机中内置的软件，根据实际感光影像的像素，按照一定的运算方法进行计算，产生出新的像素点，并将其插入到原来像素附近的空隙处，从而实现增加像素总量和增大像素密度的目的），一种为总像素（感光器件的真实像素，这个数据通常包含了感光器件边缘的非成像部分），另一个是有效像素（指真正参与感光成像的像素值）。

所以我们在选择数码相机的时候，应该注重看数码相机的有效像素是多少，有效像素的数值才是决定图片质量的关键。

1.1.3 镜头变焦

数码相机镜头（如图1-4所示）的一个非常重要特征就是变焦能力，现在我们所说的镜头变焦能力包括光学变焦与数码变焦两种。通常变焦倍数越大越适合用于望远拍摄。

图 1-4

光学变焦和数码变焦两者虽然都有助于望远拍摄时放大远方物体，但二者之间是有本质区别的。光学变焦同传统相机设计一样，取决于镜头的焦距，所以在变焦时分辨率及画面质量不会发生任何改变。也就是说光学变焦可以支持图像主体成像后增加更多的像素，让主体不但变大，同时也相对更清晰。

数码变焦只是将原先的图像尺寸裁小，让图像在LCD屏幕上变得比较大，但并不会有助于使细节更清晰。因此在购买数码相机时，希望读者能留意数码相机的光学变焦倍数。

镜头口径也需要注意。如果镜头口径小，那么即使有再高的像素，在光线比较暗的情况下也拍摄不出好的效果来。

上面几个参数是我们选择数码相机的主要参考指标，但是当我们身处数码产品大卖场去选购数码相机的时候，面对琳琅满目的各种数码相机，肯定还是会感到左右为难。因为目前数码产品的竞争已经达到白热化的状态，产品同质化的倾向非常严重。各个数码相机厂商提供的产品功能基本上大同小异，即使有所不同，那也只是厂家自己炒作的卖点，根本就不值得考虑。所以，在这里再提供几个购买建议，明白了以下这几点，就可以避免这个问题！

第一，购买时要有好心态

千万别老是想着如何用 1000 元预算买到 10000 元的数码相机（用 1000 元买到 10000 元的数码相机的情况也存在，那就是电视购物中大话特话的那种，不过千万不要信！），不然的话你就准备寻找到天荒地老吧，毕竟一分钱一分货是硬道理！

第二，尽量选择一线品牌产品

由于数码相机的核心技术只掌握在少数一线厂家手中，那么相应的这些品牌的产品质量保证度就更高一些。比如佳能（Canon）、尼康（Nikon）、奥林巴斯（OLYMPUS）、柯达（Kodak）、宾得（Pentax）、理光（Ricoh）、富士（Fujifilm）、索尼（Sony）及松下（Panasonic）等。

第三，要知道一些基本常识

（1）数码相机有效像素的确定

我们来做一道简单的算术题。淘宝网店铺中用到的最大图片是宝贝描述图片，宝贝描述模版又分为宽版（无侧边栏）和窄版（有侧边栏）一般窄版描述区间的宽度是 750 像素，那按照适合的视觉比例 4∶3 来讲，窄版宝贝描述图片大小应该是 750×560=420000。如果是宽版，其描述区间的宽度是 950 像素，同样按照适合的视觉比例 4∶3 来讲，宽版宝贝描述图片大小应该是 950×712=676400。换句话来说，淘宝网店铺中一张宝贝描述图片的大小最多也就是 68 万像素！

这样算下来，如果我们店铺中的宝贝描述图片能够达到 300 万像素就足够了。更进一步讲，如果你是拍照高手，200 万像素就可以用了。不信的话，可以到淘宝社区的“经验畅谈居”下的拍照作图版块看一看，里面有淘掌柜分享如何用手机拍好宝贝图片的经验，因为现在好多手机所带的摄像头的有效像素就能达到 200 万像素。针对这种情况来看，像素高低与宝贝描述图片清晰度就没有特别大的关系！因此一个数码相机的有效像素能达到 500 万像素至 800 万像素，对于我们淘宝卖家而言就是用不完的像素，像素再高就是浪费。

（2）CCD/CMOS 尺寸的选择

在前面我们讲数码相机的技术参数时就说过，如果 CCD/CMOS 尺寸越大，那么说明其采集光线的效果就越好，所以利用其所拍摄的图像也就更加完美漂亮。但是我们在前面还说过，大尺寸 CCD/CMOS 加工制造比较困难，成本也非常高。所以在一般情况之下，我们没有必要去片面地追求太大尺寸的 CCD/CMOS，500 万至 800 万像素的相机及 1/1.8 英寸的 CCD/CMOS 就行了。

（3）镜头焦距的涵盖范围

通常来说，我们在淘宝网店铺中的展示图片有两种，一种是全景图片，另一种是细节图片。对于全景图片来说，焦距为 50 左右的镜头拍出来的图片不会发生变形，也能把宝贝全部表现出来。而对于细节图片来说，由于我们是想展现出宝贝的细节特征，这时就可能要用到长焦或者微距，因为利用长焦或者微距拍摄的图片能够把细节表现得更加清晰好看，因此镜头的焦距最好能够涵盖20~200。

第四，要抓住两个基本点

（1）我们卖家的相机是用来拍摄宝贝实物的展示图片，不是用来摆着当装饰品的，一定要注意性价比，没有必要花大价钱！

（2）购买前要搞清楚自己愿意投入多少钱购买数码相机，这是一个很实际的问题。如是您不在意价格，又特别喜欢摄影，那就直接买单反相机，毕竟单反相机有着显著的成像质量优势。如果手头不宽余，银子不够多，那么有一些卡片机和长焦机也是不错的选择，毕竟由于科技的发展及不断创新的,已经可以让卡片机和长焦机在好的环境下拍出接近单反相机的效果了！但有一点要注意，您所选择的数码相机最好是带手动档的！

最后一定要记住：一张好的图片百分之八十靠的是个人拍摄技术，另外百分之二十才是靠相机的质量。因此对于一般的淘宝卖家来说，相机只选对的，不选贵的，合适才是硬道理！

1.2　数码照片的拍摄技巧

数码相机为拍摄的普及提供了重要的条件，因为使用数码相机后就不用再怕浪费胶卷了！数码相机的操作也非常简便，但是要想利用数码相机拍出好的图片，那也是要付出艰苦努力。那么到底怎样才能拍摄出好图片呢?

从专业的角度看，可以列出很多要素，但对于我们淘宝卖家来说，只需要从下面几个方面着手，并多加练习，就一定能够拍出理想的宝贝图片。

（1）抓稳相机

因为在相机曝光时，任何抖动都会对影像的清晰度产生致命的影响。虽然现在市面上有很多相机生产厂家都声称自己的相机具有光学防抖功能，但也并不能完全避免按动快门时所带来的震动。为了从根本上避免这个问题，在进行宝贝拍摄时，最好利用三脚架来固定住自己的数码相机，然后再来拍摄，如图 1-5 所示。毕竟我们拍宝贝图片绝大多数都是静态拍摄，不需要跟随抓拍。

（2）照明和用光

好的照明和灯光可以使我们的宝贝图片更具有吸引力，色彩更丰富艳丽。可以这样说，如果在拍摄的过程中，能创造性地用光，那么一定能够化腐朽为神奇，使平凡的图片产生不平凡的效果。具体怎么用光，那是仁者见仁，智者见智，并没有什么统一的规定。这个只有自己在实践中去积累适合自己宝贝特点的用光方法了。如图 1-6 所示就是一种布光方法。

图 1-5

图 1-6

（3）背景简单化

由于我们在网上销售产品，产品的展示就应该是绝对的主体，那么只有使用简单的背景，才可能让人的注意力全部集中在宝贝上。为了实现这个目的，我们可以购买柔光摄影棚，如果打算购买柔光摄影棚，一定要买专业的品牌，而不要贪便宜。因为柔光布的好坏直接影响了摄影棚拍出的效果，如图 1-7 所示。

当然在淘宝社区的“经验畅谈居”里，也有很多朋友介绍了如何自制摄影棚，假如你是一个动手能力很强的掌柜，可以在“经验畅谈居”看一看，学一下别人宝贝图片的制作经验，然后自己“DIY”一个也是不错的选择。我们可以看一下某位网友自制的简易摄影棚，看上去比较简陋，但如果真的有很好的拍摄效果，那也是值得肯定的，如图 1-8 所示。

要是我们没有条件购买摄影棚，自己也不想动手，此时我们可以去购买一些专业的背景纸，如图 1-9 所示。这种纸具有很好的吸光性，在拍摄时将背景纸展开，把要拍摄的宝贝搁置在背景纸之上就可以拍摄了。如果用普通纸，因为吸光性不好，背景会很容易出现光的分布不均匀，出现曝光过度的区域。

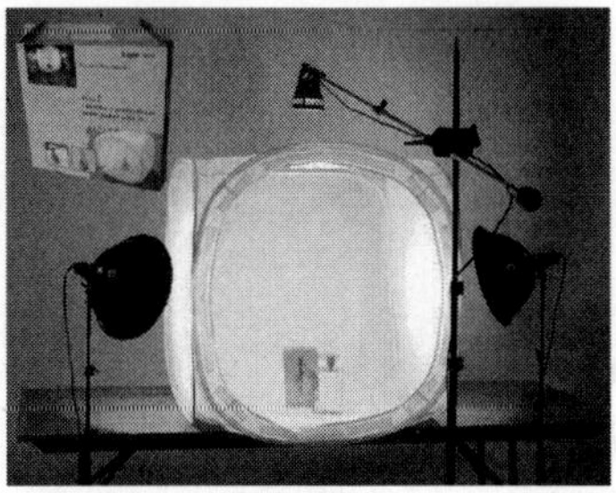

图 1-7

图 1-8

图 1-9

市面上还有一种材料也可以用来作为背景纸用，和进口的专业背景纸比，这种材料要便宜很多，这种材料叫做无纺布，很厚实。不要说你不知道什么是无纺布！你在逛超市时，许多购物袋就是无纺布材制的，如图 1-10 所示。

这就是用无纺布材料制作的。这种材料不仅价钱便宜，而且颜色还很丰富，但是它也有着先天性的缺点，那就是面料表面分布着排列整齐的小孔，如图 1-11 所示。

中低档的数码相机遇到这些按规律排列的点就会产生莫尔纹。如果被摄物体离背景比较远那就没问题，如果拍摄距离比较近，不但能清楚地看到背景上这些小孔（如图 1-12 所示），有时还会形成很明显的莫尔纹干扰现象。

图 1-10

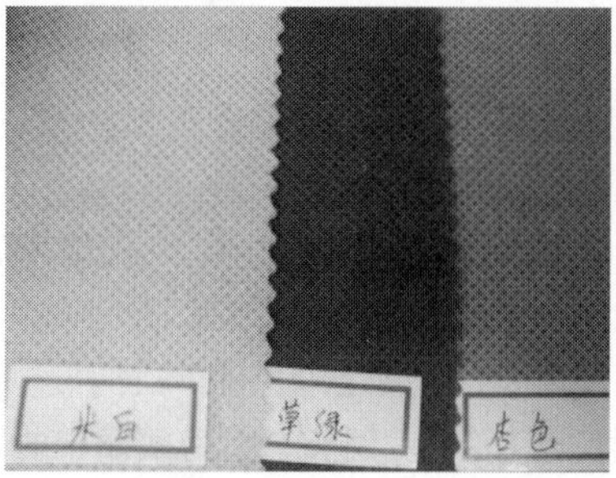

图 1-11

图 1-12

（4）精心调整白平衡

如果我们在拍摄之前，设置好自己相机的白平衡，就可以保证拍出的照片不偏色，也就是我们所说的没有色差。那么我们该如何设置白平衡呢？有些朋友就可能要说：“根本不用设置，相机里面有自动白平衡，我们抓起相机拍就行。”如果真是这样的话，那人人都能成为专业摄影师了！

我们在拍照时常常会有这样的感受，往往在相机 LCD 屏幕上看到的图片效果一级棒，但是一旦我们将照片上传到计算机上显示，就会发现我们所拍的效果真是惨不忍睹！这是什么原因，这就是自动白平衡惹的祸。这里请大家千万不要迷信相机的自动白平衡！

图 1-13

因此我们在给宝贝拍图片之前，最好亲自告诉我们所使用的数码相机，在当前的光照下，什么才是真正的白色，也就是手动调整白平衡。这该如何进行？其实很简单，我们只要随时准备一张标准灰卡（如图 1-13 所示）就行了。这种灰卡很多地方都有卖的，价格也不贵。

事实上灰卡有两面，一面是灰色，另一面是白色。首先，我们把灰卡放在正式拍摄时宝贝所放置的位置上，当然用光环境也要一样。将白色的一面对着数码相机，把数码相机白平衡模式设置为手动，让灰卡的白色充满相机屏幕中间的框，按下设置键完成白平衡的设置。这样数码相机就能知道在当前光照情况下什么才是真正的白色，从而也就一定能够准确还原物体的真实色彩，这样就可以减少色差的出现。如果换一个地方拍摄，那么就需要重新设置手动白平衡。这可是经验之谈！

（5）准确曝光

我们在拍摄图片时，曝光过度或者曝光不足都会严重破坏一张图片。恰到好处的曝光是拍摄出好图片必不可少的要素。可以看一看下面一组对比图片（如图 1-14 所示）。

图 1-14

那么我们所使用的数码相机在测光时，它是依据什么原理来进行测光的呢？这个原理如果从纯理论上来讲，那将是一件非常枯燥无味的事！我们把这个道理简化一下：所有的数码相机在测光过程中，会把所有的物体都默认为反射率为 18%的灰色（标准灰），并以此作为测光的基准。如果被拍摄主体的反射率不是 18%，那么数码相机的测光系统测量出来的数据就不是准确的，如果我们直接按数码相机测得的数值进行曝光，那么我们所拍摄出的图片就会失真。

明白了这一点之后，我们前面说过的标准灰卡将再次派上用场！首先我们把标准灰卡放在将要拍摄的宝贝陈列位置上，将灰色的一面对着数码相机，然后把数码相机的模式调成自动模式，半按快门，看看相机显示出来的数据。因为当我们将数码相机的快门半按时，数码相机就会开始自动测光。这时主要看 3 个数据，第一个是 ISO 值，第二个是快门，第三个就是光圈。把这 3 个数据记下来（假定 ISO 是 200，光圈是 F5.6，快门速度是 60 分之 1 秒)。ISO 是对光的敏感度，ISO 数字越大，相机对光越敏感。光圈和快门是配合使用的。

把相机开到手动档（也 M 档），把 ISO 调成 200（如果相机 ISO 没有 200 这一档，那就调成最为接近的那一个数值），光圈调整 F5.6，快门速度调整为 60 分之 1 秒。如果不知道如何调整自己所用数码相机的曝光组合值，那就看一看相机的说明书吧！因为大家所用的相机各不相同，设置方法也是有所区别的。

经过这样处理之后，我们所拍摄下来的图片的曝光一般来说就应该是准确的。看来标准灰卡的用途还真是挺大的，它也应该是淘宝掌柜们的必备用品！另外，为了拍好宝贝的图片，需要手动调整数码相机的白平衡和曝光组合值，这就是为什么在前面说选数码相机时一定要选择带用手动功能数码相机的原因。

如果各位淘掌柜们能够真真正正掌握以上几点的话，拍摄出好的宝贝图片已经不是难事了，但是要想真正拍出好的图片，还是要在实践中不断地探索，积累经验，实践才能出真知。

1.3 数码相机的保养

摄影是极具魅力的，即使是同一个拍摄对象也会因为不同的用光组合，得到完全不同的效果。很多初次接触摄影的朋友都会认为摄影就是简单地一按快门就可以完成的。其实这种认识是极其肤浅的，真正意义上的摄影，需要我们具备多方面的技巧和全面的摄影知识。

当然，在这里我们并不能强求所有的人都能做到这些，如果所有的人都做到了，那么世上就没有摄影大师了。但不管怎么样，既然我们把数码相机作为一种拍摄工具，至少我们应该能够做到让我们手中的数码相机时时刻刻保持在最佳的工作状态，不要因为设备的原因影响了我们所拍摄图片的质量。

随着社会的发展和时代的进步，数码相机已经走下神坛，并且已经逐渐深入到我们寻常百姓的生活中。但是由于数码相机是一种构造比较精密、科技含量比较高的设备，它除了拥有传统相机的物理、光学设备之外，还增加了大量的电子部件，简直就可以称得上是传统与现代的完美结合，所以数码相机在维护上与传统相机就有所不同。在这里我们就为各位朋友详细说明一下数码相机在使用和维护时应该注意的一些地方，从而让自己的相机更好地为我们服务，为我们拍出更多更好的宝贝图片。

1.3.1 把相机放在包里

我们需要一个结实、好用的摄影包来装数码相机、数码存储卡、电池套件，再奢侈一些还需要装辅助镜头或小型便携式三脚架。当我们暂时不使用相机时，把相机装进包里就相当于帮我们的数码相机穿上了一层保护衣，可以避免因一些意外对数码相机造成伤害。

摄影包的领先制造厂商有 Tamrac、Lowepro 和 Domke，这些一线厂商所生产的摄影包使用的都是高质量的原材料，能够提供更好的防震保护，就连背带和金属配件也是上乘品质，确实值得信赖，如图 1-15 所示。并且这些装置都已针对数码相机进行了尺寸优化，更适合于放置数码相机。

图 1-15

如果想买新款摄影包，最好买稍大一点的。如果你买的摄影包在每次取相机的时候，都要把里面的东西全部拿出来，那肯定是非常麻烦的。所以在购买摄影包的时候，最好把数码相机和附件全都带上，看一看哪一种摄影包最适合我们，能一次性把我们的东西全部装下。

1.3.2　保持相机干净

1. LCD 的擦拭

在现在的数码相机上，一般都有一个 LCD 取景器，如图 1-16 所示。

LCD 取景器除了可以取景之外，另外也可以方便浏览数码相机中所拍摄的图片，所以说它是相机中使用频率非常高的一个部件。我们在浏览照片时，免不了就要指点江山，此时就是会在 LCD 取景器上留下难看的指纹或是一些油垢灰尘之类的覆盖物，虽然说问题不是很大，但看起来就会不舒服。针对这种情况，一般可用眼镜布来轻轻擦拭，不能用力，否则就有可能造成液晶屏的损坏。

图 1-16

最简单有效的方法就是购买使用屏幕保护贴，只要拿回来剪裁成适当大小，贴在数码相机的 LCD 屏幕上，就可以大大减小 LCD 屏幕被刮伤刮坏的几率。

2. 镜头的保养

镜头对于数码相机而言，它就是数码相机的眼睛。它是数码相机的一个非常重要组成部分，只要是数码相机处于使用状态，它就暴露在外界环境当中。在外界恶劣的环境中，镜头想洁身自好也是不可能的，因此镜头上沾染一些灰尘等污染物也是比较正常的一件事。如果我们长期使用数码相机而又不注重对镜头进行清洁维护，那么数码相机镜头上的污染物就会越来越多，这样会大大降低数码相机成像效果，并且还会影响数码相机的工作性能。另外在使用过程中，我们的手指碰到镜头并在镜头上留下指纹，这样的事也是不可完全避免的，这些指纹同样也会使取景的效果下降，而且如果这些指纹长时间不清除，那么就会对我们镜头上的镀膜产生严重的伤害。

如果镜头上有灰尘需要清洗时，一般要使用软刷和吹气球（如图 1-17）来清除灰尘。如果用软刷来清扫数码相机镜头上的灰尘，一般应先用吹气球吹拂，然后用软刷进行单方向的刷拭。

如果在不使用数码相机时，最好记得盖上数码相机的镜头盖，这样可以减少镜头的清洗次数。如果要清洗镜头，最好使用软刷和吹气球先初步清除镜头上所落下的尘埃颗粒，然后再滴一小滴镜头清洗液在拭纸或专用镜头清洗布上，并用拭纸或镜头清洗布反复擦拭镜头表面，最后用一块洁净的棉纱布擦净镜头，直到把整个镜头擦拭得一尘不染为止。

图 1-17

如果你没有专用的清洗液，可以在直接对着镜头表面哈气，不过千万不要把自己的口水喷到镜头上。这样做虽然效果比不上清洗液，但同样也能将镜头擦拭干净。

注意

我们在擦拭镜头时，不要用力挤压，因为镜头表面有一层比较易受损的镀膜。

另外，千万不要用面巾纸或者餐巾纸来擦拭娇嫩的镜头，因为这些纸张当中都包含有粗糙的木质纤维。这些纸张对镜头而言，那就是砂布，用它们进行擦拭会严重损害相机镜头上的镀膜，造成相机镜头永久性的损伤。除此以外，我们在清洗数码相机的其他部位时，一定要记得不要使用类似溶剂苯的挥发性物质，以免相机变形甚至溶解。

1.3.3 数码相机保存及使用注意事项

1. 数码相机保存

数码相机的保存一定要远离灰尘和潮湿环境，在保存数码相机之前，一定要先取出电池。如果数码相机长期不用时，不仅应取出电池，还要卸掉皮套，并将其存放在放有干燥剂（如图 1-18 所示）的盒子里。事实上干燥剂我们在日常生活中可以经常接触到，现在各种食品包装袋中都有，只要注意收集一下，就可以自己动手制作一个简易的干燥箱。

当然，如果有条件，那您就应该将数码相机放在能够控制温度、湿度的封闭空间当中。数码相机是一种精密的设备，放在平常的衣橱、柜子里，很容易受到湿气的影响，虽然这些湿气不会立刻让数码相机损坏，但长期这样也不是一件好事，所以能够将数码相机保存在专用防潮箱（如图 1-19 所示）当中是最好的选择。存放之前一定记得先把皮套、机身和镜头上的指纹、灰尘擦拭干净。

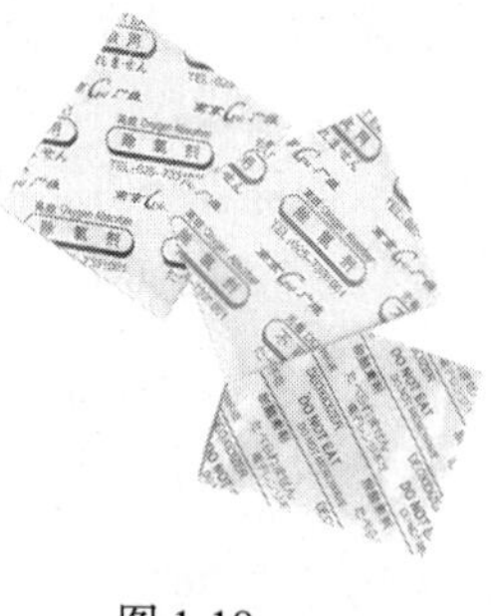

图 1-18

图 1-19

2. 使用时要注意防烟避尘

数码相机这种精密的设备应当在清洁的环境中使用和保存，这样可以避免因外界的灰尘和污物等导致数码相机所产生的故障。另外在进行户外实拍时，可能会有突然造访的风沙，而这种风沙是很容易刮伤数码相机的镜头或者渗入数码相机的一些机械装置当中，造成这些机械装置意外损伤。因此除了正在拍摄之外，我们应随时用镜头盖将镜头盖住，并尽可能将数码相机装入摄影包中，从而尽量减少这种不必要的伤害。

3. 数码相机要注意预防高温

在使用数码相机时，不要将数码相机直接暴露在高温环境下，以避免高温对数码相机的镜头带来不良影响。如果我们不得不在夏天户外强光之下进行外景拍摄，那么一定要记得用一些工具来临时为我们的数码相机遮挡强光。即使在室内使用，也不要把相机放在高温、潮湿的地方。

数码相机除了要预防高温之外，还要预防寒冷，因为太低的温度会让电池失效从而导致我们数码相机罢工。如果我们一定要在两种极端环境下来回交替使用数码相机来进行拍摄，在拍摄之前，要将数码相机先放置一段时间，直到数码相机适应了工作环境的温度再来进行拍摄。

4. 防水防潮不能忽视

在实际使用数码相机过程中，我们不排除有突发原因或者其他方面的因素，必须在潮湿环境下工作，这时我们一定要采取严格的防护措施，确保在这种恶劣的环境下相机不受伤害或者少受影响。

1.3.4 数码相机其他配件保养

1. 充电电池的保养

数码相机跟传统相机不同，对电力的需求非常大，因为它本是就是一种电子设备，各项工作都是需要电力进行驱动的。数码相机的充电电池主要有两种，一种是镍氢充电电池，另一种是锂充电电池。不管是哪一种充电电池，都有其使用技巧。镍氢充电电池有记忆效应，尽量将电池电力用完之后再进行充电，并且每次充电时间一般都要超过 10 小时以上。如果不这样做的话，电池是不可能充满的，长此以往，就会降低电池的总容量和使用时间。如果是一般数码相机专用的锂电池，每次充电时间一般要超过 6 小时。

2. 数码相机存储卡保养

对于数码摄影而言，数码相机存储卡的性能在摄影过程中扮演着相当重要的角色。存储卡是数码照相机上较贵的附件，并且种类繁多，如图 1-20 所示，必须精心保护。如果我们对存储卡漫不经心地使用、处理，将导致存储卡上存储的有用信息丢失，甚至于损坏存储卡。如果真的出现存储卡损坏，而恰好当中的信息又是我们所需要，那是会让人抓狂的。因此必须注意存储卡的维护和保养。

图 1-20

为了最大限度避免以上情况的发生，我们在使用时主要注意以下问题：

（1）绝对不要热插拔

在开机状态下，数码相机有可能正在处理或保存数据，如果此时我们进行插入存储卡或取出存储卡操作，不仅会造成数码相机损坏，还会造成存储卡上数据的丢失。

（2）谨慎进行格式化

存储卡投入使用前需进行格式化处理，并且这种格式化处理最好在数码相机当中进行操作，不要在计算机上进行，因为数码相机也都有自己的操作系统，对于存储格式都有自己的要求，如果用计算机对存储卡进行格式化，很有可能造成存储卡格式化之后不被数码相机识别，从而不能使用。我就有过这样的经历，曾经损失了一个4GB的存储卡。

另外过多地格式化存储卡也会对存储卡造成一定的损害，所以在不必要的情况之下，我们不要对存储卡进行格式化，可以使用数码相机的“全部删除”功能，来删除存储卡上的所有影像，从而在一定程度上替代格式化操作。

（3）收藏存放防重压

不要对存储卡施以过重的压力，不要弯曲存储卡，避免存储卡掉落和受撞击。有些朋友根本就没有这种意识，取出存储卡后就随手放置，这很容易使数码相机的存储卡因受到外力而变形，更有甚者会被折断。最好将存储卡放在抗静电袋中或者专用的存储盒中进行妥善保管。

第 2 章 神奇的光影魔术手

在第 1 章中，我们学会了如何利用手中的数码相机进行拍照，但是这并不意味着我们所拍的宝贝图片就一定能够达到我们所期望的效果。因为利用数码相机拍摄也是一个不折不扣的技术活，不然的话，现在淘宝网上也不会出现专门为卖家朋友们提供宝贝拍图服务的卖家了，而且这种拍图服务也并不是一般人能做到的！

如果能够真正做到第 1 章所说的那些内容，我们所拍摄的图片质量也不会很差，只不过可能有些照片需要调整一下，才能达到最佳效果，因为我们毕竟不是专业摄影师。为了调整图片，我们不可避免地就要接触到一些图像编辑软件，其中“光影魔术手”是这类软件中最容易上手，也是效果非常不错的一款图像编辑软件。

那么光影魔术手到底是什么呢？其实它就是一款能够改善数码图片画质，并对数码图片进行个性化处理的软件（如图 2-1 所示）。它的特点是简单、易用，每个人都能制作精美相框、艺术照、专业胶片效果，而且是完全免费的！

可以从光影魔术手的官方网站(http://www.neoimaging.cn)上下载这款免费软件的最新版本(本书介绍的为 3.1.2.101 版，如图 2-2 所示)。

图 2-1

图 2-2

按照提示进行光影魔术手软件的安装，安装完毕就可以运行该软件，从而进入我们的神奇体验之旅。运行光影魔术手之后，会出现如图 2-3 所示界面。

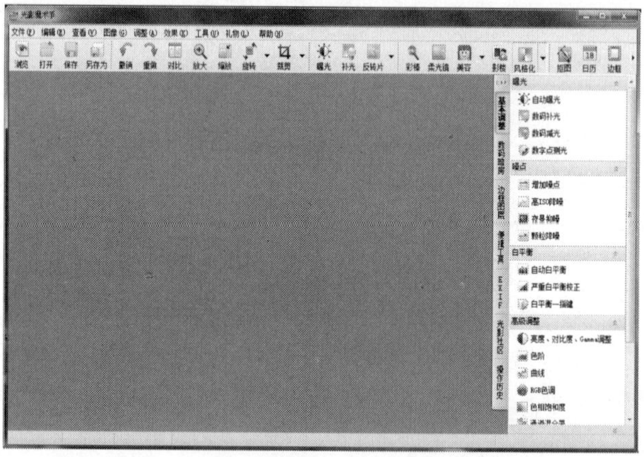

图 2-3

2.1　光影魔术手界面介绍

从图 2-3 可以看出，光影魔术手的界面比较简洁，整个界面主要由以下四部分构成。

第一部分是菜单栏，根据光影魔术手的主要功能，分为文件、编辑、查看、图像、调整、效果、工具、礼物和帮助共 9 个菜单项，每个菜单项下都有一组相关的子菜单项，选择相应的菜单项并单击就会执行相应的操作，从而实现相应的功能，如图 2-4 所示。

图 2-4

第二部分是快捷工具栏，这里的工具栏主要是把光影魔术手这个软件的一些常见功能以图标形式集中显示，如果要想执行某个操作，只需用鼠标单击相应的图标，即可完成相应的功能，这样就避免了在菜单中查找相应的功能项，然后再进行操作的烦琐。所以，为了能够熟练利用光影魔术手来进行图片处理，我们一定要先熟悉快捷工具栏上各种工具的功能，如图 2-5 所示。

图 2-5

第三部分是光影魔术手的图像工作区，这个区域是用来显示当前正在被光影魔术手处理的图片，通过观察这里的图片，我们可以随时看到执行相应操作时，反映在图片上的实时处理效果，如图 2-6 所示。

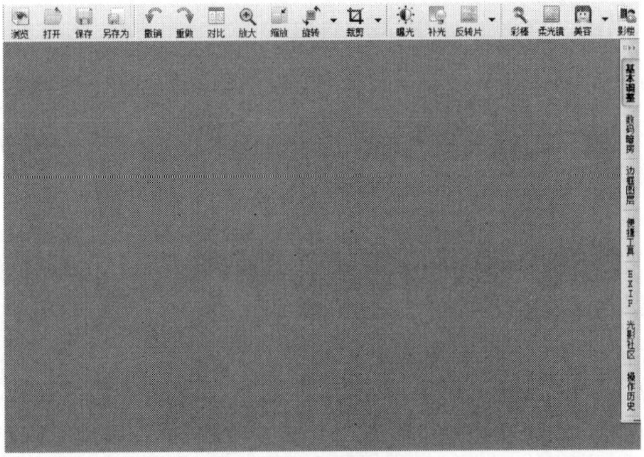

图 2-6

第四部分为右侧浮动工具面板，如果您是一位细心的软件读者就不难发现，这个右侧浮动工具面板里面分为七个板块，分别是“基本调整”、“数码暗房”、“边框图层”、“便捷工具”、“EXIF”、“光影社区”和“操作历史”。用鼠标分别单击不同板块的侧边栏，都会在面板中显示当前工具面板所汇集的一些快捷功能，而这些功能同时也会出现在菜单栏的相应菜单项和快捷工具栏中，只不过在这个浮动工具面板中把光影魔术手的功能进行了进一步的细化和归类，以方便我们对图片进行更为精准的调整，如图 2-7 所示。

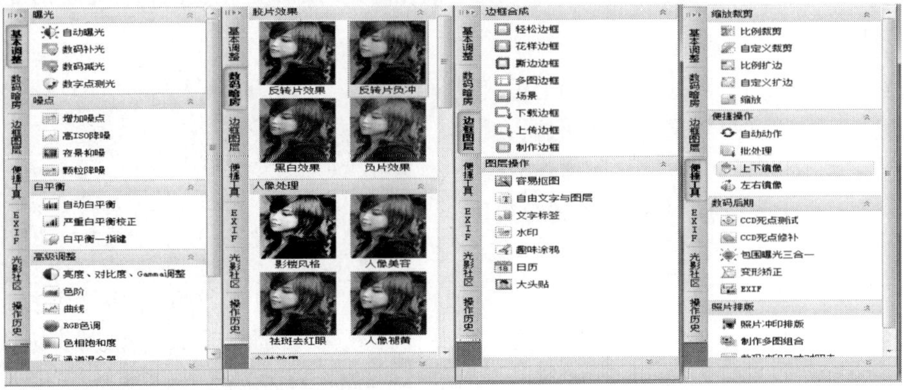

图 2-7

2.2 光影魔术手功能介绍

光影魔术手的图片处理功能主要为四大类，下面我们将逐一介绍，希望读者能够通过下面的介绍对光影魔术手这款软件有一个初步的认识。如果大家有兴趣，想了解更多光影魔术手的相关内容，可以自行到光影魔术手的官方网站或论坛当中去查阅相关的内容。

2.2.1 特色功能

特色功能主要包括“正片效果”、“反转片负冲”、“负片效果”、“数码补光”、“数码减光”、“水印”、“黑白效果”、“高 ISO 去噪”、“晚霞渲染”和“IE 魔术图”。虽然其功能非常丰富，但并不是所有的特色功能我们都会应用，下面只挑选一些和淘宝卖家处理图片相关的功能分别进行介绍。

1. 反转片效果

反转片效果是光影魔术手这款软件最重要的功能之一。经过这种处理后的数码图片反差会更鲜明，色彩会更加自然靓丽，如图 2-8 所示。光影魔术手的这种模拟反转片的算法已经经过多次优化，到现在技术已经非常成熟。

图 2-8

2. 数码补光

当我们利用数码相机进行逆光拍摄时，所拍摄的照片很有可能会出现所拍摄的主体正面发暗的情况，特别是当我们所拍摄的照片出现曝光不足的状况时，这种情况就更为明显。如果出现这种情况，我们就可以利用光影魔术手的数码补光功能。经过光影魔术手的数码补光之后，图片暗部的亮度可以得到显著的提高，如图 2-9 所示。同时，高光部分的画质还不会因为补光受到影响，这个功能还是比较“牛”的！

经过数码补光之后，图片明暗之间的过渡也显得比较自然，如果觉得效果还是不明显，就可以手动调节“强力追补”参数，从而增强数码补光的效果，该效果十分强劲，但是不能过分应用，否则就会造成图片曝光过度！

图 2-9

3. 数码减光

在利用数码相机进行拍摄的时候，很有可能会出现这样的情况：我们近距拍摄时使用了闪光灯，那么就会造成画面当中有的部分亮度太高，反而让我们看不清楚原来物体是什么颜色。对于这类局部曝光过度的数码照片，我们可以使用光影魔术手的“数码减光”功能来进行校正。在光影魔术手中我们只需要设置的两个很简单参数（范围选择和强力增效）可以在不影响正常曝光内容的情况下，把照片中亮度太高的那部分给“还原”回来。与“数码补光”功能一样，在简化操作的同时，效果也十分明显，过渡很均匀，不会出现边界光晕，如图 2-10 所示。

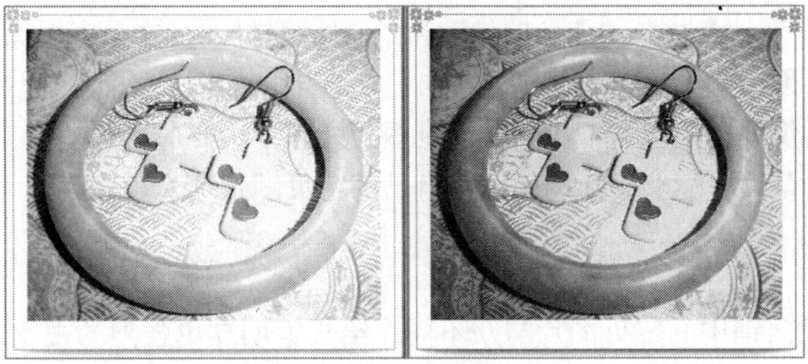

图 2-10

4. 水印

我们都知道，很多卖家并不是自己亲自拍摄宝贝图片，而是在淘宝网上寻找和自己经营的产品相同的卖家，找到之后，就直接把对方的图片据为己有，拿来直接使用。这样做肯定是不对的，毕竟拍摄照片和处理照片是一件费神费力的事，不经过别人的同意，直接把别人的劳动成果据为己有，这不是一种很值得称赞的事。

淘宝网对于这种图片盗链现象也进行了一些控制，那就是不允许在自己店铺中显示别人淘宝空间中的图片。但这种控制没有多大的实际意义，因为其他卖家只要把图片另存下来或者截图进行保存，依然可以把别人的图片据为己有。为了防止别人盗用自己的图片，很多卖家都会在自己的图片上加上防盗水印，这样做可以一举两得，既可以保护自己图片的版权，还可以彰显店主的个性。

在以前，为宝贝图片加水印是一件令人非常痛苦的事，因为这件工作实在是枯燥乏味，而有了光影魔术手之后，我们就可以利用它为我们的图片加上水印（如图 2-11 所示），并且光影魔术手的水印支持 PNG、GIF 等透明或半透明的文件格式，更为特别的是，我们还可以利用光影魔术手的批处理功能，一次性把自己的所有宝贝图片全部“盖章”，这可是一个非常体贴的功能，从此我们就不用再费神费力地逐张添加水印了。

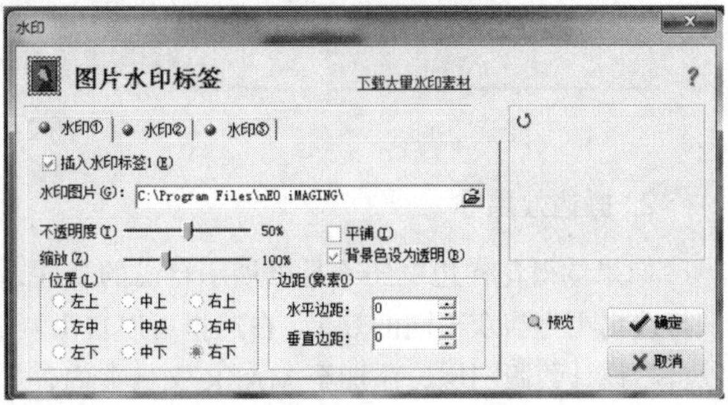

图 2-11

在光影魔术手官方网站的素材下载页面，提供 1000 多张半透明的漂亮 PNG 水印，我们可以随便挑几张喜欢的！

2.2.2 人像处理

人像处理主要包括“影楼风格人像”、“人像美容”、“花样边框”、“撕边效果”、“柔光镜模拟”、“人像褪黄”、“去红眼”、“素描”、“褪色旧像”和“证件照排版”。这么多人像处理功能，对于我们来说真的是用不上，因为淘宝卖家主要是处理自己所售宝贝的图片，而不是人像图片。虽说如此，但光影魔术手中的人像处理中有两个我们在宝贝图片处理中也要应用的功能，下面我们也来对这两个功能加以介绍，希望读者能够灵活利用，为自己的宝贝图片增光添彩。

1. 花样边框

有时为了让自己店铺中的宝贝图片与众不同，给买家朋友更强烈的视觉冲击，我们可以考虑为宝贝图片添加一个精美的边框。这样不仅让自家店铺的图片统一，而且还可以给买家朋友一种比较专业的感觉，从而留下好印象。

光影魔术手的花样边框功能就能轻松解决这些实际问题。如果觉得系统自带的边框太少了不过瘾，可以到主页的“下载”栏目中下载其他热心网友所提供的免费边框素材包！最特别的是，还可以自己制作属于自己的个性边框！如图 2-12 所示是利用光影魔术手添加边框之后的效果图，可以欣赏一下。

图 2-12

2. 撕边效果

如果觉得花样边框还不足以展示自己的个性，这时就可以利用光影魔术手的撕边效果，从而来打造出更为与众不同的效果。在这里可以自由调节所撕边缘的颜色，并且会设计图片的读者也可以自己设计蒙版图层，添加至 MASK 文件夹内，如图 2-13 所示。

图 2-13

2.2.3 高级功能

主要包括“夜景效果”、“制作组合图”、“包围曝光三合一”、“红饱和衰减”、“CCD 死点修复”、“对比和处理模式”、“色阶和曲线”、“变形校正”、“白平衡一指键”和“严重白平衡校正”，下面我们挑选一些和淘宝卖家处理图片相关的功能来介绍一下。

1. 制作组合图

制作组合图的功能简直就是光影魔术手专门为在淘宝网上开店的淘掌柜们量身定做的。利用这个功能，可以轻松地把很多张照片合并成一张大照片，用多角度向买家展示说明自家的宝贝详情。在这里，光影魔术手还预设了很多种布局方式。使用时可以同时打开很多张照片，随意决定显示隐藏哪张照片，可以对小照片进行简单的特效处理，如图 2-14 所示。

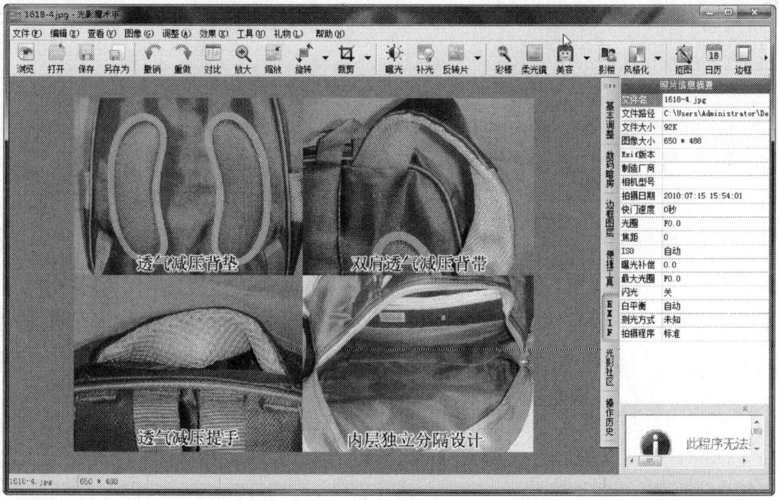

图 2-14

2. 色阶和曲线

利用数码相机拍摄完宝贝图片之后，如果发现自己所拍摄的图片太暗、太亮或者说对比不够明显，此时就可以用光影魔术手的色阶功能来进行调整色彩的亮度、暗度及反差比例。光影魔术手的“色阶调整”对话框允许通过调整图像的阴影、中间调和高光的强度级别，校正图像的色调范围和色彩平衡。“色阶调整”对话窗口中的黑灰白三角形滑钮的作用是：黑色的滑钮向右移，亮度将减少，白色滑钮向左移则增加亮度。灰色滑钮则控制中间色调，当它向左移会增加亮度，向右移会减少亮度，如图 2-15 所示。

与“色阶调整”对话框一样，“曲线调整”对话框也允许调整图像的整个色调范围。但是，“曲线调整”不是只使用三个变量（高光、暗调、中间调）进行调整，可以调整 0~255 范围内的任意点，同时保持 15 个其他值不变。如果我们要想对图片进行比较精准的调整，就可以试一试光影魔术手的“曲线调整”功能，如图 2-16 所示。

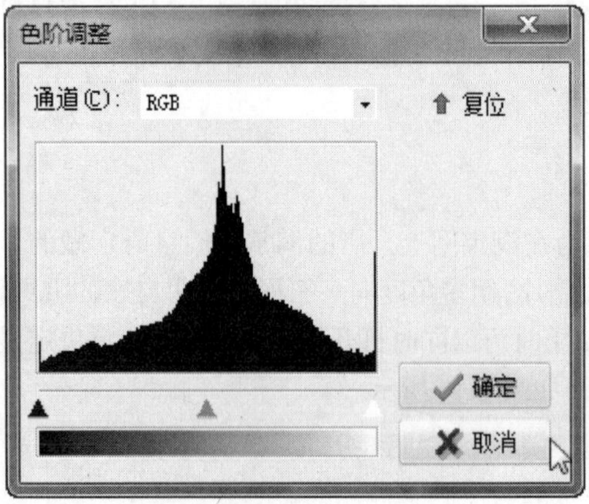

图 2-15

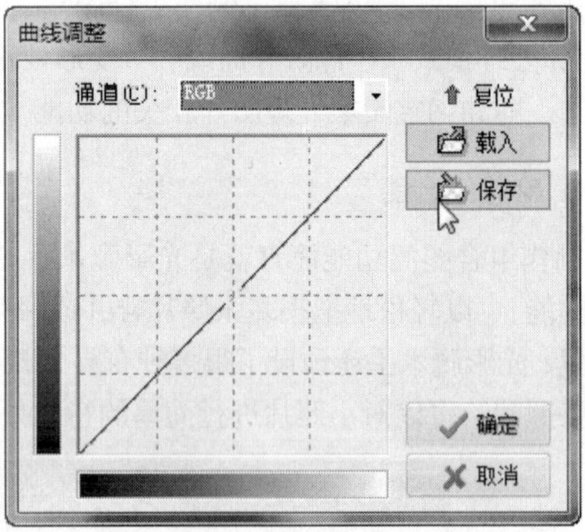

图 2-16

3. 白平衡一指键

我们在前面数码照片的拍摄时说过，在拍照时一定要精心调整白平衡，否则，我们所拍摄的照片就会严重偏色。而各个 DC 厂商对白平衡的处理算法并不一样，另外由于光线的复杂性与信号保留之间的平衡，导致了白平衡困难。即便号称白平衡最准确的奥林巴斯相机，在室内钨丝灯的环境下，也无法准确判断色温。那么后期手工校正画面白平衡还是有必要的。光影魔术手的“白平衡一指键”采用的校正原理与相机白平衡功能的原理是一样的。

在使用“白平衡一指键”时，我们只要能从画面中找到“无色物体”，就能还原画面真实色彩。什么是无色物体？无色物体主要是指图片当中本来应该是白色或者浅灰色的物体或者其中的某一部分，如图 2-17 所示。

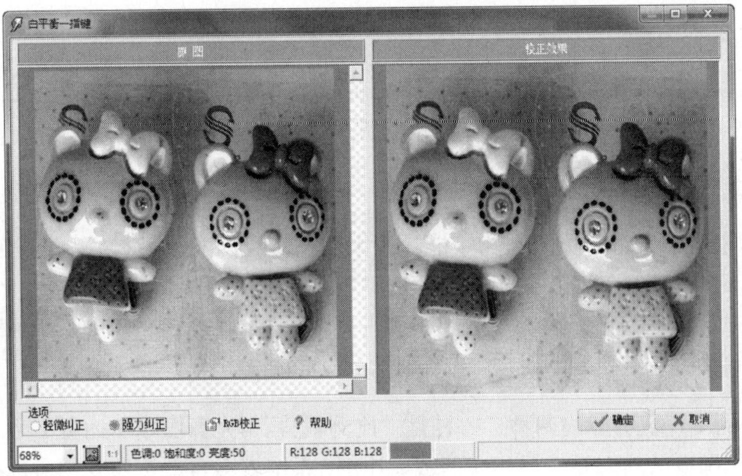

图 2-17

4. 严重白平衡校正

在利用数码相机拍摄自家宝贝图片时，很难避免出现由于拍摄时手动白平衡设置错误，导致在拍摄的过程中发生很严重的偏色情况。如果发生这种情况，那么此时宝贝图片的某些色彩就会发生溢出。

针对这种严重偏色的照片，在以前是没有办法处理的，只能是重新再拍。但现在光影魔术手所提供的“严重白平衡校正”功能不需要我们进行任何参数设置和调整，只需要将手中鼠标轻轻一点，眨眼之间照片就会恢复自然本色，如图 2-18 所示。

图 2-18

对于偏色比较严重的数码照片，建议各位淘宝掌柜们先用这个功能校正一下，如果效果不满意，可以再用白平衡一指键进行进一步的处理，这样也许能够取得令人满意的效果，但我不能保证所有的偏色照片它都能够修补回来，如果您的拍摄水平实在太差，所拍摄出来的图片每张都偏色，那再怎么修补也无济于事！

2.2.4 其他常用功能

对于淘宝卖家来说，光影魔术手的其他常用功能主要有“比例裁剪”、“自定义裁剪”、“比例扩边”、“自定义扩边”、“缩放”和“批量自动处理”功能。

1. 图片裁剪

我们在网店里展示自家宝贝时，为了能让买家朋友对我们的宝贝有一个更全面的认识，通常都会拍摄一些宝贝的细节图，而我们用手中的数码相机所拍摄的图片往往尺寸过大，这时就需要对图片进行一些裁剪，以让其适合作为细节图来进行展示。此时，利用光影魔术手的图片裁剪功能就能轻松完成这个任务！

光影魔术手的图片裁剪分为两种，一种是“比例裁剪”，光影魔术手内置了十二种常用的裁剪比例，我们可以根据自己的需要选择相应的裁剪比例，系统就会自动按照我们所选择的比例进行裁剪，如图 2-19 所示。

第二种是自定义裁剪，这种裁剪就是由用户自行来设定图片的裁剪区域，当确定好裁剪区域之后，光影魔术手就会自动按照我们的设定进行图片裁剪。

其中自定义裁剪的模式分为三种，分别为“自由裁剪”、“按宽高比例裁剪”和“固定边长裁剪”。自由裁剪就是由我们利用选择工具在图片上拖出裁剪范围，然后系统就严格按照我们所拖出的裁剪范围对图片进行裁剪，如图 2-20 所示。

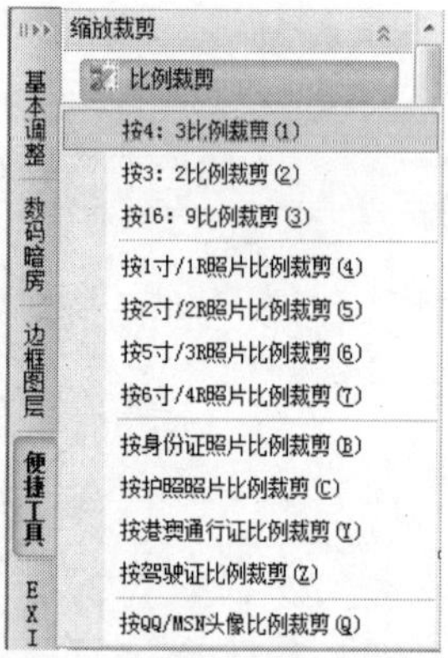

图 2-19

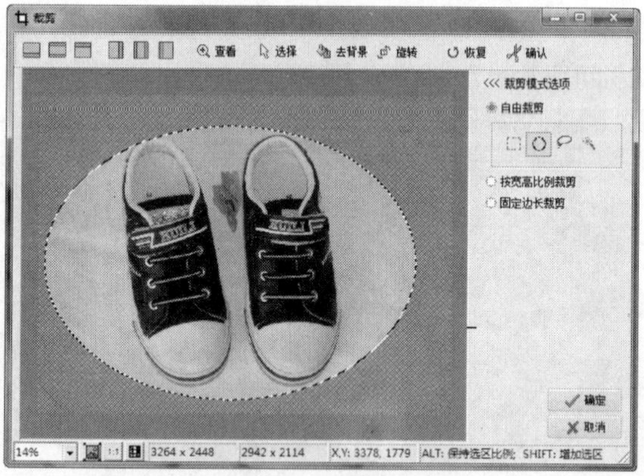

图 2-20

按宽高比例裁剪就是由我们指定要裁剪的图片宽高之比后，光影魔术手就按照这一比例对当前的图片进行裁剪，如图 2-21 所示。

固定边长裁剪就是由我们指定裁剪之后图片的宽度和高度，然后系统按照这一数值将的图片进行裁剪，如图 2-22 所示。

图 2-21

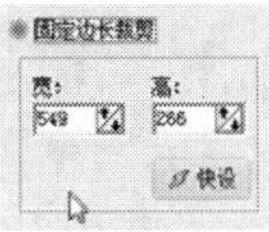

图 2-22

2. 缩放

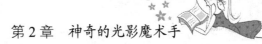

光影魔术手为我们提供了一种对所拍摄的宝贝图片进行整体缩放的功能。有时我们拍摄的图片由于尺寸过大，并不一定适合直接作为宝贝展示图片，但是我们又不想进行裁剪，怕破坏整个图片的布局，此时就可以选择光影魔术手所提供的图片缩放功能对图片进行缩放，如图 2-23 所示。

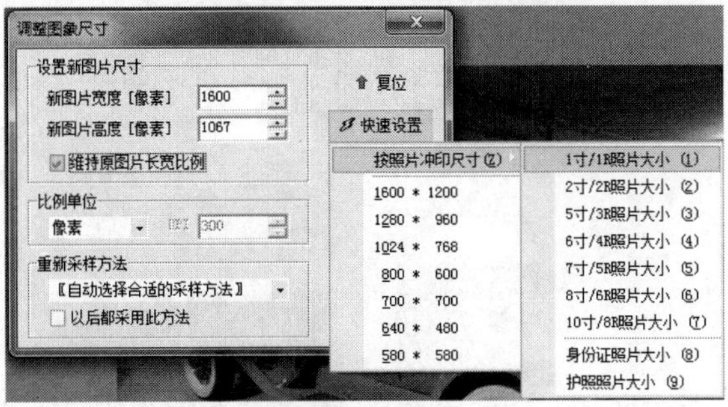

图 2-23

3. 批量自动处理

对大批的图片进行处理是我们每个淘宝卖家最头痛的一件事。如果单纯地为了艺术欣赏去处理某一张或几张图片，对于任何掌握了图片处理软件的人都不是一件难事。难就难在淘宝卖家每次大量上货时都要重复地工作。

而光影魔术手现在就提供了这样一种功能，只要能把处理图片的每一个步骤按顺序排列好，系统就会自动按照设定对指定的图片进行批量处理。省事又省心，效果真的是很不错，如图 2-24 所示。

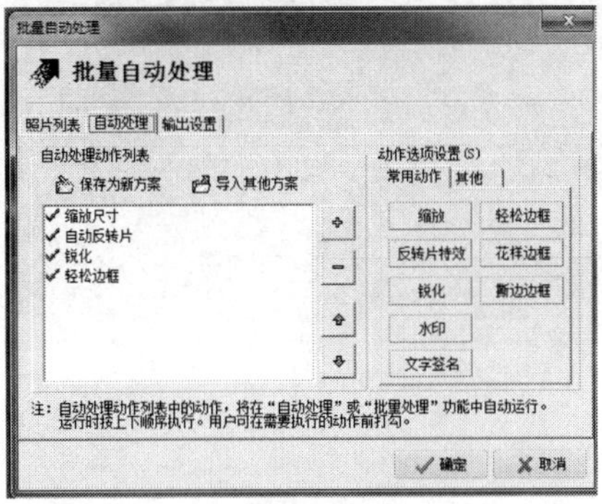

图 2-24

2.3 光影魔术手之淘宝实战使用

2.3.1 图片的快速处理

光影魔术手安装完毕后，会在计算机桌面上显示如图 2-25 所示快捷方式。

双击该快捷方式，系统就会运行光影魔术手这个软件，单击快捷工具栏上的浏览按钮，此时就打开如图 2-26 所示的光影管理器窗口。在左侧窗口找到待处理图片所存放的位置，该位置所有图片都会在窗口右侧显示出来。

图 2-25

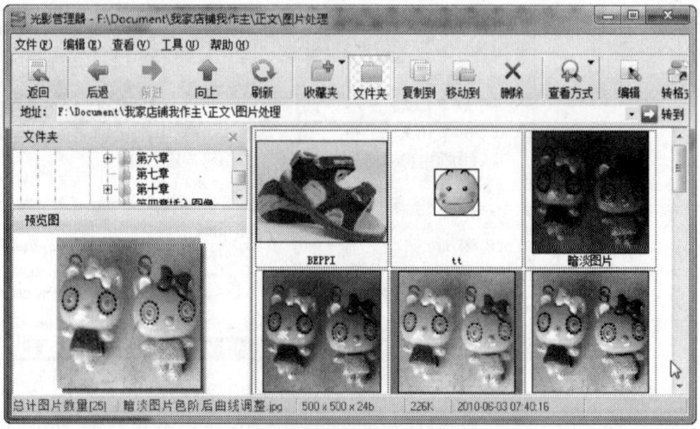

图 2-26

选中要处理的图片，用鼠标双击即可在光影魔术手中打开待处理的图片，如图 2-27 所示。

图 2-27

1. 图片减肥

由于利用数码相机所拍摄的图片体积会过大，每张图片所占有的空间都达到了 3MB 以上。假定一个宝贝若用 10 张描述图片来进行全方位的展示，那么为了展示这一个宝贝，它的图片就会占用宝贝的图片空间达 30MB，而现在如果有 30 种宝贝，那么需要的图片空间至少为 300MB！

现在淘宝网为每个新开店铺都免费提供了 30MB 的图片空间，对于新加入的朋友来说，要想办法尽量使用这个免费资源！那么为了最大限度利用有限的图片空间来存储更多的宝贝图片，现在我们唯一能做的就是为图片减肥。

作为淘宝卖家应该知道，在首页、宝贝分类及宝贝详情页中，所有的宝贝展示图片默认都是方形的，这样就可以把图片铺满展示窗口，如图 2-28 所示。

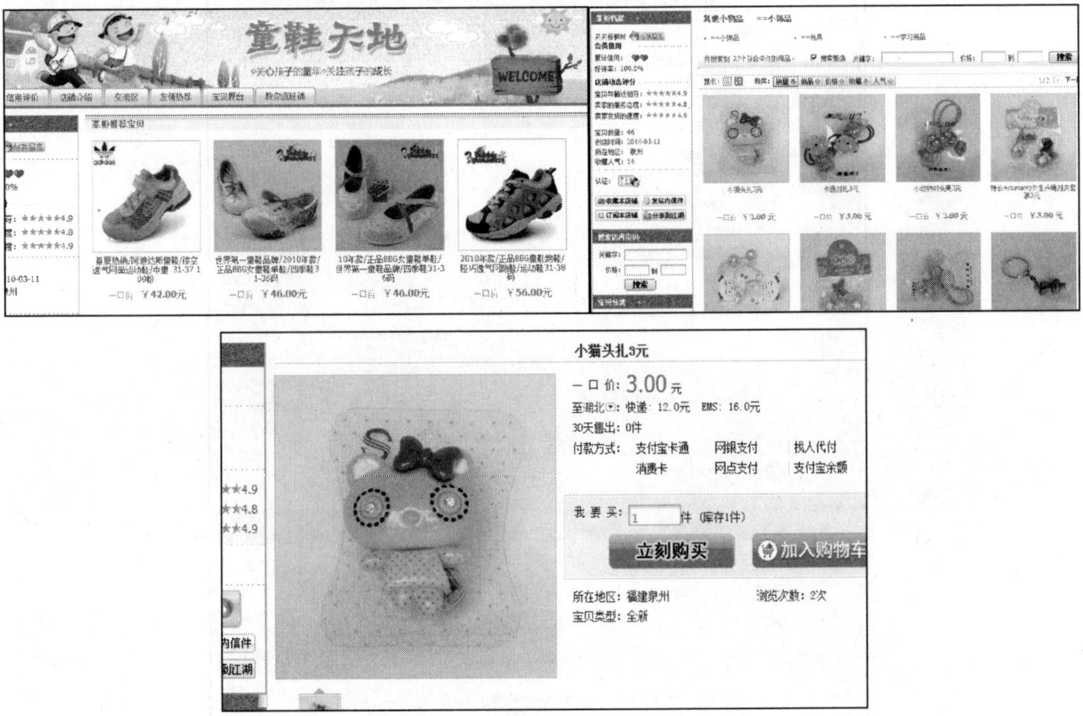

图 2-28

如果图片不是方形的，那么在以上页面显示宝贝时，就会出现非常难看的空白区，如图 2-29 所示。

虽然这不是一个大问题，但毕竟它的出现会破坏整个页面的美感。至于会不会影响买家的购买心情，这个就说不清了！

既然这个问题能够影响到自己的心情，估计也会影响到买家心情。所以为了避免出现这个问题，可以利用光影魔术手的裁剪功能把数码相机所拍摄的图片裁剪成方形，以备使用。

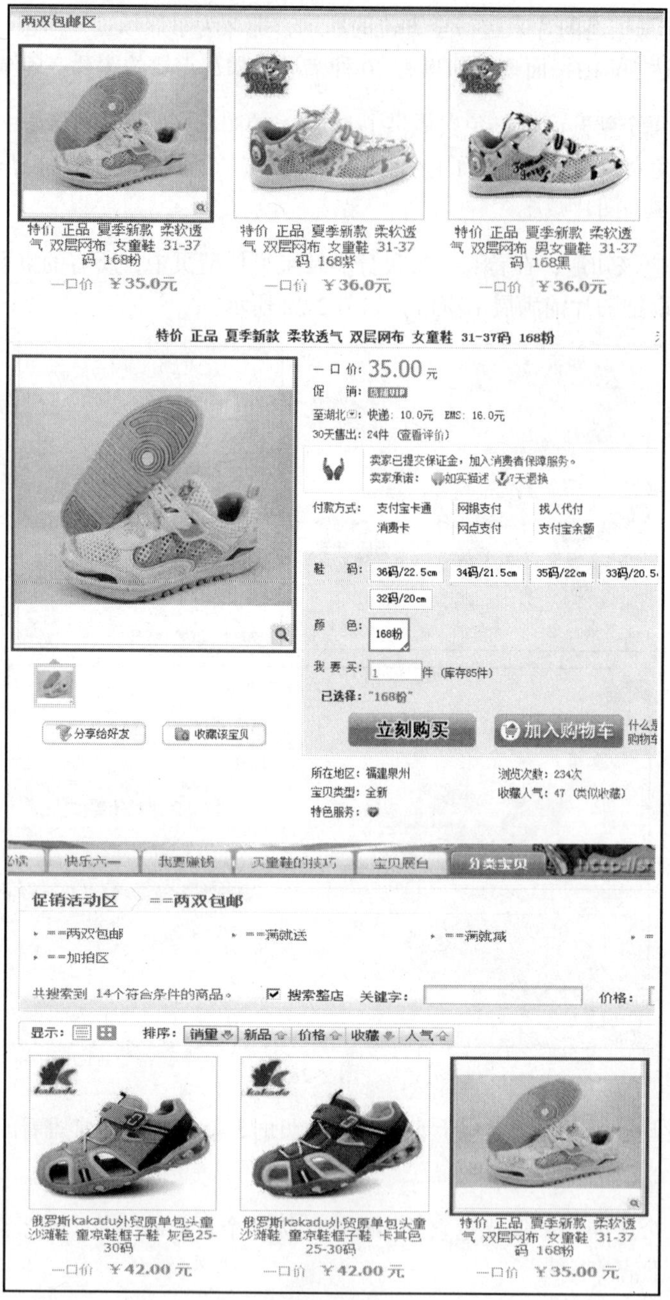

图 2-29

单击工具栏上的“裁剪”按钮，出现如图 2-30 所示的“裁剪”对话框。

在这个对话框中，可以自由选择裁剪模式，这里裁剪模式共分为三种：自由裁剪、按宽高比例裁剪和固定边长裁剪。在这里我们使用自由裁剪，选择矩形选择工具。用鼠标拖动虚线选框，将虚线选框变成正方形，如图 2-31 所示。

图 2-30

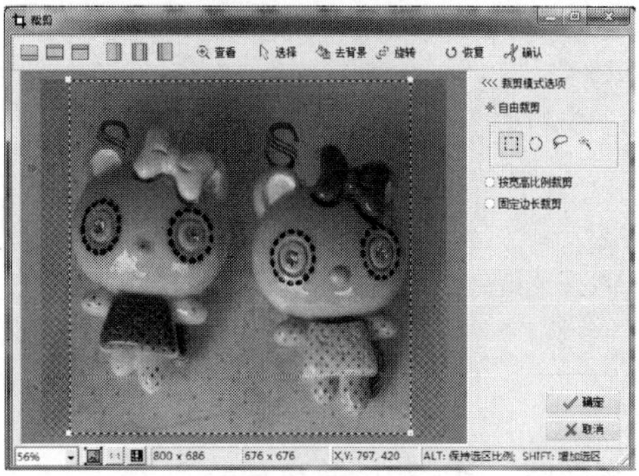

图 2-31

单击“确定”按钮，即可完成图片的裁剪，此时在光影魔术手的工作窗口中就已经出现了一个方方正正的宝贝图片，如图 2-32 所示。

经过上面的裁剪处理之后，我们已经把数码相机所拍摄的长方形图片变成了标准的方形。虽然经过裁剪，图片的体积也只是有所减小，并没有得到根本性的改善。

接下来，我们就要对我们宝贝图片进行缩放了。单击“缩放”按钮，就会弹出 “调整图像尺寸”对话框，在这里，我们需要设置缩放后的图片长和宽，假定我们在这里设置图片为 500 像素 × 500 像素，如图 2-33 所示。

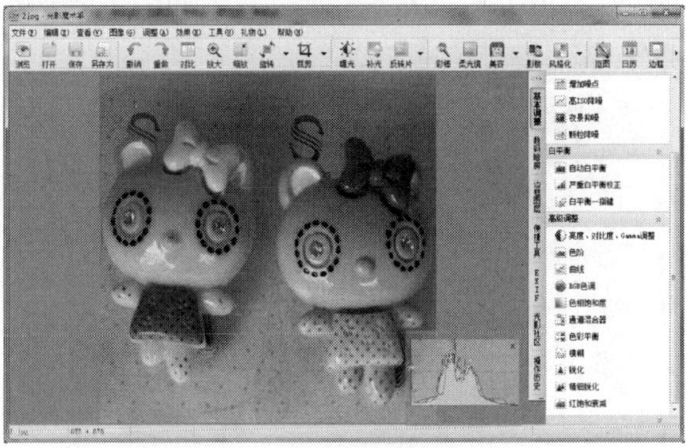

图 2-32

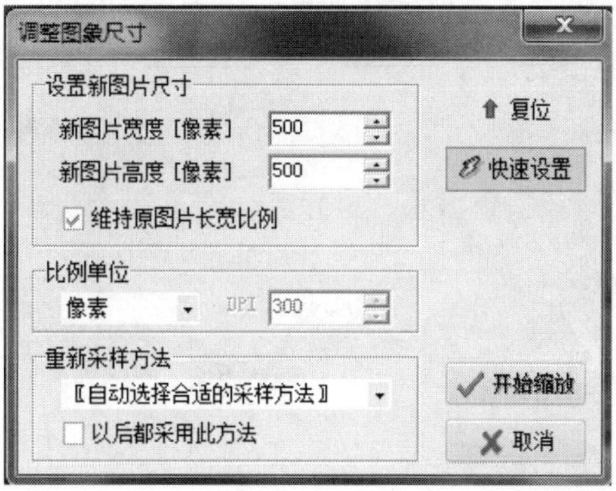

图 2-33

设置完毕后，单击“开始缩放”按钮，光影魔术手就会自动按要求进行图片缩放。此时在光影魔术手的工作窗口中就已经出现了一个 500 像素 × 500 像素方方正正的宝贝图片，如图 2-34 所示。

处理之后，一定要记得保存我们的劳动成果。保存之后，我们再来看一看处理后的图片的属性，如图 2-35 所示。

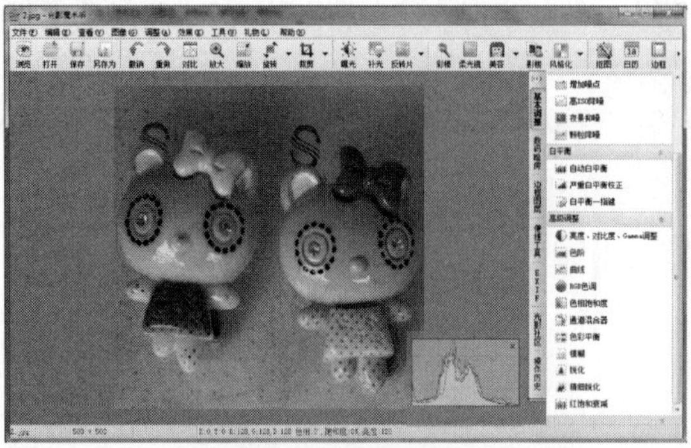

图 2-34

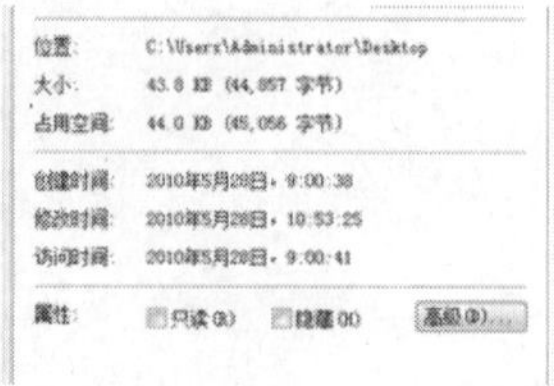

图 2-35

现在图片的大小已经变为 43.8KB，其占用的空间大小为 44KB。

这只是我们对首页、宝贝分类及宝贝详情页中的宝贝展示图片的处理。对于宝贝描述页中的图片我们也是依样处理。只不过要注意处理的过程要稍微发生一些变化。

首先，也是用光影魔术手打开一张我们要处理的宝贝详情图片，如图 2-36 所示。

从 EXIF 数据来看，此张图片的大小为 3264px × 2448px，现在尺寸太大了，并且我们宝贝的周围还有一些不太好看的灰色背景，接下来就对这个图片进行裁剪。

单击工具栏上的“裁剪”按钮，弹出“裁剪”对话框。在其中设置“按宽高比例裁剪”宽高比例为 4∶3，并用鼠标调整好裁剪框的位置。设置完毕之后，单击“裁剪”对话框上的“确定”按钮，系统就会按照 4∶3 的比例把裁剪框内的图片裁剪下来。裁剪之后，效果如图 2-37 所示。

图 2-36

图 2-37

此时图片的尺寸已经变为 2716 像素 × 2037 像素，还是太大了，但是我们不能再次裁剪了，如果再裁剪就会把裁掉宝贝的一部分。

接下来就要进行图片的缩放处理了。缩放处理和前面相同，我们不再说明了。经过处理之后，我们的图片大小已经变为 42.7KB，其占用的空间大小为 44KB。

我们回过头来再来算一算：一个宝贝使用 10 张细节描述图片，一个图片大小为 44KB，如果我们有 30 个宝贝，那么这些图片所占用的空间也就只有 13MB，而没有处理之前，我们计算的结果是 300MB。

按照这种处理方式，30MB 免费图片空间至少还可以再容纳 30 个宝贝的描述图片，也就是说总共可以容纳 60 个宝贝描述图片！

2. 图片亮度调整

经过光影魔术手的裁剪和缩放之后，我们也确实得到了大小合适的图片，打开仔细看一看，总还是觉得有一些问题。原来我们的这些图片的整体亮度和对比度不是很好，从而导致图片整体有一些暗淡，不能很好地表现实物效果，如图 2-38 所示。

现在用光影魔术手打开裁剪和缩放后的图片，在光影魔术手的快捷工具栏中，单击“补光”按钮，此时光影魔术手会自动对照片进行补光。我们来看一下补光后的效果图，如图 2-39 所示。

图 2-38

图 2-39

怎么样？效果还是比较明显吧！如果还是觉得不满意，那么我们可以多次单击“补光”按钮，直到调整到令自己满意的效果为止。

一般经过多次补光以后，都可以解决图片亮度不够的问题。但同时也可能存在这样一个问题，即我们利用光影魔术手的补光功能对图片进行智能补光时，可能会出现多补光一次，亮度就有一些偏高，少补一次，亮度又不够的问题，怎么解决这个问题呢？

其实这个问题光影魔术手也考虑到了！事实上如果想精准调整图片的亮度，可以通过光影魔术手提供的“曲线”功能来进行实现。曲线功能在两个地方可以调用，一个是在菜单中，选择“调整”菜单，在弹出的下拉菜单中就有“曲线”子菜单项，单击一下就可以打开“曲线调整”对话框，如图 2-40 所示。

另一个是在光影魔术手的右侧浮动工具面板中，也可以直接调用“曲线”调整功能，如图 2-41 所示。

图 2-40

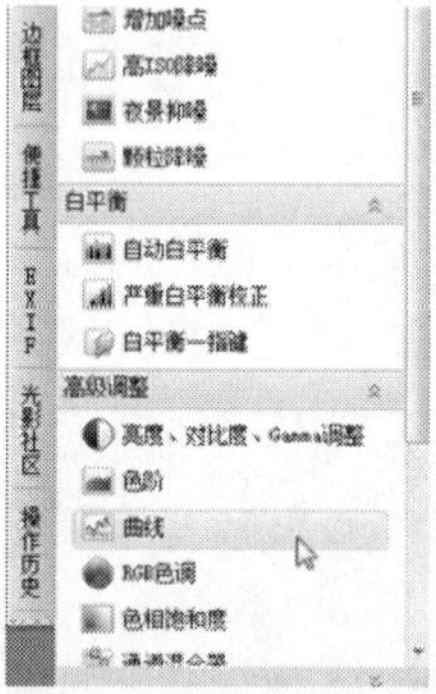

图 2-41

正所谓“条条大路通罗马”，不管用哪种方式，我们都可以实现相同的效果。这当然需要我们对此工具非常熟悉。不管是采用哪种方式，最终都会在光影魔术手的图片工作区中弹出如图 2-42 所示的“曲线调整”对话框。

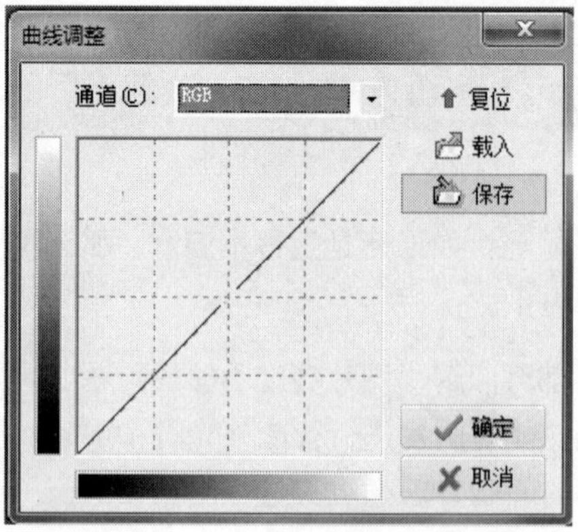

图 2-42

在这个对话框中，通道选择项有四种选择：“RGB”、“R 红色通道”、“G 绿色通道”和“B 蓝色通道”。其中“RGB” 代表整幅图片的综合色调，“R 红色通道”代表的是图片中的红色，同样的道理，“G 绿色通道”代表的是图片中的绿色，“B 蓝色通道”代表的是图片中的蓝色。

我们可以在曲线上选择一个或多个点，如果通道选择为“RGB”，把曲线向上拉动，就会看到整个照片的颜色变亮了，相反，把曲线往下拉动，整个照片色调就变暗了。如果通道选择为“R 红色通道”，把曲线向上拉动，图片中整体红色调加强，向下拉动，图片的红色调减弱。其他两个通道的选择大体相同，只不过是调整的颜色不同而已。

由于这里要调整图片的亮度，让整体变亮，所以我们要选择 RGB 通道，然后在曲线上用鼠标选择几个点，把曲线向上拉动。在调整的过程中，我们可以随时查看调整效果，如果对调整的效果满意，符合了自己的要求，就可以单击对话框上的“确定”按钮，完成调整，如图 2-43 所示。

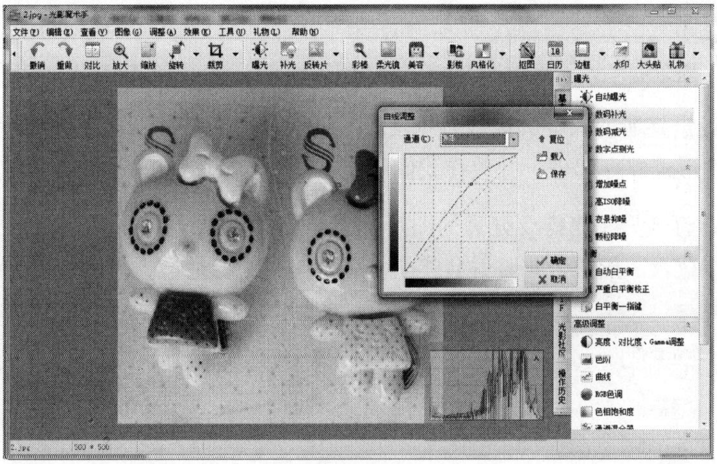

图 2-43

在“曲线调整”对话框的右上角，有三个按钮，分别为“复位”、“载入”和“保存”。其中“复位”按钮功能很简单，它只是把我们用鼠标调整后的曲线恢复原样，也就是恢复成一条直线，图片不做任何调整。

在这里要强调的是另外两个按钮。我们用同一台数码相机拍摄的同一批宝贝图片，如果有一张图片的亮度出现问题，那也就意味着所有的图片都应该会出现这样的问题。如果只有一两张，我们可以用曲线一个一个地来进行调整，但数量一多，还是得用鼠标拖动曲线一个一个地调整，这就很难保证这一批图片亮度的调整能够完全相同。

为了确保这一批图片的亮度调整是完全一致的，可以采用下面的方式来进行操作。

首先用曲线调整好一张图片的亮度，达到令人满意的效果，如图 2-44 所示。

调整好后，就可以单击“保存”按钮，此时光影魔术手就会弹出“保存曲线”对话框，如图 2-45 所示。

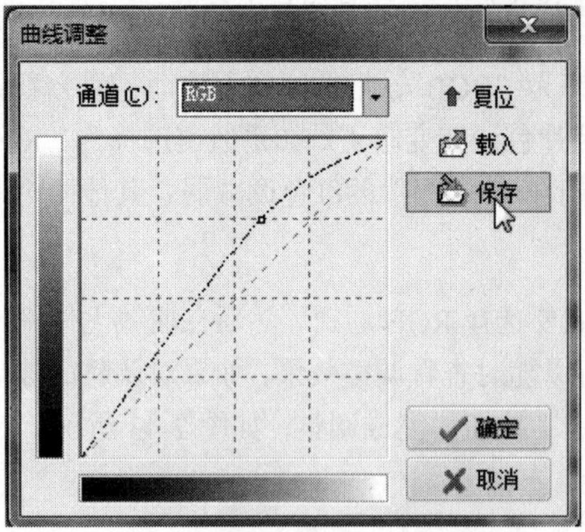

图 2-44

图 2-45

在对话框中设定好所要保存的曲线数据文件名及文件存放位置，光影魔术手就会把当前曲线调整的设置以文件形式保存起来，并放在我们所指定位置。

保存完毕后，打开另一张需要处理的图片，同样选择“曲线”功能，在弹出的“曲线调整”对话框中，单击“载入”按钮，此时就会弹出“载入曲线”对话框，如图 2-46 所示。

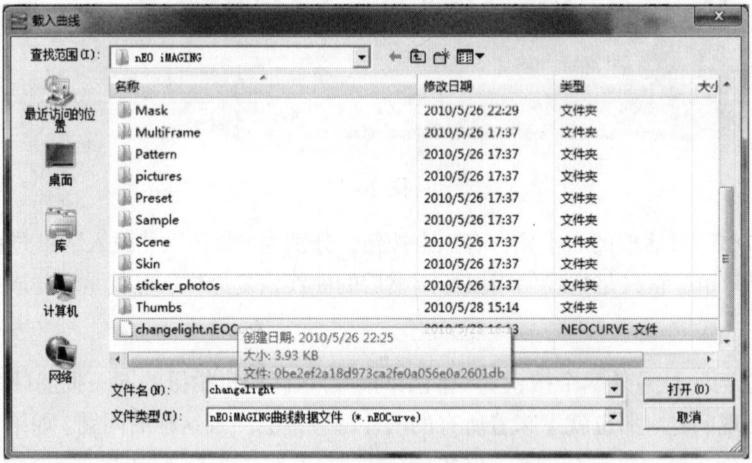

图 2-46

在这里我们找到刚才所保存的曲线调整数据文件，选中并打开，此时“曲线调整”对话框的曲线形式就和上一次调整时的曲线完全相同，这也就意味着我们这一次的调整是和上一次的调整是一致的，这样就能最大限度地保证同一批图片亮度的一致性。

最后，我们来一个对比，看一看光影魔术师处理前后的图片对比效果，如图 2-47 所示。

图 2-47

3. 图片颜色改善

经过上面的进一步处理，我们现在已经得到了一个比较令人满意的图片效果。然而还有一个问题，虽然图片的亮度增加了，但是经过我们处理过的图片的颜色和实物颜色有一定的差异。如果把这个图片传上去，买家会因为色差问题而投诉我们。

对于人类而言，人眼看到的任何一种彩色光都是由明度、色相和饱和度三个方面共同作用的综合效果，这三个特性即是色彩的三要素。

什么是色彩的明度呢？所谓明度指的是表示色彩所具有的亮度和暗度的总称。计算明度的基准是灰度测试卡，黑色为 0，白色为 10，在 0~10 之间等间隔的排列为 9 个阶段。色彩可以分为有彩色和无彩色，但后者仍然存在着明度。作为有彩色，每种颜色各自的亮度、暗度在灰度测试卡上都具有相应的位置值。彩度高的颜色对明度有很大的影响，不太容易辨别。在明亮的地方鉴别颜色的明度比较容易的，在暗的地方就难以鉴别。

从本质上讲，色彩是由于物体上的光反射到人眼视神经上所产生的感觉。色彩的不同是由光的波长的长短差别所决定的。作为色相，指的是这些不同波长的色彩。波长最长的是红色，最短的是紫色。把红、黄、绿、蓝、紫和处在它们各自之间的橙、黄绿、青绿、蓝紫、紫红这 5 种中间色——共计 10 种色作为色相环，如图 2-48 所示。

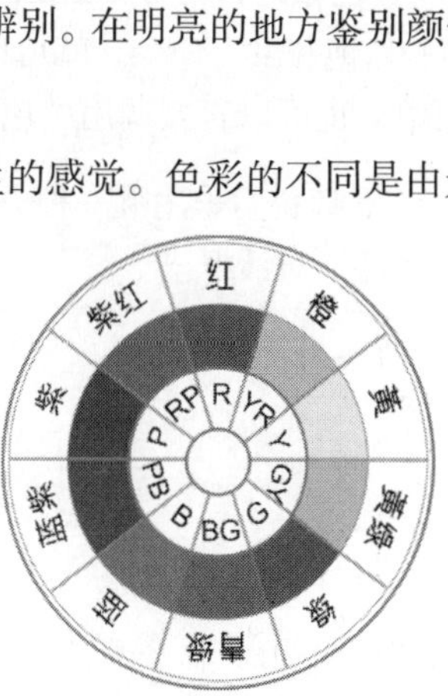

图 2-48

在色相环上排列的颜色是纯度高的颜色，被称为纯色。这些颜色在色相环上的位置是根据视觉和感觉的相等间隔来进行安排的。用类似这样的方法还可以再分出差别细微的多种颜色来。在色相环上，与环中心对称，并且夹角呈 180 度两个颜色被称为互补色。

用数值表示颜色的鲜艳或鲜明的程度称之为彩度。有彩色的各种颜色都具有彩度值，无彩色的颜色的彩度值为 0，对于区别有彩色的颜色的彩度（纯度）的高低方法是根据这种色中含灰色的程度来计算的。彩度由于色相的不同而不同，而且即使是相同的色相，因为明度的不同，彩度也会随之变化的。

现在我们就使用光影魔术手来实际操作看一下。

用光影魔术手打开经过亮度调整后的图片，如图 2-49 所示。

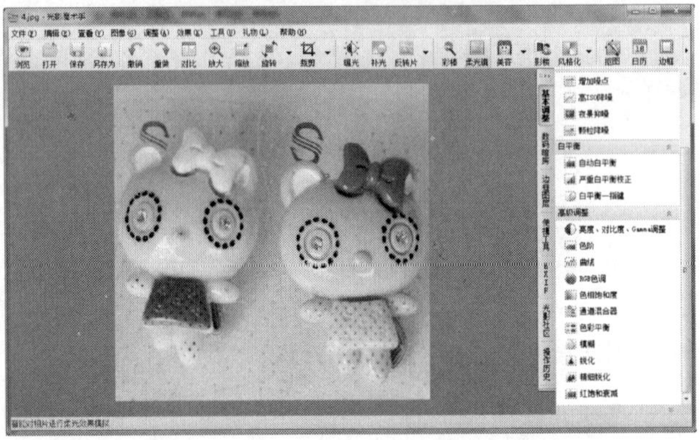

图 2-49

现在如果想对图片的所表现出的颜色进行调整，那么可以通过光影魔术手所提供的“色相饱和度”功能来进行实现。

“色相饱和度”功能在两个地方可以调用，一处是在光影魔术手的系统菜单中，选择“调整”→“色相/饱和度”命令，就可以打开“调整饱和度”对话框；另一处在光影魔术手的右侧浮动工具面板中，也可以直接调用“色相饱和度”调整功能。

不管我们采用哪一种方式调整色相饱和度，最终都会在屏幕上显示出如图 2-50 所示的“调整饱和度”对话框。

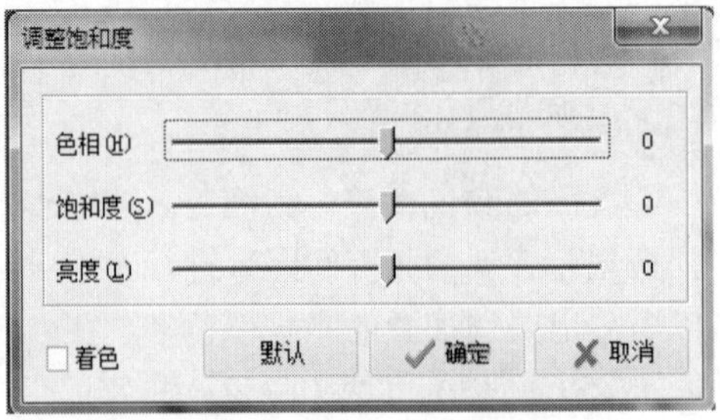

图 2-50

用鼠标拖动色相、饱和度及亮度滑块可以试一下，在拖动的过程中可以随时注意观察图像变化情况，并和实物进行对比，一直调整到图片的颜色和实物颜色接近为止，如图 2-51 所示。

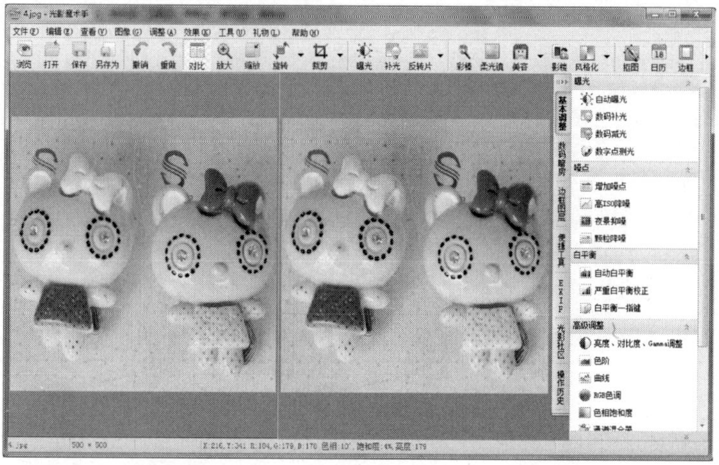

图 2-51

2.3.2　我家宝贝图片穿花衣

看一看如图 2-52 所示的图片。

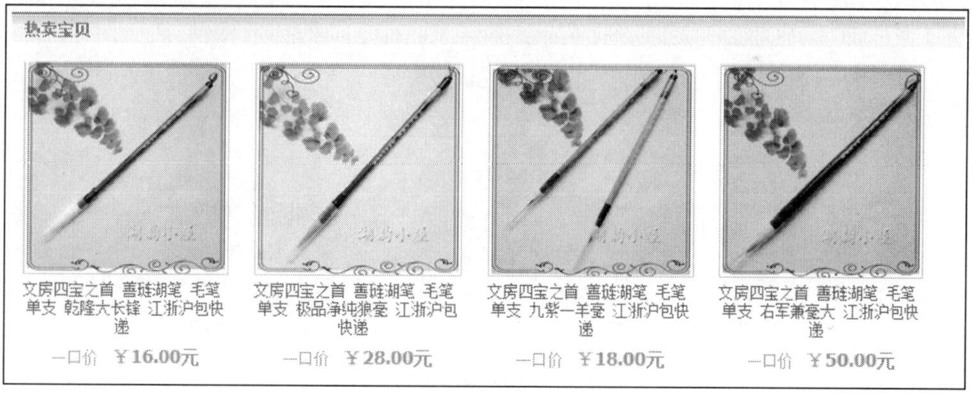

图 2-52

这家店铺的方形图片上面有一个边框，别具一格，并且在图片右下方都有一行不是很显眼的“水印”。

其实这些操作都是非常简单的，利用光影魔术手也能轻轻松松搞定！

利用光影魔术手打开要加边框装饰的图片，如图 2-53 所示。

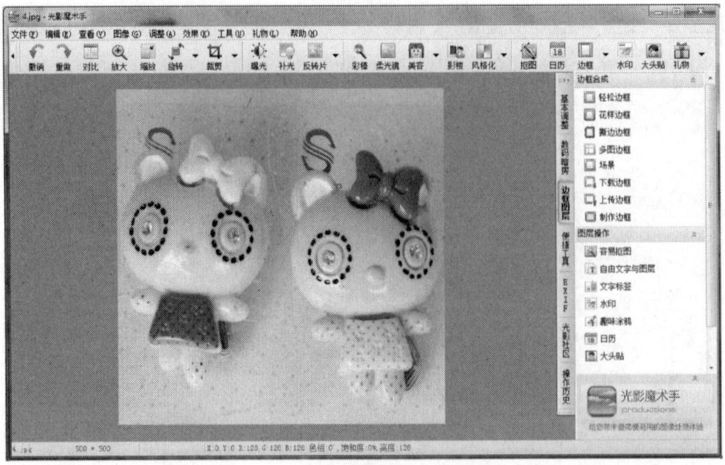

图 2-53

在菜单栏中，单击“工具”菜单项，光影魔术手就会弹出一个下拉菜单，在这个快捷菜单中，我们就可以发现关于边框的菜单项有“轻松边框”、“花样边框”、“撕边边框”、“多图边框”、“场景”、“下载边框”、“上传边框”和“制作边框”八项。除此以外，我们还可以在快捷工具栏中看到“边框”按钮 ，在这个按钮旁有一个下拉箭头，单击一下，也会弹出一个下拉菜单，这个下拉菜单里面也完全包含了关于设置边框的八个菜单项。光影魔术手另外还在窗口右侧浮动工具面板上再次将边框的全部功能放置其上，如图 2-54 所示。

图 2-54

下面就来具体看一看这些边框选项到底有什么不一样！

1. 轻松边框

单击“轻松边框”，就会弹出“轻松边框”对话框，在这个对话框中，我们可以看到在右侧边框的选择上分为三类，分别是“在线素材”、“本地素材”和“内置素材”三种，如图 2-55 所示。

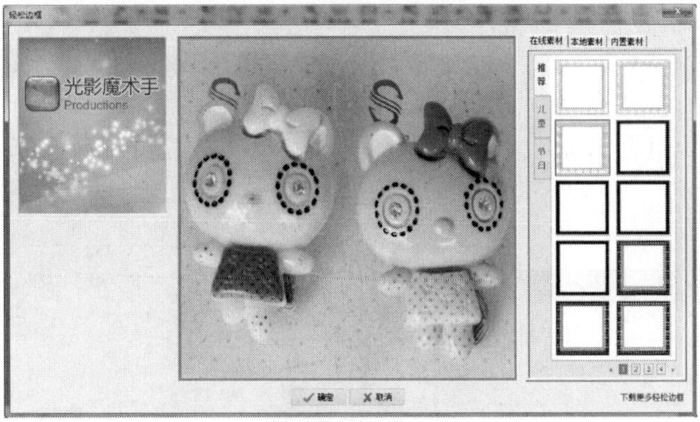

图 2-55

“在线素材”边框又细分为“推荐”、“儿童”和“节日”三种，这些边框都是其他热心网友制作并共享出来，放置在光影魔术手的官方网站上，属于在线资源，如果你的计算机能连接网络，就随时能下载这些在线边框资源，并且我们还可以看到这些在线素材又细分为很多项，在这里总能找到自己中意的边框！

如果觉得这些素材还不能满足自己的需要，在“轻松边框”对话框的窗口右下角还特意加一个“下载更多轻松边框”超链接，用鼠标单点一下，就会引导我们进入光影魔术手的官网，在这里我们就会有更多的选择，如图 2-56 所示。

“本地素材”边框里也有几个边框资源列在其中，这是光影魔术手在安装时附带的几个简单边框。本地素材边框里有两个按钮，其中第一个是“导入” 导入... 按钮，如图 2-57 所示。

图 2-56

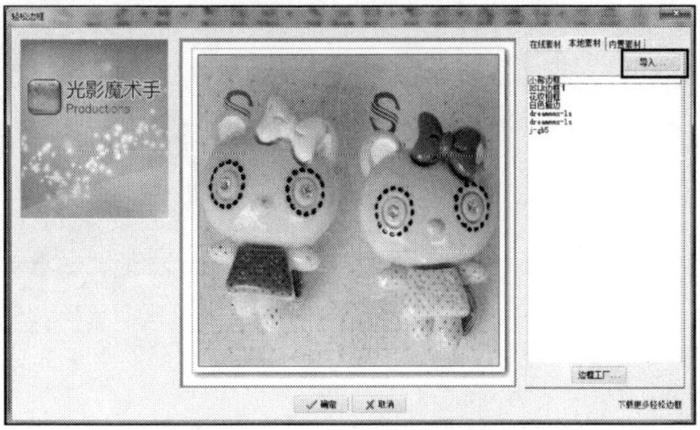

图 2-57

单击一下“导入”按钮，光影魔术手就会允许我们把自己制作或者从其他地方得到的边框文件导入到光影系统之中，从而供我们使用，如图 2-58 所示。

第二个是“边框工厂” 边框工厂... 按钮，单击一下，就会出现一个名为“边框工厂”的对话框，如图 2-59 所示。

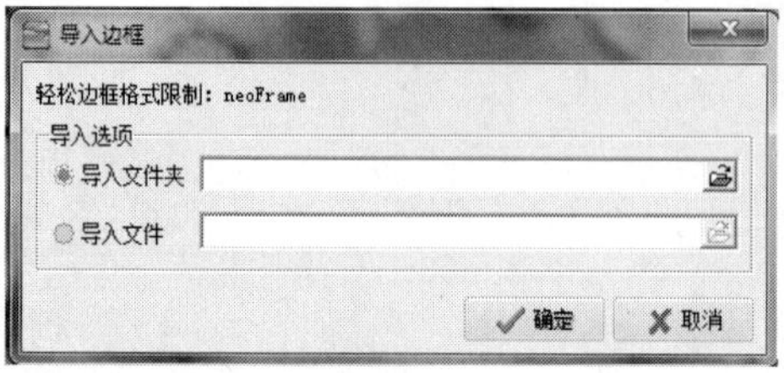

图 2-58

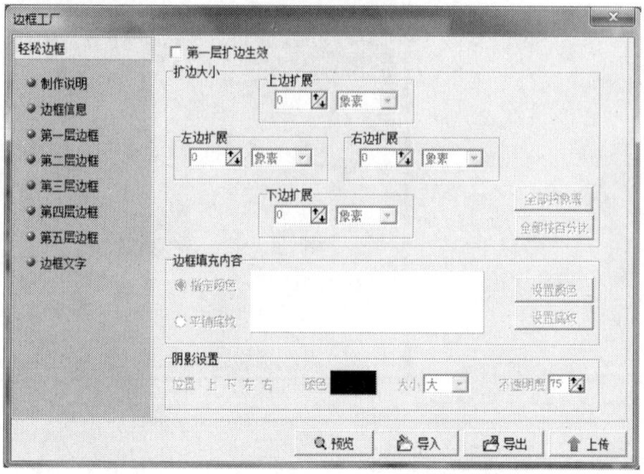

图 2-59

光影魔术手允许我们在这里自己设计边框，这样一来就能在最大程度上发挥我们的创造力，设计出独一无二的边框。

“内置素材”分类相对而言就要简单一些，这里只是汇总了系统自带的边框，只要选择某一种边框类型后，就可以在对话框中预览效果，如图 2-60 所示。

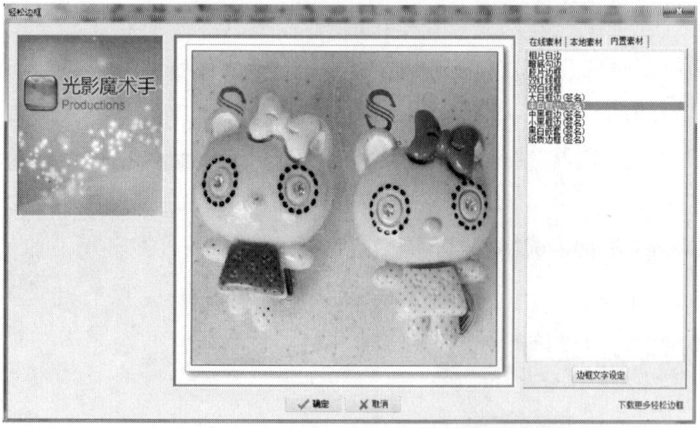

图 2-60

在这里我们随便选择几个轻松边框看一看效果，如图 2-61 所示。

图 2-61

2. 花样边框

单击“花样边框”选项，同样会弹出“花样边框”对话框，在这个对话框中，我们可以看到在右侧边框的选择只有两类，分别是“在线素材”和“本地素材”。

“在线素材”边框又细分为“推荐”、“简洁”和“节日”三种，这些边框也都是其他热心网友制作共享，属于在线资源，可供我们免费使用，如图 2-62 所示。

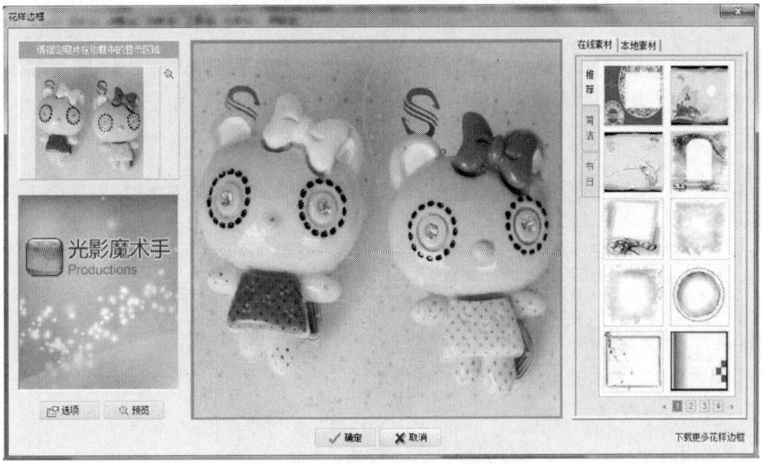

图 2-62

在窗口右下角还有一个“下载更多花样边框”链接，单击一下，就会进入光影魔术手的官网，在这里我们就会有更多的选择！

“本地素材”也有几个本地边框资源列在其中，在这里我们也可以导入花样边框，方法和前面的导入简单边框的操作完全相同。

在这里我们也随便选择几个花样边框看一看效果，如图 2-63 所示。

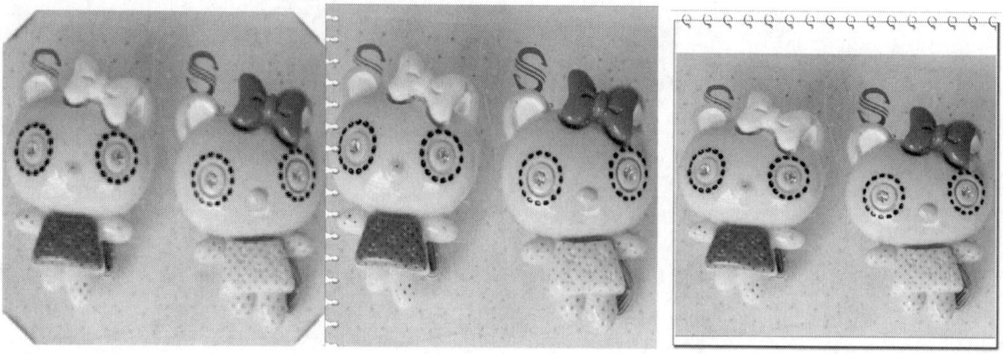

图 2-63

3. 撕边边框

撕边边框可以说是光影魔术手提供的一种效果非常另类的图片装饰边框。不可我个人总觉得这类边框并不太适合我们做我们宝贝图片的边框，至少是不适合绝大多数卖家使用，除非您所经营的产品也是非常另类的。

单击“撕边边框”选项，会弹出“撕边边框”对话框，在这个对话框中，右侧边框的选择只有“在线素材”和“本地素材”两个选项。

在这里要注意的是，在撕边边框对话框的左上角有一个底纹设置，在这个地方，我们可以设置底纹类型、底纹颜色及边框透明度。同一个边框，在这里设置不同，最终效果也是不一样的，如图 2-64 所示。

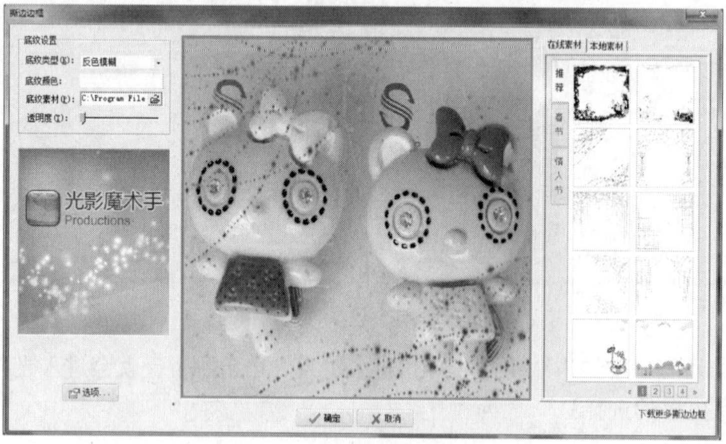

图 2-64

在这里选择撕边边框来看一看效果，如图 2-65 所示。

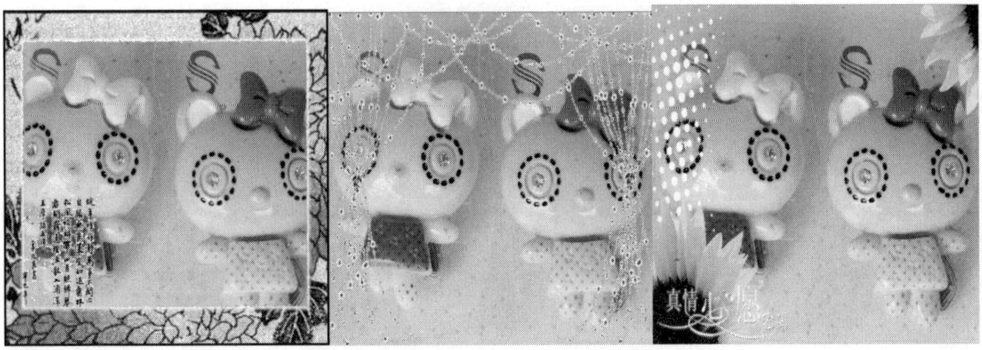

图 2-65

4. 多图边框

在说明光影魔术手的多图边框之前，先来看一个在淘宝店铺中常见的宝贝细节描述图片，如图 2-66 所示。

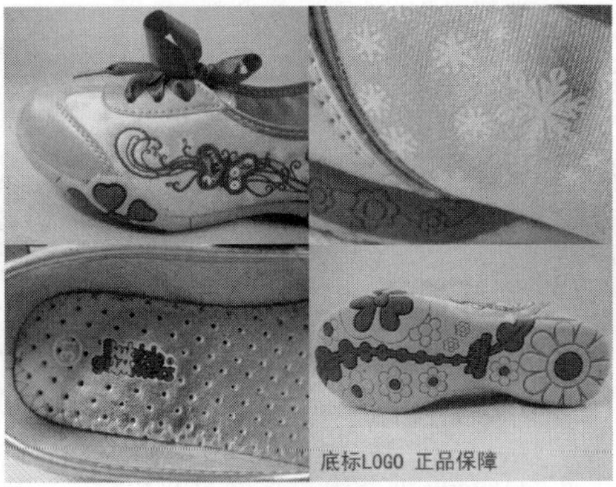

图 2-66

这张宝贝的细节描述图片是由四张图片组合而成，每一个部分只是重点展示这件宝贝的某一个侧面，这样四张图片组合在一起构成一张完整的图片。通过这一张图就能从不同侧面展示宝贝细节，不仅可以让买家更集中地了解自家产品，还能减少描述图片的张数，从而减少图片空间的使用。

下面我们就以这个图为例，来看一看如何通过光影魔术手的多图边框功能实现图像组合功能的。

当然在制作之前，首先要准备好要组合的四张细节图，并且要保证这些图片已经调整完，可以直接使用，如图 2-67 所示。

用光影魔术手打开其中的任意一张图片，如图 2-68 所示。

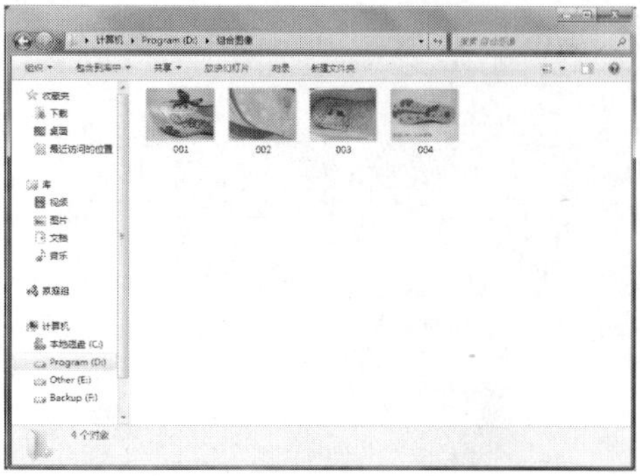

图 2-67

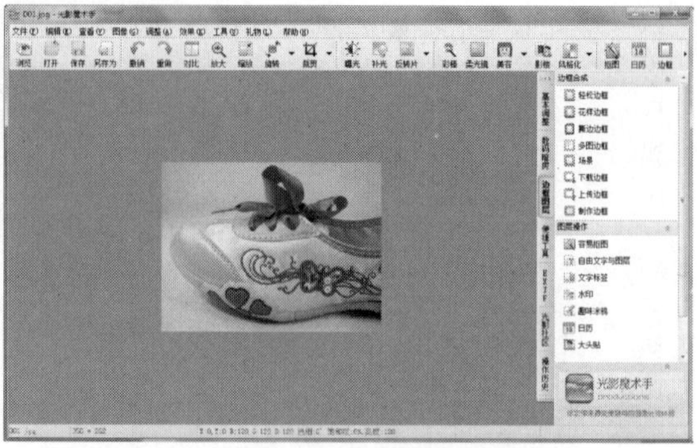

图 2-68

用鼠标单击“多图边框”选项，出现如图 2-69 所示对话框。

在“在线素材”分类中选择四图组合边框，单击之后，就会在预览界面中出现如图 2-70 所示效果。

图 2-69

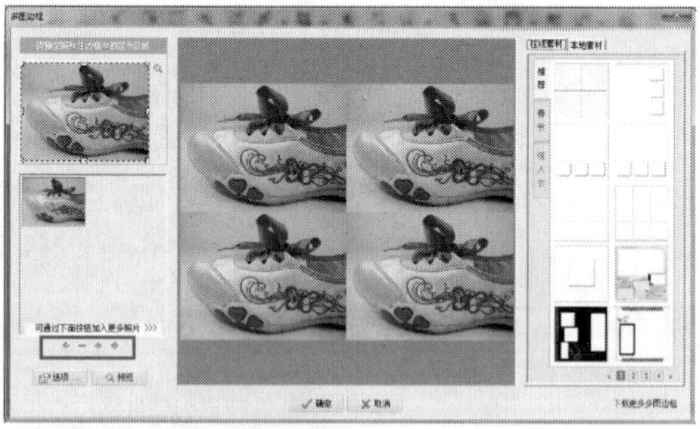

图 2-70

由于还没有把其他三张细节图片加进来，界面上四张图片完全一样。

在“多图边框”的左下角分别有“+”、“-”、“←”和“→”四个按钮。每按一次“+”按钮就在当前多图边框中增加一个图片，每按一次“-”按钮就在当前多图边框中减少一个图片，“←”和“→”按钮是用来调整不同图片在边框中的摆放位置。由于现在只有一张图片，所以我们现在要按“+”按钮添加另外三张图片，如图 2-71 所示。

依次增加图片，直到另外三张图片加入到边框之中，如图 2-72 所示。

当把其他细节图片全部加入，并按要求摆放好，但预览窗口并没有发生任何变化，因为系统并不知道我们已经把图片添加完毕，所以现在我们要告诉光影魔术手，图片全部添加完毕，可以开始进行图像组合了。只需要用鼠标单击一下左下角的“预览”按钮就可以了，效果如图 2-73 所示。

如果您对这效果还比较满意，就用鼠标左键单击多图边框对话框上的“确定”按钮，系统就会生成一张四小图组合的新图，并且将其在光影魔术手的工作窗口中显示出来，如图 2-74 所示。

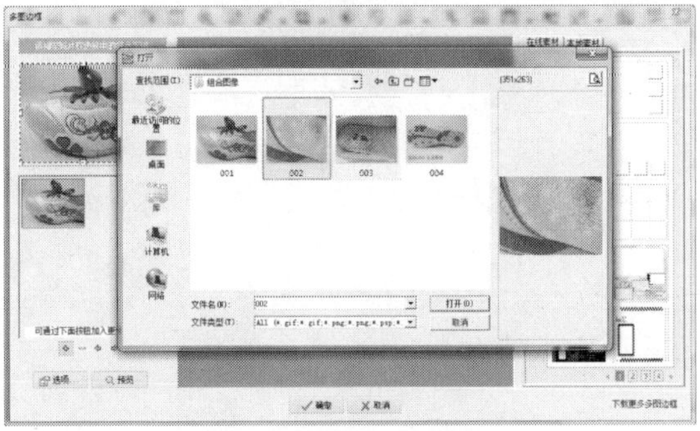

图 2-71

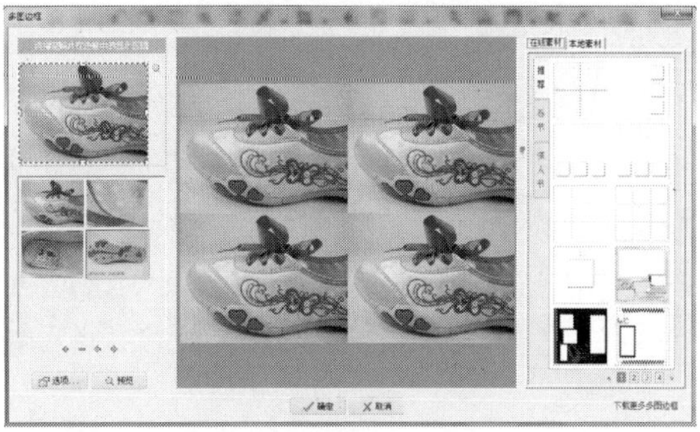

图 2-72

图 2-73

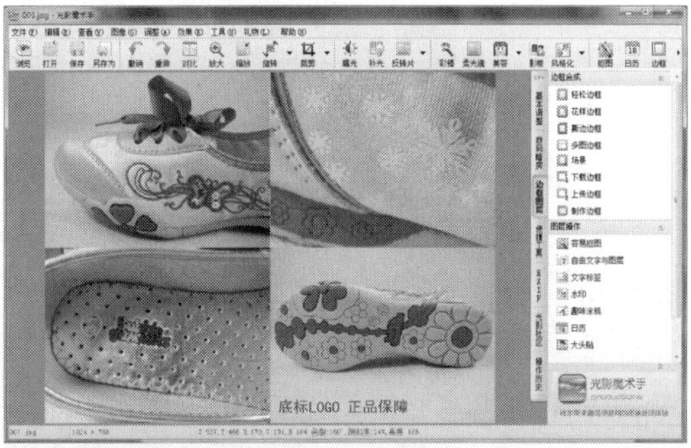

图 2-74

接下来保存我们的劳动成果，保存之后就可以使用了，就这样一个组合细节图就生成了。

当然，在多图边框中，还有很多其他边框可供选择，可以根据自己的需要选择自己认为合适的多图边框，来制作属于自己的宝贝细节组合图，至于操作过程就和我们上面的操作大同小异，具体就要靠自己去实践。

5. 场景

接下来光影魔术手最“酷”的边框就要闪亮登场了，这种边框的到底是什么样子，我们一起来领略一下。

首先，还是用光影魔术手打开需要增加边框的图片，如图 2-75 所示。

用鼠标单击“场景”按钮，系统就会弹出“场景”对话框，从这个对话框中可以看出，“场景”也允许同时增加多个图片，让这几个图片同时出现在一个场景之中，是不是有点类似多图边框呢，如图 2-76 所示。

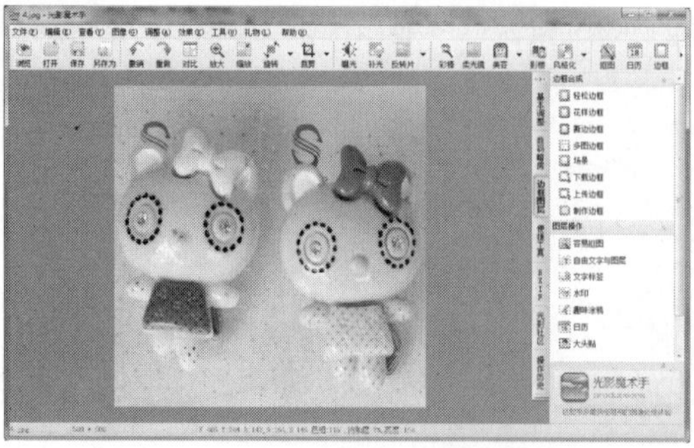

图 2-75

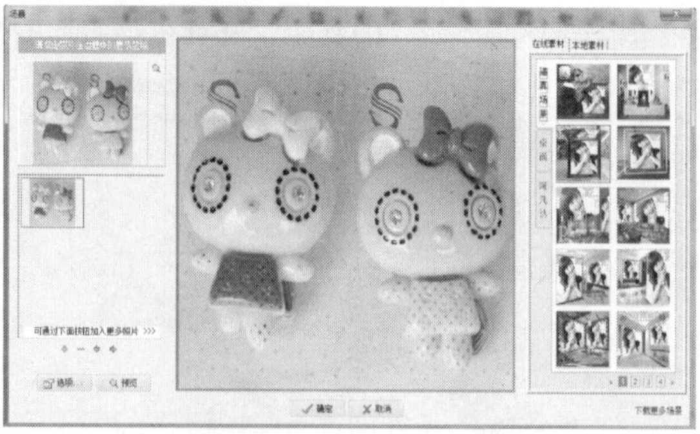

图 2-76

在光影魔术手所提供的场景中选择几个样式，看一看效果到底有什么不同，如图 2-77 所示。

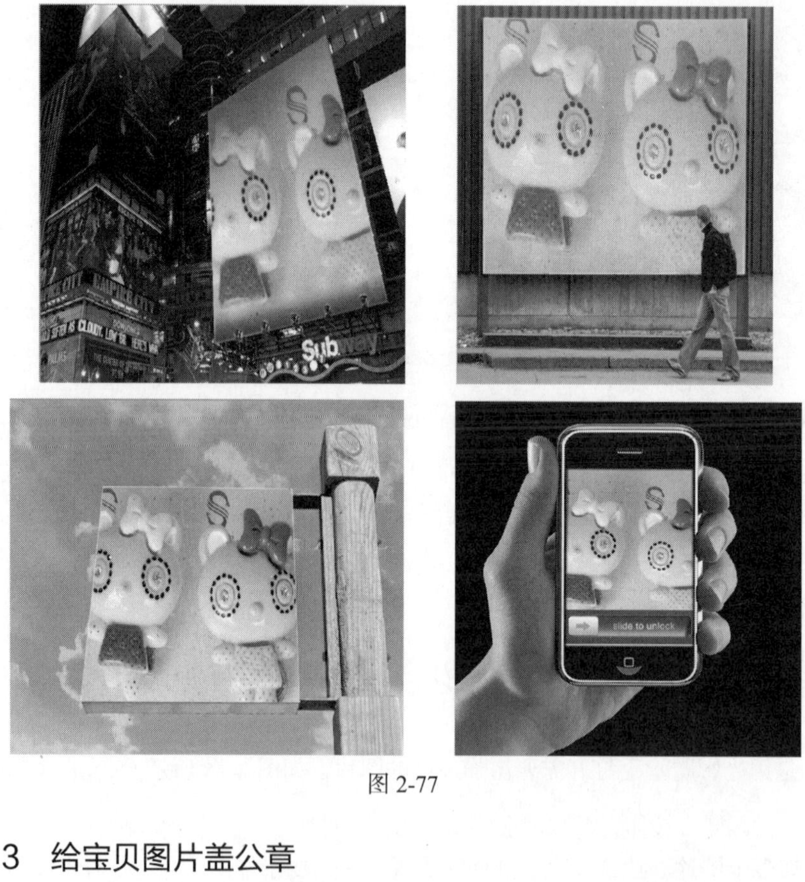

图 2-77

2.3.3 给宝贝图片盖公章

经过我们的一番努力，宝贝图片已经是近乎完美。但是自己精心处理的宝贝图片上传之后被别人盗用怎么办？可以为自己的宝贝图片加上水印！把水印加在我们的产品图片之上，不仅可以让我们的宝贝图片更生动，让更多顾客记住我们的网店，而且还可以增加其他朋友盗图的难度，真是一举多得！

我们不能随便找一个图片作为水印，一般都是要用工具软件（以 Photoshop 制作居多）自己制作一个水印文件，然后保存下来。在这里一定要提醒各位读者：在制作水印文件时，一定要用透明背景，并且要存为 PNG 格式或 GIF 格式。

当水印制作完毕后，在光影魔术手中如何将制作的水印添加到图片上呢？下面我们就来试一试。

首先，还是用光影魔术手打开需要添加水印的宝贝图片，如图 2-78 所示。

然后在光影魔术手的菜单中，单击“水印”选项，弹出如图 2-79 所示“水印”对话框。

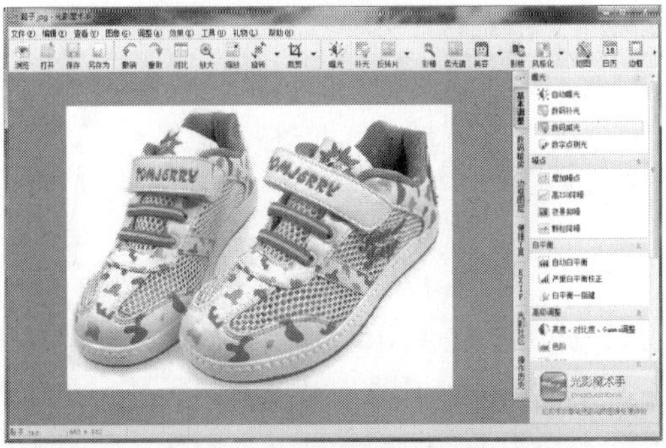

图 2-78

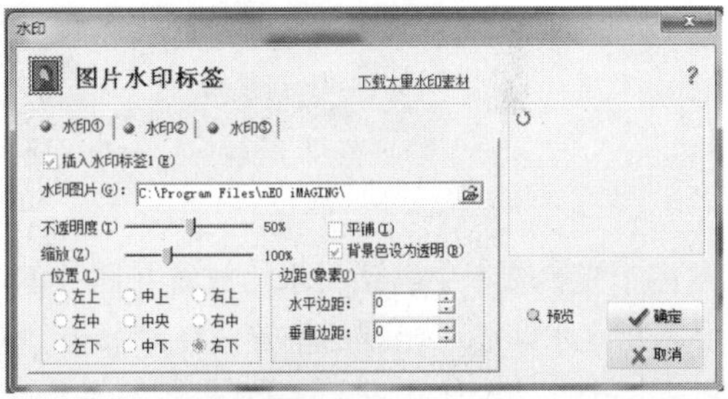

图 2-79

在“水印”对话框中，我们不难看出，光影魔术手可以为一张图片同时最多增加三个水印，并且每一个水印都可以单独进行指定。系统默认只是增加一个水印，那就是“水印①”。另外水印①下的“插入水印标签 1”复选框处于勾选状态，这就表明当前是可以插入第一个水印的。

单击“水印图片”下拉按钮，如图 2-80 所示。

在弹出的“请指定签名图片”对话框，在此对话框中找到自己事先制作好的水印文件，并单击“打开”按钮，如图 2-81 所示。

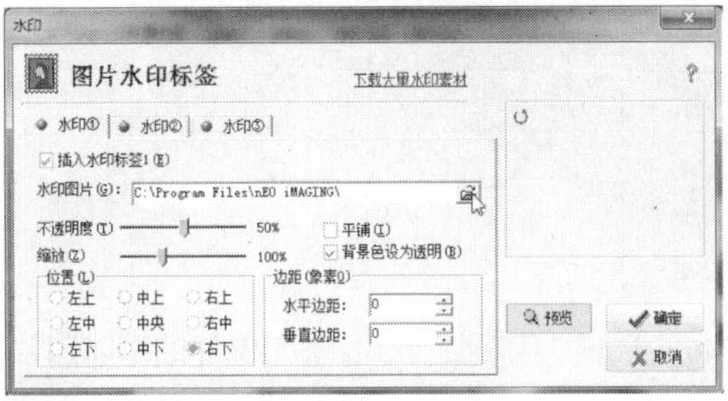

图 2-80

图 2-81

此时，我们制作的水印就会出现在“水印”对话框中。

之后我们就可以根据需要调整水印的不透明度和水印的大小了，调整完毕后，单击“预览”按钮，可以查看所加水印的效果。如果不满意就继续调整，一直到合适为止，如图 2-82 所示。

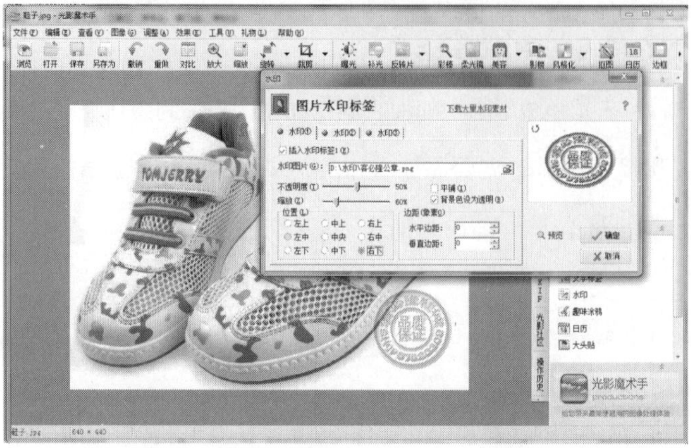

图 2-82

由于光影魔术手默认将水印放置在图片的右下角，如图 2-82 所示。其实我们可以根据自己的需要来指定水印图片出现的位置。在“水印”对话框中，共有 9 个位置可供选择。另外，在对话框中还有一个“边距（像素）”设置框，在其中可以设置水平和垂直边距，这又是干什么用的呢？其实这里的边距是以我们所设定水印位置为基准，然后调整水印相对于基准点的水平和垂直距离。

设置完毕，并达到了自己满意的结果，就可以单击“确定”按钮，完成我们的水印添加了。好了，看一看效果，如图 2-83 所示。

图 2-83

到了这里，可能有朋友会说，我不会使用 Photoshop，当然也就没有事先做好的水印图片，是不是就不可以添加水印了呢？不用着急，如果您不会使用 Photoshop，那也只是说我们不能自行制作水印文件，但我们在光影魔术手中还可以添加文字水印！

在光影魔术手菜单栏“工具”里可以找到“文字标签”功能。其实在右侧浮动工具面板中也有它的身影，单击它就会弹出“文字标签”对话框，如图 2-84 所示。

这和我们上面制作图片水印的对话框非常类似，并且在这里，光影魔术手竟然可以让我们同时增加五个文字水印！并且每一个文字水印都可以单独指定，当然系统默认只是插入“标签①”。

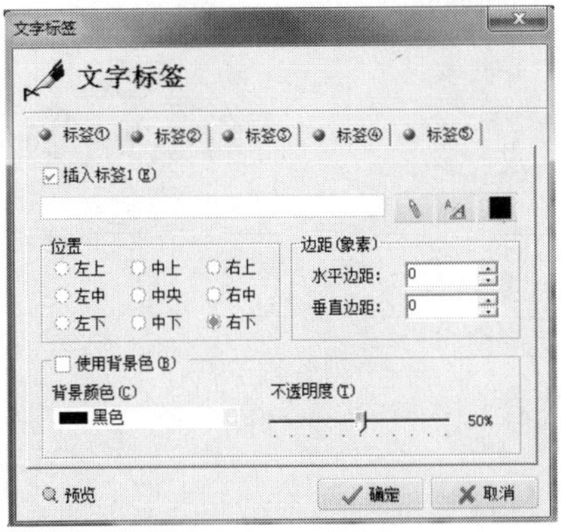

图 2-84

在这里我们可以输入要插入的文字、改变文字字体及颜色，还可以指定文字水印出现的位置及其透明度。在这里加入了两个文字标签，第一个是我的淘宝店名“客必隆鞋城”，第二个是我的淘宝店址 http://shop57623309.taobao.com/，并设置这两个文字标签文字颜色、字体、不透明度及文字标签出现的位置，如图 2-85 所示。

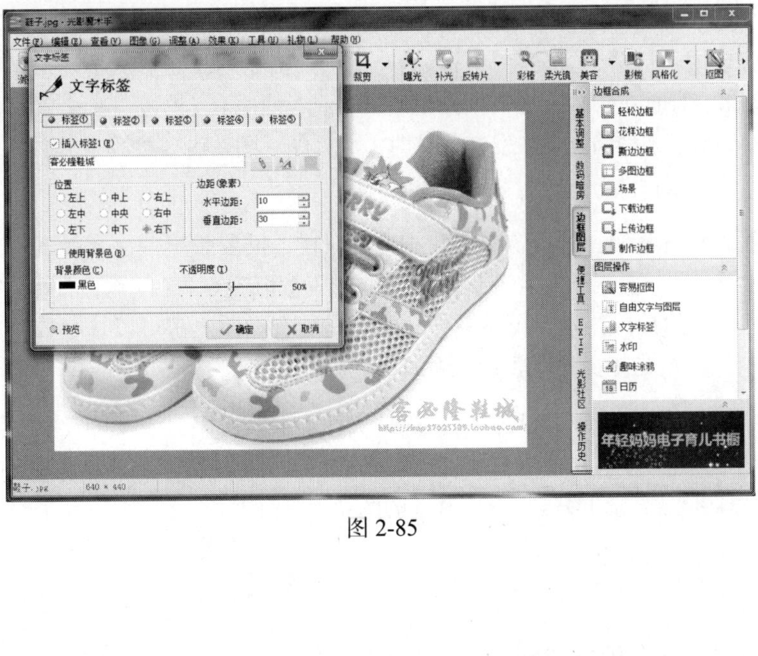

图 2-85

如果效果合适，就单击“文本标签”对话框上的“确定”按钮，让光影魔术手按照我们的设计来生成文本标签。

最终效果如图 2-86 所示。

图 2-86

生成文字水印之后，要记得保存一下！只不过在这里要提醒一下，在保存时最好单击快捷工具栏上的“另存为”按钮，而不是覆盖原图片文件，因为以后我们可能需要使用这张原图。

2.3.4 图片的快速抠图

各位买家朋友进入店铺挑选宝贝时，首先看到的往往是宝贝图片，如果要想你的宝贝能吸引住买家朋友，那就一定要求宝贝图片能非常好地突显宝贝的特点，这样才能吸引买家去继续关注此宝贝的细节描述图片，加深对宝贝的了解，从而决定是否购买。

纯白背景应该说是最适合突显宝贝特点的，而宝贝描述图片是要从不同角度展示宝贝，并且为了达到某种效果，有时在拍摄时还需要搭配道具，或者使用真人模特进行拍摄，此时当然就不适宜使用纯白背景。基于这种情况，在发布宝贝时，宝贝展示图片就要处理成纯白背景，而宝贝描述图片就保留原有的拍摄背景。

这是不是就意味着我们在进行宝贝图片拍摄的时候，需要拍摄两次才能满足需要呢？一次用纯白背景进行拍摄，另一次就用真实背景进行拍摄。但这里存在一个问题，那就是纯白背景图片的拍摄是需要具有一定的拍摄技术才可能胜任，并不是所有的朋友都可以拿起数码相机就开始拍摄了。如图 2-87 所示，这是拍摄的一张纯白背景的图片。

虽然是纯白的背景，但最终给我们的感觉是灰色背景。所以对于一般卖家来说，还是首先拍摄好宝贝描述图片，然后再来利用拍摄好的图片制作纯白背景的宝贝图片。当我们的拍摄技巧积累到了一定的高度，再来尝试拍摄这种纯白背景的图片吧！

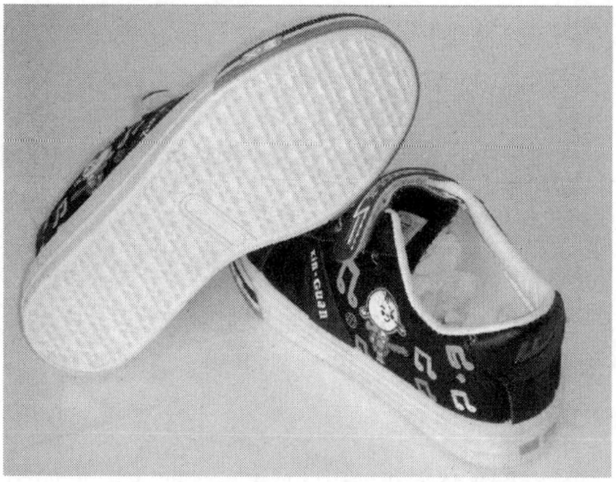

图 2-87

那么如何把有背景的图片处理成纯白背景图片呢？此时我们就可以利用光影魔术手所提供的工具把宝贝从背景图片中抠取出来，然后将它放在纯白背景上就可以了！

下面我们就具体来介绍一下，如何利用光影魔术手提供的工具来进行抠图作业，完成纯白背景图片的制作！

抠图之前，首先把光影魔术手打开，如图 2-88 所示。

在工具栏中单击“抠图”按钮，此时光影魔术手就会弹出一个“容易抠图”对话框，如图 2-89 所示。

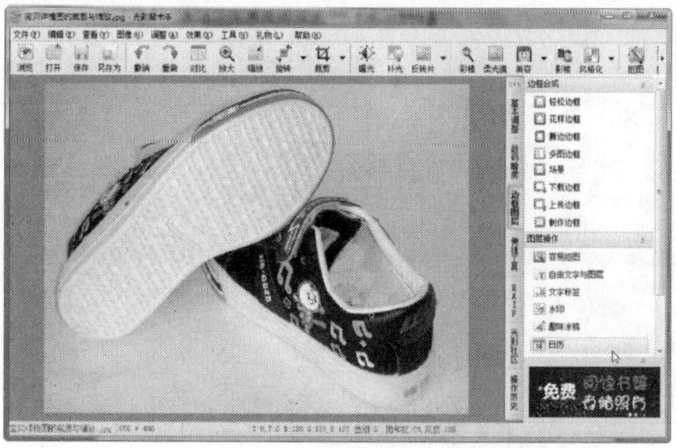

图 2-88

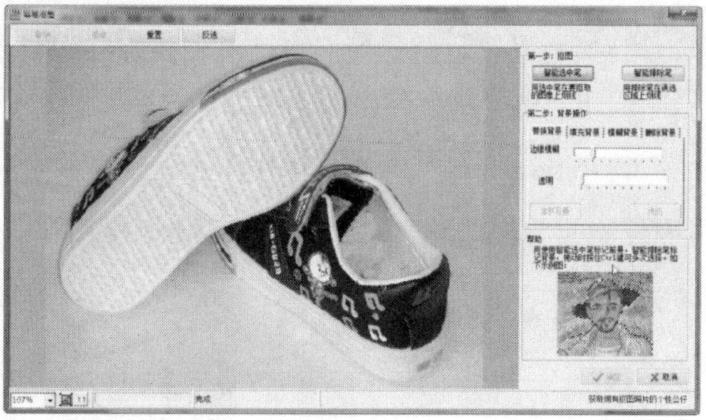

图 2-89

在此对话框右边部分，我们可以清楚地看到，利用光影魔术手进行抠图只需要简单的两步操作就行！

第一步抠图，如图 2-90 所示。

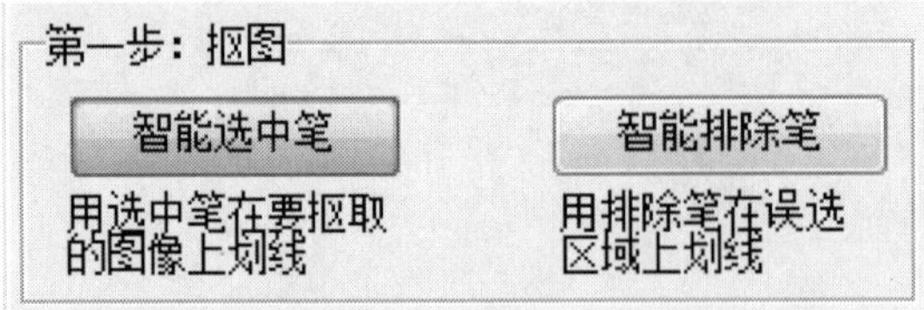

图 2-90

从介绍中，我们可以知道，要分别利用两种笔形工具来在图片上确定什么区域需要选取，什么区域需要排除。在这里，利用笔形工具进行区域选择时，在边缘部位一定要小心操作，否则就会造成主体部分内容的缺失，如图 2-91 所示。

第二步背景操作。在这里，光影魔术手会提供以下几种选择，如图 2-92 所示。

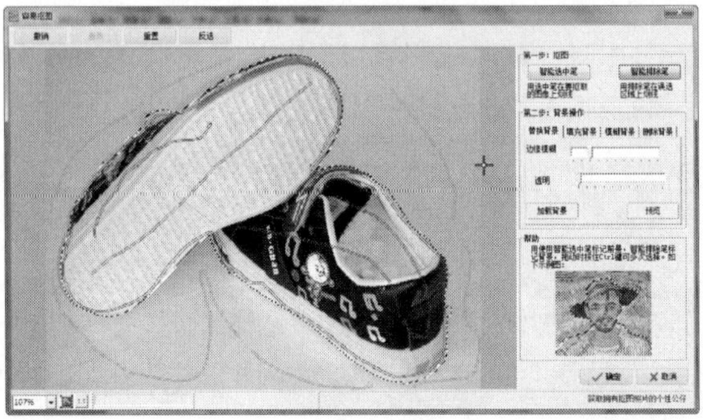

图 2-91

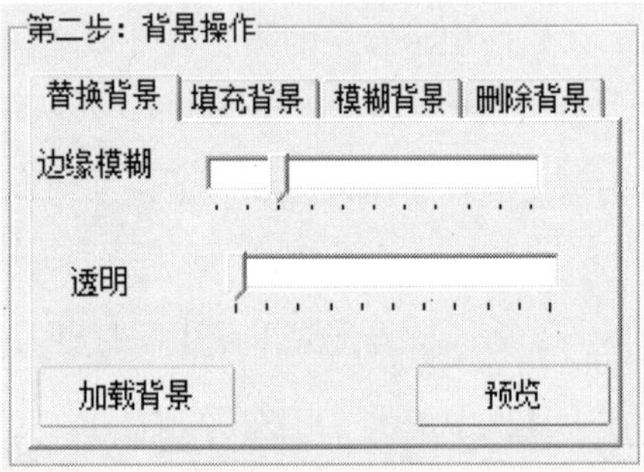

图 2-92

替换背景：也就是我们自己事先找好一张背景图片，单击“容易抠图”对话框上的“加载背景”按钮，系统就会弹出一个名为“打开”的对话框，如图 2-93 所示。

选中背景图片，并单击打开，就可以看到添加背景之后的效果，如图 2-94 所示。

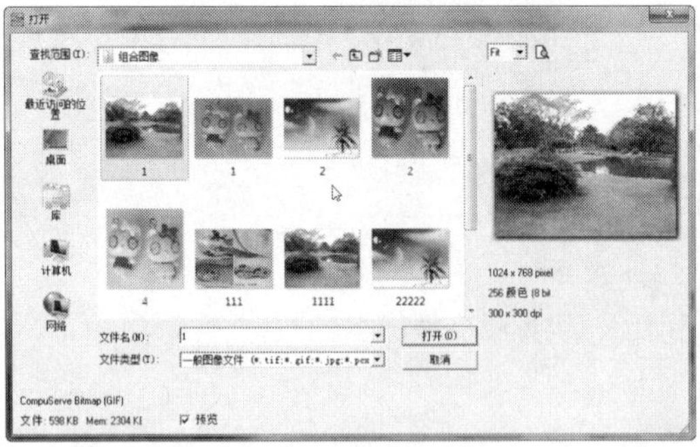

图 2-93

图 2-94

在这里我们可以调整一下透明度和边缘模糊值，让图片和背景更好地融入在一起。设置完毕之后，单击“确定”按钮即可。

填充背景：也就是让我们自主选择要填充的背景颜色，然后系统就会把抠出的图像放在所设置的背景色之上，如图 2-95 所示。

如何更改颜色呢？单击如图 2-95 所示的“选择颜色”按钮，会弹出名为“颜色”的对话框，如图 2-96 所示。

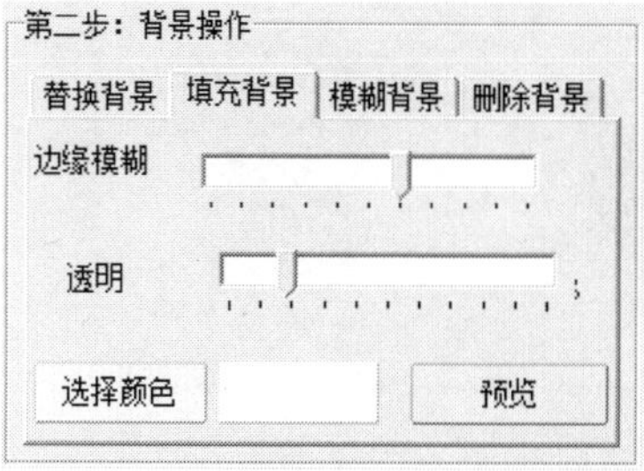

图 2-95

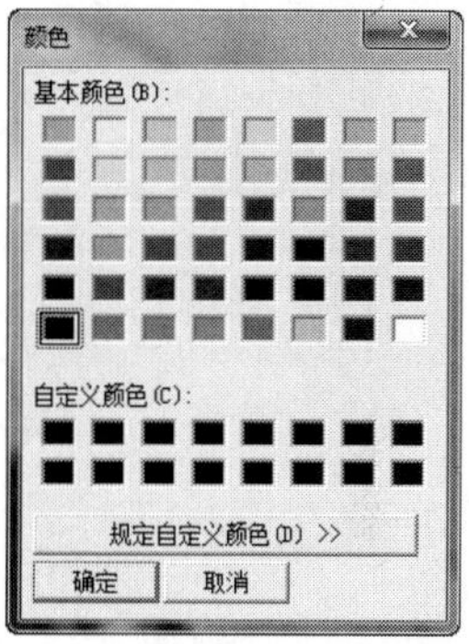

图 2-96

在这里选择自己所需要的颜色，当然如果觉得系统的基本颜色不适合自己，那自定义颜色也可以，我们现在是要将背景处理成纯白背景，那么只需要选择白色，然后单击对话框上的“确定”按钮即可。

单击“确定”按钮之后，就会返回“容易抠图”对话框，此时就可以看到“选择颜色”按钮的旁边的图标颜色变为白色，如图 2-97 上标注位置处所示。

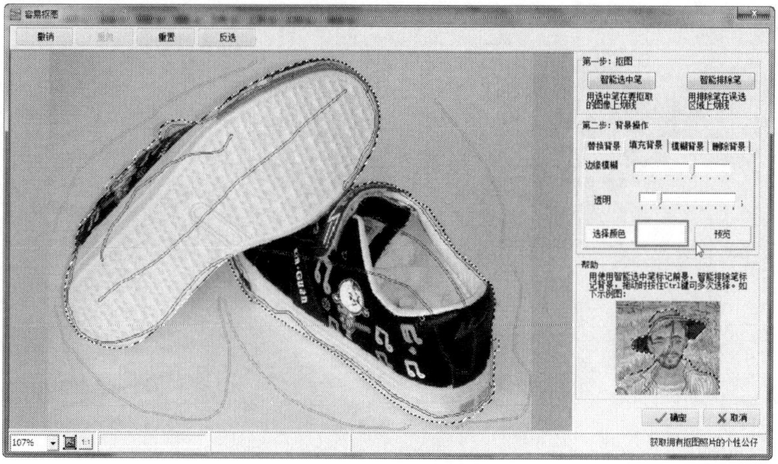

图 2-97

此时表明已经成功选择了白色作为背景色，单击一下“预览”按钮，看一看效果，如图 2-98 所示。

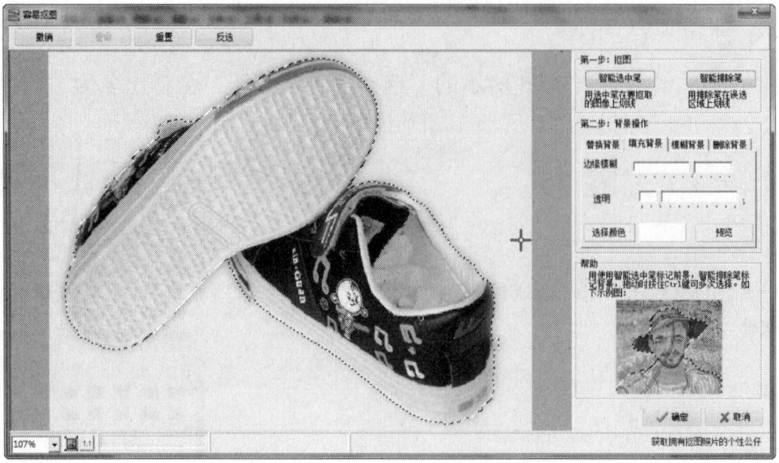

图 2-98

如果觉得不错，就直接单击“确定”按钮完成纯白背景的图片制作，此后只需要将该图片保存下来就可以使用了，如图 2-99 所示是保存之后的浏览图。

模糊背景：这种操作主要是将我们所排除的背景区进行模糊处理，以达到弱化原有背景的目的。这里我们只需要调整两个参数，一个是边缘模糊，另一个就是强度，如图 2-100 所示。

图 2-99

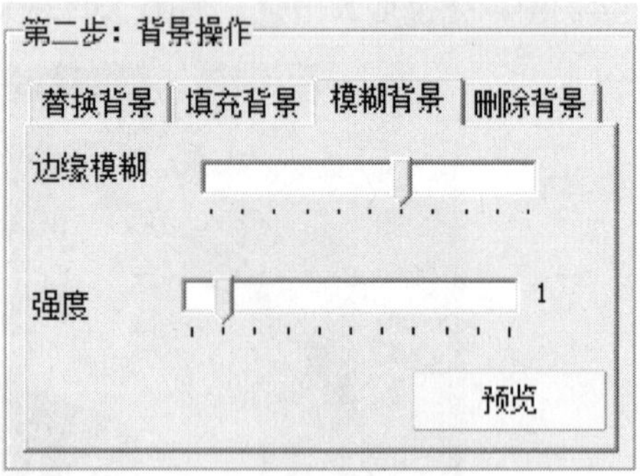

图 2-100

我们来试一试，对比看一看这种模糊背景有什么效果，如图 2-101 所示。

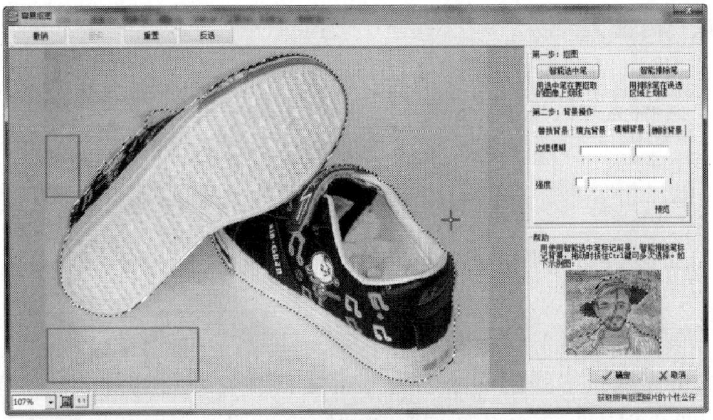

调整前

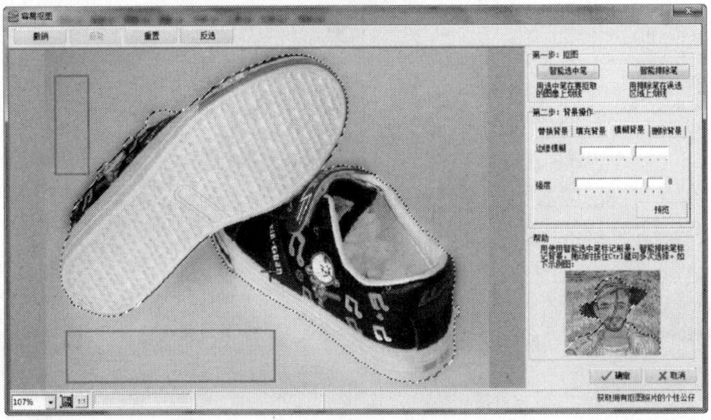

调整后

图 2-101

删除背景：也就是把当前图片的背景区删除。我们来看一看具体效果，如图 2-102 所示。

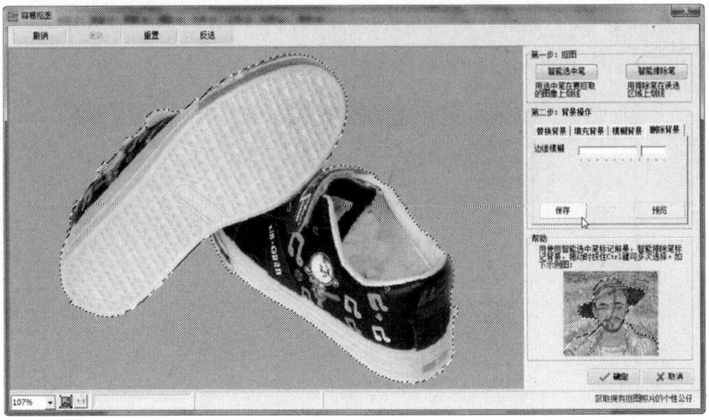

图 2-102

2.3.5 图片批量处理

作为淘宝卖家来说，由于店里的商品更新非常快，如果每次都这样去费时费力地一张张处理图片，确实是件非常头痛的事。

利用光影魔术手的“批处理”功能可以进行批量图片处理。

NO.1： 正常启动光影魔术手，单击“文件”菜单项，在弹出的下拉菜单项中我们可以看到“批处理”菜单项，如图 2-103 所示。

在光影魔术手的工作窗口中弹出一个名为“批量自动处理”的对话框。在这个对话框中，有三个页面，分别是“照片列表”、“自动处理”和“输出设置”，如图 2-104 所示。

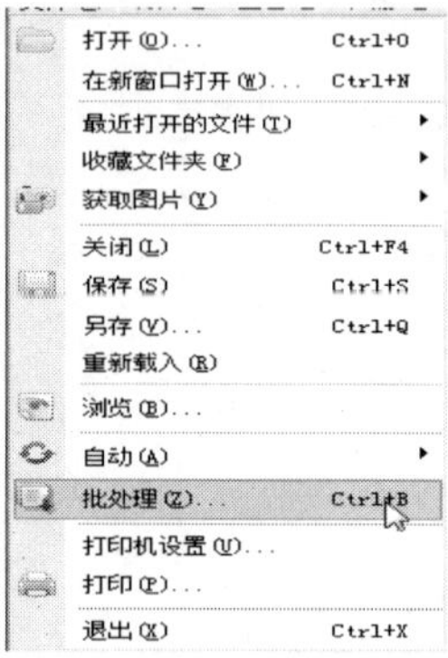

图 2-103

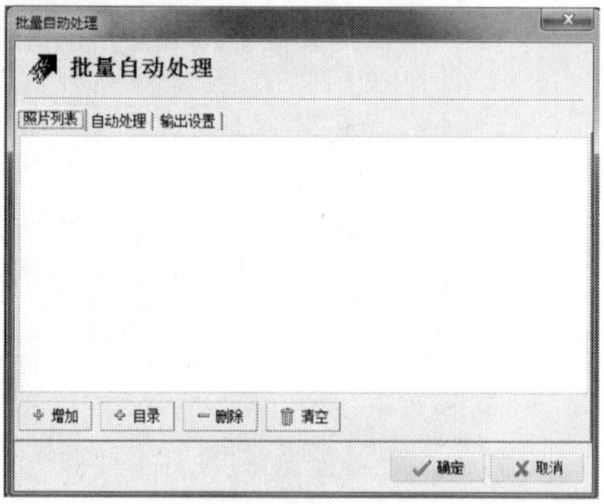

图 2-104

NO.2： 如图 2-104 所示，在对话框中，显示当前页面是“照片列表”，并且在列表空白区下面有一行按钮，分别为 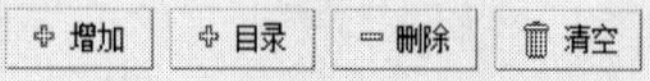 ，当我们单击“增加”按钮时，此系统会弹出“打开”对话框，在这个对话框中我们可以选择一个或多个图片文件。假定在这里我们选定三个图片文件，选择完毕单击“打开”按钮，如图 2-105 所示。

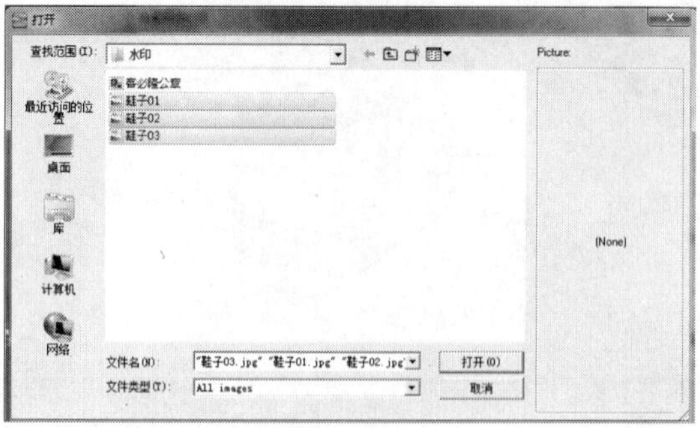

图 2-105

此时我们会发现，我们刚才所选择的三个图片已经出现在图片选择列表中了，如图 2-106 所示。

当然，如果单击“+目录”按钮，会弹出如图 2-107 所示对话框。

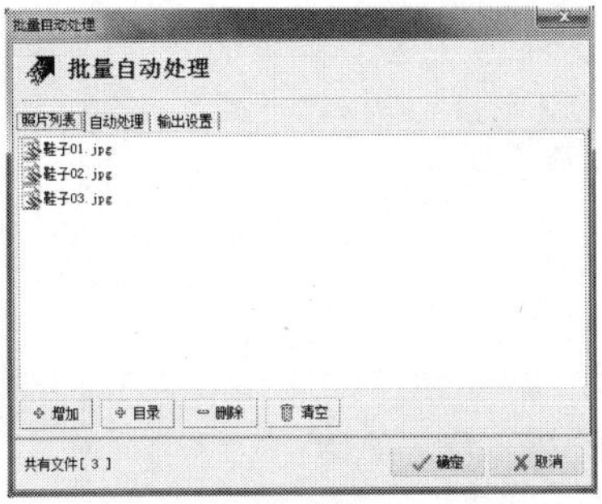

图 2-106

图 2-107

从对话框的提示来看，如果我们事先把要批量进行处理的图片放在一个文件夹中，现在就可以把这个文件夹下的所有图片文件添加到图片选择列表中，至于“删除”按钮就应该是从当前文件选择列表中清除某一个选择，而“清空”按钮就是清除当前文件列表，不选择任何一个文件。

NO.3： 图片选择完毕后，在“批量自动处理”对话框中单击“自动处理”选项，对话框就会变成如图 2-108 所示的样子。

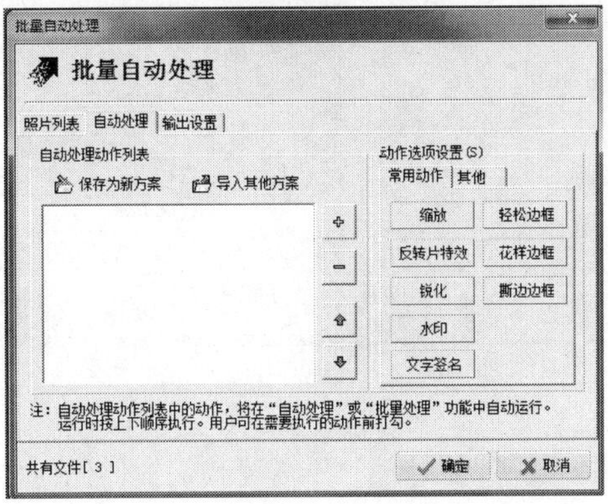

图 2-108

单击“+”按钮，此时会弹出“增加动作”对话框，在这个对话框中可以选择所需要对图片进行处理的动作，并通过单击对话框中的“+增加”按钮将所选动作添加自动处理动作列表中，也可以通过双击所选动作将该动作增加到自动处理动作列表中。

当然，在这里选择动作之前，先要规划好图片的批量处理的先后顺序，然后进行选择。根据上面单张的图片处理，我们把这批图片的处理就按先后顺序依次定为“缩放尺寸”、“数码补光”、“轻松边框”和“水印”。选择完毕后，在“增加动作”对话框中单击“完成”按钮，即可返回，此时所选择动作已经出现在自动处理动作列表中，如图 2-109 所示。

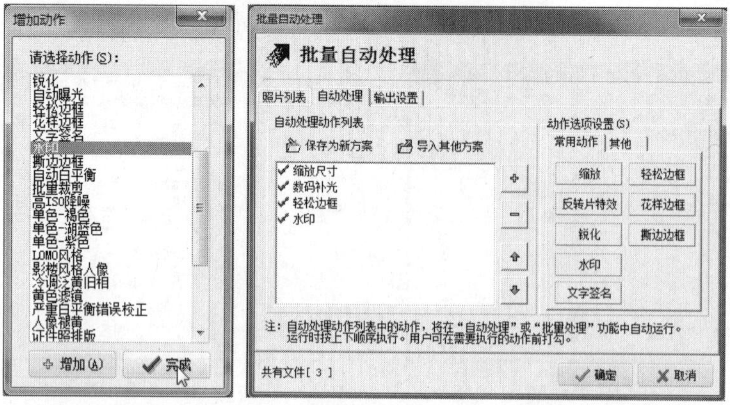

图 2-109

NO.4： 动作全部加载完毕之后，就要分别为每个动作进行设置。在什么地方进行动作设置呢？在上面窗口右侧，我们可以看到动作选择设置。在这里我们就按照列表依次单击相应的按钮。首先单击“缩放”按钮，在弹出的“批量缩放设置”对话框中按要求进行设置，如图 2-110 所示。

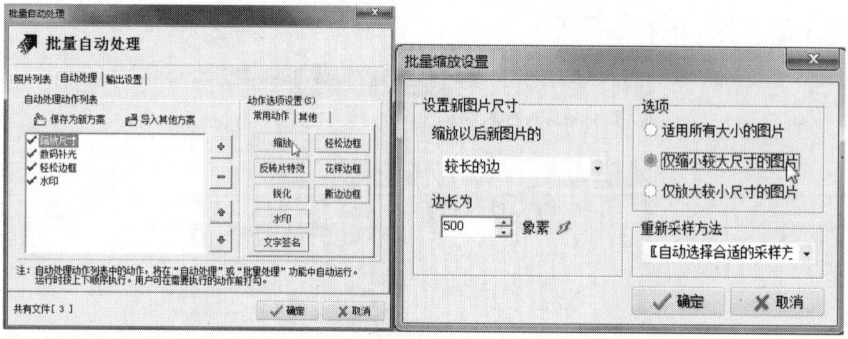

图 2-110

NO.5： 由于数码补光是系统智能处理，不需要我们提供任何参数，所以在动作选项设置里也就没有出现。因而我们可以直接进行下一个动作的设置。由于下一个预设动作是“轻松边框”，只需要单击“轻松边框”按钮，在弹出的“轻松边框”对话框中选择我们中意的边框，并单击“确定”按钮，完成边框的预设，如图 2-111 所示。

NO.6： 接下来，再进行“水印”的设置。在动作列表中选择“水印”，然后在常用动作中单击“水印”按钮。在弹出的“水印”对话框中，完成水印的设置，设置完毕后单击“确定”按钮，如图 2-112 所示。

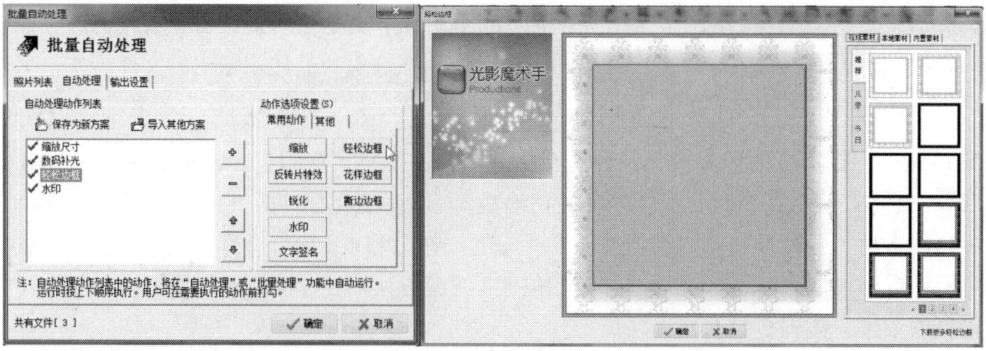

图 2-111

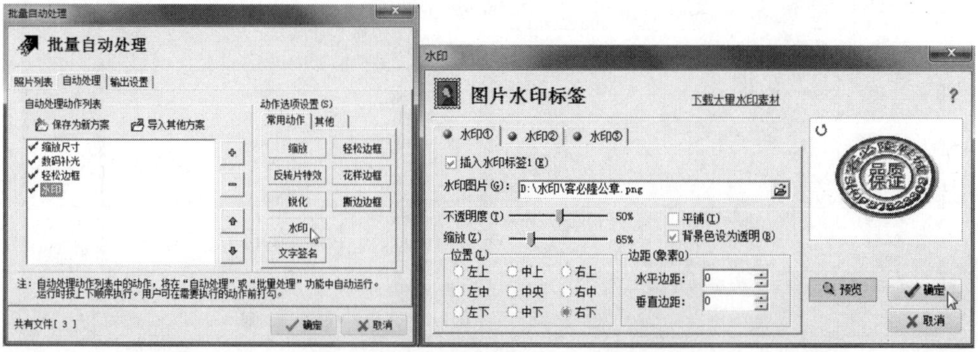

图 2-112

NO.7：水印设置完毕之后，在“批量自动处理”对话框中单击“输出设置”选项，如图 2-113 所示，从这里可以对处理完毕后的图片的存放位置及文件名进行指定，还可以选择当同名文件存在时的处理方式及批处理之后的文件输出格式，如图 2-113 所示。

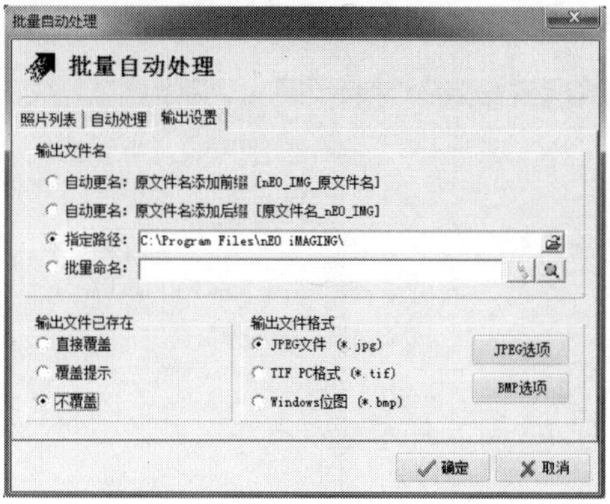

图 2-113

由于我们进行批处理的动作，都是要对原图进行修改，并且这种修改都是有损修改，而且是不可逆的，所以为了方便我们以后再次对原图进行操作，在这里我们建议输出的文件最好是另外指定路径进行保存，以避免这种情况的发生，因此在对话框中关于“输出文件名”设置为“指定路径”。

具体路径的指定有两种方式，一种是在指定路径左侧空白区自己手动输入图片的存放路径，但一定要注意，在输入路径时要保证路径的正确性，否则系统在处理时会出现错误。另外一种方式，我们可以单击指定路径最右侧的类似文件夹标志的按钮，此时系统就会弹出“浏览文件夹”对话框，在这个对话框中可以直接选择文件要存储的位置。两者方法对比，我们发现使用后一种方式应该是一种最好的选择，如图 2-114 所示。

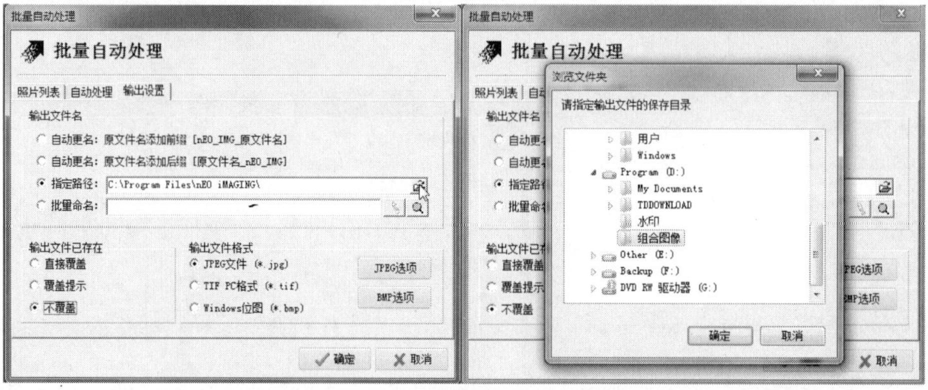

图 2-114

至于输出图片格式，在这里虽然有三种选择，但一般都采用的是 JPEG 格式，因为这种格式的特点是可以在最大压缩的情况下最大限度保持原图的色彩信息。如果选定为 JPEG 格式，在这里就可以单击“JPEG 选项”按钮，在弹出的“保存图像文件”对话框中对生成的 JPEG 文件的质量和大小进行设置，当然你也可以在这里对生成的每一个 JPEG 文件的大小进行统一限制，这样就可以保证生成的文件大小都是一致的，如图 2-115 所示。

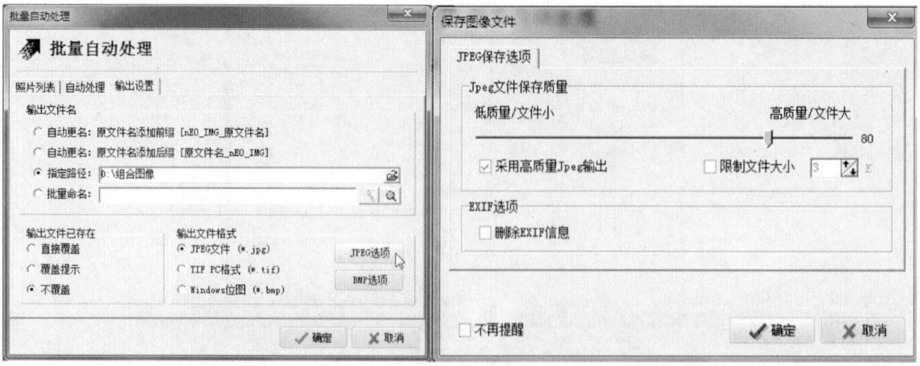

图 2-115

当“输出设置”选项中的内容设定完毕后，下面就可以单击“批量自动处理”对话框中的“确定”按钮，之后系统就会自动把我们选择的图片，按照预选的动作进行批量处理，并且处理完毕后也会按照生成的文件输出到指定位置。我们现在要做的就是等待，如图 2-116 所示。

批处理的速度很快，3 秒钟的时间就完成了 3 张图片的处理，如图 2-117 所示。

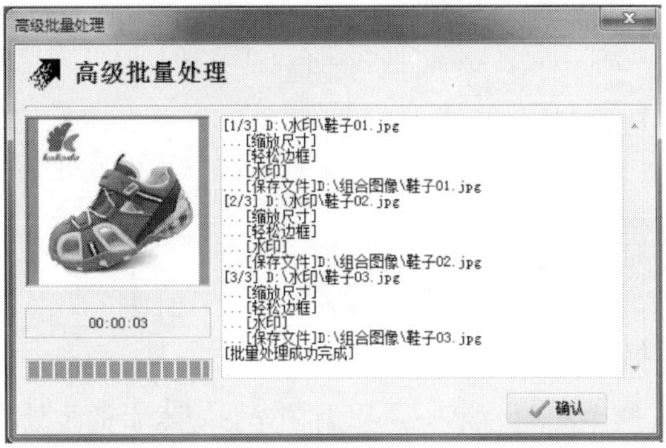

图 2-116

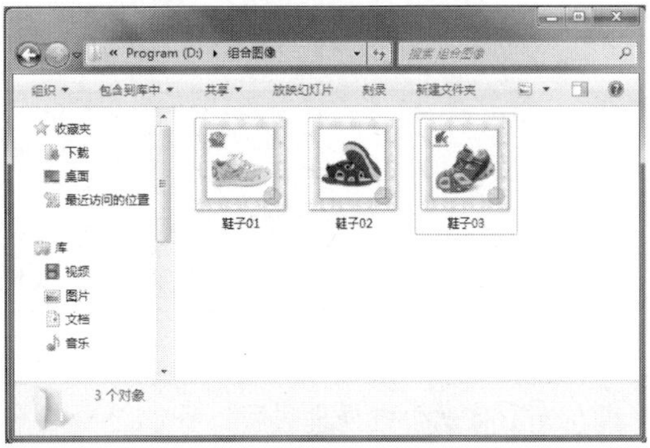

图 2-117

在指定的目录中我们看到图片都被处理完毕。

到此为止，批处理才算是真正结束了！批处理的效果挺不错，但是批处理的设置也得花很长的时间，也是一件麻烦事。好在有光影魔术手，我们再来仔细看一下光影魔术手的“批量自动处理”对话框，当我们切换到“自动处理”选项时，在这个页面中有两个按钮，如图 2-118 标注位置所示。

单击“保存为新方案”按钮，系统此时弹出一个“另存为”对话框，在保存类型中提示“nEO iMAGING 自动处理动作列表”，从这里不难看出，原来光影魔术手可以让我们把自己创建的批处理动作以文件的形式保存下来。那我们就把批处理动作取名为“小吴的图片处理”，并保存下来，如图 2-119 所示。

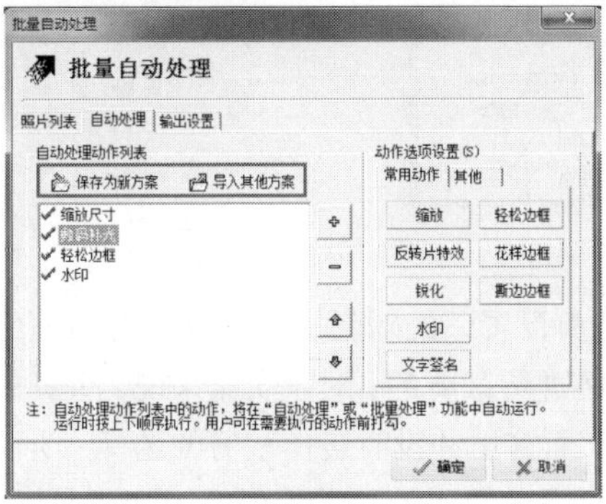

图 2-118

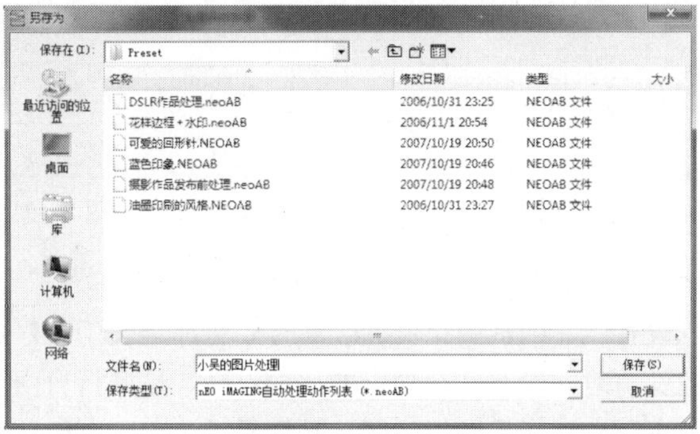

图 2-119

再单击一下“导入其他方案”按钮，此时系统会弹出一个名为“打开”的对话框，在此对话框中我们可以看到刚才保存的那个文件！下次如果再进行同样的操作，只需要选择要处理的图片，把这个我们自设的预定方案直接导入就可以投入使用了。

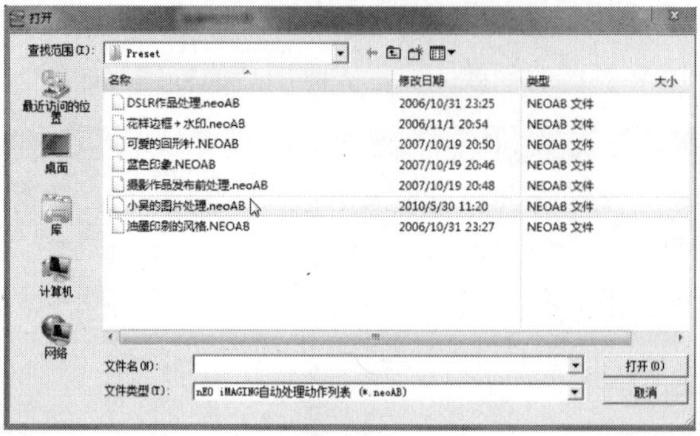

图 2-120

在光影魔术手批处理过程，我们至少能发现有两个问题。第一是我们在光影魔术手的批处理中，没有增加图片的裁剪选项，可图片的裁剪是我们在批处理前要最先处理的！这是为什么呢？是不是批处理功能不能进行图片的裁剪呢？

其实批处理功能也支持图片的裁剪，在“批量自动处理”对话框的动作选项设置的其他选项中就有批量裁剪，如图 2-121 所示。

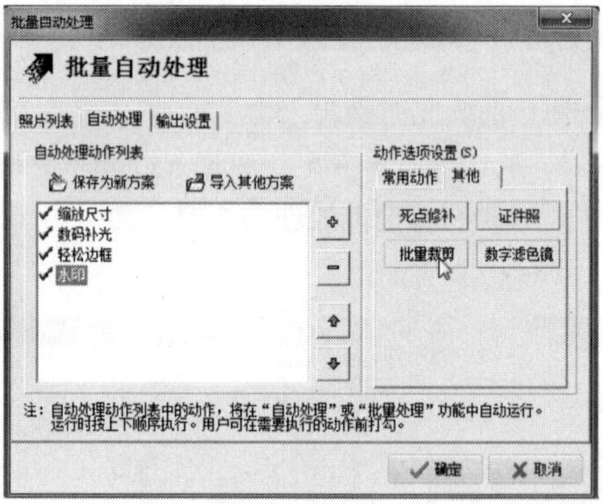

图 2-121

单击“批量裁剪”按钮，系统弹出一个名为“批量裁剪设置”的对话框，在这个对话框中，可以设置图片的裁剪比例，这里的裁剪都是按固定好的比例进行裁剪的，对于卖家来说，宝贝的图片裁剪有时并没有什么固定的比例，最好是进行自由裁剪，而这里并没有自由裁剪的选择，所以说批处理这个功能虽然很适用，但并不意味着所有的动作都可以交给系统自动处理的。换句话说，我们在使用光影魔术手的批处理功能时，可能也是要对图片先进行一些预处理，这样批处理才能给我们一个满意的效果，如图 2-122 所示。

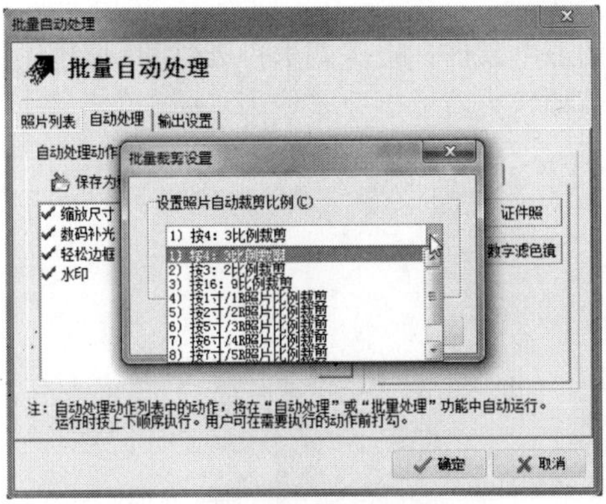

图 2-122

第二个问题是由于批处理是光影魔术手按照我们的预先设置，只会机械地从头到尾依照统一的标准对所有的图片执行完全相同的操作，它对于待处理图片的具体情况是不了解的，如果待处理的图片拍摄时间不同，成像条件不一样，那么进行批处理所生成的图片效果就可能有很大的差异，甚至可能出现越处理效果越糟糕的情况。

鉴于此种情况，建议在使用批处理时一定要保证自己的待处理的图片色彩的偏差不是很大，也就是说尽量是同一批拍摄的图片放在一起进行批处理，这样才能达到理想的效果。

工具毕竟就是工具，它不是万能的，它只能在某种程度上减轻我们的负担，千万不要把自己所用的希望都寄托在工具之上，否则期望越高，失望就会越大！

第3章 Photoshop CS4打造百变店铺造型

在第 2 章，我们了解了光影魔术手，也学会了如何利用光影魔术手对我们店铺中要使用的图片进行处理。但是不知大家有没有这样一种体会：虽然光影魔术手在一定程度上能够完成图片的调整，但是不能让我们在图片编辑时自由发挥，创造性地设计所需要的图片。

其根本原因就在于光影魔术手只是一个面向大众、主要针对数码照片的调整工具，它并不是真正意义上的图片编辑工具。但事实上，在很多情况下，淘宝卖家也需要对图片进行深层次的加工（比如我们在店铺中制作促销的创意广告），此时就需要一些专业的图像处理软件了。

至于该选择哪一个图像编辑软件，我想一定是非 Adobe 公司旗下的 Photoshop 莫属了。Photoshop 是集图像扫描、编辑修改、图像制作、广告创意、图像输入与输出于一体的图形图像处理软件，深受广大平面设计人员和电脑美术爱好者的喜爱，它目前是世界上公认的功能最强大的图像编辑软件。

Photoshop 从诞生到现在已经经历了很多版本的变化，2010 年 4 月 12 日，Adobe 公司发布了最新版本 Photoshop CS5。作为淘宝卖家，对于 Photoshop 的选择并不一定要求是最新版本，因为版本越高，就意味着其对计算机的配置要求越高，适合才是最好的。特别是在 Photoshop 最近几个版本中，关于图像编辑的功能大体相同，只是做了一些细微的调整，使用方法都是差不多的，所以用哪个版本的 Photoshop 都可以。本书所采用的是 Photoshop CS4，如图 3-1 所示。

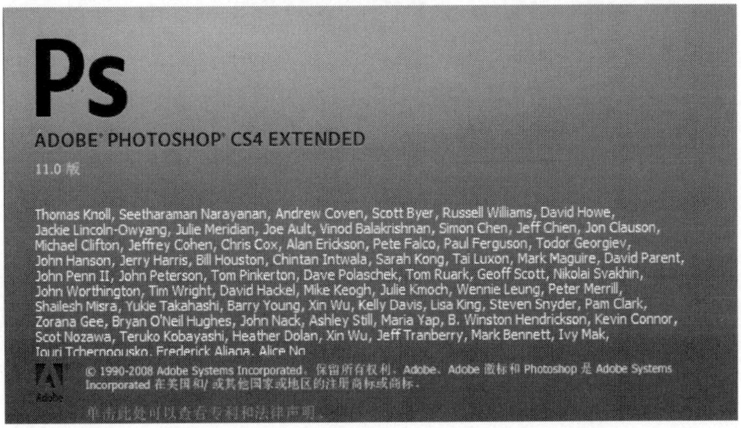

图 3-1

3.1　Photoshop CS4 基本知识

3.1.1　界面介绍

运行 Photoshop CS4 后，可以看到如下图所示的工作界面。整个工作界面由六部分构成：菜单栏、工具选项栏、工具箱、主工作区、控制面板及状态栏，如图 3-2 所示。

图 3-2

当 Photoshop CS4 启动之后，一些常用的面板就已经显示在工作界面当中。并且窗口右侧的面板可以通过窗口菜单来进行指定，如图 3-3 所示。

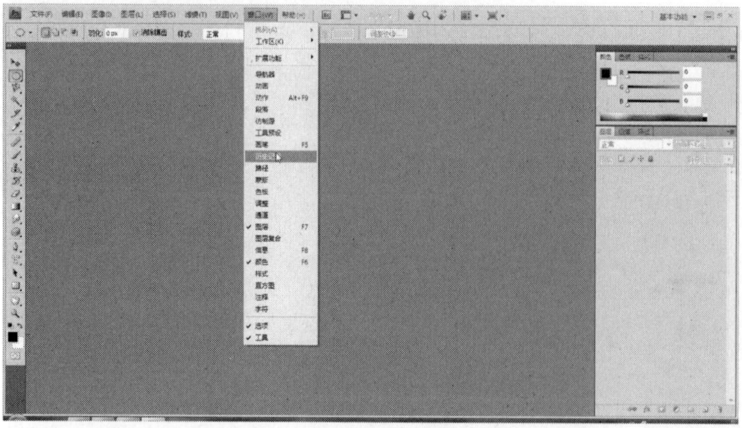

图 3-3

在此菜单中，凡是菜单项之前有✔标记的，都是已经显示在当前工作窗口中面板，没有✔标记的就是面板没有显示在当前工作窗口中。可以通过鼠标单击此菜单项来决定是否显示该面板，如果该菜单项之前没有✔标记，单击一下，就会在此菜单项前增加一个✔，表明在当前工作窗口中要显示这个面板；如果该菜单项之前有✔标记，单击一下，就会取消此菜单项之前的✔标记，这就表明在当前工作窗口中隐藏这个面板。

我们可以按照自己的工作习惯来设置工作窗口。下面来介绍一下 Photoshop CS4 的各个面板。

1. 菜单栏

和以前的版本相比，Photoshop CS4 的菜单栏发生了很大的变化，现在菜单栏位于整个工作界面的最上方，由四部分组成，如图 3-4 所示。由于这个区域比较长，分别进行说明。

图 3-4

第一部分如图 3-5 所示。

图 3-5

这里集成了 Photoshop CS4 所有不同功能指令的菜单，事实上也是原来版本的菜单栏。我们可以根据自己的需要在其中进行相应的选择，选择之后，Photoshop CS4 就会执行相应的操作。通过对这些菜单命令基本上就可以完成所有的图像编辑工作。在菜单栏中，如果菜单命令以浅灰色显示时，则代表该命令在当前状态下不能执行。命令右侧的键盘代号是该命令的键盘快捷键，按下该快捷键则可以快速启动执行该命令。如果经常要使用 Photoshop CS4 进行图片的处理，就要记住一些常用功能的快捷键，这对于我们今后的操作是大有帮助的。

第二部分如图 3-6 所示。

图 3-6

这个部分主要是用来调整当前工作窗口的工作模式，还有一些常见的工具，比如抓手工具和缩放工具等。

第三部分如图 3-7 所示。

这个部分可以让我们来根据需要，来选择 Photoshop CS4 相应的工作窗口，窗口不同相应的面板也有所变化。可以根据自己的需要进行选择。

第四部分如图 3-8 所示。

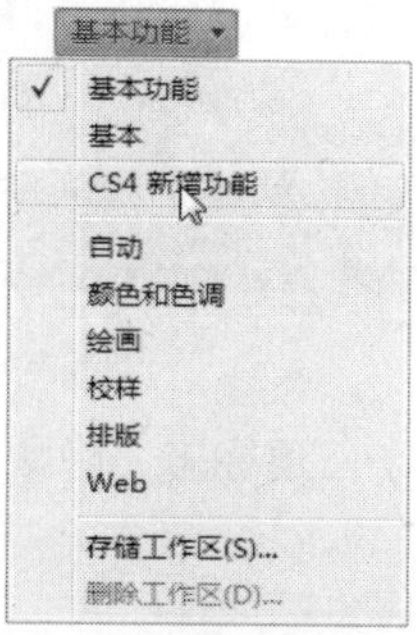

图 3-7

图 3-8

这个部分就是原来标题栏中进行窗口的控制。

2. 工具选项栏

它是显示在菜单栏下面的一个面板，Photoshop CS4 中所提供的绝大多数工具的“选项”设置都显示在选项栏中。选项栏中的具体内容会随所选工具的不同而发生相应的变化。但选项栏中也有一些设置（例如，绘画模式和不透明度）是针对许多工具通用的，但是有些设置则专用于某个工具，如图 3-9 所示。

图 3-9

3. 工具箱

Photoshop CS4 的工具箱集成了进行图像处理的各种必要的工具按钮，在安装后的默认状态下，工具箱会出现在界面左侧，并且是以单列形式出现，当然也可以把它变成双列显示，如同以前的版本。与工具箱相对应的工具选项栏中会自动显示用于设置当前工具的选项，设定这些选项能够帮助我们更好使用该工具，如图 3-10 所示（由于单列显示过长，所以将单列工具箱截成两段显示）。

工具箱是我们在图像设计和处理过程中使用频率最高并且相当重要的面板，它按照功能属性大体上分为 22 个选项，不同选项还被分成了不同的工具按钮，并且有些按钮图标右下角还有小三角图标，单击此图标，可以显示其他相关按钮，如图 3-11 所示。

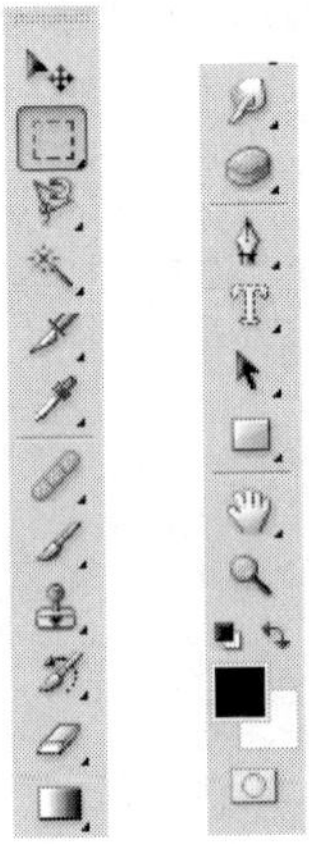

图 3-10

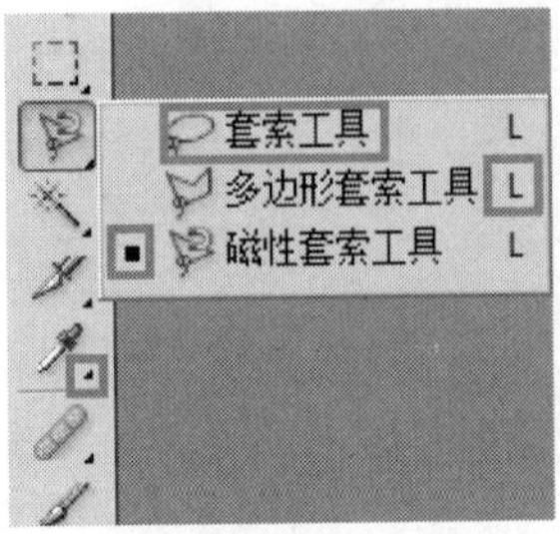

图 3-11

如图 3-11 所示，其上所标记处分别表示：隐藏工具小三角标志、隐藏工具中的当前所使用工具、工具名称和该工具的快捷键。

由于这个地方是我们使用频率最高的地方，在以后的章节中我们将着重介绍各种工具的使用。

4. 图形工作区

图形工作区域是我们利用 Photoshop CS4 进行图像处理的主要工作区，我们操作的对象就显示在这个区域当中，所有的操作最终效果都会体现在这个地方，让我们能够直接观察到图片的处理效果，如图 3-12 所示。

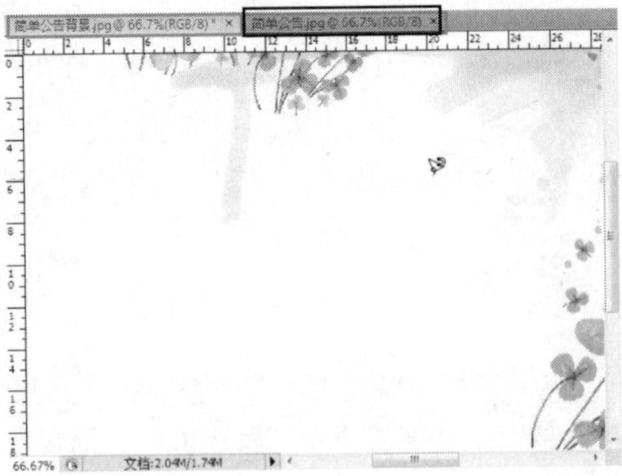

图 3-12

从上图可以看到，如果在工作区当中有多个工作对象，那么此窗口是以 Tab 页的方式组织多个工作对象。在多个工作对象之间进行切换时可以利用鼠标单击工作区中的页首（如图 3-12 所标注位置处），并且当前工作对象的页首是以浅灰色显示，其他非当前工作对象的页首是以深灰色显示。

5. 控制面板

控制面板主要是用来监视和修改图像，可以利用菜单栏上的“窗口”菜单中的命令来打开和关闭面板。我们可以自由移动控制面板组，重新排列面板组中的面板，也可以从面板组中关闭相应的面板，如图 3-13 所示。

其中，最重要的莫过于图层面板了，如图 3-14 所示。

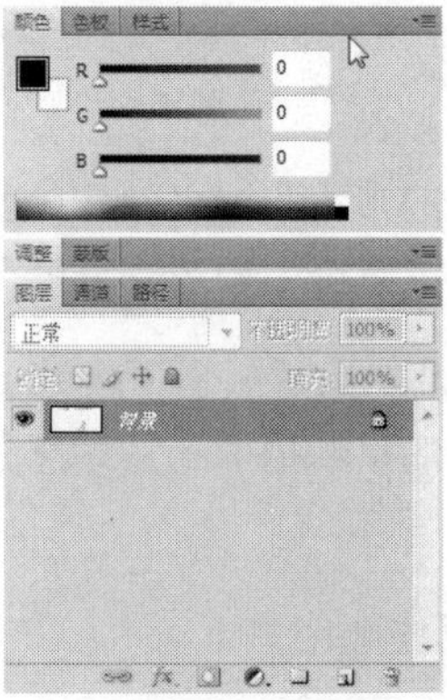

图 3-13

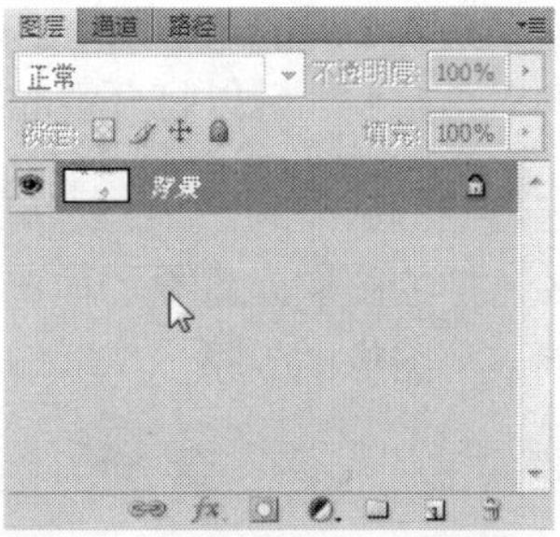

图 3-14

在 Photoshop CS4 中设计和处理图片的时候，图层面板列出了当前处理图片中的全部图层、图层组和图层效果，图层面板还可以用来显示和隐藏图层、创建新图层，以及处理图层组。另外在图层面板当中还有各种功能按钮和菜单选项。

（1）模式：是指定图层或图层组的混合模式，混合模式有多种形式，单击模式选择框的下拉三角图标，就可以显示如图 3-15 所示菜单，利用它可以将图层与其他图层以各种方式混合显示。

（2）不透明度：用来指定图层或图层组的不透明度级别，百分比的值越小，图像就越透明。可以单击百分值右侧的三角形按钮，打开不透明度调节拉杆，通过拖动拉杆来调节选择不透明度的百分值，如图 3-16 所示。

（3）锁定：这里共分为四个选项，从左到右分别是锁定透明像素、锁定图像像素、锁定位置和全部锁定。那么我们可以根据自己的需要来对当前图层的某种内容进行锁定，这个功能对于店铺装修而言，使用的并不是很多。

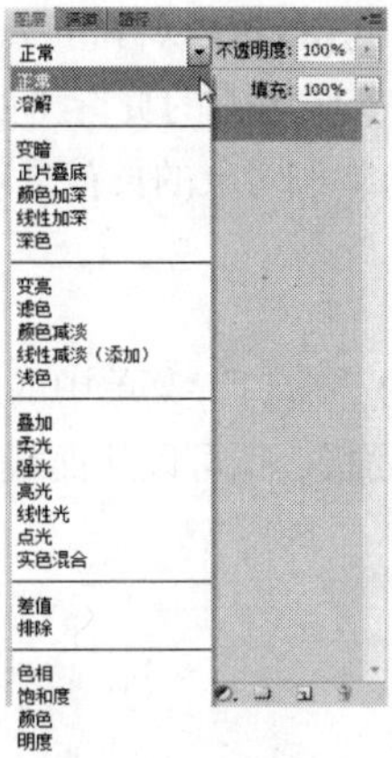

图 3-15

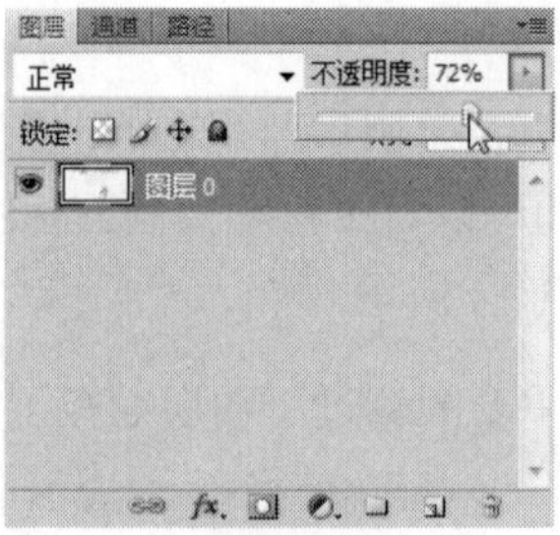

图 3-16

（4）填充 填充: 100%：用来设定当前图层或图层组的模糊级别，百分比值越大，图像越清晰，单击百分值右侧的三角按钮，可以打开滑动按钮，拖动滑动按钮可以调节百分值，如图 3-17 所示。

（5）图层：它是 Photoshop 中的重要功能，图层应该说是图像处理当中的最小元素，一个完整的图像应该由多种这样的图层元素叠加而成，所有元素之间是互不相干的独立部分，但更改任何一个部分，都会影响整个图像的效果。

（6）图层功能按钮：具体介绍如下。

- 链接图层及取消图层链接按钮：是指以链接两个以上的图层或图层组，让它们之间保持相互关联，使它们的相对位置固定在一起，直至我们取消它们的链接关系为止。
- 添加图层样式按钮 *fx*：单击此按钮，可以弹出如图 3-18 所示的菜单。

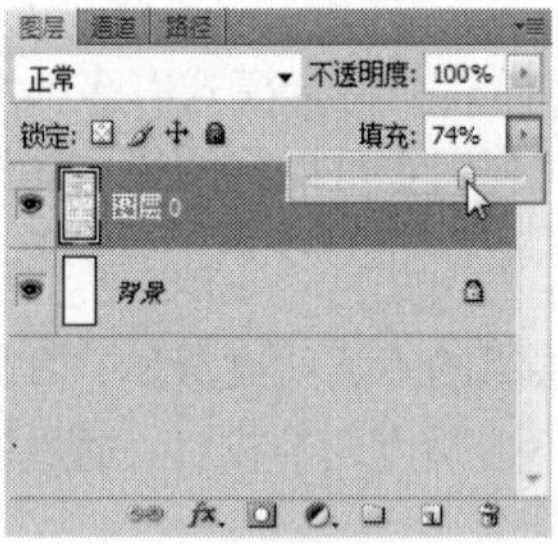

图 3-17

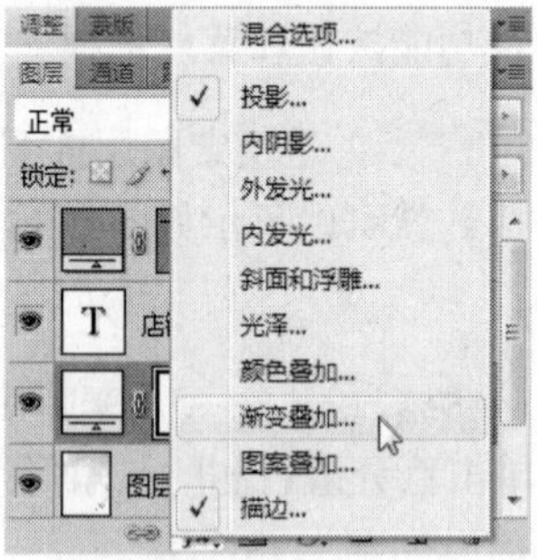

图 3-18

利用这里所提供的功能，可以为当前所选中的图层指定特别的效果。这个可是在后面店铺装修过程中经常要使用的！事实上我们也可以通过在图层面板当中双击某一个图层调出“图层样式”对话框，并在“图层样式”对话框中指定相应的图层样式，如图 3-19 所示。

当然也可以选中某一个图层，单击鼠标右键，在弹出的菜单中选择“混合选项...”命令，同样可以达到调出图层样式对话框的目的，如图 3-20 所示。

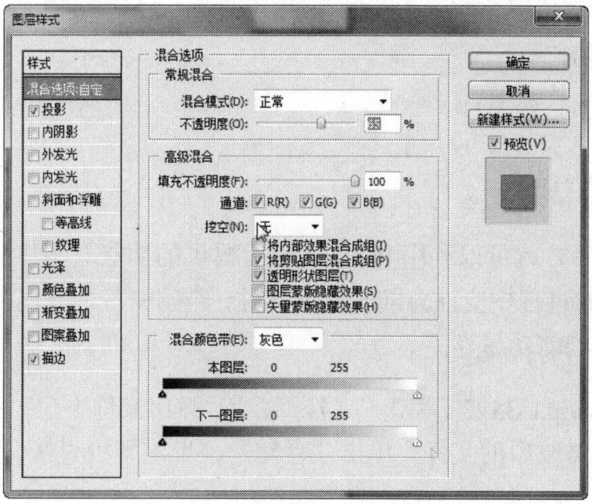

图 3-19

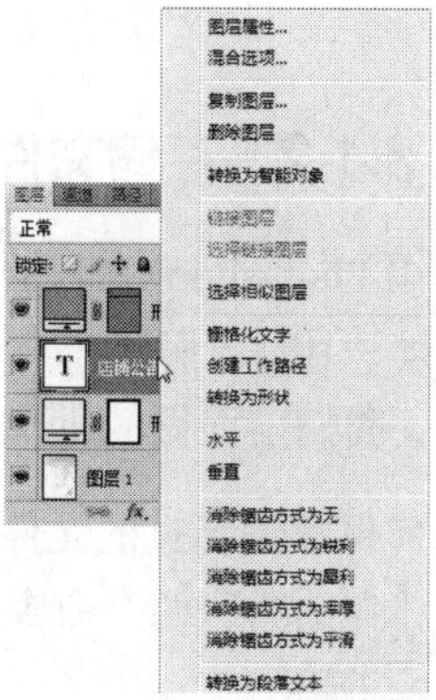

图 3-20

- 添加图层蒙版按钮：利用此按钮可以添加图层蒙版来隐藏或显示图层，当然也可以保护蒙版区域的内容在编辑时不受破坏。
- 创建新图层组按钮：此按钮主要用于在图层面板当中新建一个图层组，可以将相关的图层都放在这个组之下，以方便我们更好地管理相关的图层。单击此按钮之后，系统就会新建一个组，如图 3-21 所示。

Photoshop CS4 可以在组中新建图层，也可以将现有图层用鼠标拖进组中，图层在组当中的话，会以缩进的格式显示，以区别组外的图层，如图 3-22 所示。

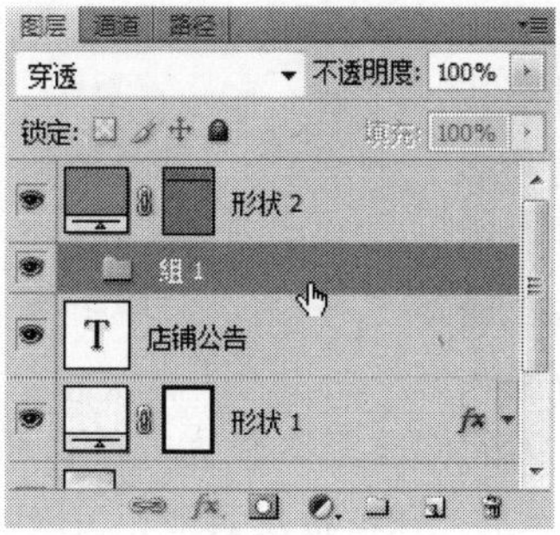

图 3-21

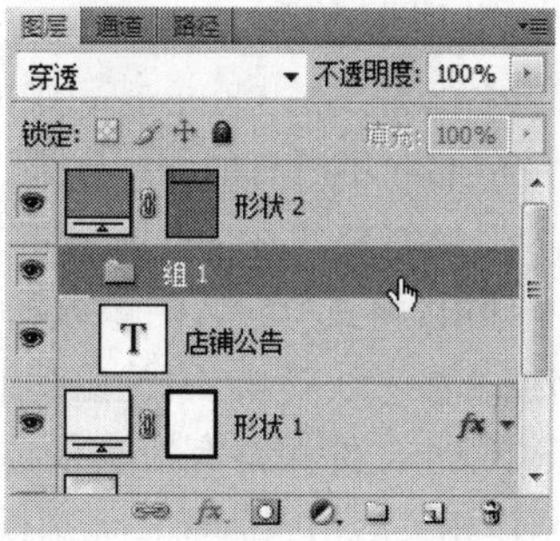

图 3-22

- 创建新的图层按钮：单击此按钮可以在图层面板当中新建一个空白图层。
- 删除图层按钮：在设计和处理图像的时候，如果有些图层不需要，就可以选择该图层，然后单击“删除”按钮，或者直接将图层拖到“删除”按钮上，就可以删除我们所选的图层。

6. 状态栏

状态栏主要是用来显示当前工作区的工作对象的一些状态信息，如图 3-23 所示。

图 3-23

3.1.2 存储文件及文件格式说明

利用 Photoshop CS4 打开一个文件之后，就可以利用 Photoshop 所提供的功能对图片文件进行编辑处理，但时我们要注意一点，在处理的过程中应注意随时保存文件，否则一旦计算机死机或突然断电，我们前面做的所有工作就都有可能前功尽弃了。

如何保存编辑过的文件呢？在 Photoshop CS4 中，单击“文件”菜单，弹出文件下拉菜单有“存储”和“存储为”两个命令。如果想保存修改后的文件，单击“存储”菜单项即可直接保存图片，如图 3-24 所示。

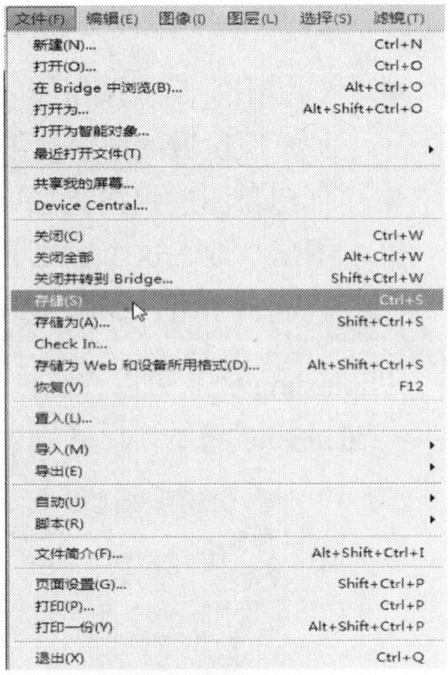

图 3-24

当然，选择“存储为”命令也可以保存文件，只不过要注意的是，如果选择“存储为”命令，系统会弹出一个名为“存储为”的对话框，在这个对话框中我们可以指定存储图片的位置、名称，以及存储的格式等。

事实上，作为淘宝卖家而言，利用 Photoshop 编辑文件，经常要用到四种文件格式。下面我们就具体来说一说和我们相关的四种文件格式。

1. PSD 和 PDD 格式

PSD 和 PDD 格式是 Photoshop 中的专用格式，这种格式可以存储 Photoshop 中所有的图层、通道、参考线、注解和颜色模式等信息。PSD 格式在保存时会将文件压缩，以减少占用磁盘空间，但 PSD 格式所包含图像数据信息较多（如图层、通道、剪辑路径、参考线等），因此比其他格式的图像文件要大得多。由于 PSD 文件保留有所有的原图像数据信息，因而修改起来较为方便，所以我们利用 Photoshop 制作相关店招、店标、促销模板、分类图片、宝贝描述模板及其他相关内容时，最好以 PSD 格式保存，这样就可以随时进行修改了。

2. JPEG 格式

JPEG 也是常见的一种图像格式，它由联合照片专家组（Joint Photographic Experts Group）开发并命名的，JPEG 仅仅是一种俗称而已。JPEG 文件的扩展名为.jpg 或.jpeg，其压缩技术十分先进，它用有损压缩方式去除冗余的图像和彩色数据，获取极高的压缩率的同时能展现十分丰富生动的图像。换句话说，就是可以用最少的磁盘空间得到较好的图像质量。对于淘宝卖家来说，我们的宝贝图片以 JPEG 格式存储并上传到网络当中就比较有利于买家朋友浏览。

3. GIF 格式

GIF(Graphics Interchange Format)的原意是“图像互换格式”，是 CompuServe 公司在 1987 年开发的图像文件格式。GIF 文件的数据，是一种基于 LZW 算法的连续色调的无损压缩格式。目前几乎所有相关软件都支持它。GIF 图像文件的数据是经过压缩的，而且是采用了可变长度等压缩算法。GIF 格式的另一个特点是其在一个 GIF 文件中可以存多幅彩色图像，如果把保存于一个文件中的多幅图像数据逐幅读出并显示到屏幕上，就可构成一种最简单的动画。

在这里特别要提醒大家，GIF 动画是目前淘宝网上唯一允许用户自行制作上传的动画。但由于 GIF 格式动画的色彩表现能力先天不足，制作 GIF 动画时，图片颜色尽量避免复杂化，特别是不能使用渐变色，否则制作出来的 GIF 动画的颜色就会严重失真，效果会惨不忍睹！

我们可以对比两张图片看一下。差异是不是很明显，如图 3-25 所示。

JPG 格式

GIF 格式

图 3-25

4. PNG 格式

PNG 是 20 世纪 90 年代中期开始开发的图像文件存储格式，全称为“Portable Network Graphics”中文翻译为“移植的网络图像文件格式”。

PNG 最大特征在于其属于无损压缩格式。因而，最后保存下来的图像所占空间的大小会因为压缩而显著减小，但图像的质量却不会因为体积的压缩而有任何缺损。这与用牺牲一定图像质量为代价来减小文件大小的 JPEG 有损压缩方式有根本的区别。

不同于 GIF 受到最大 256 色调色板的限制无法得到丰富的色彩和 JPEG 受到灰阶、真彩色的限制，PNG 支持上述的所有色彩类型，更可以提供 64 位 / 像素的高品质图像形式。所以，这种格式的图像在色彩选择上有更大的适用性。

PNG 支持图像的透明属性。正是由于这种格式的文件颜色丰富细腻，并且背景颜色可以全透明，所以在淘宝网上制作的水印图片一般都以 PNG 格式保存。

3.2 Photoshop CS4 的神奇作用

3.2.1 Photoshop CS4 的功能介绍

如果你要问 Photoshop 是什么？可能绝大多数人都会回答："它是一个很好的图像编辑软件。"实际上，Photoshop 的应用领域很广泛的，在图像、图形、文字、视频、出版各方面都有涉及。因为这些内容都涉及太多专业内容，作为淘宝卖家并不需要去钻研，只需要关注 Photoshop 的图像编辑、图像合成、校色调色及特效制作部分就足够应付日常的淘宝店铺装修工作了。

图像编辑是图像处理的基础，可以对图像做各种变换，如放大、缩小、旋转和裁剪等。也可进行复制、去除斑点、修补、修饰图像的残损等。这在我们宝贝图片的后期处理制作非常有用。但有一点我们必须要注意，对于卖家而言，虽然我们可以使用 Photoshop CS4 所提供的图像编辑功能对图像进行美化，但是在编辑的过程中要尽量还原实物，而不要刻意去美化，以免造成实物与宝贝描述不符，这样就适得其反了。

图像合成则是将几幅图像通过 Photoshop CS4 的图层及其他相关工具的应用来合成一幅完整的、能够向受众传达一种明确意义的图像。Photoshop CS4 提供的绘图工具能够让素材图像与我们自己的创意很好地融合，从而使图像天衣无缝的合成成为可能。利用这个功能，我们在进行店招、促销模板、宝贝描述模板，以及店铺广告宣传图片制作时，就可以大胆发挥，打造出美轮美奂的效果。除此以外，我们也可以利用这个功能制作宝贝细节组合图片，如图 3-26 所示。

校色调色是 Photoshop CS4 中最具威力的功能之一，使用 Photoshop CS4 所提供的丰富多样的调整工具，利用这些功能，我们就可以非常方便地对所拍摄的宝贝图片进行精准调校，让我们的宝贝以最完美的状态展现在买家眼前，当然要想达到这个地步，那不是一日之功。另外利用 Photoshop CS4 对图片进行调整也是有前提条件的，那就是要求所拍摄的图片也要有一定的效果，如果非要将一张报废照片调整成优秀作品，那是不可能。

特效制作在 Photoshop 中主要由滤镜、通道及工具综合应用完成，包括图像的特效创意和特效字的制作。特别是图像的特效创意和特效字的制作，对于打造特色店铺装修会非常有用，如图 3-27 所示。

图 3-26

图 3-27

3.2.2　Photoshop CS4 的常用工具介绍

下面了解一下 Photoshop CS4 常用工具。

1. 移动工具：利用此工具可以在 Photoshop 中进行图层或选区的移动。使用移动工具的前提条件是要选择一个图层，或者一个选区，然后在选区边框内拖曳鼠标，将选区拖移到新位置；或者利用键盘上的向键来移动位置，如图 3-28 所示。

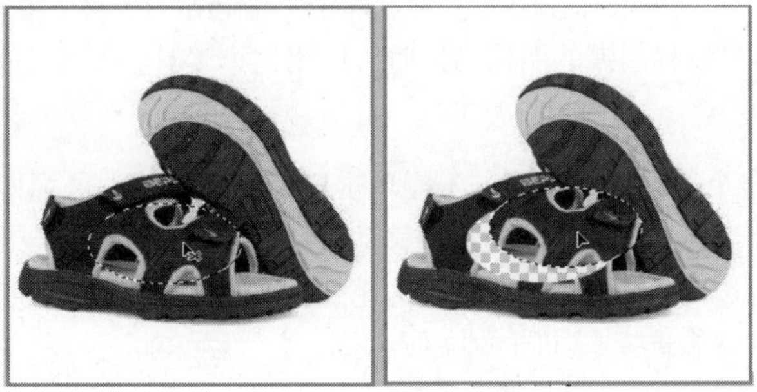

图 3-28

2. 选框工具：选框工具分为四种，从上到下分别为矩形选框工具、椭圆选框工具、单列选框工具和单行选框工具。

矩形选框工具：可以对图像创建一个规则的矩形选择范围。

椭圆选框工具：可以对图像创建一个椭圆的选择范围。

单列选框工具：可以对图像在垂直方向选择一列像素。

单行选框工具：可以对图像在水平方向选择一行像素。

选择之后效果如图 3-29 所示。

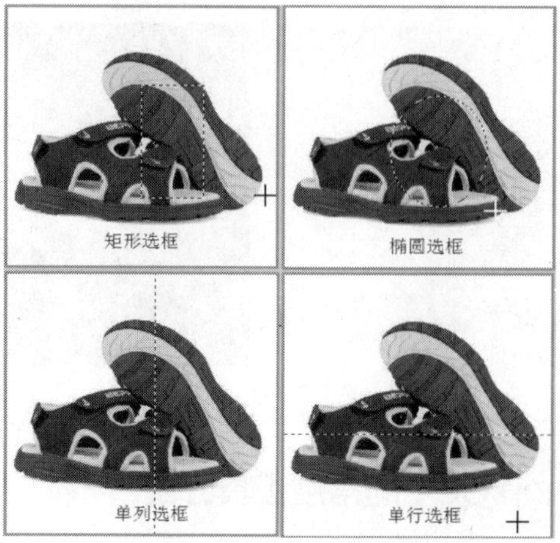

图 3-29

3. 套索工具 ：此工具分为套索工具、多边形套索工具和磁性套索工具。

套索工具：可以拖曳鼠标选择一个不规则范围，如图 3-30 所示。

多边形套索工具：可以用鼠标在图像上某点确定一个起始点，然后在工作区中进行多次单击，选中要选择的范围。当对没有圆弧的图像勾边时可以用这个工具，所勾出的选区都是由多条线组成的，如图 3-31 所示。

磁性套索工具：这个工具比较特别，不需单击鼠标而直接移动鼠标即可，只需要在开始位置单击一下鼠标，然后沿着要选择的区域的边缘移动鼠标，在工具图标处会出现自动跟踪的线，这条线总是走向两种颜色的边界处，边界越明显磁力越强，将首尾连接后可完成选区创建，一般此工具用于颜色差别比较大的图像选择，如图 3-32 所示。

图 3-30

图 3-31

图 3-32

4. 快速选择工具：从上到下依次为快速选择工具和魔棒工具。

快速选择工具：此工具是从 Photoshop CS2 之后才开始加入的一个新工具，大有替代魔棒工具之势。此工具允许我们用画笔画出所要的选区，并且是一种智能化工具，只需要按住鼠标左键在选区上拖动，快速选择工具会自动调整我们所涂画（的）选区大小，并寻找到边缘使其与选区分离，如图 3-33 所示。

魔棒工具：是一个对相近的颜色进行快速选取的工具，如果图片的颜色比较单一，那么就可以使用魔棒工具了。其使用方法很简单，在选中该工具之后，用鼠标左键在选择区上单击就可以进行选择了。它有两个选项，一个就是容差，容差越大就意味着选择相近的颜色范围越大，勾选“连续”复选框，只有颜色连续的部分才能被选取，否则就对图片所有和单击部分相同的颜色进行选取，如图 3-34 所示。

图 3-33

图 3-34

5. 裁剪工具：从上到下分别为裁剪工具、切片工具和切片选择工具。

裁剪工具：利用此工具可以对图像进行剪裁，选择此工具后可以在图片上拖曳鼠标形成一个裁剪区，松开左键，此时图片上一般出现八个节点框，可以用鼠标对着节点进行缩放，也可以用鼠标对选择框进行旋转，双击选择框或按“Enter”键即可以结束裁切操作，如图 3-35 所示。

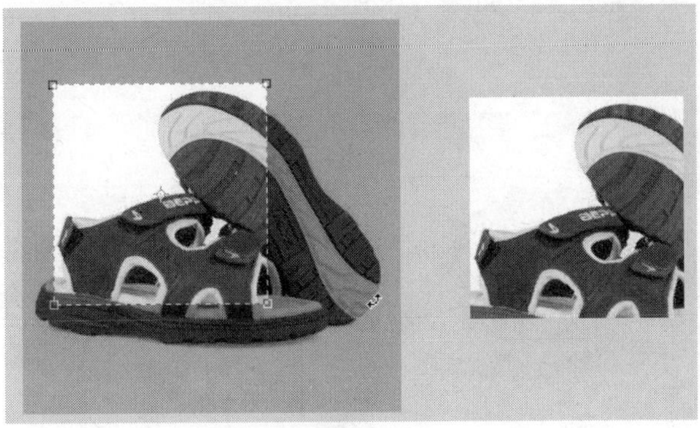
图 3-35

切片工具：切片工具主要是用来将大图片分解为几张小图片，这个功能在我们制作促销模板和宝贝描述模板时用得比较多。因为在制作促销模板和宝贝描述模板时，为了追求更好的视觉效果，往往用一幅整图来进行网页布局，也正因如此，打开这个网页所需的时间就比较长。为了不让浏览网页买家朋友等待时间太长，所以要将图片切为几个小的图片。这样就可以尽可能减少网页全图加载的时间，如图 3-36 所示。

切片选择工具：利用此工具可以对已经切片完毕的图片切片进行选择，选择方式就是单击某一切片，选中之后可以对切片进行移动、复制、组合、划分、调整大小和删除操作，如图 3-37 所示。

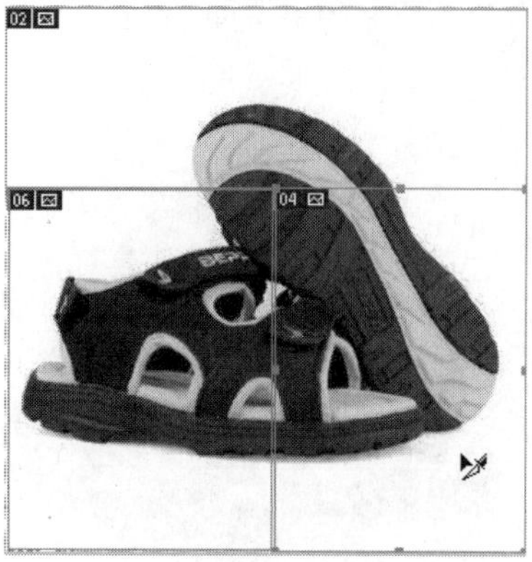

图 3-36

图 3-37

6. 吸管工具：从上到下依次为吸管工具、颜色取样器工具、标尺工具、注释工具和计数工具。

吸管工具：主要用来吸取图像中某一种颜色，如果不善于调色，而又想用到图片上的某一颜色，只要利用该工具对着该颜色出现区单击一下即可吸取所需颜色，并且这种颜色可以立即在工具箱中的前景色或背景色中显示出来，如图 3-38 所示。

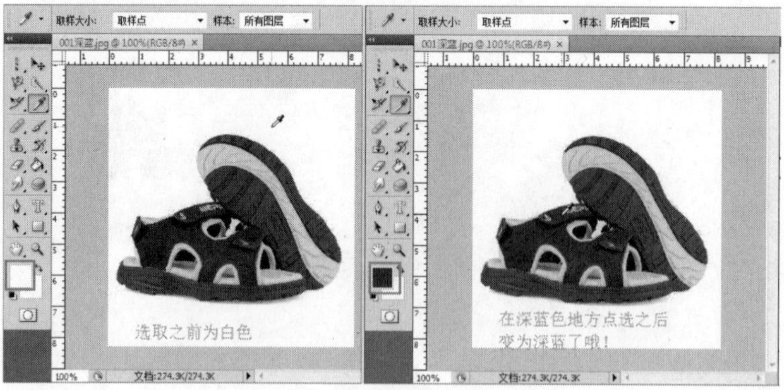

图 3-38

颜色取样器工具：该工具主要是在图像中选取几个基准点，并将基准点的颜色值显示出来，用于将图像的颜色组成进行对比，如图 3-39 所示。

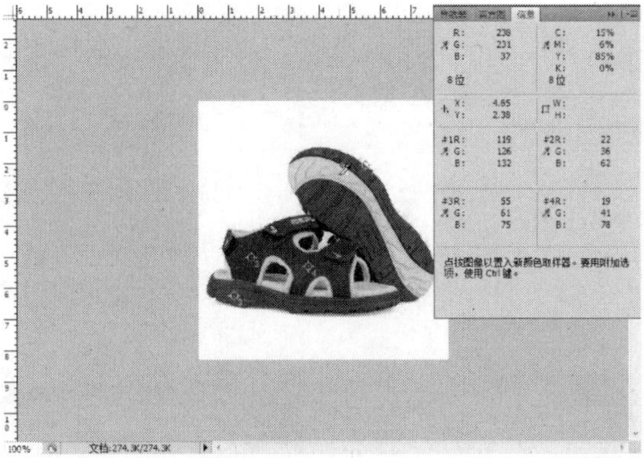

图 3-39

7. 修复工具：这些工具可用于校正瑕疵，使它们消失。修复工具分为四种：污点修复画笔工具、修复画笔工具、修补工具和红眼工具。

在修复画笔工具中，污点修复画笔工具和修复画笔工具为同一类型工具，修补工具和红眼工具为同一类型工具。其中污点修复画笔工具和修复画笔工具是修复图形上的瑕疵，使图片达到正常的显示效果，但二者略有区别，污点修复画笔工具是系统自动从污点周围选择相近的颜色进行修补，修复画笔工具是自己选择取样源点，然后利用源点处的图案来对污点处进行修补。在实际应用的过程中，可以根据具体情况灵活地加以运用，如图 3-40 所示。

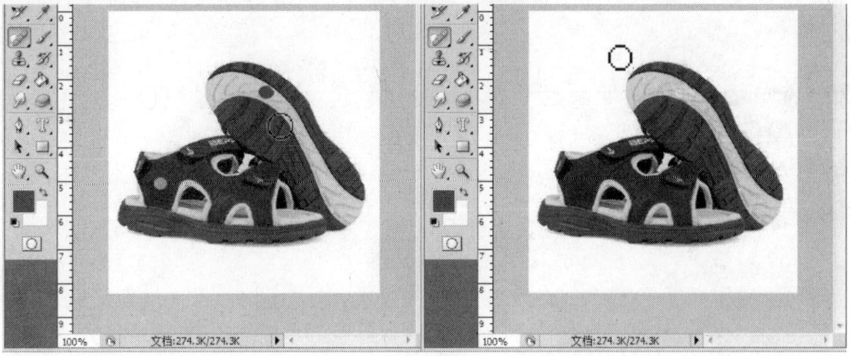

图 3-40

8. 图章工具：图章工具包括仿制图章工具和图案图章工具。

仿制图章工具也是由我们从图片中自行指定取样位置，然后将样本应用到其他图像或同一图像的其他部分，也可以将一个图层的某一部分仿制到另一个图层，如图 3-41 所示。图案图章工具则是将我们在工具选择栏中所选择的图案描绘到图层中，如图 3-42 所示。

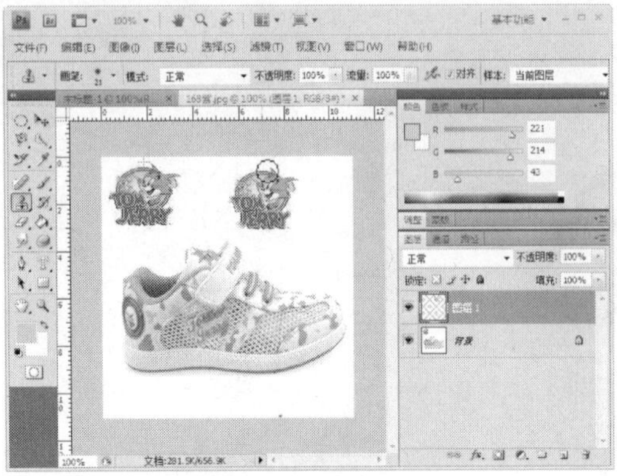

图 3-41

图 3-42

9. 橡皮擦工具：橡皮擦工具包括橡皮擦工具、背景橡皮擦工具和魔术橡皮擦工具。

橡皮擦工具主要用来擦除不必要的像素，如果要擦除背景层，则背景色是什么颜色擦除后显示的就是什么颜色，如图 3-43 所示；如果对背景层以外的图层进行擦除，则会将这层颜色擦除，显示出下面图层的颜色，如图 3-44 所示。擦除笔头的大小可以在右边的画笔中选择一个合适的笔头。

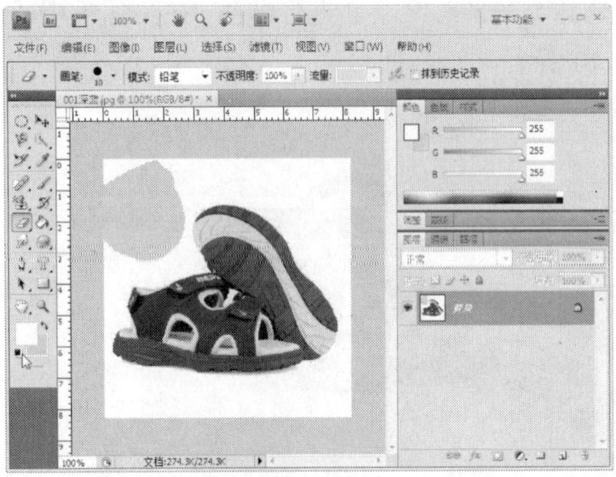

图 3-43

图 3-44

背景橡皮擦工具：可将图层上的像素擦抹成透明的，从而可以在擦除背景的同时在前景中保留对象的边缘，如图 3-45 所示。

魔术橡皮擦工具：魔术橡皮擦工具的作用与背景色橡皮擦类似，都是将像素擦除以得到透明区域。只是两者的操作方法不同，背景色橡皮擦工具采用了类似画笔的绘制（涂抹）型操作方式。而魔术橡皮擦则是区域型（即单击一次就可针对一片区域）的操作方式，如图 3-46 所示。

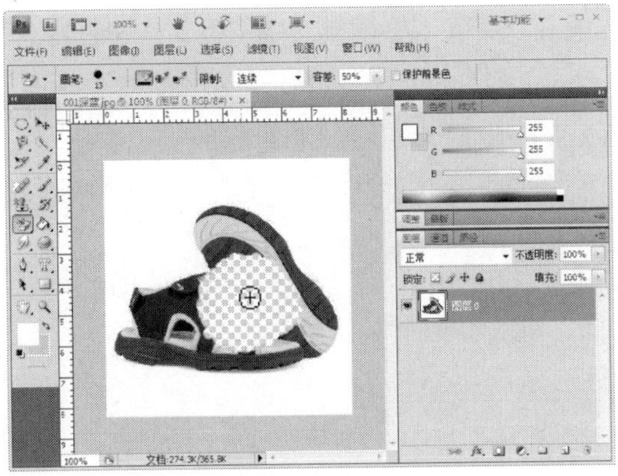

图 3-45

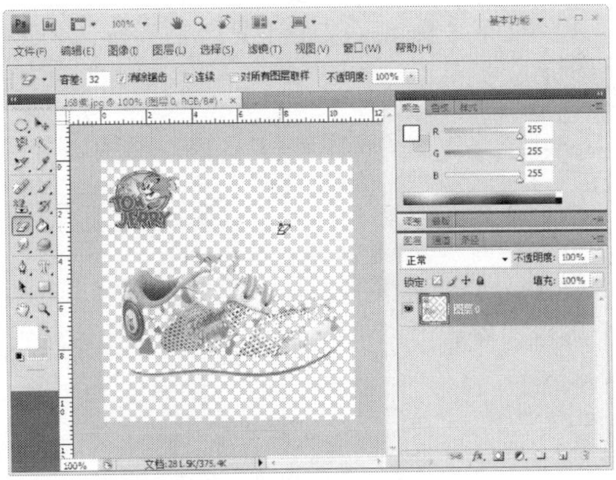

图 3-46

10. 填充工具：填充工具分为渐变工具和油漆桶工具。

渐变工具：主要是对图像进行渐变填充，双击渐变工具，在渐变工具选项栏右边会出现渐变的类型，单击右边的三角形下拉菜单按钮会列出各种渐变类型，在图像中需要渐变的地方拖曳鼠标到另一处即可。如果想图像局部渐变，则要先选择一个选择范围再渐变，如图 3-47 所示。

油漆桶工具：其主要作用于填充颜色，其填充的颜色和魔棒工具相似，它只是将当前的前景色填充到当前工作区中，其填充的程度由右上角的选项的“容差”值决定，其值越大，填充的范围越大，如图 3-48 所示。

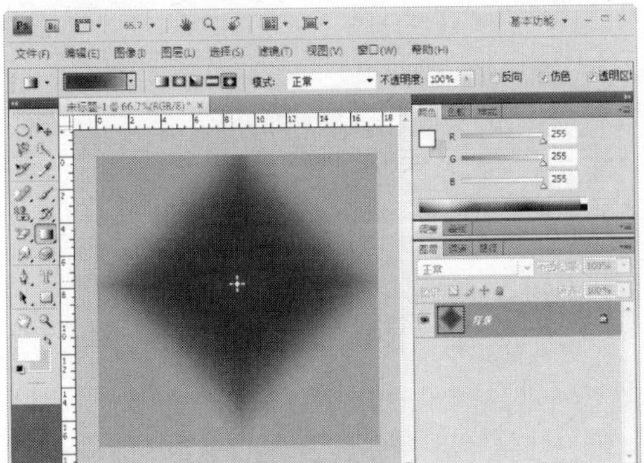

图 3-47

图 3-48

11. 钢笔工具：钢笔工具包括钢笔工具、自由钢笔工具、添加锚点工具、删除锚点工具和转换点工具。

其中钢笔工具是用来勾画平滑的曲线，并且在缩放或者变形之后仍能保持平滑效果。一般我们都是将钢笔工具和锚点工具组合使用以建立复杂的选区进行抠取图像，如图 3-49 所示。

12. 文字工具：文字工具包括横排文字工具、直排文字工具、横排文字蒙版工具和直排文字蒙版工具。

横排文字工具：利用此工具可以在图层上进行横向文字输入。

直排文字工具：利用此工具可以在图层上进行纵向文字输入。

横排文字蒙版和直排文字蒙版工具：利用此工具可以在图层上输入文字的选择范围，即只是一个虚框，然后可以选择在虚框内进行任意颜色填充，如图 3-50 所示。

图 3-49

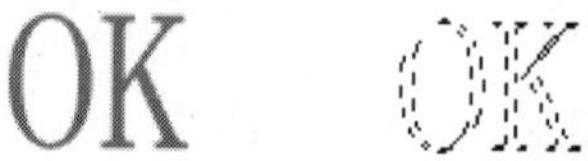

图 3-50

13. 图形绘制工具：图形绘制工具包括矩形工具、圆角矩形工具、椭圆工具、多边形工具、直线工具和自定形状工具。

利用此工具可以在图层之上进行矩形、圆角矩形、椭圆、多边形、直线及自定义形状的描绘，如图 3-51 所示。

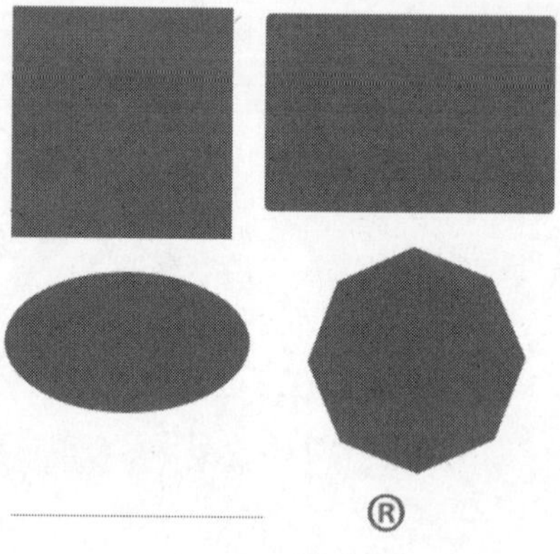

图 3-51

3.3 图片处理基本功能

作为一位淘宝卖家，对数码相机所拍摄的图片进行处理并得到效果完美的宝贝展示图片，这是我们必须要面对的一项工作，并且还是必须要做好的一件工作。很多卖家对于图片的处理都是叫苦连天，因为这件工作确实是一件劳神费力的事。

下面具体来看一看在 Photoshop CS4 这个图形编辑软件中如何来实现图片的编辑。

3.3.1　图片的裁剪

启动 Photoshop CS4，单击“文件”菜单，在打开的菜单中单击“打开”命令，此时系统会弹出一个名为“打开”的对话框，如图 3-52 所示。

图 3-52

在此对话框中，找到我们要处理的图片所存放的位置，选中要处理的图片并单击“打开”按钮。此时 Photoshop CS4 就会自动把我们所选中的图片打开，并显示在图形工作区当中，如图 3-53 所示。

图 3-53

单击工具箱上的裁剪工具，在菜单栏下的裁剪选项栏中填写需要的裁剪的比例。由于我们在这里要得到一个正方形的图片，所以这里只要把宽和高的值设成一致就行了，这里设置为“6 厘米”，单位为默认状态，如图 3-54 所示。

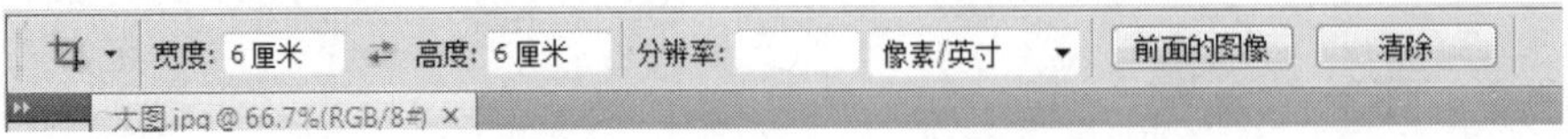

图 3-54

宽高设置完毕之后，在图形工作区上拖曳鼠标，形成一个裁剪框，如图 3-55 所示。

由于宽高数值设置相同，不管怎么拖曳鼠标只能形成一个正方形的裁剪框。另外，从图 3-55 来看，这个裁剪框过小，如果按此裁剪框进行裁剪，就会造成宝贝不能全部展示，有部分图像将会被裁剪掉。

为了能把宝贝全部裁剪下来，此时就要调整裁剪框的大小了。裁剪边框的四角都有调节点。当我们把鼠标移到任何一个调节点，就会发现鼠标指针已经发生变化！我们可以对比看一看，如图 3-56 所示。

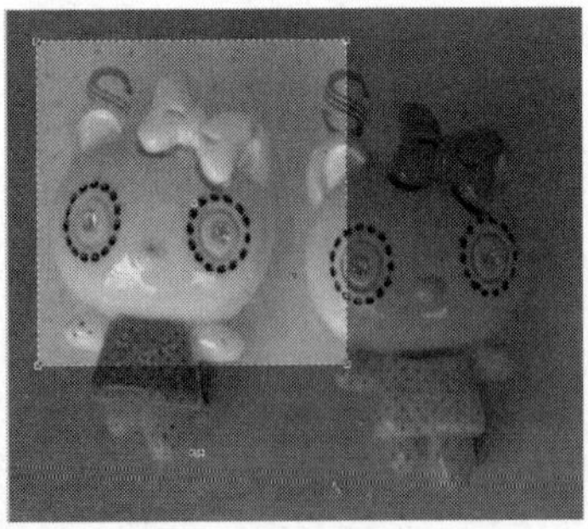

图 3-55

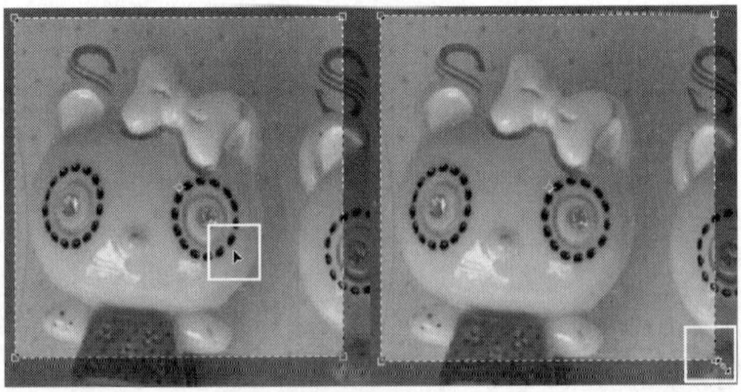

图 3-56

当鼠标指针变成此种形式时，直接拖曳鼠标，此时就可以改变裁剪框的大小，直到满足我们要求为止，如图 3-57 所示。

当然，当我们把鼠标移到裁剪框之上时，鼠标指针就会变成如图 3-57 所示形状，此时拖曳鼠标时就可以调整裁剪框的位置。不过也可以通过键盘上的方向键来调整裁剪框的位置。

当一切都调整完毕之后，双击鼠标或直接按 Enter 键确认裁剪操作，这时 Photoshop CS4 会自动按照我们的裁剪框的选择范围进行裁剪，并将裁剪后的内容显示在当前图形工作区中，如图 3-58 所示。

再次利用 Photoshop CS4 打开要处理的宝贝细节描述图片。单击工具箱上的裁剪工具，此时在菜单栏下的裁剪选项栏中填写裁剪的比例。由于我们在这里要得到一个 4:3 的宝贝细节描述图片，所以在这里只要把宽和高的比值设成 4:3 就行，至于具体的数值是多少就没有规定，这里把宽设为“4 厘米”，高设为“3 厘米”，如图 3-59 所示。

图 3-57

图 3-58

图 3-59

剩下的操作方法与上面相同，这里就省略了。

不过，在这里请大家一定要记住，完成操作之后要保存自己的成果。并且保存时最好选择“存储为”命令，因为这样才不会覆盖原图，以方便以后再次利用原图进行其他操作。

3.3.2　图片的缩放

首先利用 Photoshop CS4 打开要缩放的图片文件。单击“图像→图像大小”命令，弹出“图像大小”的对话框，如图 3-60 所示。

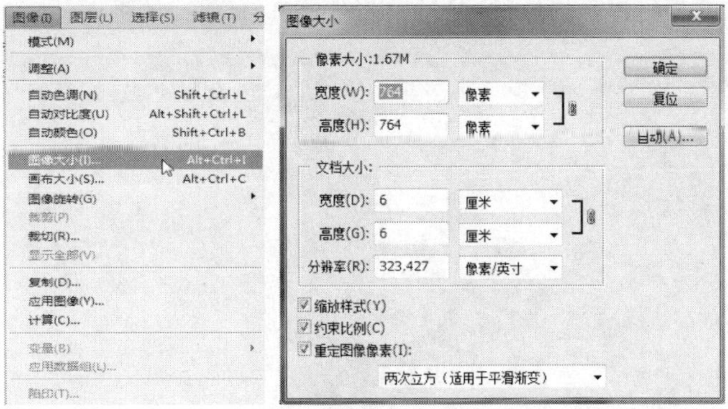

图 3-60

从这个对话框中不难看出，对图像的缩放有两种方式：一种方式是改变图像像素的大小来缩放图像，也就是在像素大小数值框中填上所需要缩放图像的像素数，如果我们填的数据比原数据大，就表明要放大图像，反之，如果我们填的数据比原数值小，就表明要缩小图像。另一种方式是通过改变文档的大小来缩放图像，操作和第一种方式相同，只需要在文档大小数值框中填上我们所需要文档的宽高值即可。

但是我们在装修的过程中，对于图片的尺寸都是以像素为单位的，很难换算文档大小的长度和像素大小之间的关系，为了避免这一点，在利用 Photoshop CS4 进行图片缩放时最好采用第一种方式。

根据实际需要，我们通过选择调整像素方法，在“图像大小”对话框中对图片的缩放参数设定，如图 3-61 所示。

在这里我们只是把像素大小的宽度设为 500 像素，其他选项都选用系统默认值，然后单击“确定”按钮就可完成图像的缩放任务。完成之后，还是要记得保存自己的图片！

最终完成效果如图 3-62 所示。

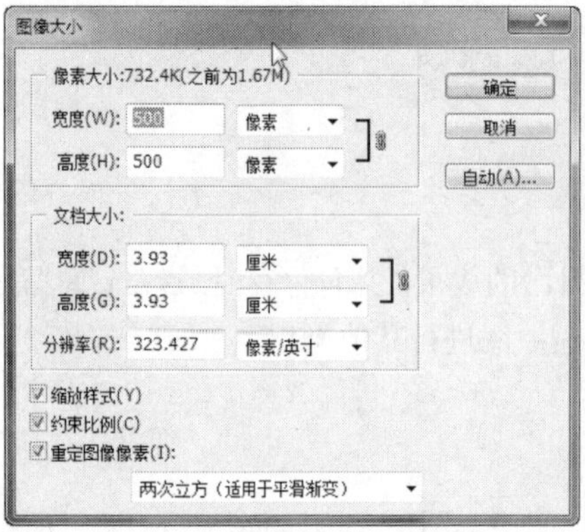

图 3-61

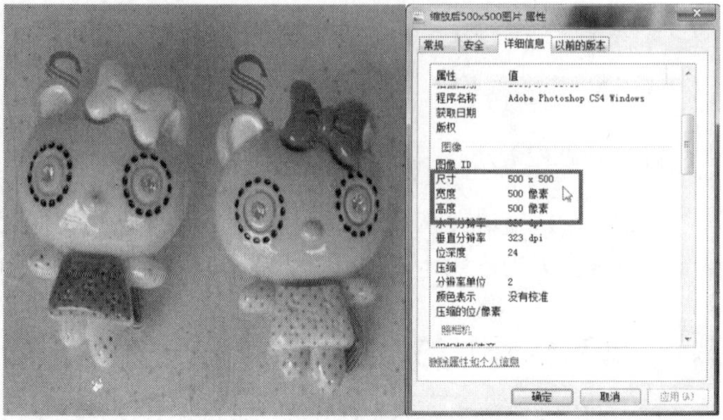

图 3-62

按着同样的方式，将经过裁剪后的宝贝描述图也进行缩放，最终如图 3-63 所示。

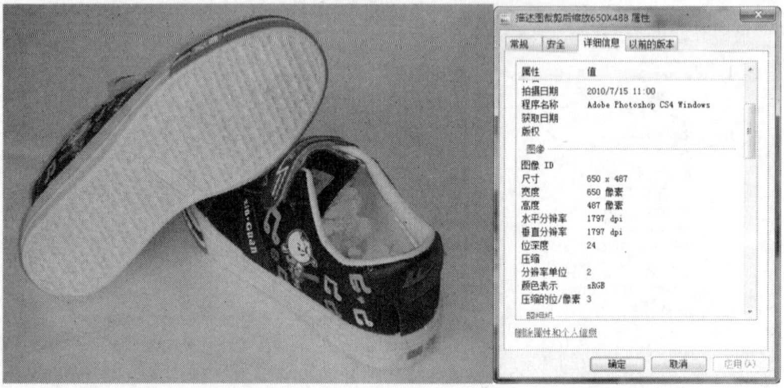

图 3-63

3.3.3 图片旋转

作为一个淘宝卖家，有时在制作宣传图片时，需要旋转图片。利用 Photoshop 提供的图片旋转功能就可以轻轻松松完成这个任务！

首先，还是用 Photoshop CS4 打开图片，选择“图像→图像旋转”命令，此时会自动弹出此命令的子菜单项，如图 3-64 所示。

在这个子菜单中，我们可以看到 Photoshop CS4 提供了六种图像旋转方式。

选择“180 度”命令，当前打开的图片将旋转 180 度角，效果如图 3-65 所示。

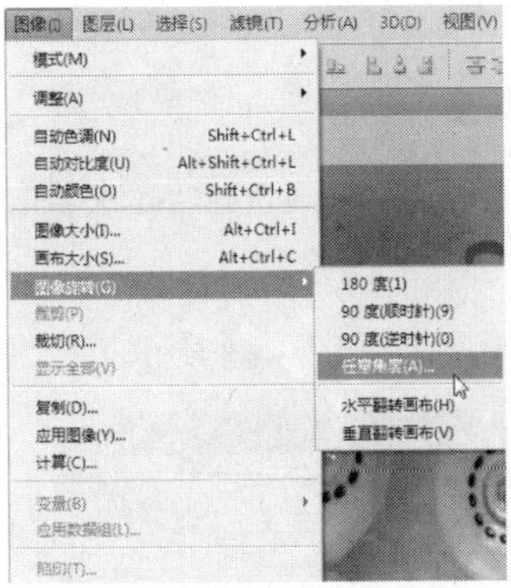

图 3-64

图 3-65

依次选择“90 度顺时针”、“90 度逆时针”、“任意角度”、“水平翻转画布”和“垂直翻转画布”选项，最终效果如图 3-66 所示。

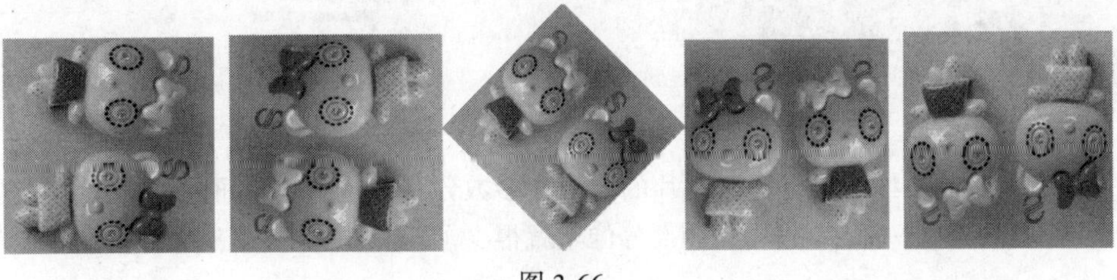

图 3-66

从这里我们可以看出，在 Photoshop 中，对图片的旋转将是一件非常轻松的事。

实际上，利用 Photoshop CS4 提供的功能，我们可以打造出更酷的图片效果！在这里有一点要注意，关于“自由变换”和“变换”操作没有做具体说明，其实自由变换的操作和上面的操作类似，执行自由变换命令之后，所选择的图像周围会有选择框，选择框上会出现调节点，用鼠标拖动调节框就可进行变换了。

3.4 图片处理的高级技巧

3.4.1 缤纷色彩自由调节

1. 图片亮度的调整

由于拍摄时的原因，宝贝的图片有可能会亮度不够，会给人一种暗淡无光的感觉，这样的图片当然不可能把它作为宝贝描述图片上传到自家店铺中。

下面我们就来看一看如何通过 Photoshop CS4 为宝贝图片提高亮度。

还是用 Photoshop CS4 打开要处理的图片，如图 3-67 所示。首先通过 Photoshop CS4 来了解一下为什么这张图片是暗淡的。

单击“图像→调整→色阶”命令，弹出一个名为“色阶”的对话框，如图 3-68 所示。

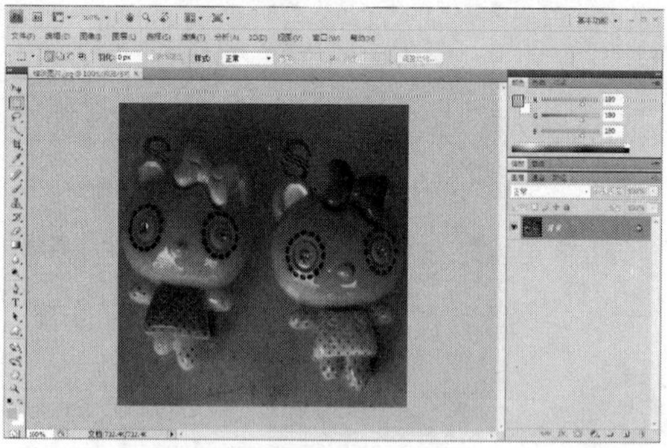

图 3-67

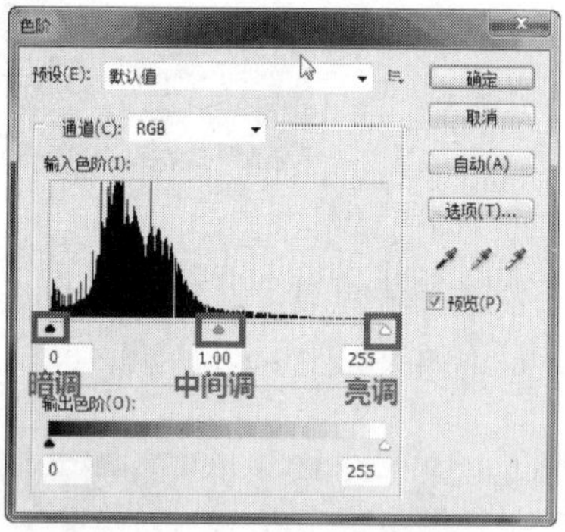

图 3-68

从输入色阶的直方图来看，这张图片的像素大多数分布在暗调和中间调之间，也就是说是整体偏向暗调，中间调有一部分像素，亮调部分像素就很少了，这就是为什么这张图片会偏暗的原因。

知道了原因之后，现在就可以有针对性地进行调整。在“色阶”对话框的输入色阶直方图下有三个小滑块，从左到右分别是用来调整暗调、中间调和亮调。如果将暗调滑块向右移动，就意味着我们在增加暗调的范围，那么这也就意味着亮调的范围在减小，此时图像会变得更暗谈。

相反，如果把亮调滑块向左移动，就会增加图片中的亮调的范围，同时也就压缩了暗调的范围，此时图片就会变亮。但在这里要注意，不能一下子调整太多，否则图片颜色就会太过生硬，反而达不到我们所需要的效果，如图 3-69 所示。

虽然我们对这个图片做了调整，也发生了变化，但效果并不是很理想。为了得到更好的效果，此时还需要再次进行精确调节。

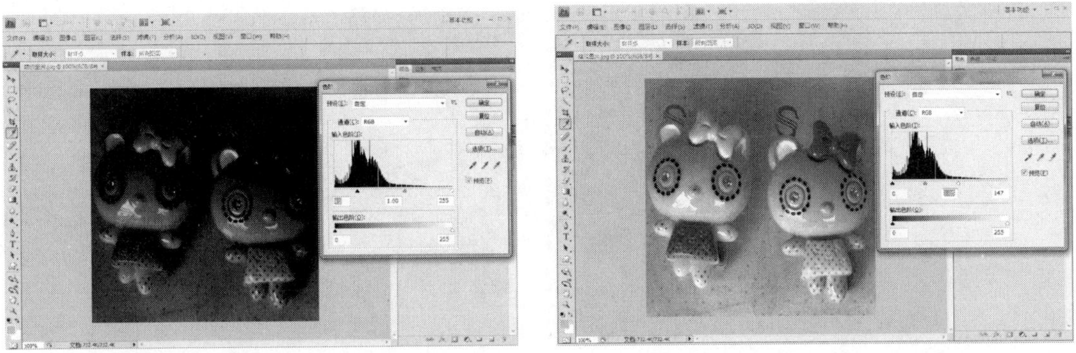

图 3-69

单击“图像→调整→曲线”命令，系统就会弹出一个名为“曲线”的对话框，如图 3-70 所示。

在“曲线”对话框中，可以通过改变曲线的形状来调整图像的亮度，将曲线向上弯曲可以使图像亮度增加，将曲线向下弯曲就能使图像亮度降低。并且在这里也可对图像进行暗调、中间调和亮调的调整。如果我们要调整图像的高光部分，就可以在曲线右上方取点，然后拖曳鼠标；同时，如果要调整图像的中间调，我们只需要在曲线中部取点，如果想调整图像的暗部，就应该在曲线左下方取点了。

上面的图片经过色阶处理之后，虽然变亮了，依然感到高光部分不足，中间调依然偏弱。在曲线上的中间部分和右上方各取一点，并将曲线上向上弯曲，如图 3-71 所示。

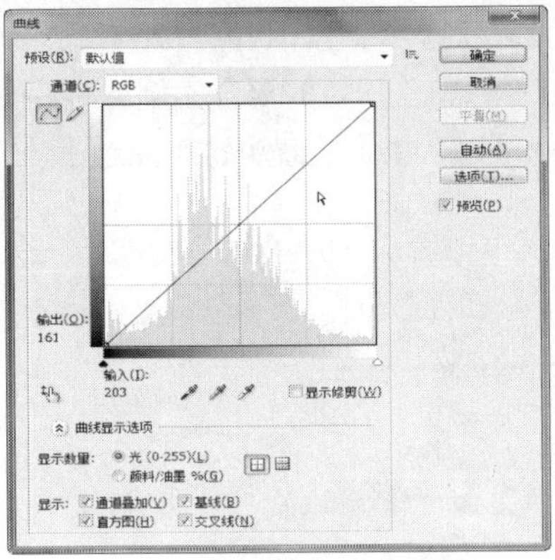

图 3-70

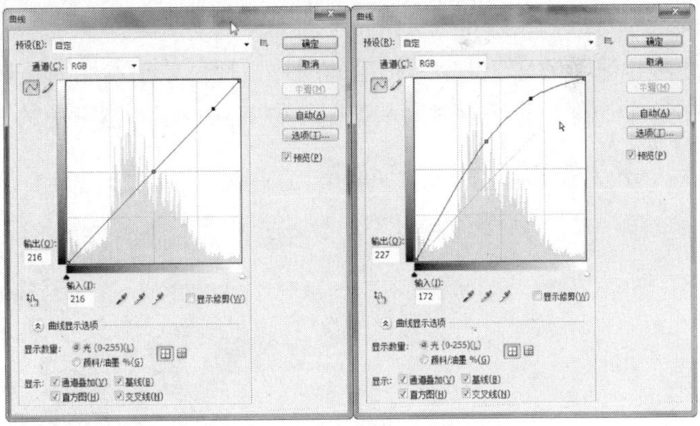

图 3-71

在调整的时候，要随时注意观察图像的变化，当我们对调整的效果觉得满意时，单击“确定”按钮从而来完成这次曲线调整。下面是曲线调整前后的图片对比效果，如图 3-72 所示。

曲线调整前　　　　曲线调整后

图 3-72

2. 图片色差的处理

对于一般的淘宝卖家来说，用数码相机所拍摄的图片因为灯光、相机及拍摄技巧等问题，很有可能就会造成所拍摄图片的颜色和实物的颜色有一定的差距，也就是我们常常所说的色差。

那什么是色差呢？通俗地讲就是感觉某一种颜色太浓了或太淡了，造成图片的颜色失真。这种情况是不可能完全避免的。为了避免这种情况的出现，接下来介绍一种利用 Photoshop CS4 进行处理色差的简单方法。在处理之前，我们先要了解一下颜色的基本原理。

按照颜色的三原色理论，自然界的任何颜色都可以由三种基本颜色按照不同的比例混合而成，反之每种颜色又都可以分解成三种基本颜色，这三种基本颜色就是红色、绿色、蓝色。从这个三原色理论来看的话，我们所拍摄的图片出现色差根本原因就在于红、绿和蓝三色的混合比例不对。根据这个原理，我们只需要调整图片中的红、绿和蓝三色的比例就可以从根本上解决这个问题了。

还是先打开我们要处理的图片，如图 3-73 所示。

图 3-73

单击“图像→调整→色阶”命令，弹出“色阶”对话框，如图 3-74 所示。在调整图片亮度就曾经用过此对话框，但这次用法发生了变化。

在弹出的“色阶”对话框中，单击“通道”右侧的下拉按钮，就会出现如图 3-75 所示选择项。

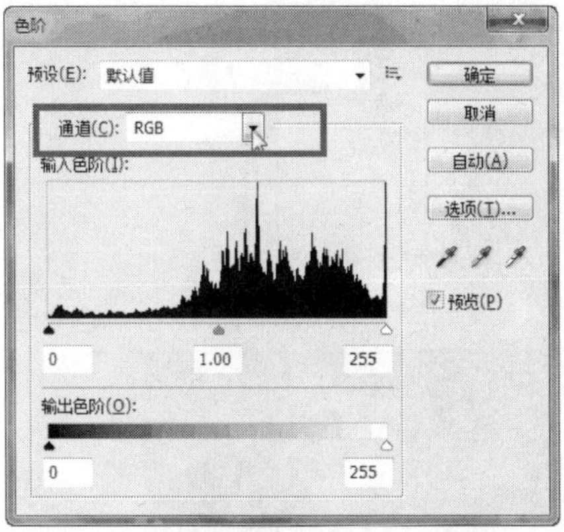

图 3-74

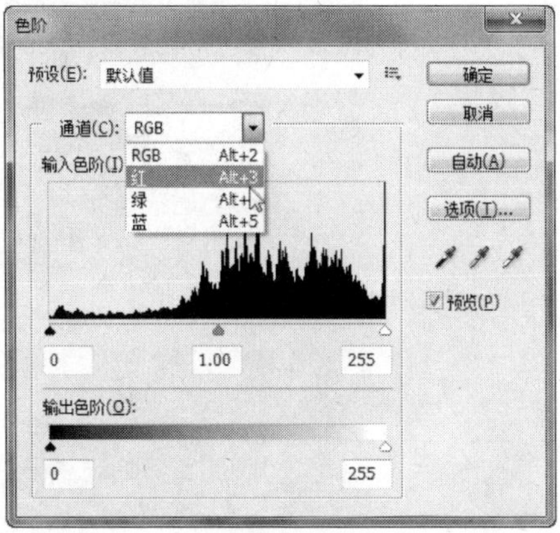

图 3-75

在这里红、绿、蓝三个通道就分别代表当前图片中红、绿和蓝三色，如图 3-76 所示。

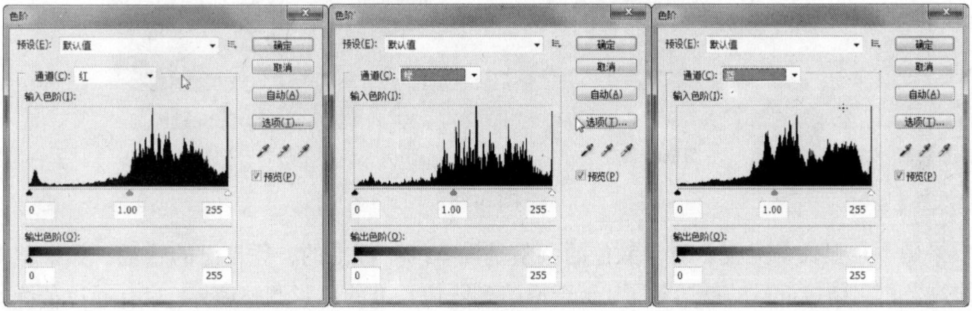

红　　　　绿　　　　蓝

图 3-76

首先调整红色，将红色通道的输入色阶下的暗调滑块向左拖动。为什么要将暗调滑块向左移呢？我们可以这样理解：在输入色阶的直方图上，黑色越浓的地方，色彩就越纯，如图 3-77 所示。

接下来再来调整绿色，调整方法依然和调整红色一样，把绿色通道的输入色阶下的暗调滑块向左拖动。最后，我们来调整蓝色。同样把蓝色通道的输入色阶下的暗调滑块向左拖动。

调整完毕之后，单击“色阶”对话框中的“确定”按钮。现在对比一下调整前后的效果，如图 3-78 所示。

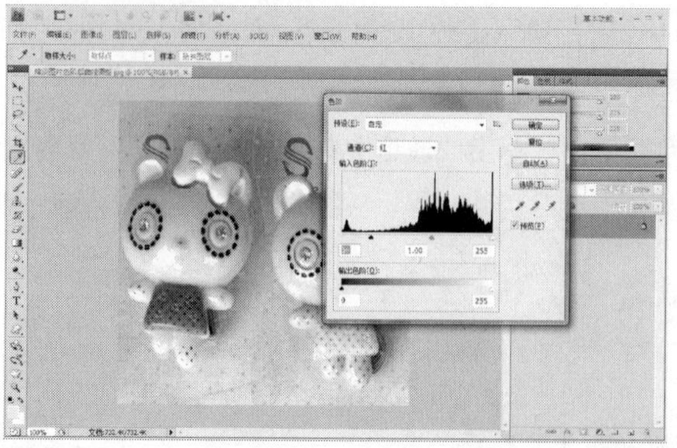

图 3-77

调整前　　　　调整后

图 3-78

效果是不是显而易见呢？对于颜色的调整是没有统一标准的，凭自己的感觉，如果觉得调整之后的效果和实物接近目的就达到了。至于想达到既快且准的色彩调整境界，只有通过苦练基本功来积累经验。

当然，在 Photoshop CS4 中对色彩的调节方法是多种多样，我们在这里只是介绍了最简单的一种，如果读者有兴趣的话，可以在网上搜一搜，关于此类的文章数不胜数。但是要注意一点，每种方法都只能是在一定程度上改善问题，但是并不能从根本上解决问题，要想从根本上解决问题，那就只有在拍摄阶段多下工夫了。

3.4.2　曝光效果的处理

作为一个非专业的拍摄人员，由于装备和技术上的不足，我们所拍摄的图片当然无法和专业人员利用专业设备所拍摄出来的图片相提并论。所以我们在拍摄实物图片时，时常会发生因曝光不足造成图片灰暗；也会发生因曝光过度造成整个图片发白。

对于这样的问题图片，我们能不能处理呢？答案是肯定的，当然前提条件是你的图片不能严重欠曝，也不能严重过曝。

下面我们就来看一看如何利用 Photoshop CS4 处理由于曝光不对造成的问题图片。

1. 曝光不足

首先用 Photoshop CS4 打开一张图片，如图 3-79 所示。

图 3-79

从这里我们看到，由于在拍摄时曝光不足，整个图片非常暗淡，并且无法显示宝贝特有的光泽。我们利用 Photoshop CS4 的色阶工具来看一看具体的数据，如图 3-80 所示。从输入色阶图来看，整个图片的高光和暗调处几乎没有像素，全部集中在中间调，从而就造成整个图片的灰暗。既然是暗调和高光缺失，所以我们现在就要有针对性地进行补救。

这里有两种方式供我们选择，一种方式是在“色阶”对话框中将暗调和亮调滑块均向中间调拖动，此时就可以增加整个图片的亮调和暗调的比例，从而达到补光的目的，效果如图 3-81 所示。

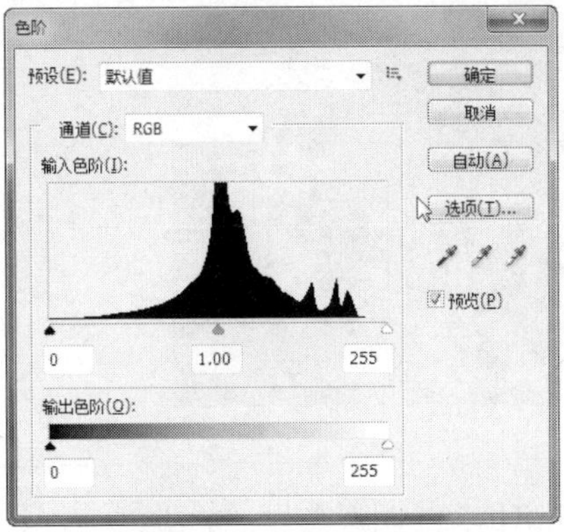

图 3-80

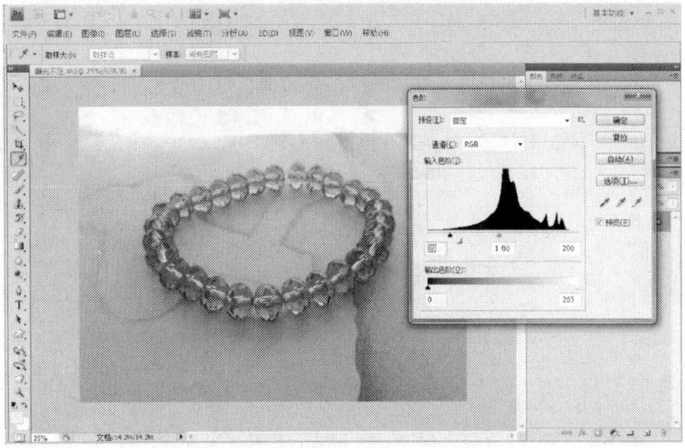

图 3-81

在拖动滑块的过程中，还是要随时观察图像的变化，如果调整达到了合适的效果就要停下来，之后单击对话框上的“确定”按钮完成本次调整。

利用这种方式，虽然在一定程度上可以取得一定的效果，但是对图片的调整来说应该不是非常准确，为了能够快速而又准确地调整，最好还是利用 Photoshop CS4 的“曲线”功能。

单击“图像→调整→曲线”命令，弹出“曲线”对话框。根据色阶中的直方图分析数据，我们知道这张图的问题出在暗调和亮调部分缺失上，所以我们在曲线上分别在偏上(偏上的这点代表亮调部分)和偏下（偏下的这点代表暗调部分）选取两点，如图 3-82 所示。

由于暗调部分缺失，所以我们将偏下的这一点向下方调整；亮调部分也缺失，那么再将偏上的那一点向斜上方调整，如图 3-83 所示。

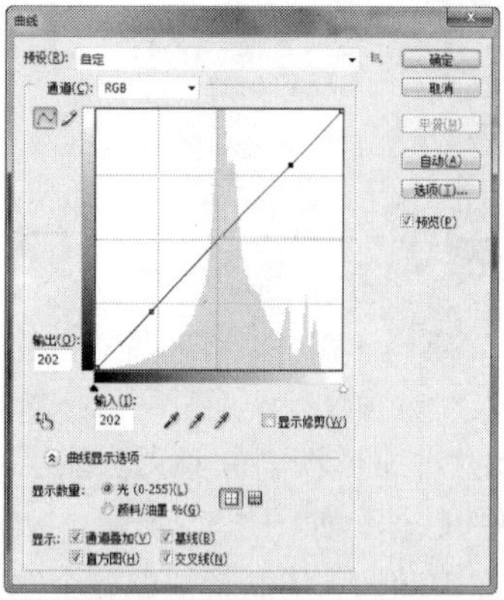

图 3-82

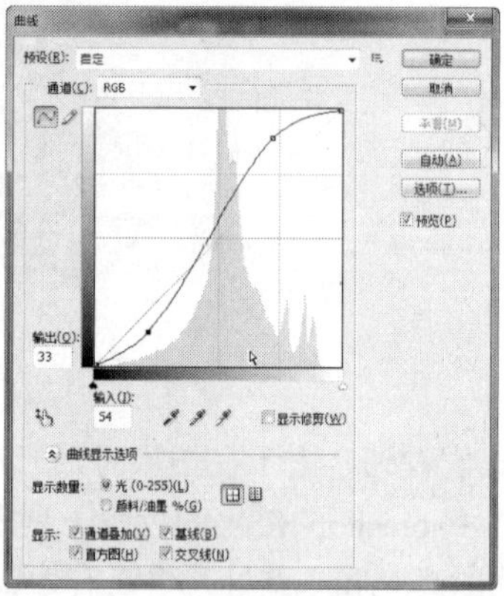

图 3-83

在调整曲线时也要注意观察调整效果，达到令人满意的效果之后单击“确定”按钮即可完成调整。现在对比看一下调整前后的效果，如图 3-84 所示。

图 3-84

调整之后，不仅整个图片亮度得到了提升，而且也能更好体现宝贝晶莹剔透的质感。

2. 曝光过度

还是先来打开一张图片看一看，如图 3-85 所示。

图 3-85

从图 3-85 中我们就不难看出，整张图片由于曝光过度，图片显得非常苍白，更谈不上能体现宝贝的细节。至于图片是不是曝光过度，还是看一看数据吧！单击“图像→调整→色阶”命令，就会自动弹出“色阶”对话框。从输入的色阶的直方图上看，整个图片几乎所有的像素都分布在高光区，中间灰场几乎没有像素，在暗调区域（黑场）只有少数像素。这就是典型的曝光过度造成的结果，难怪整张图片发白，如图 3-86 所示。

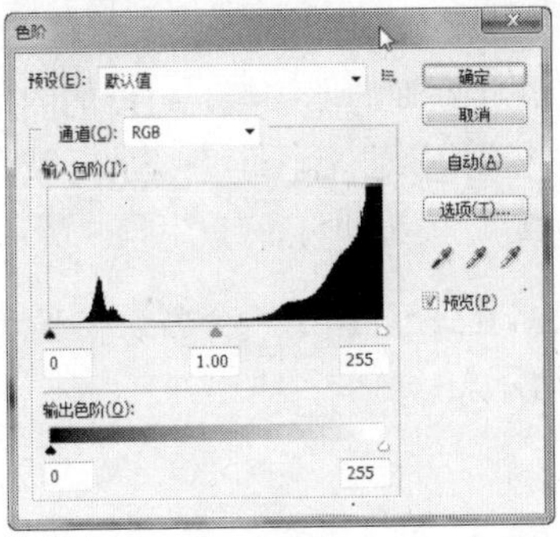

图 3-86

讲到了这里，有的读者就会说，既然图片发白，那就用色阶或曲线来就行调整，减少高光，增加暗调和中间调不就行了？我们来试一下，看有没有什么效果。

首先用色阶工具来试一下，在这里我们把暗调和中间调滑块向右拖动，这样一来照片的发白的现象就得到了改善，但是仍然有很多细节不能显示，可以看出，利用色阶工具来调整严重曝光过度的图片效果不是很好，如图 3-87 所示。

由于曲线工具可以更加准确地进行调校，所以我们再来利用曲线工具调整这张严重曝光过度的照片。在这条曲线上分别取三个点，分别代表暗调、中间调和亮调。拖动这三个点向下移动。这次效果比用色阶工具处理的效果相对而言要好一些，但效果仍然不是很理想的效果。因为从图上还是看到很多区域的细节不清楚，如图 3-88 所示。

图 3-87

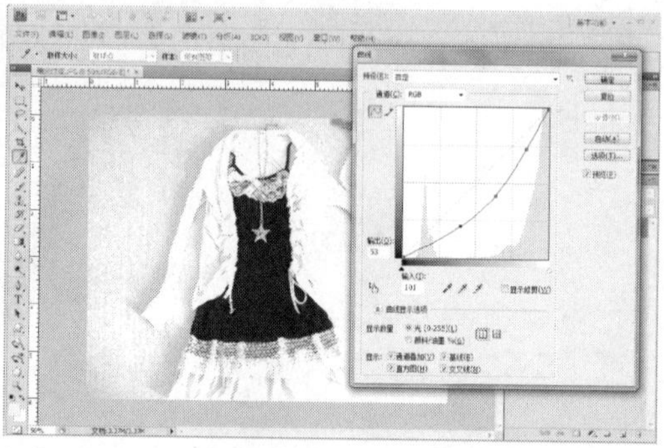

图 3-88

以上这两种调整方式的最终效果都不是很理想，这是为什么呢？曝光过度不仅会让画面表现苍白，还会使图片缺乏反差，但最为重要的是，曝光过度将会严重使图像丢失很多细节信息。

因此，我们利用 Photoshop CS4 的色阶和曲线工具进行调整，只能算是一个提高反差的补救措施。从某种意义上来讲，这种调整只是尽可能地将效果改善一些，但绝对不可能达到正确曝光应有的效果，毕竟图像的细节信息是不可能利用色阶工具和曲线工具进行弥补的。

下面我们就利用另外一种方式来看一下能不能有效地提升效果。

首先，还是在 Photoshop 中打开要处理的那张曝光过度的图片。在图层面板上的背景图层上单击鼠标右键，在弹出菜单中选择“复制图层”命令，系统此时就会弹出一个名为“复制图层”对话框，保持默认设置，直接单击“确定”按钮即可，如图 3-89 所示。

此时我们可以在图层面板中看到已经复制了一个名为“背景副本”图层，当然其中内容和背景图层内容完全一致，如图 3-90 所示。

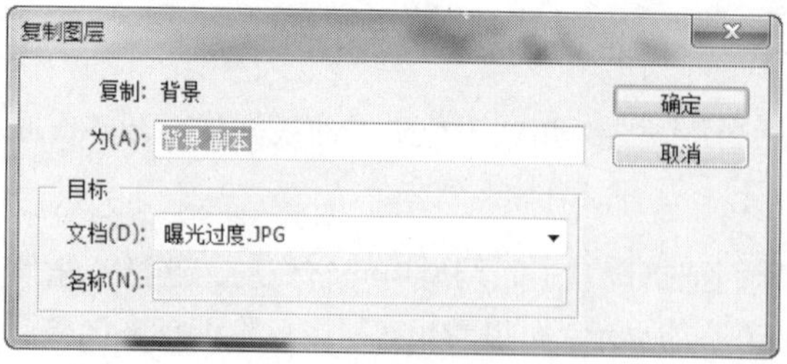

图 3-89

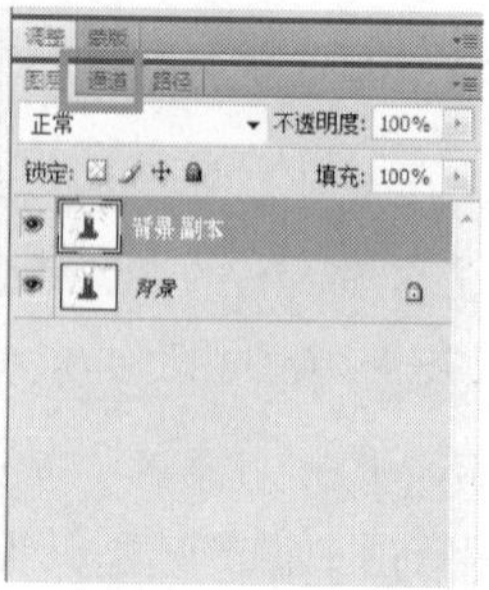

图 3-90

在图层面板旁单击“通道”按钮（如图 3-90 中标注位置所示），打开通道面板，单击通道面板下方的 按钮，这个按钮的作用是将通道作为选区载入，单击之后，工作区的图片就会变成如图 3-91 所示的情形。

此时再次单击工具面板上的“图层”选项标签，回到图层面板中，再单击图层面板下方的 （添加矢量蒙版）按钮，为“背景副本”图层添加矢量蒙版，如图 3-92 所示。

图 3-91

图 3-92

单击“背景副本”图层，在图 3-93 中标注位置，将图层的混合模式改为“线性加深”。图层混合模式修改完毕之后，如图 3-94 所示。

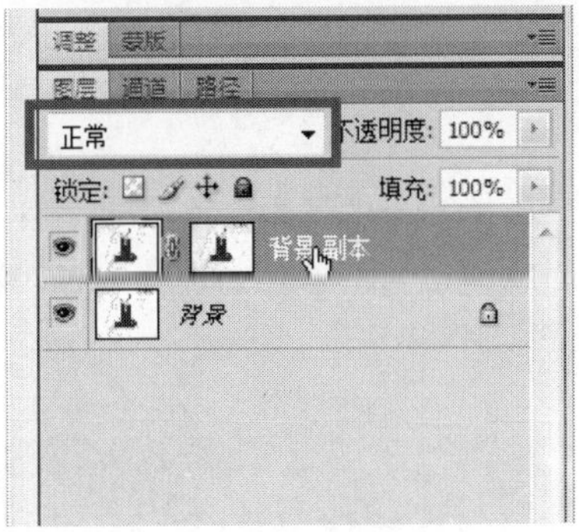

图 3-93

图 3-94

此时，我们从图 3-96 可以看到图片的效果！只不过此时颜色有些深，我们再来处理一下。

单击“图像→调整→色相/饱和度”命令，此时会弹出一个名为“色相/饱和度”的对话框，如图 3-95 所示。

在此对话框中将饱和度进行降低，在降低的过程中，注意观察效果，直到达到最佳效果，即可完成调整。现在我们来看一下处理后的效果，如图 3-96 所示。

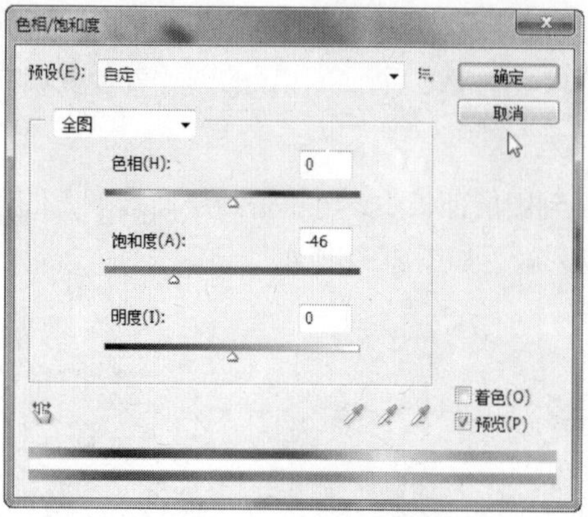

图 3-95

图 3-96

效果是不是比利用曲线和色阶工具处理的要好一些呢？这里我们主要通过将图层进行复制叠加，一定程度上弥补由于曝光过度而丢失的图像信息，所以这种处理方式效果要好一些。

尽管利用这种方式进行了一些弥补，但由于图片本身严重曝光造成大量的图像信息缺失，不可能从根本上解决这个问题。

虽然在很多情况下我们虽然可以利用 Photoshop CS4 提供的一些工具对于曝光不够理想的图片做一些后期处理，为了尽可能提高宝贝图片的质量，还是要在事前控制，事后利用工具只能是尽量弥补，而不可能完全改善。

3.4.3 清晰照片由你打造

在前面讲数码相机的拍摄技巧中曾说过，相机的抖动会对影像的清晰度产生致命的影响。虽然现在有很多相机都声称自己有光学防抖功能，但也并不能完全避免按动快门时带来的震动。为了避免这个问题，在拍摄宝贝时，最好利用三脚架来固定相机，然后再来拍摄。

虽然我们这样做了说明，但很有可能也有一部分朋友认识不到这个问题，认为曝光就是一点点时间，难道在这极短的时间内还不能保持相机的稳定，因此就直接手持相机进行拍摄。我并不否定这样也可以拍摄出好的图片，但并不是每个人都能达到这个水平的，现在我们来看一张图片，如图 3-97 所示。

图 3-97

这张图片就是在拍摄时由于意外的抖动造成成像质量不高，图像比较模糊。一般我们是不能选用这样的图片的，对于这种图片我们是否也能够用 Photoshop 进行补救呢？

下面我们就一起来试一试，看是否能够运用 Photoshop 提供的工具弥补这个问题。

首先，还是用 Photoshop CS4 打开要处理的这张问题图片。将该图层复制一份，从而在图层面板当中新建一个名为“背景副本”的图层，如图 3-98 所示。

选中“背景副本”图层，单击“图像→调整→去色”命令，系统就会自动把背景副本图层去色，变成黑白图层，如图 3-99 所示。

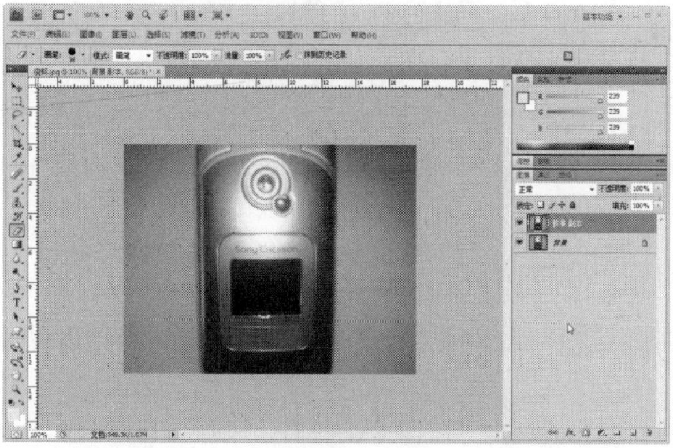

图 3-98

图 3-99

然后单击“滤镜→其他→高反差保留”命令。之后，系统就会弹出名为“高反差保留”的对话框，如图 3-100 所示。

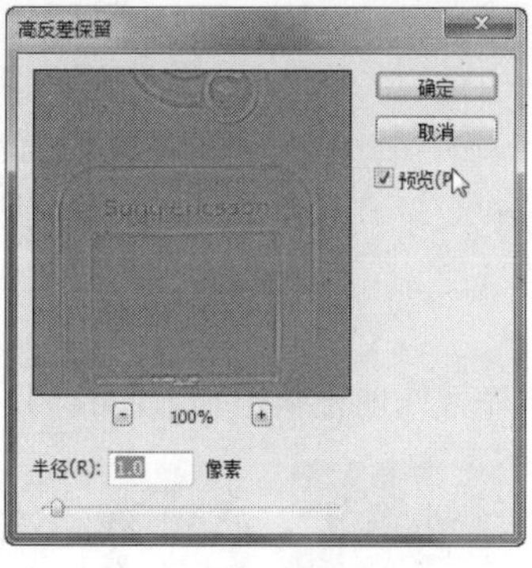

图 3-100

在此对话框中设置半径为 1.0 像素。在这里要注意，半径值指的是保留范围，就是在图像中颜色明显的过渡处，保留指定半径内的边缘细节，并隐藏图像的其他部分。这里数值设置不要过大，一般不要超过 4 像素。

设置完毕后，单击“确定”按钮。此时我们的背景图层就变成如图 3-101 所示情形了。

可是现在根本就什么也看不清！不要紧，接着处理。选中“背景副本”图层，并在图层混合模式中选择“叠加”模式，如图 3-102 所示。

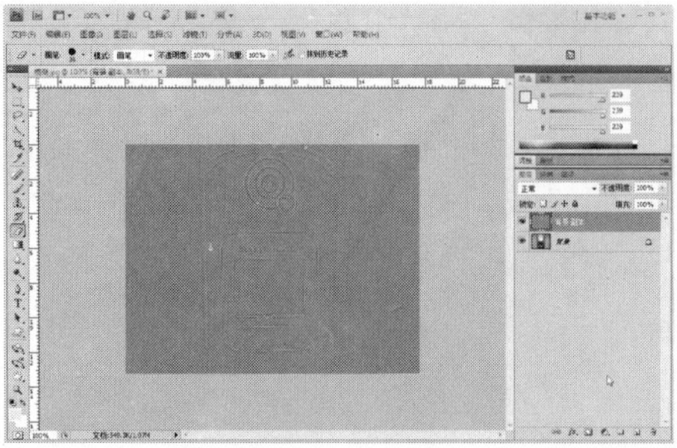

图 3-101

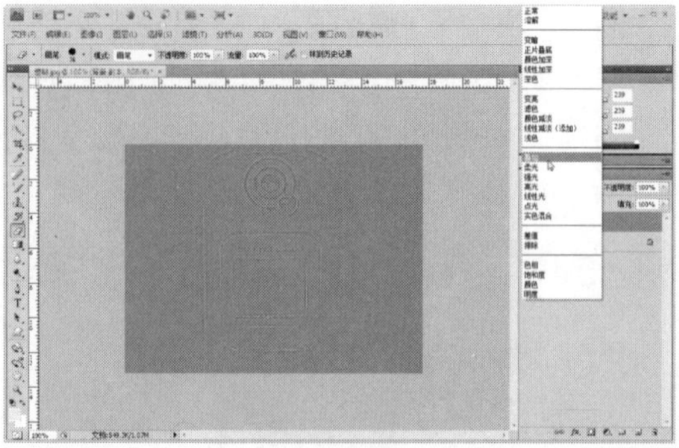

图 3-102

此时我们再来看一看叠加后的效果，如图 3-103 所示。

不错，图像清晰了不少！如果还觉得不满意，可以把背景副本图层再复制一份，强化边缘，如图 3-104 所示。

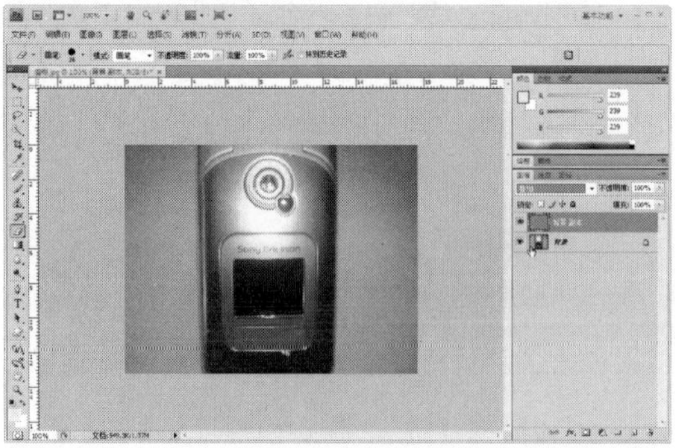

图 3-103

图 3-104

至此，对于这个模糊的手机图片就处理完毕了，下面我们来看一看效果，如图 3-105 所示。

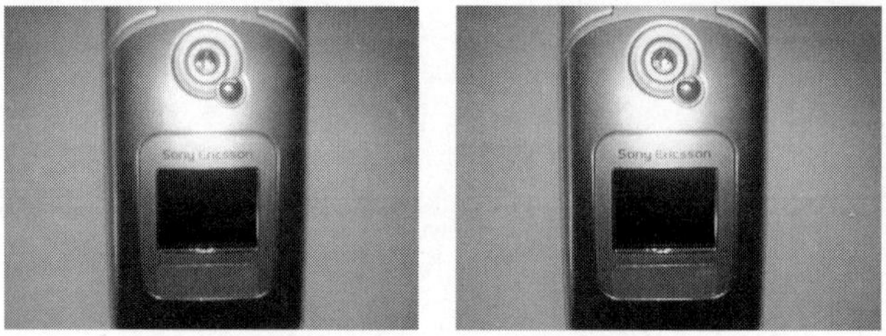

处理前　　处理后

图 3-105

从对比情况来看，图片处理之后，清晰度确实提高了一些，但感觉效果不是很好，那能不能有更好的方法来解决这个问题呢？看来只有拿出“终极武器”来解决这个问题了！这个“终极武器”就是 TOPAZ 滤镜，它是一款非常优秀的滤镜，非常适合用来把模糊照片清晰化。这是一个外挂滤镜，需要单独安装。

在 Photoshop 中安装好 TOPAZ 滤镜，直接打开待处理的图片。单击“滤镜→TOPAZ Vivacity→Topaz Sharpen”命令，就会弹出“Topaz Sharpen”对话框。在 Main 选项中将锐利值增加至 1.59，Advanced 选项中将线性特色值增加至 0.88，如图 3-106 所示。

设置完毕后，单击“确定”按钮，可以看一看最终效果了，如图 3-107 所示。

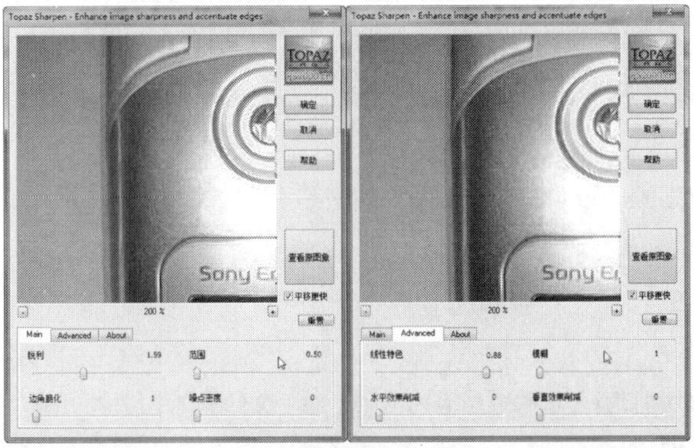

图 3-106

图 3-107

TOPAZ 滤镜真的是不错，效果一下子就体现出来了。虽然我们利用 TOPAZ 滤镜解决了图片的模糊问题，但是要记住，照片如果过于模糊，特别是由于抖动产生了重影，就是“终极武器”也无能为力！

3.5　抠图工具的简单运用

如图 3-108 所示，这是双金冠卖家西溪漫步的店铺首页截图。从这个截图上看，这家店铺所有宝贝图片在首页展示的时候都是纯白背景，但其对应的宝贝描述图片并不是纯白背景，如图 3-109 所示。

为什么不都做成一样的背景呢？我们知道当买家朋友进入店铺挑选宝贝时，往往首先看到的是宝贝展示图片，如果要想您的宝贝能吸引住买家，就一定要求宝贝展示图片能更好地突显宝贝的特点，这样才能吸引买家去继续关注此宝贝的细节描述图片，加深对宝贝的了解，从而决定是否购买。

纯白背景是最适合突显宝贝特点的，而宝贝描述图片是要从不同角度展示宝贝，并且为了达到效果有时在拍摄时需要搭配道具，或者使用模特进行拍摄，此时当然就不适宜使用纯白背景。所以，在发布宝贝时，我们就要把自己的宝贝展示图片处理成纯白背景，而宝贝描述图片就保留原拍摄背景。

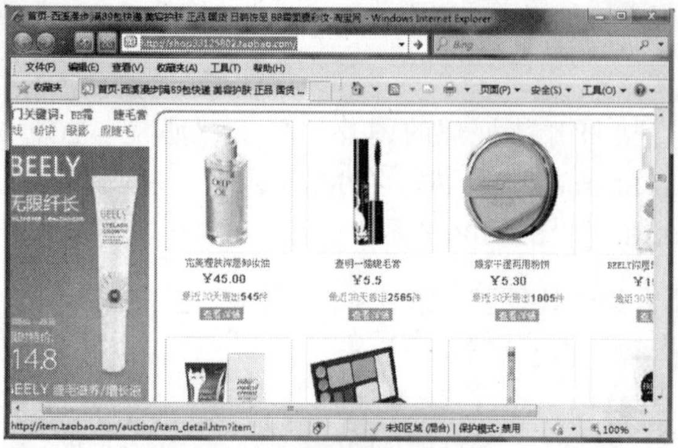

图 3-108

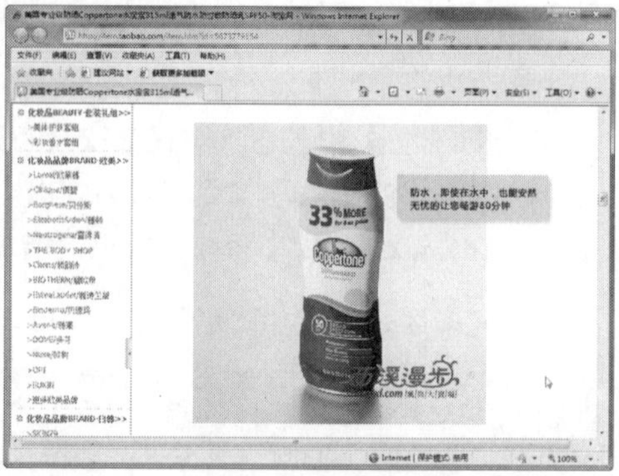

图 3-109

下面我们就具体来介绍一下，如何利用 Photoshop CS4 提供的工具来进行抠图，从而完成纯白背景图片的制作。

3.5.1 利用魔棒工具抠图

魔棒工具是一种选择工具，它主要用来在图层上选择颜色相近的区域。将魔棒工具在当前图层上任何位置处单击，与该点颜色相近的区域都将被选中，这个相近区域的大小由魔棒工具的容差选项来决定，容差值越大，所选择的相邻范围相应也就要大。我们来看一看如何利用魔棒工具进行抠图作业。

NO.1：打开一个待处理的图片，并将其转换为普通图层，如图 3-110 所示。

图 3-110

NO.2：在工具箱中选择“魔棒工具”，在菜单栏下的工具选项栏中设定魔棒容差为 20。

由于整个背景颜色并不是单一颜色，可能存在多次选择的问题，所以在魔棒选项中选定“添加到选区”选项，这样就可以把魔棒多次的选择范围进行合成，并形成一个较大的选择范围，如图 3-111 所示。

图 3-111

NO.3：用魔棒工具在图片背景区单击，选择背景区。由于魔棒工具选择的是“添加到选区”，每单击一次就会扩大选区。选区就是图上虚线框所包围的区域，如图 3-112 所示。

NO.4：从图上看，还有很多背景区没有选中，继续用魔棒工具在背景区单击，一直到背景区全部被选中为止，如图 3-113 所示。

图 3-112

图 3-113

NO.5：选择完毕后，在键盘上按 Delete 键，即可把所选定的背景删除，并取消选择（可在选择菜单中选择“取消”命令，也可直接用组合键 Ctrl+D），如图 3-114 所示。

NO.6：从图 3-114 来看，大部分背景区都被删除，但边缘部分处理得不是很好，所以我们再次选择“橡皮擦”工具，并将显示比例放大（按住 Ctrl 不松开，然后单击键盘上的+按键，每单击一次，显示比例就增大一些，如果是按住 Ctrl 键单击键盘上的-按键，每单击一次，显示比例就减小一些），小心地擦除图像边缘部分，如图 3-115 所示。

图 3-114

图 3-115

NO.7： 在工具箱中单击“设置背景色”工具，在弹出的“拾色器（背景色）”对话框中设定背景色为白色，并单击“确定”按钮，如图 3-116 所示。

此时一个纯白背景的图片就出现在我们面前，最终效果如图 3-117 所示。

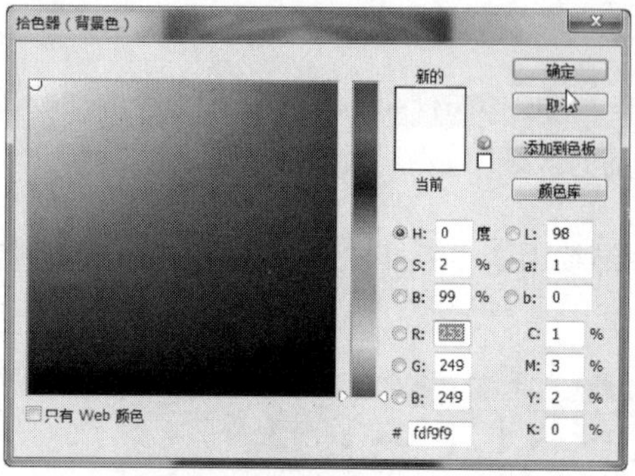

图 3-116

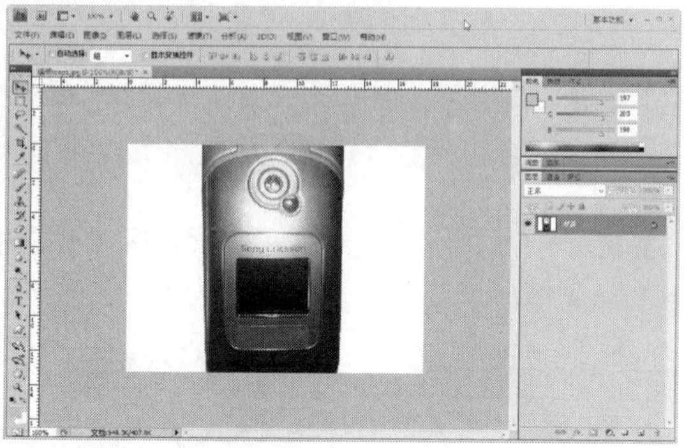

图 3-117

抠图小结

利用此种方式可以进行图像的快速抠取，但是这种方式似乎只适合于图片中宝贝主体颜色和背景颜色差异很大的情况，并且选取的效果比较粗糙，如果想达到好的效果还需后期手工擦除。

3.5.2 利用快速选择工具抠图

从 Photoshop CS3 版本开始，Adobe 公司就在工具箱中增加了快速选择工具，它是一个强大选择工具。

快速选择工具也是一种用来选定颜色相近的区域的选择工具，当我们用快速选择工具的画笔进行描绘，画笔所到之处的相近颜色都是我们的选择范围，并且画笔的大小可以在工具选项中进行调整，画笔大，可以比较粗略地选择图像范围，画笔小，则比较细致地选择图像范围，如图 3-118 所示。

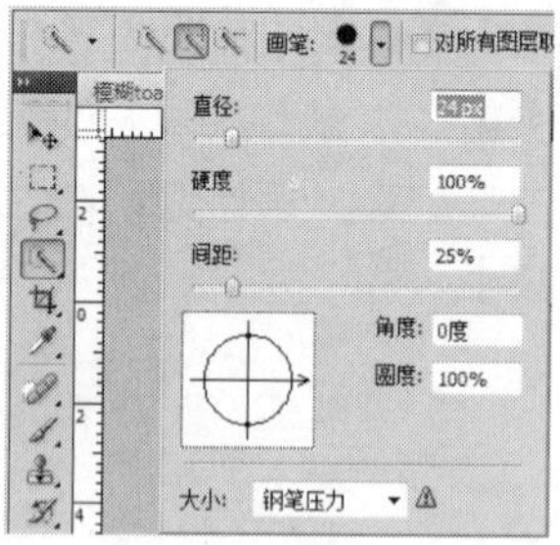

图 3-118

下面我们就来看一下快速选择工具在抠图上的应用吧！

NO.1： 打开待处理图片，并将图层转换为普通图层。在工具箱中选择“快速选择工具”，在菜单栏下的工具选项栏中设定画笔直接 20px，并将快速选择工具指定为“添加到选区”选择模式，这样就可以把快速选择工具选取的范围进行合成，并形成一个较大的选择范围，如图 3-119 所示。

图 3-119

NO.2： 按住鼠标左键不松开，用快速选择工具的画笔在背景区进行拖动。在该图像向左拖一下，再向右拖一下，就形成了如图 3-120 所示选择区！

NO.3： 如图 3-120 所示，图像边缘部分选择过多，此时我们在工具选项栏中将选择模式改为“从选区中减去”，并将画笔直径减小为 8px，在边缘部分重新拖动减小选择范围，以达到最佳选择效果，如图 3-121 所示。

图 3-120

图 3-121

NO.4： 选择完毕后，在键盘上按 Delete 键，即可把所选定的背景删除，并取消选择。如果边缘有一些区域处理得不是很好，选择“橡皮擦”工具，小心擦除边缘部分，直到满意为止。而后将背景色设为白色。至此，一个纯白背景的图片也展现在我们面前，如图 3-122 所示。

图 3-122

抠图小结

和魔棒工具相比，利用此种方式可以更快速方便地创建选区，但是这种方式也同样只适合于图片中宝贝主体颜色和背景颜色差异很大的情况，但选取的效果要比魔棒工具好，对于比较复杂的背景，如果想达到好的效果还是需要后期进行手工擦除。

3.5.3 利用磁性套索工具抠图

磁性套索工具是一种可自动分辨出图像边缘的选区选择工具，它的原理就是分析色彩边界，它在经过的路径上找到色彩的分界处并把它们连起来形成选区。

选定磁性套索工具之后，在工具选项栏上有几个参数需要说明一下，如图 3-123 所示。

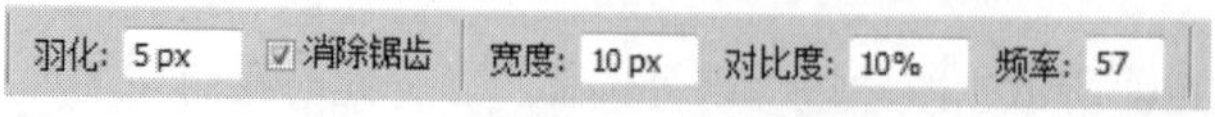

图 3-123

"羽化"选项能软化选区的边缘，也就是使选区内外衔接的部分虚化，起到渐变的作用，从而达到图像自然衔接的效果。在选项中可填入的值为 0~250 像素，数值越大，虚化的边缘越宽。

选择"消除锯齿"复选框，可以使选区更平滑。

"宽度"选项是用来指定工具的探测范围，在选项中可填入 1~256 像素，它可以设置一个像素宽度，注意"磁性套索"工具只检测从鼠标光标到指定的宽度距离范围内的边缘，然后在视图中绘制选区。

"对比度"选项用于设置"磁性套索"工具检测边缘图像灵敏度。选项中可填入 1~100 的百分比值，如果要选取的图像与周围的图像之间的颜色差异比较明显（对比度较强），那么就应设置一个较高的百分比数值。反之，对于图像较为模糊的边缘，应输入一个较低的边缘对比度百分比数值。

"频率"用来设置此工具在选取时关键点创建的速率。可填入 0~100 的值，设定的数值越大，标记关键点的速率越快，标记的关键点就越多；反之，设定的数值越小，标记关键点的速率越慢，标记的关键点就越少。当查找的边缘较复杂时，需要较多的关键点来确定边缘的准确性，可采用较大的频率值；当查找的边缘较光滑时，就不需要太多的关键点来确定边缘的准确性，可采用较小的频率值。下面我们就用磁性套索工具来看一看如何抠图。

NO.1： 首先打开待处理的图片，在工具箱中选择"磁性套索工具"，并将各选项参数的设置如图 3-124 所示。

图 3-124

NO.2： 在鞋子边缘单击鼠标选择起点，然后将鼠标沿着鞋子边缘移动，系统会自动在鞋子边缘处生成连接点。如果有些地方选择得不是很好，可以通过单击鼠标生成连接点。当终点和起点重合时，光标右下角会出现一个小圆圈图标，表示选择区域已封闭，再单击鼠标即完成选择操作，如图 3-125 所示，表明此时鞋子已经被我们选中。

NO.3：选择完毕后，在菜单中选择“编辑”中的“剪切”或“复制”命令（在这里我们以剪切操作为例），选择“剪切”命令后，在工作区中显示如图 3-126 所示。

图 3-125

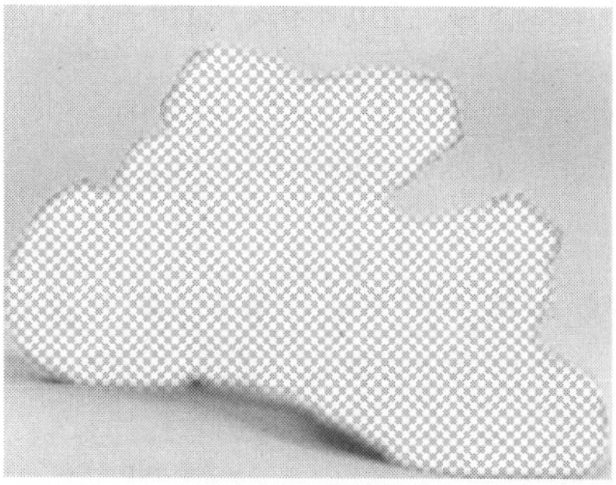

图 3-126

NO.4：单击“文件”菜单中的“新建”命令，在弹出对话框中设定背景内容为“白色”，其他选项为默认设置，直接单击“确定”按钮，如图 3-127 所示。

NO.5：新建工作完成之后，在“编辑”菜单中选择“粘贴”命令，或直接按组合键 Ctrl+V，即可将抠出的鞋子粘贴到刚新建的工作区中，如图 3-128 所示。

效果还不错吧！如果觉得还有一些地方不满意，就可以在此图中将显示比例放大，选择橡皮擦工具进行修饰。

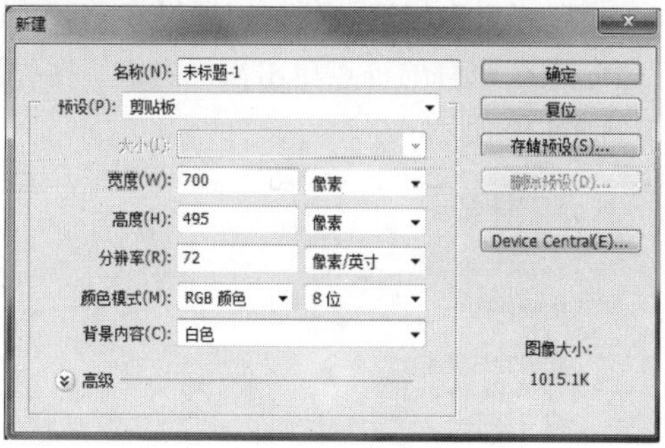

图 3-127

图 3-128

抠图小结

这种工具特别适用于快速选择背景对比强烈和边缘复杂的对象，当需要处理的图形与背景有颜色上的明显反差时，此工具非常好用。这种反差越明显，磁性套索工具抠图就越精确。选取图像时一定要非常细心，如果您有足够的耐心，一定会得到最满意的抠图效果。

3.5.4 利用钢笔工具抠图

钢笔工具是 Photoshop CS4 中最好的抠图工具之一，它可以用来勾画直线和平滑的曲线作为路径，创造路径后，还可再进行编辑，从而让路径更适用自己的选择范围，并且此路径在缩放或者变形之后仍能保持平滑效果。

当然，如果想熟练掌握钢笔工具，那么对于钢笔工具的一些选项的设置就必须要有一个清楚的认识。

在工具箱中单击图标，在菜单栏下就可以看到钢笔工具选项栏。钢笔工具创造路径有两种工作方式：一种是创建新图层，另外一种是创建新路径，如图 3-129 所示。

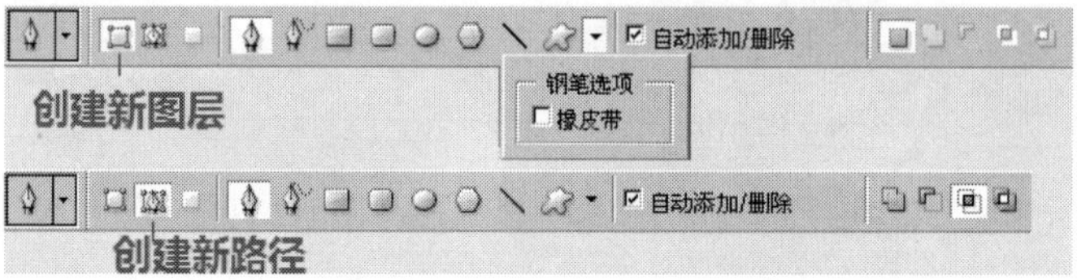

图 3-129

如果选择“创建新图层”选项，在这种模式下不仅可以在路径面板中新建一个路径，同时还在图层面板中创建了一个形状图层。如果选择“创建新路径”选项就只是在路径面板中新建一个路径。

勾选“自动添加/删除”复选框，可以对绘制出的路径添加或删除锚点，单击路径上的某点可以在该点添加一个锚点，单击原有的锚点可以将其删除，如果未勾选此项可以通过在路径上的某点单击鼠标右键，在弹出的菜单中选择“添加锚点”命令或在原有的锚点单击鼠标右键，在弹出的菜单中选择“删除锚点”命令来达到同样的目的，如图 3-130 所示。

图 3-130

勾选“橡皮带”复选框后，可以看到下一个将要定义的锚点所形成的路径，这样在绘制的过程中会比较直观。

接下来我们就看一看如何通过钢笔工具来进行精准抠图。

NO.1： 利用 Photoshop CS4 打开待处理的图片，单击工具箱中的按钮，选项栏中的设置如图 3-131 所示。

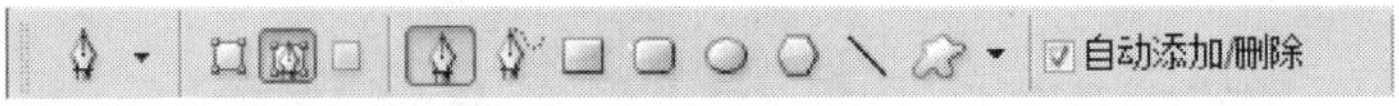

图 3-131

NO.2： 在待处理图片上的鞋子边缘单击，定义一个路径开始点，然后将鼠标沿着鞋子边缘开始抠图，每隔一小段距离就单击一下鼠标，此时系统就会自己生成一个连线锚点。

由于这个图片上鞋子的边缘很平滑，我们用钢笔工具所勾画的路径可能不是很贴合物体边缘，此时就要调整路径的方向。

将鼠标移到这条直线路径中间某处，此时光标会变为形状，单击鼠标将在此处增加一个锚点，按住 Ctrl 键不松开，就可以用鼠标拖动刚才增加的锚点，将此锚点拖到鞋底边缘，此时直线路径已经变成曲线。如果此曲线依然不能很好地贴合边缘，那么就可以按住 Alt 键，此时鼠标会变为形状，将鼠标移到调节杆的两个端点进行曲率调整，一直到满足要求为止，如图 3-132 所示。

当然，如果在边缘处每隔一小段距离就增加一个锚点也可以让路径贴合曲线边缘的。最后闭合时，将鼠标箭头靠近路径起点，当鼠标箭头旁边出现一个小圆圈时，单击鼠标，就可以将路径闭合，形成一个封闭的路径，如图 3-133 所示。

图 3-132

图 3-133

NO.3： 由图 3-133 可以看出，由于此路径有些地方并不是很合适，所以再做一些调整。按住 Ctrl 键不松开，用鼠标在路径上的任意位置单击一下，此时路径上的锚点全部显现出来，用鼠标拖动锚点到恰当位置，如图 3-134 所示。

NO.4： 锚点位置调整完毕之后，再来调整一下路径曲线，调整方法就是按住 Alt 键不松开，鼠标变成形状，就可以进行精确的调整路径曲线，如图 3-135 所示。

NO.5：当全部调整完毕之后，在浮动面板中单击“路径”面板，如图 3-136 所示。

图 3-134

图 3-135

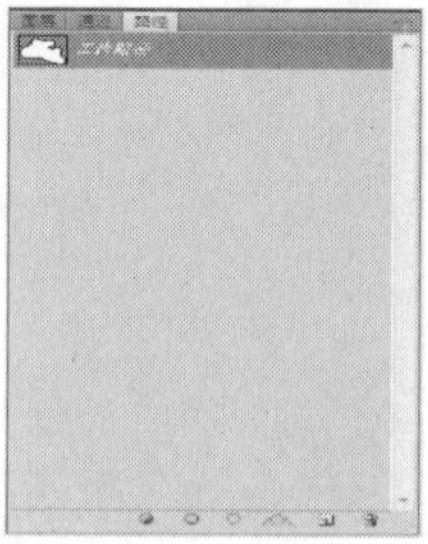

图 3-136

NO.6：在路径面板下单击“将路径转为选区”按钮，如图 3-137 所示。此时系统就会将路径变为选区，将路径所包围的鞋子选中，如图 3-138 所示。

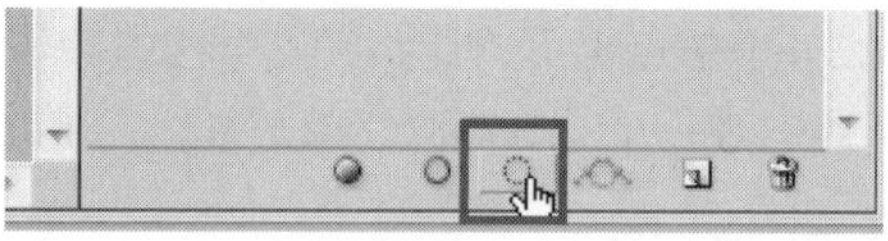

图 3-137

图 3-138

NO.7：在“编辑”菜单中选择“剪切”或“复制”命令，这里我们选择“剪切”命令，效果如图 3-139 所示。

NO.8：在“文件”菜单中选择“新建”命令，新建一个背景为白色的新文件，并将抠下的鞋子粘贴到新建的文件当中，如图 3-140 所示。

图 3-139

图 3-140

这样就完成全部工作，一张纯白背景图片就出现在我们眼前。

抠图小结

用钢笔工具可以根据对象的形状创建路径，再将路径转换成选区，从而将对象与背景分离，这种方法抠图的精确度非常高，不受任何背景的限制，只要我们肯付出时间，就可以解决复杂的图像抠图问题。不过，如果想真正利用好钢笔工具，必须反复练习，才能熟练掌握这种工具的使用技巧，这样才能让它更方便地为我们服务。但有一点要说明，使用钢笔工具抠图这种方式有一个不足，那就是对边缘细碎的图像无能为力（比如毛绒公仔之类的宝贝）。

3.5.5　利用抽出滤镜抠图

"抽出"命令是一种特殊滤镜，也是选取图像的一种方法，常用于在复杂的背景中抠选某一部分图像。使用"抽出"命令可以方便地选取所需的图像并清除其余的背景，同时将原背景图层转换为普通图层。抽出图像的方法是：用对话框中的"边缘高光器"工具勾选出要选取的图像边缘，再使用"填充"按钮在选取的范围内单击鼠标，填充图像，最后单击"确定"按钮将画笔中的图像选取出来，而画笔外的图像将自动被清除成为透明背景。

下面我们就来看一看如何使用抽出滤镜来抠取我们的宝贝。

NO.1：利用 Photoshop CS4 打开待处理的图片，如图 3-141 所示。

NO.2：单击"滤镜→抽出"命令，此时系统会弹出"抽出"对话框，在此对话框中左侧工具栏中选择"边缘高光器工具"，并设定适当的画笔大小，同时勾选右侧工具选项中的"智能高光显示"选项，勾选此项，用鼠标沿图像边缘绘制的时候，它会自动跟踪图像边界，从而保证抽出的图像更加细致，这就有点类似磁性套索工具！高光和填充选项使用系统默认设置即可，如图 3-142 所示。

图 3-141

图 3-142

NO.3： 用边缘高光器工具沿着鞋子的边缘绘出一个选择区域，如图 3-143 所示。

NO.4： 从图 3-143 中可以看出，在绘制的过程中，边缘部分选择了多余的地方，此时在“抽出”对话框左侧工具栏中选择“擦除边缘高光”工具，对多余选择的高光区域进行擦除，以达到最佳选择效果。

NO.5： 在“抽出”对话框的左侧选择油漆桶工具，在闭合区域中单击鼠标进行填充，如图 3-144 所示。

图 3-143

图 3-144

NO.6： 单击“预览”按钮，查看选区中的鞋子图像的效果。如果满意，单击“确定”按钮即可，如果不满意，按住 Alt 键，然后单击“复位”按钮，重新进行边缘勾画。

NO.7： 单击“确定”按钮后，系统就自动把鞋子以外的背景全部删除。此时我们仔细观察一下边缘位置，如果有多余的部分就选择工具箱中的“橡皮擦”工具，进行擦拭，直到达到满意的效果，如图 3-145 所示。

NO.8： 先在工具箱中将图层背景色改为白色，如图 3-146 所示。

图 3-145

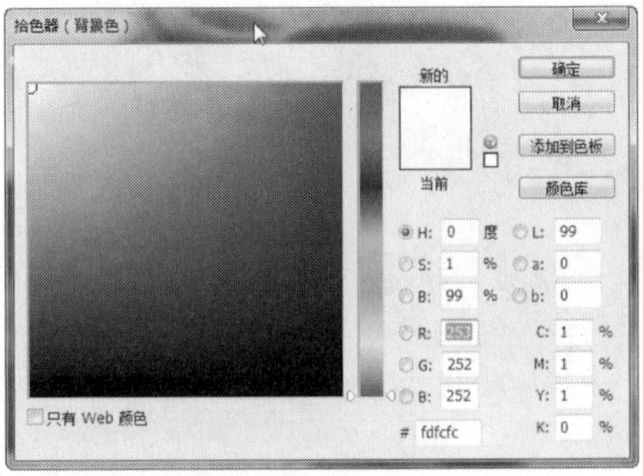

图 3-146

NO.9：单击“图层→新建→背景图层”命令。此时就会出现一个纯白背景的图片，如图 3-147 所示。

图 3-147

抠图小结

抽出滤镜为我们提供了一种更为高级的抠图方法，即使对象的边缘再细微、再复杂或者是无法确定，我们也不需要用太多的操作就可以把宝贝从背景中抠出。但有一点要注意的是，当使用抽出滤镜时，Photoshop CS4 会自动将图片的背景层删除并变为透明，这种处理将会造成对象边缘上的部分像素丢失，为了避免丢失原来的图片信息，最好将原图层复制一份，然后在副本图层上进行操作，如果操作结果满意，就可以将原图层删除，如果不满意可以使用重新复制原图层来进行操作。

事实上，Photoshop 提供了很多方式以供我们完成抠图任务，并不只是限于上面所说的几种方式，但这几种方式比较具有代表性，作为淘宝卖家掌握这几种方式是非常有用的！另外在网上也有很多热心网友提供的各种抠图教程。但不管是何种方式，要想抠出完美的图像，不可能一蹴而就，需要不断的练习，在学习中积累经验。

还有一点要说明，由于为了说明某种抠图方式的具体操作方法，我们在上面所讲的都是单纯地使用某一种方式进行抠图，但大家要注意，在现实操作过程中，任何一种抠图方式都不是孤立的，一定要根据实际情况，并依据自己的掌握程度，灵活地将多种抠图方式加以综合运用，才能更好地完成图片的抠图任务。

3.6　Photoshop CS4 在店铺装修中的其他应用

3.6.1　精心制作水印

在介绍利用 Photoshop 制作水印之前，先来看一组图片，如图 3-148 所示。

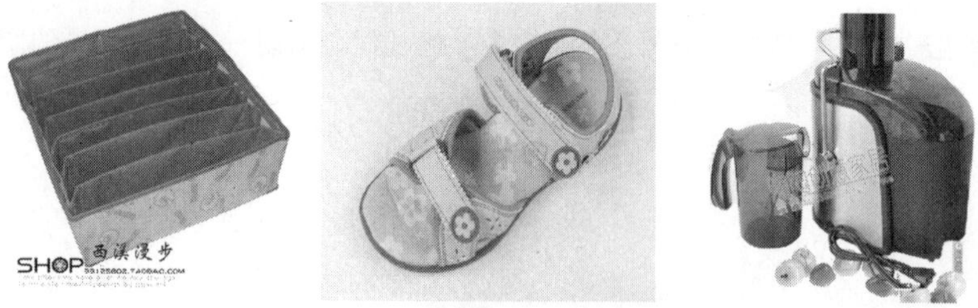

图 3-148

这组图片都是从淘宝网上四皇冠以上的大卖家店里截图而来。它们虽是不同类别的卖家，不同的商品，但是却有着共同的特征。那就是他们无一例外地都在自己宝贝描述图片上加了水印!

按理来说，当在图片上添加水印时，最后合成图片后一定会对图片造成破坏，但为什么这些大卖家还是乐此不疲地往自家宝贝图片上“盖公章”呢? 事实上，从上面一组图片可以看出，这些图片中添加的水印，不仅没有破坏图片的整体美观，反而处理得很恰当，增加了图片的美感。另外我们在所有图片上都添加水印，可以让自己的宝贝图片有一个统一的风格。当然，加水印还有另外一个用途，就是可以防止其他同类商品卖家未经许可就盗用我们的宝贝图片，不过由于现在图像处理软件功能太强大，加了水印也有可能被别人盗用，但这样做至少可以增加他们盗图的难度!

正是由于水印存在着上述三个方面的作用，才会使得这些大卖家乐于在自家图片上添加水印。水印主要分为三种形式，一种就是单纯的文字水印，这类水印主要内容就是一些诸如自己店铺 ID 之类的文字；第二种就是图片水印，这类水印一般是把自己的店铺 Logo、店铺 ID 文字或其他图片标志加在图片上；第三种就是个人设计的比较另类的水印，这类水印主要是卖家设计的富有个性的创意水印。

下面，我们就来利用 Photoshop CS4 看一下如何制作以上三种水印。

1. 文字水印

这类水印的制作比较简单，首先打开 Photoshop CS4，单击“文件→新建”命令，此时会弹出一个名为“新建”的对话框，在此对话框中设置好要新建文件的宽度和高度的大小，这里就定为 500px × 500px。特别要注意在“背景内容”选项中一定要选择“透明”，其他的选项就直接使用系统默认值，不需更改，直接单击“确定”按钮。此时，系统就会按照我们刚才的设置自动新建一个 500px × 500px 透明背景文件，并在工作区显现出来，如图 3-149 所示。

在工具箱中选中文字工具 T，并在文字工具选项栏中选择合适的字体，这里就选择“华文彩云”，并将字号设为 48 点。将文字颜色设为灰色，如图 3-150 所示。

设置完毕之后，在图形工作区中单击一下，并输入水印文字，这里输入“客必隆鞋城”，然后重新设置字号后再输入第二行文字为“Shop57623309.taobao.com”，并调整好它们的相应位置，如图 3-151 所示。

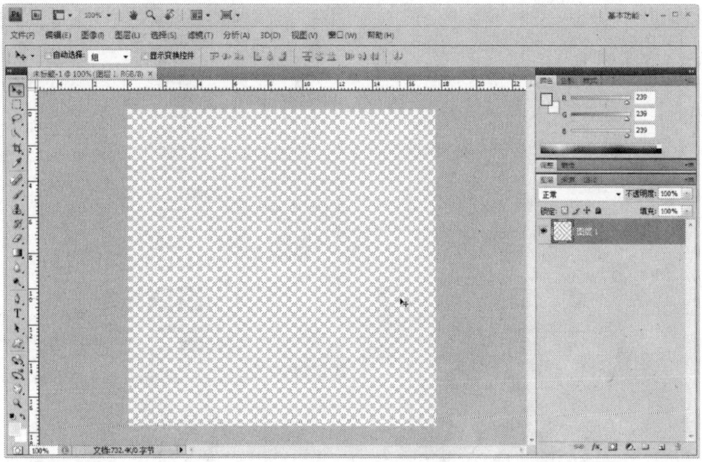

图 3-149

图 3-150

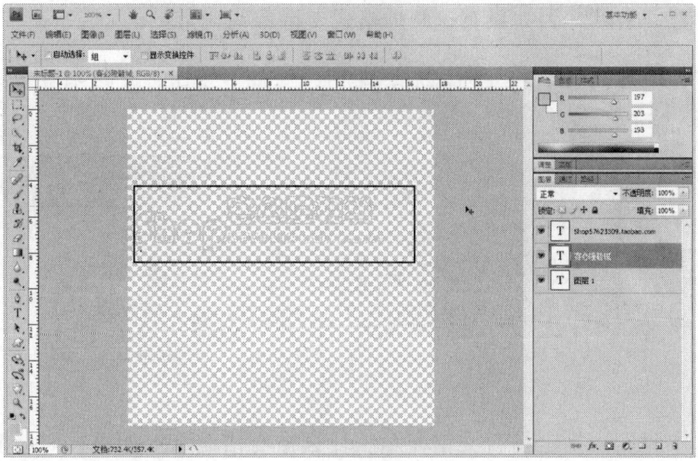

图 3-151

为什么在工作区看不出效果啊？没有关系，我们加水印本来就是不能破坏原图片的内容，所以水印文字的颜色大多选择的是中间色。如果觉得不是很突出，可以设置另一种效果。在图层面板中选择“客必隆鞋城”图层，单击鼠标右键，弹出快捷菜单，如图 3-152 所示。

在弹出菜单中选择“混合选项”命令，此时系统弹出“图层样式”对话框。

在左侧样式中选择“斜面和浮雕”选项，并在右侧结构选项中的样式栏中选择“浮雕效果”选项，如图 3-153 所示。

图 3-152

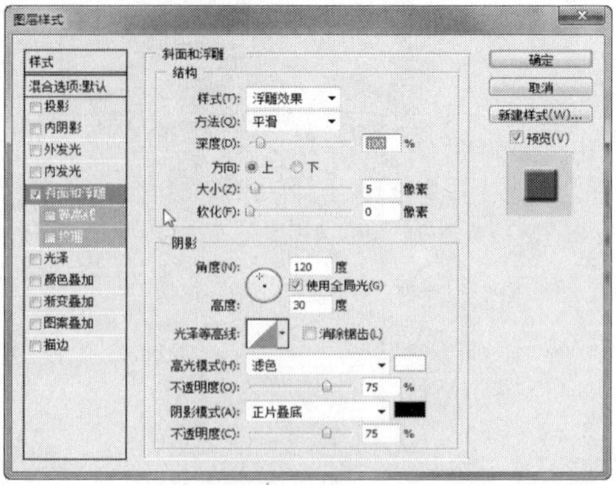

图 3-153

为了更进一步加深文字效果，接下来在左侧样式中选择“光泽”选项，其他的就不用更改了。按照同样的方式将第二行文字也同样处理。看一下效果，如图 3-154 所示。

效果还不错！到这里我们的工作还没有结束的，单击“文件→存储为…”命令，在弹出的对话框中设定这个水印图片的存放位置和水印图片的文件名,并且一定要指明水印图片文件的存储类型为“PNG”或者为“GIF”，因为只有这两种格式支持透明背景！

如果设定保存类型为 PNG，设定好之后，单击“保存”按钮，此时系统会弹出“PNG 选项”对话框，如图 3-155 所示。

图 3-154

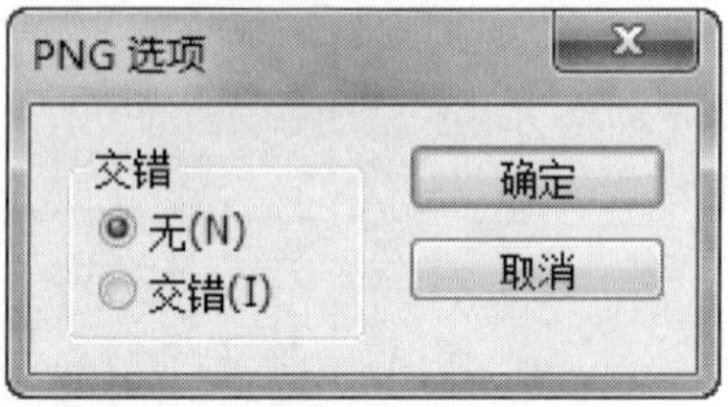

图 3-155

在这个对话框中我们要指定是否交错显示。什么是交错显示？如果在对话框中选中“交错”单选框，那么在使用浏览器欣赏该图片时就会以由模糊逐渐转为清晰的效果方式渐渐显示出来。

单击“确定”按钮，一个文字水印图片就制作好了，并被保存下来。当然在这里最好我们把这个水印的原文件保存下来，方便以后修改。制作好这个水印之后我们该如何使用呢？下面我们看一看如何使用这个水印。

用 Photoshop CS4 分别打开要加水印的宝贝图片和我们刚制作成功的水印图片，如图 3-156 所示。

在工作区中选择我们的水印图形文件作为当前工作文件。单击“选择→全选”命令。此时在工作区中会发现，此水印图形文件已被选择框所包围，如图 3-157 所示。接下来单击“编辑→复制”命令。

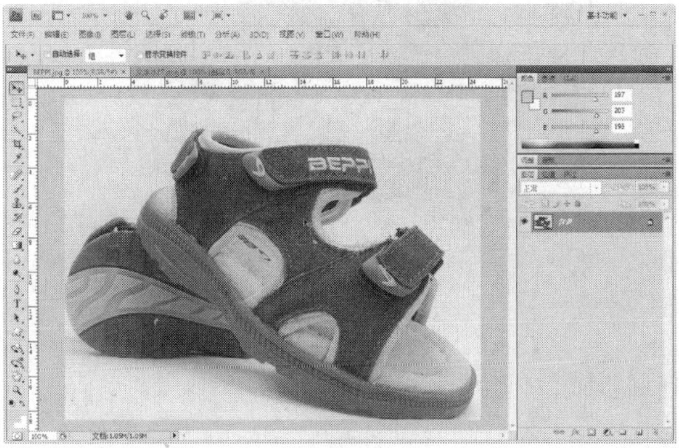

图 3-156

图 3-157

然后将宝贝图片文件转在当前工作区中，同样在“编辑”菜单中找到“粘贴”命令并单击，此时系统就会把图片水印的内容作为一个新的图层叠放在宝贝图片之上，如图 3-158 所示。

如果觉得水印所在位置及大小不合适，此时我们可以在图层面板中选中刚刚复制的图层，利用工具箱的移动工具进行位置调整，再利用“编辑”菜单下的“自由变换”或“变换”命令对水印进行变换，以达到自己想要的效果，如图 3-159 所示。

图 3-158

图 3-159

现在操作基本上完成了，但有一点美中不足，那就是水印效果太明显了，能不能把这个水印效果变得淡一些呢？这个问题很好解决，在图层工作面板中选择水印文件所在的图层。如图 3-160 所示，在图层面板中选择“不透明度”的选项。

拖动调整不透明度的滑块，调整这个水印图层的不透明度，在调整的过程中随时注意观察效果，一直调整到自己认为合适时为止。在这里我们将不透明度调整到 60%，效果如图 3-161 所示。

图 3-160

图 3-161

如果觉得效果还不错，就把这个图片另存起来吧！

到这里，可能有些读者会问，为什么不直接在图片上加文字水印呢？那样不是更方便！不错，直接在图片上加文字做水印也是可行的，但是我们知道，宝贝发布时有很多图片都需要添加水印，如果直接在图片上输入文字制作水印，那岂不是每一张图片都要加入文字，都要调整，工作量太大了，并且还不保证所加的水印是否统一，所以可以把水印制作成图片，这样既可以保证水印的一致性，又能减少工作量。并且这里制作水印完毕之后，也可以在光影魔术手中使用！

2. 图片水印

对于水印，不同的卖家有不同的观点。有些卖家可能觉得纯文字水印效果不是很好，所以希望能做一个图文并茂的水印，那就更能引起别人的注意。那么在 Photoshop CS4 中能不能制作一个图文并茂的水印呢？回答当然是肯定的！

如图 3-162 所示，这里要把此图片做成一个水印图案，放在宝贝图片上面。下面我们就来看一看在 Photoshop CS4 中如何制作一个图文并茂的水印。

首先在 Photoshop CS4 中将图片中的这个小姑娘抠出来，做成一个透明背景图像，如图 3-163 所示。

图 3-162

图 3-163

单击“文件→新建”命令，弹出一个对话框。在对话框中设定文件的宽度 700px、高度为 400px，并一定要记得将“背景内容”设为透明，其他的选项为系统默认值即可。设定完毕之后，单击“确定”按钮，系统就会按照我们的设定生成所需的文件，如图 3-164 所示。

在新建的文件中，单击“图层→新建→图层”命令（或者直接用组合键 Shift+Ctrl+N），此时系统会新建一个图层，将抠好的那个小姑娘图片放在这个新建图层中，并使用“编辑”菜单下的“自由变换”或“变换”命令对图像适当地缩放，如图 3-165 所示。

图 3-164

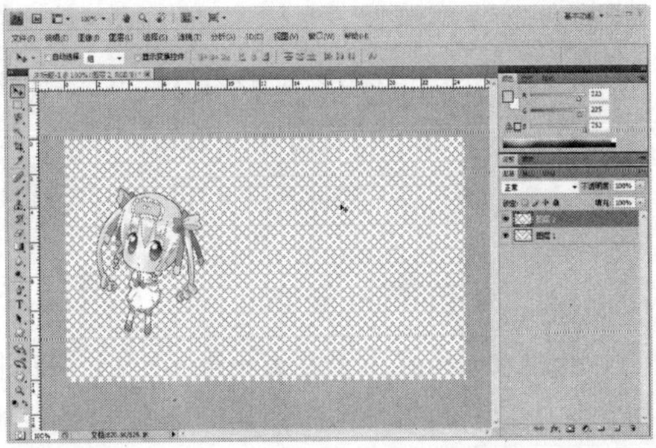

图 3-165

在工具箱中选择文字工具 T，并在文字工具选项栏中将字体设为“华文彩云”，文字大小设为 60 点，并将文字颜色字设为灰色，如图 3-166 所示。

图 3-166

设置完毕之后，用鼠标在图形工作区中单击一下，并输入自己想作为水印的文字，这里我们输入“客必隆鞋城”，然后重新设置字号再输入第二行文字为“Shop57623309.taobao.com”，并调整好它们的相应位置，如图 3-167 所示。

为了让文字内容更突出一点，和上面的文字水印一样，将这两行文字及图片所在图层的混合样式选择为“斜面和浮雕”及“光泽”，效果如图 3-168 所示。

这样效果就明显了很多了！接下来将这个设定好效果的图片水印以 PNG 格式存起来备用。

用 Photoshop CS4 分别打开制作好的水印及要加水印的图片。将制作好的图片水

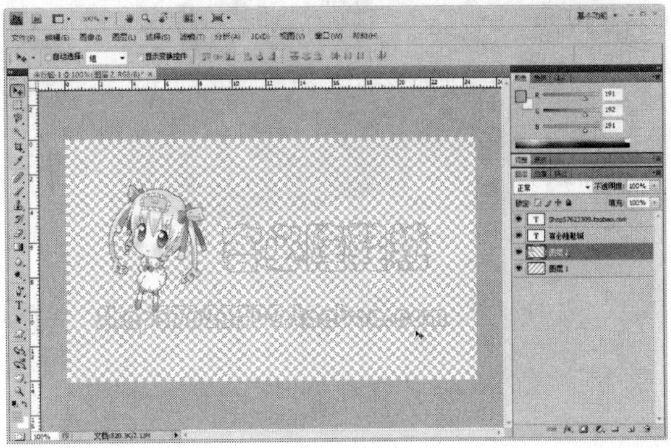

图 3-167

印复制并粘贴到要加水印的图片之上，如图 3-169 所示。

图 3-168

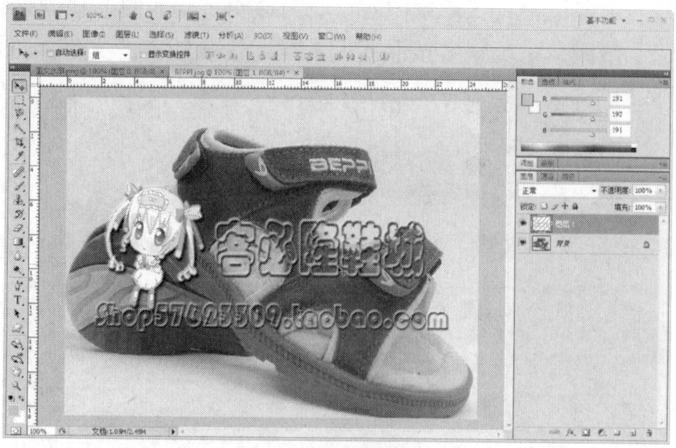

图 3-169

此时水印所在位置及大小都不合适，我们可以在图层面板中用鼠标单击刚刚复制过来的图层，把它选中，利用工具箱的移动工具进行位置调整，并且利用“编辑”菜单下的“自由变换”或“变换”命令对水印进行变换，以达到自己想要的效果，如图 3-170 所示。

现在操作基本上完成了，但还是有一点美中不足，那就是水印效果太过明显，接下来我们就要把这个水印效果变得淡一些。在图层工作面板中选择水印文件所在的图层。拖动不透明度的滑块，调整这个水印图层的不透明度，在调整的过程中随时注意观察效果，一直调整到自己认为合适时为止。在这里我们将不透明度调整到 40%，效果如图 3-171 所示。

图 3-170

图 3-171

效果还不错，接下来该保存宝贝图片了！保存之后一个图文并茂的水印文件就添加完毕了。

提示

不过，在这明我要说明一下，这里只是提供一种制作和使用图片水印的方法。由于篇幅有限，不可能花很长时间来讲述这种水印的设计了，其实只要你有灵感，再加上我们所讲的操作方法，你一定可以设计出更为出色并且更适合自家店铺的图文水印的。

3. 另类水印

在第 2 章讲解光影魔术手的时候，我们在宝贝图片上加了一个水印，如图 3-172 所示。

把这个立体感非常强的水印盖在自家图片上是不是感觉到很“酷”呢？下面就来介绍一下，如何利用 Photoshop CS4 来制作店铺的公章。

首先在 Photoshop 中新建一个文档，设置如图 3-173 所示，也即设置新建文档宽度和高度均为 500 像素，背景内容一定要为透明，其他选项为系统默认值。设置完毕之后，单击“确定”按钮，系统就会按照我们的设置新建一个 500 像素 × 500 像素且背景透明的新文档，如图 3-173 所示。

图 3-172

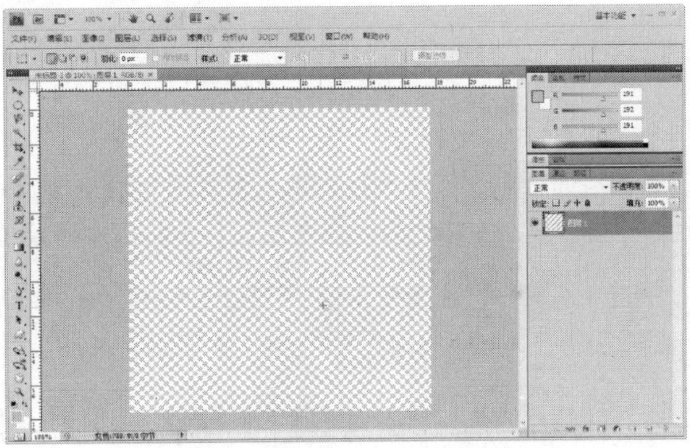

图 3-173

在工具箱中选择“自定形状工具”，在工具选项栏中单击按钮，在弹出的下拉框中设定自定形状选项为固定大小，宽和高均设为 400 像素，如图 3-174 所示。

另外，在工具选项栏中单击形状:→按钮，在弹出的形状下拉框中选择圆形，如图 3-175 所示。

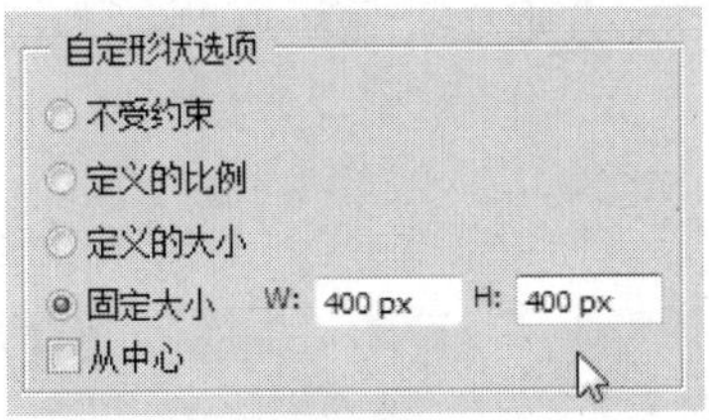

图 3-174

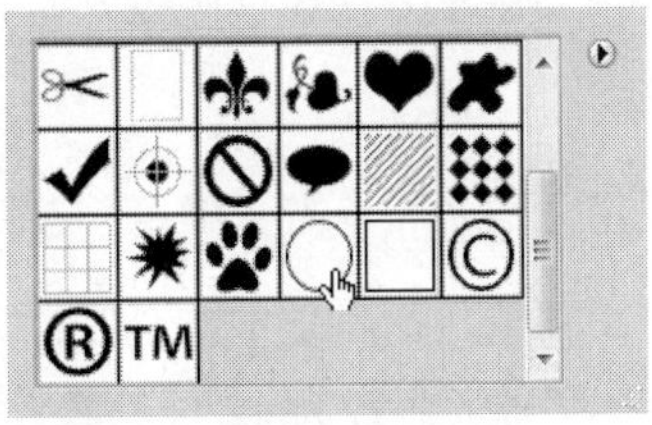

图 3-175

由于我们使用的是公章样式，所以还要在工具选项栏中将自定义形状的颜色设为红色，如图 3-176 所示。

图 3-176

一切设置完毕之后，在图形工作区中单击，系统会自动在透明背景的空白工作区中显示一个红色圆形，如图 3-177 所示。

图 3-177

在图层面板中，选中此层，单击鼠标右键，在弹出的菜单中选择“复制图层”命令，将此图层复制一份。复制完毕之后，在图层面板中将副本图层选为当前工作图层。

单击“编辑→自由变换路径”（或用快捷键 Ctrl+T）命令，在菜单栏下的工具选择项中将宽和高的缩放百分比均改为 50%，如图 3-178 所示。

图 3-178

此时我们就会看到一个比原来小一半的圆形就会出现在工作区中，如图 3-179 所示。

我们在工具箱中选择“横排文字工具” T ，将字体选择为“黑体”，并将文字颜色设为红色，字号大小设为 48 号，输入“客必隆鞋城”。输入完毕之后，在文字工具的选项栏中选择“创建文字变形”选项，在“变形文字”对话框中将样式设为“扇形”，并把弯曲设为 100%，如图 3-180 所示。

设定完毕之后单击“确定”按钮，并利用移动工具将此文字调整好位置，如图 3-181 所示。

再次利用“横排文字工具”输入“Shop57623309”，同样将字体选择为“黑体”，文字颜色设为红色，字号大小设为 48 号。输入完毕之后，在文字工具的选项栏中选择“创建文字变形”选项，在“变形文字”对话框中将样式设为“扇形”，并把弯曲设为-100%，如图 3-182 所示。

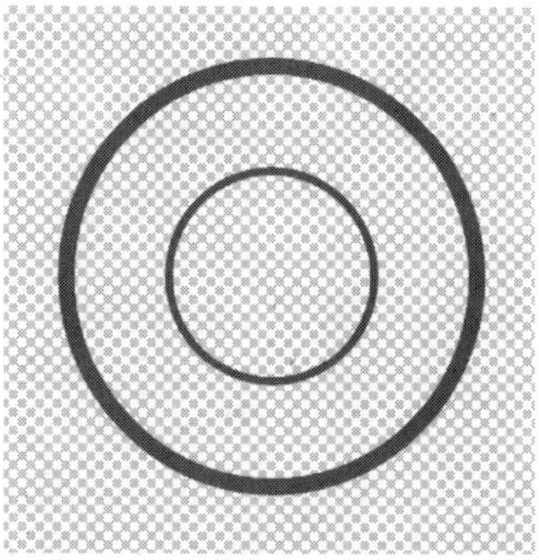

图 3-179

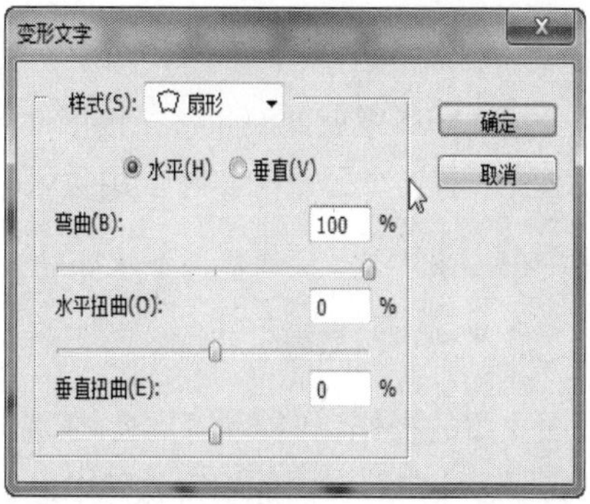

图 3-180

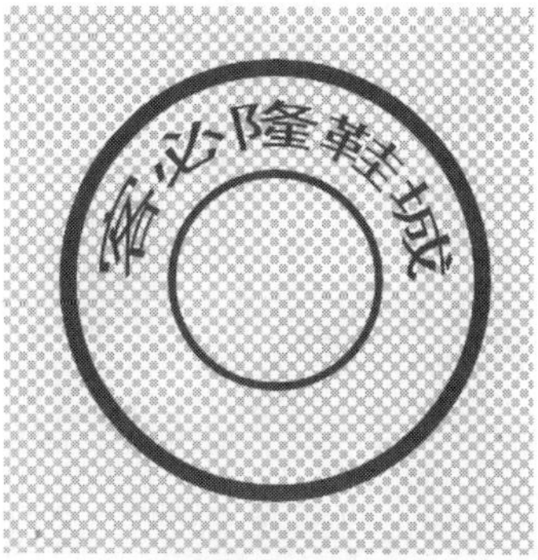

图 3-181

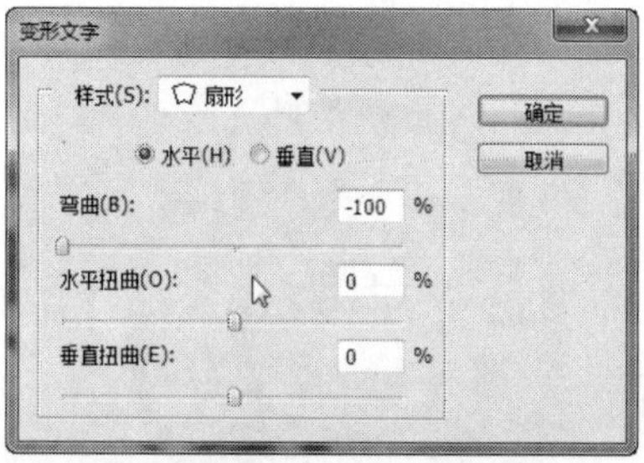

图 3-182

设定完毕之后单击“确定”按钮。单击“编辑→自由变换”命令（或用快捷键 Ctrl+T），选择文字后，用鼠标将此行字调整到大小合适为止，并利用移动工具将此文字调整好位置，如图 3-183 所示。用同样的文字设置，在小圆中输入“品质保证”，如图 3-184 所示。

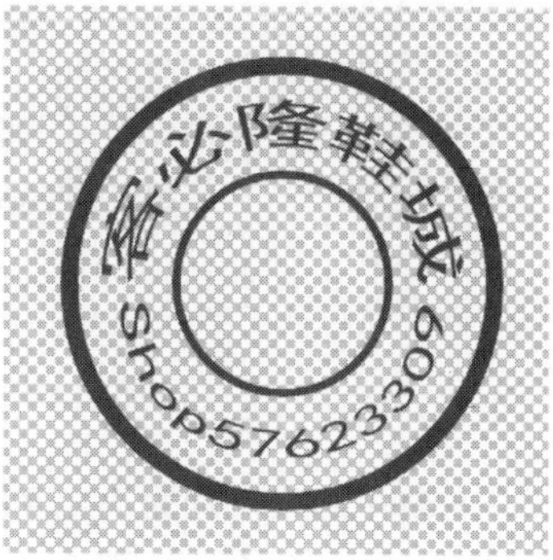

图 3-183

图 3-184

这样水印大致的样子已经有了，但是立体感不是很强，在每个图层的混合选项中选择“外发光”和“斜面和浮雕”样式，其中在“斜面和浮雕”样式中选择样式“外斜面”，方法为“雕刻清晰”，深度为 100%。对所有图层设置完毕之后，我们再来看一看效果，如图 3-185 所示。

一个公章水印图案就此诞生了，接下来的任务就是把这个公章水印图片保存成 PNG 格式。下面我们就来看一看这个公章的实际使用效果吧！

当然，在使用时要注意调整一下水印的大小和不透明度，一直调到满意为止，如图 3-186 所示。

调整之后，效果明显好了很多。

从上面介绍的操作我们不难看出，不管水印的内容是文字、图像，甚至于是其他什么内容，最终都是要把这些内容在图像编辑软件中进行调整，并保存成一个透明背景的图片。而所谓的加水印就是把制作好的水印图片作为一个新图层放置在自己的宝贝图片之上，当然要调整好水印放置位置，以达到最佳视觉效果。水印制作本身并不是一件非常复杂的事情，但是如果要想把水印设计得有特色那就要花费一番心思了，这就不是技术上的事情，而是艺术上的事情。

图 3-185

图 3-186

提示

虽然说对宝贝图片加水印有诸多益处，但同时也会对自己的宝贝图片是一种破坏，所以是否给图片加水印，是仁者见仁，智者见智，并没有一定的说法，可以根据自己的需要来进行选择。但有一点要提醒大家，在自家宝贝图片上加水印时一定不要覆盖掉原来宝贝图片，因为说不定什么时候我们还会需要使用原来的图片文件！

3.6.2 边框自由添加

在前面讲光影魔术手的时候我们就已经知道可以为宝贝图片加上边框。作为淘宝卖家而言，如果能将自己的宝贝图片加上合适的边框，在某种程度上会美化我们的宝贝图片。那么在买家进行宝贝搜索时，我们的宝贝会在众多类似宝贝中脱颖而出，从而达到一种意想不到的促销效果。

那么在 Photoshop CS4 中如何为我们的图片添加边框呢？下面就从几个方面来介绍一下

Photoshop 是如何为宝贝图片加上边框的。

1. 简单边框

这类边框主要是利用 Photoshop CS4 提供的一些基本功能添加的，这些功能虽然简单，但只要利用得好，一样可以达到令人称赞的效果。下面我们就来具体介绍一种添加简单边框的方法！

首先还是要利用 Photoshop CS4 打开要增加边框的宝贝图片。单击“图像→画布大小”命令，系统会弹出“画布大小”对话框。在此对话框中，设置新建大小的宽度和高度均为 2 像素，并一定要选中“相对”复选框，将“画布扩展颜色”选为白色，如图 3-187 所示。

设置完毕之后，单击“确定”按钮。此时系统就会把当前画布四周增加一个白色的细边。

然后再次使用“画布大小”命令，其他设置和第一次相同，只是将颜色选为黑色，设置完毕之后，单击“确定”按钮。第三次执行“画布大小”命令，设置新建大小的宽度和高度均为 40 像素，并一定要选中“相对”复选框，同时也将“画布扩展颜色”选为白色。设定好之后，单击“确定”按钮，此时我们的宝贝图片就会变成如图 3-188 所示模样。

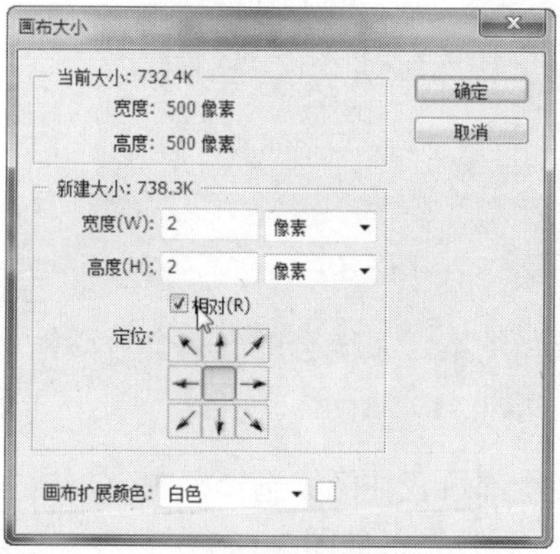

图 3-187

图 3-188

现在看起来还是很不错，只不过效果太过简单。下面我们再次对它进行处理。在工具箱中选择“魔棒工具”，在图片最外层白边上单击一下，选中最外层白边，如图 3-189 所示。

单击“编辑→填充...”命令（快捷方式为 Shift+F5），弹出一个名为“填充”的对话框，在内容选项框的“使用”列表中选择“图案”，如图 3-190 所示。

单击“自定图案”右侧的下拉小三角按钮，此时系统就会弹出默认的图案，选择某一个选项就可以进行填充了，如果不喜欢系统默认的填充图案，就用鼠标单击下拉菜单中的小三角按钮，如图 3-191 所示。

图 3-189

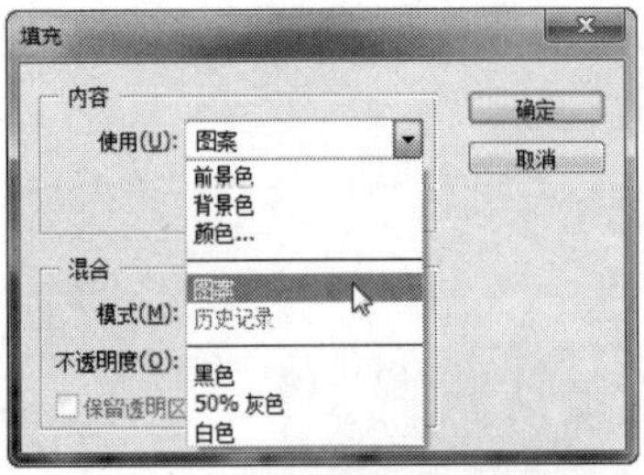

图 3-190

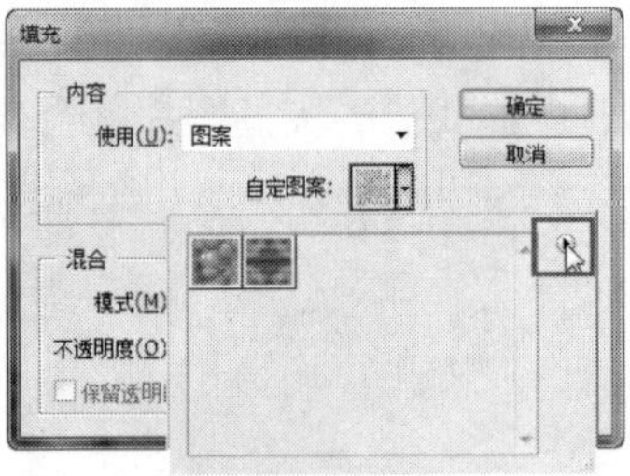

图 3-191

系统就会弹出图案选择菜单，在这里我们选择“彩色纸”图案。系统会弹出一个对话框，在这个对话框中提示是否用彩色纸中的图案替换当前的图案，如图 3-192 所示。

单击“确定”按钮，此时系统就会将所有彩色纸的图案全部放置在图案选择框中，可以在其中选择一种，这里选择“浅黄软牛皮纸”样式，确定之后看一看效果，如图 3-193 所示。

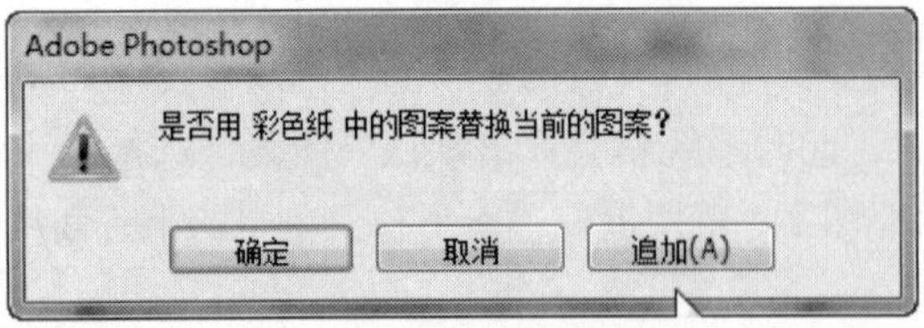

图 3-192

图 3-193

如果对这种填充不满意，还可以再次修改填充图案，并且这里的填充图案还允许自定义，总之在这里你一定能找到令自己满意的图案！

2. 使用边框素材添加为图片添加边框

现在网上有很多非常好看的边框素材，其实这些素材大多数也是利用 Photoshop 制作的。我们可以在网上找到自己中意的边框素材并下载到计算机中。

首先用 Photoshop CS4 打开下载的边框素材和需要加边框的图片，如图 3-194 所示。

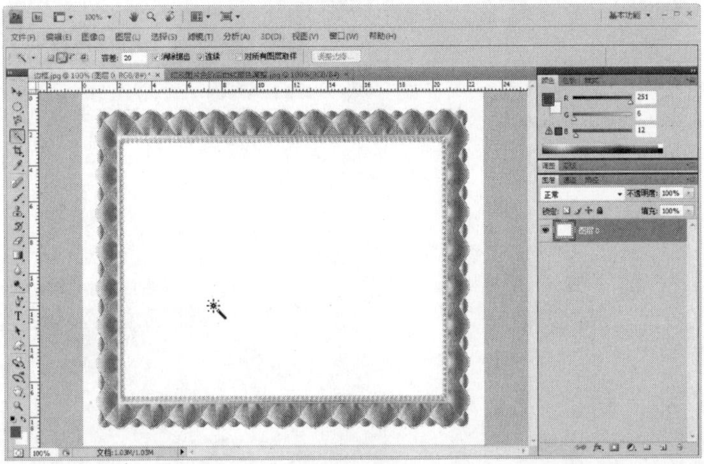

图 3-194

为了能更好地显示图片，下面要把边框中央的白色背景去掉。在边框素材所在工作区中，双击边框所在图层，将此图层转换为普通图层。在工具箱中选择“魔棒工具”，在边框中央单击中央白色背景区，按 Delete 键删除。

为了避免删除之后图像边缘处过于生硬，在删除后的中央透明区单击鼠标右键，在弹出的菜单中单击“调整边缘”命令，弹出一个名为“调整边缘”的对话框，如图 3-195 所示。

在这里设置“平滑”和“羽化”的值，从而避免边缘过于生硬。在这里还可以预览边缘效果，如果觉得满意的话，就直接单击“确定”按钮完成调整。调整之后，边框就变成了如图 3-196 所示的样式。

转到宝贝图片所在工作区，全选（快捷键 Ctrl+A）并将宝贝图片复制（快捷键为 Ctrl+C），然后将边框图片选为当前工作区，并把宝贝图片作为一个新图层粘贴（快捷键为 Ctrl+V）到边框之上，如图 3-197 所示。

为了体现层次感，可将边框图层上移一层，将边框置于图片之上。这个操作很简单，只要在图层工作面板中，选择边框所在图层并按住左键不松开，将此图层拖到宝贝图片所在图层上方即可，因为 Photoshop 默认的就是上面的图层覆盖下面的图层。调整图层之后的效果如图 3-198 所示。

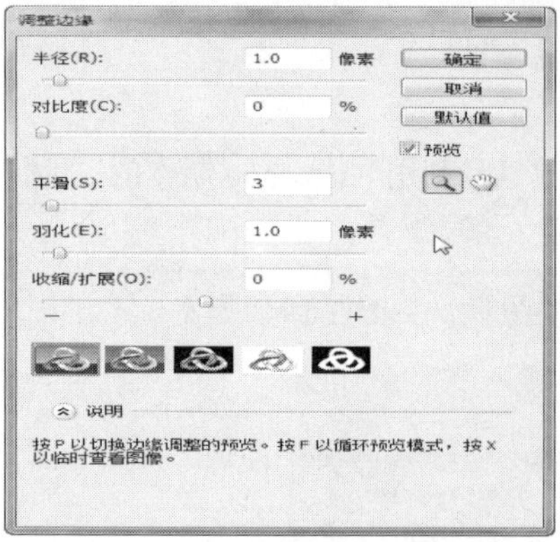

图 3-195

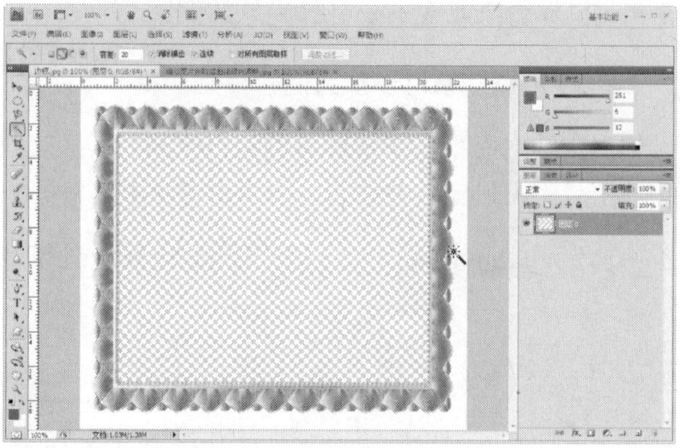

图 3-196

图 3-197

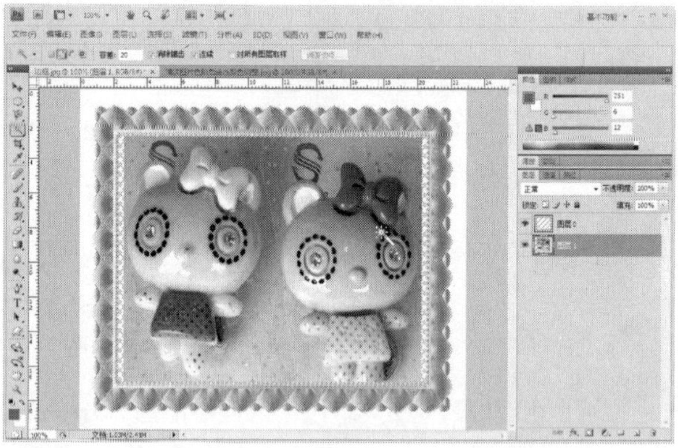

图 3-198

这样图片效果好看了很多！但仔细观察一下，可以看到这样一个问题：由于图片宽度比边框中央空白区要小，所以图片左右两侧有透明区。为了解决这个问题，可以利用“编辑”菜单中的“自由变换”（快捷键为 Ctrl+T）命令对图片作变换，但在变换时要尽量避免图片变形。特别注意的是，如果宝贝图片过大，应该先进行裁剪，以充分保留宝贝主体，不要直接进行放缩。

经过调整之后，整个图片就都嵌入相框当中，但有一点美中不足，作为相框和相框中的图片，宝贝图片应凹陷下去，这样才正常，如图 3-199 所示。

在图层面板中选择边框所在图层，单击鼠标右键，在弹出的菜单中选择“混合选项”命令，在弹出的名为“图层样式”对话框中选择“投影”样式，其他的选项就不用设置了，单击“确定”按钮，最终效果如图 3-200 所示。

图 3-199

图 3-200

这样一个边框就添加完毕了。

3. 特殊效果边框

这类边框主要是利用 Photoshop 提供的滤镜来形成一种特别的效果。下面我们也来看一看如何利用 Photoshop 提供的滤镜为宝贝图片添加特殊效果的边框。

首先打开要添加边框的图片。在工具箱中选择“矩形选择工具”，在宝贝图片上创建一个选择框，但这个选择框一定要比图片小，如图 3-201 所示。

在菜单栏中选择“选择→反向”命令（快捷键为 Shift+Ctrl+I），执行此命令后，系统将把矩形选择框外的区域全部选中，如图 3-202 所示。

图 3-201

图 3-202

在工具箱下面单击“以快速蒙版模式编辑”按钮，效果如图 3-203 所示。

单击“滤镜→像素化→彩色半调”命令，系统此时会弹出如图 3-204 所示的对话框，在此对话框中进行设置。

图 3-203

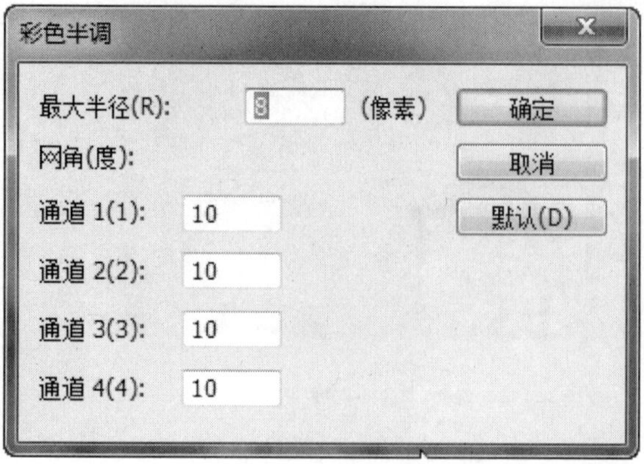

图 3-204

设置完毕之后，单击“确定”按钮。为了加强效果，连续执行三次彩色半调滤镜，效果如图 3-205 所示。

单击“滤镜→像素化→碎片”命令，系统就会执行碎片滤镜，执行完毕之后，在工具箱下面再次单击“以快速蒙版模式编辑”按钮 ，从而退出快速蒙版编辑模式，如图 3-206 所示。

图 3-205

图 3-206

按 Delete 键删除选择区中的内容，并取消选择（可使用快捷键 Ctrl+D），效果如图 3-207 所示。

于是一个比较特别的边框就添加在宝贝图片上了。怎么样，是不是比较另类呢？

图 3-207

3.6.3　多图自由组合

淘宝卖家为了能让买家朋友更好地了解自家的宝贝，都会在宝贝描述中大量上传宝贝的细节图片。虽然用大量的图片确实能够帮助买家朋友全方位了解商品，但是如果所有宝贝都采用大量图片来进行描述的话，对图片空间的要求就比较大了。为了解决这个矛盾，在很多情况下我们都是采用将多个细节图拼接组合成一张图片，这样既可以让买家朋友能够多看图，而又不大量占据宝贵的图片空间。

在第 2 章内容中，我们讲过通过光影魔术手就能很容易将多个细节图拼接成一个图片。在光影魔术手中要想对图片进行组合，只能按照光影魔术手的模板所指定的形式对图片进行组合，并不能真正按照我们的意愿自由组合，但是 Photoshop 却为我们的组图提供了最大的自由度。下面我们就来具体看一下如何在 Photoshop CS4 中自由组合宝贝细节图。

下面我们要做的是一个“一拖四”的组合图，也就是说有一个主图，另加四张副图组合成一张图片。在组合之前，我们先在 Photoshop 中把要组合的五张图片整理好备用，如图 3-208 所示。

图 3-208

首先，启动 Photoshop CS4。选择“新建”命令，新建一个 700px × 700px，背景为白色的空白文件。

新建完毕之后将五个细节图全部用 Photoshop CS4 打开，选择中央细节图作为当前工作区，全选（组合键 Ctrl+A）并将中央细节图复制（组合键 Ctrl+C）下来，复制之后转到新建文档工作区，将中央细节图作为一个新的图层粘贴到新建文档当中。在工具箱中选择“椭圆选框工具”，按住 Shift 键，然后用鼠标在中央图上画一个标准圆形选择框，如图 3-209 所示。

选择“选择→反向”（快捷键为 Shift+Ctrl+I）命令，并利用键盘上的 Delete 键删除反向选择的区域，从而使整个中央图像变成圆形，如图 3-210 所示。

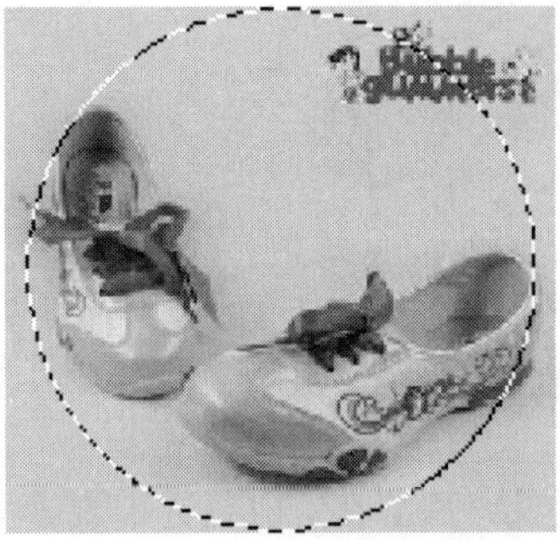

图 3-209

图 3-210

接着就把其他四个细节图分别作为新的图层粘贴到新建文档之中，并保持中央图形处在其他四个细节图所在图层之上，如图 3-211 所示。

在图层面板上选择相应图层，在工具箱中选择“移动”工具，在移动之后，如果觉得各细节图大小不是很合适，就可以在“编辑”菜单中选择“自由变换”命令，从而可将各个细节图自由缩放，直到各细节图大小和位置令人满意为止，最后将各细节图按如图 3-212 所示位置排好。

图 3-211

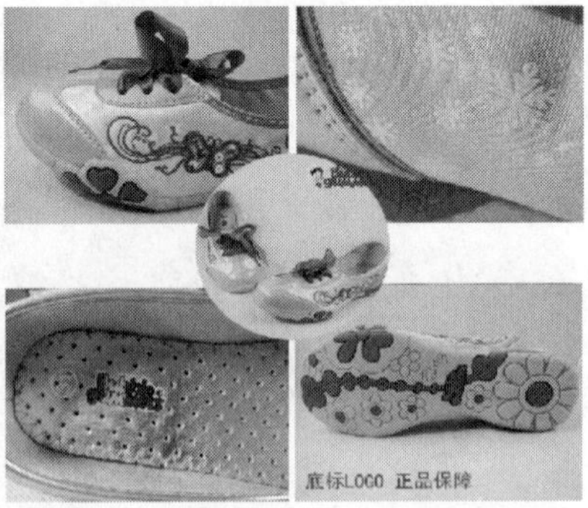

图 3-212

为了增强效果，我们依次将每个图层的“混合选项”设置为投影和黑色 2px 描边。设置方法就是在图层面板中依次选中每个图层，单击鼠标右键，在弹出的菜单中选择“混合选项”命令，在图层样式对话框中选择“投影”样式，并选择描边，描边大小为 2px，颜色为黑色。所有图层设置完毕之后，就可以得到如图 3-213 所示的组合图了。

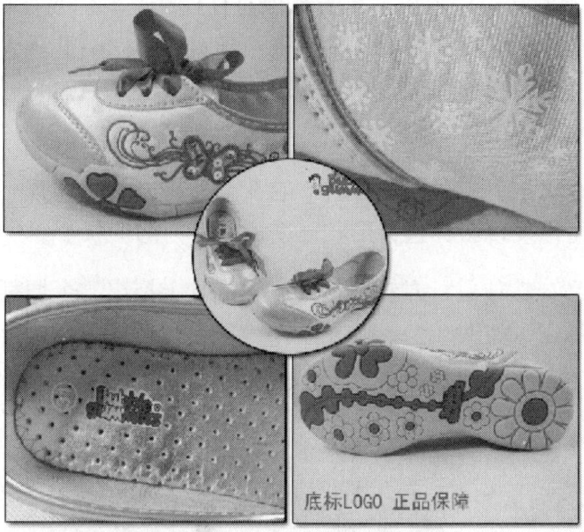

图 3-213

至此，我们的一张“一拖四”的细节组合图就成功制作完毕，现在只需要保存下来就可以使用了！我们抛开多图边框的模板束缚，只需要利用 Photoshop CS4 提供的移动工具和自由变换就可以做到图片想怎么排列就怎么排列，这也正是我们的终极目标：我的图片我做主！

3.6.4 图片分割任意切

可以说，在现在的淘宝网上，成功的店铺卖家肯定都会利用促销模板和宝贝描述模板来帮助宝贝的促销及宝贝的描述展示。

正因为促销模板和宝贝描述模板在我们网店中有着至关重要的作用，这两个模板的制作已经成为网店装修的重中之重。所以在制作促销模板和宝贝描述模板时，为了追求更好的视觉效果，我们往往采用一整幅图来进行网页布局，而在浏览网页时，图片文件只有完全下载到本地计算机之后我们才能看到，如果图片过大，而碰巧买家网络带宽不足，那么在打开店铺首页或宝贝描述页进行浏览时，浏览器加载这个网页所需的时间就很长了。

在现代的快节奏社会中，如果不是店铺的忠实顾客，买家是不可能长时间等待，他们都会毫不犹豫地关掉当前网页，转而去浏览另外店铺并进行购买，要记住同样的商品在淘宝网上不可能是独家垄断经营的。为了避免这个问题带来的负面影响，我们往往要将图片切割为几个小的组成部分，化整为零，这样就可以尽可能减少网页全图加载的时间。

那么在 Photoshop CS4 中我们如何将一整幅图像进行切割呢？对于这个问题许多人一般都会认为可以用选择工具分别选取，然后将选取的部分进行剪切，将其粘贴到一个新文档中进行保存，重复进行，直把把整个图片都分割完毕。

这种方式是否可行呢？从理论上讲这种方式没有任何问题，但是在操作时就显得异常麻烦，每切割一部分都要重新操作，并且如果对切割效果不满意，那就要重新从头再来。其实 Photoshop CS4 对于这个问题早就有一种好的解决方案，那就是利用“切片工具”。下面我们就具体来看一看如何利用切片工具对图片进行切割。

首先用 Photoshop CS4 打开待切割的图片。在工具箱中选择“切片工具”，将鼠标移到当前图片工作区中，我们可以发现鼠标指针形状已变成裁剪刀的形状了。

移动鼠标至合适位置，按住鼠标左键不松开，在图片上拖出一个切割范围，Photoshop CS4 就自动在图片上标明切片标记，如图 3-214 所示。

图 3-214

在图 3-124 中我们利用切片工具将图片划分成四部分，但是我们没有进行下一步操作之前，系统是不会将图片按照我们的规划进行切割。利用切片工具规划好之后，单击“文件→存储为 Web 和设备所用格式…→存储为 Web 和设备所用格式…”命令，如图 3-215 所示。

系统弹出一个名为“存储为 Web 和设备所用格式”的对话框，如图 3-216 所示。

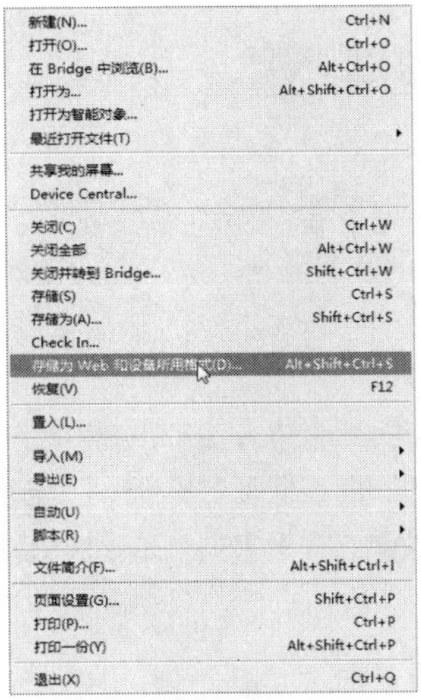

图 3-215

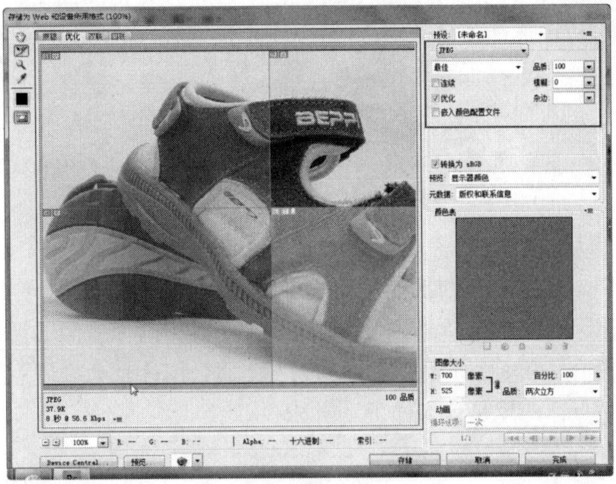

图 3-216

在这个对话框中选择图片切片之后文件的保存格式及图片质量。设置之后如果没有其他问题就可以单击“存储”按钮。系统会再次弹出一个名为“将优化结果存储为”的对话框，如图 3-217 所示。

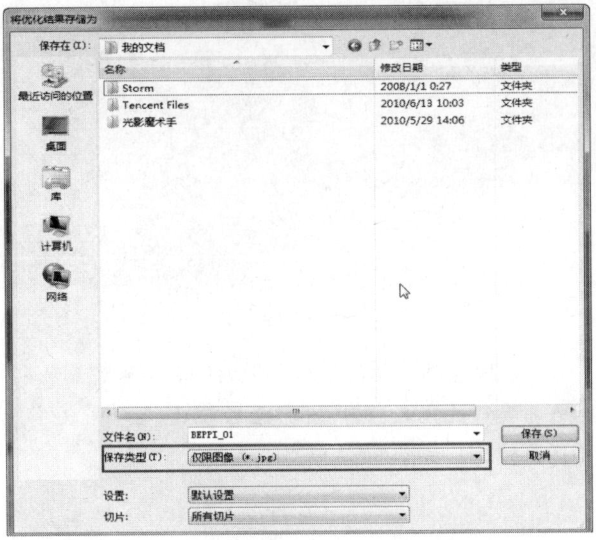

图 3-217

在这个对话框中设置保存类型为“仅限图像”，并指定存放位置，然后单击“保存”按钮，此时系统把会按照我们的规划将图片切成四片并依次保存到指定位置了，效果如图 3-218 所示。

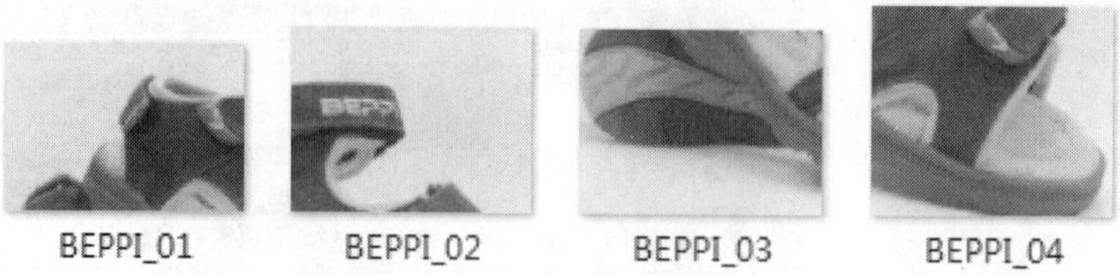

图 3-218

但事实上对于初次使用切片工具的新手们来说，很难将上面这个图片切为标准的四个部分。主要原因就在于选择第一个切片范围后，再次选择后面的切片范围时，很难保证后面的切片选择框的位置恰好和前面的选择框严丝合缝，那么切片就会出现意想不到效果。下面来看一看如果不能保证这一点，图片是什么样子。

图 3-219

从图 3-129 中看到，由于切片范围选择框没有严丝合缝，本来想切成四片，结果切为了六个部分，其中 01、03、05 和 06 号切片比较大，另外的 02 号和 04 号切片由于比较小，所以显示不出，但事实上系统也已经做了切割标记，如图 3-220 所示。

图 3-220

为了彻底避免这种情况，新手们在进行切割时最好利用 Photoshop CS4 提供的参考线来辅助图片的分割。下面讲解一下如何利用参考线辅助切割图片。

首先我们还是先打开要切割的图片，选择“视图→新建参考线...”命令，如图 3-221 所示。

单击之后系统就会弹出一个名为“新建参考线”的对话框，如图 3-222 所示。在此对话框中可以选择是新建水平参考线还是垂直参考线。

图 3-221

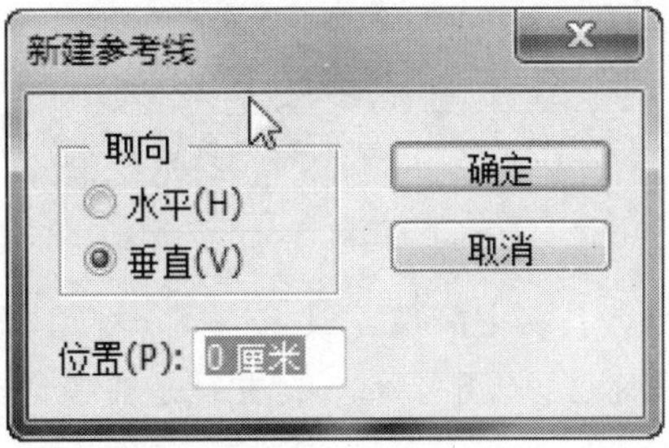

图 3-222

选择完毕之后，单击“确定”按钮系统就会按照设定在工作区上新建一条参考线。当然新建多少参考线是根据我们的切割要求来决定的，也就是说在切割之前，我们就要规划好该如何切割，然后根据自己的需求来建立参考线。

我们这里是要把图片切割成四块，那么只需要水平参考线和垂直参考线各一条就行了。基于这个要求，在水平和垂直方向各建一条参考线。

此时我们可以看到图片上出现了水平和垂直的两条青色的直线，这就是我们新建的两条参考线，如图 3-223 所示。

图 3-223

将鼠标移到任意一条参考线上，鼠标指针就会变成≑形状，按住鼠标左键，拖动参考线到合适位置，完成切割规划，如图 3-224 所示。

虽然此时利用了参考线描画出了我们的切割范围，但是在选择“切片工具”进行切割时依然不能保证切割无误。因为有参考线也并不意味着我们在拖动鼠标时刚好是这个参考线所规划的区域。那么为了显示参考线的作用，我们就必须规定系统在切割时一定要对齐参考线，如图 3-225 所示。

图 3-224

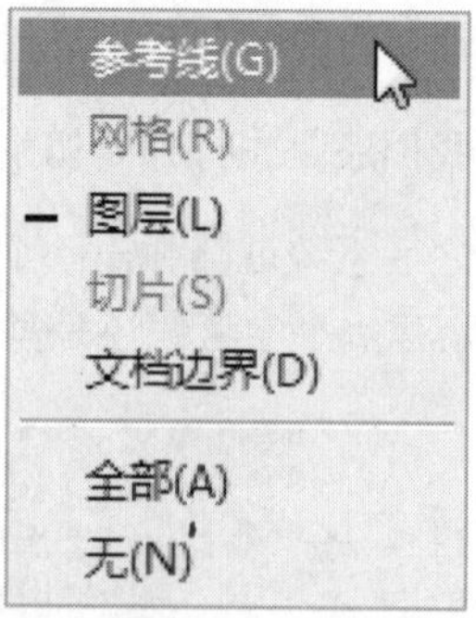

图 3-225

要指定这一点其实很简单，只需选择“视图→对齐到→参考线”命令。再次打开“视图”菜单，就会发现系统已经规定要对齐，并且是对齐到参考线，如图 3-226 所示。

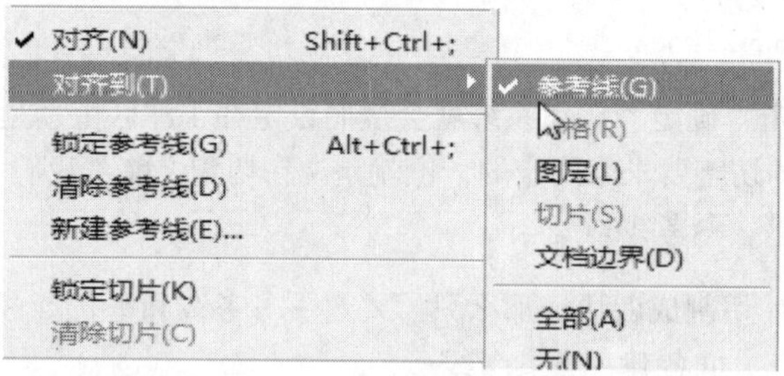

图 3-226

在工具箱中选择“切片工具”再次进行切割，此时就会发现，在拖选切片区域时，经过参考线时系统就会把参考线变成虚线，从而提示我们已经到达规定区域的边缘，可以松开鼠标了。是不是简单了很多！希望大家今后在使用 Photoshop 进行图片切割时，多利用参考线，它真的可以给我们带来很多的帮助，特别是对新手朋友们来说更是如此。

3.7 Photoshop CS4 中的批处理

在前面我们已经领略了 Photoshop CS4 的强大图像编辑功能，如果能熟练掌握 Photoshop CS4 提供的各种工具，并能够熟练加以运用，无疑会对我们的店铺装修有着莫大帮助。

但是到目前为止，我们利用 Photoshop CS4 所做的一切操作都是针对单张图片而言的，假如有一批图片需要处理，那该如何是好呢？在光影魔术手中，可以利用批处理功能对图片进行批量处理，难道编辑功能更为强大的 Photoshop CS4 就不能对图片进行批量处理吗？

事实上 Photoshop CS4 提供了批处理功能，只不过它的图像处理功能太抢眼，以至于让图像处理专业人士忽略了它的另外一些功能，批处理功能就是其中之一。下面我们就来看一看这个非常重要的批处理功能吧！

在了解批处理之前，先了解一下 Photoshop CS4 的动作。什么是动作？动作是用来记录 Photoshop 的操作步骤，从而便于再次回放以提高工作效率和标准化操作流程。该功能支持记录针对单个文件或一批文件的操作过程。我们可以把一些经常进行的“机械化”操作成动作来提高工作效率。

动作虽然记录了编辑图片的整个操作过程，但如果每次将该动作应用到其他图片上时，就需要再次执行，当图片众多时就有些太烦琐了。可以将动作与批处理功能连接到一起，这样就可以对选中的一批图像，或某目录中所有的图像进行统一的操作了，更进一步提高了执行的效率。

事实上在 Photoshop CS4 中想对图片进行批量处理，那首先就要求我们在这批处理的图片中随便挑选一张，然后把对这张图片的处理过程录制为动作，最后用批处理功能对批量图片执行这个动作，从而达到批量处理图片的目的。下面讲解的操作就是要为我们的一批图片加上边框。

NO.1：启动 Photoshop CS4，在窗口右侧看一看是否有动作面板，如果没有就单击“窗口→动作”命令，窗口上面就会显示动作面板。在动作面板的下方有一排按钮，从左至右依次为“停止播放/记录”、“记录”、“播放选定动作”、“创建新组”、“创建新动作”和“删除”。那么这五个按钮的功能从名称上就可以看出来，就不用再详细解释了，如图 3-227 所示。

NO.2：调出动作面板之后，先单击图层面板上的“创建新组”按钮，系统就会弹出“新建组”对话框，在对话框中将新组命名为“批量添加图片边框”，如图 3-228 所示。

图 3-227

图 3-228

NO.3：单击“确定”按钮，此时在动作面板中就会出现一个名为“批量添加图片边框”的新组，如图 3-229 所示。

NO.4：在待处理的图片当中选取一张作为示范图片并用 Photoshop CS4 打开，如图 3-230 所示。

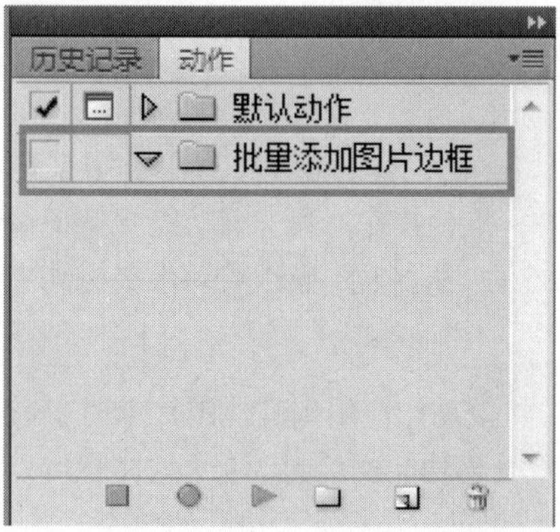

图 3-229

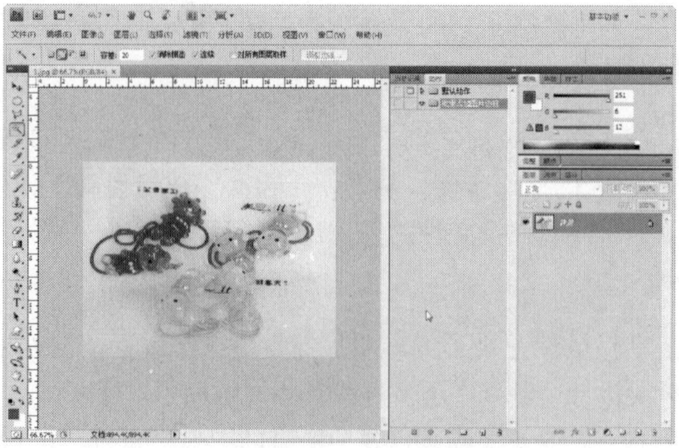

图 3-230

NO.5： 在动作面板中单击“创建新动作”按钮，在系统弹出的“新建动作”对话框中，将此动作命名为“添加简单图片边框”，在组选项中选择“批量添加图片边框”选项，然后单击“记录”按钮，如图 3-231 所示。

此时在动作面板上就会出现一个名为“添加简单图片边框”的新动作，并且下面的记录按钮变成红色，表明现在系统已经开始录制了，下面的每一步操作系统都会记录下来。如果不想让系统记录的话，就要在动作面板上单击“停止播放/记录”按钮，就可以停止当前的录制了，停止之后想继续录制动作，就再次单击“录制”按钮，如图 3-232 所示。

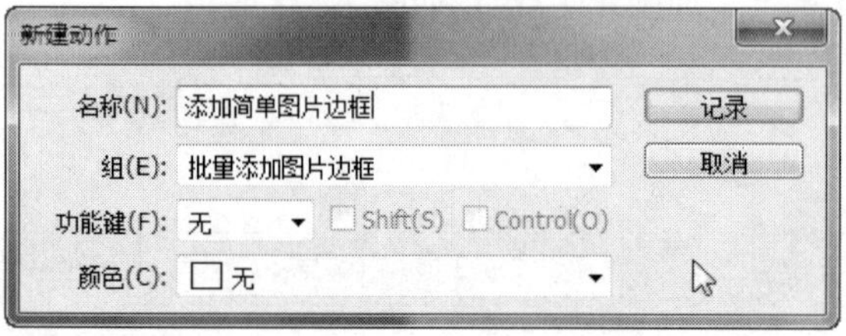

图 3-231

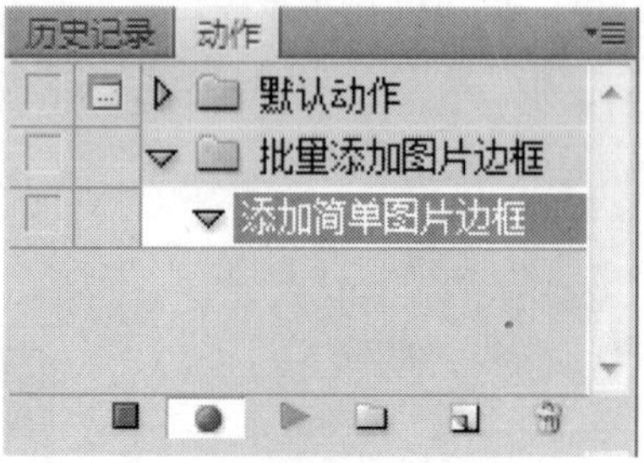

图 3-232

NO.6： 把我们前面说的添加简单边框的过程在打开的图片上重新操作一次，即第一次扩大 2px 的白边，第二次扩大 2px 的黑边，第三次扩大 40px 的白边，然后用魔棒工具选择第三次的扩边，并选择填充图案。让 Photoshop CS4 录制下操作过程，操作完毕之后，单击“停止播放/记录”按钮，如图 3-233 所示。

此时可以在动作面板中看到我们的完整操作过程，如图 3-234 所示。

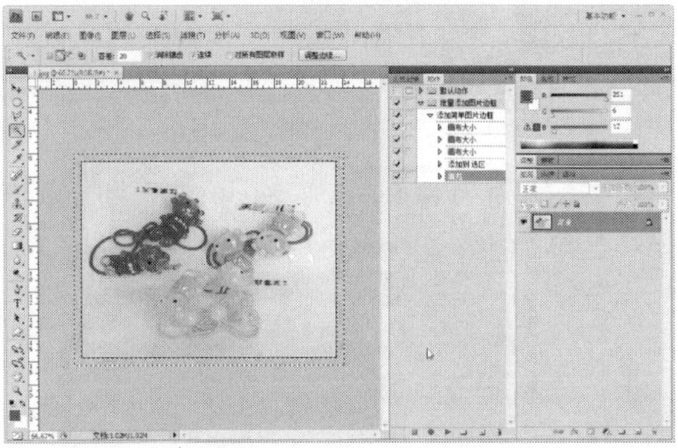

图 3-233

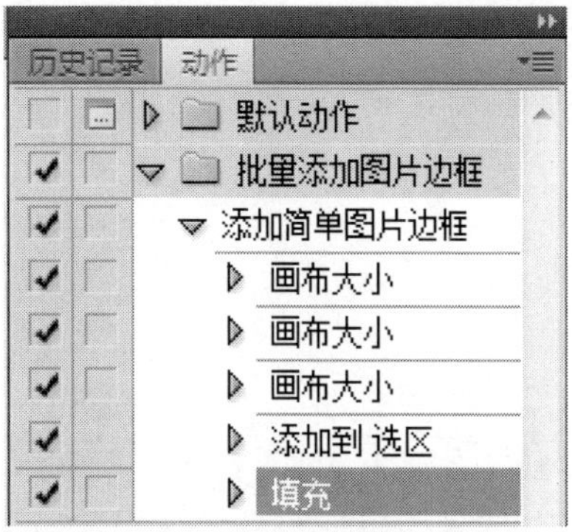

图 3-234

NO.7： 关闭当前示范图片。

NO.8： 单击“文件→自动→批处理…”命令，就会弹出“批处理”的对话框，如图 3-235 所示。

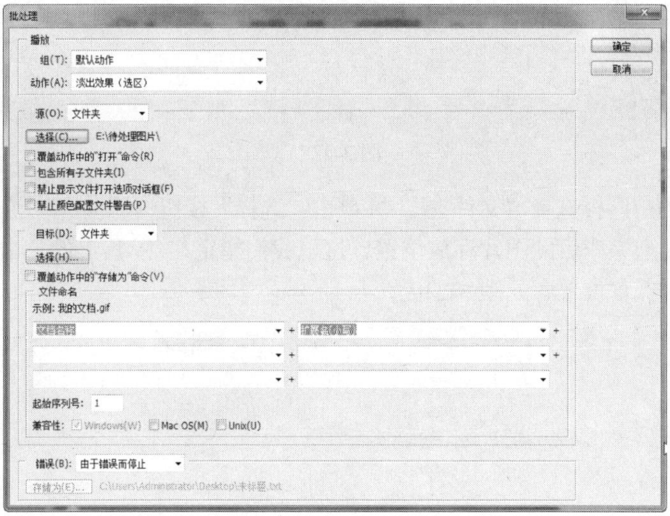

图 3-235

NO.9： 批处理参数设置。

（1）设置播放组为“批量添加图片边框”，动作为“添加简单图片边框”，如图 3-236 所示。

（2）在图片来源中选择“文件夹”，并单击“选择”按钮 选择(C)... ，此时 Photoshop CS4 就会弹出一个名为“浏览文件夹”的对话框，如图 3-237 所示。

图 3-236

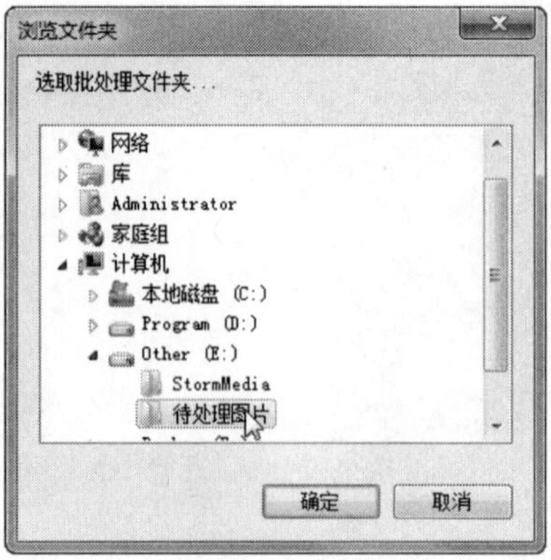

图 3-237

（3）在其中找到要处理的图片所存放的位置，选择后并单击此对话框中的“确定”按钮，其他设置如图 3-238 所示。

图 3-238

（4）在目标选项中同样选择“文件夹”，并单击“选择”按钮 选择(H)... ，在弹出的“浏览文件夹”对话框中设置处理完毕后的图片存放位置，这里我们指定在 E 盘上的一个名为“处理完毕”文件夹作为目标文件保存位置，如图 3-239 所示。

图 3-239

在“浏览文件夹”对话框中设定好目标文件保存位置之后，单击“确定”按钮，其他的选项可以不用设置，如图 3-240 所示。

图 3-240

（5）在错误选项中选择“将错误记录到文件”选项，并单击“存储为...”按钮 存储为(E)... ，指定错误记录文件的保存位置，如图 3-241 所示。

图 3-241

所有参数设置完毕之后，单击“批处理”对话框中的“确定”按钮，此时系统就会把指定的一批图片全部执行操作，并将处理结果保存到指定位置。

我们来看一看处理结果吧，所有的图片都按规定添加了边框，如图 3-242 所示。

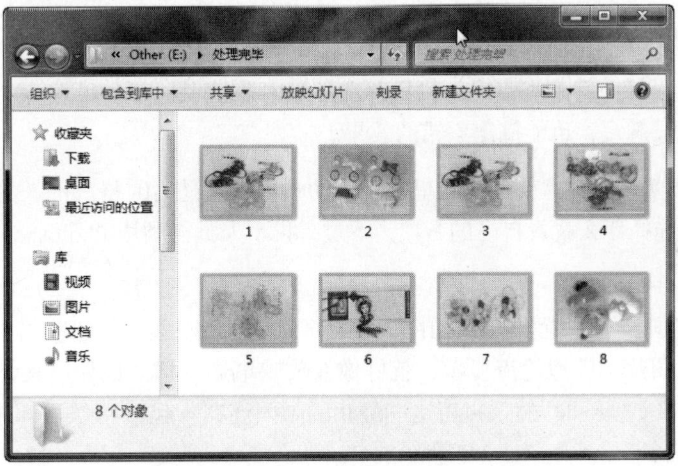

图 3-242

从这里我们可以看出 Photoshop CS4 的批处理功能确实很强大，但有些问题我们还是要指出来，那就是在录制动作时并不是所有的动作都能被录制下来，至于具体有哪些动作不能被录制，以及相应的处理方式，各位读者如果有兴趣的话可以找找相关的资料，在这里我们就不再一一说明。

总之，如果能够熟练地将动作和批处理结合，那么对我们批量处理图片来是有极大的帮助作用，关键在于它可以大大减轻我们的工作量，节约我们的时间！

3.8 在 Photoshop CS4 中制作简单 GIF 动画

在店铺装修时为了吸引买家朋友的注意，除了要将图片效果制作得很精美之外，往往还要加入很多动画，以引起别人的注意，从而让顾客更长久地停留在自家店中，增加成交的几率。

目前淘宝网所支持的动画格式有两种，一种是 Flash 制作的 SWF 格式动画，另一种就是 GIF 格式动画。如果要问我喜欢哪一种格式的动画，我会毫不迟疑地回答是 SWF 格式动画。但是如果问店铺装修用要选哪种动画，我只能回答说用 GIF 格式动画。

这是为什么呢？SWF 格式动画的优点很多，但是目前淘宝网是不允许上传自己制作的 SWF 格式动画的。因为在 Flash 中制作动画时可以在动画中加入指令代码，如果被别有用心的人加以利用，上传之后会产生什么样的严重后果谁也不知道，所以淘宝网限制个人用户上传 SWF 格式动画，但对 GIF 格式动画是完全放开的。

那为什么有很多店铺都使用了 Flash 制作的模板呢？不知大家注意到没有，要想使用 Flash 制作的模板，就必须定购 123show 宝贝展示服务，这样就可以选择使用淘宝网提供的 Flash 模板中。虽然可以用，但每个月都要支付一定的现金，更何况别人制作的模板也不可能完全满足自己的需要！

为了能够自己设计并且节省支出，我只有选择 GIF 格式动画了。虽然 GIF 动画有诸多不足，但只要利用好，扬长避短，也能搞出不错的效果。

这个图片很熟悉吧！这就是旺旺里的表情动画，它就是 GIF 格式的。关于制作 GIF 动画的工具有很多，具体选择什么就看自己的习惯，不过，我个人觉得利用 Photoshop CS4 制作 GIF 动画也是一种不错的选择。

要制作 GIF 动画，首先就要明白 GIF 动画的原理。GIF 动画其实很简单，其原理就是将一幅幅差别细微的静态图片不停地轮流显示，就好像在放映电影一样。说得更具体一些，就是要做好 GIF 动画中的每一幅单帧画面，然后再将这些静止的画面连在一起，设定好帧与帧之间的时间间隔，最后保存成 GIF 格式即可，如图 3-243 所示。

图 3-243

下面就以图 3-243 所示的笑脸为例来说明如何利用 Photoshop CS4 制作 GIF 动画。

首先启动 Photoshop CS4。新建一个 48px × 48px 的白色背景文档，将背景图层转换成普通图层，利用 Photoshop CS4 所提供的工具描绘和填充出第一张脸的模样，然后依次新建四个图层，每个图层都按照如图 3-243 所示的图像依次描绘和填充出第二到第五张脸的模样。绘制完毕之后，在图层面板上就可以看到如图 3-244 所示的情形。

然后单击“窗口→动画”命令，在工作区下方就会出现动画（帧）控制窗口，如图 3-245 所示。

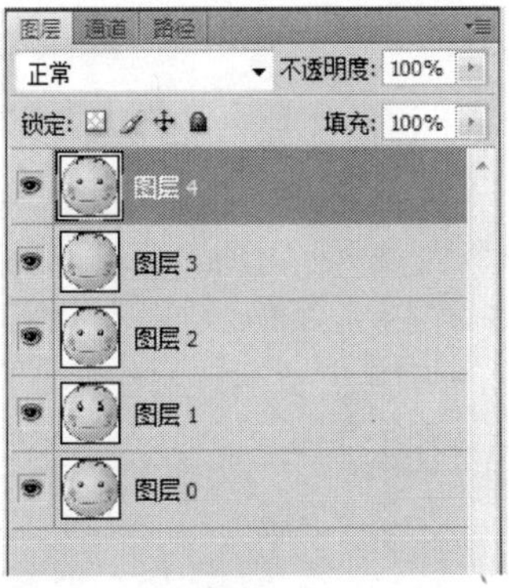

图 3-244

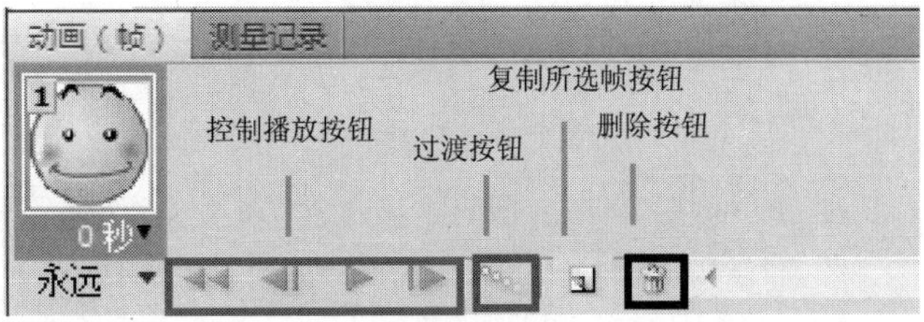

图 3-245

在这个窗口中有几个地方需要注意一下，动画控制播放按钮可以在动画窗口实现动画的播放和不同帧的选择。每单击一次“复制所选帧”按钮，就将当前帧复制一份。每单击一次“删除”按钮，就删除所选帧。

单击四次“复制所选帧”按钮，从图 3-246 中我们不难看出，现在在动画窗口已经出现了五帧画面，并且当前帧是第五帧，如图 3-246 所示。

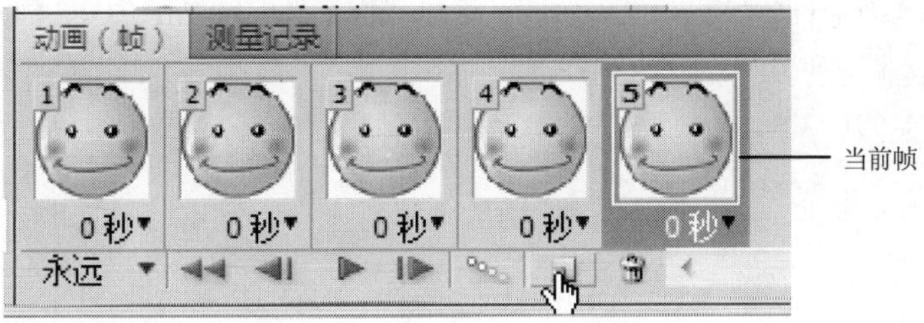

图 3-246

下面我们就要开始让这五帧的画面分别发生一些变化。用鼠标单击动画窗口的第一帧，并在右侧图层面板窗口选定图层 0，如图 3-247 所示。

在图层面板中将单击除图层 0 之外的所有图层右侧的标志，这个标志就会消失。这个标志如果显示出来，就表明此图层是可见的，不显示就表明此图层不可见，现在在第一帧中设置图层 0 是可见的，如图 3-248 所示。

此帧设置完毕之后，依次选择第二帧，并在第二帧设置图层 1 可见；选择第三帧，并在第三帧设置图层 2 可见……

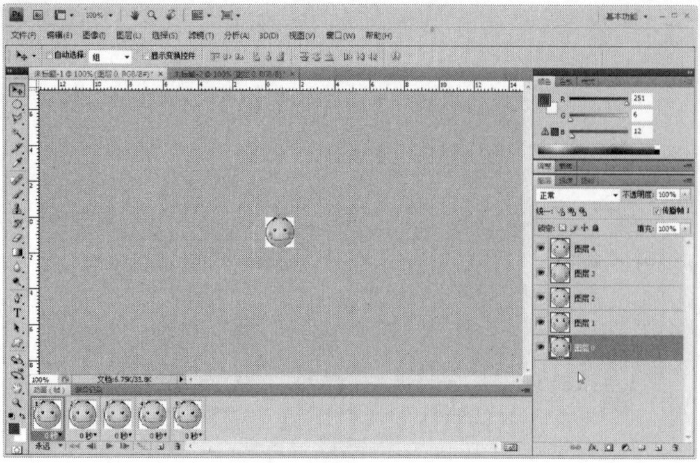

图 3-247

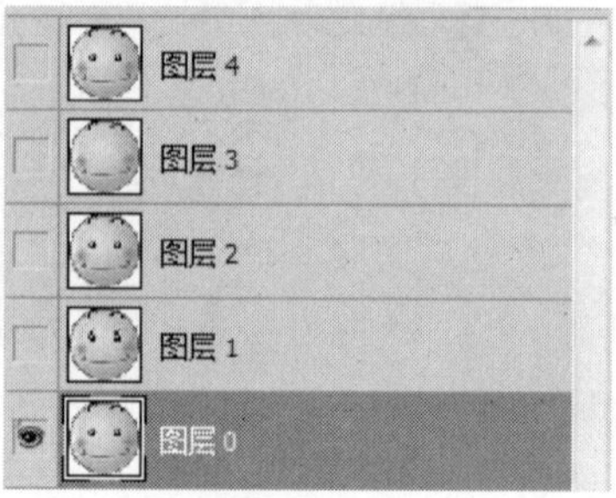

图 3-248

经过上一步的设置之后，我们就保证了每一帧所显示的画面都是不同的。得到了五个不同画面之后，就要开始设定好帧与帧之间的时间间隔。细心的读者会发现，在每一帧下面都有一个“0秒”，并且左侧还有一个下拉箭头按钮，单击此按钮会出现如图 3-249 所示的列表。

这个地方就是设置本帧和下一帧延迟时间的，在这里可以选择系统给定的帧延迟时间，也可以单击“其他...”选项来自行设定帧延迟时间，这里我们选择时间间隔为 0.2 秒。对其他帧也依次设置时间间隔为 0.2 秒，如图 3-250 所示。

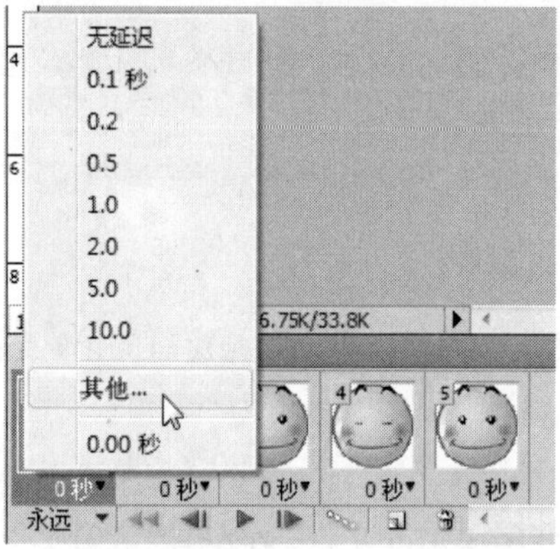

图 3-249

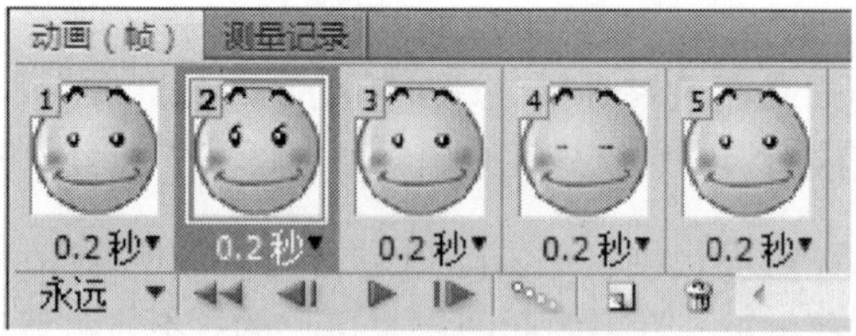

图 3-250

设置完毕后，单击“播放”按钮，看一下动画效果，如果不满意，就继续调整，直到自己满意为止。

最后，当调试完毕，就该把自己的成果进行保存。单击“文件→存储为 Web 和设备所用格式…”命令，会出现如图 3-251 所示对话框。

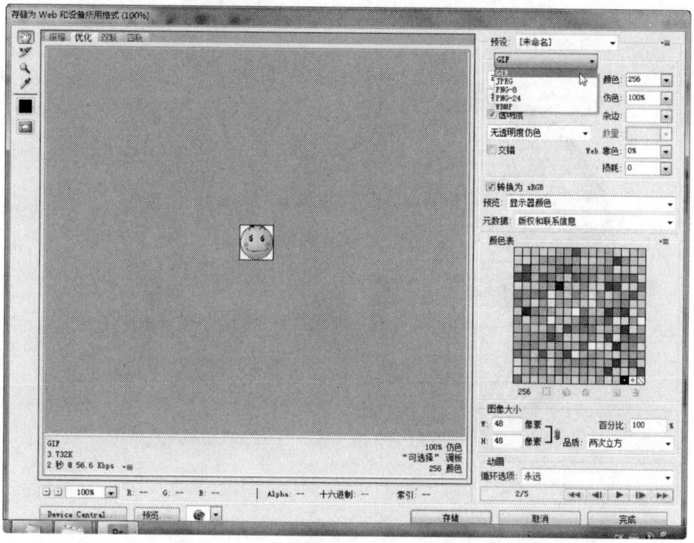

图 3-251

在对话框中选择“GIF”，并单击“存储”按钮，此时系统会让我们选择文件存储位置及文件名，指定完毕后系统就会保存。至此 GIF 动画就制作完毕。

到这里关于 Photoshop 在店铺装修的使用基本上就全部讲解完毕。不知道各位读者有没有看懂，其实软件都很简单，主要看你敢不敢用，敢不敢摸索。

到这里，我们对于图片的处理至少有两种选择，一种是使用光影魔术手，另一种是使用 Photoshop CS4。不管使用哪种方法都可以完成常规的图片处理任务，并且在进行图片的常规处理时光影魔术手显得要简单一些，但是在涉及图片的高级处理时，光影魔术手就相形见绌，此时 Photoshop CS4 就会体现出强大的优势。

作为淘宝卖家来说，在图片的处理过程中，究竟是使用光影魔术手，还是使用 Photoshop CS4，并没有强制性的要求。一般来说适合自己的才是最好的，但对我来说，最好是两者兼用，各取所需。

第4章 详解Dreamweaver CS4编辑网页随心所欲

对于一般的淘宝卖家们而言，只要在店铺装修中提到代码就觉得头都大了，因为他们感觉代码是很专业的知识，可望而不可即。确实，在以前只有经过专业培训，并熟练掌握 HTML 标记、VBScript 和 JavaScript 的人才有可能写出网页代码，制作出供我们浏览的网页。随着时代的发展，各种网页制作工具应运而生，这些工具出现的目的就是为了让网络编程走下神坛，走向大众，让更多的人了解和熟悉网络编程，从而更好地推动网络的发展。

Dreamweaver 就是这些工具中最优秀的代表，Dreamweaver 是 Adobe 公司开发的集网页制作和网站管理于一身的“所见即所得”的网页编辑软件，它以强大的功能和友好的操作界面备受广大网页设计工作者的欢迎，已经成为网页制作的首选软件。使用 Dreamweaver，只需要具备一些基本知识，任何人都可以轻松制作出网页。

Dreamweaver 从 1997 年开始推出，发展到现在已经推出了 Dreamweaver CS5，每一次的新版推出都会为专业网页设计师带来新的惊喜，但对于淘宝卖家们来说，这些新东西是没有多大意义，原因就在于我们网店装修的代码都是一些简单的 HTML 代码，如果对 HTML 标记非常熟悉的话，就是利用 Windows 自带的记事本也可以完成店铺装修代码的制作任务。

但遗憾的是，很多淘友对于 HTML 标记根本就不了解，因此就需要一种能够有效帮助我们进行装修代码编辑的软件。那么 Adobe 公司的 Dreamweaver 就成为我们的首选，因为它是一种最优秀的所见即所得的网页编辑器，具有直观、使用方便和容易上手的特征，而这几个特征正是我们这些对代码毫不熟悉的菜鸟们所需要的。

为了能让各位卖家能够迅速掌握 Dreamweaver，并在实际装修中加以应用，本章就来讲解一下 Dreamweaver 的使用。当然，由于我们使用的局限性，只是利用 Dreamweaver 极小一部分功能就可以完成店铺装修代码的制作任务，所以这里只是有针对性地把在店铺装修所要用到的功能加以讲解，至于其他的高级功能，如果大家有兴趣可以自己去查阅相关资料，本书就不再另外说明。

还有一点要说明的是，由于 Dreamweaver 版本众多，每个人所使用的版本有可能不同，但实际应用是大同小异，大家可以根据自己所使用的版本进行有针对性的调整。本书采用 Dreamweaver CS4 进行介绍，如图 4-1 所示。

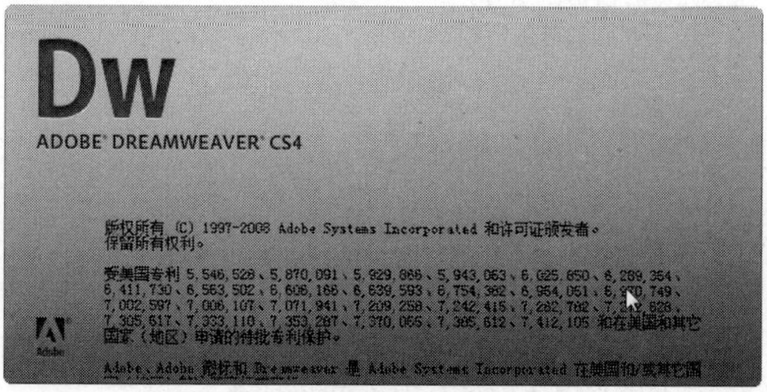

图 4-1

4.1　HTML 基本代码

事实上，卖家之所以把装修代码视作难题，就是在于对 HTML 标记语言不了解。虽然我们现在使用的 Dreamweaver 是一种优秀的所见即所得的网页编辑软件，能给我们不熟悉 HTML 标记语言的朋友带去莫大的帮助，但要想真正更好地了解装修代码，让它们更好地为我们的店铺装修服务，对于 HTML 的基本代码还是要有一个大致的了解。下面我们就来认识一下 HTML 吧！

4.1.1　HTML 概述

HTML 是 Hypertext Marked Language 缩写，即超文本标记语言，它是一种用来制作超文本文档的简单标记语言。用 HTML 编写的超文本文档称为 HTML 文档，它能独立于各种操作系统平台，自 1990 年以来，HTML 就一直被用作 WWW（World Wide Web 的缩写，也可简写 WEB、中文叫做万维网）的信息表示语言，使用HTML语言描述的文件，需要通过WEB浏览器显示出效果。

所谓超文本，是因为它可以加入图片、声音、动画、影视等内容，事实上每一个HTML文档都是一种静态的网页文件，这个文件里面包含了HTML指令代码，这些指令代码并不是一种程序语言，它只是一种排版网页中资料显示位置的标记结构语言，易学易懂，非常简单。

4.1.2 HTML文档的基本结构

一个HTML文档是由一系列的元素和标签组成。元素名称不区分大小写，HTML用标签来规定元素的属性和它在文件中的位置，HTML 超文本文档分文档头和文档体两部分，在文档头里，对这个文档进行了一些必要的定义，文档体中才是要显示的各种文档信息。

如图4-2所示是一个最基本但又完整的HTML文档的代码。

```
<html>
    <head>
        <title>我的HTML结构示范文档</title>
    </head>

    <body>
        <FONT SIZE= 7 COLOR= red>
            我的HTML结构示范文档<BR>这个文档虽然简单，但<BR>通过它仍然可以说清楚<BR>HTML文档的结构
        </FONT>
    </body>
</html>
```

图4-2

如图4-3所示是这个HTML文档在浏览器中浏览的效果。

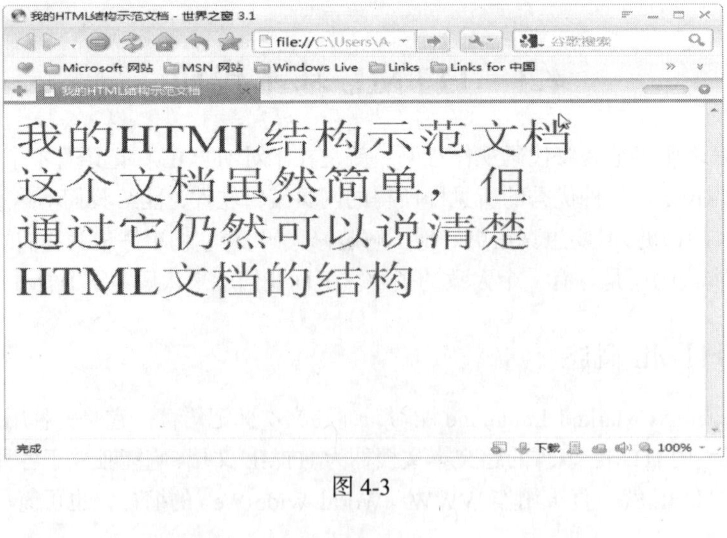

图4-3

在 HTML 标记语言中，凡是用“<”和 “>”括起来的内容我们称它为标签，它是用来分割和标记文本的元素，以形成文本的布局、文字的格式及五彩缤纷的画面。

HTML 的标签分单标签和成对标签两种。成对标签是由首标签<标签名> 和尾标签</标签名>组成的，成对标签的作用域只作用于这对标签中的文档。比如在我们上面的结构示范文档中，<HTML></HTML>、<HEAD></HEAD>、<TITLE></TITLE>、<BODY></BODY>及<FONT></FONT>就是五个成对标签，并且成对标签头尾缺一不可。单独标签的格式<标签名>，单独标签在相应的位置插入元素就可以了，比如我们上面示范文档中的
标签就是单独标签。

大多数标签都有自己的一些属性，属性是标签里的参数的选项。属性要写在始标签内，属性用于进一步改变显示的效果，各属性之间无先后次序，属性是可选的，属性也可以省略而采用默认值。其格式如下：

```
<标签名字 属性1 属性2 属性3… >内容</标签名字>
```

比如我们上面的结构示范文档中有这样一段：

```
<FONT SIZE = 7 COLOR=red>
    我的 HTML 结构示范文档...
</FONT>
```

<FONT>头标签内就用 SIZE=7 COLOR=red，这就是<FONT>标签内的属性，这里的意思就是指明这一对标签内的文字的大小为 7 号，文字颜色为红色。这就是标签内的属性！

<HTML></HTML>这对标签在文档的最外层，文档中的所有文本和 HTML 标签都必须包含在其中，它表示该文档是以超文本标识语言（HTML）编写的。

<HEAD></HEAD>这对标签是 HTML 文档的头部标签，在浏览器窗口中， 头部信息是不被显示在正文中的，在此标签中可以插入其他标记，用以说明文件的标题和整个文件的一些公共属性。

<TITLE>和</TITLE>这对标签是嵌套在<HEAD>头部标签中的，标签之间的文本是文档标题，它被显示在浏览器窗口的标题栏。

<BODY> </BODY>这对标签之间的文本是正文，是在浏览器要显示的页面内容，这对标签之间的内容也正是我们装修模板的代码。我们后面所说到的保存装修代码就指的是保存这对标签之间的内容。

4.1.3 HTML 常见标签及其作用

HTML 常见标签及其作用介绍如下。

换行

<P></P>段落

<hr>水平线段 (size 粗细 color 颜色 水平线的宽度 width 水平线的长度，用占屏幕宽度的百分比或像素值来表示，align 表示水平线的对齐方式，有 left、right、center 三种，noshade 表示线段无阴影属性，为实心线段)

<font 属性></font>{(属性:SIZE=取值 1-7 face=字体)(粗体<B></B>.斜体<I></I>.加下画线<U></U>.中间线<S></S>

<strong></strong>特别强调

1. 表格的基本结构

<table>...</table> 定义表格 (属性 width= height= border= CELLSPACING= 格线间 CELLPADDING=格线内 背景色彩 bgcolor=)

<caption>...</caption> 定义标题(属性 top 上方 bottom 下方)

<tr></tr> 定义表行 (横跨 colspan=几格竖跨 rowspan=几格 背景颜色 bgcolor=)

<td></td> 定义单元格

2. 超链接

文字超链接：

<a href=资源地址>链接文字</a>

图片超链接：

<a href=资源地址><img src=图形文件地址></a>

3. 图形格式

<img src=图形文件地址>(属性：width= heigth=)

播放音乐/视频：

<embed src=音乐文件地址>(属性:循环开/关 loop=true/false 隐藏控制面板 hidden=true/false width= heigth=)

4. 背景音乐

<bgsound src=音乐文件地址>(属性:循环开/关 LOOP=TRUE/FALSE)

4.2　Dreamweaver CS4 的操作界面

这一部分的内容可能有些枯燥乏味，不过，“工欲善其事，必先利其器”，让我们一起来了解 Dreamweaver CS4 的操作界面。

启动 Dreamweaver CS4 首先将显示一个起始页，可以勾选这个窗口下面的“不再显示”复选框来隐藏它。在这个页面中包括“打开最近的项目”、“新建”和“主要功能”3 个方便实用的项目，建议大家保留。那么在这个地方就可以选择要打开的文档或者新建文档的类型，保留下来对以后的使用还是有帮助的，如图 4-4 所示。

新建或打开一个文档，进入 Dreamweaver CS4 的标准工作界面。Dreamweaver CS4 的标准工作界面包括：菜单栏、文档栏、插入面板、设计窗口、属性栏、浮动面板和文件面板，如图 4-5 所示。

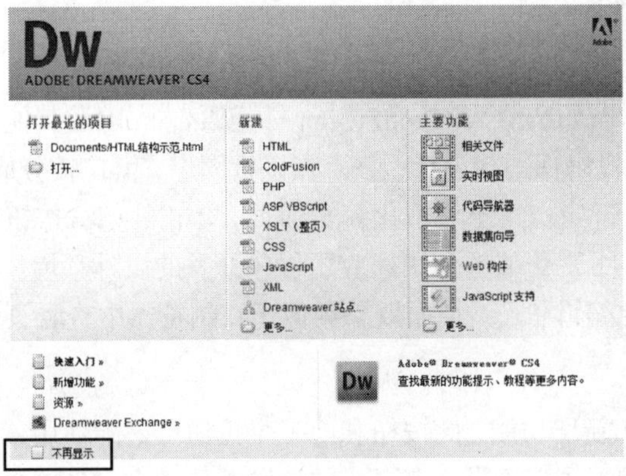

图 4-4

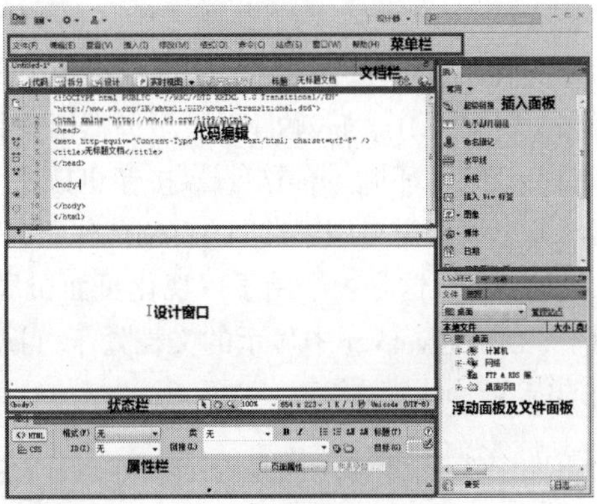

图 4-5

1. 菜单栏

Dreamweaver CS4 的菜单共有 10 个，即文件、编辑、查看、插入、修改、格式、命令、站点、窗口和帮助，如图 4-8 所示。

图 4-6

文件：用来管理文件。例如新建、打开、保存、另存为、导入、输出打印等。

编辑：用来编辑文本。例如剪切、复制、粘贴、查找、替换和参数设置等。

查看：用来切换视图模式，以及显示、隐藏标尺、网格线等辅助视图功能。

插入：用来插入各种元素，例如图片、多媒体组件，表格、框架及超链接等。

修改：具有对页面元素修改的功能，例如在表格中插入表格，拆分、合并单元格。

格式：用来对文本操作，例如设置文本格式等。

命令：所有的附加命令项。

站点：用来创建和管理站点。

窗口：用来显示和隐藏控制面板以及切换文档窗口。

帮助：联机帮助功能。

2. 文档工具栏

文档工具栏中包含了代码视图、拆分视图、设计视图、实时视图、实时代码、文档标题、文件管理、浏览器预览、可视化选项等按钮，如图 4-7 所示。

图 4-7

工具栏中的前三个按钮用于切换视图模式。单击代码按钮可以进入代码视图，这是一个用于编写和编辑 HTML、JavaScript、服务器语言代码(如 ASP 或 ColdFusion 标记语言)，以及其他类型代码的手工编码环境。单击拆分按钮可以进入代码视图与设计视图，在该视图中，窗口被分成上、下两部分，顶部窗口用于编写 HTML 代码，底部窗口用于可视化编辑网页。单击设计按钮可以进入设计视图，这是一个用于可视化页面布局、可视化编辑和快速应用程序开发的设计环境。在该视图中，Dreamweaver 中显示的文档处于可视化编辑状态，页面效果类似于在浏览器中查看页面时看到的内容。

第四个按钮实时视图是 Dreamweaver CS4 新增功能，此按钮和前三个按钮可搭配使用，当单击此按钮之后，不管是在哪种视图之下进行编辑，系统将提供在真实的浏览器环境中设计网页，同时仍可以直接访问代码，并且呈现的屏幕内容会立即反映出对代码所做的更改。

3. 文档窗口

当打开或创建一个项目后，进入文档窗口，我们可以在文档区域中进行输入文字、插入表格和编辑图片等操作，如图 4-8 所示。

“文档”窗口用于显示当前文档。可以选择下列任意视图：“设计”视图是一个用于可视化页面布局、可视化编辑和快速应用程序开发的设计环境。在该视图中，Dreamweaver 显示文档的完全可编辑的可视化表示形式，类似于在浏览器中查看页面时看到的内容。“代码”视图是一个用于编写和编辑 HTML、JavaScript、服务器语言代码，以及任何其他类型代码的手工编码环境。“拆分”视图使您可以在单个窗口中同时看到同一文档的“代码”视图和“设计”视图。一般我们是选用“拆分”视图，所在文档窗口一分为二，上部分为代码编辑区，下部分为设计区。

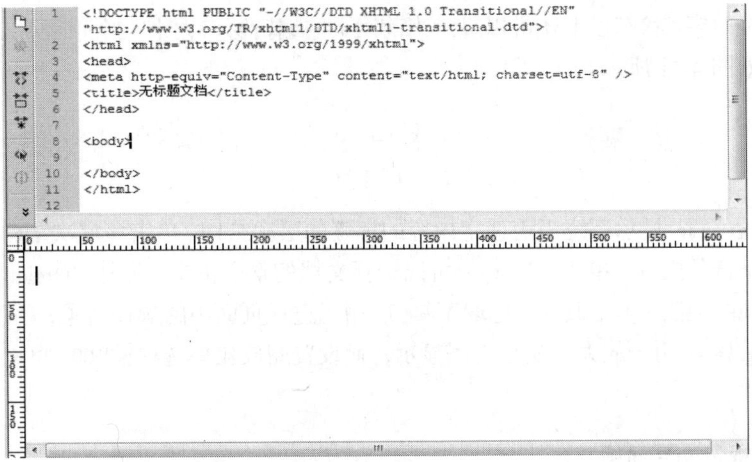

图 4-8

4. 插入面板组

Dreamweaver CS4 的插入工具面板组中包含了 8 个标签，分别为：常用、布局、表单、数据、Spry、InContext Editing、文本、收藏夹。单击工具栏中的不同标签可以进行切换，每一个标签中包括了若干的插入对象按钮，如图 4-9 所示。

单击“插入”工具栏中的对象按钮或者将按钮拖曳到编辑窗口内，即可将相应的对象添加到网页文件中，并可在网页中编辑添加的对象，如图 4-10 所示。

图 4-9

图 4-10

5. 状态栏

在 Dreamweaver CS4 状态栏中可以显示当前光标所在位置的 HTML 标记，通过此标记可以确定所编辑的网页内容。状态栏上还可以显示当前网页的编辑窗口大小、当前网页文件的大小与网页的传输速度，如图 4-11 所示。

图 4-11

标签选择器<body>显示环绕当前选定内容的标签的层次结构。单击该层次结构中的任何标签以选择该标签及其全部内容。单击 <body> 可以选择文档的整个正文。另外，Dreamweaver CS4 的状态栏上新增了视图控制工具，其中，选取工具用于选择页面中的操作对象；手形工具用于平移视图；缩放工具用于放大或缩小视图显示；而设置缩放比率选项框100% 可以通过确切的数值控制视图的缩放。

6. 浮动面板及文件面板

面板组是指组合在一起的功能面板集合，为编辑网页提供了既直观又快速的操作方法，是设计制作网页时不可缺少的工具。

所有这些面板也可以称为浮动面板，因为这些面板都是浮动于编辑窗口之外。在初次使用 Dreamweaver CS4 的时候，这些面板根据功能被分成了若干组。在窗口菜单中，选择不同的命令可以打开或关闭面板。当我们打开一个面板时，与其成组的面板会同时出现，如图 4-12 所示。

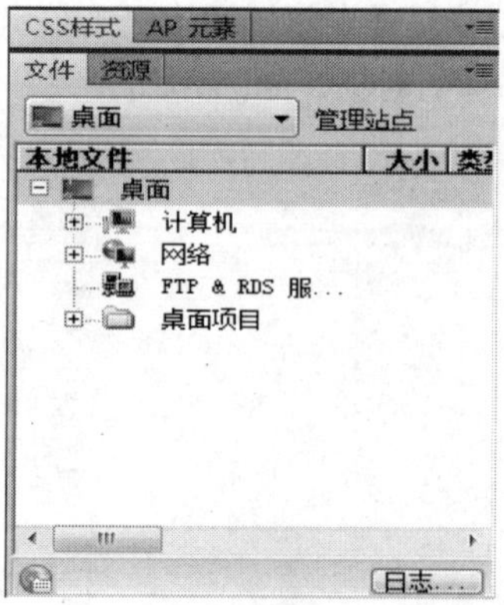

图 4-12

7. 属性面板

属性面板用于显示或修改当前所选对象的属性。在页面中选择不同的对象时，属性面板中将显示出不同对象的属性。例如，选择了文字，在属性面板中显示的是文字的属性；如果选择了图像，则属性面板中将显示图像的属性。另外，还可以直接在属性面板中修改所选对象的属性，修改后的效果可以在编辑窗口中反映出来，如图 4-13 所示。

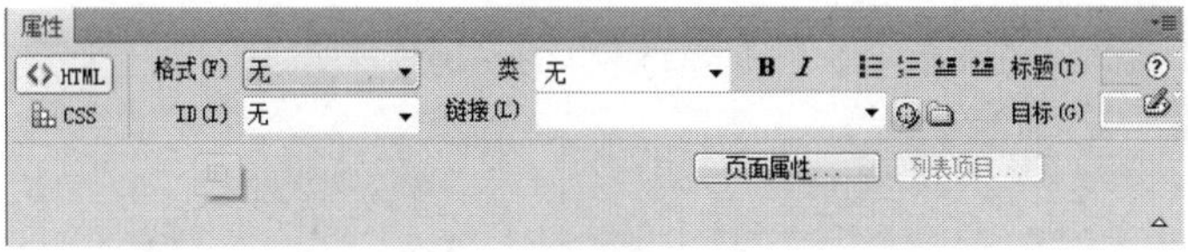

图 4-13

在属性面板的右下角单击三角形的切换按钮，可以将属性面板切换为常用属性或全部属性模式，这就是 Dreamweave CS4 的整个基本工作界面，希望能过以上的介绍，各位读者能够对 Dreamweave CS4 有初步的了解。当然，如果想对 Dreamveaver CS4 作更进一步的了解，使自己能够更加得心应手的加以应用，那就需要靠自己去不断探索和积累。

4.3　Dreamweaver CS4 的文本编辑

4.3.1　插入文本

要向 Dreamweaver CS4 的文档中添加文本，有三种方式可以选择：第一种方式是直接在 Dreamweaver CS4 的“文档”设计窗口中通过键盘输入文本；第二种方式就是可以通过复制、剪切并粘贴来插入文本；第三种方式就是直接从 Word 文档中导入文本。下面我们就会别来看一看这三种方式的操作。

在设计窗口的空白区域单击鼠标，设计窗口当中就会出现闪动的光标，提示文字的起始位置。如果选择自行输入文字，那么我们就可以从起始位置开始输入文字，这种方式和在文本编辑软件中输入文字没有什么区别。

如果选择是从别处粘贴文字，首先选择好要粘贴的文字内容，并将其复制。然后在文本编辑区指定起始位置，并在此处单击鼠标右键，在弹出菜单中选择“粘贴”或“选择性粘贴”命令就可以将文字粘贴到文本编辑区当中，如图 4-14 所示。

当然还可以选择从 Word 将文字导入进来。那么如何从 Word 文档中导入文字呢?

单击“文件→导入→Word 文档”命令，系统就会弹出一个名为“导入 Word 文档”的对话框，在此对话框中找到要导入的文档，选中并单击“打开”按钮，即可完成 Word 文档的导入。下面导入一个 Word 文档试一试，如图 4-15 所示。

从中选择名为“静夜思”的 Word 文档，选中后单击“打开”按钮，如图 4-16 所示。

Word 文档中的内容一字不漏地导进来了!看来 Adobe 公司进行软件设计的时候，非常人性化，知道绝大多数人习惯使用 Word 来进行文本编辑，所以就增加了这项功能。那也就是说，如果在 Dreamweaver CS4 想输入大量的文字，我们就可以先在 Word 中进行输入，输入完毕之后导入到 Dreamweaver CS4 中。

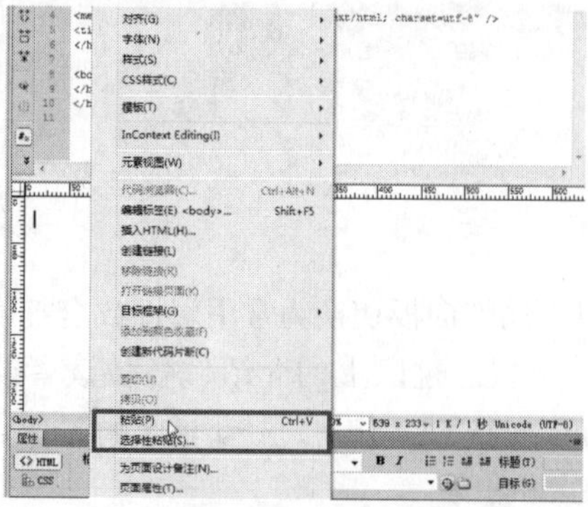

图 4-14

图 4-15

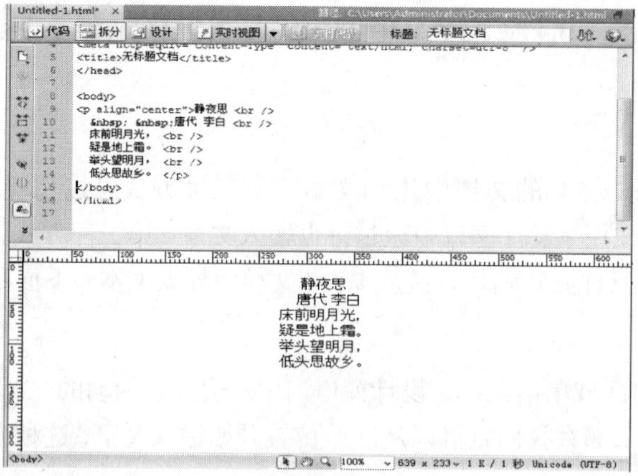

图 4-16

4.3.2 编辑文本格式

微软公司的 Word 字处理软件应该是我们使用次数最多的一种文本编辑软件，利用 Word 可以对文字进行非常复杂的格式编排，以满足我们对于文本编辑的需要。而 Dreamweaver CS4 的主要功能是在进行网页编辑，虽然具有一定的文本编辑功能，但它的这种文本编辑功能是不能和专业的文本编辑软件相提并论的，这一点大家要注意，毕竟是术业有专攻，侧重点是不一样的。

基于这一点，所以 Dreamweaver CS4 所能设置的文本格式就非常简单，只有段落和标题两种格式。说简单一点，所谓段落格式就是指把指定的文字规定为段落，如果改变这个段落的格式，那么这个段落的所有文字格式都会随之发生变化；标题格式就只是把选中的文字根据选择的标题级数的不同而改变这些文字的大小。

比如我们现在在 Dreamweaver CS4 的文本编辑窗口中输入了一段文字，如图 4-17 所示。

现在我们将鼠标移到设计窗口区中，按住鼠标左键，从这段文字的开始进行拖动，一直拖到段尾，从而选中这一段文字。选中之后，我们在属性面板中“格式”后的下拉列表框中选择“段落”选项把选中的文本设置成段落格式，如图 4-18 所示。

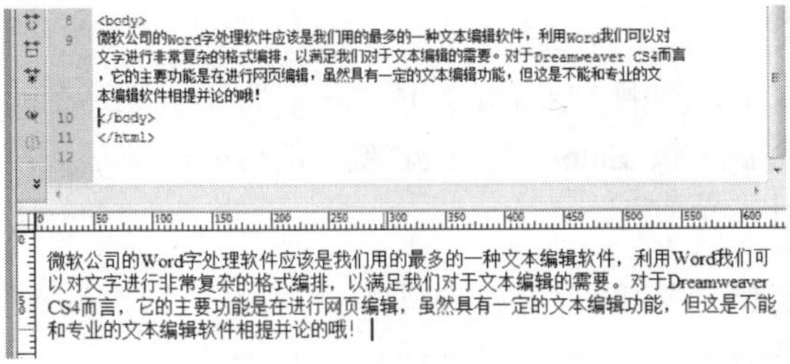

图 4-17

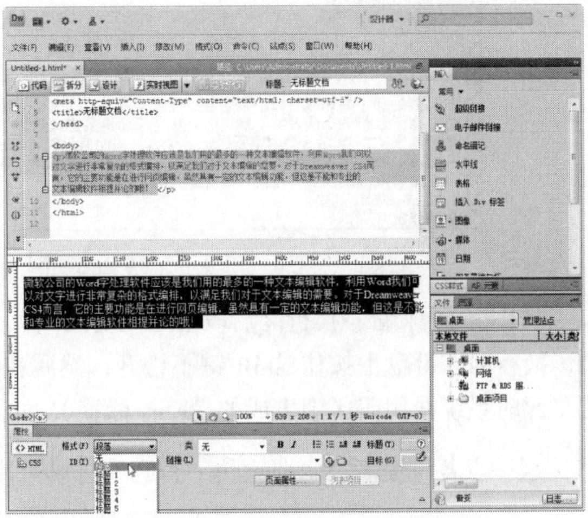

图 4-18

对比设置段落格式前后文本编辑区的文字没有什么差别，但仔细看一下前后两次的代码设计区，就会看到差别！文本设置为段落之后，在代码区的那一段文字前后加了一对标签<p>和</p>，这就表明这一对标签中间的内容就是一个段落。

当然也可以选择格式为“标题 1”到“标题 6”各级标题，这些主要应用于网页的标题部分。对应的字体由大到小，同时文字全部加粗。这里大家可以自己分别试一试，看每级标题都有些什么不同。

除此以外，我们还是可以对文本做一些简单的排版，比如设定文字的字号、颜色、加粗、加斜、水平对齐等内容。这些功能是要通过在“格式”菜单中的命令实现的。

4.3.3　文字的其他设置

1. 文本换行

当我们在 Dreamweaver CS4 的设计窗口中输入大量文字时，很有可能存在文字换行的问题。在一般的文字编辑软件当中，我们要想进行换行操作，是一件非常简单的事情，只需要在键盘上按 Enter 键即可。

事实上，在 Dreamweaver CS4 中，也可以直接在键盘上按 Enter 键进行换行。但是有一点我们要注意，那就是在 Dreamweaver CS4 中通过 Enter 键换行的行距较大（在代码区中我们可以看到，系统已经生成了一对<p></p>标签），如图 4-19 所示。

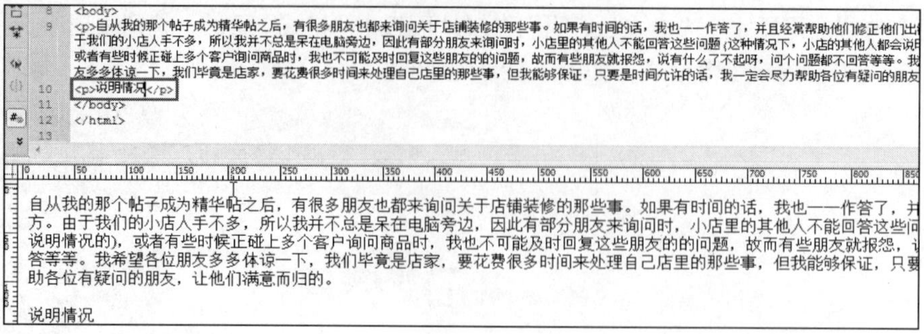

图 4-19

从图 4-19 来看，换行之后段落之间的距离太大了，影响了文字的整体效果。为了解决这个问题，换行时在键盘上按住 Shift 键不松开，然后在键盘上按 Enter 键，此时换行的行间距就是正常的（此时系统在代码区中生成的是
标签），如图 4-20 所示。

这一点各位读者一定要记住，否则到时候可能又要“抓瞎”了。

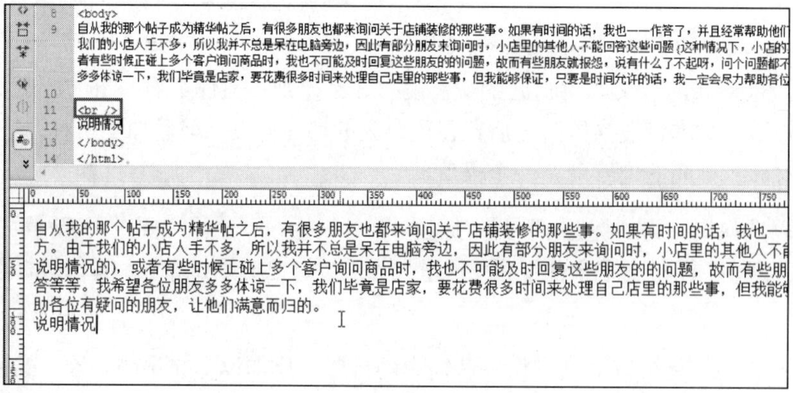

图 4-20

2. 文本空格

在 Dreamweaver CS4 的设计窗口区输入文本时，在默认情况下是不允许输入多个空格的。但事实上，在文字分段的段首或者特殊情况下，需要输入多个空格时，这该如何解决呢？

事实上，Dreamweaver CS4 也考虑到这点，只不过是在默认情况下是不允许。为了能够输入多个连续的空格，这里选择“编辑→首选参数…”命令。

系统就会弹出一个名为“首选参数”的对话框，在弹出对话框中左侧的分类列表中选择“常规”选项，然后在右边选择“允许多个连续的空格”选项，如图 4-21 所示。

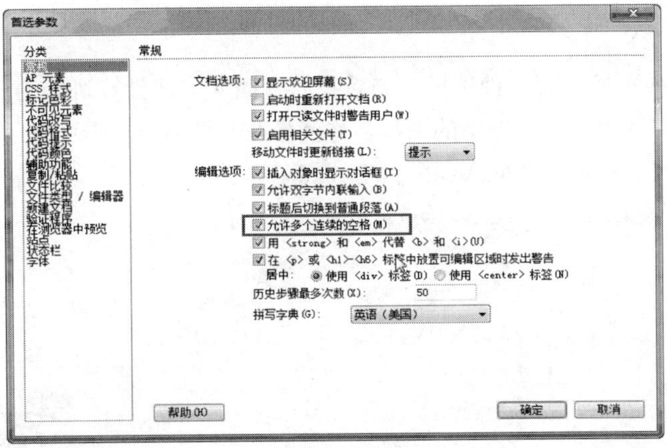

图 4-21

选择之后，单击“确定”按钮，此后我们就可以直接按空格键为文本添加空格了。

4.4　Dreamweaver CS4 中图像操作

各位卖家在使用促销模板和宝贝描述模板时，经常要插入宝贝图片。如果您对模板代码不是很熟悉的话，就会造成图片插入后模板都变形，非常难看。但是这件工作如果放在 Dreamweaver CS4 中来做的话，就会变得异常轻松。

4.4.1　插入图像

插入图像时，将光标定位在设计窗口区中需要插入图像的位置，然后在插入面板中选择“常用”项，在这里我们就可以找到“图像”按钮，如图 4-22 所示。单击此按钮，就会弹出一个下拉菜单，如图 4-23 所示。

图 4-22

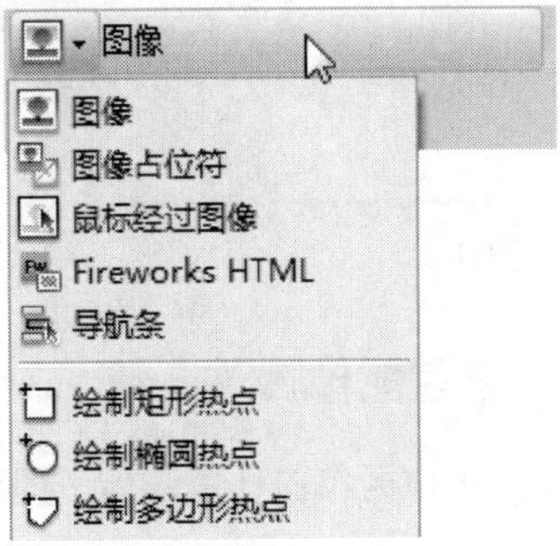

图 4-23

在这个弹出的菜单中选择“图像”选项，此时系统就会弹出名为“选择图像源文件”的对话框，如图 4-24 所示。

此时，我们有两种选择。第一种选择，如果我们要插入本地计算机上的图片，就可以在本地计算机上找到该图片并选中，此时选中的图片名称就会在文件名对话框中显示，如图 4-25 所示。然后单击“确定”按钮，就把图像插入到网页中，如图 4-26 所示。

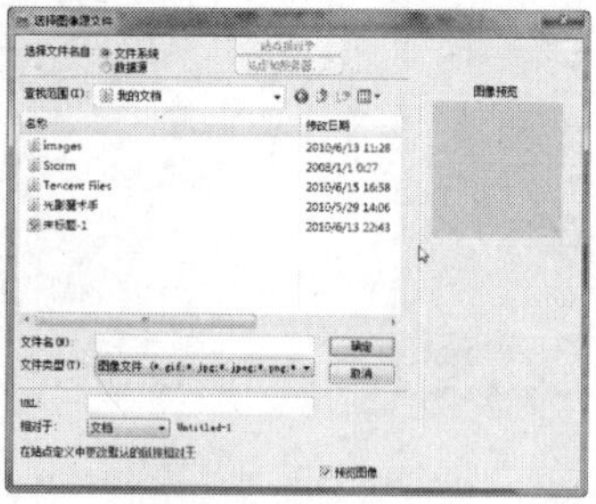

图 4-24

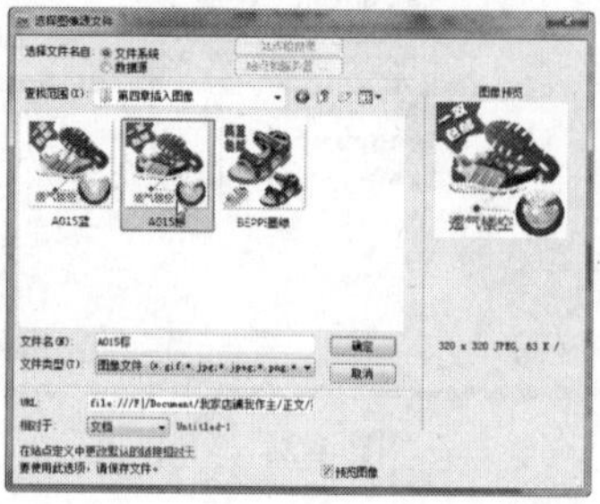

图 4-25

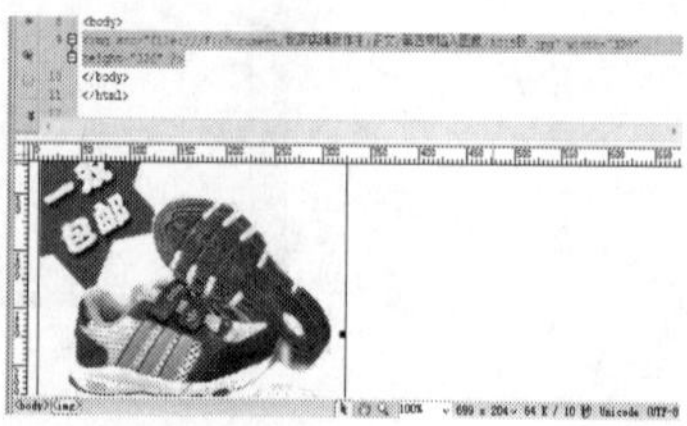

图 4-26

第二种选择，如果我们事先已经把图片上传到网络空间当中，此时想把这张图片插入到网页中，就可以进行如下操作。首先在自己的网络图片空间中找到自己所需要插入图片的地址，并复制下来。然后在弹出“选择图像源文件”对话框中的“URL：”文本框中清除原有的内容，粘贴上所要复制的图片地址，如图 4-27 所示。

此时，文件名中会自动显示当前要插入的文件名称，单击“确定”按钮，就完成了自己图片空间的图片插入了，如图 4-28 所示。

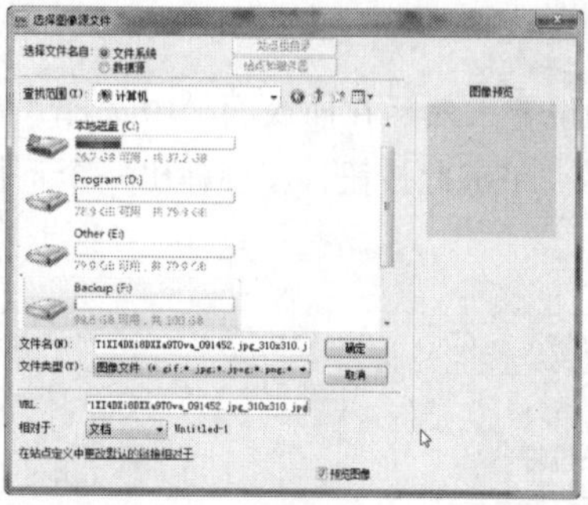

图 4-27

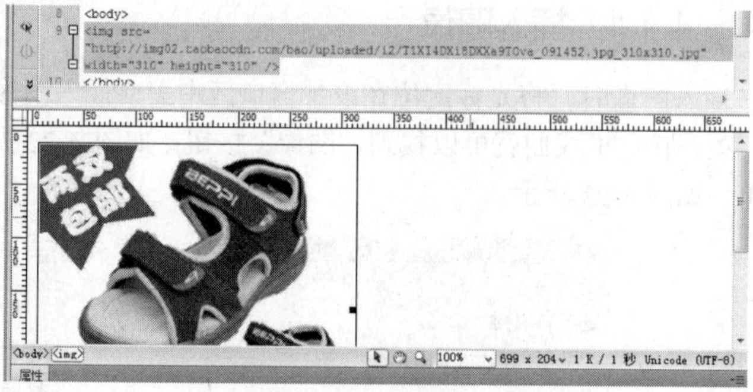

图 4-28

4.4.2 设置图像属性

用鼠标在设计窗口区单击任意图像，即可选中该图像，此时在属性面板中显示出图像的属性，如图 4-29 所示。

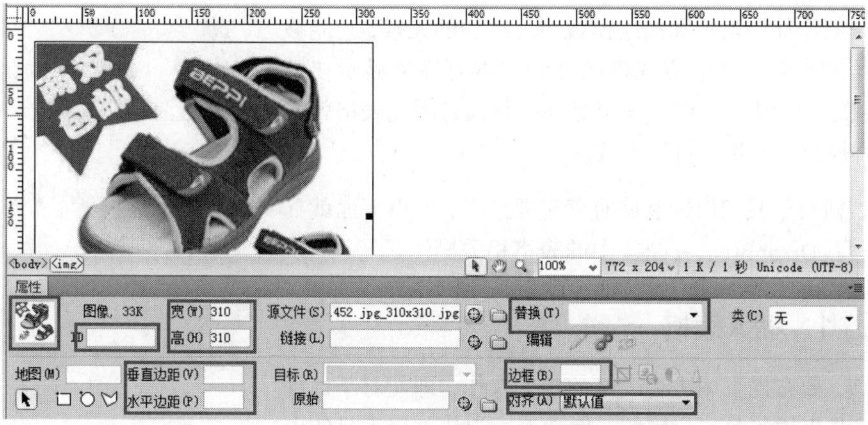

图 4-29

在属性面板的左上角，显示当前图像的缩略图，同时显示图像的大小。在缩略图右侧有一个文本框，在其中可以输入图像标记的名称。

图像的大小是可以改变的，当图像的大小改变时，属性栏中“宽”和“高”的数值会以粗体显示，并在旁边出现一个弧形箭头，单击它可以恢复图像的原始大小，如图 4-30 所示。

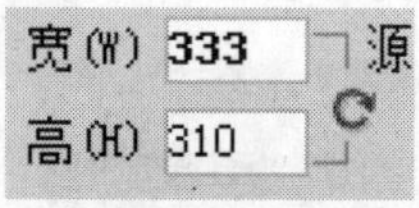

图 4-30

“水平边距”和“垂直边距”文本框用来设置图像左右和上下与其他页面元素的距离。

“边框”文本框是用来设置图像边框的宽度，默认边框宽度为 0。

“替换”文本框用来设置图像的替代文本，可以输入一段文字，当图像无法显示时，将显示这段文字。

在属性面板中，“对齐”下拉列表框是设置图像与文本的相互对齐方式，共有 10 个选项。通过它，我们可以将文字对齐到图像的上端、下端、左边和右边等，从而可以灵活地实现文字与图片的混排效果。

4.5　Dreamweaver CS4 中表格操作

如图 4-31 所示，在这个模板中有一个区域是“联系我们”模块。

有不少朋友照着此模块进行制作，但是怎么也达不到如图 4-31 所示的这个排版效果！其实我就是用了表格来规划各个项目的排放位置，从而达到了整齐美观的效果。

表格是制作促销模板和描述模板不可缺少的元素，它能够以简洁明了和高效快捷的方式将图片和文本有序地显示在模板规定区域之上，从而可以设计出漂亮的页面，因此表格就成为制作各种模板最常用的排版方式。

鉴于表格对于我们店铺装修有着重要意义，所以下面就具体来讲解一下 Dreamweaver CS4 中的表格相关操作。

图 4-31

4.5.1 插入表格

在以前，要在网页中进行表格的相关操作，即便对于训练有素的程序员来说也是一个噩梦。但随着可视化编辑工具的出现，这种操作就已经变成一件异常轻松的任务。

在 Dreamweaver CS4 中向网页中插入表格的操作是就更加简单。在设计窗口区中，将光标定位在要插入表格的地方，在插入面板中选择“常用”项，在这里我们就可以找到“表格”按钮，如图 4-32 方框所标明的位置处。

单击此按钮，系统就会弹出一个名为“表格”的对话框，如图 4-33 所示。

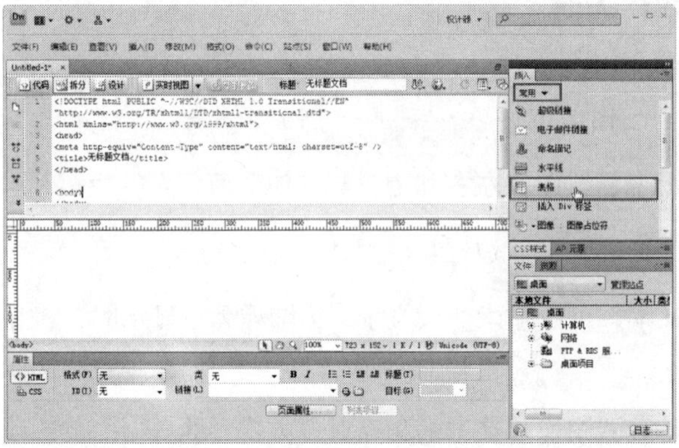

图 4-32

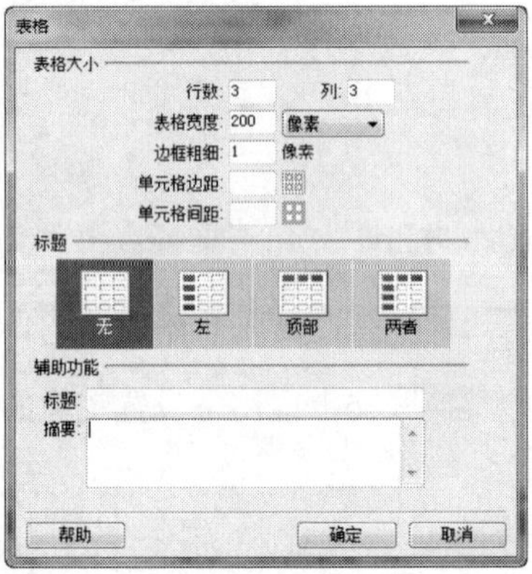

图 4-33

在这里，我们就详细说一下各个参数的含义。为了方便说明，我们使用一个示例图片作以辅助说明，如图 4-34 所示。

其中，关于表格对话框中的各项参数的意义如下。

“行数”文本框 行数: 3 ：用来设置表格的行数，图 4-34 中的表格为两行。

“列”文本框 列: 3 ：用来设置表格的列数，图 4-34 中的表格为两列。

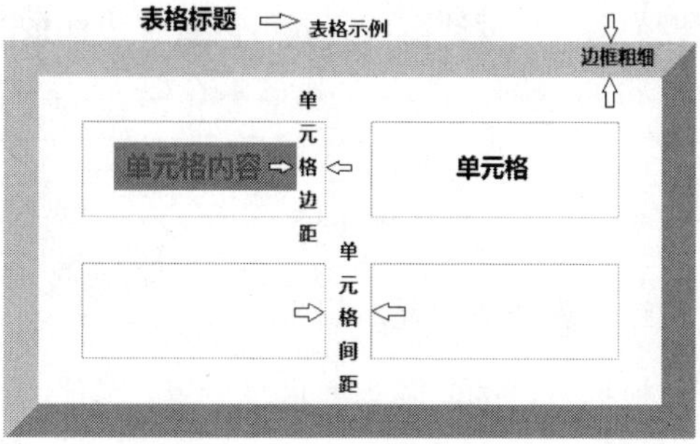

图 4-34

“表格宽度”文本框 表格宽度: 200 像素：用来设置表格的宽度，可以填入数值，在紧随其后的下拉列表框中设置宽度的单位，其中有两个选项——百分比和像素。当宽度的单位选择百分比时，表格的宽度会随浏览器窗口的大小而改变，如果单位选择像素时，表格的宽度就固定下来，不会随浏览器窗口的大小而改变。

“边框粗细”文本框 边框粗细: 1 像素：用来设置表格的边框的宽度。

“单元格边距”文本框 单元格边距:：用来设置单元格的内部空白的大小，也就是单元格内所填内容和单元格边框的距离。

“单元格间距”文本框 单元格间距:：用来设置单元格与单元格之间的距离。

“标题”选择项 标题：用来确定表格的行首和列首是否为行列标题，也即是否为表头，如果是则此行列的文字内容以标题格式显示。

“标题”文本框 标题:：用来定义整个表格的标题。

“摘要”：可以在这里对表格进行注释，这里的注释内容在设计窗口区是不可见，只会显示在代码区中。

在这几个参数当中，对淘宝卖家而言，真正要使用到的只是前六项，并且在做模板时为了精确显示样式，在设置表格宽度时一般选择“像素”作为表格宽度的单位，这样就可以保证我们的模板在显示时不会由于浏览环境的变化而产生变形。

对于边框的宽度一般都设置为 0，这样就可以避免在显示时出现表格的线条，如图 4-35 所示。

1	2
3	4

图 4-35

这个表格的边框宽度设为 0，在设计窗口区就可以看到边框是以虚线表示，而在浏览器中显示没有任何表格的痕迹。

如果我们将表格的宽度设为 1，在设计窗口区就可以看到边框是以实线表示，如图 4-36 所示。

1	2
3	4

图 4-36

在浏览器显示时也就会把这个表格边框显示出来。

单元格的边距和间距可以根据自己的实际需要进行设置，其他的参数保持默认设置就可以了。

4.5.2 选择表格对象

在计算机中，如果想对任何一种对象进行具体的操作，就必须要保证当前这种对象已经被选中，在 Dreamweaver CS4 中对表格操作也同样如此。

在 Dreamweaver CS4 中，一个完整的表格当中包括表格、行、列和单元格四种对象。我们在后面对于表格、行、列及单元格的属性设置就是以选择这些对象为前提的。那么在 Dreamweaver CS4 中对于这些表格对象的选择有哪些要注意的地方呢？

1. 选择整个表格

整张表格的选择方式有很多，主要包括以下几种。

（1）在设计窗口区的表格任意单元格中单击鼠标，将光标定位在该单元格中。定位之后，单击鼠标右键，系统此时会弹出一个菜单，在此菜单中单击“表格→选择表格”命令，系统就会选中整个表格了，此时在代码区整个表格的代码呈现选中状态，设计窗口区上的表格外围就出现一个黑色选择框，如图 4-37 所示。

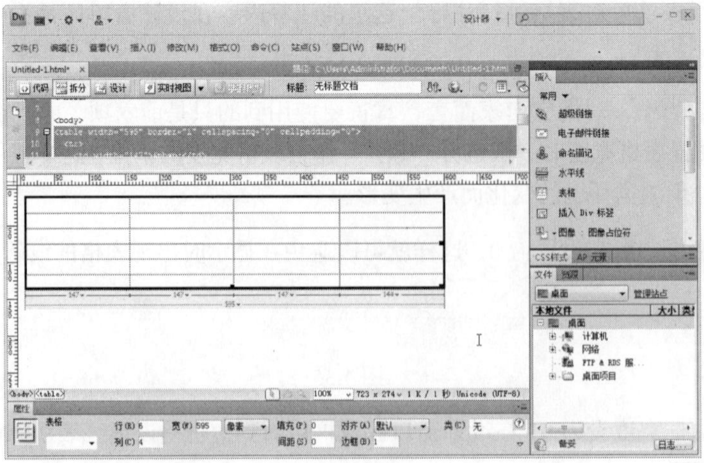

图 4-37

（2）将鼠标指针移动到设计窗口区的最左侧，当鼠标指针变成如“ ”形状，单击鼠标即可选中整个表格，如图 4-38 所示。

（3）用鼠标在表格内任意单元格单击，将鼠标指针移到状态栏上，单击“<table>”标签，即可选中整个表格，如图 4-39 所示。

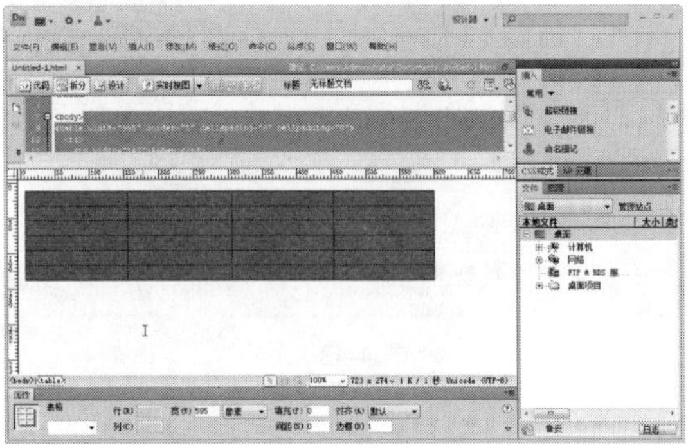

图 4-38

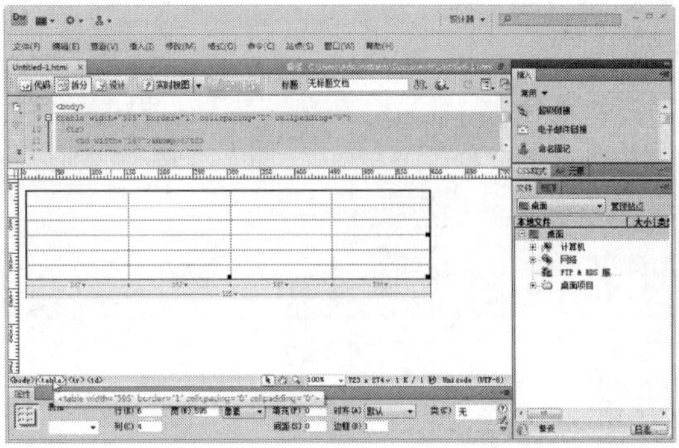

图 4-39

2. 选择单元格

（1）选择单个单元格：将鼠标指针移到表格之上，按住 Ctrl 键，此时鼠标指针变为“ ”形状，单击任意一个单元格即可选中所单击处的单元格。此时在代码区和设计区均有提示，如图 4-40 所示。

或者用鼠标左键在欲选中的单元格内单击一下，然后用鼠标单击状态栏上的“<td>”标签，也可选中此单元格，如图 4-41 所示。

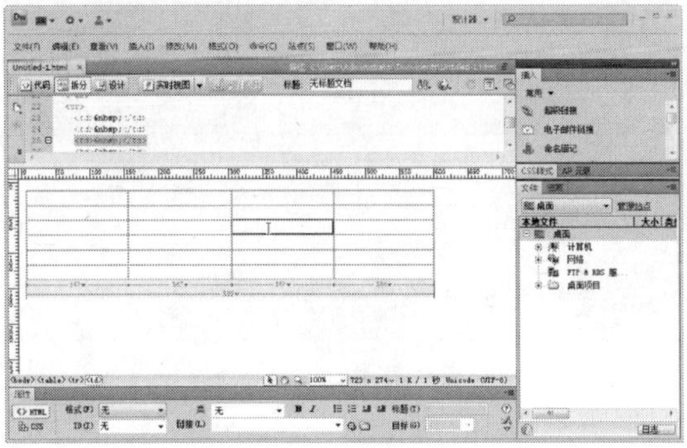

图 4-40

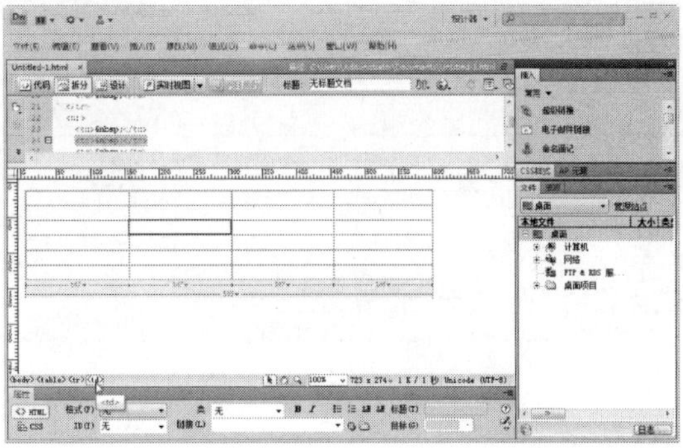

图 4-41

（2）选择连续相邻的几个单元格：按住鼠标左键从一个单元格的一侧开始向要连续选择单元格的方向拖动即可完成选择，如图 4-42 所示。

（3）选择不相邻的多个单元格：将鼠标指针移到表格之上，按住 Ctrl 键，此时鼠标指针变为

“↖□”，连续单击要选择的单元格即可选中所单击处的单元格，而不论这些单元是否相邻均可选取，如图 4-43 所示。

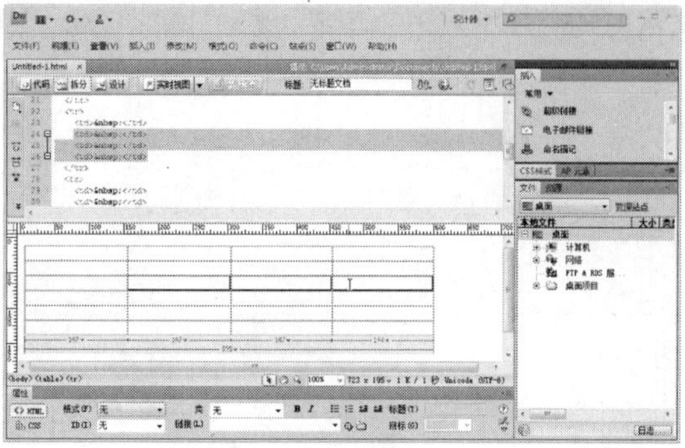

图 4-42

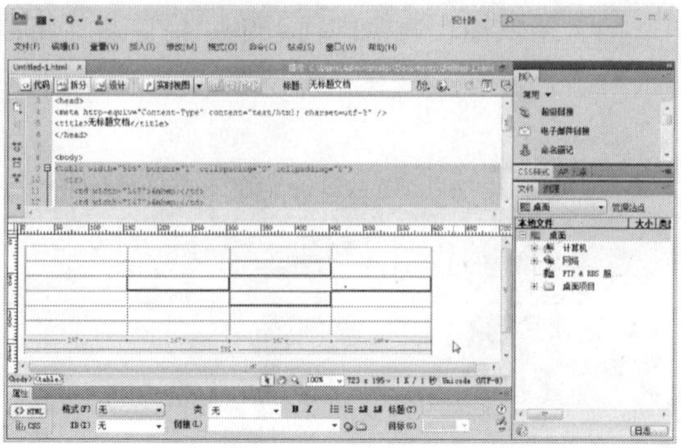

图 4-43

3. 选择行

将鼠标指针移到欲选择的某一行最左侧，当鼠标指针变成“ ➡”形状时，单击鼠标即可选中该行，如图 4-44 所示。

4. 选择列

将鼠标指针移到欲选择的某一列的最上侧，当鼠标指针变成“ ⬇”形状时，单击鼠标左键即可选中该列，如图 4-45 所示。

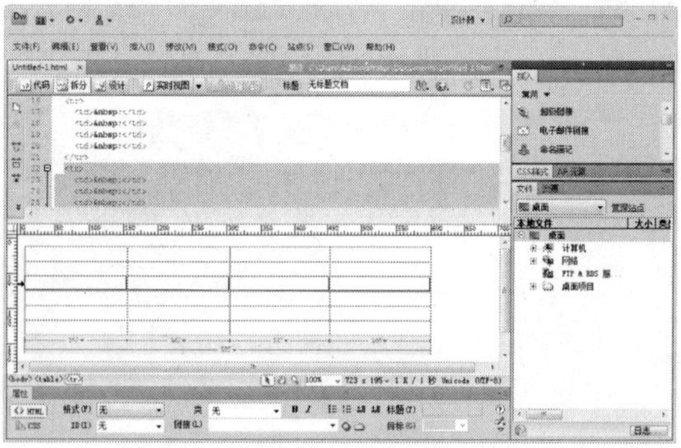

图 4-44

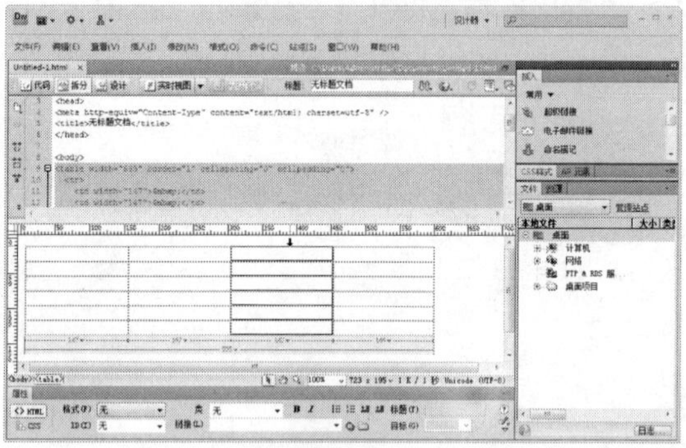

图 4-45

4.5.3 表格及单元格属性设置

1. 设置表格属性

在 Dreamweaver CS4 选中一个表格后，可以通过最下面的属性面板来更改表格的属性。默认情况下表格可供更改的属性只有面板中显示的几种，事实上在属性面板中单击“▽”按钮，即可展开表格的更多属性，如图 4-46 所示。

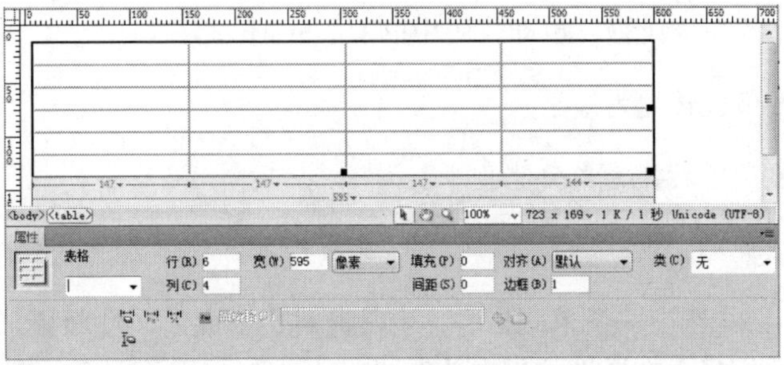

图 4-46

下面我们对这些属性一一作以说明。

表格：此选项主要用来设置表格的 ID 值。设置之后会在代码区中显示。比如在这里我设置表格的 ID 值为“mytable”，可以看到代码区中也会发生变化，如图 4-47 所示。

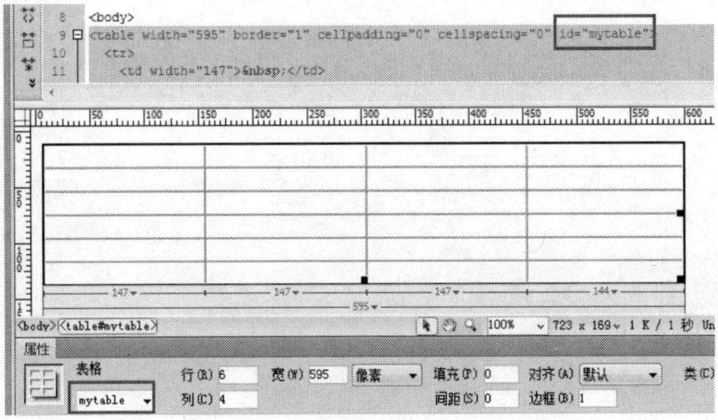

图 4-47

行(R) 6 列(C) 4：用来设定该表格的行列数。

宽(W) 595 像素：用来设定表格的宽度，并可以在其后选择单位。

填充(P) 0：用来设置单元格边距，也即单元格中的内容与边框的距离。

间距(S) 0：用来设置单元格间距，也即两个单元格之间距离。

对齐(A) 默认：用来设置表格在网页中的对齐方式。共分为“左对齐”、“居中对齐”和“右对齐”三种方式。

边框(B) 1：用来设置表格边框线的宽度。

类(C) 无：用来设置表格的 CSS 样式。

：取消单元格的宽度设置，也即代码中的 width 值。

：取消单元格的高度设置，也即代码中的 height 值。

：将表格宽度单位转化为像素。

：将表格宽度单位转化为百分比。

2. 设置单元格属性

在 Dreamweaver CS4 选中一个单元格后，也是通过最下面的属性面板来更改单元格的属性。和表格的属性不同，我们只要在属性面板中单击“▽”按钮，即可展开单元格的属性，如图 4-48 所示。

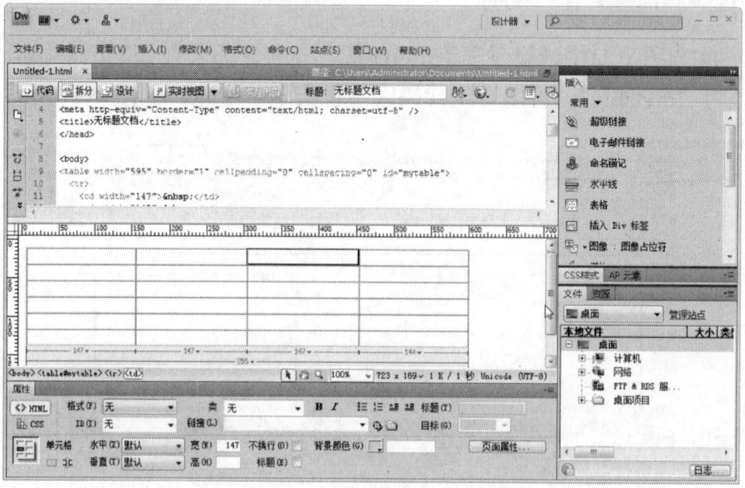

图 4-48

水平(Z) 默认 ：用来设置单元格内元素的水平排版方式，总共有居左、居右或居中三种选择。

垂直(T) 默认 ：用来设置单元格内的垂直排版方式，分为顶端对齐、底端对齐或居中对齐三种方式。

宽(W) ：用来设置单元格的宽度。

高(H) ：用来设置单元格的高度。

不换行(O) ：选中此复选框能防止单元格中较长的文本自动换行。

标题(E) ：选中此复选框使选择的单元格成为标题单元格，该单元格内的文字自动以标题格式显示出来。

：用来设置该单元格的背景颜色。

在这里还有一个关键问题，就是单元格背景图像的设置。在以前版本中我们还可以在属性面板中直接对单元格的背景设置图片，现在 Dreamweaver CS4 在属性面板中已经将其取消了，不管是什么原因，这个设置是我们在制作模板时必须要使用的功能。

我们先来解释一下，在制作模板时为什么必须采用设置单元格背景来进行制作。为了说明这个问题，我们还是先来看一个实例吧，如图 4-49 所示。

这是我以前所做的一个促销模板。为了保证模板的整体效果，整个模板在 Photoshop 中是用一整幅图片制作的，图片制作完成后利用了切片工具按照规划进行了如图 4-50 所示切片安排。

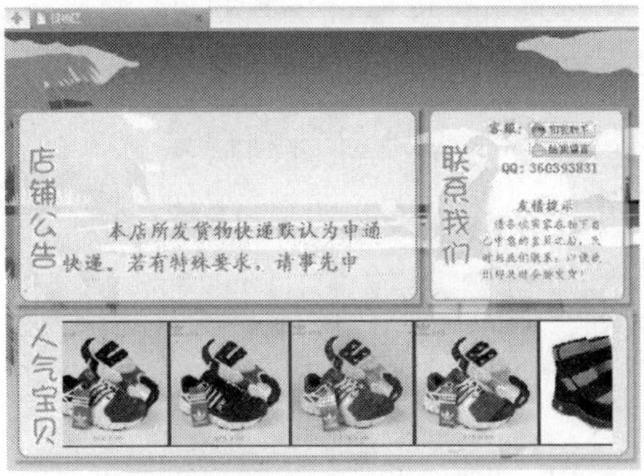

图 4-49

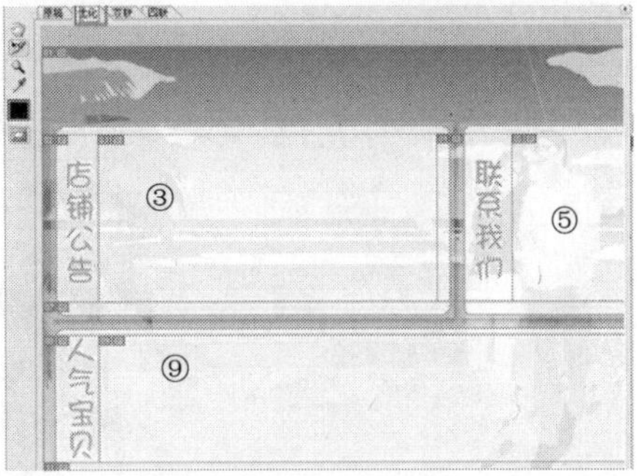

图 4-50

其中 3 号切片所在区是用来显示店铺公告文字内容的，5 号切片区域是用来显示我们的联系方式，9 号切片区是用来滚动显示我们的宝贝图片。这个促销模板切片之后各个切片的位置是用表格组织起来的，那么也就是说 3 号、5 号和 9 号切片都各自占用了一个单元格。现在出现一个问题，这几个单元格已经被三个图片占据了，那其他内容怎么放在里面，并且还要分别放在这三个图片的上面保证图片整体的一致性？

各位读者可以在 Dreamweaver CS4 中试一下，在一个单元格中插入图像，然后在这个单元格中加入文字，看看文字和图片的位置是一种什么关系，如图 4-51 所示。

从图 4-51 中不难看出，这个单元格的图片和文字并不是文字叠加在图片之上，而是一种并行排列的关系。那怎么样才能让同一个单元格的文字叠加在图片之上呢？那就必须经过一种特殊设置，这个设置就是把图片设定为单元格的背景，相当于是把图片置于底层，然后正常输入文字，文字在单元格中就会显示在图片上面。

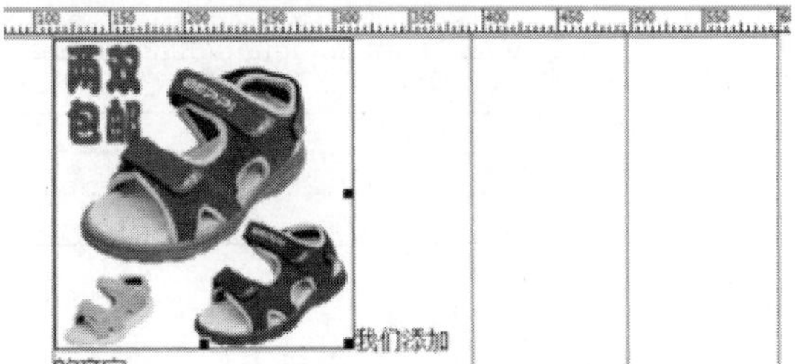

图 4-51

由于 Dreamweaver CS4 在单元格的属性面板中已经取消了单元格背景图片的设置这个选项，我在刚使用 Dreamweaver CS4 时也感到非常棘手，不知怎么解决这个必须解决的问题。经过一番研究之后，我发现可以通过以下方式来为单元格添加背景图片。

首先在表格中单击要设置背景的单元格，如图 4-52 所示。

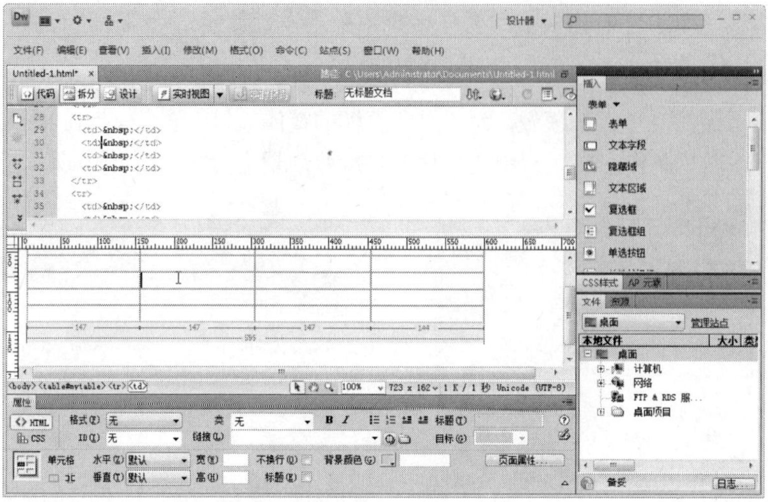

图 4-52

怎么样？代码区的光标是不是也随之发生变化了。现在它是出现在“<td>”和“ </td>”之间。接下来我们就要开始在代码区中进行操作了。在代码区中将光标的位置重新定位，让其在“<td”和“> </td>”之间出现，这个操作说起来很长，实际上只要我们用鼠标在代码区中“<td”之后单击一下就行了，如图 4-53 所示。

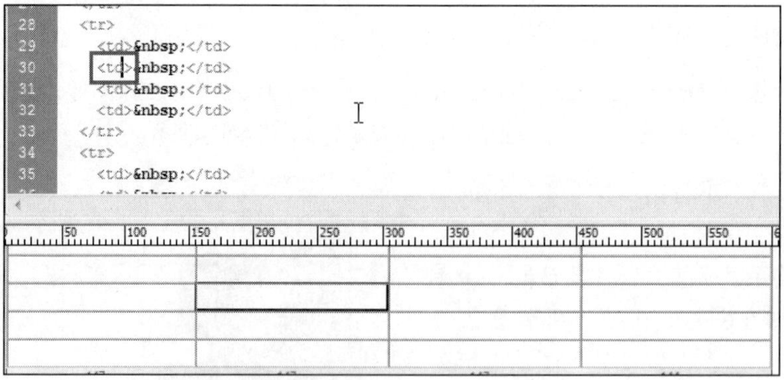

图 4-53

光标重新定位之后，在键盘上按空格键，此时 Dreamweaver CS4 会自动弹出一个单元格属性选择下拉列表框，如图 4-54 所示。

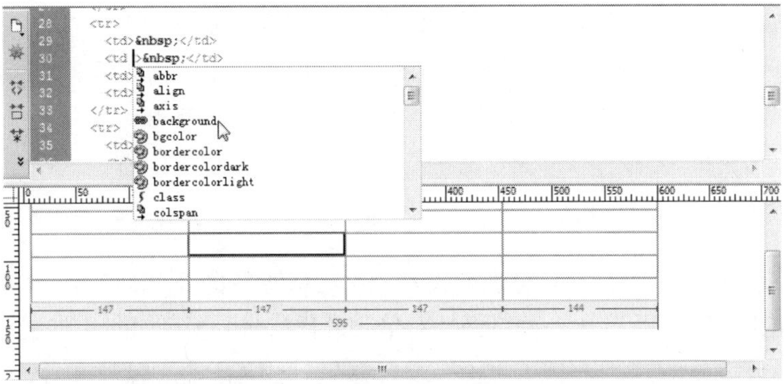

图 4-54

在图 4-54 光标所指位置有一个“background”，这就是单元格的背景属性，双击此项，再来看看代码窗口区的变化，如图 4-55 所示。

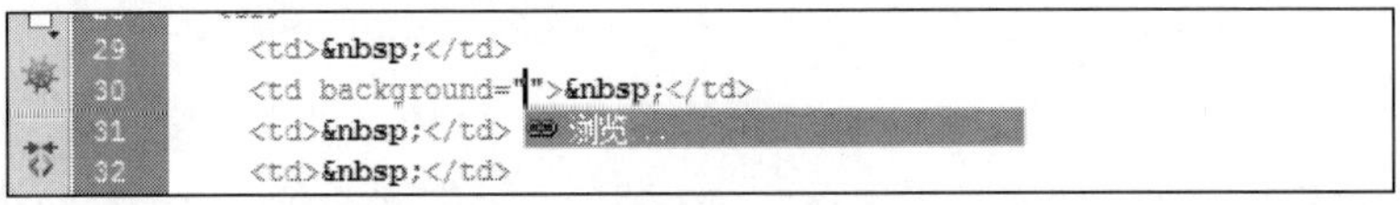

图 4-55

此时“<td”之后出现了“background= ＂|＂”，并在其下有一个“浏览”按钮，用鼠标单击此处，Dreamweaver CS4 就会弹出一个名为“选择文件”的对话框，在此对话框中找到你要设置为单元格背景的图片，选择之后并单击“确定”按钮即可将选中的图片作为单元格的背景，如图 4-56 所示。

单击“确定”按钮之后，我们再来看一看表格中的变化，如图 4-57 所示。

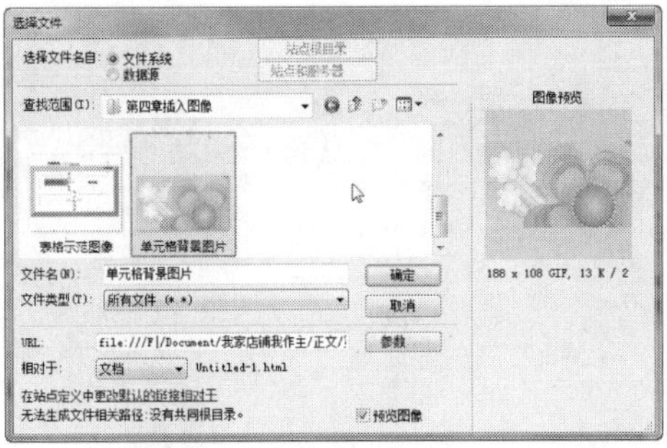

图 4-56

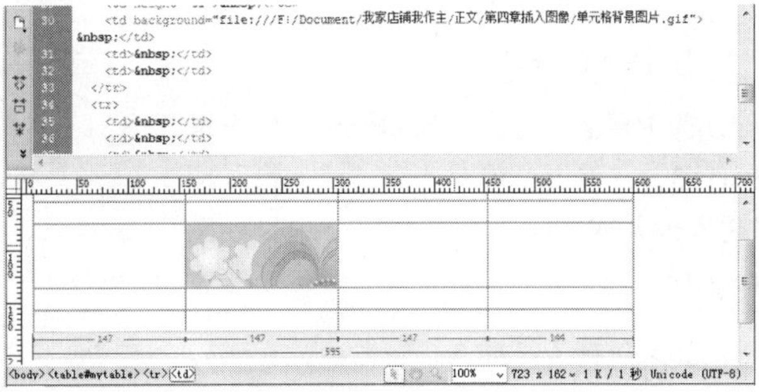

图 4-57

我们所选择的图片已经作为单元格的背景被插入进来了。

用鼠标在设计窗口区中单击被插入图片的单元格，重新输入“我们在 Dreamweaver CS4 成功插入单元格背景图片哦!”如图 4-58 所示。

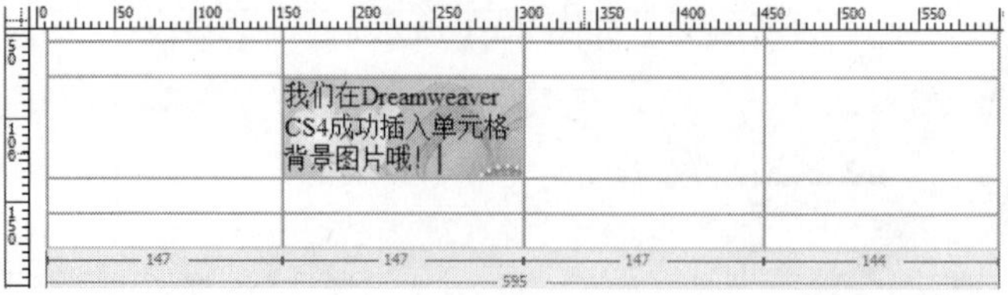

图 4-58

现在文字出现在图片之上，并且把图片设置成单元格背景之后，随着单元格的高度和宽度的变化，背景图片也会随之发生变化，始终保持对单元格背景的填充，如图 4-59 所示。

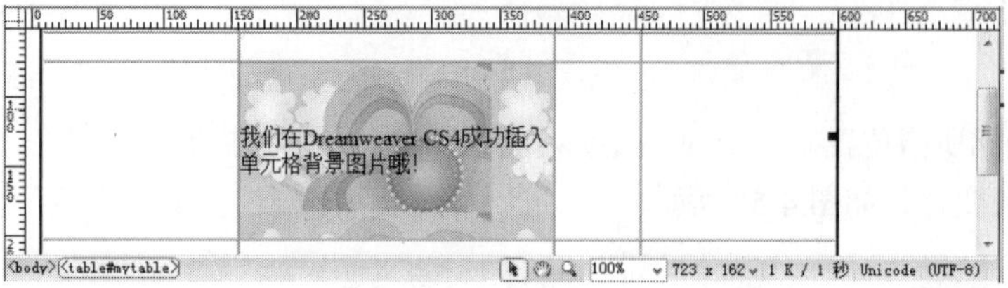

图 4-59

由于这是一个难点问题，所以希望想自己动手装修店铺的读者在这里一定要熟记操作方式，因为在以后的章节中经常要使用这种设置。

4.5.4 表格的其他操作

我们在使用表格进行页面布局时，有时会由于设计的变化，从而导致原来的表格结构要发生变化，此时就需要对表格进行相应的调整。

对于表格的调整主要存在以下几种操作。

1. 插入行或列

选中要插入行或列的单元格，单击鼠标右键，在弹出菜单中选择“插入行”或“插入列”或“插入行或列”命令，如图 4-60 所示。

如果选择了“插入行”命令，在选择行的上方就插入了一个空白行，如果选择了“插入列”命令，就在选择列的左侧插入了一列空白列。

图 4-60

如果选择了“插入行或列”命令，会弹出“插入行或列”对话框，可以设置插入行还是列、插入的数量，以及是在当前选择的单元格的上方或下方、左侧或是右侧插入行或列，如图 4-61 所示。

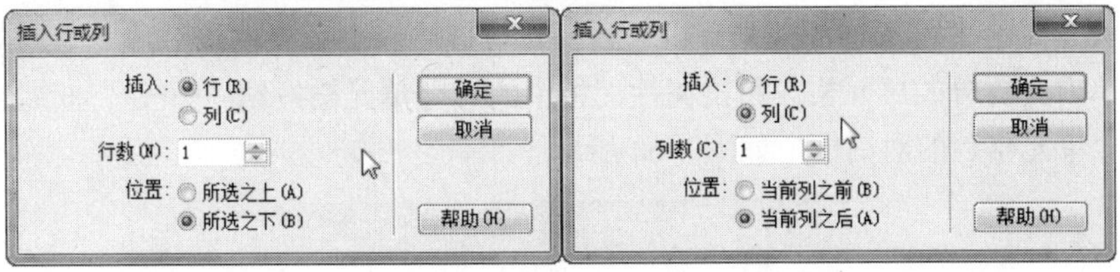

图 4-61

2. 删除行或列

选中要删除的行或列，单击鼠标右键，在弹出菜单中选择“删除行”或“删除列”命令即可，如图 4-62 所示。

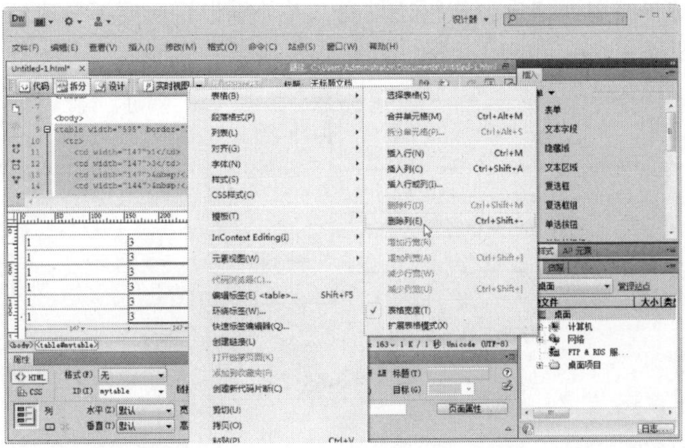

图 4-62

3. 合并单元格

选中要合并的几个单元格，单击属性面板中的合并单元格按钮“ ”，就可以将所选择的单元格合并成一个单元格。如果原有单元格中存在内容，那么原来的那些内容也会组合在一起，放在新的单元格中。我们可以看一看合并前后的对比效果，如图 4-63 所示。

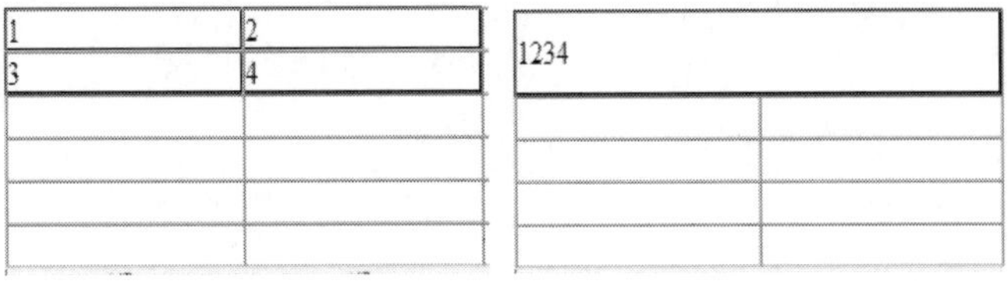

合并前　　合并后

图 4-63

4. 拆分单元格

拆分单元格是合并单元格的逆操作，这种操作可以将一个单元格拆分成几个相邻的单元格。首先用鼠标单击要拆分的单元格，单击属性面板中的拆分单元格按钮“”，此时系统会弹出一个名为“拆分单元格”的对话框，如图 4-64 所示。

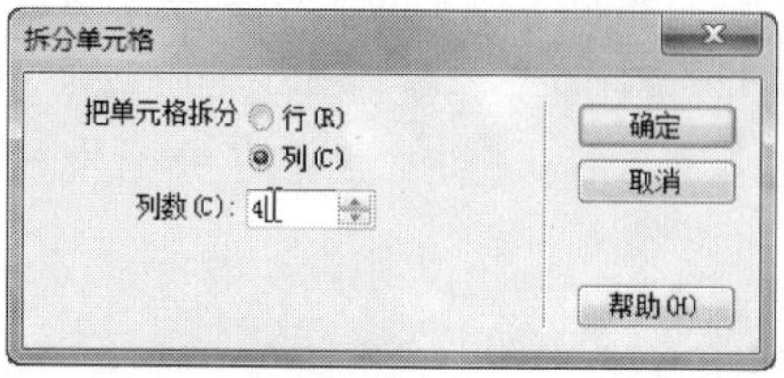

图 4-64

在此对话框中选择将单元格拆分成行还是列，并分别设置所要拆分成的行列数，设置完毕后单击“确定”按钮即可完成单元格的拆分，如图 4-65 所示。

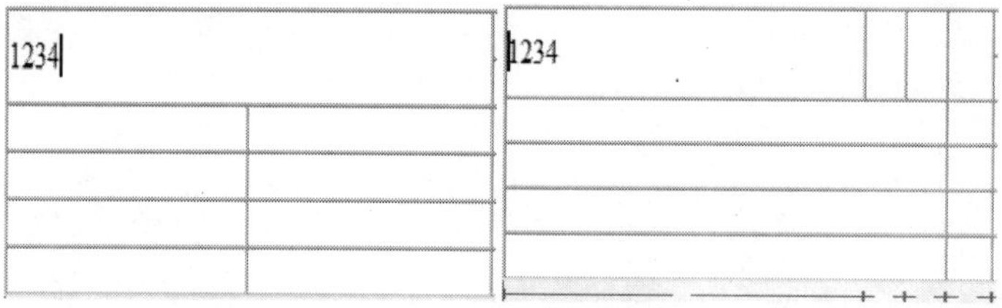

图 4-65

4.5.5 表格的嵌套

在制作模板时，特别是在制作宝贝描述模板时，网页的排版有时会很复杂，如果只用一个表格来控制总体布局，内部排版的细节也通过总表格来实现，容易引起行高列宽等的冲突，会给表格的制作带来困难，如图 4-66 所示。

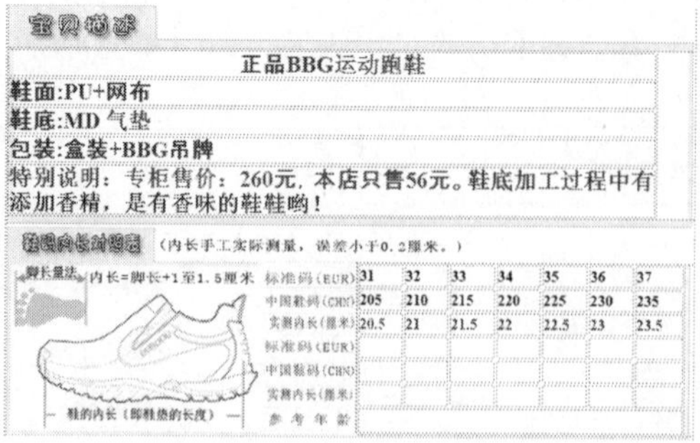

图 4-66

如图 4-66 所示，这是客必隆鞋城的宝贝描述模板在设计窗口区的部分截图。这里面包括了宝贝描述和鞋码内长对照表两部分。本来整个描述模板就用一个表格组织起来的，但是如果在宝贝描述加入描述内容，在鞋码内长对照表中加入对照数值，只有一个表格几乎是没有办法完成这个任务，因此我在宝贝描述和鞋码内长对照表所在单元格内各加了一个表格，用单元格中的表格再来进行具体的内容排版。

那么这种表格之中还有表格就称之为表格嵌套。我们这样做的目的就是让总表格负责整体排版，由嵌套的表格负责各个子栏目的排版，并插入到总表格的相应位置中，互不冲突。

通过这种嵌套表格的方式，任何复杂的模板制作就不在话下了。那在 Dreamweaver CS4 中如何进行表格的嵌套呢？先在窗口设计区中按照我们自己的事先规划插入一个总表格，如图 4-67 所示。

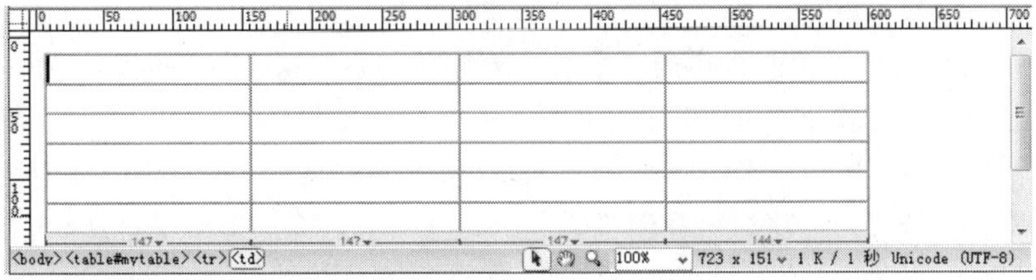

图 4-67

然后将光标置于要插入嵌套表格的地方，继续插入表格即可，如图 4-68 所示。

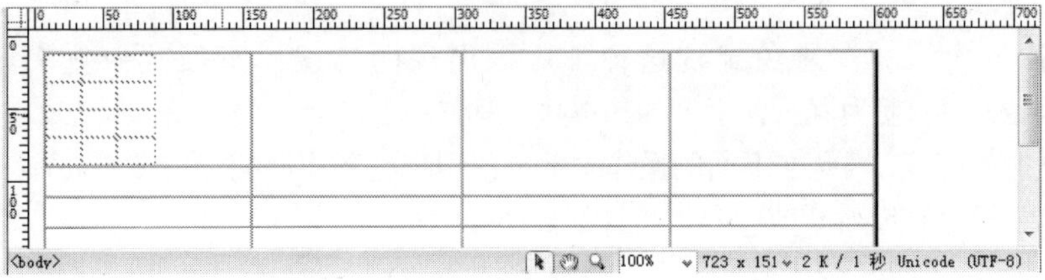

图 4-68

在这里要注意，表格的嵌套虽然容易，任何新手看了之后都可以着手进行，但是要想利用嵌套表格作出令人满意的排版效果就不是那么容易的一件事，这需要大家在制作的过程中不断积累经验，才能达到质的变化。

4.6　Dreamweaver CS4 中为网页元素添加超链接

在讲这一部分内容之前，我们先到淘宝网上看一看，如图 4-69 所示。

我们不管将鼠标移到哪一块促销广告区，鼠标指针都会变成“”形状，单击一下，浏览器就会被转向到显示具体内容网页。这是为什么呢？主要原因就在于促销模板上的每一块促销广告上都被加了超链接。

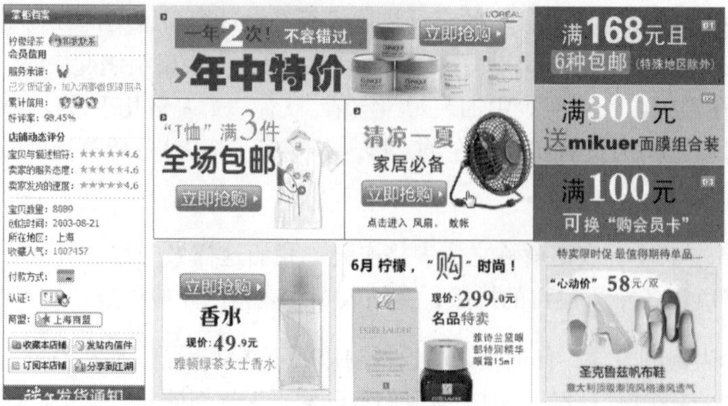

图 4-69

所谓的超链接是指从一个网页指向一个目标的连接关系，这个目标可以是另一个网页，也可以是相同网页上的不同位置，还可以是一个图片、一个电子邮件地址、一个文件，甚至是一个应用程序。而在一个网页中用来超链接的对象，可以是一段文本或者是一个图片。当浏览者单击已经链接的文字或图片后，链接目标将显示在浏览器上，并且根据目标的类型来打开或运行。

那么对于淘宝卖家来说，不仅要学会如何制作精美的模板，而且还要学会如何将促销模板上的图片或文字链接到正确的目标位置，否则的话即使促销模板制作的再精美，它也不能把买家朋友带到正确的地方，买家即使单击了也是无益。

为了让各位卖家朋友避免出现这种不应该出现的错误，下面我们就来具体说一说在 Dreamweaver CS4 中如何为网页元素添加超链接。但有一点需要事先申明，本节重点是在讲解如何为链接图像添加超链接，因此在下面的操作中都是使用事先制作好的促销模板来直接演示。至于促销模板的制作过程，在以后章节中我们将详细介绍。

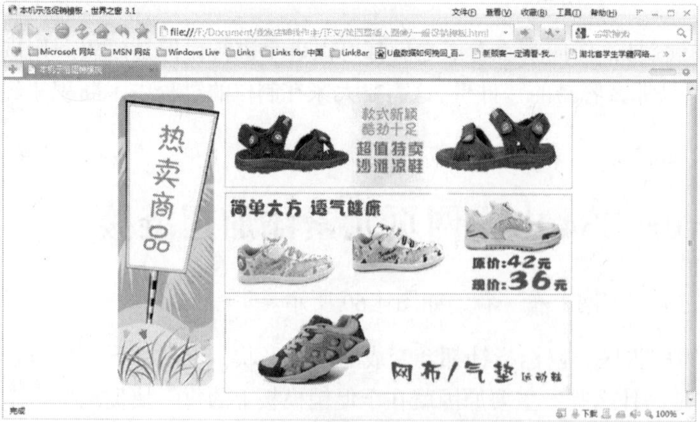

图 4-70

下图是我为了说明这个问题而临时制作的一个促销模板在浏览器中的显示效果图，如图 4-70 所示。

这个促销模板上并没有加入超链接，所以鼠标指针放在任何一张广告图片上都不会有任何变化。下面就让我们来为这个模板增加超链接，从而能引导买家进入正确的宝贝页面。

4.6.1　直接为图片或文字添加超链接

利用 Dreamweaver CS4 打开我们的促销模板源文件，如图 4-71 所示。

在设计窗口区中，用鼠标单击选中右侧第一个图片。此时我们可以看到属性窗口区的内容就会发生变化，如图 4-72 所示。

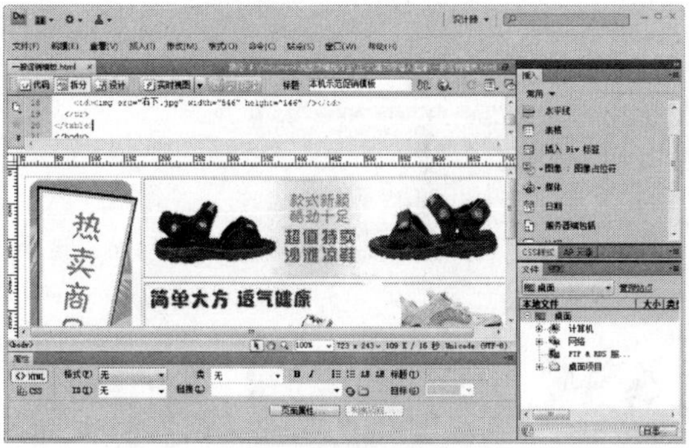

图 4-71

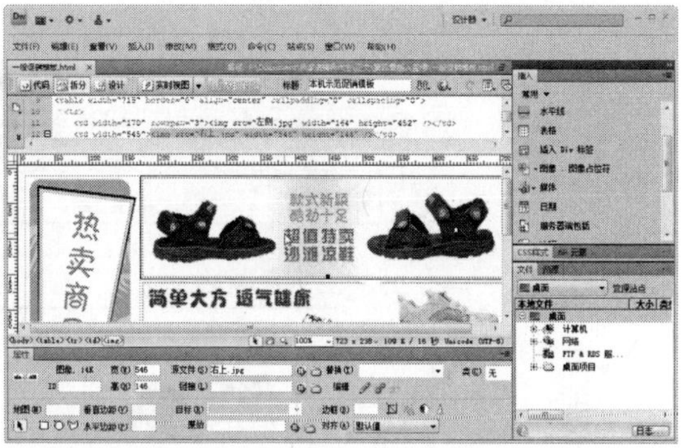

图 4-72

特别要注意在属性窗口中有这样一个内容“链接(L)”，其中“”是指向文件按钮，“”是选择文件按钮，这两个按钮对淘宝卖家来说没有多大的意义，这里主要是在网站制作时进行文件的链接指定。对于我们来说有意义的就是链接后面的那个文本框。

这个图片的目的就是希望能够引导买家去看这一款斯伯丁沙滩鞋，由于这款鞋有几种颜色，我并不想具体引导买家朋友去看哪一种，而是引导买家朋友能看到这款鞋的所有链接，然后让买家自主选择看哪一种，那怎么到达这个位置呢？

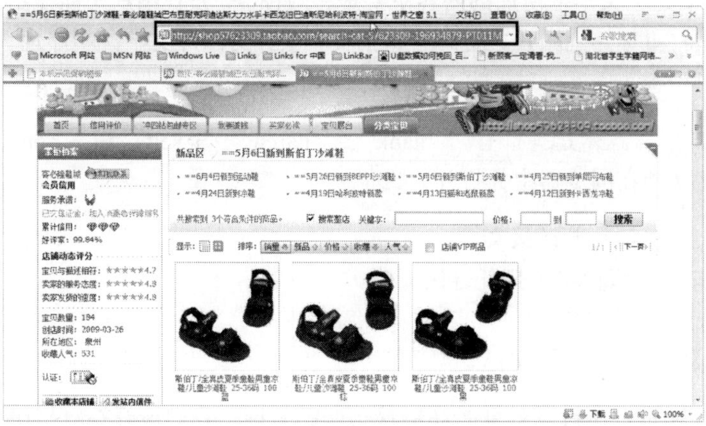

图 4-73

此时我先在自家店铺的宝贝分类中找到相关的分类，并单击这个分类，在浏览器中就可以转到这个分类列表中了。接下来就是关键的一步！在地址栏中将这个地址复制下来，只需要用鼠标在地址栏中单击一下就会选中该地址了，如图 4-73 所示。

此时按下“Ctrl+C”组合键就可以复制下来。看一看我们复制的内容吧！

http://shop57623309.taobao.com/search-cat-57623309-196934879-PT011MI2yNXQwrW9y7myrrahybPMstCs.htm?checkedRange=true

这个内容我们看不懂没有关系，只要系统认识就行。现在我们就转到 Dreamweaver CS4 的设计窗口中，在“链接(L)”这个文本框中单击鼠标，将所复制的内容粘贴到这个文本框当中。粘贴之后，如图 4-74 所示。

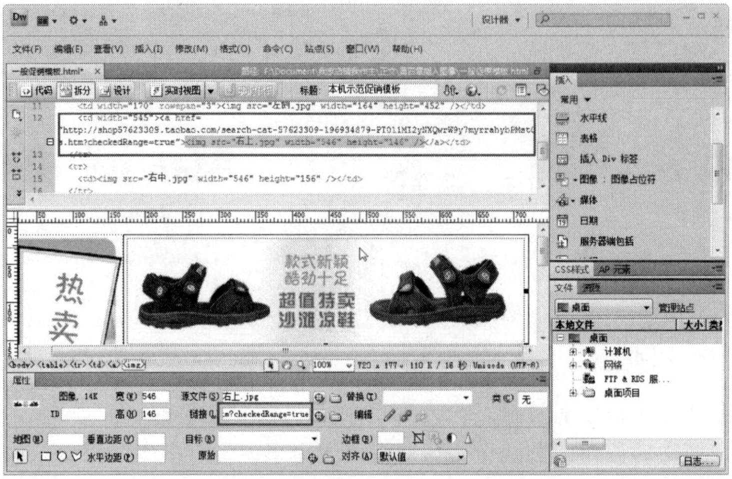

图 4-74

大家现在可以看到属性窗口和代码编辑区都有相应的变化，这就表明我们对第一个图片的超链接已经设置成功。

但还有几个细节问题还需要加以说明。

替换文本框“替换(T)”，这个文本框所加的内容主要是有两种，一是在图片不能显示时用此文本框的内容加以替代，二是将鼠标移到图片之上时，这个文字会作为图片文字说明浮现。在这里我们可以根据自己的需要加以设置。

目标选择框“目标(R)”，这个选择框有“_blank”、“_parent”、“_self”和“_top”四种选择。这个选择是用来规定链接文档在浏览器中的打开方式。

- “_blank”：表示在新的浏览器窗口打开链接文档。
- “_parent”：表示在当前窗口的父级窗口中打开链接文档。
- “_self”：表示在当前窗口打开链接文档。
- “_top”：表示在整个浏览器窗口打开链接文档。

边框文本框“边框(B) 0”，这个文本框所设置的就是超链接边框的宽度，我们最好在这里设置为 0，不显示边框，否则的话图片周围就会出现非常不协调的蓝色边框。

在淘宝店铺装修时，我们一般选择“_blank”和“_self”两种方式，其他两种方式主要是针对网页中的框架页使用的。为了展示效果，将第一个图片的替代内容填充，并将打开方式选为“_blank”。

按照同样的方式，我们将第二个图和第三个图都如此设置，只不过要注意，第三个图是要引导买家朋友直接到达具体宝贝下面，所以我们复制地址时就要在浏览器中转到宝贝详情页中，然后再复制。

把所有的超链接设置完毕之后，保存模板，在 Dreamweaver CS4 的文档栏中单击“在浏览器中预览/调试”按钮，如图 4-75 所示。

假如您的计算机系统中安装有多个浏览器，在这里选择要使用的浏览器就可以预览了，如图 4-76 所示。

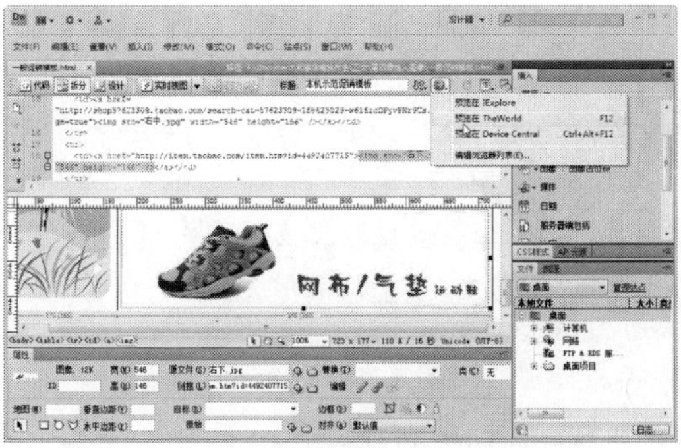

图 4-75

图 4-76

4.6.2　用热区添加超链接

大家经常逛淘宝网，有没有留意一些手机充值卖家的店铺呢？如果您到过这类的店铺，对于这类店铺中的充值地图应该不会感到陌生。我们如果要充值，单击自己所在的省份，就可以对该省份的手机进行话费充值了。从某种意义上讲，我认为这也是一个促销模板，因为客户通过单击相应的省份就可以被链接到相应的充值卡宝贝详情页当中。

这类模板上的超链接添加有些特别。特别在什么地方呢？我们在前面讲过为图片添加超链接，要为哪一个图片添加超链接，就选择该图片进行添加就行了。但中国地图上每一个省份区域都是不规则的，至少在现阶段我们还无法利用 Photoshop CS4 对这个不规则图片进行切片，那么我们也就不可能在整个中国地图中去选择具体某一个省份的地图切片了。

怎么办？那就必须采用特别的方式进行特别处理。这种特别的方式就是利用 Dreamweaver CS4 提供的热区。热区（Hotspot）有时又称为热点，是图像上带有超链接的一块区域，它可以呈矩形、圆形、甚至还可以是多边形。和文本及普通图片超链接的情况一样，当浏览者将鼠标移动到热点上时，鼠标会变成手形，点击就可以链接到相应的目标位置。

为了说明问题，以图 4-77 为例进行讲解一下。

整个图片上由五个不规则巧克力构成的，我们现在的任务就是为左上角的这个心形巧克力加上一个链接，当我们将鼠标移到这个心形巧克力上的任何位置，鼠标都会变成手形，点击之后就链接到我家店铺的首页。

首先我们运行 Dreamweaver CS4，将巧克力图片插入到网页当中，如图 4-78 所示。

图 4-77

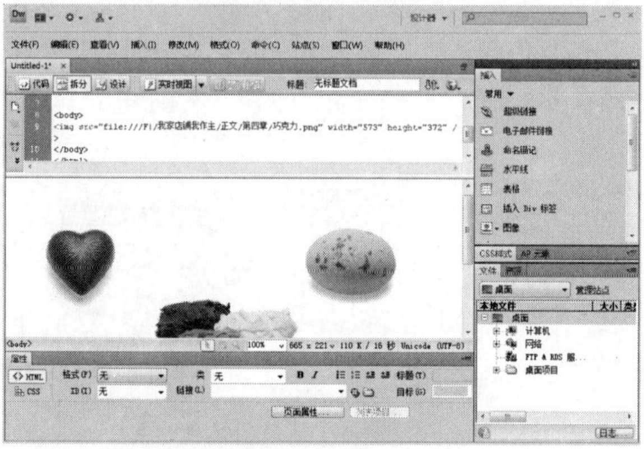

图 4-78

在设计窗口区中单击并选中这个图片。选中之后，属性面板中的显示内容已发生变化了，如图 4-79 所示。

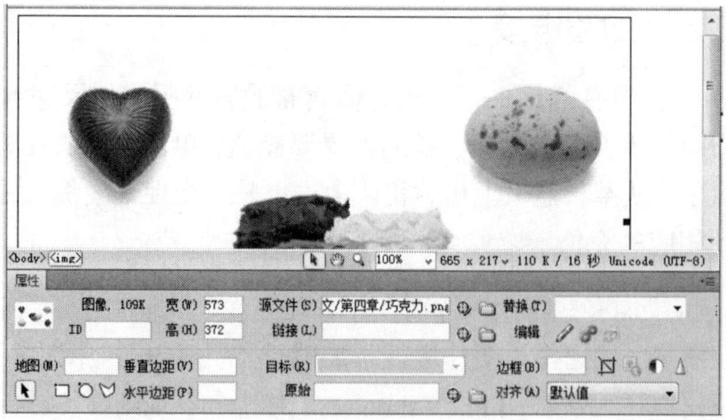

图 4-79

在属性面板中有一块区域，这就是 Dreamweaver CS4 为我们提供的热区相关工具。这里我们一一进行解释。

地图文本框 地图(M) ：这个地图对话框主要是用来设置本热区在代码中的 ID，一般我们可以不加考虑。

矩形热点工具：选择此工具之后，将鼠标指针移到图像之上，按住鼠标左键不松开，就可以形成一个矩形热点区域，如图 4-80 所示。

图 4-80

圆形热点工具：选择此工具之后，将鼠标指针移到图像之上，按住鼠标左键不松开，就可以形成一个圆形热点区域，如图 4-81 所示。

图 4-81

多边形热点工具：选用此工具之后，将鼠标指针移到图像之上，鼠标每点击一次，就会在图像之上形成一个热点，系统会自动将所有的热点区域串接起来形成一个封闭的热区，这个热区的形状就由自己鼠标的点击来决定，如图 4-82 所示。

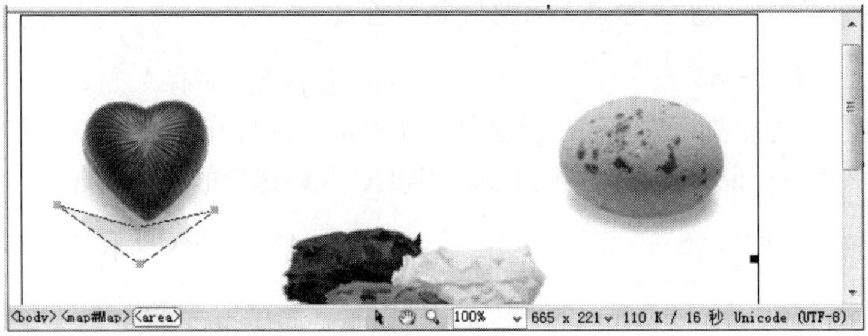

图 4-82

指针热点工具：选用此工具之后，我们可以利用此工具对已创建的热区进行大小及位置的调整，及其他的相关调整。如图 4-83 所示就是我们把图 4-82 中的多边形热区利用此工具进行了大小和位置的调整，可以对比看一下。

很显然，我们现在要在左上角这个心形巧克力建立热区的话，只能选择多边形热区工具了，选择之后尽量沿着心形巧克力的边缘点击形成热点，以至最后形成一个热区，将心形巧克力包围起来，如图 4-83 所示。

图 4-83

在这个地方，热点越多，所创建的热区范围就越精准，在图 4-83 中，我们已经用一个热区将图片上的心形巧克力全部覆盖住。当然，如果您觉得哪些地方不合适就可以用指针热点工具进行调整，一直到自己满意为止。

该热区创建完毕之后，大家可以看到属性面板的显示又要发生了变化。其中有三个地方我们应该不是很陌生！

第一个是链接(L) #，其中“”是指向文件按钮，“”是选择文件按钮，这里主要是进行网站制作时进行文件的链接指定。对于我们来说有意义的就是链接后面的那个文本框。在这里我们如果已经找到了目标链接地址，那就首先把这个文本框中的“#”清除，并将目标地址粘贴进来就行了。我们由于没能合适的宝贝地址，为了演示，我就将目标地址设为 http://shop57623309.taobao.com/，也就是客必隆鞋城首页。

第二是目标选择框目标(R)，这个选择框有“_blank”、“_parent”、“_self”和“_top”四种选择。这里是用来规定链接文档在浏览器中的打开方式。这里的各种方式的意义在上一节已经提及，就不再说明，具体到我们这个实例，我们选择的是“_blank”方式。

第三个是替换文本框替换(T)，在其中输入“XX 人民政府网站”。

设置完毕之后，在 Dreamweaver CS4 中将文件保存，保存之后我们看一下效果，如图 4-84 所示。

图 4-84

现在将鼠标指针放在心形巧克力上的任何地区，鼠标都会变成手形。单击一下看看能不能链接到正确位置。我们在这个心形巧克力上单击一下。如图 4-85 所示，此时浏览器就在新的窗口中打开目标地址。

图 4-85

这就表明我们的不规则热区的超链接已经设置成功。

促销区是我们每个店家装修的重点区域，因此很多朋友都很关注促销模板的制作。但很多朋友的困惑都集中在一个问题上：那就是促销区的图片在进行制作时如何进行切片。

的确，对于那些不熟悉 Photoshop 的新手们来说，描绘参考线和切片真是一种折磨。如果事先规划不好的话，切片之后就会为促销区代码的制作带来很大的困难。并且由于 Photoshop 参考线及切片工具的限制，我们的切片区只能是规则形状。如果要制作如图 4-86 所示的一个促销模板，商品如何链接呢?

图 4-86

现在有了热区，这个问题是不是可以迎刃而解。不仅这样，我们还成功地打造了一个异样促销模板。

从这里我们可以看出，只要我们自己能够熟练掌握常用工具软件的使用，只有想不到的东西，没有做不出的东西!

到这里，Dreamweaver CS4 的讲解就告一段落了，当然 Dreamweaver CS4 的功能并不是只限于此，其实它更主要的功能在于网页设计、网络编程及企业站点开发。由于本章只是介绍 Dreamweaver CS4 这个工具在店铺装修中的使用，那些高级功能对于我们淘宝掌柜来说是没有多大意义，我们只需要借助 Dreamweaver CS4 良好的可视编辑环境，让我们方便地对我们的装修代码进行修改，达到我们自己的目的就行了。

如果读者对 Dreamweaver CS4 有兴趣的话，可以自行去研究一下其他的功能，当然这种研究对我们加深对模板代码的理解是有着很大的帮助作用。

第 2 篇

淘宝店铺装修基本知识

第 5 章 淘宝店铺各版本特点介绍

和现实生活中一样，淘宝网中的店铺也由于各位卖家的选择不同，以不同的面貌展现在各位买家朋友面前。

那么在淘宝网上，各位卖家可以选择哪些店铺？这些店铺有哪些特点？淘宝网又允许我们对这些店铺做哪些装修？这些应该是我们作为卖家要首先了解的事情，只有知道了这些事情之后，我们才能作出更好的选择。在接下来的内容中我们就会对这些问题做一个比较详尽的说明。

5.1 普通店铺

5.1.1 普通店铺的特点

普通店铺是卖家成功经过淘宝实名认证，并至少成功发布十件宝贝之后，淘宝给予的在淘宝网上免费经营的场所。有了这个场所，我们就可以在淘宝网上进行正式营业了。

我们来看一个普通店铺首页和宝贝详情页面截图，如图 5-1 所示。

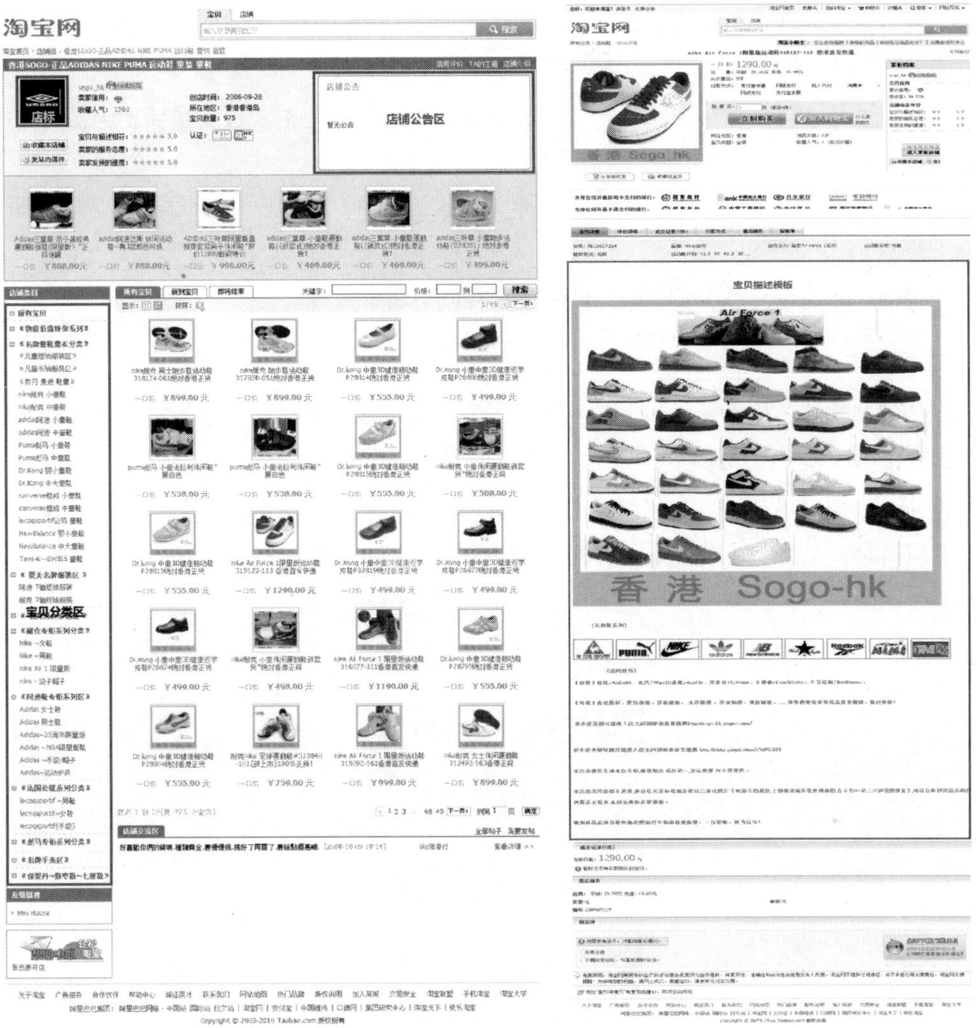

图 5-1

左图是一个标准的普通店铺首页，从这里可以看出，普通店铺有以下几个特点。

（1）普通店铺允许我们在众多宝贝中精选十六件宝贝作为掌柜推荐，但系统只会随机展示六件宝贝，并放置在店铺首页显眼位置，从而在第一时间引起买家朋友的注意。

（2）在店铺首页的右上角有一大块店铺公告区，这个区域允许我们滚动展示一些重要促销信息，从而让买家朋友能够知晓我们店铺的优惠活动。

（3）在店铺首页左上角有一小块店标区，这一小块店标区可以使用动态或静态图片来展示自己想要传达给买家朋友的一些信息。

（4）在首页左侧我们可以对店铺商品进行清晰的分类，以引导买家朋友从众多宝贝中快速翻阅自己感兴趣商品，从而可以避免买家朋友逐一翻阅。

（5）而右图是普通店铺的宝贝描述页。在这里我们也可以看出在宝贝描述页中淘宝网允许我们使用宽幅图片和模板来对宝贝进行全方位展示。

5.1.2 可供装修区域

对于普通店铺而言，可供装修的区域主要存在以下几个地方。

1. 店标

普通店铺装修能体现个性的地方实在太少了，因此店标对于普通店掌柜显得很重要。店标不光具有识别作用，也是一扇让顾客简单了解店铺的窗口。店标会出现在什么地方呢？

店标出现的第一个地方是店铺首页的左上方。店标出现第二个地方是最重要的。我们在淘宝网上搜索店铺时，在搜索结果的排列中也会出现我们的店标，如图 5-2 所示。

图 5-2

这里也是我们宣传自家店铺的一个非常重要的途径，这里店铺林立，如果你有一个别具特色的好店标，可以引起别人的注意，从而脱颖而出。

2. 店铺公告区

此区位于普通店铺首页的右上角，淘掌柜们在此处可以随时发布滚动的文字信息，也可以通过网页代码发布图文配合的公告信息，让公告栏更美观，并且可以加入动画让效果更醒目。这里是宣传推广最新发布的新产品，公布店铺最新促销信息，发布重要通知的最佳场所。虽然这个地方位置不大，但对于普通店铺的意义却是非常重大的。

对于普通店铺而言，普通店铺的公告区是整个店铺中不可多得的可自由发挥的地方，如果想让自己的小店有个性，那就必须好好加以利用。因为只有在这里才能发布文字、图片、动画，以及使用装修代码来对这个区域进行美化。

3. 宝贝分类区

宝贝分类也就是店铺左侧的店铺类目，可以是文字或者图片形式。并且我们要知道，宝贝分类是普通店铺唯一和其他类型店铺完全相同的地区，所以宝贝分类也是普通店铺装修的重要环节，如果能设计出精美的图片分类，那么就会为店铺增色不少。

4. 宝贝描述模板

宝贝描述模板只出现在宝贝详情页里，在首页上并看不到它的踪影，但是一旦买家打开每个产品之后，它就会呈现在各位买家面前。

我相信绝大多数卖家都应该有网络购物经历。那么在决定购买某件宝贝之前，我们一定会详细的查看宝贝的展示和描述。如果卖家把自己的宝贝描述模板做得赏心悦目并且简洁明了，这对于增强顾客的购买欲望，营造良好的购物展示环境有着至关重要的作用。因此宝贝描述模板绝对应该是普通店铺装修中的重中之重，一定要把握好这为数不多的展示机会。

下面我们来对比看一看两个普通店铺的宝贝描述模板的区别，如图 5-3 所示。

图 5-3

假如让我选择，我肯定愿意购买图 5-3 中右图这家店铺的商品，原因很简单，右图中的这个宝贝描述更具有条理，更能全方位展示自家宝贝，从而能让我更好地了解所要购买的商品。

作为普通店铺的店主，如果您能在这四个可供装修区域多下工夫的话，那么您也能装出旺铺的感觉！

5.2 旺铺创业扶植版

5.2.1 旺铺创业扶植版特点

淘宝为了扶植新店、信誉低的店铺创业，特地为淘宝网一钻以下信誉的卖家免费开放了扶植版旺铺，各位新卖家只要申请就能马上开通，一定要抓住机会！

那么扶植版旺铺和普通店铺相比有哪些特点呢？我们来看一下这两种店铺的首页对比吧，如图 5-4 所示。

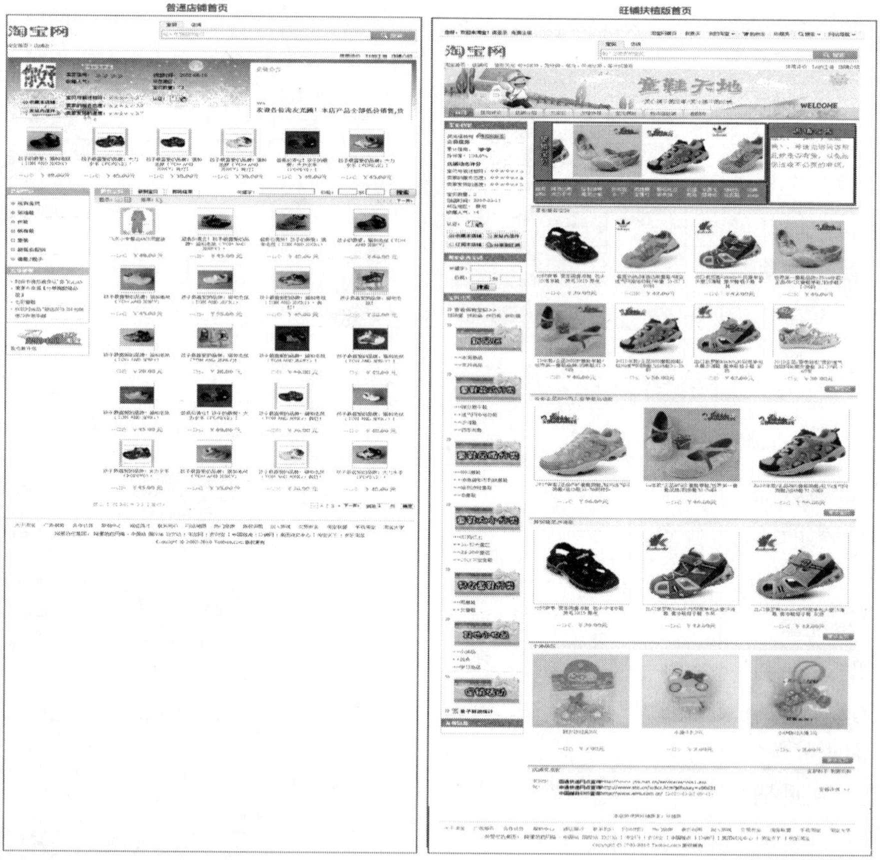

图 5-4

再来看一看两者的宝贝描述页面对比效果，如图 5-5 所示。

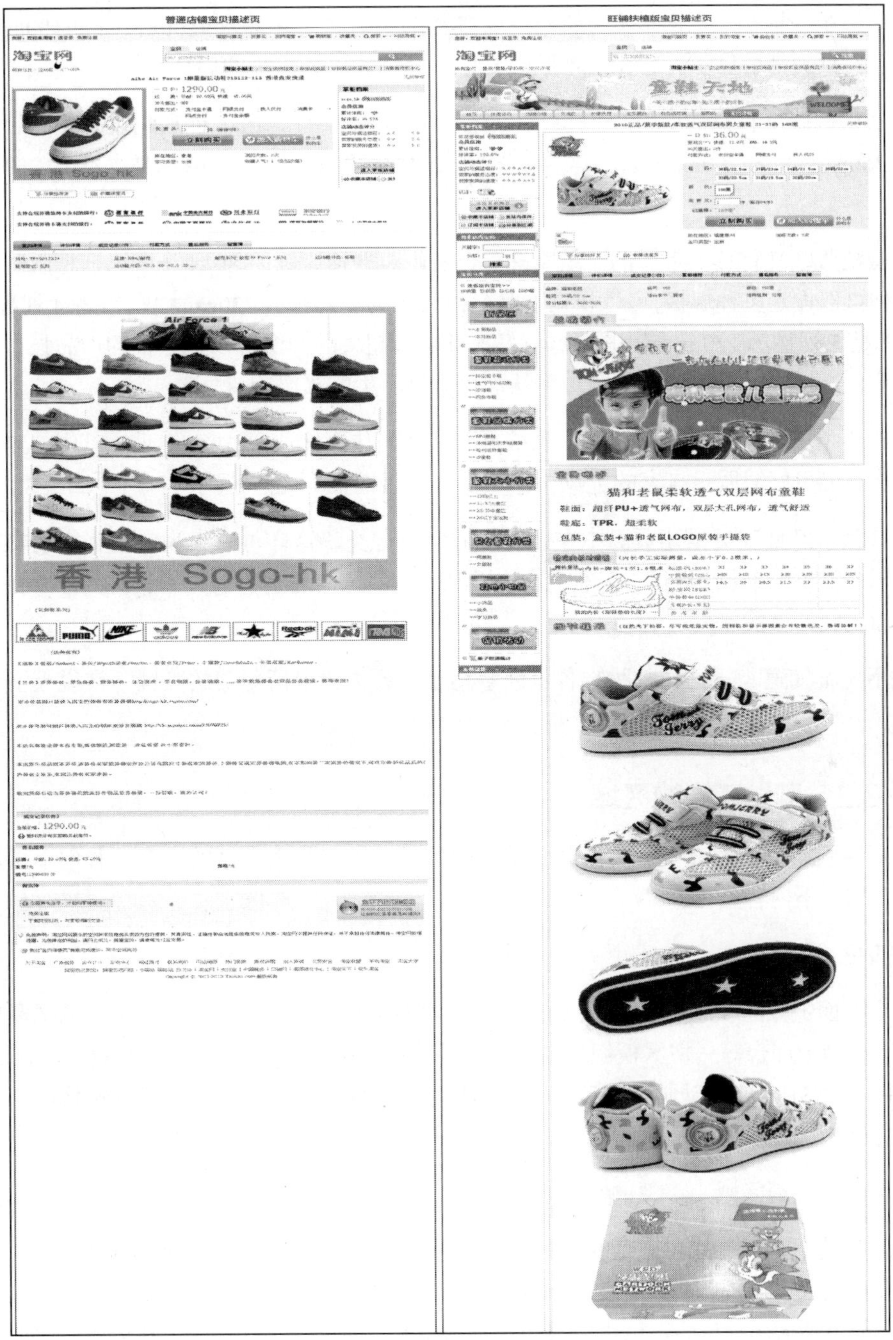

图 5-5

从上面两个对比来看，扶植版旺铺相对普通店铺而言有以下几个非常显著的特点。

（1）扶植版旺铺每个页面最上方都有一个独立的店招区，其宽为950px，高为150px，并且这个店招在任何页面都会显示，它在扶植版旺铺中已经替代了那个小的店标！

（2）扶植版旺铺首页的右侧可以设置一个大面积自定义促销区，远远超过了普通店铺右侧上方宽仅为350px，高为200px的公告区，这个超大的促销区的宽为740px，高度不限，完全可以自由发挥。

（3）扶植版旺铺首页上宝贝的“缩略图”再也不是普通店铺的80px小图，扶植版旺铺的商品图片的排列可以设定多种规格，可以根据产品自由设定为3列显示220px大图，或者4列显示160px中图，或者是5列显示120px的小图，这就好比商家有超大的橱窗可以把热推的产品强有力地展示到顾客眼前，这样更能刺激买家的眼球，从而更容易产生购买欲望。

（4）在店招下方可以自己增加多个系统页面，从而让页面选项达到 8 个。其中“宝贝展台”和“看图购”能更好地展示自家的宝贝，这可是普通店铺根本无法达到的！

（5）扶植版旺铺宝贝描述页面中左侧存在着宝贝分类，这样可以大大方便买家朋友在店铺里中对其他相关宝贝的查找，以增加其他宝贝的出现几率，从而达到吸引买家长时间停留在自己店铺中，以增加成交的可能。

真是不比不知道，一比吓一跳！各位新掌柜还不赶紧去申请免费的旺铺，谁说天下没有免费的午餐呢？

5.2.2 可供装修的区域

由于不同版本的店铺有很多装修区域是相同的，所以在前面说过的内容，我们不再进行详细说明，只介绍以下内容。

（1）店招

在这个页面上方的950px×150px的超大区域里我们可以写上店铺名称、所经营的品牌、自家的经营理念，乃至广告等一切掌柜们自己想增加的东西。这个店招区除了可以使用JPG图片之外，更可以使用FLASH、GIF动画来推广宣传店铺形象、品牌字号，这绝对是店铺装修的一个重点区域，因为它就代表着店铺的形象！

（2）自定义促销区域

在普通店铺中对于店铺中信息的发布都只能通过一个350px×120px小小的公告区。而现在扶植版旺铺允许我们在店铺首页右侧添加一个宽度是740px，高度不限越大区域，这个区域完全可以自由发挥。可以做大幅的广告，也可以设定滚动的字幕，还可以穿插动画，甚至还能增加视频文件

（当然需要定制服务才能实现），总之一切能够展现自家店铺风采的内容都可以添加在这个地方。

（3）宝贝描述模板

宝贝描述模板虽然只是出现在宝贝详情页里，在首页上我们并看不到它的踪影，但是一旦买家朋友打开每个产品之后，它就会呈现在各位买家朋友面前。

因此宝贝描述模板的装修一定要把握好。

注意

但在这里要注意描述模版在这里发生了变化，那就是对扶植版旺铺而言，宝贝描述模板只能使用窄版形式，也即描述模板的宽度不能超过 750px。

5.3　旺铺标准版

5.3.1　旺铺标准版的特点

淘宝旺铺标准版是淘宝网在普通店铺的基础上所新开发的一种更加体现店铺个性和精美的店铺界面，使得顾客购物体验更好，更容易刺激买家产生购买欲望。淘宝旺铺标准版允许卖家在淘宝所允许的范围内使用各种装修手段和措施，以实现区别于淘宝普通店铺展现形式的个性化店铺页面展现功能。但要注意的是，淘宝旺铺标准版是收费的，如果需要使用的话，必须订购。费用的收取方式是：对于消保卖家，每季度 90 元，对于非消保卖家，每季度 150 元。

至于标准版旺铺和普通店铺有什么不同，我们从上一节的旺铺扶植版和普通店铺的对比就可以知道了，因为扶植版旺铺其实就是标准版旺铺的缩水版本，所在这里我们就不再说明了。而我们现在要关心的是，同样作为旺铺，为什么扶植版旺铺是免费使用，而旺铺标准版却要收取至少每月 30 元的使用费呢？

下面我们来对比一下，看看二者之间的区别在于什么地方。首先来看一下两者的首页对比，如图 5-6 所示。

旺铺扶持版首页　　　　　　　　旺铺标准版首页

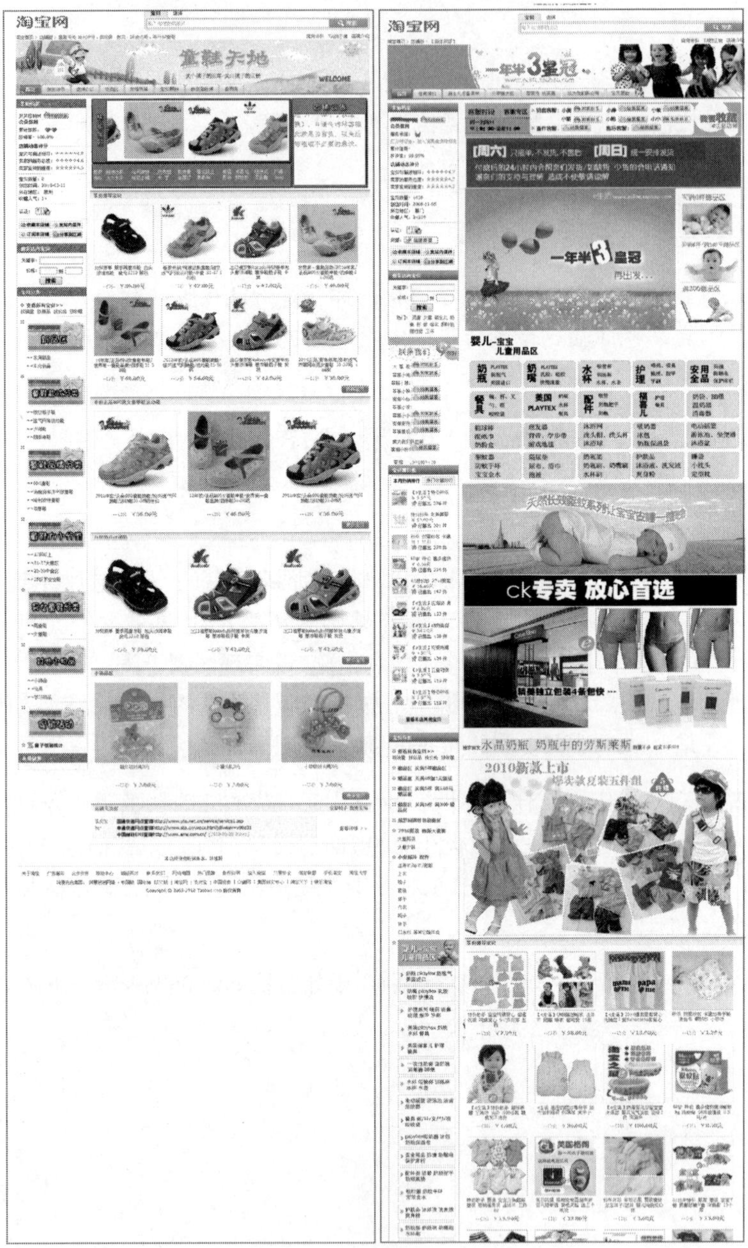

图 5-6

再来看一看二者的宝贝详情页对比图，如图 5-7 所示。

扶持版旺铺描述　　　　　　　　　　　　标准版旺铺描述

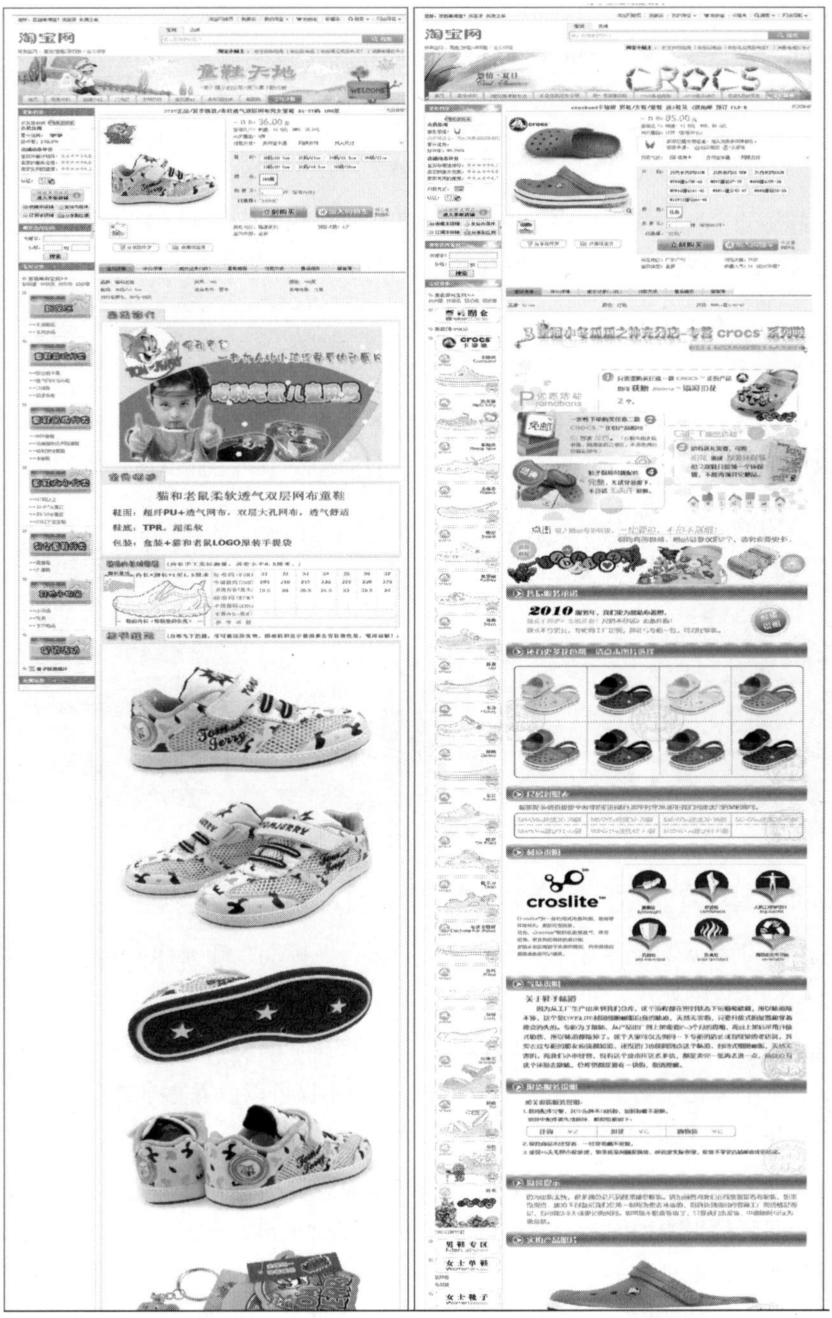

图 5-7

上面两组图有什么不同呢？可能有些朋友看不出什么差异，下面我就一一说明，而这些差异也正是旺铺标准版的特点！

（1）扶植版旺铺只能在店招下添加系统规定添加的页面，且总数为八个，如图 5-8 所示。

图 5-8

而标准版旺铺除了可以添加这些系统规定的页面，还可以增加自定义页面，并且可多达六个。整整六个自定义页面，我们想怎么自由发挥就怎么自由发挥，如图 5-9 所示。

图 5-9

（2）扶植版旺铺左侧栏目是固定的，只允许设置一些固定栏目，比如搜索宝贝、宝贝分类、友情链接和销售排行榜等，而标准版旺铺在左侧栏目还特别允许添加多个 HTML 自定义区，高度不受限制，内容随便添加，如图 5-10 所示。

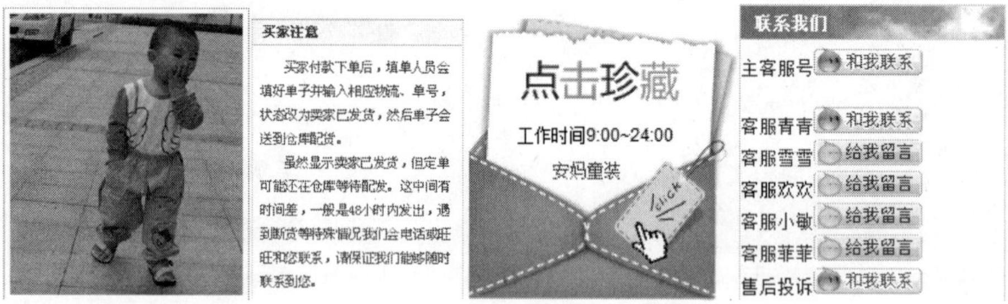

图 5-10

总之只要您能想到的东西都可以放在左侧栏目显示，功能非常强大！

（3）扶植版旺铺首页只能存在一个自定义促销区，而标准版旺铺首页可以设置多个自定区促销区，多个大幅广告位随便用，如图 5-11 所示。

（4）扶植版旺铺首页只能存在三个宝贝推广区（自动）模块，而且这种宝贝推广区的推广内容由系统决定，自动变化，卖家无法干涉。标准版旺铺不仅可以设置 N 个宝贝推广区（自动）模块，而且更可以增加 N 个宝贝推广区（手动）模块。

（5）扶植版旺铺的宝贝描述页面只能使用模板来对宝贝描述进行美化，而标准版旺铺除此以外，还可以在宝贝详情页中增加 HTML 自定义区！有了这个自定义区，我们的促销活动可以直接展示到每一款宝贝的描述页面中，不管买家从哪款宝贝进入我们店铺，都可以在第一时间让其了解。并且标准版旺铺还被允许使用三个宝贝详情页面模板，有了这个功能之后，我们可以对不同类别的宝贝使用不同的宝贝详情页面模板，如图 5-12 所示。

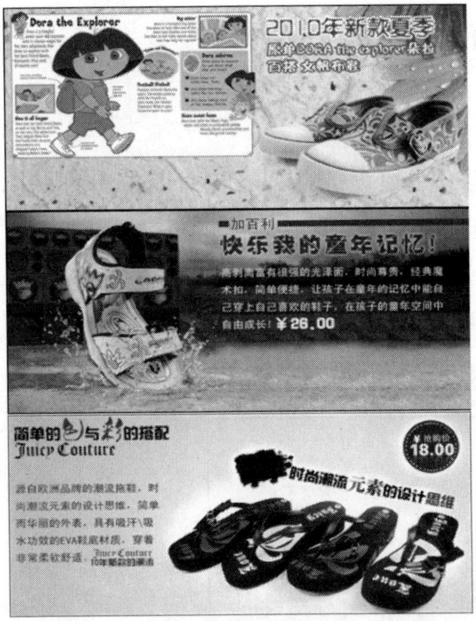

图 5-11

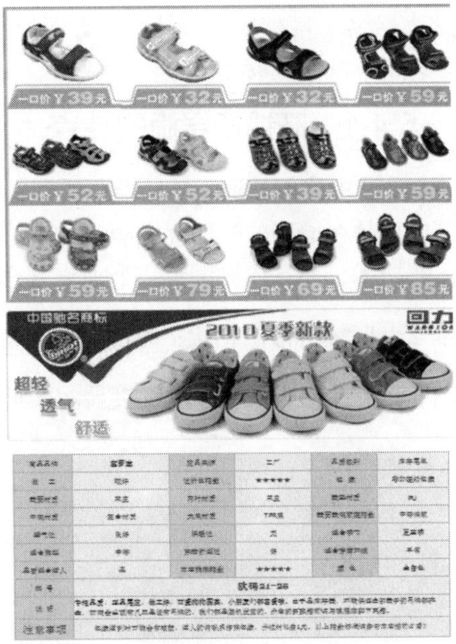

图 5-12

从上面的介绍不难看出，旺铺标准版的功能实在太强大，那么到这里你也应该能明白为什么旺铺标准版不免费吧！总之旺铺是用精美的界面和强大的功能做到留住客户，留住关注，留住好印象，留住好生意，真正达到“旺铺”的目的。

5.3.2　可供装修的区域

1. 店标

2. 店招

3. 宝贝分类区

4. 右侧自定义促销区域

5. 左侧自定义区：允许我们在店铺首页左侧添加多个宽度是 200px，高度不限越大区域，这此区域完全可以自由发挥。

6. 宝贝描述模板：在这里宝贝描述的模板可以根据自己的需要选择使用宽版形式还是使用窄版形式。

7. 自定义页面：自定义页面分为两种，一种是带左边栏的自定义页面，另一种就是通栏的自定义页面。不要问我自定义页面可以干什么，你只是要问你自己想干什么就行。因为它就是一张白纸，画笔在你手中，至于你画成什么样，就看你自己的水平了！

5.4 旺铺拓展版

5.4.1 旺铺拓展版的特点

在 5.3 节中我们知道旺铺标准版给我们提供了很多的模块和扩展功能来解决用户的需求，而旺铺拓展版则是在原有的旺铺标准版基础上给予了更高用户体验提升和自由度，让喜欢自己动手的用户更得心应手，而且还提供了一个独立的官方网店来展示产品和服务，更显专业性！

那么和旺铺标准版相比，旺铺拓展版有哪些独特的地方呢？下面我们以图为例来说明！

（1）在宝贝列表页中可以直接显示宝贝的销售量，从而更容易突显热销产品，如图 5-13 所示。

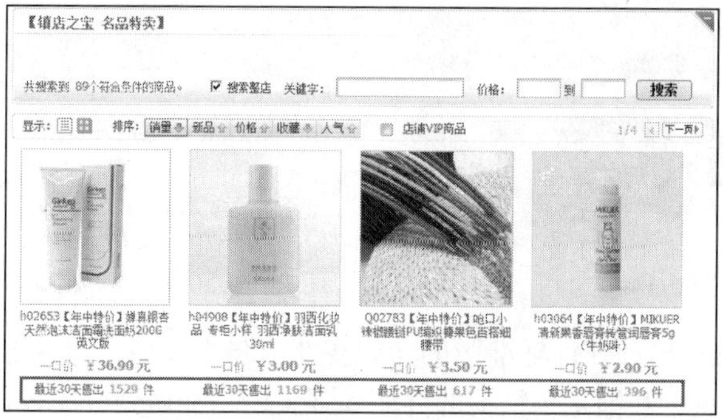

图 5-13

（2）头部的店铺招牌可以删除掉，可以用自定义内容来替换它，从而让自己的店铺更加个性化，如图 5-14 所示。

图 5-14

（3）可在店招之下设置店铺宝贝搜索，从而让每一个页面都在店招之下显示，不用单独设置在页面左栏了，从而能保证让买家时刻能看到，方便对店铺宝贝进行搜索，如图 5-15 所示。

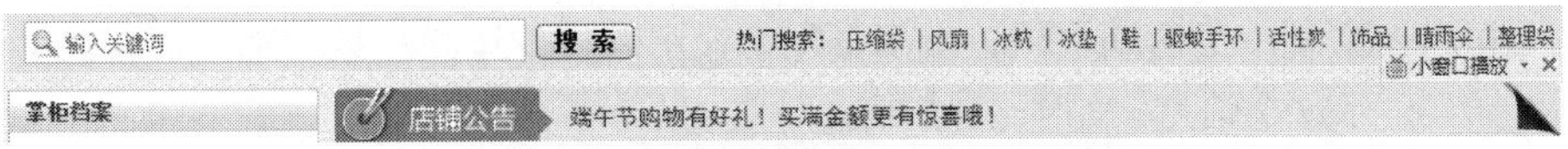

图 5-15

（4）自定义页面布局，支持三栏或两栏混排。也就是打破了传统的左右两栏的页面布局模板。拓展版的自定页面可以随便设置，把左侧栏设置在右侧也可以，如图 5-16 所示。

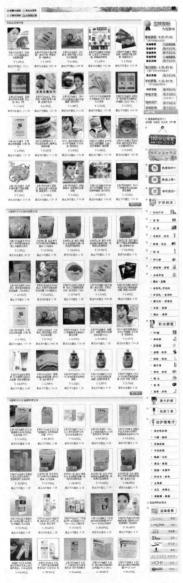

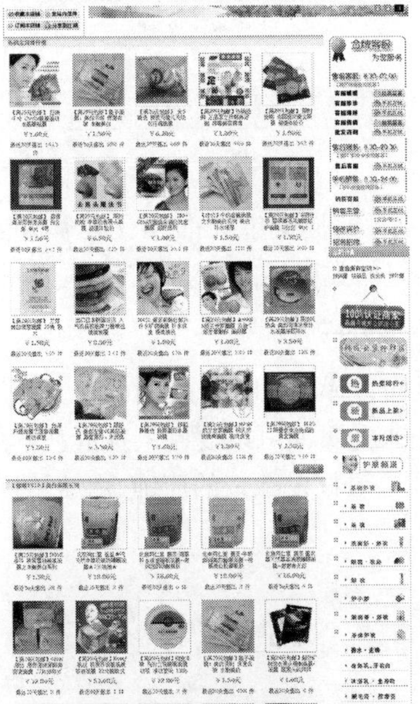

图 5-16

（5）可以自定义统一的店铺页尾，全部页尾都显示一样的尾部信息，也就是店铺里面全部的页面的下面都会显示这个信息，如图 5-17 所示。

图 5-17

（6）在宝贝详情页里面，增加了“同类宝贝推荐”这个功能。也就是买家看到了你这款宝贝的同时，在详情页面也能看到店铺里同类商品的推荐，当然这个相关推荐是优先显示销量高的宝贝，从而增加产生关联销售的可能性，如图 5-18 所示。

（7）可以添加 50 个自定义页面，标准版旺铺只有 6 个。那么我们可以根据不同的需要添加自定义页，并且那些不能完全展示出来的页面可以复制链接放在其他地方，这个功能方便用户制作促销专题。关于这个方面案例可以看一看柠檬绿茶的店铺，他们的自定义页面就是如此设计的，如图 5-19 所示。

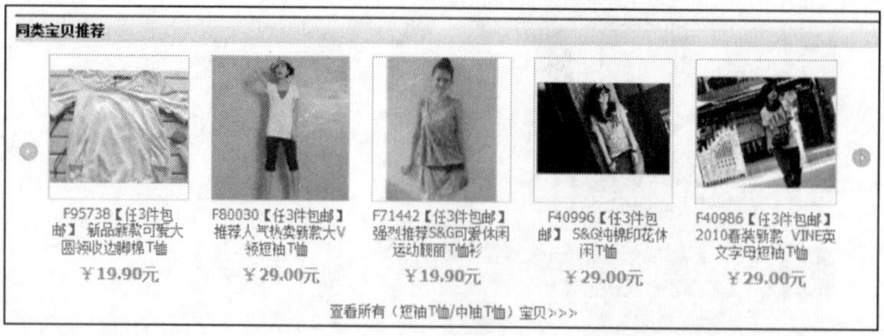

图 5-18

图 5-19

（8）宝贝列表页新增多种排序方式，比如增加了按销量排序，如图 5-20 所示。

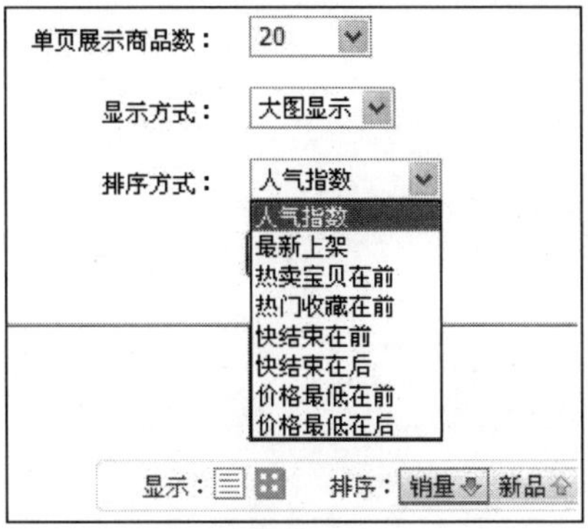

图 5-20

（9）可以给页面定义背景颜色。但经过测试，店铺页面中淘宝网页固有的头部和页脚仍然是白色的默认背景，我感觉这样比较难看，如图 5-21 所示。

图 5-21

（10）旺铺拓展版支持多达 10 个宝贝页面模板装修，这个功能可以让我们根据不同种类的宝贝有针对性地进行设计，来更好地展示该类宝贝的特性。也就是说不同的宝贝可以选择不同的装修模板，如图 5-22 所示。

（11）在首页当中可以添加店铺自定义 Logo，从而使店铺看起来更专业，如图 5-23 所示。

（12）旺铺拓展版自定义区域的容量比标准版更多，从而允许我们在单个自定义区添加更多的内容。

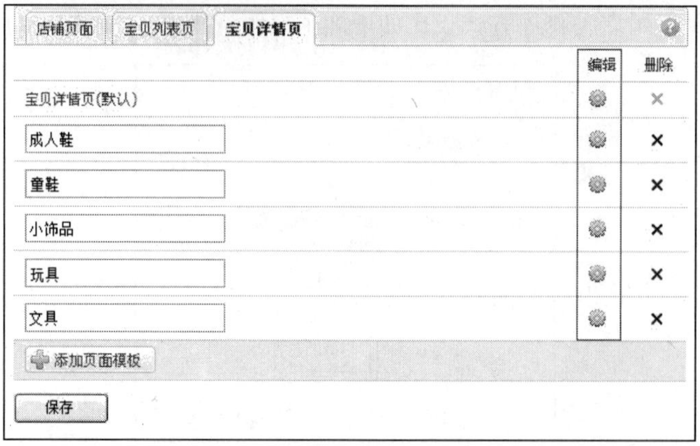

图 5-22

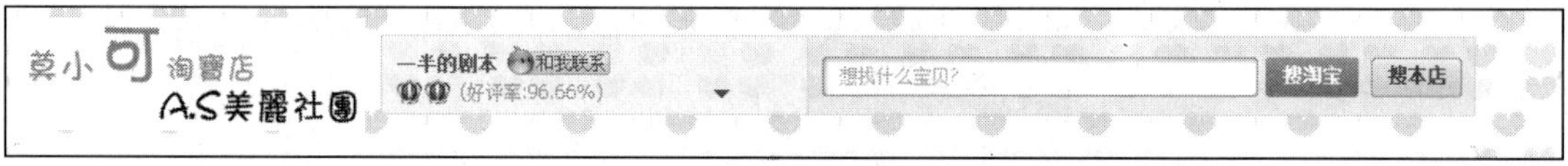

图 5-23

如果我们能用好上述这些功能，自己的店铺想不吸引人都难！但是这些功能可是要花钱的，对于旺铺拓展版而言，现在的费用是每月 98 元，已经超过了旺铺标准版一个季度的费用了。

5.4.2 可供装修区域

1. 店标

2. 店招

3. 宝贝分类区

4. 右侧自定义促销区域

5. 左侧自定义区

6. 宝贝描述模板

7. 自定义页面

8. 通栏自定义区：和标准版旺铺不同，现在旺铺拓展版允许在页面中任意位置放置宽达 950px 的全幅自定义区，在这可以直接放入近期店铺活动的大海报，甚至可以放满整个页面！

5.5　旺铺旗舰版

旺铺旗舰版是一个全套的网店经营管理系统，其目前的订购价格为 2400 元/年。虽然价格不菲，但此套系统几乎涵盖了前后台及卖家店铺经营中所需功能，主要包含以下几个部分。

（1）包含了旺铺拓展版的所有功能。

（2）高级发货：能根据需要选择是按照发货单发货，还是按照配货单发货。

（3）高级的权限管理系统：可以创建多达 30 个子账号，并为每个子账号进行权限设置。

（4）掌柜助手：利用此工具，可以合理管理库存，随时查询商品的实际数量；可以轻松搞定所有订单异常流程，让退换货不再麻烦；可以发货单、快递单快速打印，节省手工填写时间；可以宝贝自动上架和橱窗展示同步更新。

（5）营销工具组合套装：其中包含了满就减、满就送、限时打折、搭配套餐等常用营销工具。

（6）其他产品：1GB 的图片空间、量子恒道店铺统计、淘宝二级域名、宝贝自动分类、10 个旺铺装修模板、会员关系管理及 100 个 Flash 的 123show 宝贝动态展示服务。

5.6　尺寸规定

1. 店标

大小：100px × 100px，体积≤80KB

说明：图片做好后直接上传

格式：JPG、GIF、PNG

2. 旺铺店招

大小：950px × 150px，体积≤120KB

说明：图片做好后直接上传，也可在线制作

格式：JPG、GIF、PNG、SWF

3. 店铺 Logo

大小：230px × 70px

说明：图片做好后直接上传

格式：JPG、GIF、PNG

4. 右侧自定义促销区

大小：宽度≤750px，高度无限制

说明：图片必须放置在网络空间或网络相册，没有可以先申请，需支持淘宝网外链

格式：JPG、PNG、GIF、SWF(需定制相关服务)、HTML、文本

5. 左侧自定区促销区

大小：宽度≤200px，高度无限制

说明：图片必须放置在网络空间或网络相册，没有可以先申请，需支持淘宝网外链

格式：JPG、PNG、GIF、SWF(需定制相关服务)、HTML、文本

6. 通栏自定义区

大小：宽度≤950px，高度无限制

说明：图片必须放置在网络空间或网络相册，没有可以先申请，需支持淘宝网外链

格式：JPG、PNG、GIF、SWF(需定制相关服务)、HTML、文本

7. 宝贝描述模版

大小：宽度≤750px（窄），宽度≤950px（宽），高度随意

说明：图片必须放置在网络空间或网络相册，没有可以先申请，需支持淘宝网外链

格式：JPG、PNG、GIF、HTML、文本

8. 宝贝分类

大小：宽度≤160，高度随意

说明：图片必须放置在网络空间或网络相册，没有可以先申请，需支持淘宝网外链

格式：JPG、GIF、PNG

9. 自定义页面

大小：宽度≤750px（带侧边栏），宽度≤950px（通栏），高度随意

说明：图片必须放置在网络空间或网络相册，没有可以先申请，需支持淘宝网外链

格式：JPG、PNG、GIF、HTML、文本

第6章 淘宝店铺管理平台——卖家中心

淘宝网为了方便卖家对店铺的装修和管理，特意提供了一个高度集成的店铺管理平台，在这个高度集成的店铺管理平台上，卖家可以自由自在地对店铺的各个方面进行管理。

下面我们就具体来介绍一下这个管理平台的使用方法，希望各位卖家通过本章的学习，能够了解这个高度集成的店铺管理平台的运行模式，并熟练掌握这个管理平台的基本操作，从而方便各位卖家更高效地打造自家的店铺。

6.1 淘宝店铺管理平台的进入方式

首先我们来看一看如何进入这个淘宝网提供的店铺管理平台。进入淘宝店铺管理平台的方式有很多，我们在这里只介绍两种比较常用的方式，其中第一种方式是通过阿里旺旺进入淘宝店铺管理平台，另外一种方式是通过网页登录直接进入淘宝店铺管理平台。

6.1.1 通过阿里旺旺快速进入淘宝店铺管理平台

首先在自己计算机的桌面上找到阿里旺旺的快捷方式。

作为一个淘宝卖家，阿里旺旺可以说是我们最重要的一个工具，它是集成了文字、语音、视频沟通，以及交易提醒、快捷通道、最新商讯等功能的即时聊天软件（IM），是网上交易必备的工具。不过目前阿里旺旺有两种版本，作为卖家最好是使用卖家版，因为这个版本为淘宝卖家进行了功能优化。

双击此快捷方式，此时系统就会启动阿里旺旺，正常登录之后界面如图 6-1 所示。

在这个侧边框有一个“淘”按钮 淘，单击此按钮，整个旺旺的工作界面就不再显示好友了，而是变成如图 6-2 所示情形了。

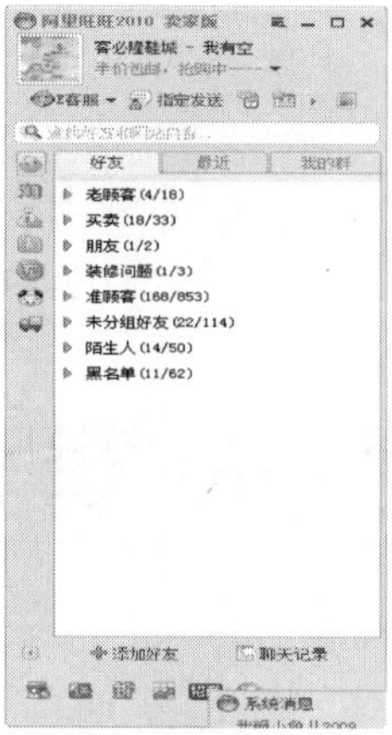

图 6-1

图 6-2

此时我们会发现在阿里旺旺的工作面板中，已经被分成了几大块，每一块都有不同的小项，这每一个小项都可以用鼠标单击，单击之后就会执行相应的功能。

其中“我的设置”板块当中就有“编辑信息”、“消息订阅”、“支付宝”和“我的淘宝”四项。当进入店铺管理平台时，在“我的设置”板块中用鼠标单击“我的淘宝”，此时阿里旺旺就会自动打开网络浏览器，并在浏览器中打开“我的淘宝”页面。

6.1.2 通过网页登录直接进入淘宝店铺管理平台

首先打开网络浏览器，在地址栏中输入 www.taobao.com，并按 Enter 键，进入淘宝网首页面。在这里，可不要被淘宝首页上的花花世界晃住眼！仔细看一看，在浏览器顶端有如图 6-3 所示的一行小字。

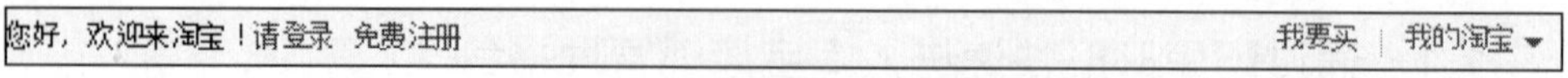

图 6-3

另外在右侧还有几个如图 6-4 所示的按钮。

图 6-4

在这里可以有两种选择，一种选择是单击“请登录”这个超链接，第二种是单击“登录”按钮，不管是单击哪一处，最终结果都是到达网页登录界面，如图 6-5 所示。

现在我们就可以看到登录界面了。在账户名栏中输入自己的淘宝用户名，也就是自己的旺旺 ID 号，在密码栏中输入自己的密码，输入完毕，系统核实无误之后，单击“确定”按钮即可完成网页登录任务，如图 6-6 所示。

图 6-5

图 6-6

正常登录之后，单击“我的淘宝”按钮可以进入卖家中心。

6.2　卖家中心的组成介绍

由于卖家中心是各位淘宝掌柜们经常要来光顾的地方，为了今后使用起来更加得心应手，在这里我们还是把淘宝的这个卖家中心好好地讲解一下！

淘宝的卖家中心其实就是一个工作平台。在这个工作平台上，淘宝网把淘宝店铺日常管理、维护、店铺的运营及系统通知的各项功能集中在一起，从而让各位淘掌柜能在一个页面中就可以对店铺进行全方位的管理和维护。

整个卖家中心的页面为分为左、中、右三个部分。

6.2.1　左侧页面

左侧页面的内容是淘宝网提供的所有管理和维护菜单功能项，单击这些菜单项就会执行具体的功能。这里主要分为以下几大块。

1. 快捷功能

这里允许淘宝用户自行设置，把自己常用的功能集中放置，以免在使用时不停地上下翻滚页面寻找相应的功能项，并且可以折叠显示，以免将整个页面拉长，如图 6-7 所示。

2. 交易管理

这个区域当中提供“已卖出的宝贝”、“发货”、“物流工具”、“发货设置”、“我有货物要运输”和“评价管理”六项关于交易的管理功能，如图 6-8 所示。

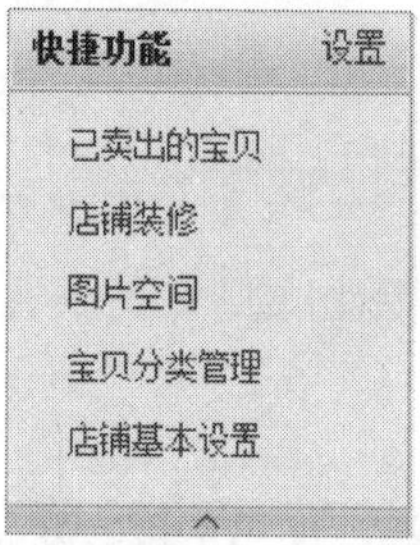

图 6-7

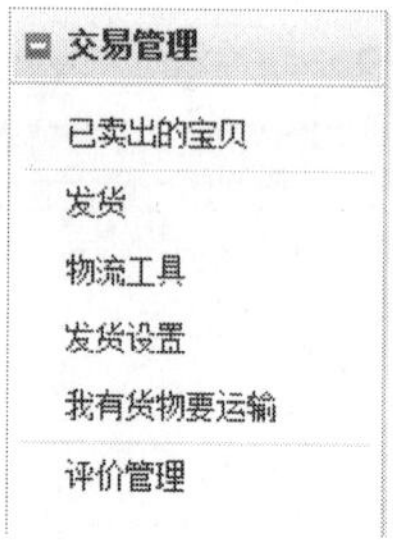

图 6-8

3. 宝贝管理

这个区域里集成了“我要卖”、“出售中的宝贝”、“橱窗推荐”、“仓库中的宝贝”、“宝贝留言/回复”和“仓储管理”六项功能，如图 6-9 所示。

4. 店铺管理

这个区域里包含了“查看我的店铺”、“店铺装修”、“图片空间”、“宝贝分类管理”、“店铺基本设置”、“域名设置”、“掌柜推荐”、“媒体中心”、“代销管理”、“批发管理”和“权限管理”十一项和店铺管理相关的功能，我们对店铺进行装修就主要通过此区域来进行操作，所以在以后对这个区域所提供的功能要多加了解，如图 6-10 所示。

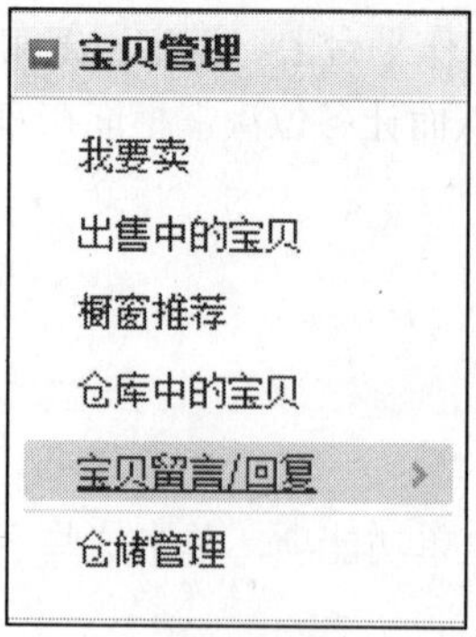

图 6-9

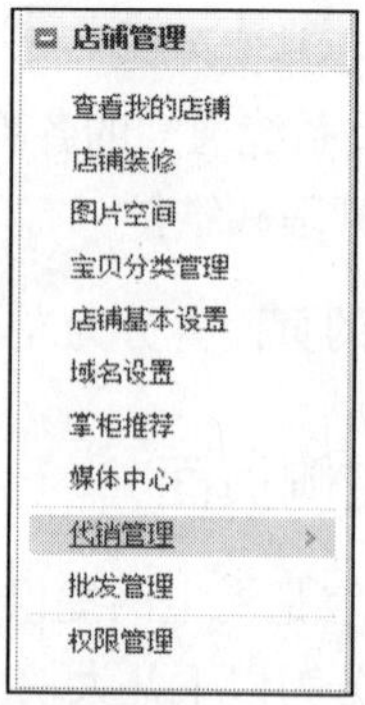

图 6-10

5. 营销中心

这个区域中集中了“促销管理”、“数据分析”、“我要推广”及“活动报名”四项关于店铺营销管理的功能，如图 6-11 所示。

6. 软件产品/服务

这里只提供了“我要订购”的快速入口功能，如图 6-12 所示。

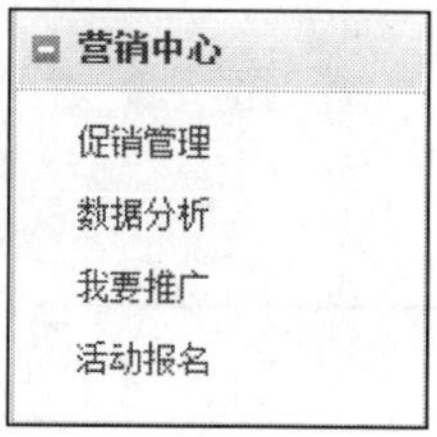

图 6-11

图 6-12

7. 客户服务

这里包含了“消费者保障服务”、“退款管理”、“维权管理”、“投诉举报”、“咨询回复”和“违规记录”六项和客户服务相关的功能，如图 6-13 所示。

8. 友情链接

这里主要包含了“支付宝”和“淘宝贷款”两项服务的友情链接，如图 6-14 所示。

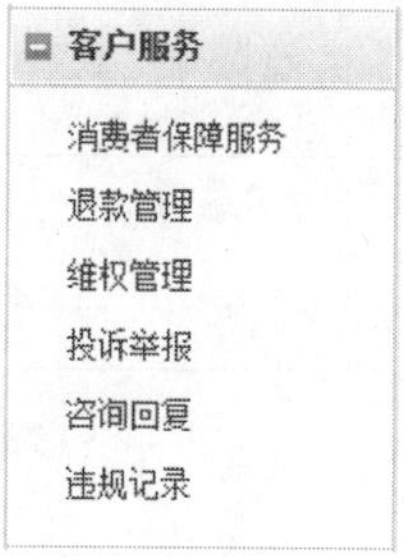

图 6-13

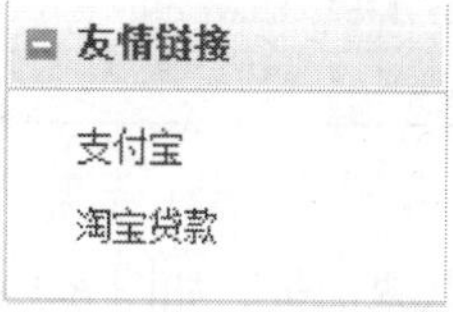

图 6-14

6.2.2 中部页面

中部页面主要以图文形式提供了一些相关的店铺运营方面的数据面板，并可通过此面板直接进入相关页面进行具体查询，从而更好地了解自己店铺实际运营情况。

这里被淘宝细分为以下八个面板。

1. 店铺基本情况面板，如图 6-15 所示。

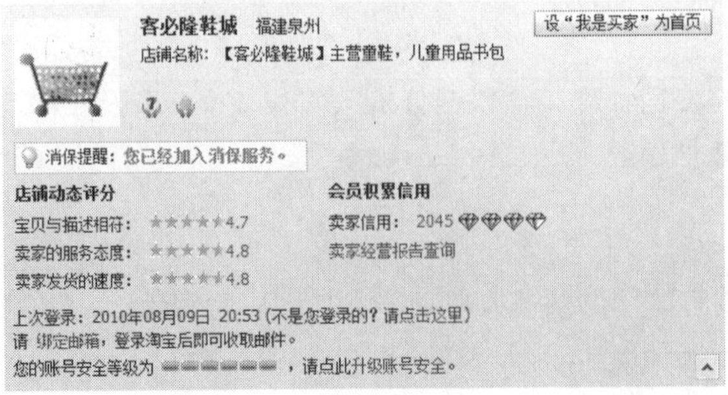

图 6-15

2. 支付宝账户集中管理面板，如图 6-16 所示。

图 6-16

3. 卖家违规记录面板，如图 6-17 所示。

图 6-17

4. 交易提醒面板，如图 6-18 所示。

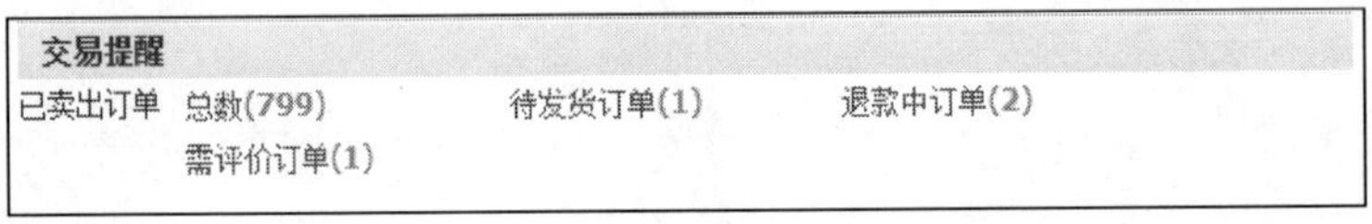

图 6-18

5. 商家推广效果面板，如图 6-19 所示。

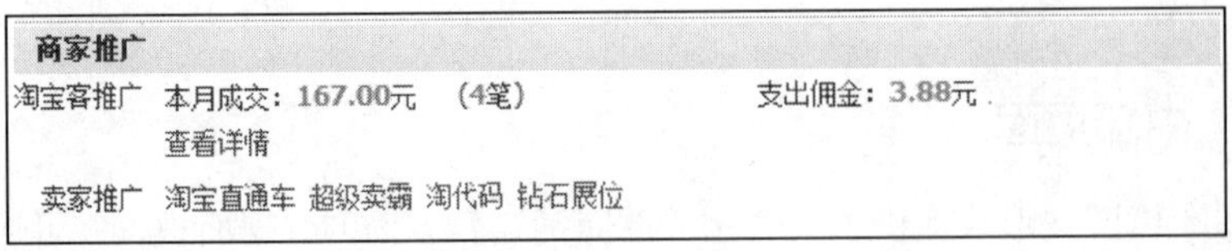

图 6-19

6. 消保服务情况面板，如图 6-20 所示。

7. 数据专区面板，如图 6-21 所示。

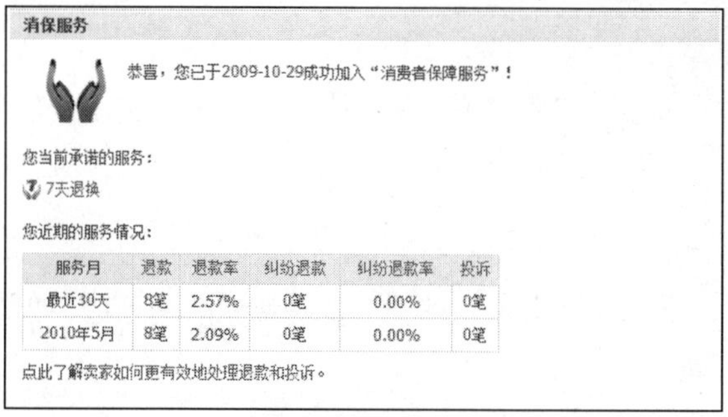

图 6-20

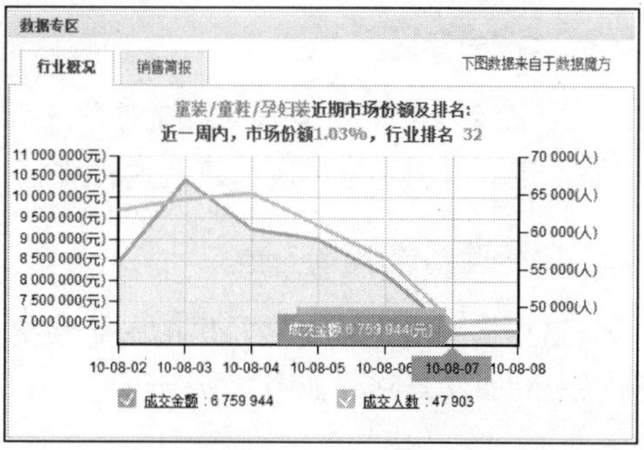

图 6-21

8. 网店版专区面板，如图 6-22 所示。

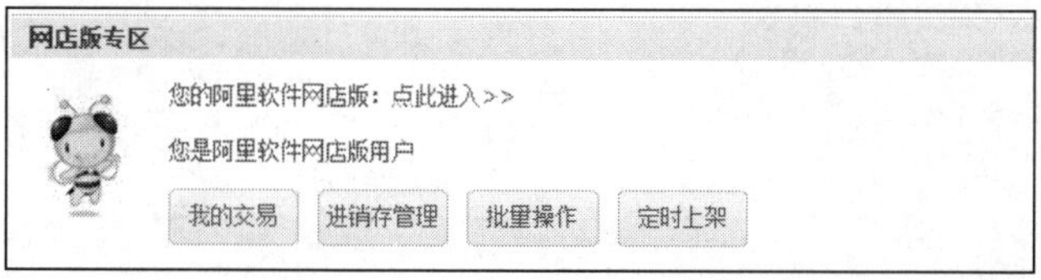

图 6-22

6.2.3　右侧页面

右侧页面所包含的内容相对而言就较少一些，主要是淘宝系统的保留区。

1. 系统公告区

这里是淘宝系统对所有用户发布重大公告的地方，通过这里我们可以第一时间了解淘宝的最新动态，或者系统功能的调整等，如图 6-23 所示。

2. 增值服务区

从这里我们可以订购淘宝认证的软件服务提供商所提供一些软件服务，订购后这些服务都放在自己的淘宝箱中，从这里就可以进入自己所订购软件当中，如图 6-24 所示。

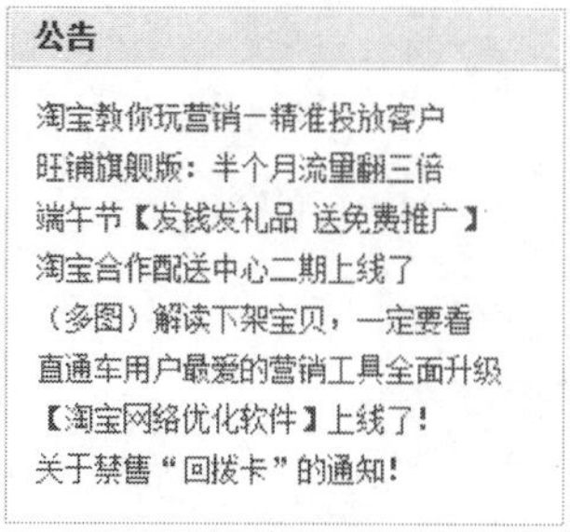

图 6-23

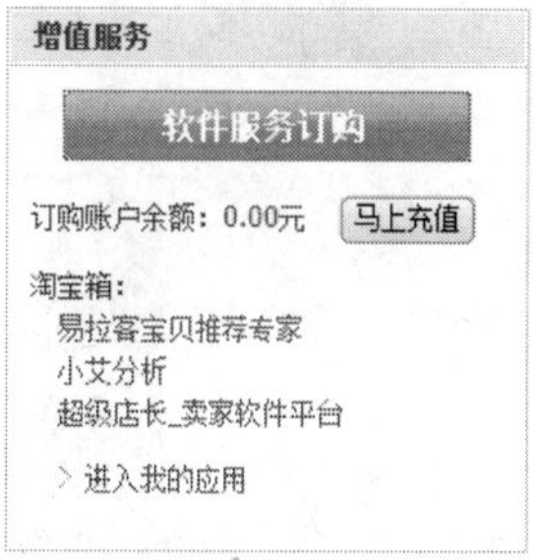

图 6-24

3. 产品专区

产品专区里主要是淘宝系统对自己所提供产品进行功能介绍，从而吸引卖家朋友去了解这种产品，进而吸引卖家朋友来订购这种服务，如图 6-25 所示。

4. 经验畅谈/网购安全

这里主要是进入淘宝社区的一个快捷通道，系统在这里主要挑选一些论坛中热门话题，以供有兴趣的朋友查阅，如图 6-26 所示。

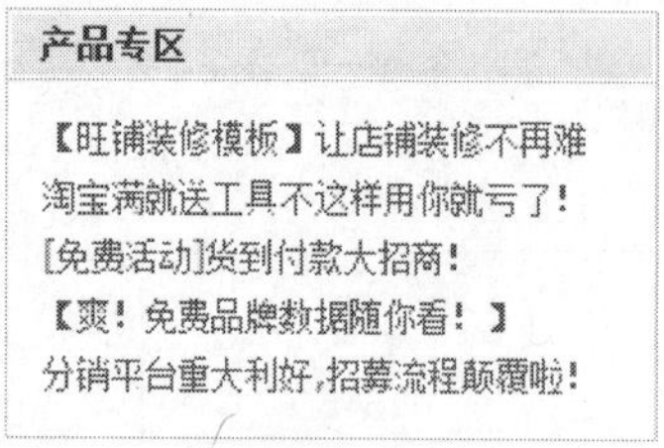

图 6-25

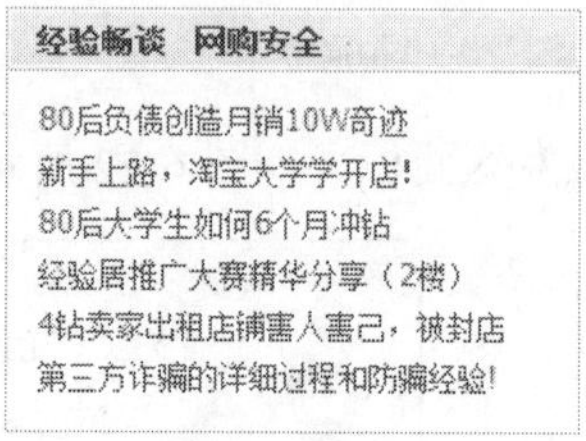

图 6-26

6.3 店铺管理

事实上我们对店铺的所有装修都是以店铺管理为入口来进行操作的，因此为了我们能更好地对店铺进行全方位的管理，一定要掌握这个模块下的所有功能，并能熟练操作。

6.3.1 查看我的店铺

这个功能相对而言比较简单，当我们用鼠标单击“查看我的店铺”时，系统就会引导我们进入自家店铺的首页，如图 6-27 所示。

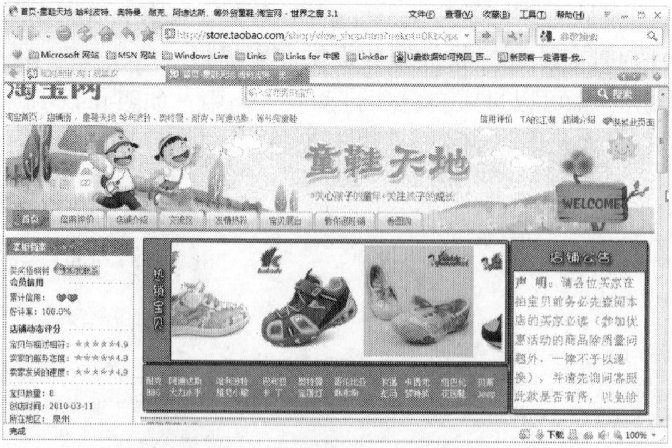

图 6-27

6.3.2　店铺装修

“店铺装修”菜单项是我们进入店铺装修的唯一入口，当用鼠标单击“店铺装修”菜单项时，系统就会进入一种可视化的店铺装修管理平台，在这个平台上可以完成对店铺所有装修工作。下面我们就来看一看这个店铺装修管理平台，如图 6-28 所示。

图 6-28

从这个页面上我们可以看到整个店铺装修管理平台共分为五个选项页面，分别为“装修页面”、“管理页面”、“设置风格”、“更改模板”和“导入/导出”。下面我们就对这五个页面具体进行讲解。

6.3.2.1　装修页面

装修页面是我们进行店铺装修工作的主要区域。

1. 页面的选择

如图 6-29 所示，这是在淘宝网上找到的两家店铺，我们可以看到，对于任何一家店铺而言，在打开店铺进行浏览时，会发现在店招之下的导航条都有很多页面选项，单击相应的选项就可以进入相应的页面进行浏览。既然一家店铺存在多个页面，在店铺装修时就存在着对多个页面装修的问题，那么在店铺装修管理平台上如何选择要装修的页面就是一个很重要的问题。

图 6-29

事实上店铺装修管理平台对这个问题已经做了安排，如图 6-30 所示，在“装修页面”选项页的正下方有一个“当前装修页面”下拉选择框，打开这个下拉选择框，如图 6-31 所示。

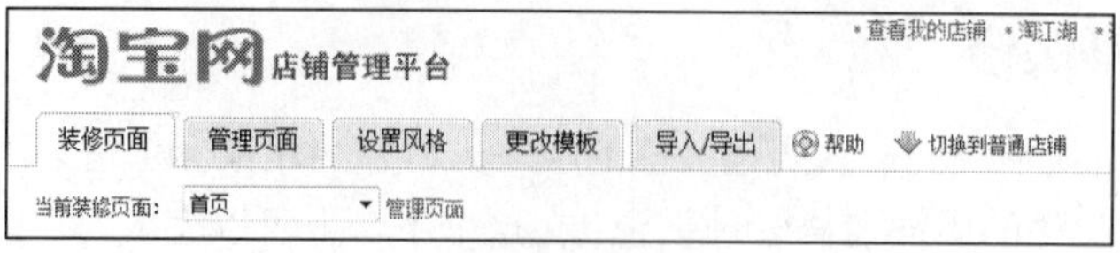

图 6-30

图 6-31

在这里可以看到当前下拉列表框中显示出可供装修的页面，只要选择相应的页面，就可以对其进行装修处理了。

2. 模块的管理

为了说明这个问题，先看一个店铺的首页装修页面示范图片，如图 6-32 所示。

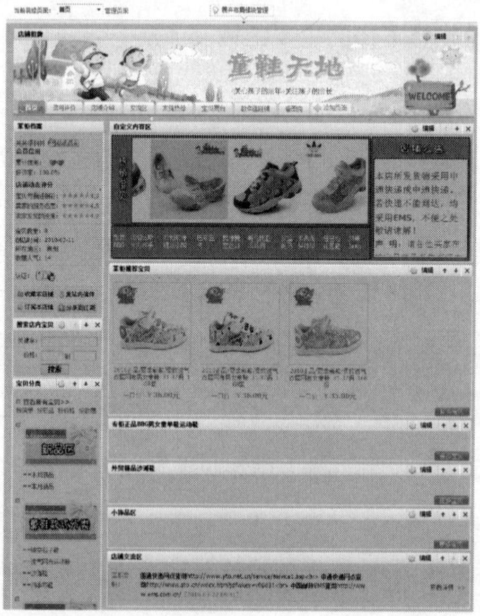

图 6-32

从图 6-32 我们不难看出，整个页面不论是左侧还中右侧，都是由一个个小方块组成的，这些方块有大有小，在淘宝店铺装修中，称之为模块。那么整个页面就是由这些模块组成的，当然模块分为两种，一种叫做系统模块，另一种叫做用户模块，这两种模块有着明显的差异，如图 6-33 所示。

图 6-33

图 6-33 中的上图是“掌柜档案”模块，下图是“掌柜推荐宝贝”模块。它们最大的区别就在于模块顶端，下图中的这个模块顶端除了有名称之外，还多了四个按钮。

第一个按钮是编辑按钮“编辑”，也就是那个黄色小齿轮标志。如果模块上面有这个按钮，就意味系统允许我们对这个模块的内容进行修改和指定，说简单一点，就是允许对其进行装修。当单击此按钮，系统就会根据模块性质弹出相应的的设置框，让我们在其中进行定义此模块的显示样式，从而达到装修的目的。

第二个按钮是上移按钮“↑”，这个按钮的作用就在于我们每单击一次，其所在的模块在页面中的位置就上移一个模块位。

第三个按钮是下移按钮“↓”，这个按钮的作用就在于我们每单击一次，其所在的模块在页面中的位置就下移一个模块位。

第四个按钮是关闭按钮“×”，这个按钮的作用就在于我们每单击一下，就可以关闭当前模块，让其从当前页面上消失。

而这四个按钮正是用户模块的特有标志，所以在今后的店铺装修操作中，只要看到模块上有这样的标志，就意味着此模块可以进行装修操作，系统模块是不允许操作的。

从上面的介绍中我们知道，用户模块是店铺装修的最小单位，模块排列之后才得到一个页面。既然模块是装修的最小单位，那么我们如何通过添加模块来布局自己的页面呢？当然不同的页面所允许添加的模块是不相同，其中首页当中所允许添加的模块最多，所以我们就以在首页中添加模块为例来说明这个问题，其他页面中的模块可依样操作。

在我们选定装修页面之后，在“当前装修页面”下拉选框中有一个浅蓝色细条区域，其正中有一个“▼”按钮，有时系统会在此提示“展开布局模块管理”，如图 6-34 所示。

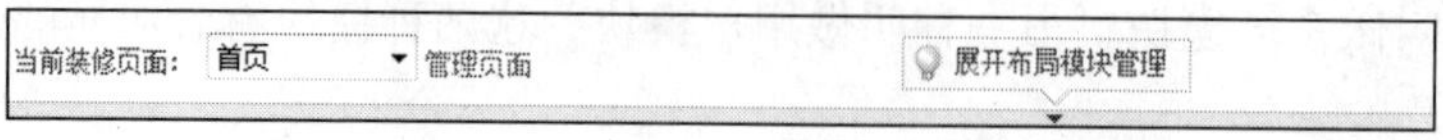

图 6-34

将鼠标指针移到此细条区域中的任何地方，就会发现指针形状就会发生变化，如图 6-35 所示。

图 6-35

单击此区域看一下效果，如图 6-36 所示。

图 6-36

原来模块的布局在这个地方！在这里可清楚地看到每个区域之下都有一个添加模块按钮“添加模块”。

当然对于店招之下的添加按钮是不用操作的，因为我用的是标准版旺铺，没有资格在这个区域添加模块的！你也可试一下，系统会弹出如图 6-37 所示的提示。

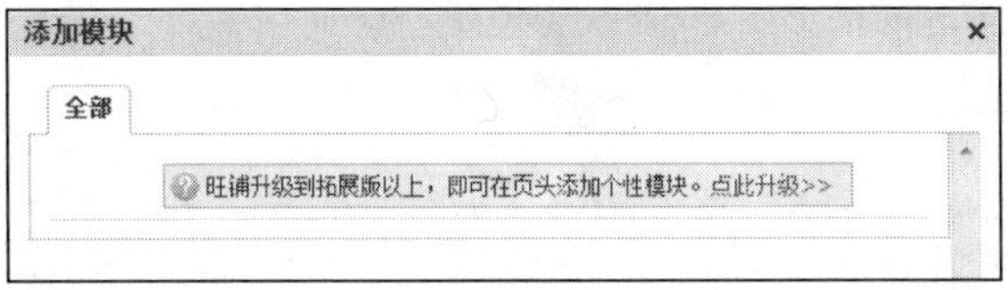

图 6-37

想添加这样的模块吗？想的话那就请交钱进行功能升级吧，那可是每月要花 98 块钱的！

再来看一看页面左侧可以加一些什么！单击左侧添加模块按钮，如图 6-38 所示。

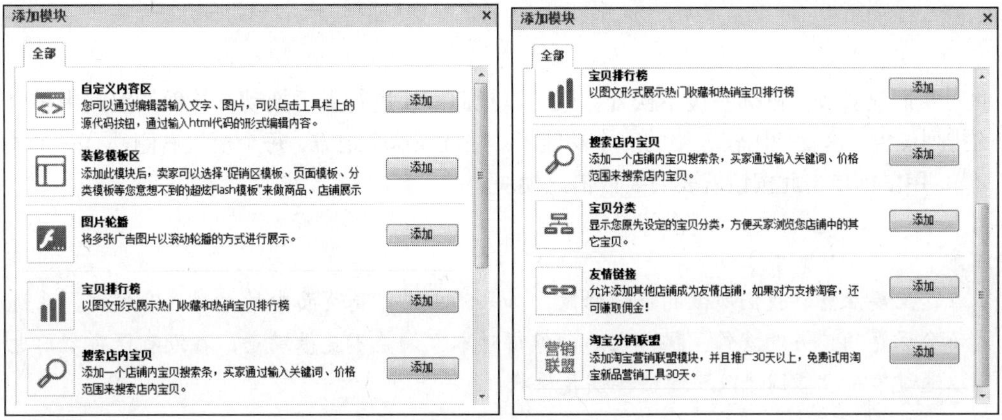

图 6-38

最后再来看一看页面右侧可以添加一些什么，单击右侧添加模块按钮，如图 6-39 所示。

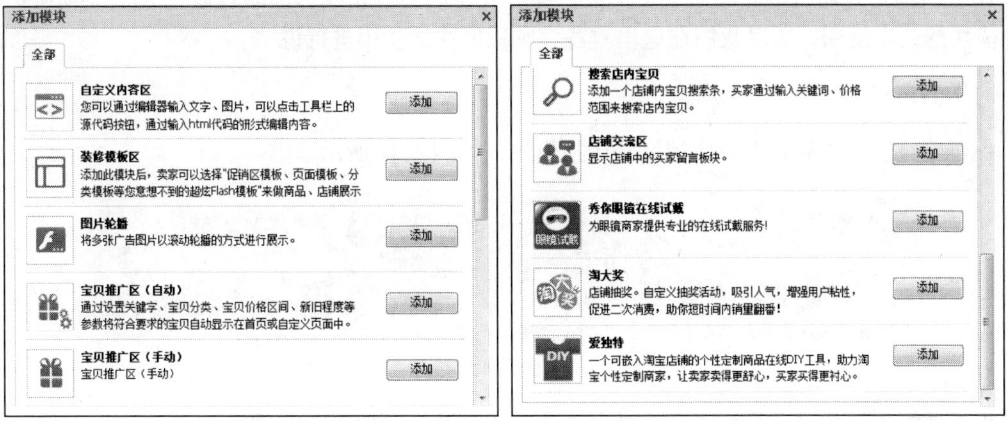

图 6-39

在这里不管是左侧还是右侧，我们要添加哪个模块，只需要在相应模块右侧单击“添加”按钮即可将对应模块添加到模块布局当中，并且当将鼠标指针移到模块布局当中的任意模块之上，鼠标指针会变成如图 6-40 所示的情形。

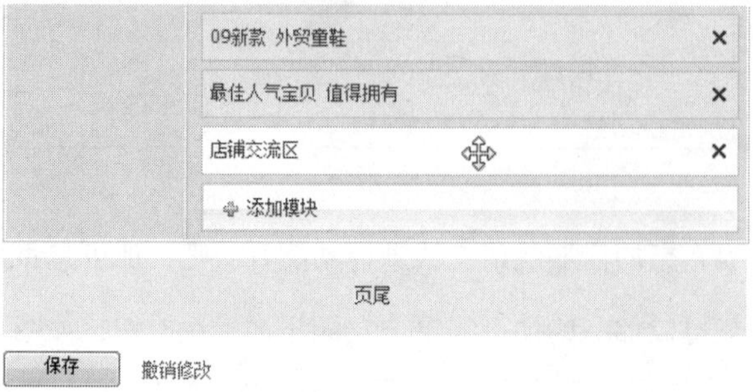

图 6-40

此时我们只要按住鼠标左键不松开，就可以把此模块进行上下拖动，从而调整其中整个页面当中的排列位置，这就是比较方便的一个功能了。并且在这个地方，每个模块右侧都有一个关闭按钮“×”，用鼠标单击此按钮就表明要取消此模块。

注意

但在这里要注意，我们所做的任何修改，如果不单击布局页面中的“保存”按钮，系统是不会保存的。另外您作了操作之后，觉得对本次调整不是很满意，在没有保存之前也可以通过单击“撤销修改”超链接恢复原状。

3. 常见模块使用说明

由于模块是我们店铺装修的最小单位，那么要想出色地完成店铺的装修任务，就必须要熟悉各个模块的基本使用，所以我们在这里对各个常用模块的使用进行说明。

（1）店招

位于首页装修页面最上方区域就是店招模块，如图 6-41 所示。

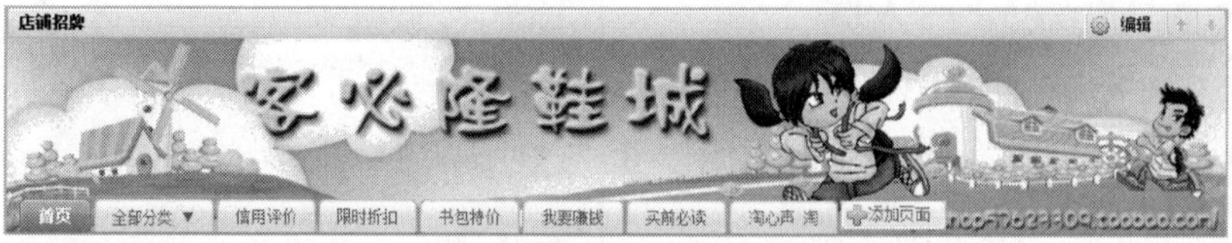

图 6-41

单击“编辑”按钮，系统就会伸展出一个店招设计区，如图 6-42 所示。

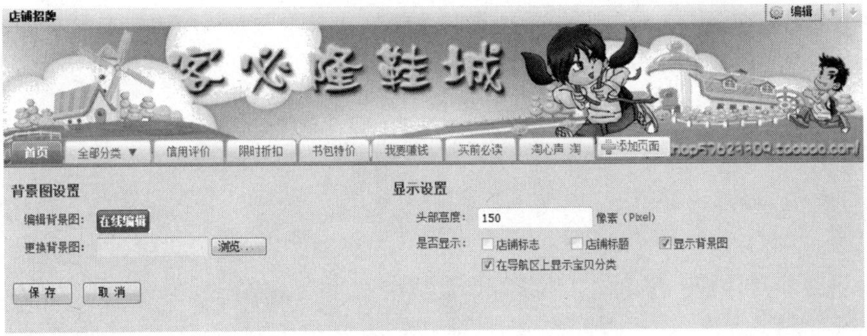

图 6-42

从图 6-43 中可以看出，整个店招设计区包含了三部分，第一部分是背景图设置。事实上背景图就是店招，如果事先已经在制作好了店招图片，就可以单击浏览按钮“浏览...”，此时系统就会弹出一个名为“选择要加载的文件”的对话框，如图 6-43 所示。

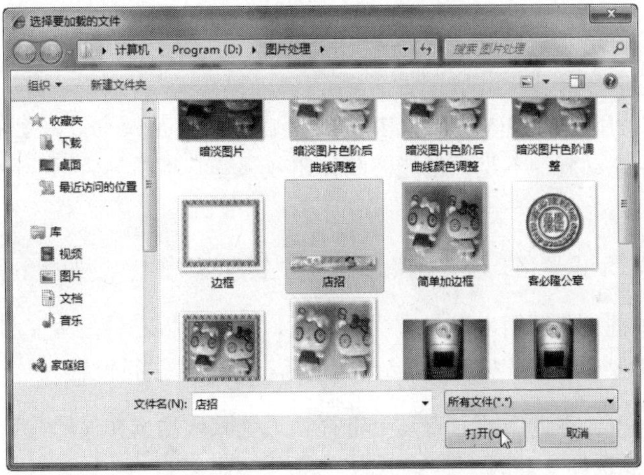

图 6-43

在此对话框中选中已经制作完毕的店招图片文件，并单击“打开”按钮，此时就可以看到“更换背景图”右侧的文本框中已经出现需要更换的文件名了，如图 6-44 所示。

除了可以在自行制作店招上传之外，淘宝网也允许我们在线制作店招并加以使用。在图 6-44 中就可以清楚地看到在更换背景图的文本框之下，有一个“在线编辑背景图片”超链接，单击一下看一下有什么反应。

单击之后，系统就会引导我们进入淘宝在线的店招制作平台，在此平台上汇聚了很多优秀的店招，我们可以在线制作一个店招并应用到店铺当中，如图 6-45 所示。

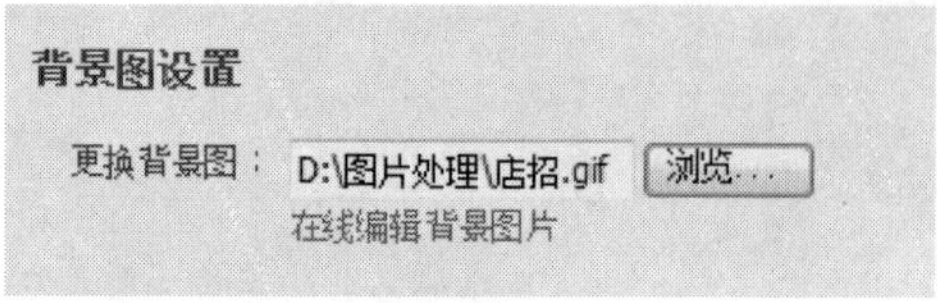

图 6-44

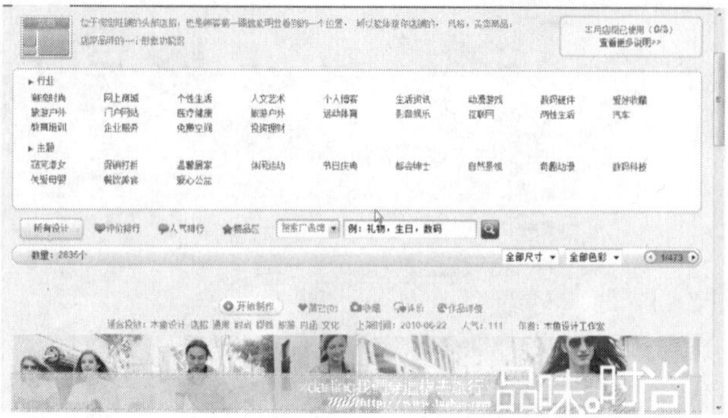

图 6-45

在这里有很多模板，可以选择一个自己喜欢并适合自家店铺风格的店招模板进行制作。虽然淘宝网为我们提供了免费的店招模板，很多模板的设计非常精美，但是这里有很大一个弊病，那就是利用这些现成的模块几乎就没有可以发挥的余地，都是在别人的限制之下进行简单的文字替换。更何况淘宝网上这么多店铺，每个卖家都来这里寻找自己的店招，使用的人多了就是再美也会感到厌倦。

因此我一直都坚持用 Photoshop 自制 GIF 动画店招，虽然从视觉效果上来说不及 Flash 动画，但只要是尽量回避 GIF 动画的不足，也能够制作出效果非常不错的店招。最重要的是我自己的店招想怎么做就怎么做！

第二个区域就是显示设置区，在显示设置区中主要有以下内容，如图 6-46 所示。

“头部高度”文本框：此框用来设置店招的高度，此次改版之后，淘宝网规定店招的高度必须在 100px 到 150px 之间。大家可以根据自己制作的店招尺寸来进行设置。

“是否显示”复选框：在这个地方有几个选择，系统默认是选择显示背景图，也即显示我们的店招图片。如果取消此选项，此时“店铺标志”和“店铺标题”两个复选框就可以使用了，如图 6-47 所示。

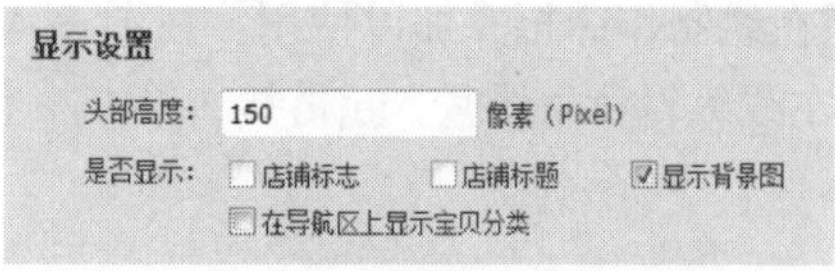

图 6-46

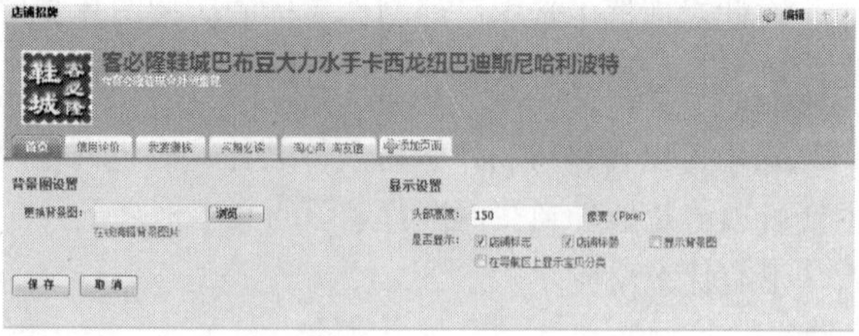

图 6-47

如果选择“店铺标志”复选框，则在店招区会显示我们自己的店标，如果选择“店铺标题”复选框，则在店招区显示我们店铺名称。另外还有一个选择就是“在导航区上显示宝贝分类”，如果我们选择了这里，那就会在我们的导航区上显示一个全部分类标签页。来看一看实际效果，如图 6-48 所示。

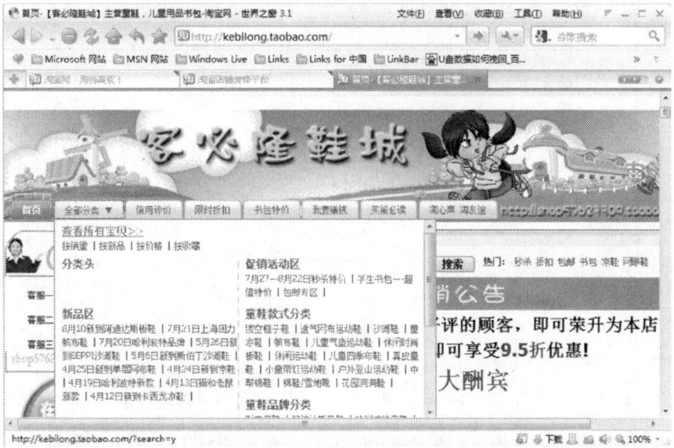

图 6-48

当我们把鼠标光标移到这个全部分类上，就会弹出一个分类列表框，在其中就会显示我们店铺中所有的商品类目，单击之后就可以跳转到所选择的类目列表当中。

和前面的一样，在这店招编辑区对店招做了更改后，如果想保存这种更改，就必须记得单击“保存”按钮，这样才能让我们的更改生效。如果对此次操作不满意，就可以单击“取消”按钮，系统将放弃本次店招的编辑操作。

（2）自定义内容区

自定义内容区可以通过编辑器输入文字、图片，也可以在编辑器的源代码编辑模式下输入 HTML 代码，由于其中的内容丰富多变，可以自由发挥，它已经成为我们店铺装修中使用最多的模块，只要是涉及代码的内容就都要使用自定义模块。所以从某种程度上来说，要想体现一个店铺装修档次，最关键的就在于是否使用了自定义区，并能灵活应用它。

鉴于自定义区模块在店铺装修的重要性，下面我们就具体来看一看自定义区模块的基本操作。

首先我们在店铺装修页面中增加一个自定义区，设置好位置后并保存。保存成功之后，在页面当中就会出现如图 6-49 所示的内容。

图 6-49

单击顶端的“编辑”按钮，系统此时会弹出一个名为“自定义内容区设置”对话框，如图 6-50 所示。

图 6-50

自定义区分共有三个区域，第一个是标题区，如果我们选择了“显示标题”并在模块标题文本框中输入了标题，那么发布之后此自定义区将在顶端显示所设置的标题。

第二个是工具栏，此处的工具栏中共有 21 个工具。前面 15 个工具都是一些文字工具，利用这些工具可以对内容编辑区的文字进行格式化，这里我们就不特别说明了，只是主要介绍后面几个工具，这是我们要经常使用的。

：此按钮用来设置超链接。那么这里的超链接指的是对内容编辑区中的文字或图片设置相应的超链接。这里我已经在内容编辑区里输入了“客必隆鞋城”五个字，效果如图 6-51 所示。

在内容编辑区选中此文字，并单击“”按钮，如图 6-52 所示。

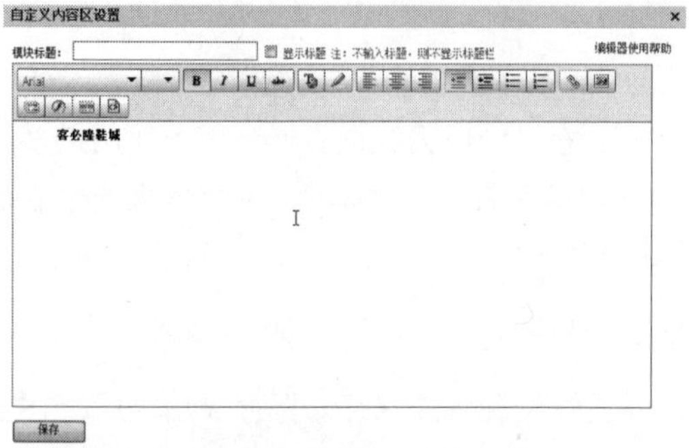

图 6-51

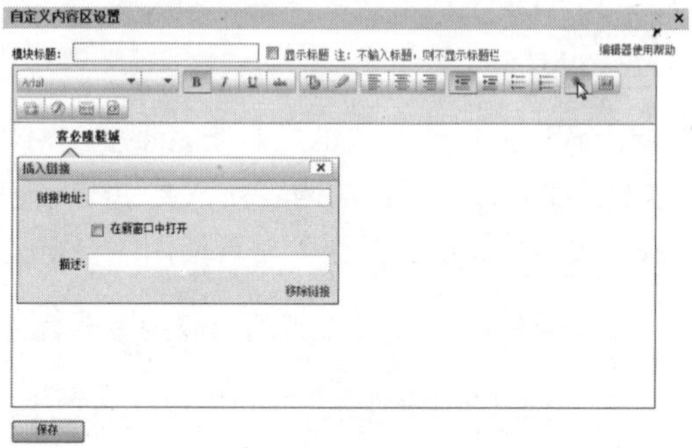

图 6-52

此时系统就会弹出一个“插入链接”对话框，在此对话框中的链接地址文本框中填入要链接的地址，并可以选择“在新窗口中打开”复选框，如果选择了此处就表明要求浏览器重开窗口显示链接的对象。当然如果原来所选中的对象上面存在超链接，我们在此处也可以修改链接地址，并且还可以单击“移除链接”按钮来取消我们选中内容上所附加的超级链接。

：插入图片按钮。如果我们要在自定义内容区中插入图片，单击此按钮，此时系统会弹出一个名为“图片设置”的对话框，如图 6-53 所示。

在图片地址文本框中输入图片的地址，这里一定要求是图片的网络地址，而不是本地计算机上图片的存放位置。至于图片尺寸可以按自己的需求进行设置，如果不设置就默认使用原图片的尺寸。内部边距指的是图片之间的间隔距离。边框就是指所加的图片是否需要边框，如果需要边框，就可以指定边框线的粗细、边框线的类型及边框线的颜色。最后一行就是图片的链接地址，如果需要将此图片设置超链接，就可以在此填入超链接的目标地址，不需要的话就可以保持默认设置。所有的内容设置完毕之后，单击“确定”按钮就可以将一张图片插入到内容编辑区当中。

：此按钮是用来插入图片空间中的图片。这个地方和前面那个按钮是有区别的，此按钮是专门用来插入淘宝图片空间中的图片，而前面那个插入图片按钮则可以插入所有图片空间的图片（前提条件是支持淘宝网外链）。可以单击此按钮看一下，此时界面就发生了变化，如图 6-54 所示。

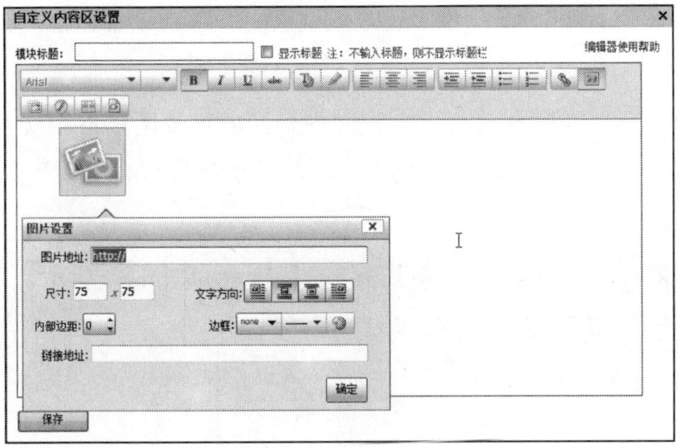

图 6-53

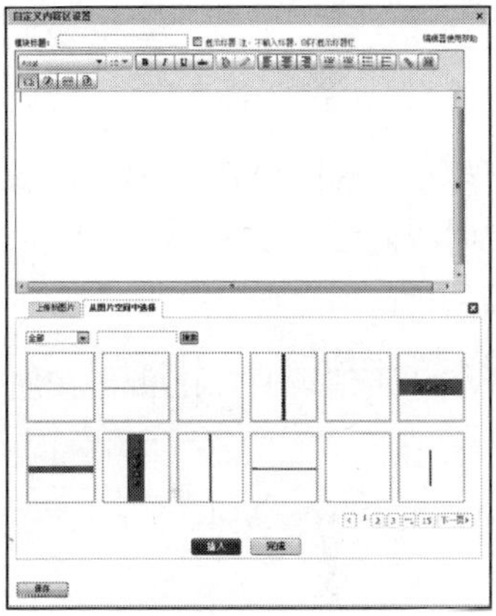

图 6-54

那么在这里我们可以选择已经上传到淘宝图片空间中的图片，也可直接上传新图片到淘宝图片空间当中然后使用。

：此按钮是用来插入 Flash 空间中的 Flash 文件。单击此按钮之后，界面变成如图 6-55 所示。

我们在空间当中选择所需要的 Flash 文件，单击“插入”按钮即可。但要想使用这个功能，要先申请开通 123show 服务。

：此按钮用来插入视频文件到定义内容区。单击此按钮之后整个界面会变成如图 6-56 所示情形。

在视频空间当中选择所需要的视频文件，单击“插入”按钮即可。但要想使用这个功能，要先申请开通视频服务。

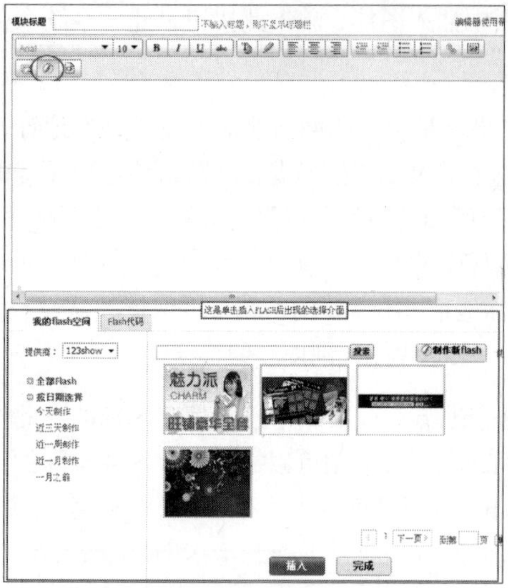

图 6-55

图 6-56

：此按钮是编辑 HTML 源码按钮。在默认状态下自定义内容区的编辑区是常规文本编辑区，此时我们可以在其中输入文字、插入图片、Flash 及视频文件，并且在这种状态下工具栏的 21 个按钮均可使用。

单击一下编辑 HTML 源码按钮，来看一看自定义内容区窗口的变化，如图 6-57 所示。

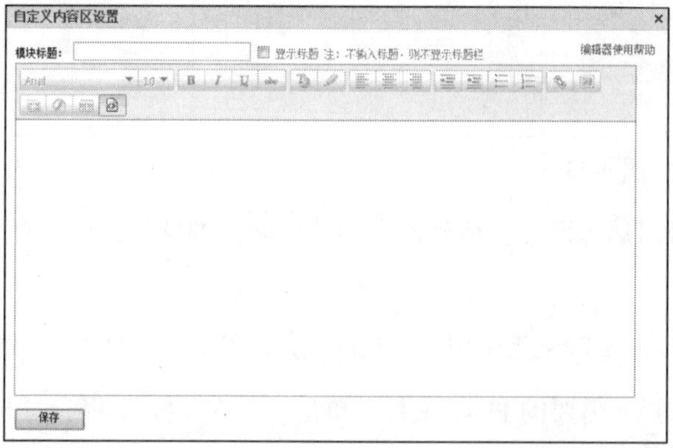

图 6-57

此时我们会发现工具栏中的 21 个按钮只剩下编辑 HTML 源码按钮是可用的。这就表明内容编辑区现在只能进行 HTML 源代码输入，这就有点类似 Dreamweaver CS4 的代码设计窗口了。那么我们店铺的装修模板的代码就必须在这种状态下才能放置到自定义区的，这一点一定要记住，否则你的模板是不能直接使用。

事实上自定义内容编辑区是一个二合一的编辑窗口，在平常情况下它是一个文本编辑窗口，我们在其中输入任何内容，系统都会认为所输入的内容就是普通的文本，哪怕输入的是 HTML 源代码，系统也认为它是普通文本，就按照文本来显示。

如图 6-58 所示，这里有一段已经做好的促销区代码，现在在普通模式下将这段代码放入到编辑区中看一看有什么结果。

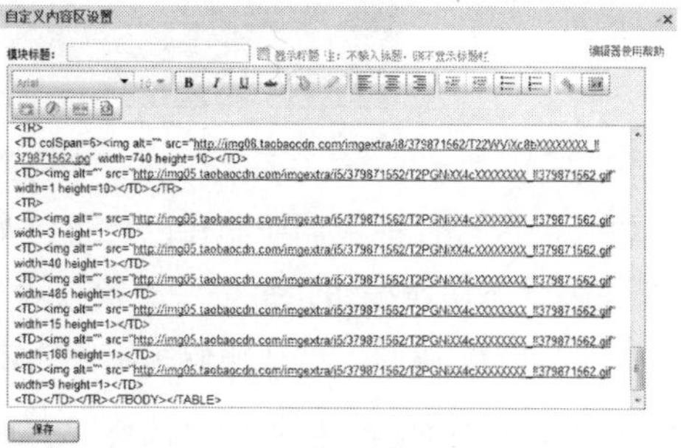

图 6-58

将这些代码放入之后，单击“保存”按钮，此时输入的内容就会在自定义内容区显示，如图 6-59 所示。

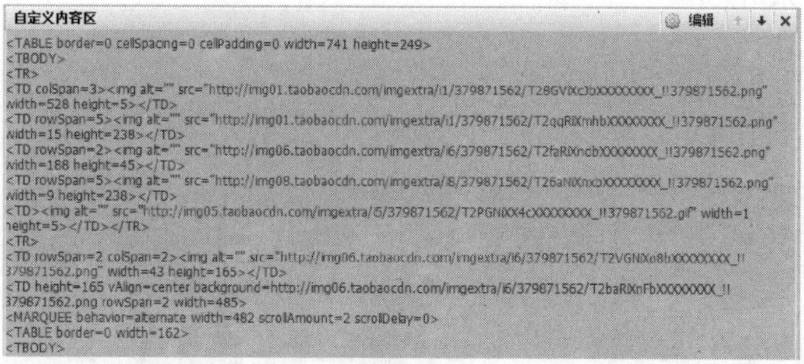

图 6-59

本来我们放入的是一段已经制作好了的促销模板 HTML 源代码，结果显示的还是代码内容，并没能出现我们所制作出的模板，原因就在于上面所说的，在文本编辑模式之下，我们所输入的任何内容都是作为普通内容原样显示。

但是当单击“编辑 HTML 源码”按钮之后，此编辑窗口将变成 HTML 编辑器，它会将所输入的内容作为 HTML 代码来进行解释。在这种状态下，我们依然将上面的代码放入编辑区中，如图 6-60 所示。

为了查看效果，再次单击“保存”按钮，效果如图 6-61 所示。

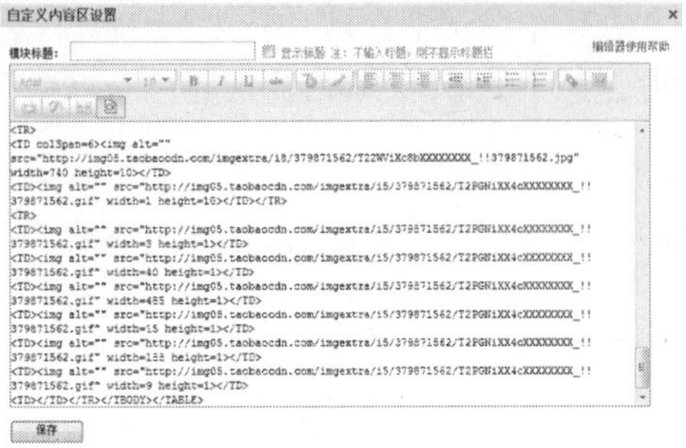

图 6-60

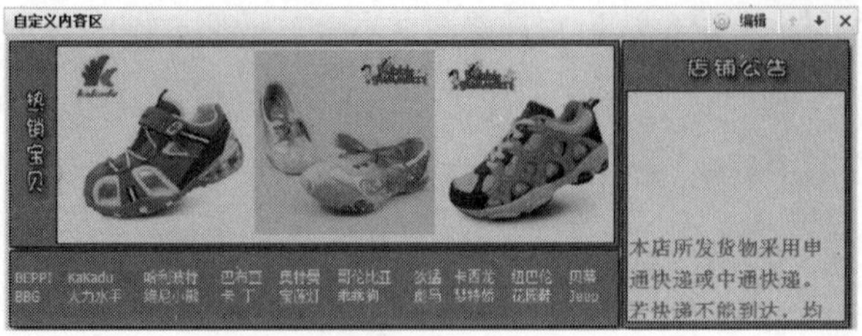

图 6-61

此时系统就正确地解读了输入的内容，把我们所制作的模板显示出来。从这两种情况对比来看，编辑 HTML 源码按钮就是一种状态切换按钮，每按一次状态就发生转化。如果想输入普通文本就在普通模式之下，如果想输入 HTML 源码，就在源码编辑模式之下工作，千万不要弄错了！

到这里可能就有读者会问，说了半天都是右侧自定义内容区，那左侧自定义内容区是什么样的呢？事实上所有的自定义内容区的操作都是完全一致的，只不过位置在左侧，我们在其中添加内容时只要注意不要让所加的内容宽度超过 200px；在右侧自定义内容区时，宽度不要超过 750px；当然如果是通栏自定义区的话，宽度就不要超过 950px，只要保证了这个尺寸，就可以保证我们自定义内容区完美显示出来！

（3）图片轮播

先看一个示例，如图 6-62 所示。

图 6-62

这种广告图片的最大特点是会不断轮换地显示不同的商品，并且每个图片上都可以进行链接。这就是图片轮播功能！在以前旺铺中没有这个功能的，从网络编程的角度来讲，实现这一点事实上是很容易的事，但是必须利用一定的代码来进行控制。好在后来淘宝网系统升级之后，对于标准版旺铺提供了图片轮播的模块，现在我们就可以利用这个模块来实现图片滚动展示的效果。

下面我们就具体来看一看图片轮播模块的使用。

首先我们要在页面中增加一个图片轮播模块。在添加模块当中找到图片轮播模块。添加完毕之后保存我们的布局调整，就可以在页面中看到出现图片轮播模块了，如图 6-63 所示。

单击此模块右上角的“编辑”按钮，此时系统就会弹出“图片轮播设置”对话框，如图 6-64 所示。

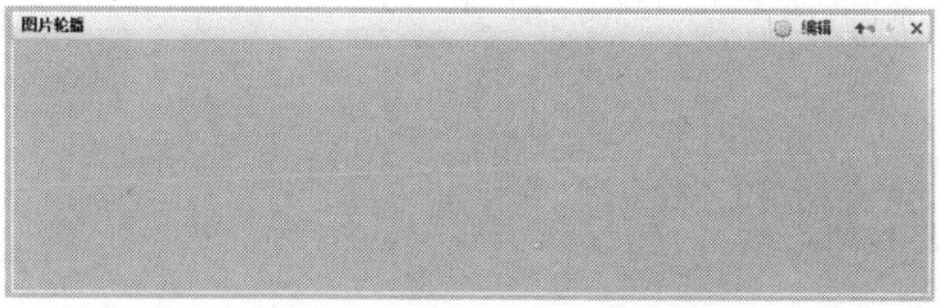

图 6-63

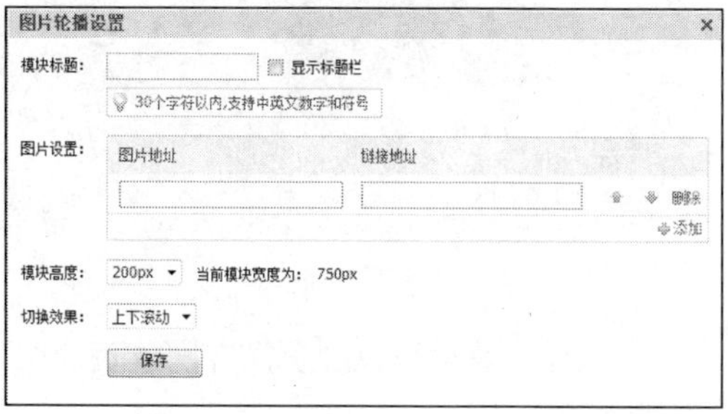

图 6-64

在这里主要由以下几个部分可以设置。

（1）模块标题：用来设置此图片轮播的显示标题，系统默认是不显示的。

（2）图片地址：这里指的是已经做好的并上传到图片空间中的广告图片。

（3）链接地址：这里指的是广告图片的链接目标地址，设置之后就可以在单击图片时进行引导浏览器打开目标页面。其中在这里还有上移、下移、删除及添加按钮，这些按钮是用来对图片进行上下位置移动、删除及添加的。

（4）模块高度：在这里图片轮播的宽度是系统自定的，由于这里添加的是右侧轮播模块，所以宽度为 750px。那么为了使自己的图片展示效果达到最佳，大家在使用时就一定要注意自己的广告图片的尺寸。这里的尺寸高度大家就按自己图片的实际像素来进行设置。

（5）切换效果：主要是用来指定每两幅图片切换时的特效。在这里主要有两种选择，上下滚动和渐变滚动。

假定我们现在已经设定三个广告图片进行轮播，设置之后如图 6-65 所示。

设置完毕之后一定要单击“保存”按钮。此时我们在装修页面就可以看到如图 6-66 所示情形了。

由于我们并没有发布，所以看不到实际效

图 6-65

果，现在预览看一下吧，如图 6-67 所示。

图 6-66

图 6-67

怎么样，效果可以媲美淘宝网首页的图片轮播广告了吧！如果你的店铺还没有使用，那就赶快行动吧！

6.3.2.2 管理页面

在店铺管理平台当中单击“管理页面”选项卡，系统会显示如图 6-68 所示界面。

图 6-68

我们可以看到在管理页面选项下，也被分成了三个项目。

1. 店铺页面

我们所说的店铺页面指的是可以在店铺中显示的所有页面，一个店铺当中到底有哪些页面，我们大致从店铺的导航区上就可以看出来，如图 6-69 所示。

就拿我的店铺来说吧，现在在导航区可以看到存在着“首页”、“信用评价”、“限时折扣”、“书包特价”、“我要赚钱”、“买家必读”和“淘心声淘友谊”七个页面。当单击管理页面时，在店铺页面选项卡下就可以看到这些内容已经在其中了，如图 6-70 所示。

图 6-69

图 6-70

那么在这个地方我们可以利用“↑”、“↓”、“⚙”和“×”按钮分别来上移、下移、装修和删除页面。其中在这个地方有一个添加新页面按钮［添加新页面］，当我们单击此按钮之后，系统就会弹出一个名为“添加新页面”的设置框，如图 6-71 所示。

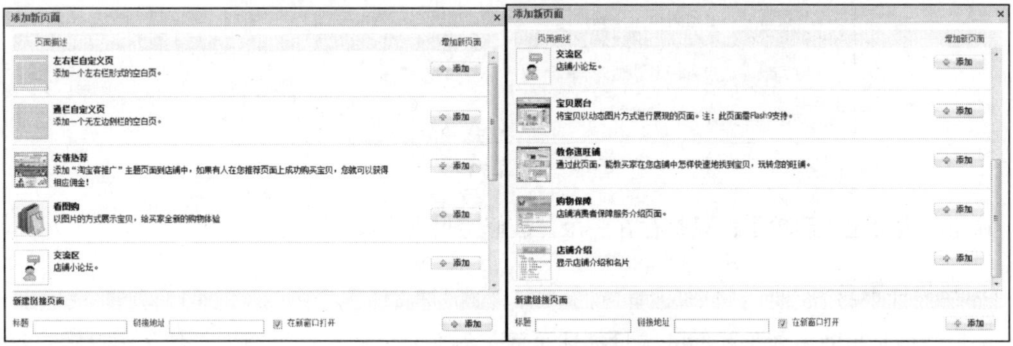

图 6-71

在界面里面可以看到有很多页面允许添加，在这里对于我们来说，最大的惊喜就在于系统允许我们添加自定义页面！

对淘宝网系统而言，标准版旺铺所添加的自定义页面有两种形式，一种是左右栏自定义页面，另一种是通栏自定义页面，不管是哪一种页面，我们只要单击“添加”按钮就可以增加进来，当然我们也可以对增加进来的页面进行装修。

2. 宝贝列表页

宝贝列表页就是我们在分类列表中单击某个分类之后出现在浏览器中的显示页面，如图 6-72 所示。

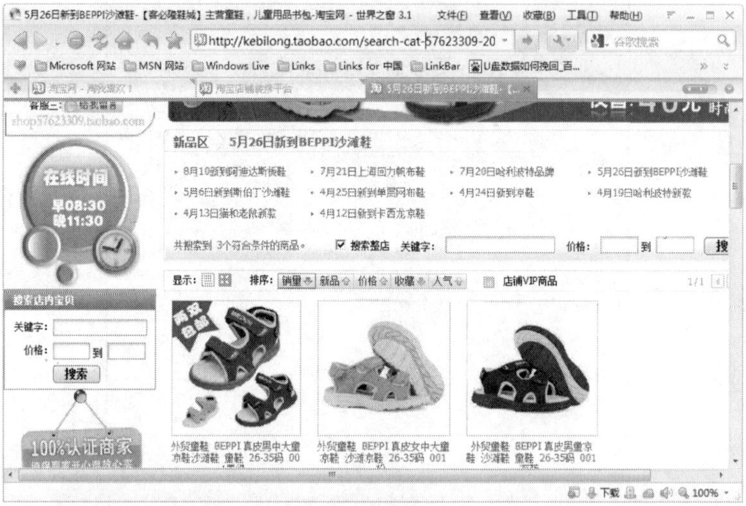

图 6-72

淘宝页面管理中的宝贝列表页如图 6-73 所示。

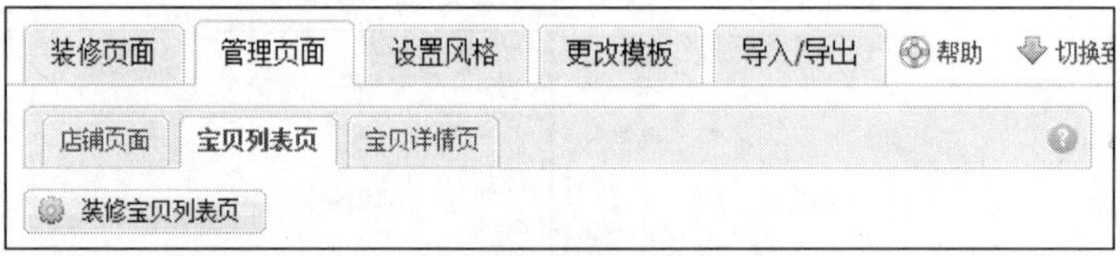

图 6-73

这里的内容也太简单了，只是存在一个“装修宝贝列表页”按钮。

3. 宝贝详情页

宝贝详情页事实上就是我们的宝贝描述页面，那在它出现在这个地方有什么用意呢？我们点开看一看，如图 6-74 所示。

这里已经有一个系统默认的宝贝详情页，在这个地方可以对系统默认的宝贝详情页进行编辑，也就是装修！这可是今年淘宝网升级之后才出现的新功能，当然这只是针对旺铺及其以上的版本才能使用。其中最为引人注意的功能是允许我们在宝贝描述页中添加自定义区，有了这个功能我们可以把促销做到宝贝描述页面中，并且只要在宝贝详情页中增加了自定义内容区之后，店铺中所有宝贝在显示详情时都会把这个自定义区的内容显示出来。

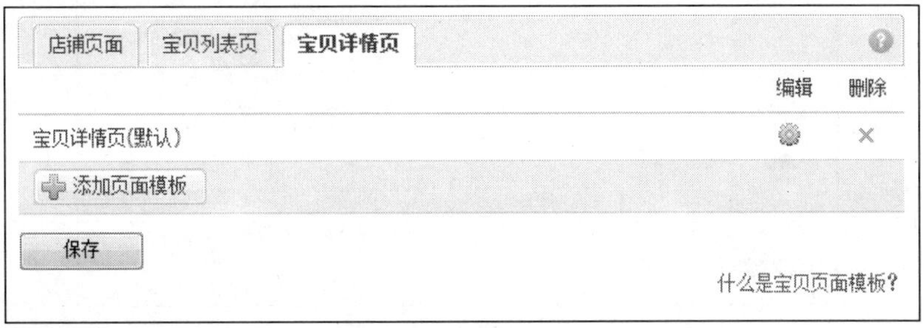

图 6-74

其实这里我们可以另外添加宝贝页面模板。当单击“添加页面模板”按钮，系统就可以让我们自己新建宝贝描述模板，如图 6-75 所示。

在宝贝模板名中输入模板名称，如“其他小物品”，单击“确定”按钮，此时宝贝详情页列表之中就多了一个名为“其他小物品”的页面模板，如图 6-76 所示。

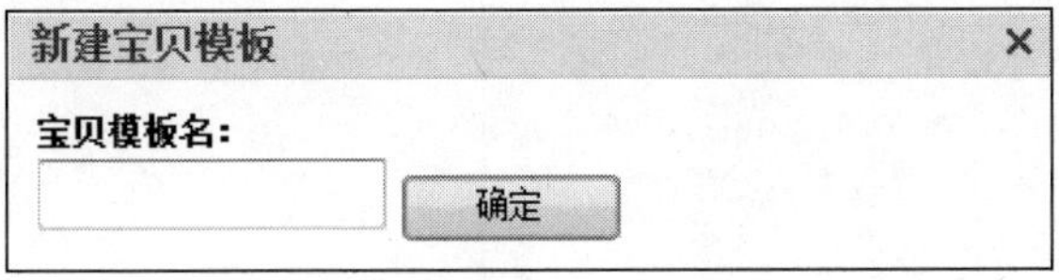

图 6-75

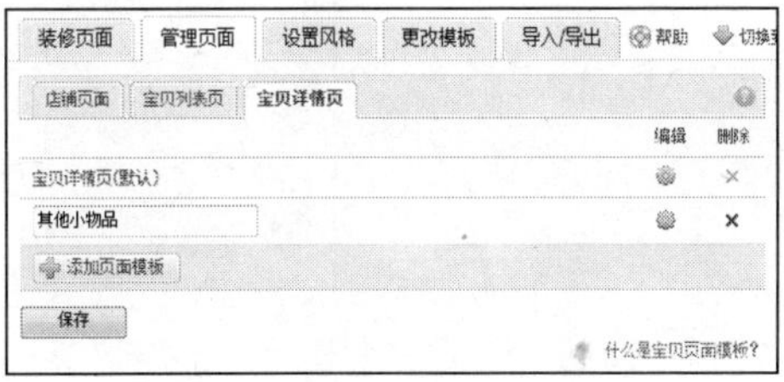

图 6-76

单击“保存”按钮之后，这个小饰品宝贝详情页面模板就会成功保存下来。

宝贝详情页面模板和我们平常所说的促销模板有什么区别呢?

宝贝详情页面模板是针对整个页面而言的，也就是宝贝详情页面模板是直接用于页面装修，这里装修后，每个宝贝的上方或下方，自动会添加上去。当然，店铺里的不同宝贝要想添加上不同的东西也是可以的，可以通过添加多个宝贝详情页模板，应用到不同的宝贝上。

而我们平常所说的促销模板只是针对页面中的模块而言的，我们所做的装修代码只是针对这个模块进行装修，它只是页面中的一个小小的组成部分。

但现在问题又来了，我们增加了页面模板，但怎么把不同的宝贝指定不同的页面模板呢？因为系统默认的是所有宝贝都使用默认宝贝详情页。

为了更好地说明这个问题，我现在另外再增加一个名为“沙滩鞋”页面模板，并在这个页面模板中添加一个自定义内容区，其中显示“沙滩鞋”页面模板，如图 6-77 所示。

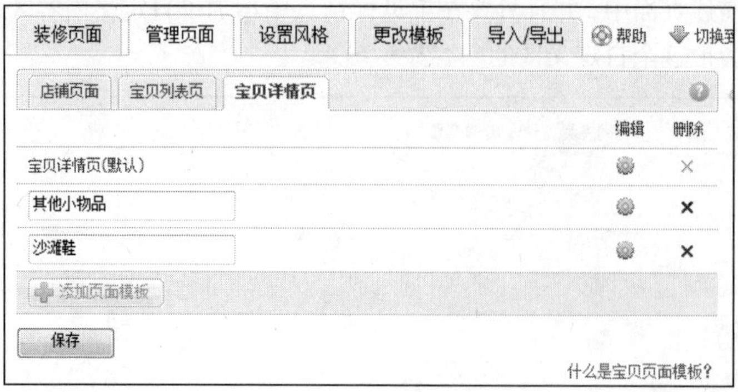

图 6-77

输入模板名称之后，单击“保存”按钮保存模板的名称，再单击“沙滩鞋”页面模块的右侧的黄色小齿轮，就会进入到沙滩鞋宝贝详情页的宝贝页面模板。在这个宝贝页面模板当中增加一个自定义内容模块，如图 6-78 所示。

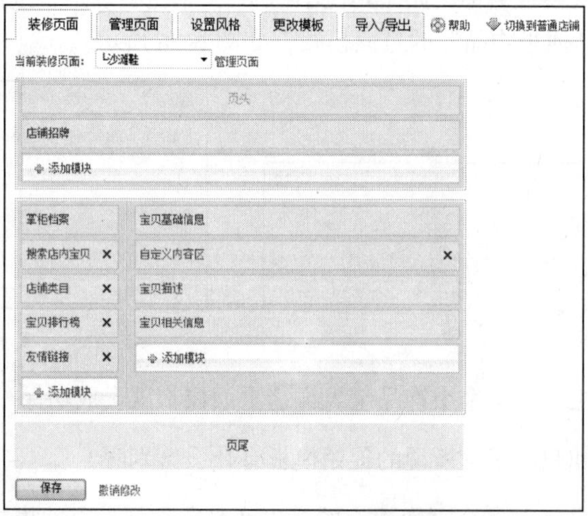

图 6-78

我们对这个自定义模块进行简单的编辑，让其显示“沙滩鞋页面模板”，如图 6-79 所示。

按照同样的操作方法，在另一个页面模板中添加一个自定义模块，并在其中显示“其他小物品页面模板”，如图 6-80 所示。

这些准备工作做完之后，现在一定要记得将店铺发布一下，让系统保存我们所做的更改。这一步非常关键，千万不要忘记！

接下来到“我的淘宝”中，找到“宝贝分类管理”页面，如图 6-81 所示。

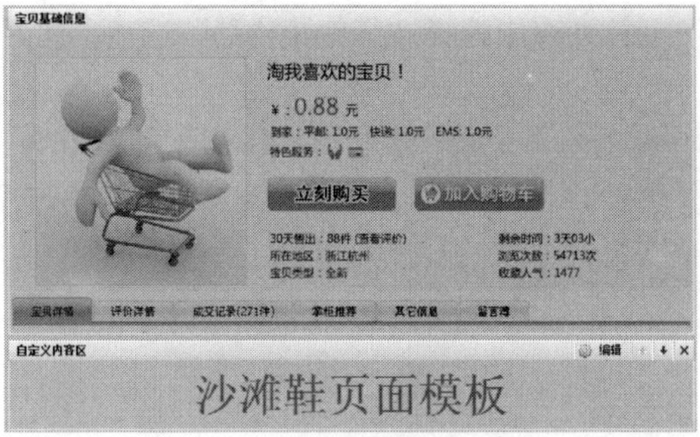

图 6-79

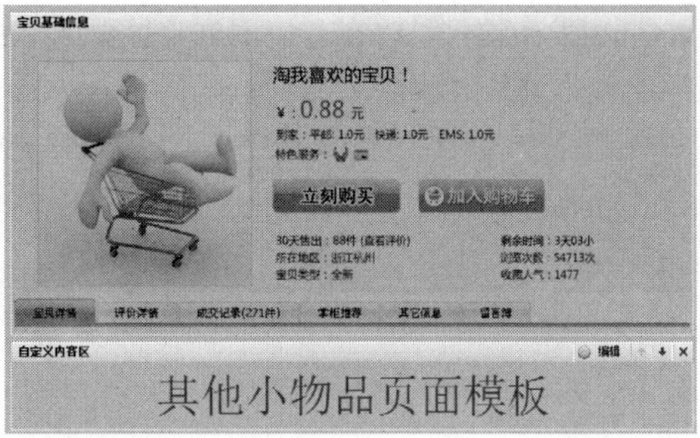

图 6-80

图 6-81

单击“宝贝归类”选项页，如图 6-82 所示。

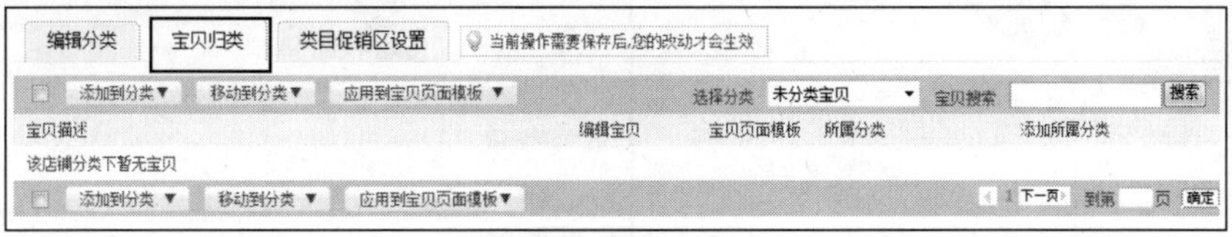

图 6-82

在“选择分类”下拉列表中首先选择“其他小物品”选项，如图 6-83 所示。

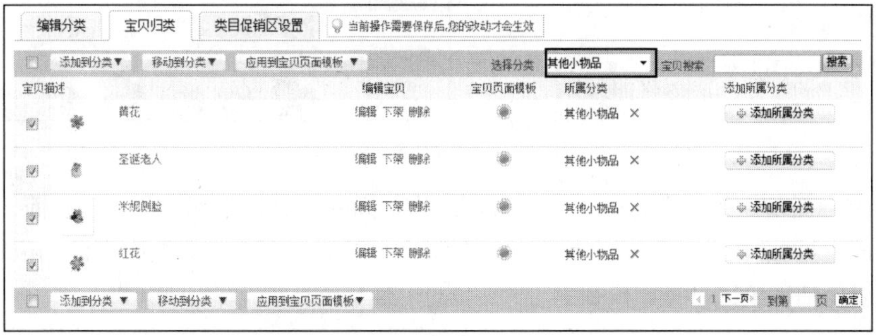

图 6-83

选中发布的宝贝，在“应用到宝贝页面模板”下拉列表中选择“其他小物品”选项，此时系统就会弹出确认对话框，如图 6-84 所示。

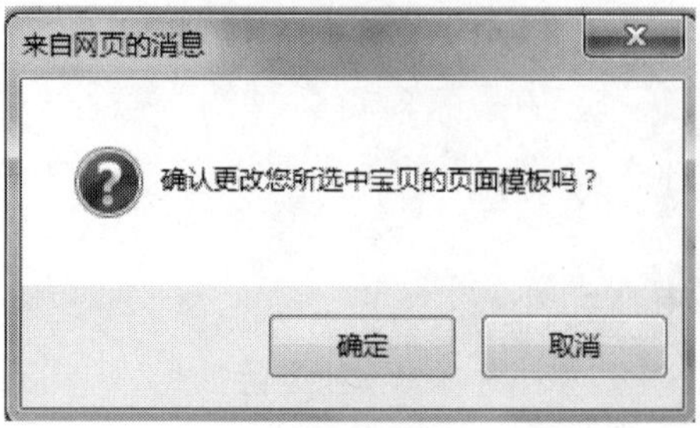

图 6-84

单击“确定”按钮即可。按同样方式选中沙滩鞋，并将其页面模块设定为“沙滩鞋”页面模板。

设定完毕之后，再来看一下这两种宝贝的详情页的显示是否发生变化，如图 6-85 所示。

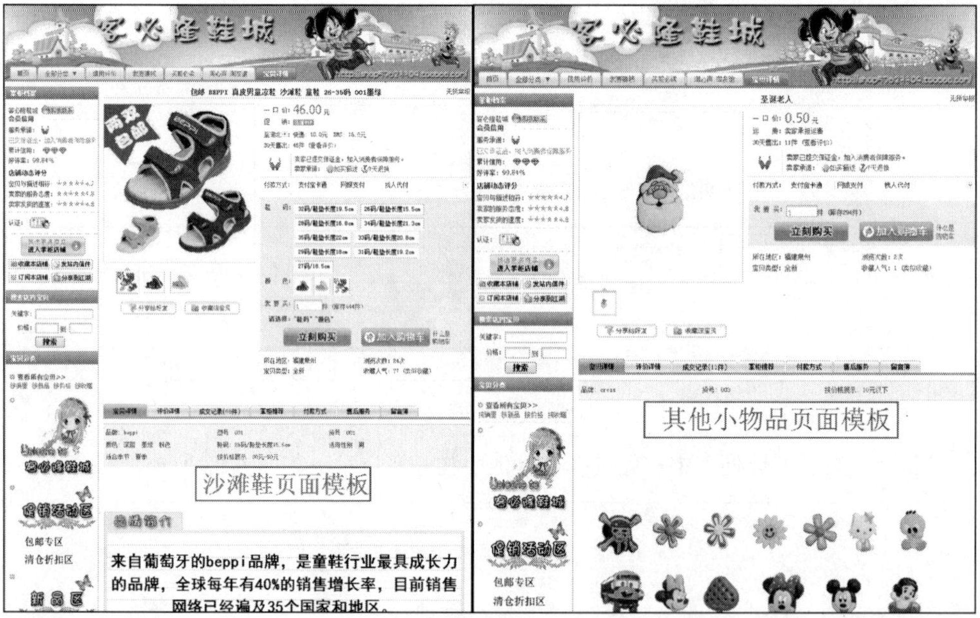

图 6-85

利用淘宝网新增加的这个功能，我们就可以为不同的宝贝指定不同的显示页面，从而更好地来展示自家的宝贝。但是淘宝网规定标准版旺铺最多只能添加三个宝贝页面模板，拓展版旺铺及以上版本，可以添加十个宝贝页面模板。

6.3.2.3　设置风格

这里的设置风格实际指以前淘宝网中的设定自家店铺的主色调。

在淘宝网上开店，进行店铺装修时也要注意店铺颜色的协调性，只有这样才能够大大吸引买家的眼球。

下面介绍一下各种颜色的含义，便于各位掌柜选择适合自己店铺的颜色。

- 橙色：橙色具有明亮、华丽、健康、欢乐的色感。通常会给人一种朝气与活泼的感觉。
- 黑色和灰色：黑色可以代表时尚，与各种颜色搭配都会显得酷感十足，而高级灰也是品质的象征。
- 蓝色：蓝色会使人很自然地联想起大海和天空，使人产生一种开阔清凉的感觉。同时它还能够表现出和平、淡雅、洁静、可靠等多种感觉。
- 绿色：绿色具有青春、健康、自然、亲切的感觉。
- 粉色：粉色是女性的颜色，给人以温柔、温馨、亲切的感觉。
- 紫色：紫色代表着神秘和尊贵。
- 红色：红色容易引起人的注意，也容易使人兴奋、激动、紧张。
- 黄色：黄色的光感最强，给人以光明、辉煌、轻快、纯净的印象。黄色可以带给人崇高、智慧、神秘、华贵的感觉。
- 褐色：褐色通常用来表现原始材料的质感，或用来传达某些饮品原料的色泽及味感。

当然上面只是颜色大致的含义，对于店铺风格颜色的确定不能以自己的喜欢来定，主要是要考虑自己经营产品的受众的感受，因为产品是卖给受众的，而不是卖给自己。另外还要注意一点的是确定了主色调之后，店铺整体装修的颜色都要以自己的店铺主色调为主进行协调搭配，这样才能取得好的效果。

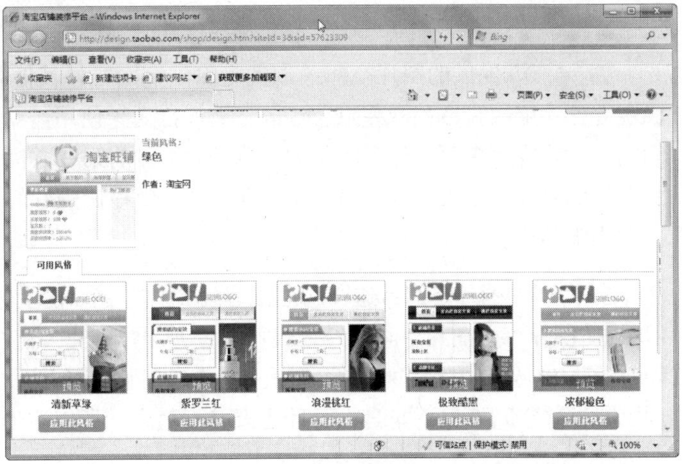

图 6-86

在新版店铺管理中，系统总共为我们提供了 23 种不同的风格供我们选择，如图 6-86 所示。

可以看到在每种风格中都有一个预览选项，单击此处系统可以让我们在真实环境下预览店铺的效果，如果合适就应用此风格，从而就完成了风格的选择，非常简单！

6.3.3 图片空间

所谓图片空间，即用来存储图片的网络空间，而网络空间多是由专业的IT公司提供的网络服务器，我们之所以能够浏览到别人网页上面的图片、动画、文字，包括后台程序等内容，这些都是由专门的服务器来存放。特别对于网上开店的人来说，只有把自己宝贝的图片上传到图片空间中，其他买家朋友才能看到。

目前用于存储网店商品图片的空间主要有三大类：官方图片空间、第三方收费空间和免费空间。

1. 官方图片空间：也就是淘宝网提供的图片存储空间，利用此空间能迅速提高页面和宝贝图片打开速度，从而提高买家点击宝贝数量，进而提高宝贝曝光度，实现销售额增长。

淘宝图片空间拥有以下几个特点。

（1）它是淘宝网官方图片存储空间。

（2）开店即永久享受免费30MB图片空间。

（3）支持高速上传功能，一次同时上传200张图片。

（4）图片空间过期，宝贝图片仍可显示。

（5）原图存储，提供多种尺寸的缩略图。

（6）多重数据备份，保证恢复丢失的图片，减少损失。

（7）防盗链，并可支持外链，不限流量。

（8）宝贝图片可自动批量添加水印。

2. 第三方提供的图片空间：也就是除淘宝网之外其他服务商所提供的收费空间，这类空间的稳定性比淘宝网官方稍微差点，但是完全符合卖家使用需要。毕竟他们也是以此来赢利的，因此他们的专业程度完全可以保证卖家的正常使用。目前第三方提供的图片空间很多，卖家在选择这类图片空间的时候不仅仅要看价格，还要看服务。现在比较好的图片空间有：巴巴变相册，芭芘豆相册及淘小宝相册。

3. 免费的图片空间：这在网上很容易找到，在以前使用比较多的就是51.com个人图片空间，但是51.com个人图片空间已经正式宣布普通用户禁止外链图片作为商用，如果要将图片商用就必须开通 VIP 会员服务方可继续使用。但是寻找服务好并且永久免费的图片空间是很难的，即使找到了，这些空间不仅不安全，而且还极其不稳定，所以应慎重！

在“我的淘宝”中所出现的图片空间当然就是指淘宝网的官方图片空间。下面我们来看一看淘宝网的图片空间管理的一些功能。

当用鼠标单击“图片空间”选项时，在页面当中就会显示如图 6-87 所示的内容。

图 6-87

1. 图片分类管理

在图片空间的首页的右侧显示的都是一些图片的分类，这里的分类可以自己指定。指定的方式就是单击图片空间首页上方的“设置”或图片分类之下的“分类管理”按钮，单击之后，就会显示如图 6-88 所示的页面。

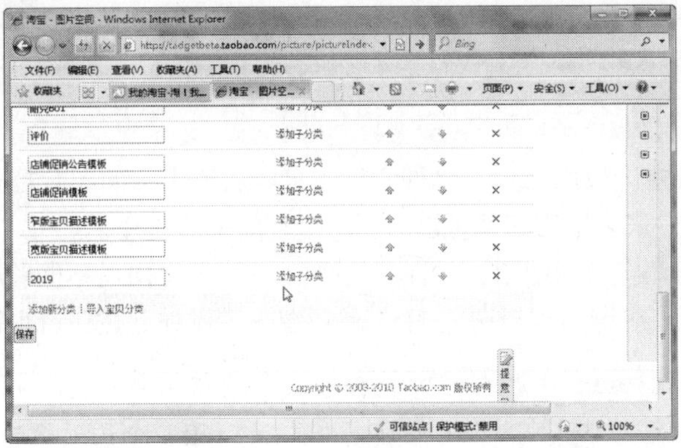

图 6-88

在此页面当中，分为四个选项页，在“分类管理”选项页下单击“添加新分类”按钮，就可以添加一个新的分类，将此分类命名，并单击“保存”按钮即可完成分类的新建，如图 6-89 所示。

单击“保存”按钮，保存成功之后，在页面中就会显示我们刚刚新建的那个图片分类目录，如图 6-90 所示。

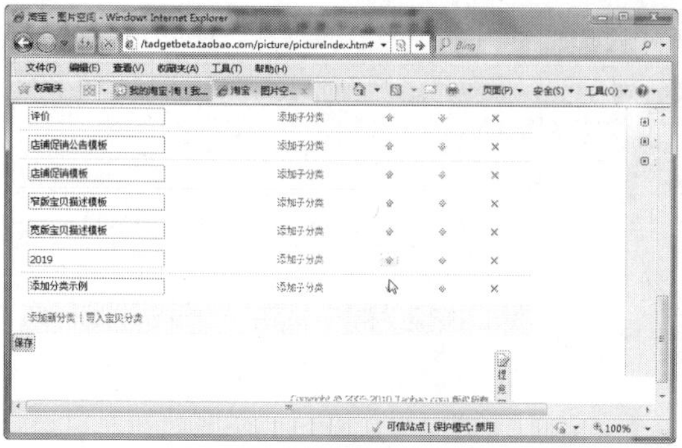

图 6-89

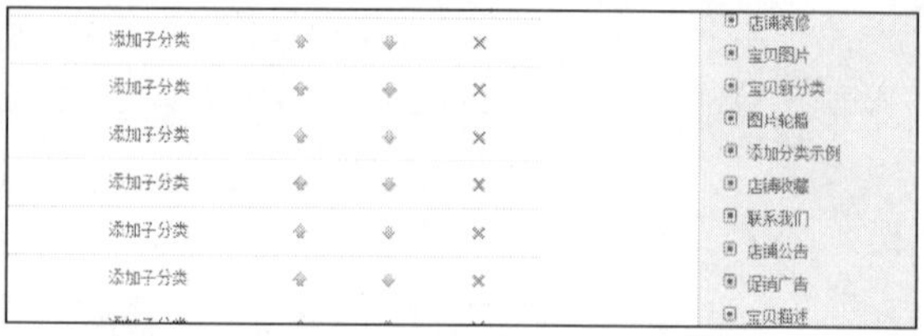

图 6-90

第二个选项页为“使用授权”页面，看一看这个选项页下有什么设置，如图 6-91 所示。

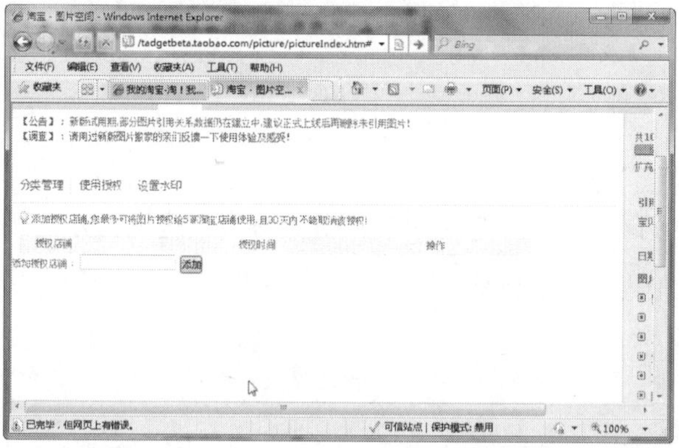

图 6-91

原来现在淘宝图片空间改版之后，允许我们把自家店铺当中的图片授权给其他店铺使用，这在以前是不行的。这样一来多家店铺就可以共用一个空间中的图片了。在这里淘宝网有规定，最多只能将图片授权给 5 家淘宝店铺使用，并且一经授权，30 天之内是不能够取消的。授权的方式也很简单，只要输入被授权店铺的掌柜淘宝 ID，然后单击“添加”按钮就可以对该店铺进行图片使用的授权。

图 6-92

第三个选项页为“设置水印”页面，当单击“设置水印”按钮之后，就会弹出如图 6-92 所示的对话框。

在这里我们可以设置文字水印和图片水印，设置好之后，上传图片时，就可以进行指定是否让系统自动添加我们在这里所设置的水印。

第四个选项页为“图片搬家”页面。单击之后，页面显示如图 6-93 所示。

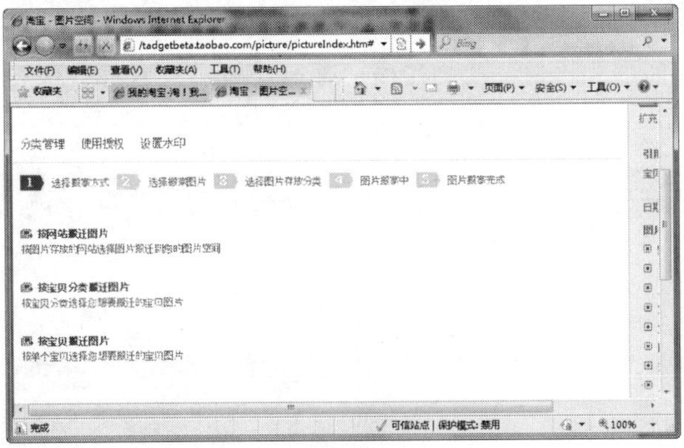

图 6-93

图片搬家分成三种情况，一是按图片存放的网站选择图片搬迁到的图片空间；二是按宝贝分类选择想要搬迁的宝贝图片；三是按单个宝贝选择想要搬迁的宝贝图片。在使用时可以根据自己的情况来选择。

2. 图片管理

由于淘宝网图片空间当中的图片是以分类为单位进行管理的。我们所上传的图片都是放置在分类当中，单击任何一个分类，都可以将该分类之下的所有图片都显示出来，如图 6-94 所示。这时就可以对图片进行管理了。

事实上图片的管理比较简单，要想删除某个图片，只需将鼠标移到该图片之上，此时在图片的下方就会显示一个“删除”超链接，如图 6-95 所示。

图 6-94

图 6-95

单击“删除”链接就可完成图片的删除。当然，我们也可以进行批量操作。在图 6-95 当中，可以看到一个“批量操作”链接，当单击此链接，页面的显示就会发生变化，如图 6-96 所示。

此时我们就可以通过单击图片正下方的复选框来进行多图选择，选中之后可以通过单击“删除选中图片”链接来进行批量图片删除，很方便。

要想复制图片网络地址，将鼠标移到任何一张图片上，其下也会显示一个“复制链接”的超链接，如图 6-97 所示。

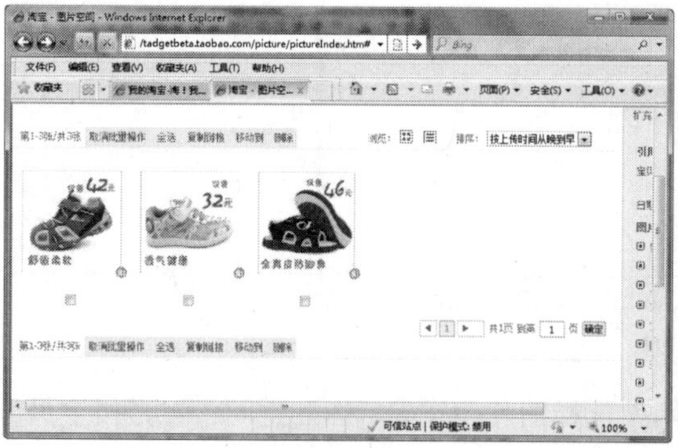

图 6-96

图 6-97

单击此链接，即可完成图片地址的复制。复制成功之后，系统会有所提示，如图 6-98 所示。

3. 图片上传

所谓图片上传就是经过网络将本地计算机中的图片上传到网络空间当中。图片的上传操作在淘宝空间当中非常简单，在图片空间的任何界面当中只要看到“添加图片”按钮，单击此按钮就可以看到图片上传的操作界面，如图 6-99 所示。

图 6-98

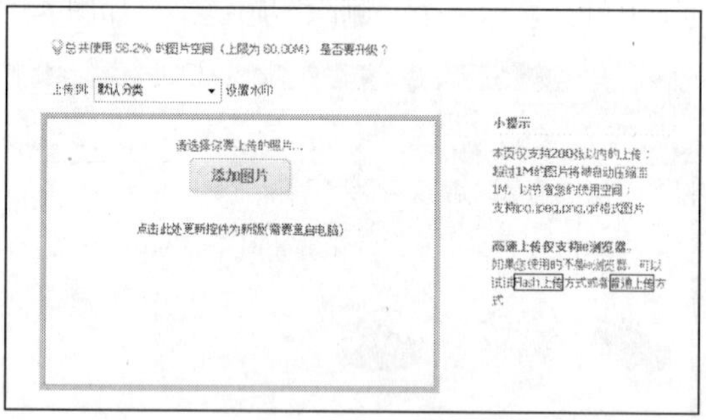

图 6-99

对图片上传方式的选择共有三种。

（1）普通方式

在上传图片的操作界面中，有一个“普通上传” 超链接，单击此链接即可以普通方式上传图片，如图 6-100 所示。

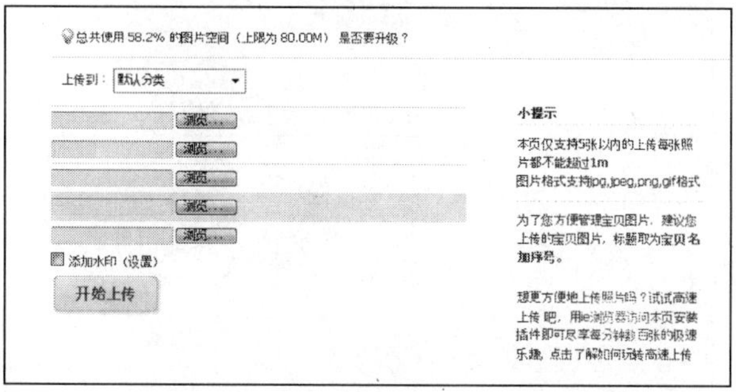

图 6-100

在这里单击“浏览...”按钮，在本地计算机上找到需要上传的图片，以这种方式一次最多可上传 5 张图片，图片选择完毕之后，可以选择上传图片的归类，并选择是否添加水印，所有设置完毕之后就可以单击“上传”按钮开始图片的上传了。这种方式主要在其他方式上传不正常时使用。

（2）Flash 上传

在图 6-99 的操作界面当中，单击 “Flash上传”超链接，即可选择批量上传方式，如图 6-101 所示内容。

我们选择好要上传图片所属的分类，并单击“添加图片”按钮，系统此时就会弹出一个名为“选择要上载的文件”对话框。在此对话框当中找到要上传的文件，如图 6-102 所示。

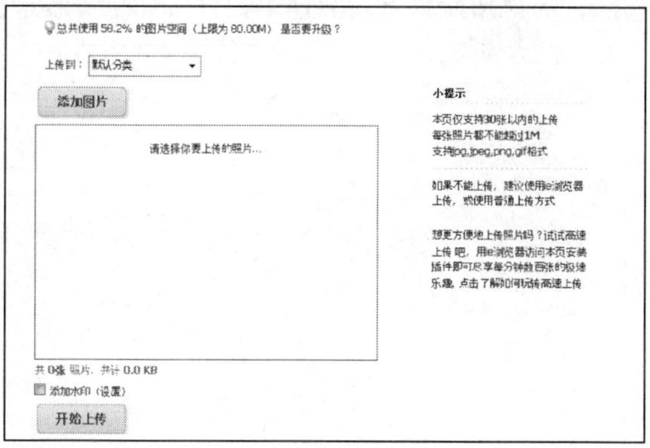

图 6-101

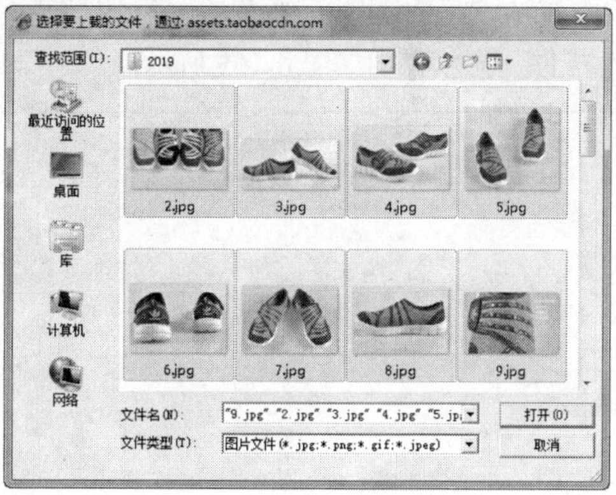

图 6-102

技巧

在这里有一个小技巧，在选图片时按住 Ctrl 键不松开，然后用鼠标单击就可以完成多个位置不连续图片的选择。选择完成之后，单击“打开”按钮，此时上传界面就会发生变化，如图 6-103 所示。

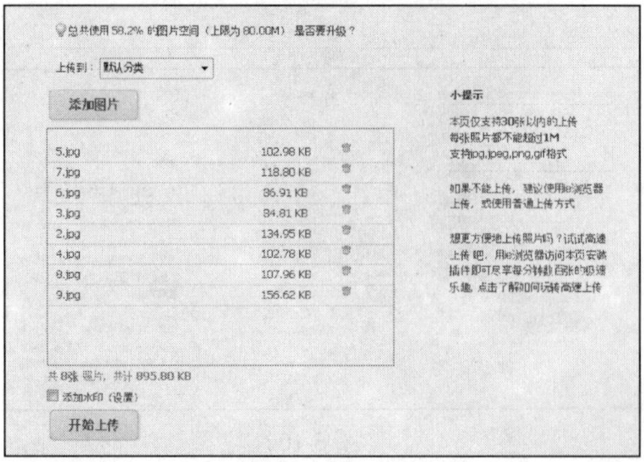

图 6-103

在这里我们可以删除要上传的内容，也可以再次增加更多图片（但数量不能超过 30 张），在这里也可以选择是否添加水印，所有的设置完毕之后，单击“上传”按钮就可以一次上传 30 张图片到自己的空间当中。

（3）高速上传

事实上图 6-103 所示就是高速上传界面，也就是说淘宝的图片空间改版之后，默认的上传方式就是高速上传方式。如果我们的系统没有安装高速上传控件或是改版前的高速上传控件，系统都会有所提示，如 6-104 所示。

如果要使用这个最新改版之后的高速上传功能，那就按照要求安装这个控件。如果安装了这个控件，显示界面如图 6-105 所示。

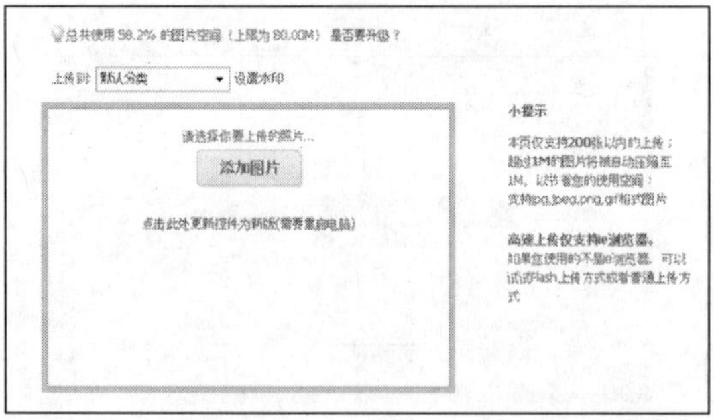

图 6-104

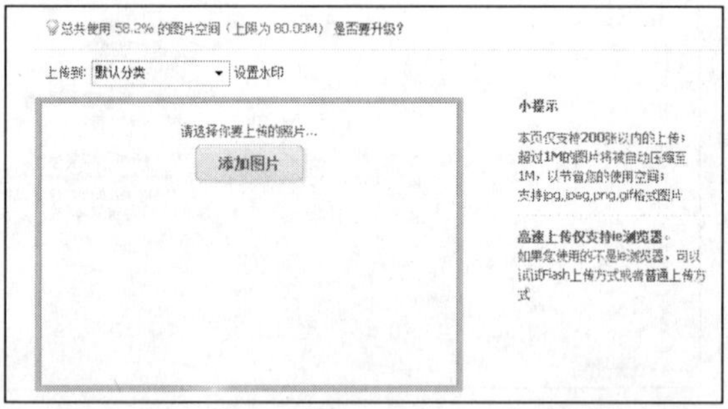

图 6-105

在这里我们可以先选择一个图片分类，以指定图片存放分类。然后，单击“添加图片”按钮，系统就会弹出“添加图片”对话框，如图 6-106 所示。

在这里可以选择大量要上传的图片，一次可以选择 200 张图片！选择完毕之后，单击“选好了”按钮，此时系统就会显示上传图片确认界面，如图 6-107 所示。

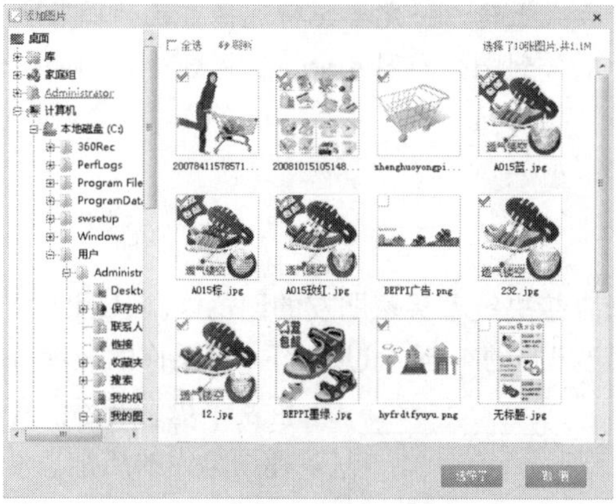

图 6-106

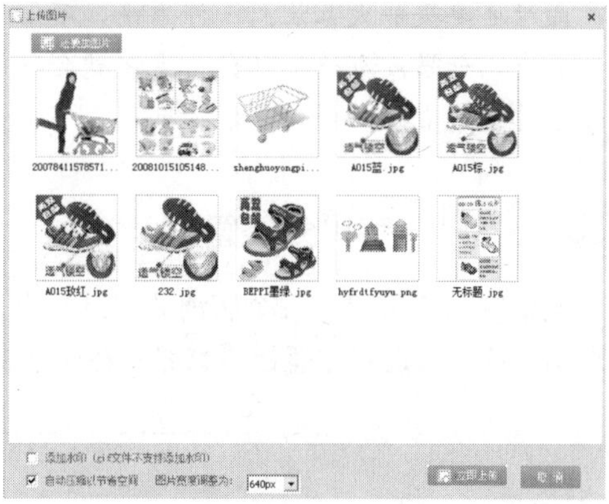

图 6-107

在这个界面当中，当将鼠标指针移到任何一张图片之上，图片之上会显示“”三个按钮，利用这三个按钮就可以对要上传的图片进行旋转和删除操作。更为特别的是，系统在这里增加了自动压缩图片的功能，同时还可设置压缩后的图片宽度，这样一来就可减小图片对空间的使用量，让我们来上传更多的图片。

图片调整完毕之后，单击“立即上传”按钮

，此时系统就开始上传图片，为了显示上传的情况，系统会显示一个进度条，显示当前上传的进度，如图 6-108 所示。

图片上传结束之后，系统还会提示是选择继续上传图片还是结束上传图片，如图 6-109 所示。

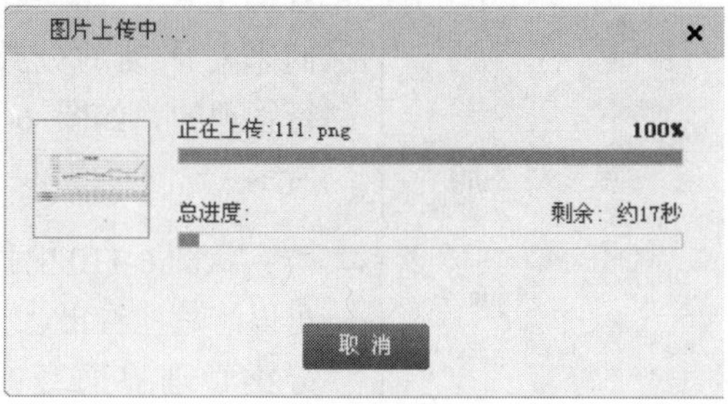

图 6-108

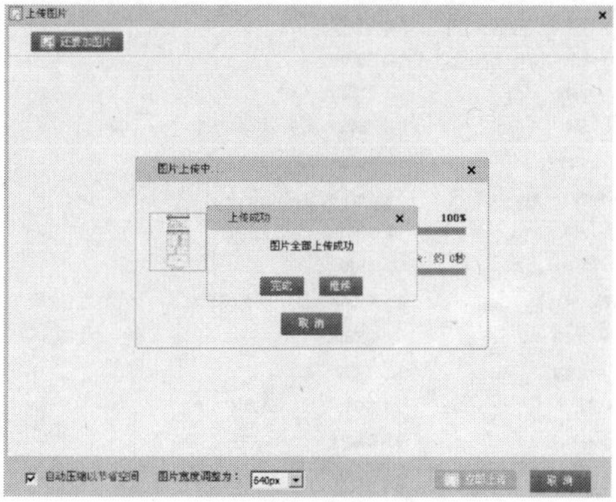

图 6-109

如果单击“完成”按钮就可以结束本次上传任务，我们就可以在图片空间当中使用这些图片了。如果单击“继续”按钮，那就再次上传图片，直到把自己的图片全部上传完毕。

注意

最后还要提醒大家注意一件事情，不管采用哪种方式上传，一定要记得选择自己的图片分类，如果没有选择的话，系统就会默认将图片上传到未分类图片中，这样会为我们的图片管理带来一定的麻烦。

6.3.4 宝贝分类管理

我们在前面说过，一个店铺的宝贝分类是否清晰直接决定着买家朋友的浏览体验，因为只有清晰明了的分类设置才能让买家愿意在店铺中寻找自己想要的东西。试想一下，如果你的店铺分类混乱不堪，谁还会有兴趣浏览你的店铺。

所以为了能够拥有一个好的分类，我们就有必要对自己店铺中的分类进行合理的设置。淘宝系统为了方便卖家对店铺分类的管理，特意在店铺管理当中设置了宝贝分类管理这个选项。

单击一下“宝贝分类管理”菜单项，看一看淘宝网是如何让我们来对店铺的分类进行管理的，如图 6-110 所示。

从图 6-110 中我们可以清楚地看出，宝贝分类管理界面当中分成了三个选项页，分别为编辑分类、宝贝归类及类目促销区设置。下面具体介绍。

图 6-110

1. 编辑分类

这里是我们对店铺分类进行管理的主要区域，宝贝分类管理的几乎全部工作都集中在此处。

在这个页面当中，类目列表区中的一些功能按钮如图 6-111 所示。

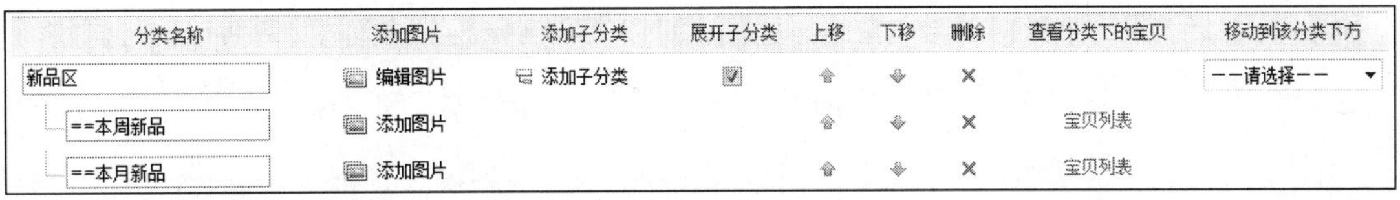

图 6-111

- 分类名称：其下所列举的是当前店铺中已存在的分类的类目名称，可以直接在分类名称的文本框中输入所需要的文字。
- 添加图片：在前面也讲过，在淘宝网中，系统允许我们利用做好精美图文分类图片来代替单纯的文字分类。要对哪一个分类使用图片，就可以单击分类名称侧边的“添加图片”按钮，或者单击“编辑图片”按钮，系统就会在按钮下面弹出一个分类图片地址设置框，如图 6-112 所示。

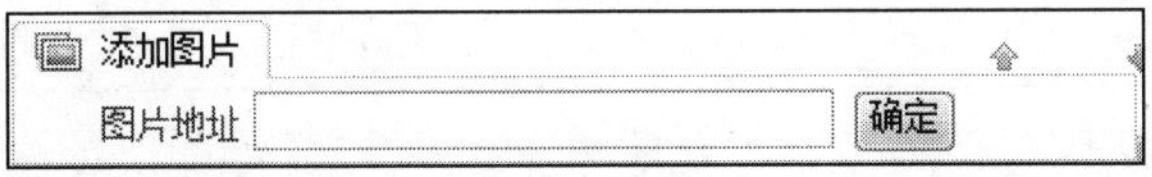

图 6-112

将所制作好并已上传到图片空间中的分类图片网络地址粘贴到此文本框中，单击“确定”按钮即可，以后在店铺中显示时就以图片来替代相应的分类名称。

- 添加子分类：在淘宝网的分类管理中，它允许我们以两级结构的方式来组织分类。第一级叫主分类，第二级就是主分类之下的二级分类，也叫子分类。关于这两级分类在分类列表中就可以直接看出了。只要是缩进显示的都表示其是子分类。比如图 6-111 的“本周新品”和“本月新品”就都是属于“新品区”的子分类。如果想对某一个主分类创建子分类，只需要单击该主分类右侧的“添加子分类”按钮，就可以在其下新增一个空白的子分类，如图 6-113 所示。

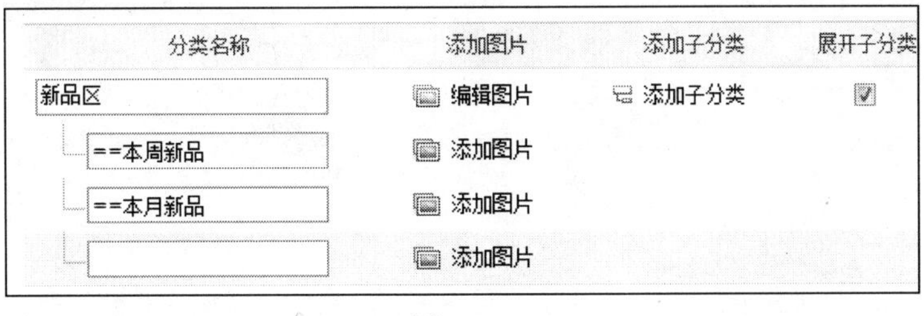

图 6-113

- 上移、下移及删除：利用上移和下移按钮可以来调整某个分类在整个分类区的显示位置。每单击一次“↑”按钮，如果是子分类，则该子分类在当前主分类中上移一项；如果是主分类，则表示该主分类在所有主分类中上移一项。那么“↓”按钮就与“↑”按钮恰好相反。单击“×”按钮就表明删除当前分类。
- 查看分类下的宝贝：单击此按钮，我们就可以查看该分类下的宝贝，并可以进行调整。

除此之外，在类目列表区的下方有两个按钮，即“添加新分类”和“保存”按钮。

这里的添加新分类指的是添加主分类，每单击一次，就会在列表区增加一个主分类，如图 6-114 所示。

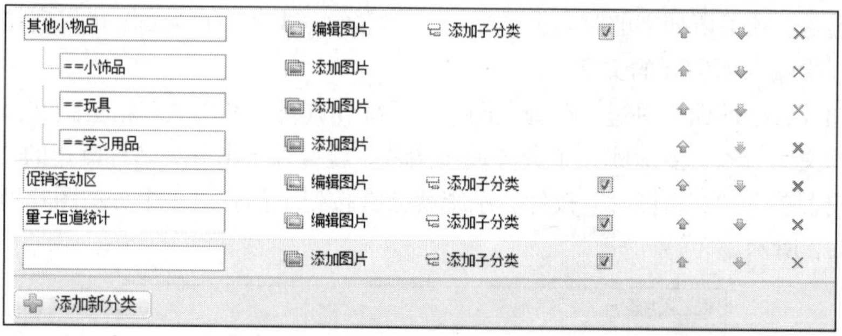

图 6-114

“保存”按钮是最重要的，我们在分类编辑区所做的任何操作，如果不单击“保存”按钮，系统是不会自动保存的。

2. 类目促销区设置

当我们在浏览店铺单击了某一个分类项时，浏览器就会打开分类宝贝页，如图 6-115 所示。

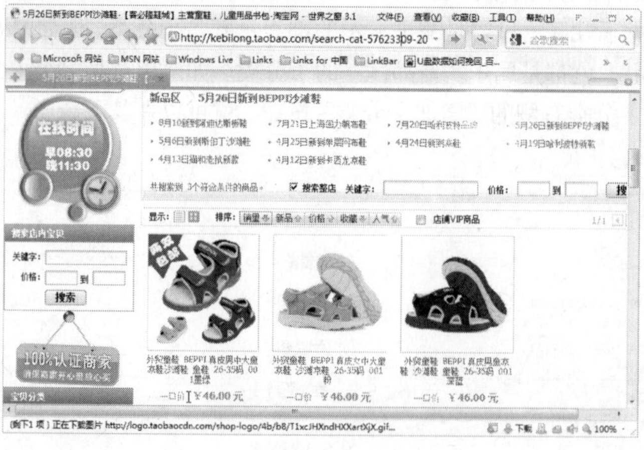

图 6-115

下面就以这个分类为例在其上插入最简单的一张广告图片看一看。

在宝贝分类管理中单击“类目促销区设置”选项页，并选择要促销的类目为“5 月 26 日新到 BEPPI 沙滩鞋”，如图 6-116 所示。

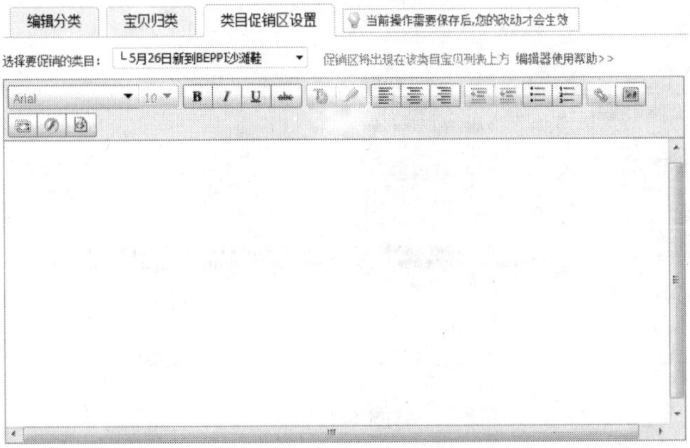

图 6-116

从淘宝空间当中插入一张已做好的广告图片放置到这个促销自定义区当中，如图 6-117 所示。

插入完毕之后单击“保存”按钮。下面我们再来看一看宝贝分类页的显示是不是会发生变化，如图 6-118 所示。

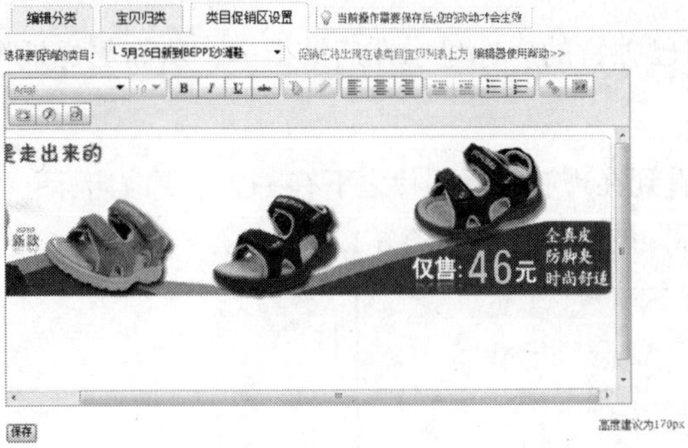

图 6-117

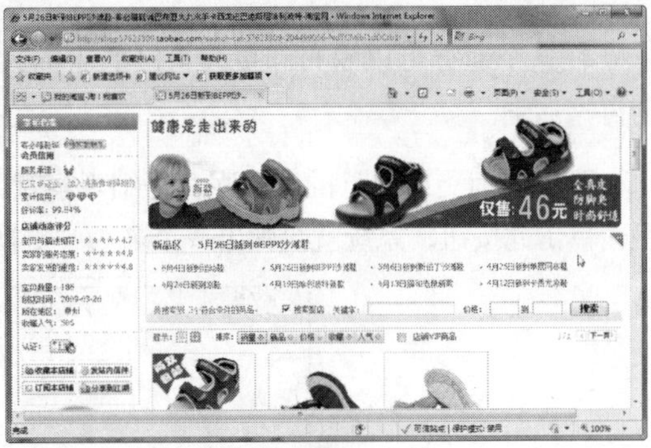

图 6-118

宝贝分类页果真发生了变化，淘宝网升级之后，店铺中的促销宣传真是无处不在啊！既然淘宝给了我们这样一个平台，就好好利用它吧！

6.3.5　店铺基本设置

店铺基本设置里面的内容比较单一，它只是简单地对店铺中的一些基本内容进行指定。下面看一看有哪些内容可以在此处指定。单击“店铺基本设置”菜单项，页面显示如图 6-119 所示。

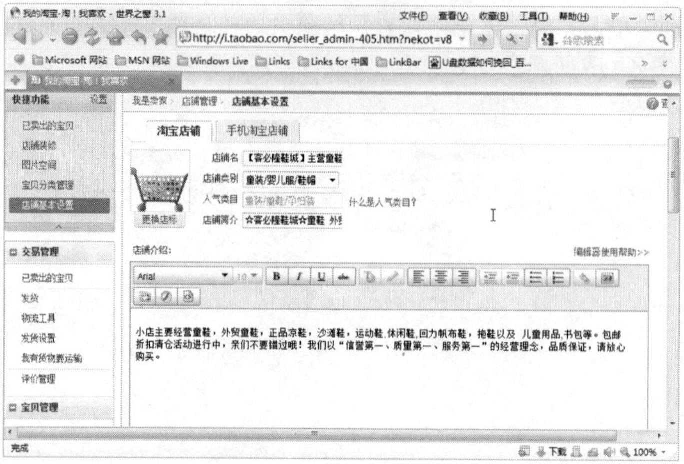

图 6-119

在这里我们可以看到店铺基本设置被分成了两个选项页。

1. 淘宝店铺选项页

在这里我们可以对淘宝网店的一些基本内容进行设定。

（1）店标

在这个地方可以发布和更改自己的店标，让自己独特的店标显示在店铺街中，从而更好地推销自家店铺。

那么如何更改自己的店标呢？仔细观察就可以看到在现有店标图片之下有一个“更改店标”按钮，单击此按钮，系统就会弹出一个名为“更换店标”的设置框，如图 6-120 所示。

图 6-120

在此设置框中说明了店标文件的格式及尺寸。单击“浏览”按钮，此时系统会弹出一个名为“选择要加载的文件”对话框。在设置框中选中已制作完毕的店标文件，单击“打开”按钮即可完成店标的上传和更改。

（2）店铺名

在淘宝网上开店，最好能为店铺取一个别致的店名，让别人能够记住它。当我们为店铺取好的名称之后就可以在“店铺名”文本框中填上即可。至于怎么起店名是没有一定的说法，但有一点要注意，店铺名称并不是越短越容易记就越好，因为这是跟淘宝搜索排名是有关的，最好就是把你所卖的物件名称、品牌、所做优惠等相关因素填上。

（3）店铺类别

在这里根据自己经营宝贝一定要选好自己店铺的类别，不要乱选，否则就会影响店铺中商品的搜索。

（4）店铺简介

店铺简介就是根据店铺销售的商品和提供的服务来写一段简短的说明，字数不用太多，只要描述清楚店铺的大概情况就行了。

（5）店铺介绍

这里是淘宝网为我们提供的一个可供自由发挥的店铺介绍页面，至于里面写些什么都可以，但最主要的还是对自家店铺的介绍，从而让看到这个介绍的人更能够记住你的店铺。

2. 手机淘宝店铺

与传统 PC 互联网购物模式相比，用手机上淘宝网的最大优势在于能够随时随地比价、秒杀，并且这种购物模式比 PC 互联网购物，以及现场购物更加低碳环保，无疑将成为未来中国网民新型购物模式的风向标。

所以基于这点来看，今后的手机淘宝店铺也应该是我们经营的另一个重点方向。那我们来看一看手机淘宝店铺有些什么新鲜内容，如图 6-121 所示。

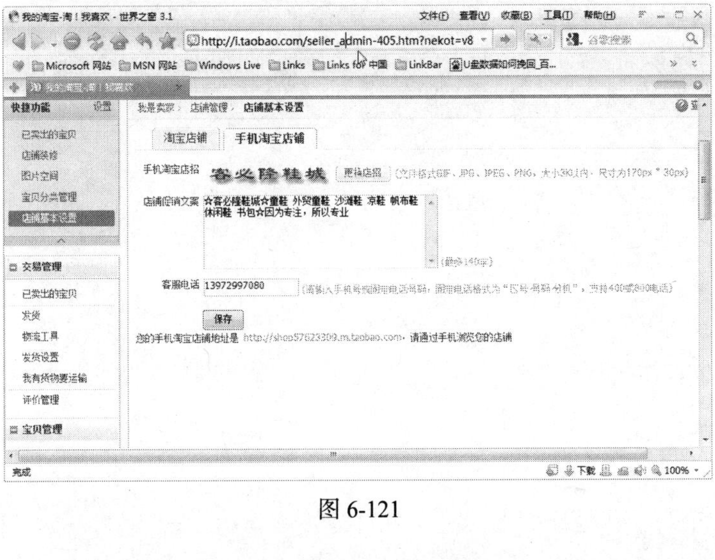

图 6-121

在这里我们可以上传手机淘宝店的店招，填写店铺促销文案，并登记客服电话，设置完毕之后单击“保存”按钮即可，此时我们就可以用手机登录自家的手机淘宝店铺。事实上在计算机中通过浏览器也可以浏览手机淘宝店，如图 6-122 所示。

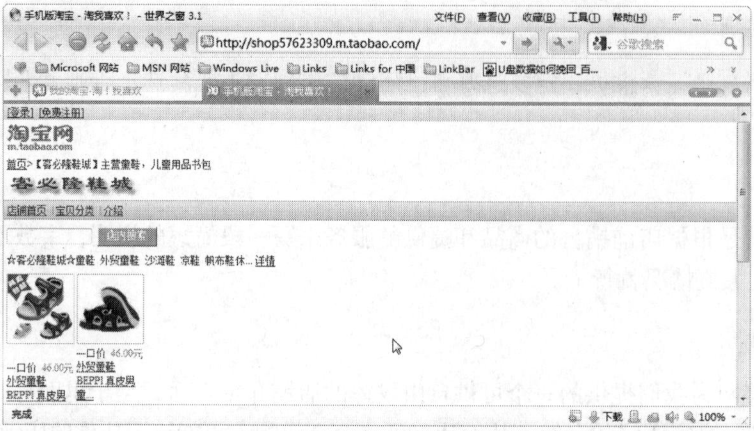

图 6-122

第 3 篇

店铺装修

第 7 章 旺旺头像

7.1 旺旺头像的设计说明

什么是旺旺头像？所谓旺旺头像就是显示在自己旺旺聊天软件左上角的标志性图片，如图 7-1 所示。

很多卖家对这个地方的内容可能不太在意，事实上任何买家通过旺旺和我们交谈时，在对方聊天对话框中都会非常醒目地显示出来，如图 7-2 所示。

既然旺旺头像的出镜频率这么高，那么这个地方就是我们再次向买家朋友推广宣传自己的一个绝佳位置，作为卖家而言，如果能够在此位置下足工夫推销自己，肯定会取得意想不到的效果，各位卖家一定不要浪费这个展示的机会！

下面来看一些具有代表意义的旺旺头像，如图 7-3 所示。

旺旺头像可以说是我们店铺显示在买家眼前的一个标志。在淘宝系统中，旺旺头像有静态和动态两种，不管是哪一种，由于旺旺头像所承载的任务就是帮助卖家进行店铺的另类推广，所以说优秀的旺旺头像一般由店铺名称、产品图片和宣传文字组合而成的。

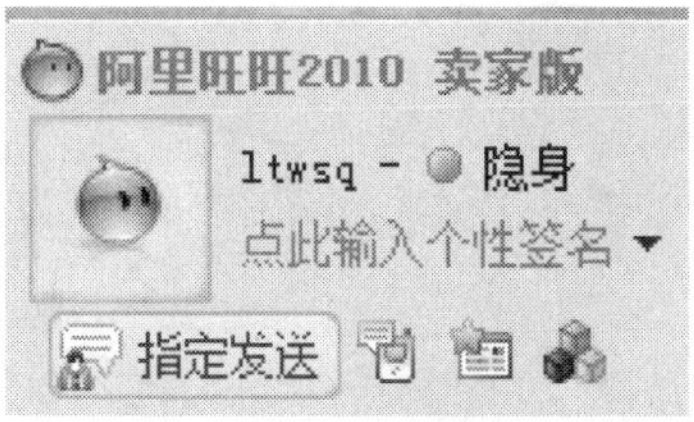

图 7-1

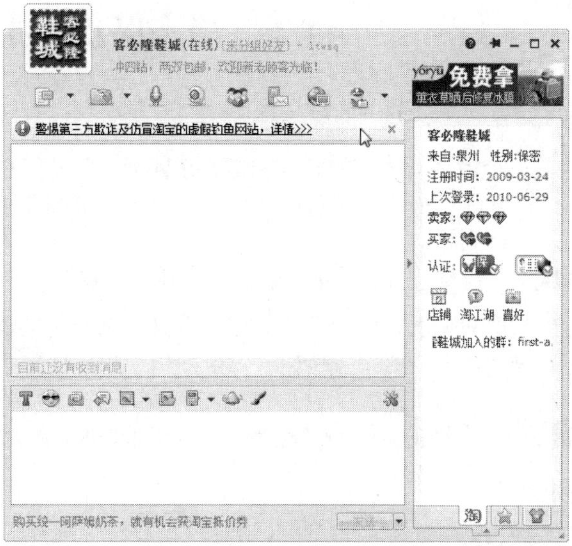

图 7-2

图 7-3

淘宝网规定，旺旺头像的最佳尺寸为 120px × 120px，大小不要超过 1MB，所支持的格式为 JPG、JPEG、PNG 和 GIF。

7.2　旺旺头像制作的一般流程

旺旺头像制作的一般流程如下。

（1）在网络上搜集一些自己需要的素材，当然在搜集这些素材时要注意尽量和自己经营的主体吻合，这样才能使制作的旺旺头像起到画龙点睛的作用，否则的话就会大煞风景。

（2）在 Photoshop CS4 中新建一个 120px × 120px 的新图片，并将所有素材图片所需要的部分复制到新建图片当中，并做适当处理，使其达到制作要求。

（3）在图片中输入文字和宣传语，并调整好图层样式。

（4）在 Photoshop CS4 中制作 GIF 逐帧动画。

（5）保存最终的 GIF 动画文件。

7.3 静态旺旺头像的制作

如图 7-4 所示是我的旺旺头像。

这是一个极富立体感的旺旺图像，并且不需要任何素材，但它应该算是一个比较另类的旺旺头像。下面我们就来看一看这种雕刻效果的旺旺图像制作过程。

图 7-4

NO.1： 启动 Photoshop，单击"文件→新建"命令，在弹出对话框中，设置图像的长度和宽度，由于旺旺头像的本身限制，这里长宽最大只能是 120px。设置完毕后，单击"确定"按钮，完成空白文档的新建工作，如图 7-5 所示。

NO.2： 选择前景色为"红色"，选择油漆桶工具，并用油漆桶工具将新建图像填充为红色，如图 7-6 所示。

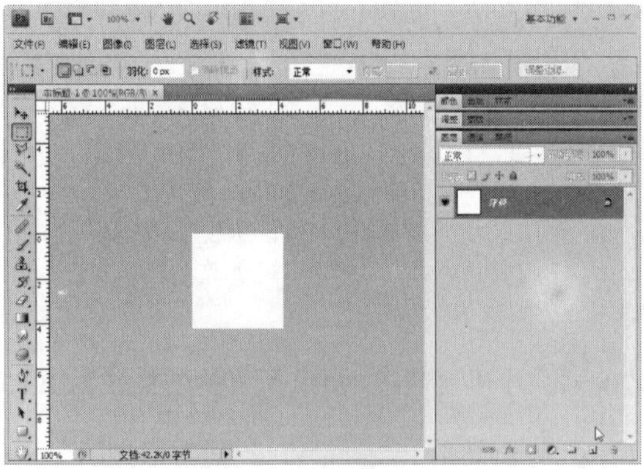

图 7-5

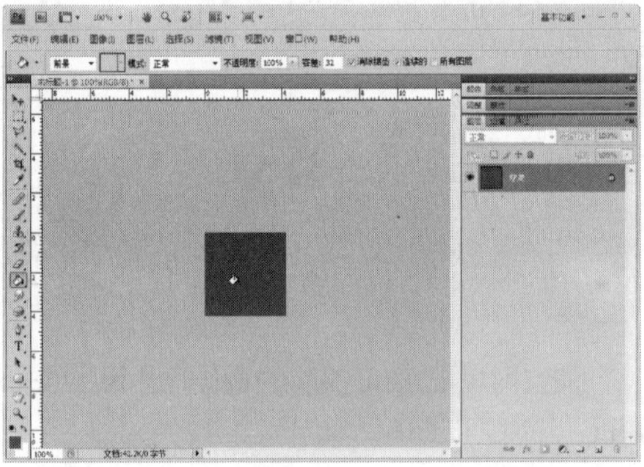

图 7-6

NO.3： 将此文件以 JPG 格式保存。

NO.4： 启动光影魔术手，将刚刚保存下来的文件打开。单击"边框"下拉按钮，在下拉列表其中选择"花样边框"，并找到本地素材，选择"stamp3"，单击"确定"按钮。此时我们的背景图片就已经加上了邮票边框，当然这里也有很多边框供我们选择，也可以自己制作边框，如图 7-7 所示。边框添加完毕后，单击"保存"按钮，保存图片备用。保存完毕后，退出光影魔术手软件。

NO.5： 再次启动 Photoshop，并打开刚刚添加边框的旺旺背景图片。在左侧工具栏中选择文字工具，选好字体和字号，并选好文字颜色为白色。依次输入自己想要输入的文字，比如"经验畅谈"，为了排列的方便，最好每个字单独处于一个图层，如图 7-8 所示。

NO.6： 在图层面板中单击“谈”所在图层，将此图层作为当前图层。将该图层的混合选项中的样式设置为“斜面和浮雕”，并选择为“外斜面”样式，如图 7-9 所示。

其他的选项可以不设置，当然你也可以自己去试一试，看一下会有什么效果出现。选择完毕后，单击“确定”按钮。这时就会发现“谈”这个字已经凸出来了，依次对其他几个字设置一下，看一看效果，是不是很有立体感，如图 7-10 所示。

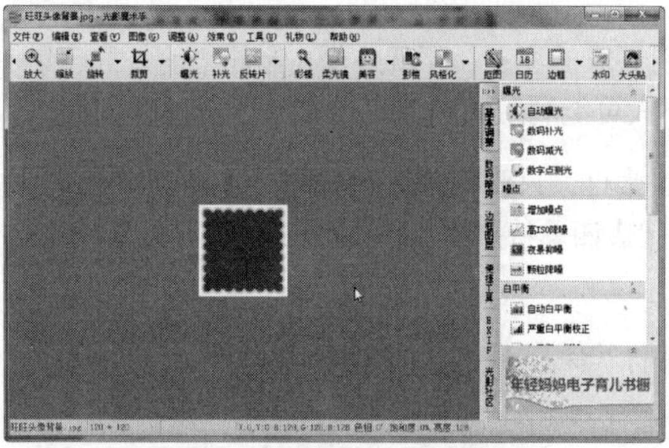

图 7-7

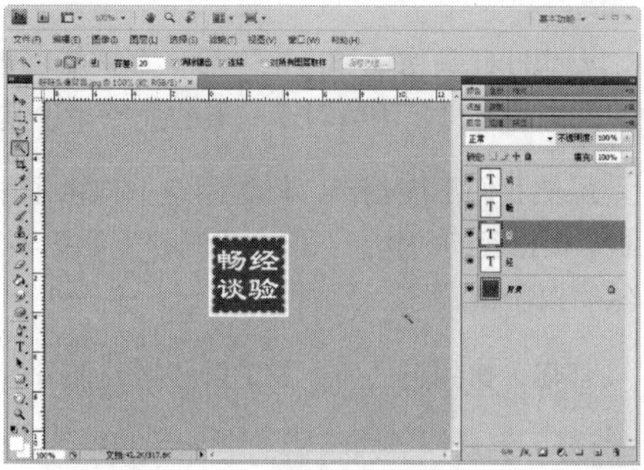

图 7-8

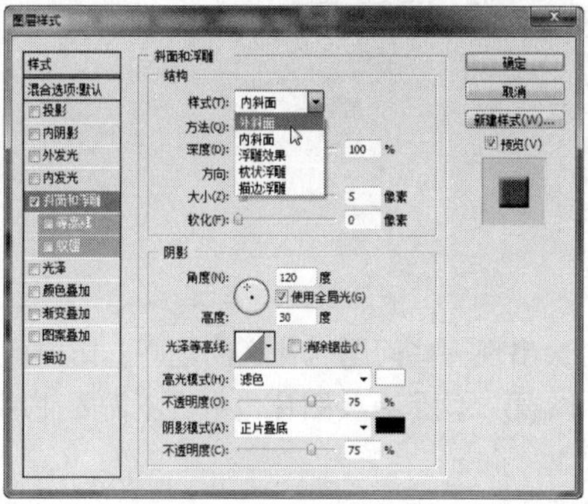

图 7-9

图 7-10

接下来就可以保存为 JPG 图片，一个极具立体感的旺旺头像就此诞生了！怎么样，还不赶快去试一试！

7.4　动态旺旺图像的制作

经过上面的讲解，我们了解了旺旺头像的制作一般过程。但 7.3 节中制作的那个旺旺头像根本就没有用到其他素材来进行辅助，只有一些单纯的文字，相对有些简单，那么下面我们就动手来制作一个图文并茂的旺旺图像。但是要注意，在制作之前，一定先要有一个构思，即想好这个旺旺头像应该表达一些什么？如何表达？只有明确了自己所要表达的主题，才能在后面的制作过程中有的放矢，不至于感到茫然，无从下手。

这里要制作的旺旺头像依次显示春、夏、秋、冬四季的交替，最后给出宣传标语“客必隆鞋城 四季相随”。

7.4.1 收集图片素材

要想旺旺头像制作出来之后，真正能够吸引买家的注意，那就必须在制作之前好好收集一下相关的图片素材，因为对于一般的卖家来说是不大可能利用 Photoshop CS4 进行素材创作的。

虽然我们不能创作，但是网络上提供了很多素材，只要我们肯下工夫，就一定能找到合适的素材。根据我们的构思，现在我们首先要找到能代表四季特点图片，从而在显示的过程当中能让人自然明白所指。

首先，找到自己所需要的四张素材图片，并将其保存下来，如图 7-11 所示。

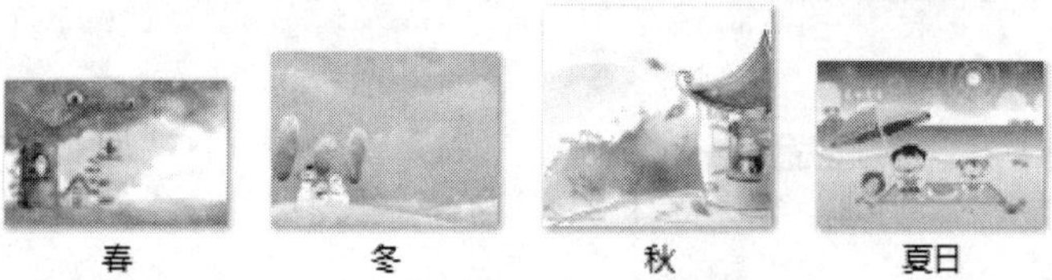

图 7-11

7.4.2 图片素材的处理

找到合适的图片素材，但是有时候我们找到的素材会出现一些问题。什么问题呢？第一就是我们所收集的图片素材太大了，远远超过了所需要的尺寸，第二就是有些图片当中有不需要使用的部分。

我们前面讲过了图像编辑软件，现在可以使用 Photoshop CS4 处理一下。

1. 图片尺寸过大问题的解决

启动 Adobe Photoshop CS4，打开要处理的图片。由于此图的尺寸达到了 1280px × 800px，远远超过了 120px × 120px，我们可以根据需要，对素材进行裁剪。在工具栏中选择裁剪工具，此时在菜单栏之下就会出现裁剪工具的选项栏。由于旺旺头像是方形的，所以在裁剪的宽度和高度的设置栏中均设为相同数值，这样就可以保证我们所截取的图片为标准的方形，如图 7-12 所示。

图 7-12

设置完毕之后，将鼠标指针移到图片工作区中，按住鼠标左键不要松开，拖出一个方形的裁剪框。如果觉得裁剪区不是很理想，可以用鼠标来调整裁剪框的位置和裁剪框的大小，直到裁剪框能够选中合适的区域并放在合适的位置为止，如图 7-13 所示。

调整完毕之后，在图形工作区当中双击鼠标即可完成图片的裁剪任务，如图 7-14 所示。

图 7-13

图 7-14

裁剪完毕之后，单击“文件→存储为”命令，将裁剪后的图片另存下来备用。按照同样的方式将其他几张素材图片也同样裁剪处理。

2. 图片标记处理

有的素材图片上会有文字，而这些文字对于旺旺头像的制作会带来一定的影响，所以在正式制作头像之前就要处理掉这些水印或标记。当然这种处理也是在 Photoshop CS4 中进行。

首先使用 Photoshop CS4，打开待处理的图片，如图 7-15 所示。

在工具箱中选择“修复画笔工具”。在工具选项栏中将画笔直径调整为 20px，并将“源”选择为取样，如图 7-16 所示。

图 7-15

图 7-16

按住 Alt 键，此时鼠标指针会变成“”形状，在和文字区域相近的区域单击鼠标选择源点，如图 7-17 所示。

松开 Alt 键，按住鼠标左键不停涂抹，在此过程中可不断调整源点，以达到最佳修补效果。最终处理之后的效果如图 7-18 所示。

图 7-17

图 7-18

如果觉得修补之处不是很协调，再次选择“涂抹工具”，在修补之处进行涂抹，以消除反差，从而达到最佳效果。图 7-19 所示就是素材处理前后的对比效果图。

处理前　　处理后

图 7-19

素材处理之后效果很不错！这种利用修复画笔工具对这种简单水印的处理还是非常有效的。

7.4.3　旺旺头像的制作

现在是一切准备工作就绪，我们可以开始着手制作旺旺头像了。

首先启动 Photoshop CS4，新建一个宽高均为 120px 白底空白文档，如图 7-20 所示。

单击“图层→新建→图层”命令，在空白文档中新建一个图层，如图 7-21 所示。

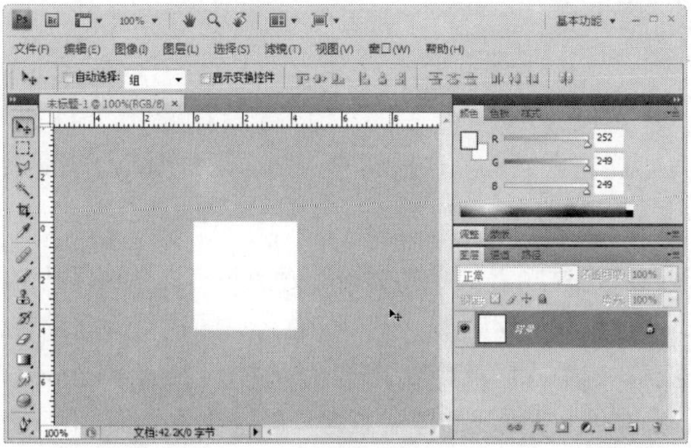

图 7-20

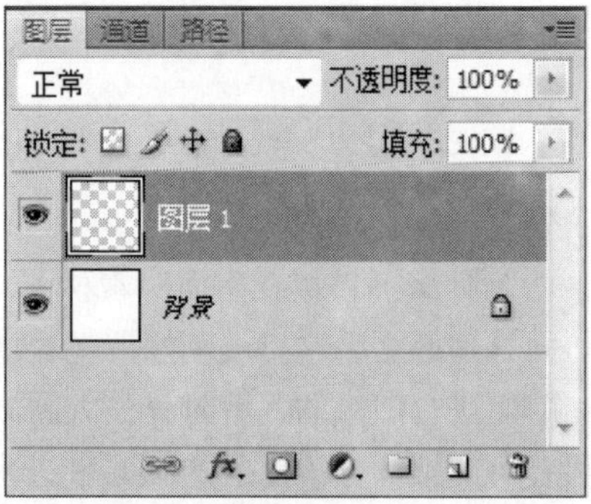

图 7-21

接下来利用 Photoshop CS4 打开我们处理好的第一张素材图片，如图 7-22 所示。

图 7-22

将此素材图片文档激活为当前文档，使用快捷键 Ctrl+A 将整个文档全选，再按 Ctrl+C 组合键将其复制下来。在图形文档工作区中将我们第一步新建的文档激活为当前文档，并选中新建的图层 1 作为当前图层，按 Ctrl+V 组合键将刚才所复制的素材图片粘贴到此图层，如图 7-23 所示。

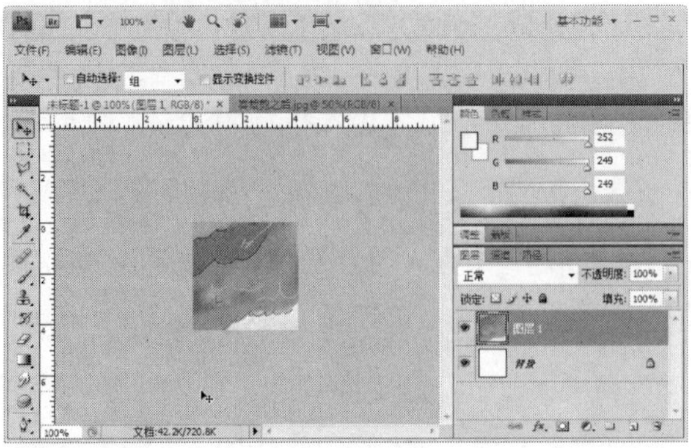

图 7-23

此时我们会发现，我们所粘贴的素材图片不能完全显示。这很正常，因为素材图片比背景要大，当然只能显示部分。

为什么不直接在前面对素材图片进行处理时就把这些素材变成 120px × 120px 呢？如果我们在前面处理好之后这里就刚好严丝合缝地放置，不存在其他问题了。但不知你考虑了这个问题没有，在前面进行图像的裁剪时只是大致划了一个范围，如果我们裁剪之就把图片缩为 120px × 120px 就很有可能把部分不需要的画面带进来，从而影响构图。根据我的经验，为了避免这种情况，我宁愿将素材适当放大一些粘贴进来，然后进行自由变换将图片缩小。当然这里的缩小也并不一定要缩到 120px × 120px，只要进行适当地缩小，让素材的主体能够显示出来，并能够体现我们的设计意图就行了，这样既可以保证缩小后的效果，也能保证我们自由构图。

明白了这样处理的原因之后，我们开始自由变换素材图片。在键盘上使用自由变换的快捷键 Ctrl+T 激活自由变换功能。用鼠标通过操纵自由变换框外的调节点，对图片进行缩小处理，同时利用鼠标移动素材图片位置，直到效果令人满意为止，如图 7-24 所示。

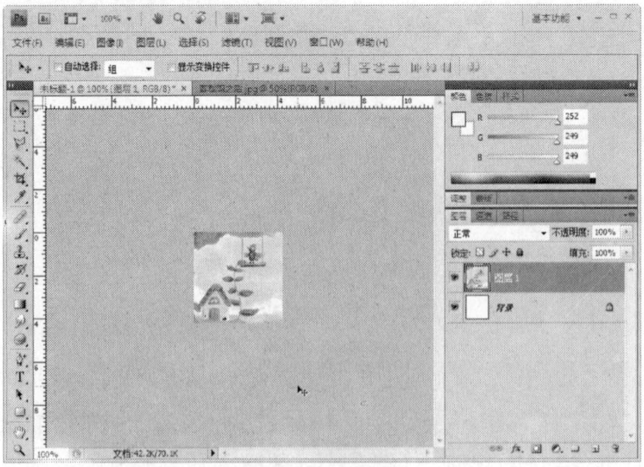

图 7-24

按照同样的方法，将其他几张素材图片一一粘贴到新的图层，并调整好大小和位置。

选择文字工具 T，在文字工具选项栏中设定字体和字号，文字颜色设为那幅代表春天背景图中的绿色，最终文字工具选项栏中的设置如图 7-25 所示。

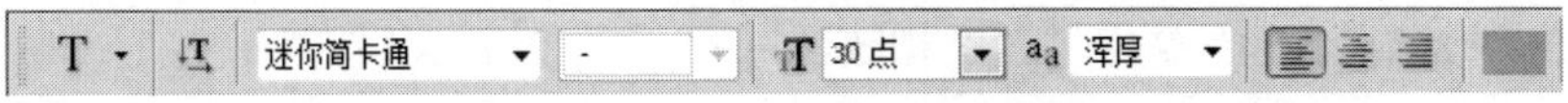

图 7-25

设定完毕之后在图片文档中新建一个文字图层，并输入“春”，如图 7-26 所示。

为了增强文字的表现效果，在图层面板上单击并选中这个新建的名为“春”的文字图层，将该图层的图层样式设置为“外发光”和“描边”，并将描边颜色选择为白色，描边大小为 1 像素，最终如图 7-27 所示。

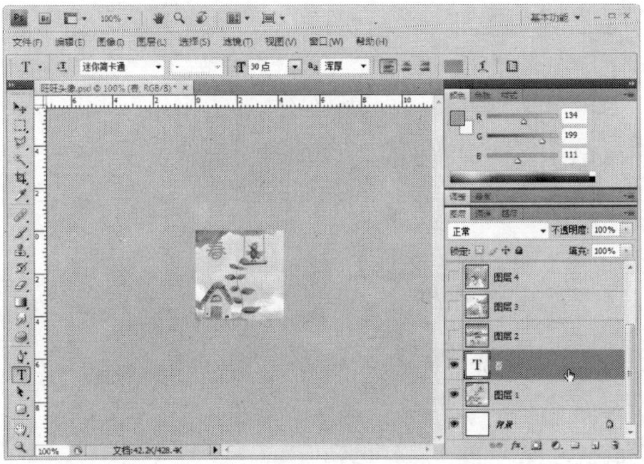

图 7-26

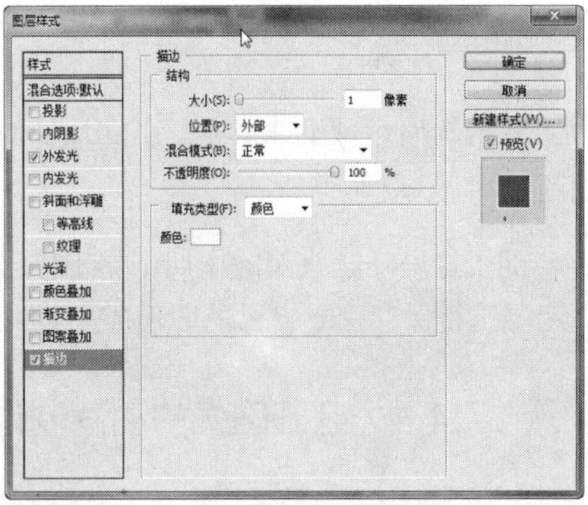

图 7-27

按照同样的方式，依次新建另外三个文字图层，并输入“夏”、“秋”和“冬”三个文字，文字颜色一定要和对应季节颜色相符，并调整好位置。最终每个图片的显示样式如图 7-28 所示　。

图 7-28

接下来我们就可以输入店铺名称和广告词。再次选择文字工具，字体不改变，只在工具栏中将文字颜色改为白色，输入文字“客必隆鞋城”。单击文字工具选项栏上的“创建变形文字”设置按钮，在弹出的对话框中进行设置，如图 7-29 所示。

设置完毕之后，为了突出文字的显示效果，在图层样式中选择 “描边”，并将描边颜色选择为绿色，描边大小为 1 像素。

按着同样的方式再次输入文字“四季相随”，只不过将文字变形设置改一下，如图 7-30 所示。

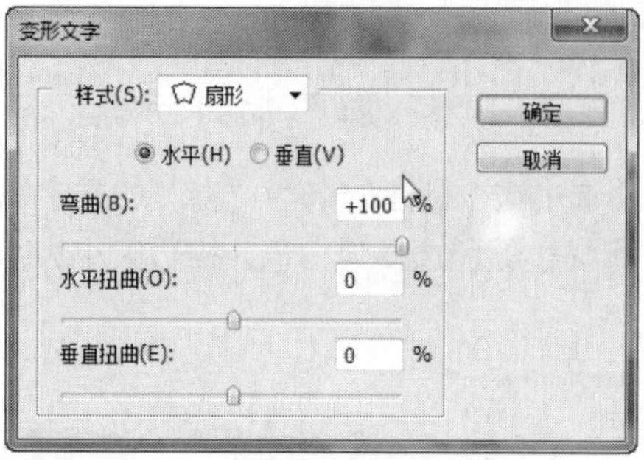

图 7-29

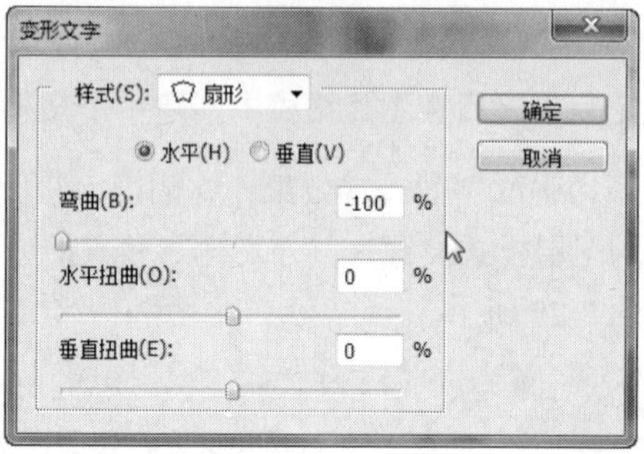

图 7-30

然后我们在这个环形文字中间加一幅鞋子的图片，体现我们的经营项目，如图 7-31 所示。

到了这里旺旺头像的中期制作工作已经结束了，为了防止文件意外丢失，一定要记得保存一下自己的劳动成果！

图 7-31

7.4.4 旺旺图像的动画制作

利用 Photoshop CS4 打开上一小节制作的旺旺头像文件，如图 7-32 所示。

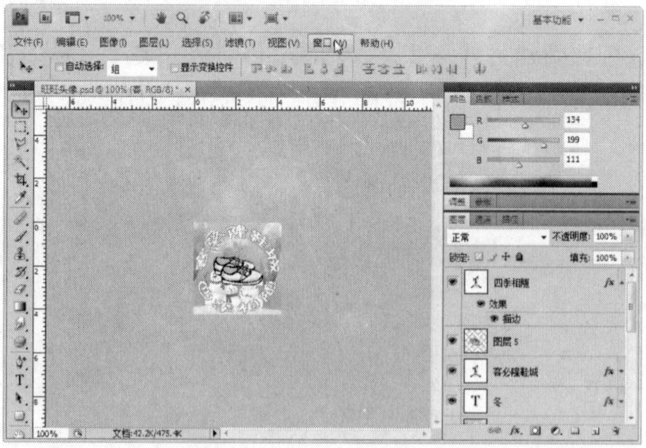

图 7-32

单击“窗口→动画”命令，将 Photoshop CS4 的帧动画制作窗口显示出来。在动画窗口下面单击“复制所选帧” 按钮，将当前所选帧复制五帧，如图 7-33 所示。

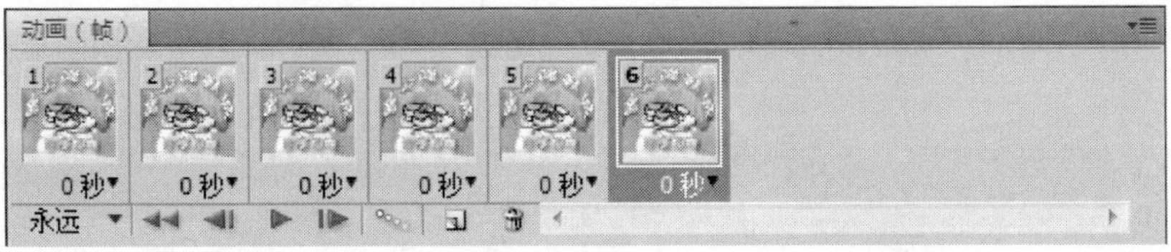

图 7-33

单击第一帧，将第一帧设为当前帧，选定之后，在图层面板中将“背景”、“图层 1”和“春”这几个图层设为可见，其他均为不可见。只要在图层面板的图层左侧看到一个标志，就说明当前层是可见的，没有这个标志就是不可见的。这个标志可以直接在标志出现处用鼠标单击就可以切换，如图 7-34 所示。

单击第二帧，将第二帧设为当前帧。同样在图层面板中将“背景”、“图层 2”和“夏”这几个图层设为可见，其他均为不可见。按照同样的方式设置第三帧、第四帧和第五帧。

最后选中第六帧，选定之后，在图层面板中将“背景”、“图层 1”和“春”这几个图层设为可见，其他均为不可见。我们已经初步设定了六帧不同画面。接下来我们就要开始设置动态效果了。

动画窗口中每一帧下面都有一个“ 0 秒▾ ”，这里是设置帧的延迟时间，当前为 0 秒表示不延迟，这可不行，单击此处的下拉三角标志，就会弹出一个下拉菜单，如图 7-35 所示。

图 7-34

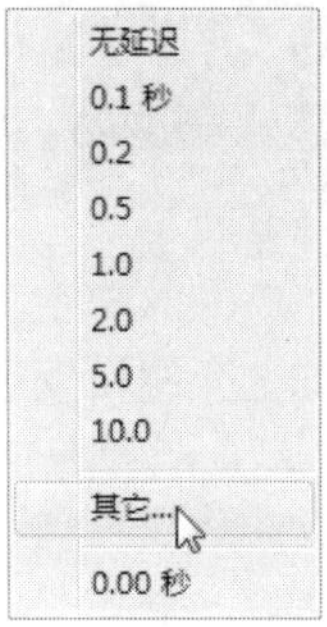

图 7-35

在这个菜单中就可以选择帧的延迟时间，这里的时间设置都不是很理想，单击此菜单中的“其他...”选项，此时就会弹出一个“设置帧延迟”对话框。在此设置框中可以自定延迟时间，这里设定为 1.5 秒，并单击“确定”按钮即可完成，如图 7-36 所示。

按照同样的方式将第二帧、第三帧、第四帧和第六帧设为 1.5 秒，第五帧我们单设为 3 秒，如图 7-37 所示。

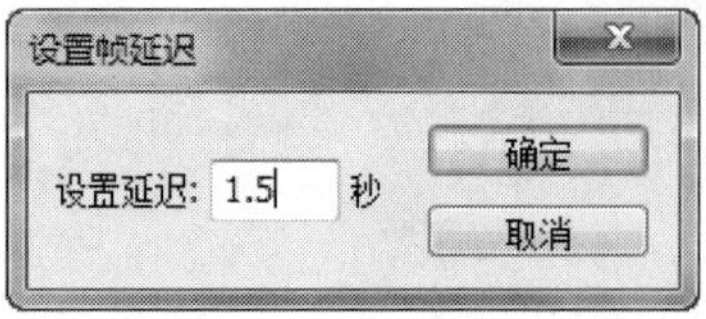

图 7-36

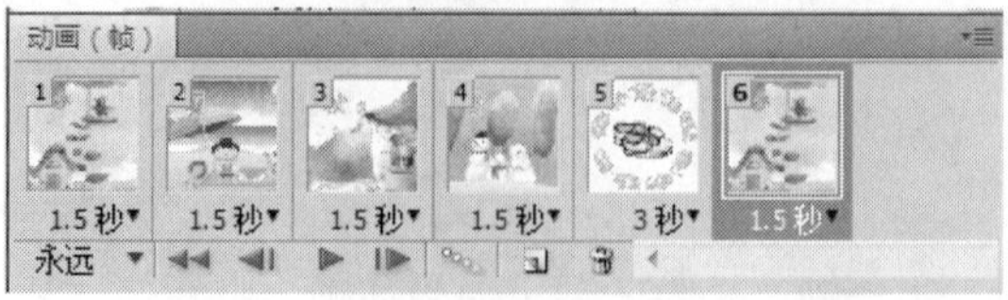

图 7-37

设置完毕之后，现在就可以在动画窗口中单击“播放”按钮进行播放，看一看效果！

预览之后，我们总觉得每两帧之间进行切换时不是很自然，显得非常突兀。这是因为每两帧之间没有过渡，所以切换效果就比较生硬。事实上 Photoshop CS4 中对于帧动画的中间过渡问题也做了考虑，在动画窗口中有一个“ ”按钮，这就是过渡帧按钮，所谓过渡帧就是在两帧之间加入中间过渡动画，使两帧之间过渡自然。下面我们就用这个过渡帧按钮来为我们动画来增加过渡效果。

按住 Ctrl 键，用鼠标单击第一帧和第二帧，此时就可同时选中这两帧，如图 7-38 所示。

选中之后，单击“过渡帧”按钮，此时就表明要在第一帧和二帧之间加入过渡帧。弹出如图 7-39 所示对话框。

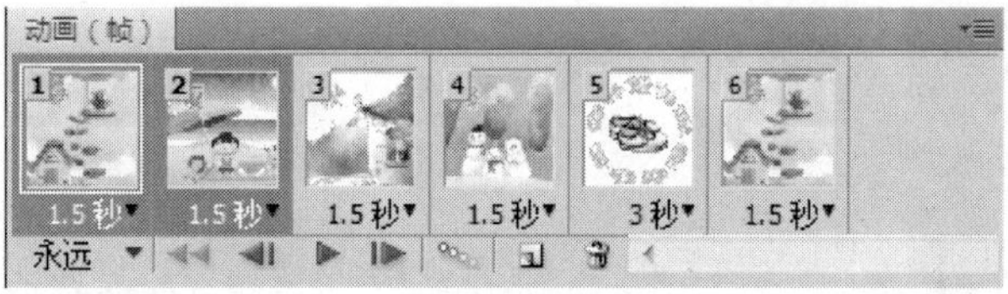

图 7-38

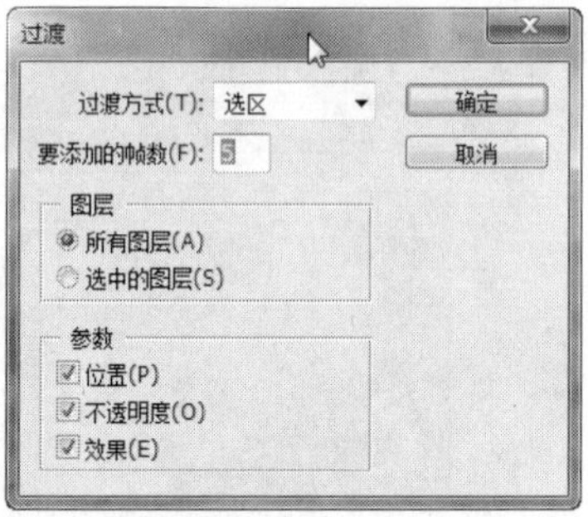

图 7-39

按如上介绍设置过渡帧，设置完毕之后单击“确定”按钮。再来看一看是什么情况，如图 7-40 所示。

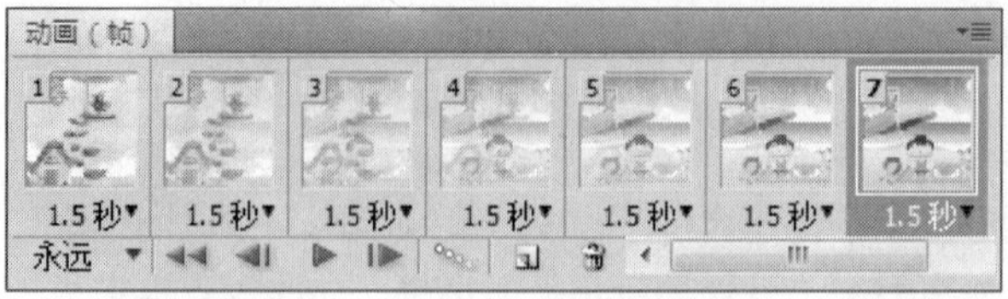

图 7-40

在第一帧和第二帧之间就增加了五帧过渡帧，为了过渡效果更好，现在将过渡帧的帧暂停时间设为 0.1 秒，如图 7-41 所示。

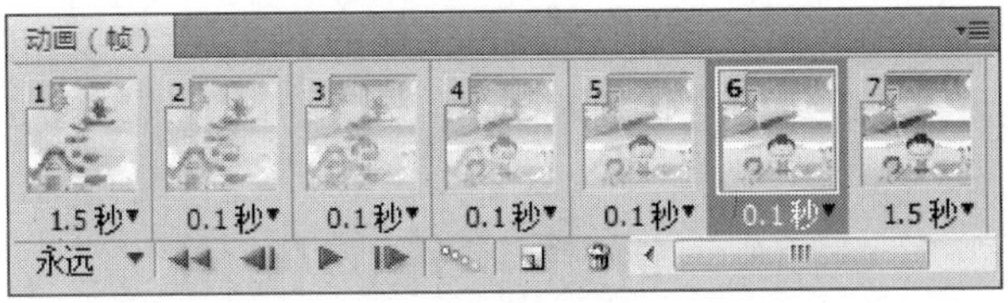

图 7-41

按照同样的方法将第二帧与第三帧之间、第三帧与第四帧之间、第四帧与第五帧之间及第五帧与第六帧之间均添加过渡帧，并设置过渡帧的帧暂停时间为 0.1 秒。所有的设置完毕之后，选中最后一帧，并单击“删除”按钮，删除最后一帧。为什么要删除最后一帧呢？因为这个动画是循环播出的，到了最后一帧又会跳回第一帧，那么最后一帧就和第一帧重复了，所以我们就把最后一帧删除。当初加这一帧的目的就是为了添加过渡帧，让最后一帧能顺利过渡到第一帧，现在过渡帧已经添加进来了，就该是它“谢幕”的时候了。

现在再来播放看一看效果，怎么样？是不是效果过渡比较自然。

动画制作完毕之后，就该保存下来了。

单击“文件→存储为 Web 和设备所用格式”命令，在系统弹出的对话框中做如下设置，如图 7-42 所示。

设置完毕之后，单击“保存”按钮，系统为弹出一个名为“将优化结果存储为”的对话框，设定文件名称存储位置，并单击“确定”按钮即可保存。此时系统就会弹出一个警告对话框，如图 7-43 所示。

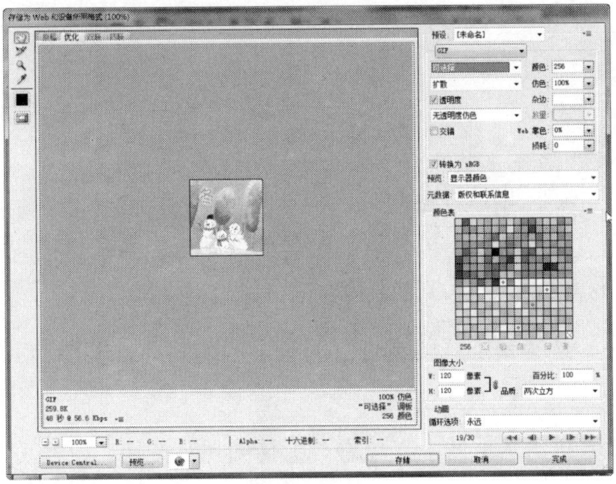

图 7-42

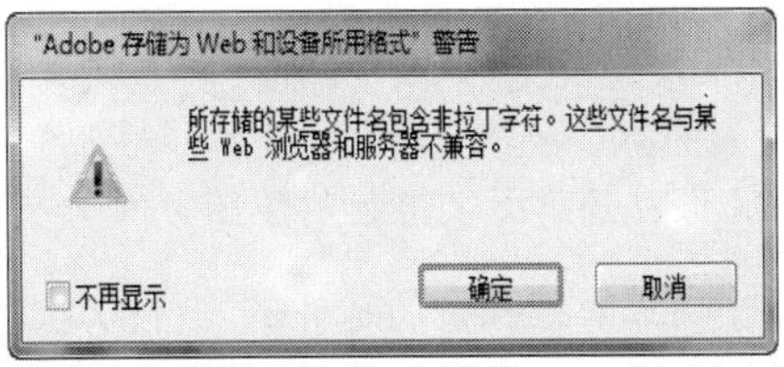

图 7-43

直接单击“确定”按钮即可完成保存任务。至此，我们的图文并茂的动画旺旺头像就已经制作完毕了！

当然动画的设计是丰富多变，并不局限于此，这里只是让新手朋友们能够了解 GIF 动画制作的一般流程，从而能学以致用，设计出更精美的 GIF 动画，为自己的店铺增加一道亮丽的风景！

7.5 旺旺头像的使用

旺旺头像制作成功之后，接下来就该使用了。我们在这一节来看一看如何将制作成功的精美旺旺头像上传到旺旺中。

首先，正常登录旺旺，打开旺旺的主窗口，如图 7-44 所示。

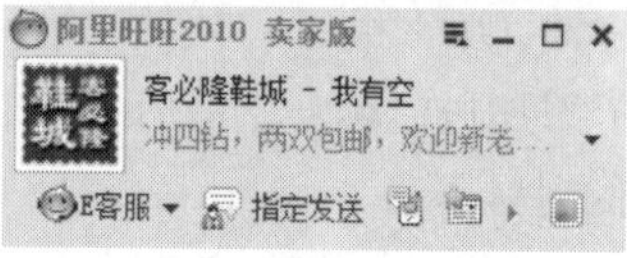

图 7-44

单击旺旺窗口左上角的原来旺旺图像，此时系统会弹出如图 7-45 所示的对话框。在该对话框中单击“修改头像”按钮，弹出如图 7-46 所示的对话框。

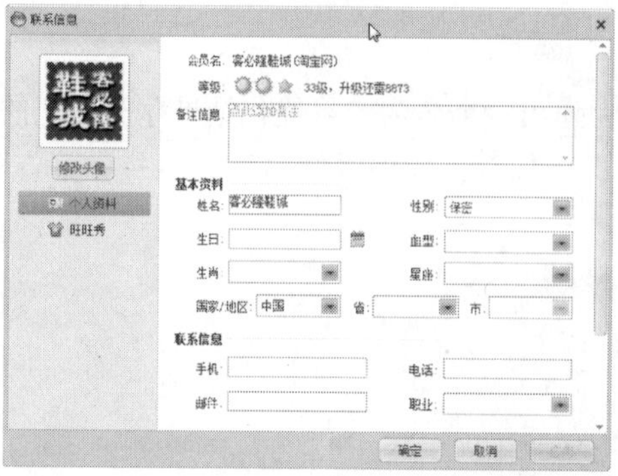

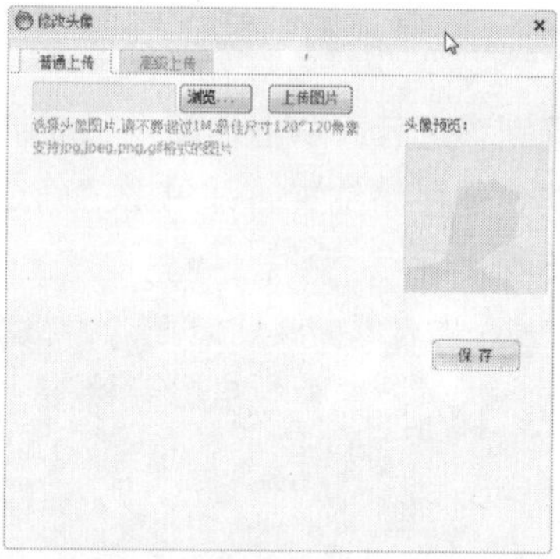

图 7-45　　图 7-46

这里有两种选择，一种是普通上传，另一种为高级上传。它们两者的区别已经显示得很清楚了！普通上传的可以支持 GIF 格式，所以在这里我们选择普通上传。

单击“浏览”按钮，如图 7-47 所示，在“选择要加载的文件”的对话框选择要加载的旺旺头像文件，并单击“打开”按钮。

可以看到我们所选择的文件的地址已经填充到文本框中，单击“上传图片”按钮，已经可以看到图片的预览显示了，如图 7-48 所示。

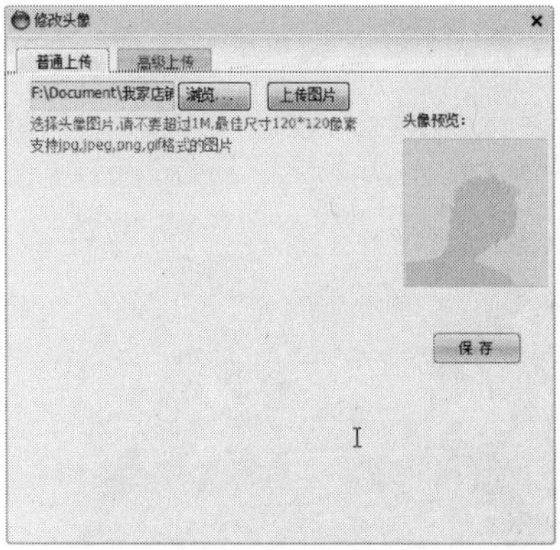

图 7-47

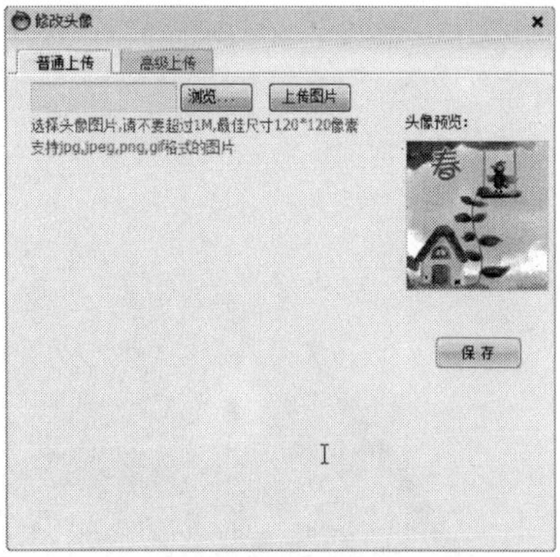

图 7-48

单击“保存”按钮即可完成旺旺头像的修改任务了。此时旺旺窗口如图 7-49 所示。

其他网友在我们交谈时所看到的内容如图 7-50 所示。

至此，我们的旺旺头像的制作才算真正完成了！

一个动态的图像可以传递很丰富的信息，并且能够吸引买家的注意，在一定程度上还可以增加流量，能起到很好的店铺宣传作用。总的来说，一个漂亮的动态旺旺头像比静态图片更能吸引潜在买家的注意。另外要注意一下，只有阿里旺旺 2009 及其以上的版本才支持 GIF 动画，所要大家如果要使用动态头像的话，就赶快将自己的旺旺升级！

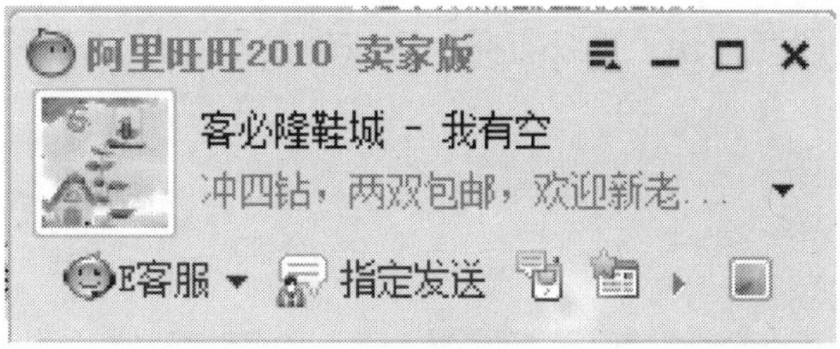

图 7-49

图 7-50

最后要提醒各位卖家：由于旺旺头像尺寸有限，在设计时不要添加过多元素，一定要突出主体，这样才能利用有限的空间发挥无限的作用。

第 8 章 店标

8.1 店标的设计说明

店标就是店铺标签的简称，它既是普通店铺的标志，也是所有店铺在店铺街中的标志。基于这一点，我们就不难看出：店标不光具有店铺识别作用，也是一扇让顾客简单了解店铺的窗口。由于店标会在店铺街中出现，所以这里也是我们宣传自家店铺的一个非常重要的途径，如果有一个别具特色的好店标，可以引起别人的注意，从而会脱颖而出。所以店标也应该是我们所有店铺进行装修时必须要慎重考虑的一件事！

先来看一些店标示例吧，如图 8-1 所示。

图 8-1

从以上的店标中我们不难看出，在淘宝网中，店标也分为静态店标和动态店标两种。但不管是哪一种，由于店标所承载的任务是帮助我们进行店铺的另类推广，所以说优秀的店标一般也是由店铺名称、产品图片和宣传文字组合而成的。

淘宝网规定，旺旺头像的最佳尺寸为 100px × 100px，大小不要超过 80KB，并且头像所支持的格式为 JPG、JPEG、PNG 和 GIF。

8.2　店标制作的一般流程

店标制作和一般流程如下。

（1）在网络上搜集一些自己需要的素材，在搜集这些素材时要注意尽量和自己经营的主体要吻合，并且还要注意尽量挑选图片清晰，没有版权纠纷的图片。

（2）在 Photoshop CS4 新建一个 100px × 100px 的新图片，并将所有素材图片中所需要的部分复制到新建图片当中，并做适当处理，使其达到制作要求。

（3）在图片中输入文字和宣传语，并调整好图层样式。

（4）在 Photoshop CS4 中制作 GIF 逐帧动画。

（5）保存最终的 GIF 动画文件。

8.3　静态文字店标的制作

店标可以对我们的店铺起着一种推广作用，也就是说当别人一看到我们的店标，就知道我们的经营项目。那么对于静态店标而言，最好的就莫过于纯文字的店标了，因为文字是最直观，它可以直截了当地告诉买家一些信息，从而让买家了解我们。下面我们就来制作一个文字店标。

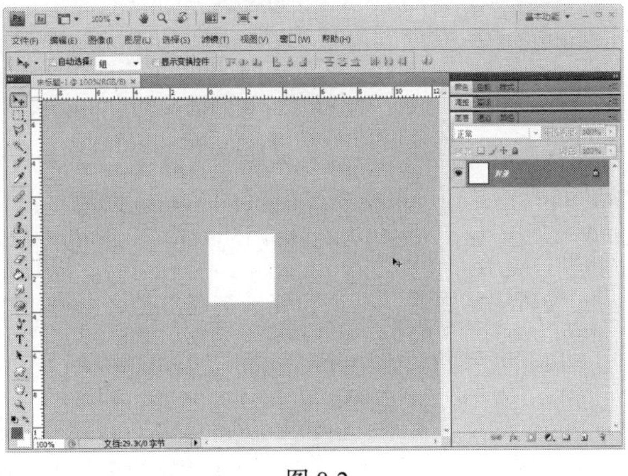

图 8-2

首先，我们启动 Photoshop CS4，在新建一个 100px × 100px 的白底文档，如图 8-2 所示。

在工具箱中选择“横排文字工具” T，选择文字工具之后，在选项栏中设置字体为“华文楷体”，字号为 14 点，文字颜色为绿色，如图 8-3 所示。

图 8-3

同时单击文字工具选项栏中的“创建文字变形”按钮，在弹出的“变形文字”对话框中选择样式为“扇形”，并设置水平弯曲为 100%，如图 8-4 所示。

设置完毕之后，将光标移到空白文档之上单击，输入“客必隆鞋城”五个字，如图 8-5 所示。

为了突出文字的效果，在图层面板中选中“客必隆鞋城”所在的文字图层，将该图层的图层样式设为“斜面和浮雕”，并在“斜面和浮雕”右侧的设置窗口中设置样式为“外斜面”，方法为“雕刻清晰”，其中大小设为 1 像素。其他设置按照系统默认值不变化，设定完毕之后单击“确定”按钮，即可看到如图 8-6 所示的效果了。

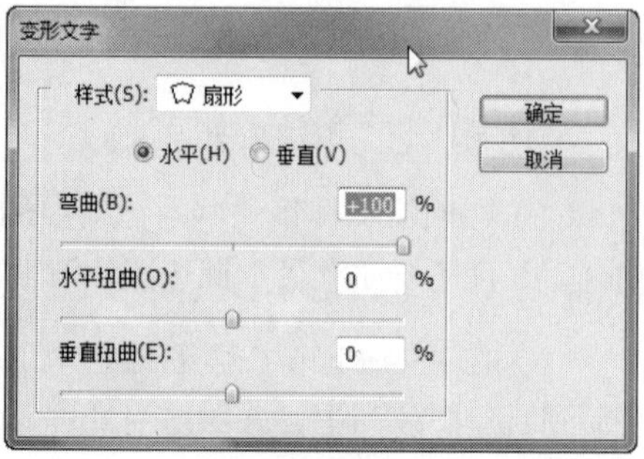

图 8-4

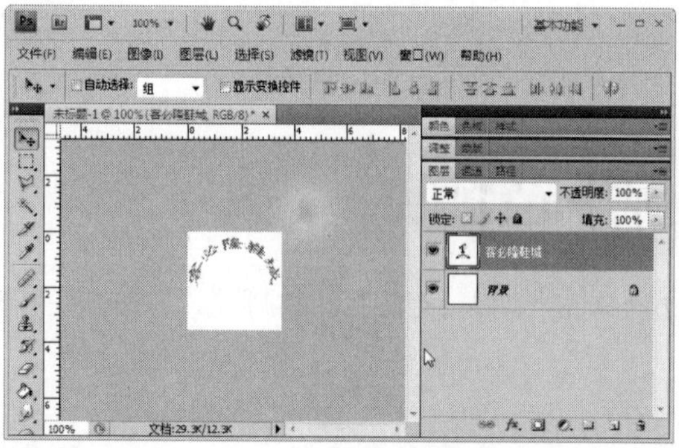

图 8-5

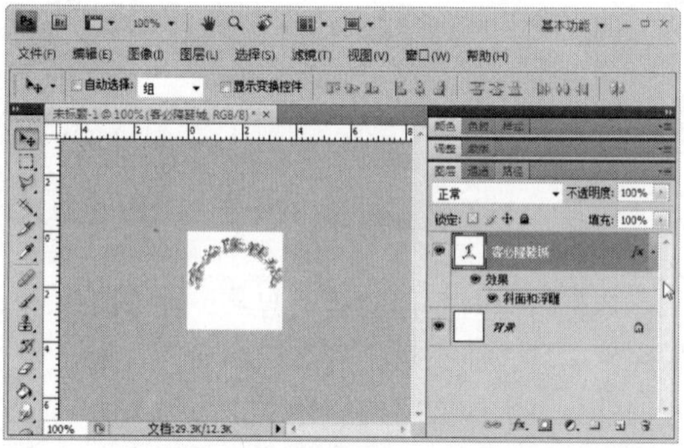

图 8-6

重新在工具箱中选择“横排文字工具”，选择文字工具之后，在选项栏中设置字体为“华文楷体”，字号为 14 点，文字颜色为绿色。同时单击文字工具选项栏中的“创建文字变形”按钮，在弹出的“变形文字”对话框中选择样式为“扇形”，并设置水平弯曲为-100%，如图 8-7 所示。

设置完毕之后，将光标移到空白文档之上单击，输入“专注于童鞋”五个字，如图 8-8 所示。

按照同样的方式将此图层的图层样式进行设置。设定完毕之后，即可看到如图 8-9 所示的效果。

文字现在输入完毕，但总感觉过于单调。为了解决这一问题，在工具箱中选择“自定义形状工具”，并在选项栏中单击形状下拉列表框的下拉箭头，如图 8-10 中标注处所示。

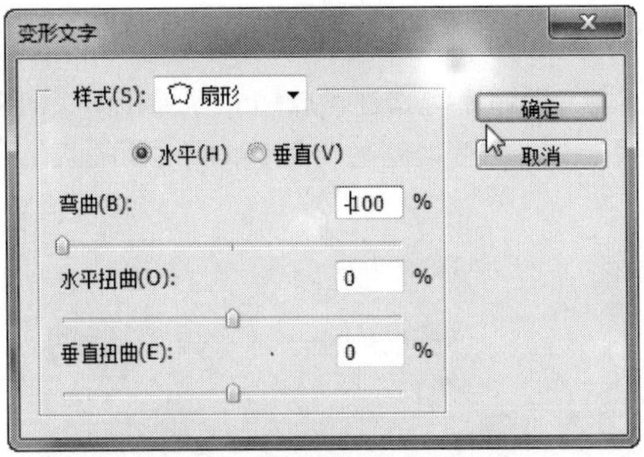

图 8-7

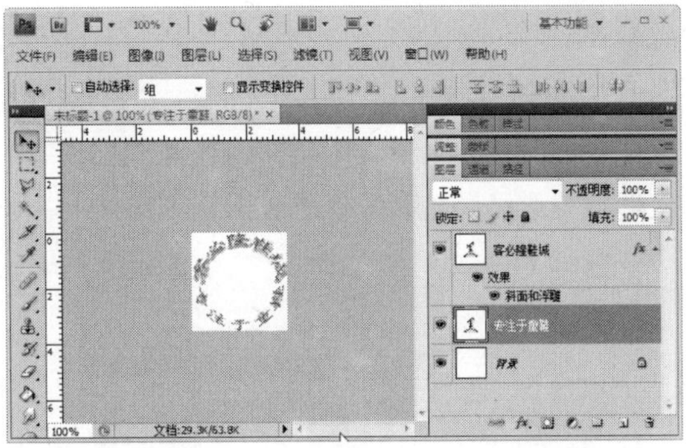

图 8-8

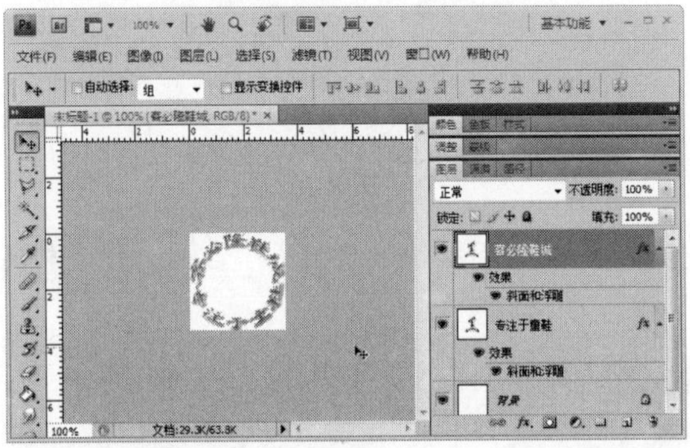

图 8-9

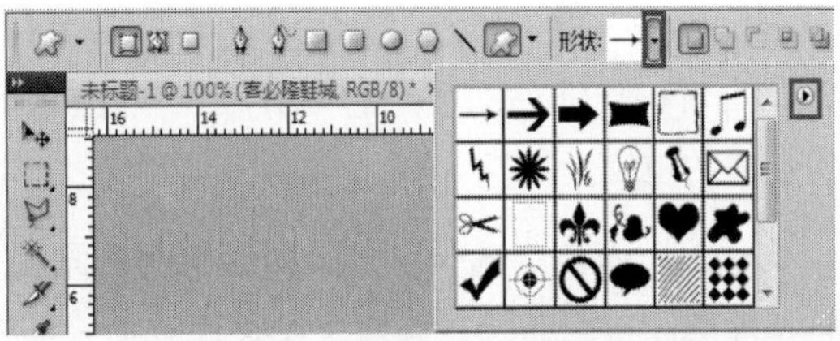

图 8-10

单击之后，系统弹出一个下拉列表，在此单击图 8-10 中标注处的按钮。系统就会弹出一个形状选择菜单。在其中我们选择“形状”菜单项，此时系统会弹出一个警告对话框，如图 8-11 所示。

直接单击“确定”按钮即可。单击之后即可看到形状内容已发生变化，如图 8-12 所示。

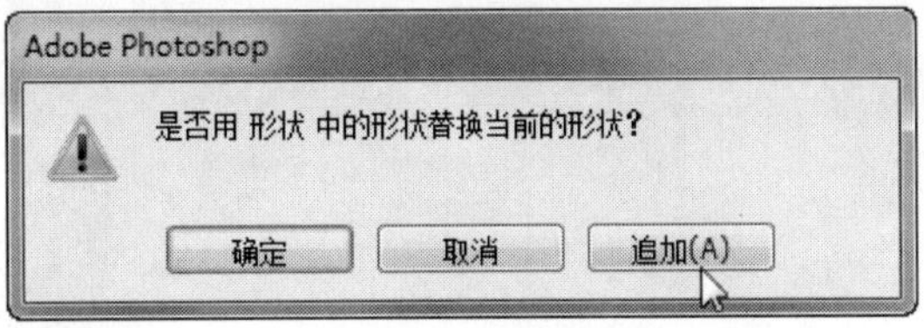

图 8-11

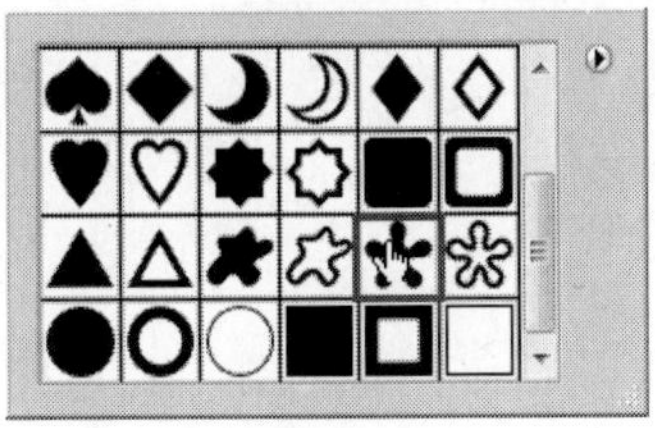

图 8-12

我们选择图 8-12 中所标示的形状并双击，同时设定颜色为绿色，设定完毕之后，工具栏如图 8-13 所示。

图 8-13

将鼠标光标移到图形工作区任意位置，单击鼠标即可插入所选的形状，如图 8-14 所示。

从图 8-14 来看，由于所插入的自定义形状图形过大，现在要将其进行放缩处理。在图层面板中保证我们所插入的形状图层作为当前图层，单击“编辑→自由变换路径”命令，刚才所插入的自定义形状图形已经被调节框所包围，如图 8-15 所示。

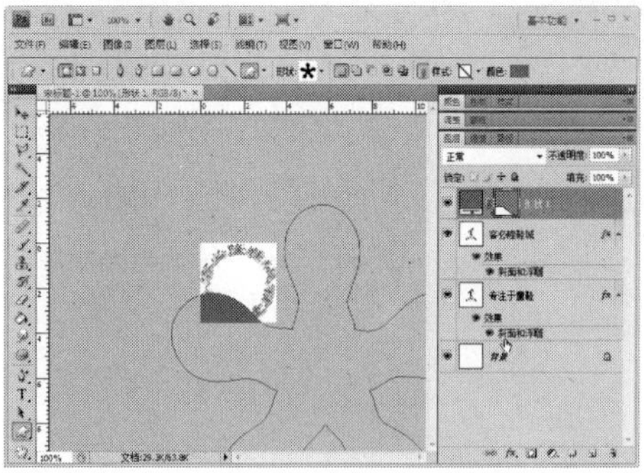

图 8-14

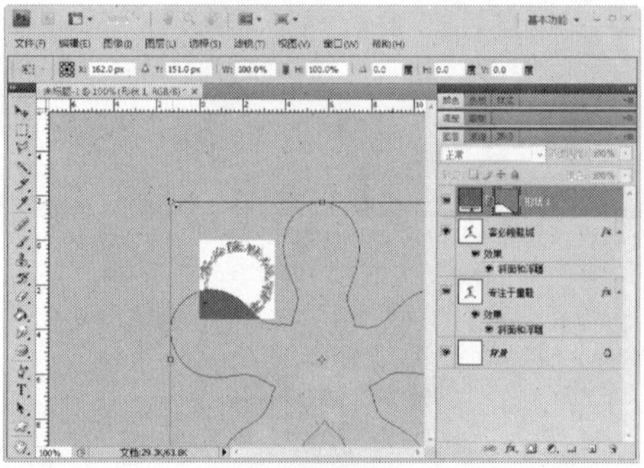

图 8-15

将鼠标指针移动顶点的调节点，按住鼠标左键不松开，进行缩小，直到大小合适，并将其移到合适的位置，如图 8-16 所示。

在图层面板中选中自定义图形所在的图层，将该图层的图层样式设为“斜面和浮雕”，并在“斜面和浮雕”右侧的设置窗口中设置样式为“枕状浮雕”，方法为“平滑”，其中大小设为 5 像素，如图 8-17 所示。

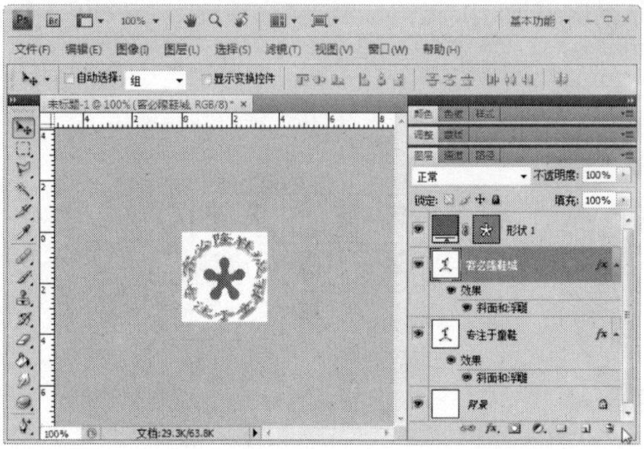

图 8-16

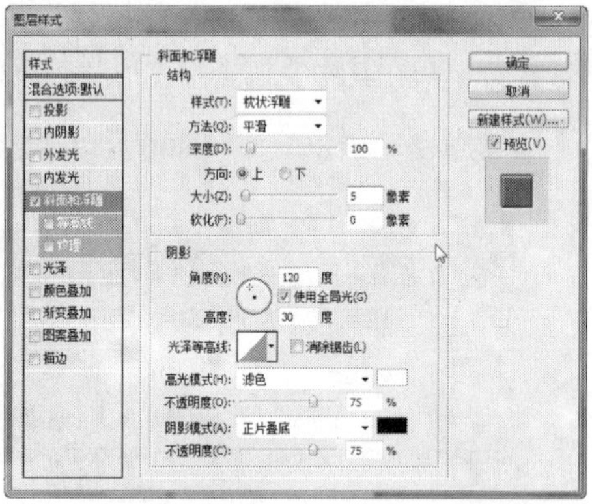

图 8-17

设定完毕之后单击“确定”按钮，即可看到如图 8-18 所示的最终效果。

到了这里，一个文字店标就制作完毕了，这里我们就是用纯文字来描述我们的店铺的名称及主营项目，同时为了避免单调，也对这个店标做了一些美化，效果还是挺不错的！

图 8-18

8.4　动态图文店标的制作

我们在前面已经成功地制作出了一个纯文字店标，但美中不足的是，这种店标纯粹就是一个文字店标，比较单一，如果制作一个图文并茂的动态店标，那效果岂不是更好？

在开始行动之前，我们要先有一个设计思路。这里的设计思路是：一个空购物车出现，然后往购物车中装入几双童鞋，装入之后购物车拖着童鞋而去，此时显示店名和宣传文字。

8.4.1　收集图片素材

按照自己的需要，找到所有的素材，如图 8-19 所示。

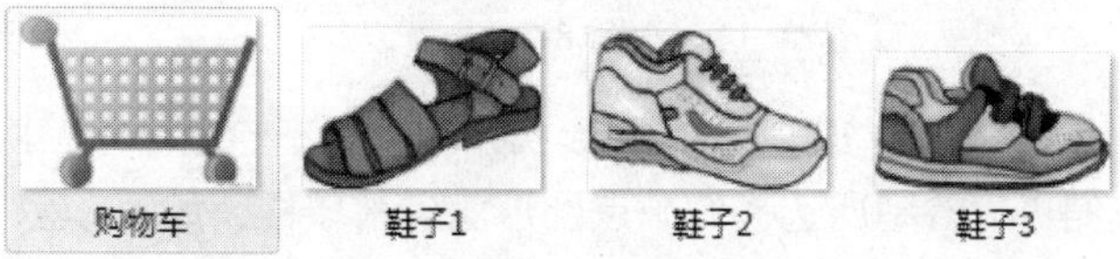

图 8-19

8.4.2　图片素材处理

完成图片素材的收集，但是当打开图片进行观看时，会发现有几个问题存在。什么问题呢？第一就是我们所收集的图片素材不是透明背景图，我们在进行图层叠加时，会造成非常难看的背景遮盖，第二就是有些图片虽然符合要求，但是有部分缺失，不能够直接使用。看来我们又要用 Photoshop CS4 来解决这个问题。

1. 缺失图像修补

利用 Photoshop CS4 打开要处理的图片，如图 8-20 所示。

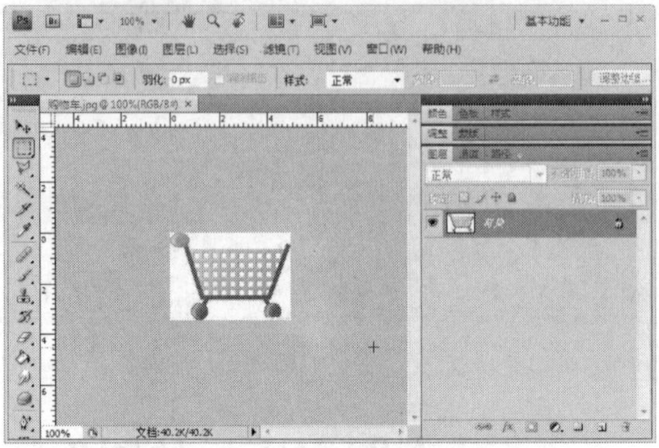

图 8-20

从图 8-20 中可以看出，我们所选择的这个卡通购物车的右侧车轮缺失了一半，不是很美观。现在我们就利用 Photoshop CS4 所提供的工具来进行修复。

我们从图片上可以看出，由于这是一个对称的图形，在左侧已经存在一个完整的车轮，那么完全可以借助左侧的这个车轮来对右边的这个车轮来进行修复。

在工具箱中选择“修复画笔工具”，在工具选项栏中将画笔直径调整为 20px，并将“源”选择为取样，如图 8-21 所示。

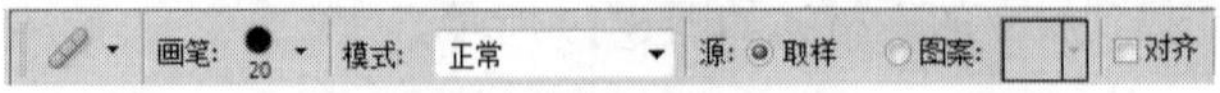

图 8-21

按住 Alt 键，此时鼠标指针会变成“”形状，在左侧车轮上单击一次选择源点，如图 8-22 所示。松开 Alt 键，我们可以看到所选择的源点图形已经被取样，如图 8-23 所示。

图 8-22

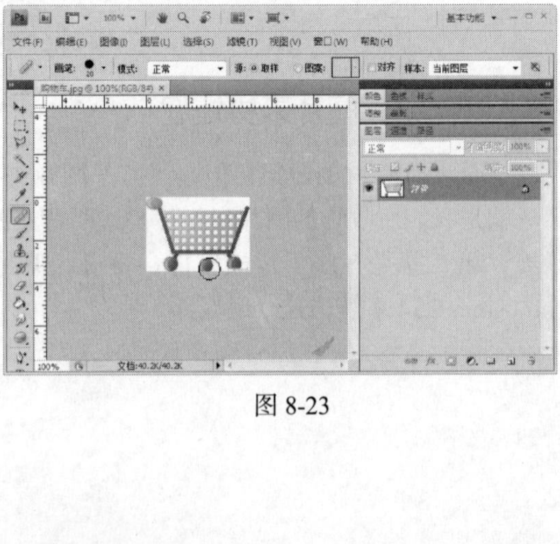

图 8-23

将光标指针移到待修补的车轮之上，单击一下就完成了车轮的修补，将修补之后的图片以 JPG 格式保存下来。我们可以对比一下修补前后的效果，如图 8-24 所示。

修复前　　　　修复后

图 8-24

修复之后效果真的很不错！看来利用修复画笔工具处理部分缺失的图像是非常快捷的。当然除了利用这种方式之外，还可以使用其他方式来进行修复，在这里我只是提供一种思路而已。

2. 图片背景消除

由于我们所收集的素材都不是透明背景，会给后期的制作带来比较大的麻烦，所以在制作之前我们就要把所收集全部素材都处理成透明背景并保存备用。

利用 Photoshop CS4 打开待处理的图片，将打开的图片处理成普通图层，如图 8-25 所示。

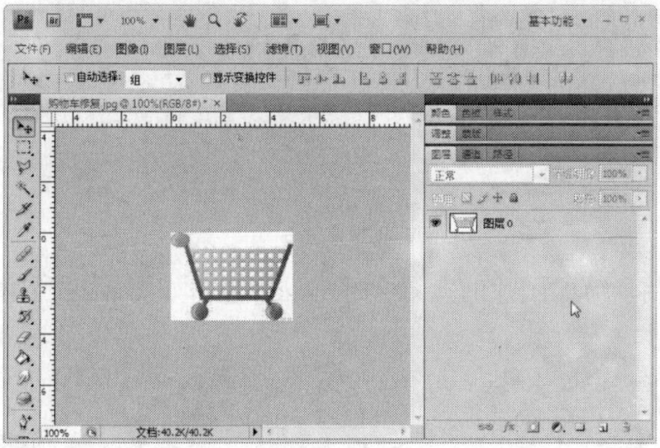

图 8-25

从图 8-25 来看，这个图像比较简单，只是外围存在一些白色背景，另外就是购物车内方格中存在一些白色背景。在工具箱当中多次选择“魔棒工具”，在图片白色背景区单击并选中该区域，使用键盘上的“Delete”键来删除所选的白色背景，此时外围区的白色背景就被删除，成为透明的了，如图 8-26 所示。

从图 8-26 中可以看出，我们已经成功地将购物车周围的大块白背景全部删除，现在只剩下购物车内的白色区域了。由于图片比较小，进行选择不是很方便，所以在选择之前要先将图片的显示比例放大，如图 8-27 所示。

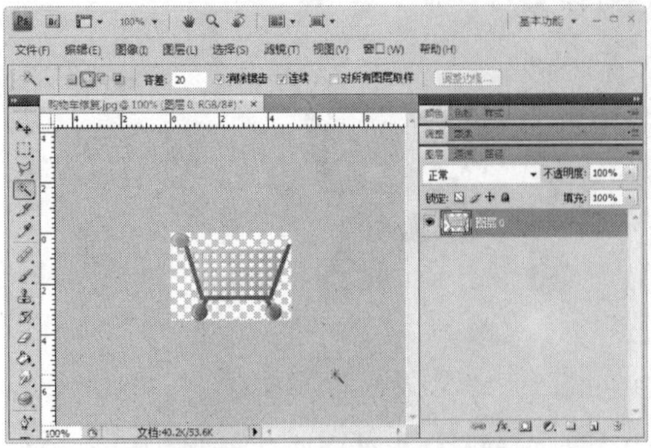

图 8-26

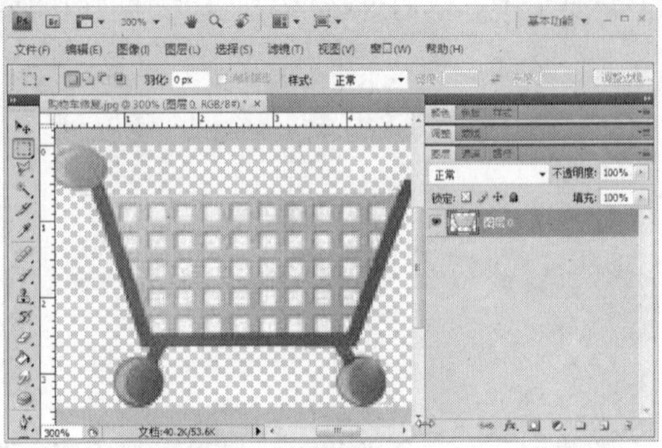

图 8-27

利用合适的工具，将所有方格中的白色背景选中并删除，最终如图 8-28 所示。

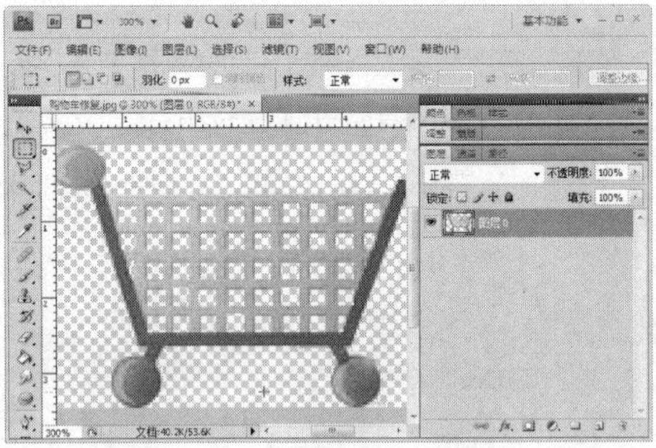

图 8-28

利用同样的方式，将所有的图片的背景全部都处理掉，如图 8-29 所示。

图 8-29

事实上前面所做的工作就是抠图！只不过这些图片比较简单，我们只是简单地利用了魔棒工具就完成了抠图任务，我们在前面讲解了很多利用 Photoshop CS4 来进行抠图的方法，也可以利用其他方法来同样完成这里的抠图任务。但是有一点要注意，抠图之前一定要事先观察一下待处理的图片的特点，这样才能确定使用哪一种方式来进行工作既快捷又省时。

8.4.3 店标的制作

到了这里，制作店标的所有准备工作已经完毕了，接下来的任务就是要用处理过的素材通过 Photoshop CS4 来实现我们的构思了。

首先利用 Photoshop CS4，新建一个宽高均为 100px 白底空白文档，如图 8-30 所示。

新建四个新图层，并将我们刚才处理过的那些素材图片一一粘贴到不同的新图层当中。并逐一使用自由变换功能对各素材进行调整，直到合适为止。为了在后面的动画制作中方便说明，我们将图层的名称作了更改，如图 8-31 所示。

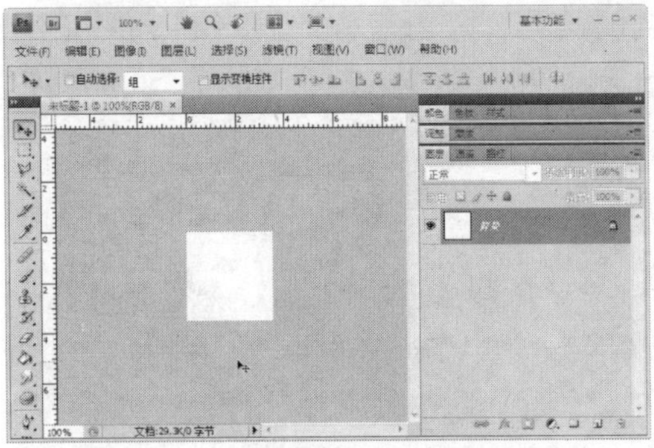

图 8-30

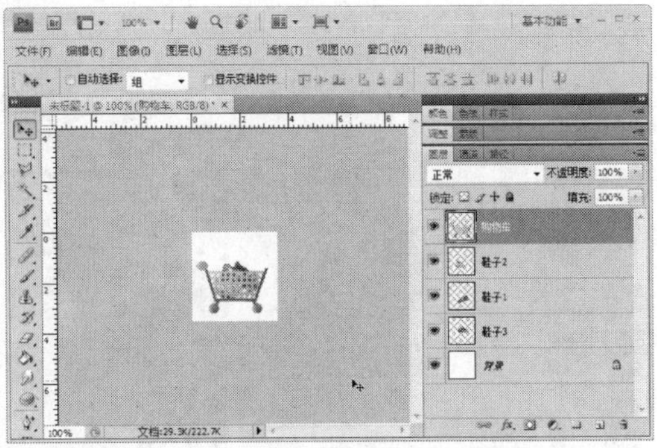

图 8-31

接下来就该为我们的店标添加文字内容了。在工具箱中选择“自定形状工具” ，并在其菜单栏之下的工具选项栏中选择形状为“窄边圆框”，设置颜色为红色，如图 8-32 所示。

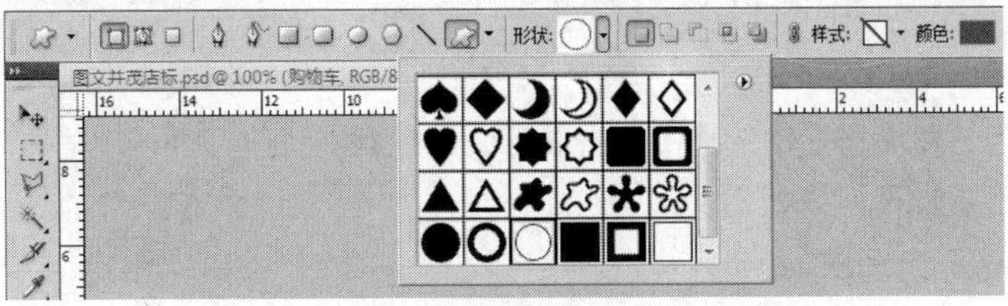

图 8-32

同时单击工具选项栏中的自定形状工具按钮，在其中的自定形状选项中选择“从中心”和“固定大小”选项，并设置宽高均为 100px，如图 8-33 所示。

选定之后，将鼠标指针移到图形工作区中，单击一下鼠标，就会在图形工作区当中新建一个形状图层。在工具箱中选择“移动工具” ，调整红色圆圈到合适位置，如图 8-34 所示。

将刚刚调整好的图层复制一份，形成一个图层副本，如图 8-35 所示。

使用 Ctrl+T 组合键激活自由变换功能，并在选项栏中将宽和高都设为 50%，如图 8-36 所示。

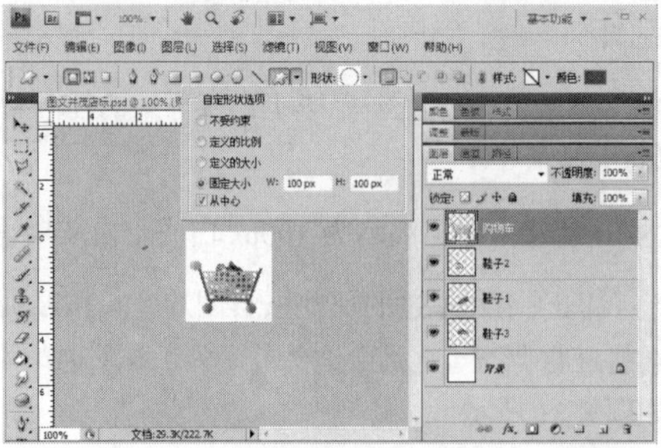

图 8-33

图 8-34

图 8-35

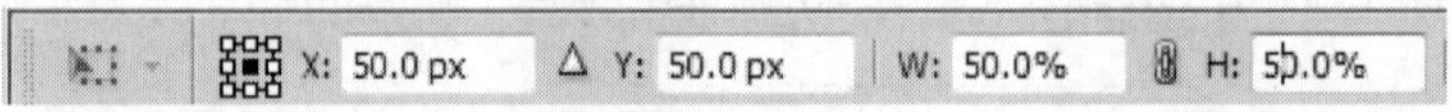

图 8-36

设置完毕之后，在文档工作区当中双击鼠标，确认此次更改，确认之后，这个红色圆形将会缩小 50%，最终效果如图 8-37 所示。

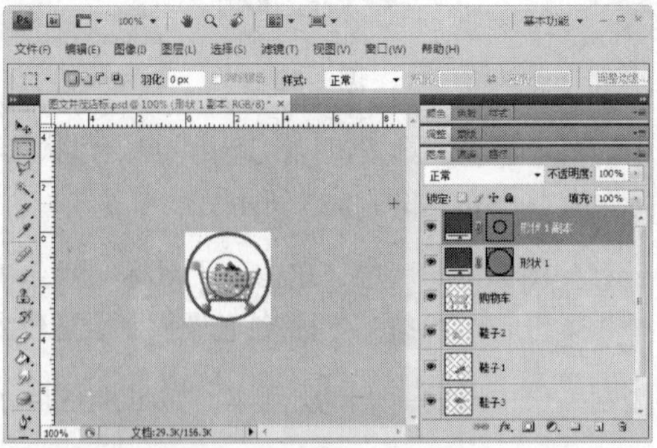

图 8-37

接下来我们就该进行店铺名称和广告词输入了。选择文字工具，字体选择“宋体”，字号大小设为“12 点”，颜色设为“红色”，如图 8-38 所示。

图 8-38

将鼠标指针移动到图形文档当中单击定位，而后单击文字工具选项栏上的“创建变形文字”设置按钮，在弹出的对话框中进行如图 8-39 的设置。

设定完毕之后，单击“确定”按钮，输入“客必隆鞋城”五个字，如果位置不合适的话，就可以在工具箱中选择“移动工具”，将文字移动到合适的位置，如图 8-40 所示。

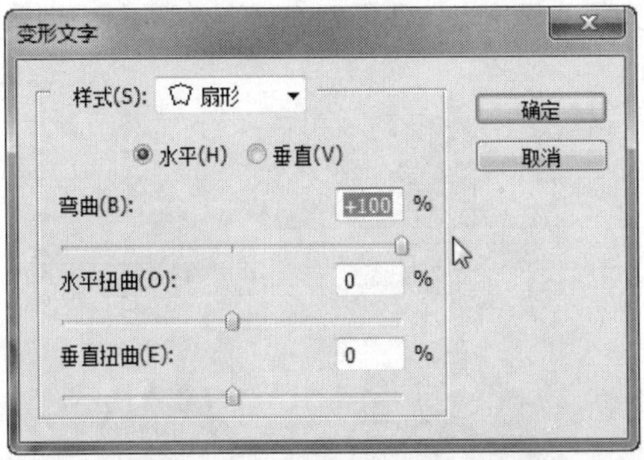

图 8-39

图 8-40

再次选择文字工具，字体选择“宋体”，字号大小设为“12 点”，颜色设为“红色”，将鼠标指针移动到图形文档中单击定位，而后单击文字工具选项栏上的“创建变形文字”设置按钮，在弹出的对话框中进行如图 8-41 所示的设置。

设定完毕之后，单击“确定”按钮，输入“专注童鞋”四个字，如果位置不合适的话，就可以在工具箱中选择“移动工具”，将文字移动到合适的位置，如图 8-42 所示。

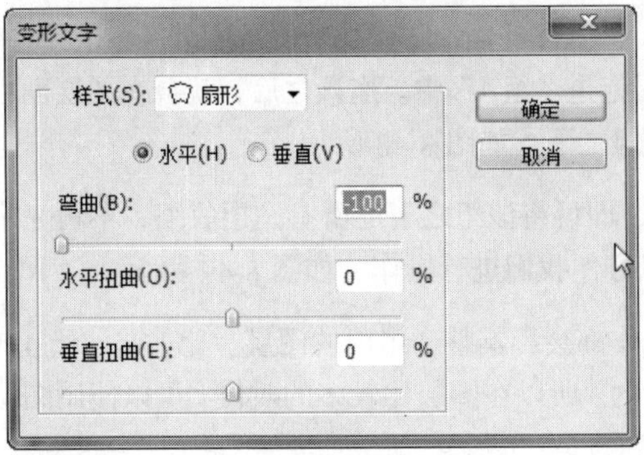

图 8-41

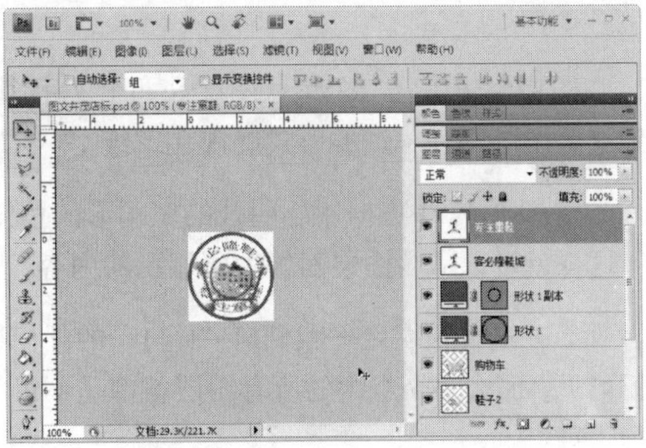

图 8-42

再次在 Photoshop CS4 的工具箱中选择“自定形状工具”，在自定形状工具的选项栏中，将自定形状选项设为固定大小，宽高均为 30px，形状选择五角星，颜色设为红色，如图 8-43 所示。

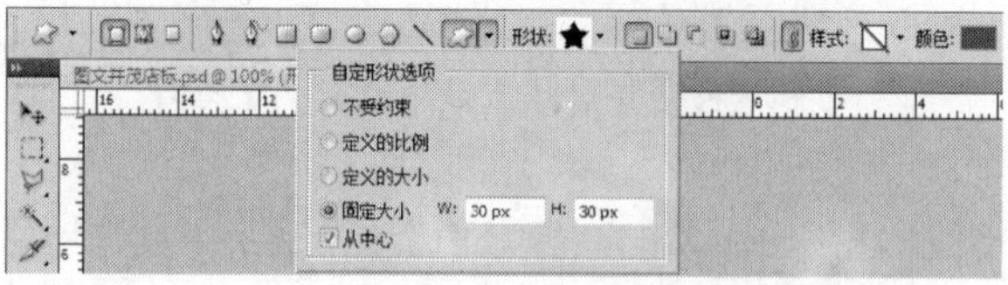

图 8-43

设定完毕之后，将光标移动到文档工作区中单击一下，此时就会在文档中生成一个红色的五角星，如果位置不合适的话，就可以在工具箱中选择“移动工具”，将五角星移动到合适的位置。由于这几个文字和形状图层的样式并不突出，为了凸显这点，我们现在就要设置其图层样式，就按图 8-44 所示进行设置，最终效果如图 8-45 所示。

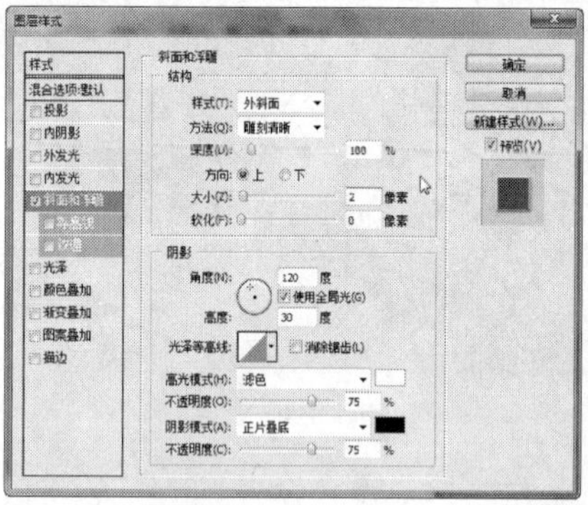

图 8-44

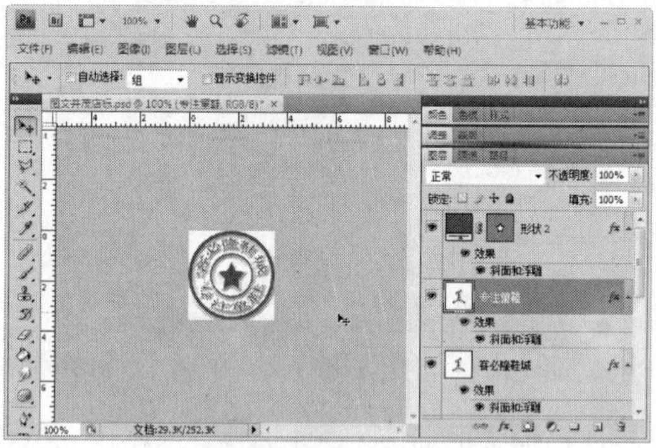

图 8-45

由于图层过多，为了不给后面的操作带来麻烦，我们在这个地方利用图层组进行图层管理。在图层面板中，单击“创建新组”按钮，如图 8-46 中鼠标所指位置。

单击之后，我们在图层面板中会看到一个已经出现了一个名为“组 1”的图层组，如图 8-47 所示。

在图层面板中将三个形状图层和两个文字图层拖进“组 1”中。拖入之后，就会在图层面板中看到这些图层都以缩进的形式展现在“组 1”图层组之下，如图 8-48 所示。

单击图 8-48 中方框所标明处的三角形的按钮，即可将该组之下的所有图层收缩，不再显示出来，这样就可以减少图层面板中所显示的内容，以方便我们进行操作，如图 8-49 所示。

那么在这种情况之下我们对“组 1”的任何操作都会影响整个组内的图层。比如将“组 1”设为不可见，那么整个组内的所有图层就都是不可见的。所以在图层比较多的时候，可以使用图层组进行管理。

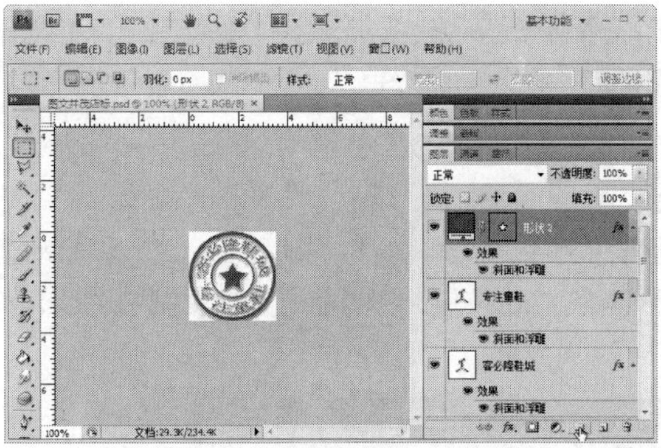

图 8-46

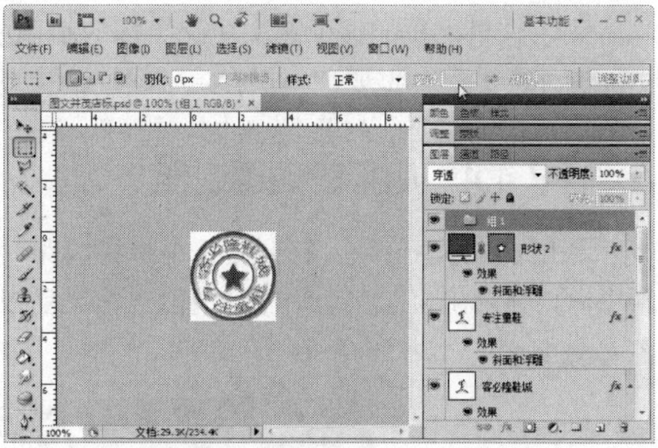

图 8-47

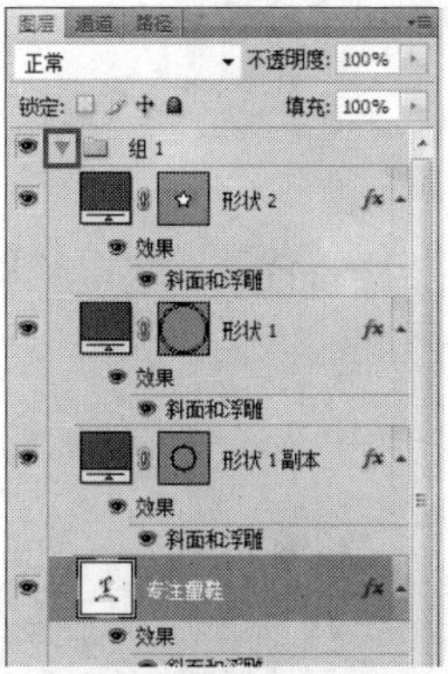

图 8-48

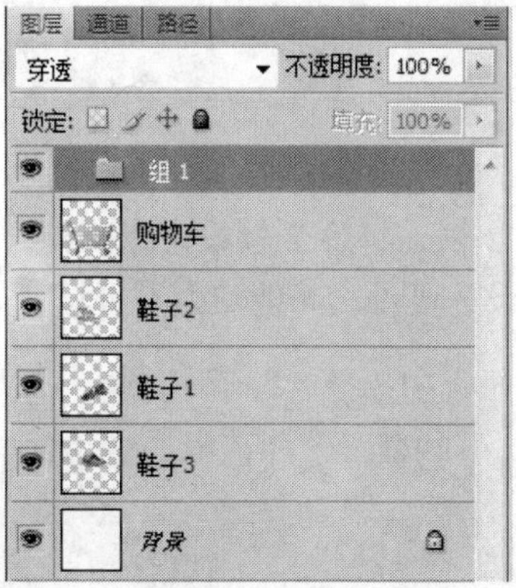

图 8-49

将“鞋子 1”、“鞋子 2”和“鞋子 3”三图层分别复制一份，如图 8-50 所示。

在图层面板中，我们只将购物车图层和背景图层设为可见，其他所有图层均设为不见，如图 8-51 所示。

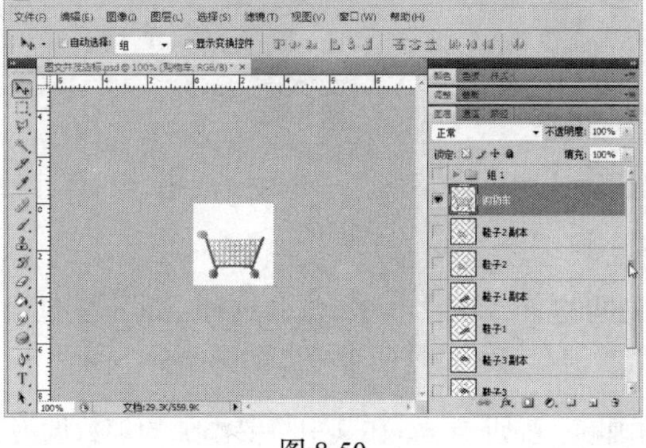

图 8-50

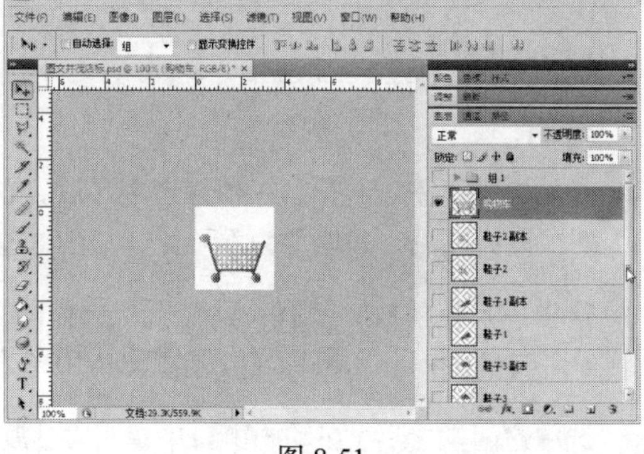

图 8-51

到了这里，我们这个图文并茂店标的制作中期工作才算告一段落了，不过要注意，为了防止文件意外丢失，一定要记得保存一下自己的劳动成果！

8.4.4 店标的动画制作

利用 Photoshop CS4 打开上一小节我们保存的店标文件，单击“窗口→动画”命令，将帧动画制作窗口显示出来。在动画窗口下面单击“复制所选帧”按钮，将当前所选帧复制两个帧，如图 8-52 所示。

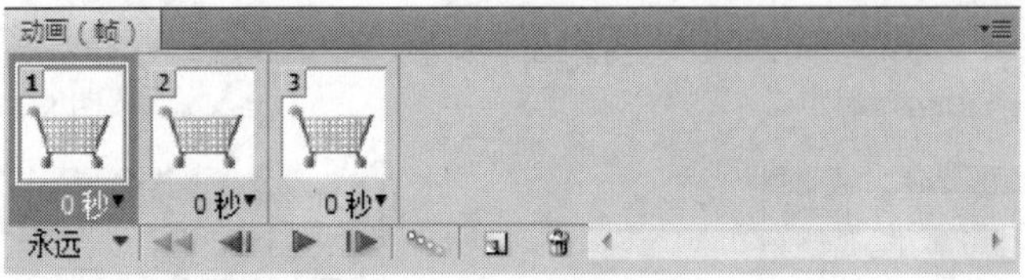

图 8-52

单击第 2 帧，将第 2 帧设为当前帧，选定之后，在图层面板中将背景、购物车和鞋子 1 副本这三个图层设为可见，其他均为不可见，如图 8-53 所示。

在图层面板中选择“鞋子 1 副本”图层为当前图层，在工具箱中选择“移动工具”，将“鞋子 1 副本”图层上的鞋子图片移出一半到背景区之外，如图 8-54 所示。

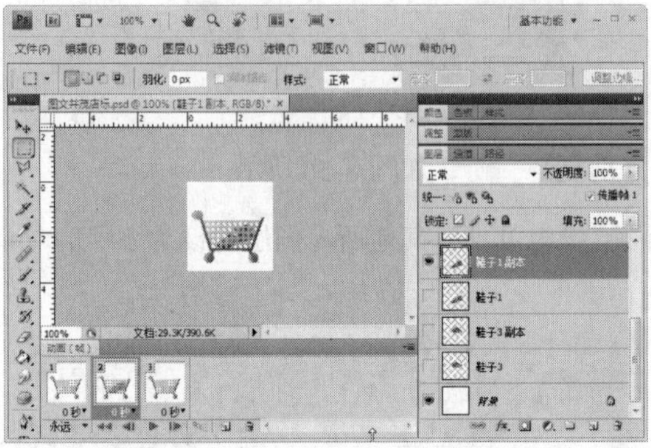

图 8-53

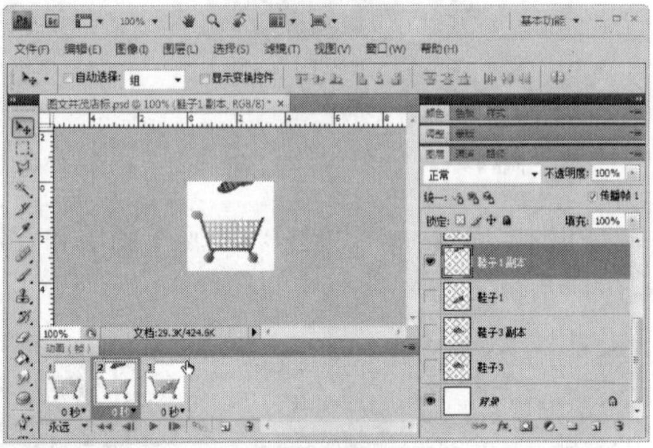

图 8-54

在动画窗口中，选择第 3 帧，选定之后，在图层面板中将“背景”、“购物车”和“鞋子 1”这三个图层设为可见，其他均为不可见，如图 8-55 所示。

这样一来在播放时就有一种鞋子从天而降落到购物车的效果。为了增强这种空间下落过程，按住 Ctrl 键的同时，用鼠标在帧动画窗口中单击第 2 帧和第 3 帧这两个帧，如图 8-56 所示。

选中这两帧之后，在动画窗口中单击“过渡动画帧”按钮，在其中将要添加的帧数设为 3。设定完毕之后，单击“确定”按钮，即可在其间添加三个过渡帧，如图 8-57 所示。

图 8-55

图 8-56

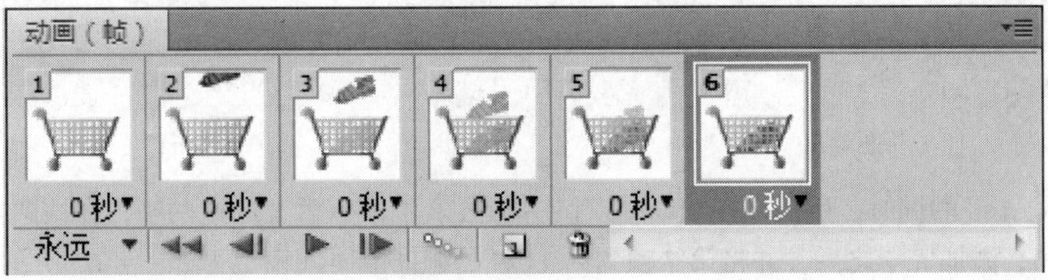

图 8-57

从这个帧动画窗口中可以看到过渡效果不错，再设定帧间隔时间，如图 8-58 所示。

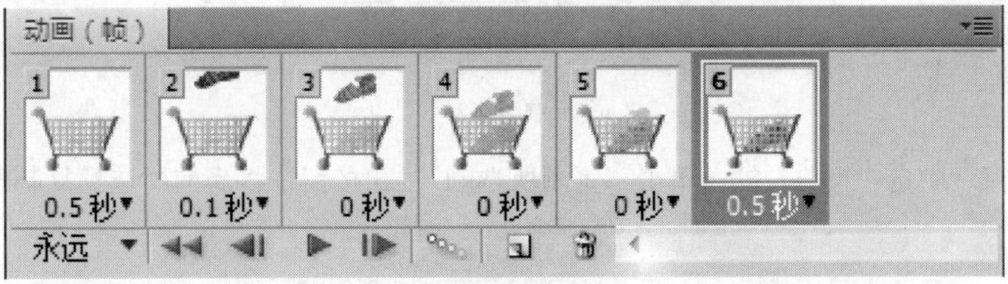

图 8-58

在动画窗口中选中第 6 帧，单击“复制所选帧”按钮，将当前所选帧复制两个帧，如图 8-59 所示。

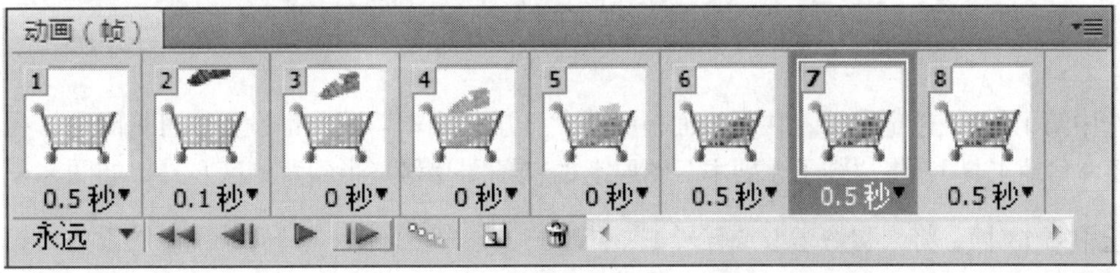

图 8-59

选中第 7 帧，选定之后，在图层面板中将“鞋子 2 副本”也设置成可见图层，在工具箱中选择“移动工具”，将“鞋子 2 副本”图层上的鞋子图片移出一半到背景区之外，如图 8-60 所示。

选中第 8 帧，将“购物车”、“鞋子 1”、“鞋子 2”及“背景”图层设为可见，如图 8-61 所示。

图 8-60

图 8-61

按住 Ctrl 键的同时，用鼠标在帧动画窗口中单击第 7 帧和第 8 帧这两帧，在这两帧之间添加三幅过渡帧，添加完毕之后，并将第 7 帧到第 11 帧的帧间隔时间设定为如图 8-62 所示的数值。

图 8-62

在动画窗口中选中第 11 帧，单击“复制所选帧” 按钮，将当前所选帧复制两个帧，如图 8-63 所示。

图 8-63

选中第 12 帧，选定之后，在图层面板中将“鞋子 3 副本”图层也设置成可见图层，在工具箱中选择“移动工具”，将“鞋子 3 副本”图层上的鞋子图片移一半到背景区之外，如图 8-64 所示。

选中第 13 帧，将“购物车”、“鞋子 1”、“鞋子 2”、“鞋子 3”及“背景”图层设为可见，如图 8-65 所示。

图 8-64

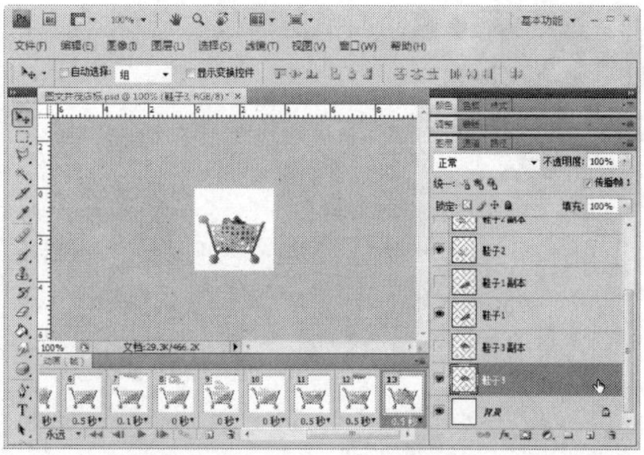

图 8-65

按住 Ctrl 键的同时，用鼠标在帧动画窗口中单击第 12 帧和第 13 帧这两帧，在这两帧之间添加 3 幅过渡帧，添加完毕之后，将第 12 帧到第 16 帧的帧间隔时间设定为如图 8-66 所示。

图 8-66

在帧动画窗口中，选中第 16 帧，单击“复制所选帧” 按钮，将当前所选帧复制四帧，如图 8-67 所示。

选中第 18 帧，按住 Ctrl 键，在图层面板中将“购物车”、“鞋子 1”、“鞋子 2”、“鞋子 3”图层选中，并在工具箱中选择“移动工具”将这些图层的图片移出背景区一半，如图 8-68 所示。

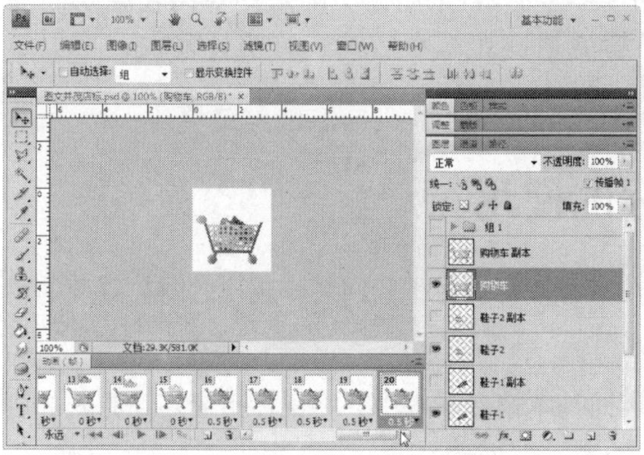

图 8-67

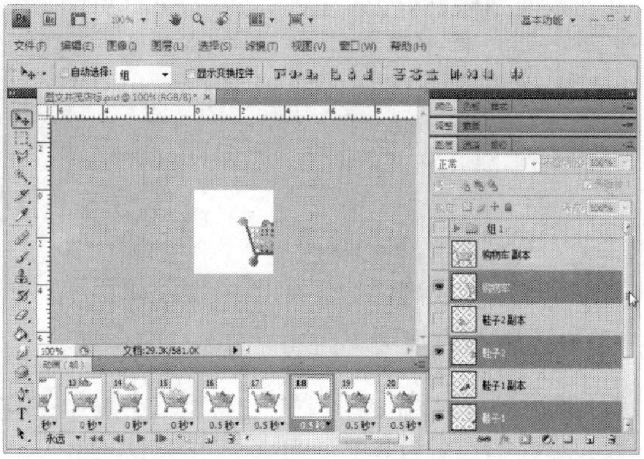

图 8-68

选中第 19 帧，按住 Ctrl 键，在图层面板中将“购物车”、“鞋子 1”、“鞋子 2”、“鞋子 3”图层选中，并在工具箱中选择“移动工具”将这些图层的图片完全移出背景区，如图 8-69 所示。

选中第 20 帧，在图层面板中只将“组 1”和“背景”图层设为可见，其他图层均不可见，如图 8-70 所示。

图 8-69

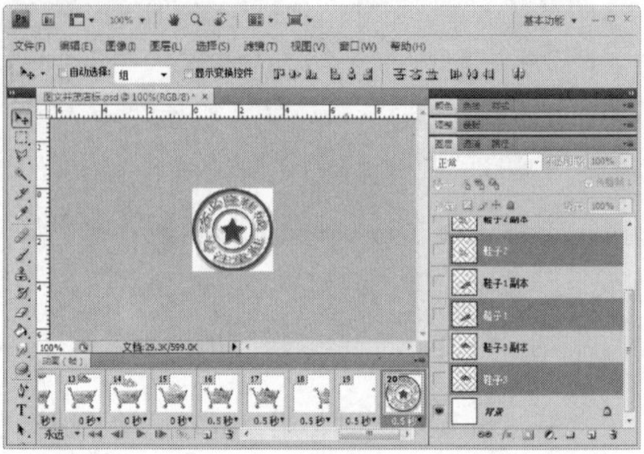

图 8-70

将第 17 帧到第 20 帧的帧间隔时间设定为如图 8-71 所示。

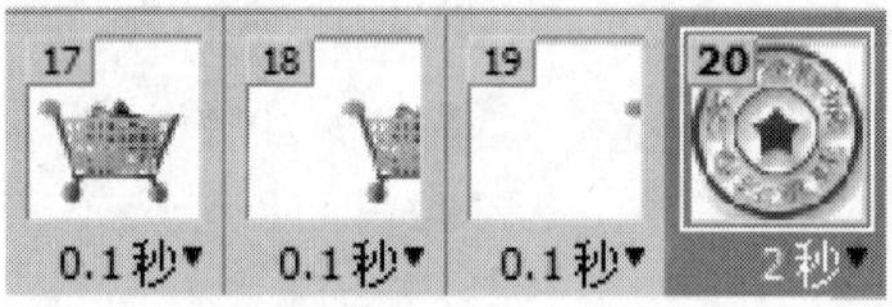

图 8-71

现在再来看一看播放效果，效果还真不错！动画制作完毕之后，应该保存下来了，保存时要注意操作方式！否则的话你就得不到正确的 GIF 文件。

至此，我们的图文并茂的店标就已经制作成功。这里所设计的店标动画是一个比较复杂的动画，如果大家能够把上面讲的动画制作过程了解清楚，那么在店铺装修的过程中，再也不会有任何 GIF 动画的制作会难倒我们！

8.5　店标的使用

店标制作成功之后，接下来就该使用了。现在来看一看如何将我们制作成功的图文并茂的动画店标上传到店铺当中。

首先，登录淘宝网，进入到卖家中家中，在店铺基本情况看板中，将鼠标指针移到原先的店标处，此时店标会发生如图 8-72 所示的变化。

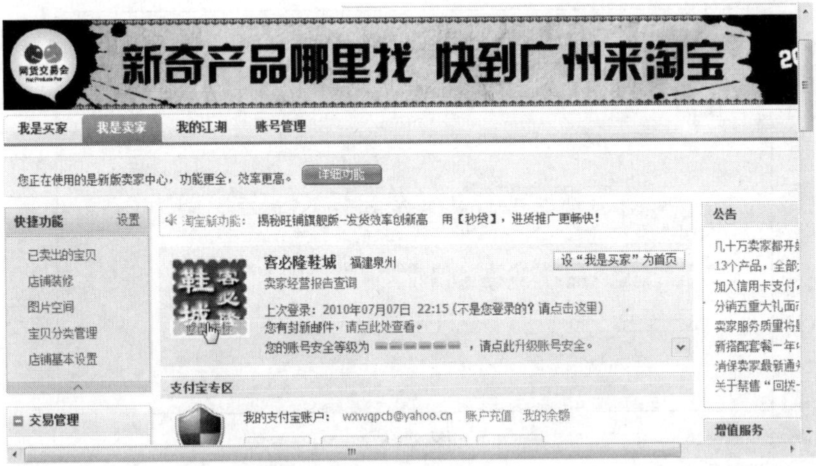

图 8-72

单击原店标下的“修改店标”超链接，进入到店铺基本设置当中。单击“更换店标”按钮，系统就会弹出一个对话框，如图 8-73 所示。

在对话框中，单击“浏览…”按钮，此时就会弹出一个名为“选择要加载的文件”对话框，在此对话框中找到我们要上传的店标文件。选定之后，单击对话框上的“打开”按钮，即可看到更换店标对话框中的图片地址已经被填充，如图 8-74 所示。

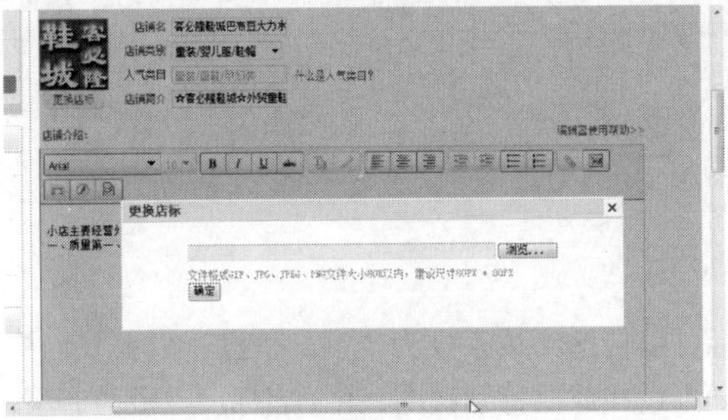

图 8-73

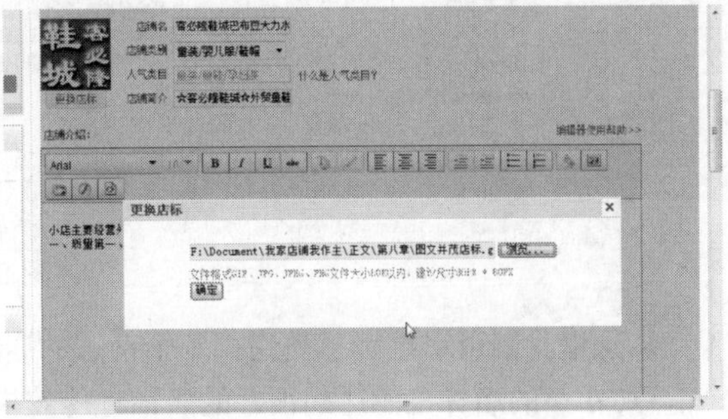

图 8-74

此时单击“确定”按钮，店标已经被上传，如图 8-75 所示。

最后单击此页面上的“保存”按钮，即可完成新店标的上传任务了。

上传之后，我们就可以到店铺街上搜索一下自家的店铺，看看我们的店标的效果！当然，更换店标之后，并不能马上就可以看到改变，系统还需要一定的时间才能更新。最终的效果如图 8-76 所示。

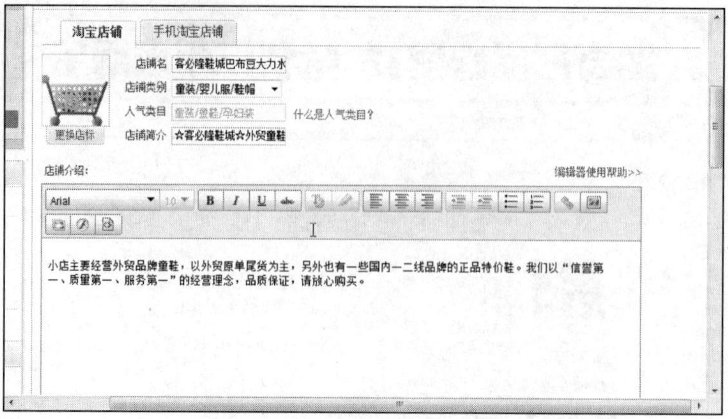

图 8-75

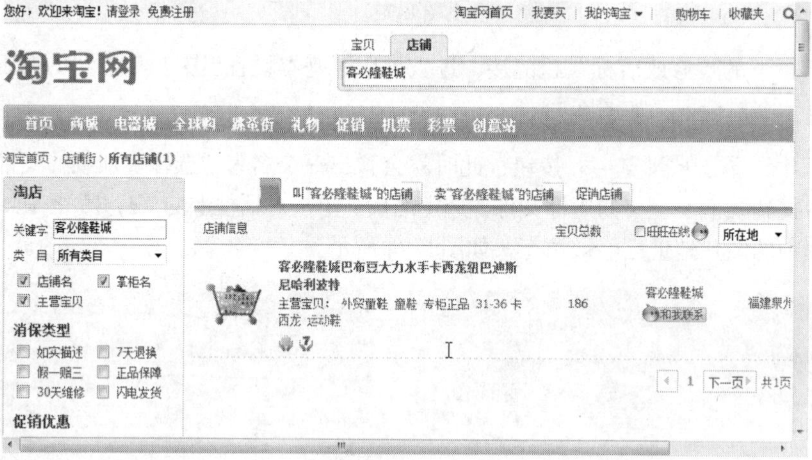

图 8-76

从这里我们可以再次感受到：一个动态的店标可以传递给买家极为丰富的信息，只要我们构思精巧，小小的店标也能达到很好的店铺宣传效果。不过在此要特别说明，由于店标尺寸极为有限，一定要精心设计，这样才能使这方寸之地发挥无限的作用。

第 9 章 左侧模块

9.1　左侧模块的说明

现在淘宝网上，绝大多数店铺的页面都是左右两栏布局，并且是左窄右宽，左侧模块为 200px，右侧模块为 750px，结构如图 9-1 所示。

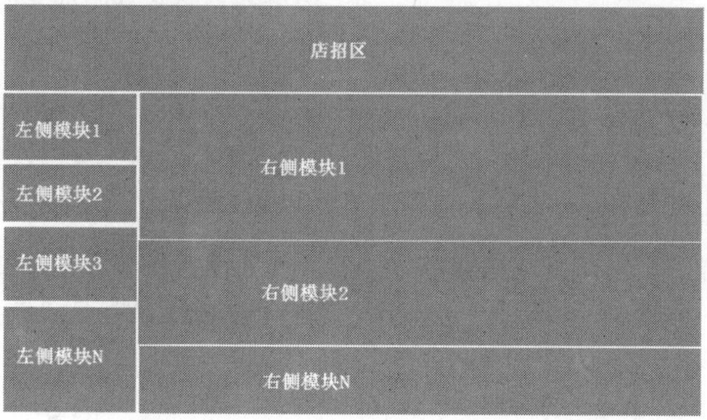

图 9-1

我们在前面讲旺铺的特征时就说过：和扶植版旺铺相比，标准版旺铺是淘宝网的一项增值服务，它增值之处就在于允许我们在标准旺铺页面中添加多个自定义内容区（左右两侧都可以增加这种自定义内容区），而这种自定义内容正是给了我们自由发挥的空间，可以让我们把店铺宣传做到极致。

在店铺街上随便搜索一下，凡是经营有方的店铺都非常注重自家店铺的页面中自定义布局模块的应用，并且都是把这种模块应用到极致。从理论中说，这些自定义模块可以自由发挥，从而实现我们所想要的任何功能，但实际使用情况并不是如此，那么在实际应用中，左侧自定义区可以用来干什么呢？

左侧自定义区有以下几种用法。

1. 店铺收藏

店铺收藏的数量多少对店铺的排名有着一定的影响。

淘宝网中“收藏本店铺”按钮过小，不是很突出。由于店铺的收藏人气会影响自己的排名，所以很多掌柜为了能够吸引买家朋友来收藏自己的店铺，通常都会自己在店铺的左侧添加一个非常抢眼的店铺收藏自定义区，通过单击这里的自定义收藏按钮即可完成店铺的收藏任务，不仅如此，很多掌柜还会在此打出一些广告，吸引买家主动收藏，如图 9-2 所示。

图 9-2

这个效果是不是要比淘宝网自身的收藏本店铺按钮要好很多？

2. 联系我们

在淘宝店铺里，如果要想和卖家沟通交流，都会在店铺左侧的掌柜档案区中单击店铺的主旺旺头标和卖家进行交流。但在现实中，有很多卖家由于经营有方，店铺的流量很高，这样一个客服就不可能同时应对众多的买家咨询，所以这类店铺往往都有多名客服同时在线，以方便和买家进行及时交流，从而不因分身乏术而错过任何一单生意。所以我们就要在店铺左侧显眼位置处加上其他在线客服的旺旺，以方便买家朋友和这些客服之间能顺利交流。

另外由于网上购物的特殊性，经常有一些特殊情况需要处理，而为了不影响客服前台的接单，有些店铺也特设了售后客服、批发客服及查单客服。所以为了能让买家更方便询问网购的一切事情，卖家们往往在店铺左侧显眼位置标明各种联系方式，以最大程度方便客户，如图 9-3 所示。

这样买家朋友如果有任何问题，都可以方便地从这里找到联系的方式和对象。另外这种店铺从某种程度就会给人一种很专业的感觉，从而增强买家对店铺的信任，我们又何乐而不为呢？

3. 店铺公告

由于网络购物中买卖双方不是当面交易，并且买家主要是通过图片来了解自己所要购买的产品。正是由于这种信息的不对称，所以难免就会有人对卖家的产品及服务有所顾虑，为了减少买家的这种顾虑，很多卖家都会在自家店铺中提示买家在网购过程中的注意事项，以及店家对买家的承诺等，当然也可以做一些重要申明，如图 9-4 所示。

图 9-3

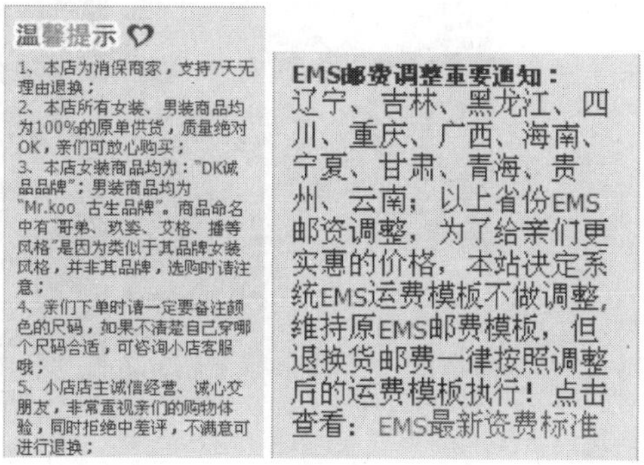

图 9-4

如果我们在网上购物时能够看到这样一些友情提醒和注意事项，能额外给人一分信任感。

4. 商品促销广告

由于左侧自定义区在旺铺装修中可以出现在店铺的任何页面，为了能让客户进店后更长时间停留在自己店里，浏览更多的自家商品，提高成交率，也有很多卖家选择在左侧添加自家的热销宝贝进行推荐，达到吸引客户的目的，这也是很不错的一种选择。

但要注意的是，在左侧进行促销时，所选的商品一定要有特色，确实有吸引人的地方才可能达到效果。具体怎么使用，那就要卖家们多思量了。如图 9-5 所示是我在淘宝店铺中挑选的一些左侧促销区的截图，以供大家参考。

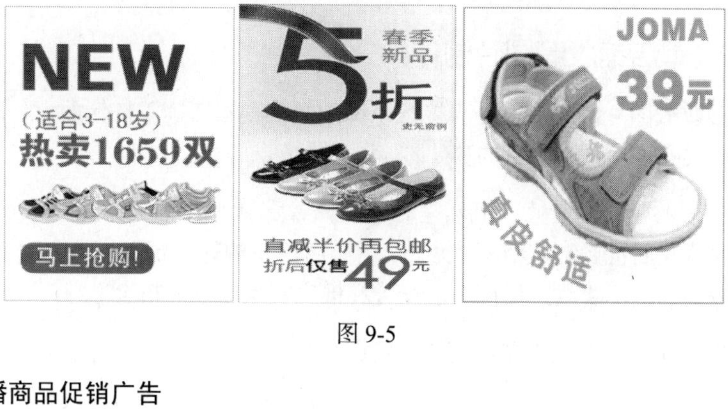

图 9-5

5. 图片轮播商品促销广告

在左侧添加商品促销广告的目的就是为了吸引买家注意，以达成促销的目的。但是由于左侧区域有限，为了能在有限的区域中促销更多的自己产品，那么最佳的选择就非图片轮播莫属了。这种广告形式在同一个区域中能最大数量的展示自己的商品，并且是滚动展示，更能吸引人的注意，因而很多店铺都纷纷在左侧增加了这种轮播广告，如图 9-6 所示。

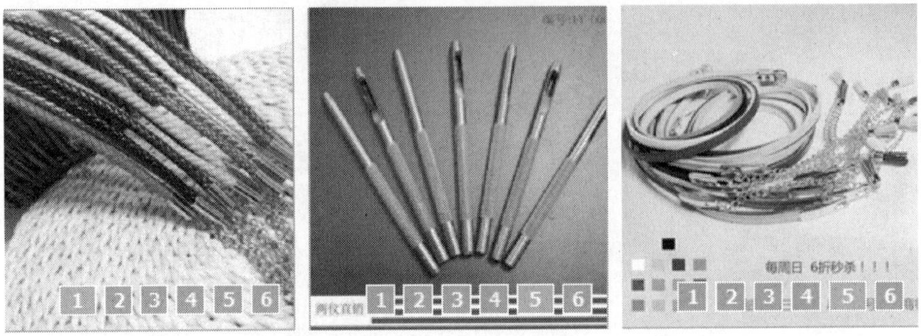

图 9-6

从以上介绍我们不难看出，在店铺狭窄左侧区域装修也是大有作为的，在本章的后续章节中将对以上所说的内容进行具体介绍，希望能给各位读者以启发。

9.2 店铺收藏

前面曾说过，众多掌柜们之所以在要在自家店铺左侧位置添加醒目的店铺收藏，主要原因在于两个方面：一是淘宝网系统中的收藏按钮过小，不利于引起别人的注意；二是店铺的收藏人气能影响自己的排名。

既然店铺收藏设置的作用在于引起别人的注意，吸引更多的人自愿收藏我们的店铺，所以在制作店铺收藏时，首先要求是醒目，其次才考虑其他因素。

9.2.1 简单店铺收藏图片制作

最简单的店铺收藏图片的形式就是直接把系统的“收藏本店铺”按钮放大，以文字形式出现，这样可以解决系统收藏按钮过小的目的。

但是我们现在做的是店铺装修，既然是店铺装修，那就不得不考虑到整体效果问题，所以即使是简单的店铺收藏我们也要制作精美。另外，由于店铺左侧的自定义模块有限，既然我们必须放置一个店铺收藏模块，就不要放过任何一个宣传和推广自家店铺的机会。

下面我们就来制作一个形式简单的店铺收藏图片！

NO.1： 启动 Photoshop CS4，新建一个宽为 195 像素，高度为 300 像素的白底空白文档，如图 9-7 所示。

NO.2： 在此空白文档当中，新建一个图层。在图层面板中选中这个新建图层为当前图层，如图 9-8 所示。

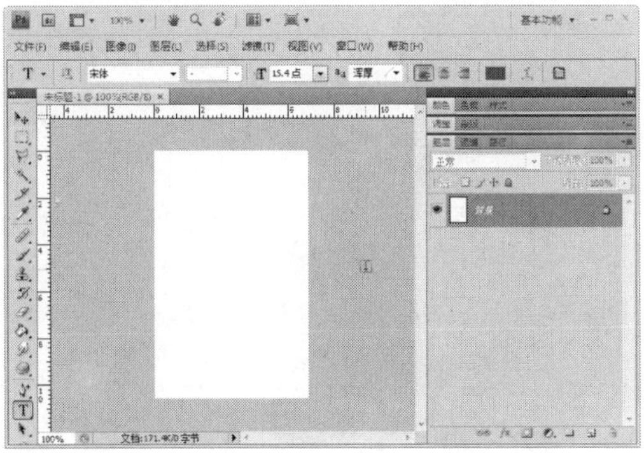

图 9-7

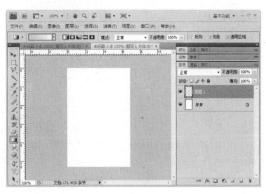

图 9-8

在工具箱中选择“横排文字蒙版工具”。在选项栏中选择字体为“华文行楷”，字号大小为 30 点，如图 9-9 所示。

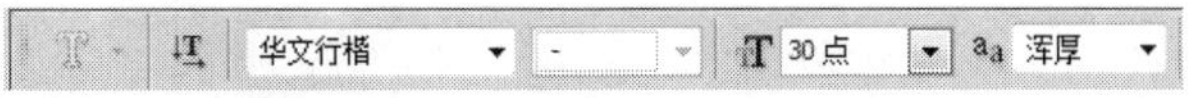

图 9-9

设置完毕，将光标移到空白文档中，单击之后，输入“客必隆鞋城”五个字，在工具箱中选择“渐变工具”，并单击设置前景色按钮，在弹出的“拾色器（前景色）”中选择将要给文字所填充的颜色，如图 9-10 所示。

设定完颜色之后，在系统菜单栏下的渐变填充工具栏中选择渐变颜色为“从前景色到背景色渐变”（下拉框的左上角那一个），渐变方式为“线性渐变”，模式选择“正常”，不透明度就定为 100%，如图 9-11 所示。

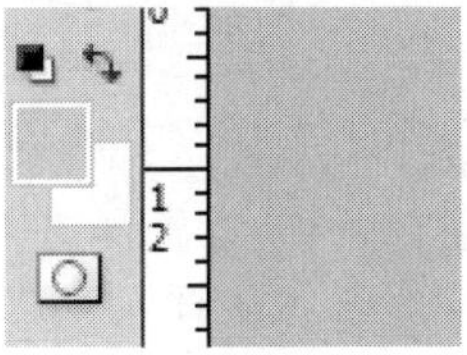

图 9-10

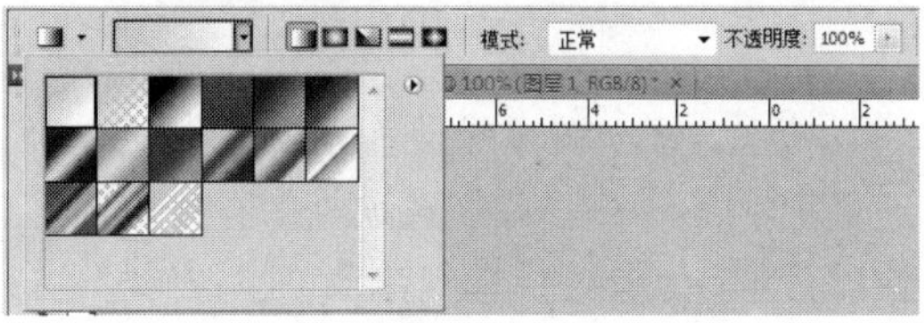

图 9-11

一切设置完毕，将鼠标指针移到空白文档的蒙版文字处，拖曳鼠标沿着蒙版文字，就可以将文字进行渐变颜色填充了，如果觉得效果不是很好，可以重新选择位置拖动，再次进行颜色填充，一直到满意为止，如图 9-12 所示。

选择此图层，将其图层样式选择为“投影”和“斜面和浮雕”，并在斜面和浮雕的具体选项中选择样式为“内斜面”，方法为“雕刻柔和”，如图 9-13 所示。

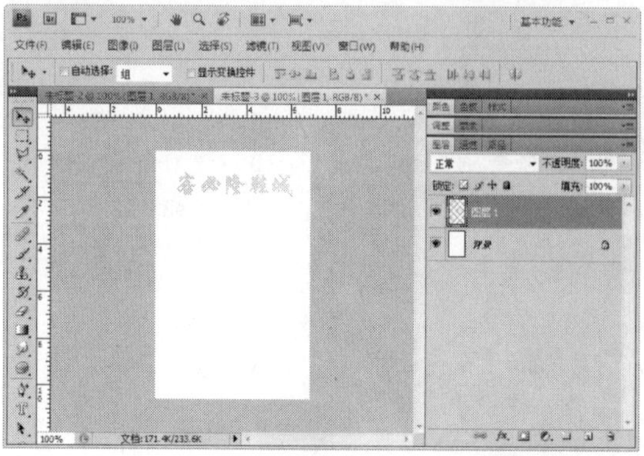

图 9-12

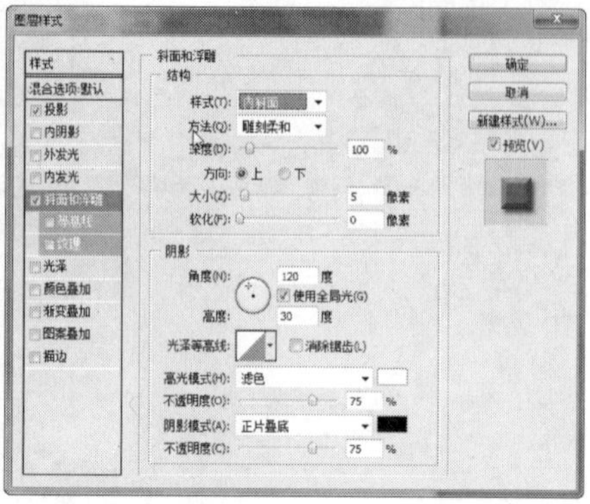

图 9-13

设置完毕之后，单击“确定”按钮，即可完成显示特效的设置，如图 9-14 所示。

接下来我们就要制作一个超大的按钮了。在制作之前，我们再来新建一个图层，并在图层面板中将这个新建图层选定为当做工作图层，如图 9-15 所示。

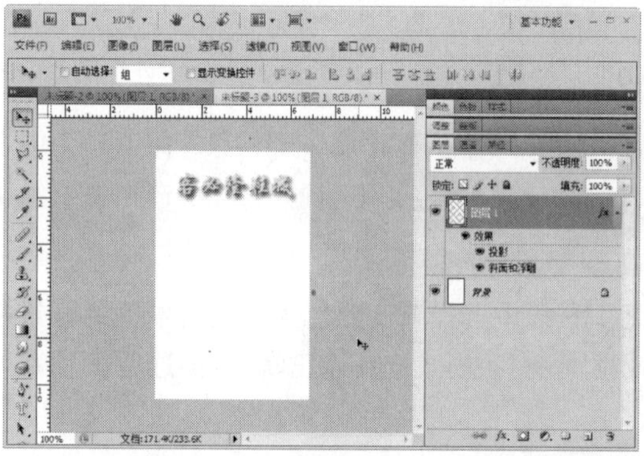

图 9-14

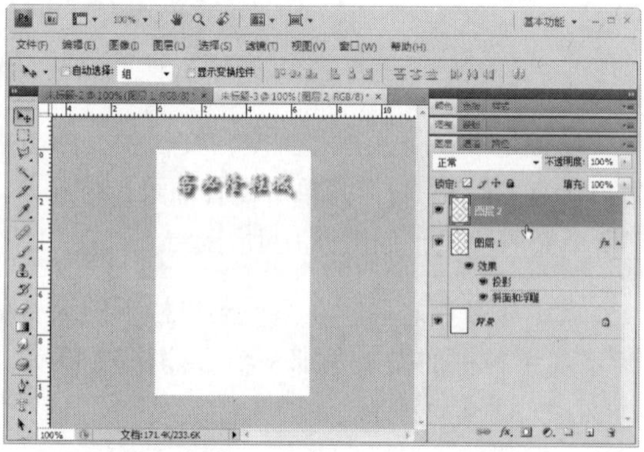

图 9-15

在工具箱中选择“设置前景色”按钮，在弹出的拾色器中选择前景色为绿色。而后在工具箱中选择“圆角矩形工具”，并在选项栏中选择模式为“形状图层”，半径为 5px，选择样式为“1 像素描边 0%填充不透明度”，也即弹出下拉选择框的最后一行的第一个，如图 9-16 所示。

图 9-16

将鼠标指针移动文档工作区的适当位置，按住鼠标左键，在工作区中拖出一个大小合适的圆角矩形，如图 9-17 所示。

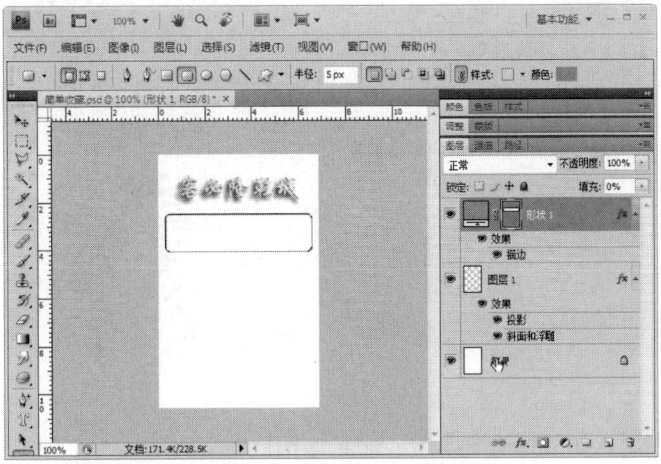

图 9-17

下面就开始对这个圆角矩形所在的图层进行图层样式设置。

（1）描边：将大小设为 1 像素，颜色选定为黑色，并将不透明度设为 50%，也即半透明的黑色，如图 9-18 所示。

（2）渐变叠加：将混合模式选定为“正片叠底”，渐变色选择我们已经设置好的绿色，勾选“反向”复选框，样式选择为“对称的”，同时选择“与图层对齐”复选框，如图 9-19 所示。

（3）内发光：将混合模式中选择“实色混合”；将不透明度调整一下，定为 80%；设置发光颜色为黑色，这里的发光颜色是可以通光单击颜色方框，在弹出的拾色器中进行选择；方法选择为“柔和”；源则选为“边缘”，并将大小设为 2 像素，如图 9-20 所示。

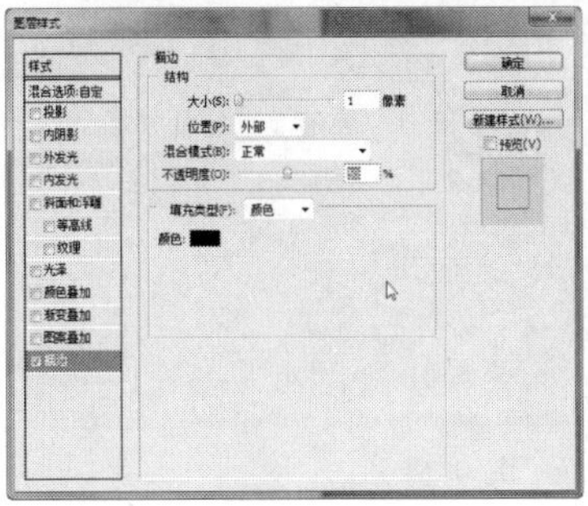

图 9-18

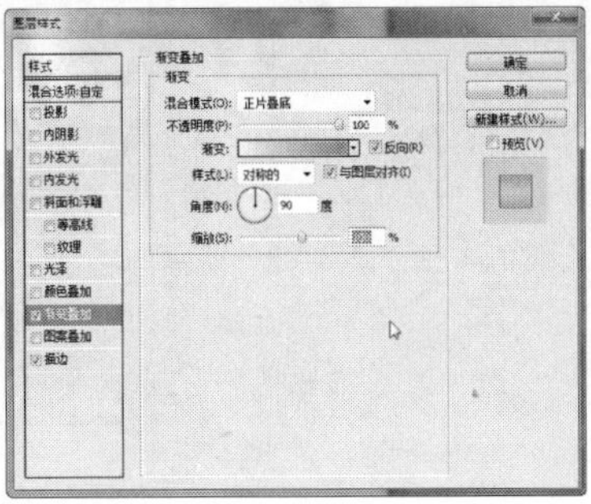

图 9-19

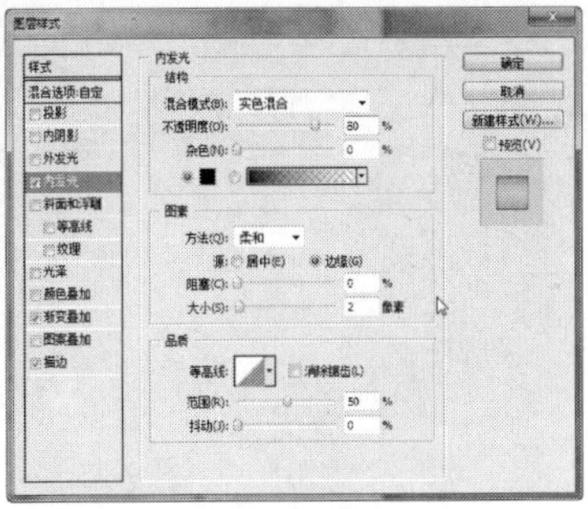

图 9-20

设置完毕之后，单击“确定”按钮，再来看一看效果是不是发生了变化，如图 9-21 所示。

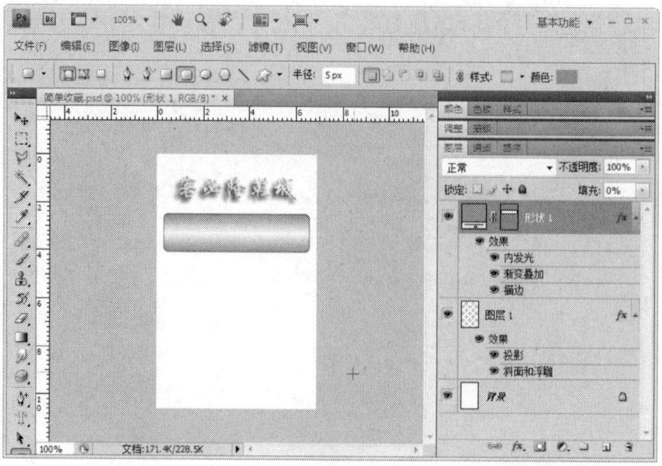

图 9-21

再次新建一个图层，在工具箱中选择“横排文字工具”，并在选项栏中选择字体为华文行楷，定号为 24 点，将文字颜色设为白色，如图 9-22 所示。

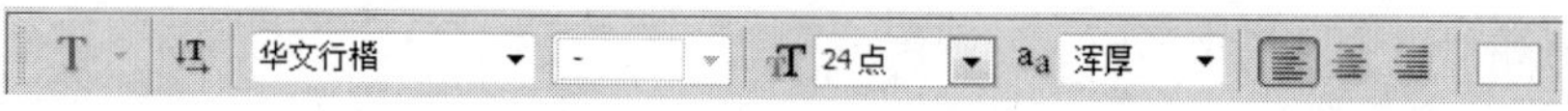

图 9-22

在图层工作面板中，选定刚刚新建的那个图层作为当前工作图层，将鼠标指针移到我们所绘制按钮的上方，输入“收藏本店铺”几个字，并调整好它的相对位置，如图 9-23 所示。

将刚刚输入的文字图层的图层样式设置为“阴影”，并将大小设置为 1 像素，如图 9-24 所示。

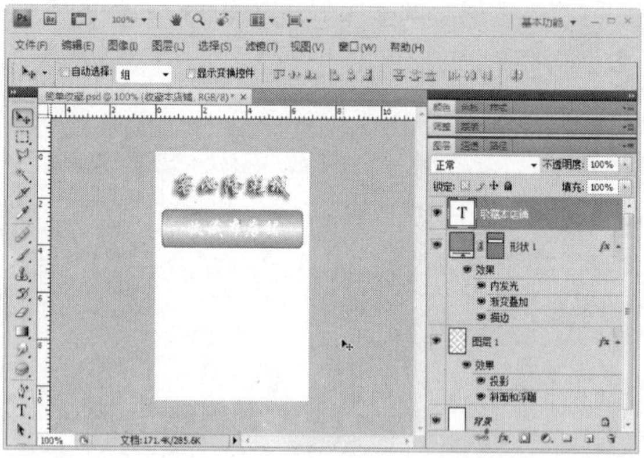

图 9-23

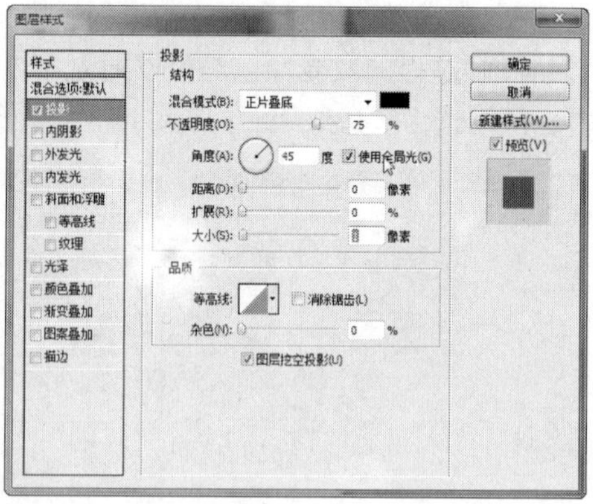

图 9-24

设置完毕之后，单击“确定”按钮，我们可以发现按钮上的文字也已经浮现在按钮之上了，如图 9-25 所示。

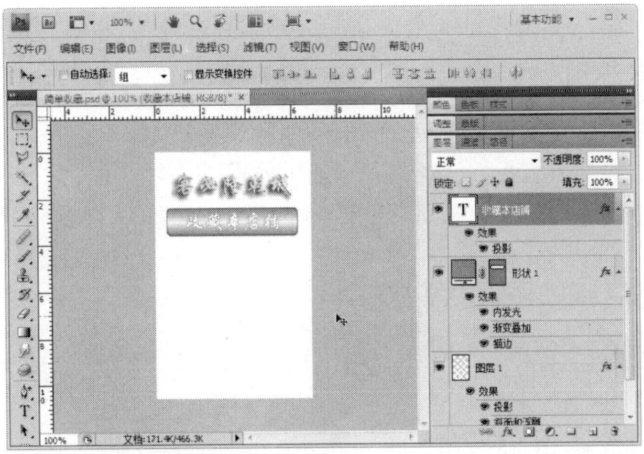

图 9-25

到了这里，可以说我们的一个简单的收藏图片就制作完毕了，但是为了更好地吸引买家朋友来收藏我们的店铺，现在要在下面空白区域添加一些具有诱惑力的文字，让买家主动收藏我们的店铺。

选择“横排文字工具”，在选项栏中选择字体为“黑体”，字号为 18 号，颜色为黑色，如图 9-26 所示。

图 9-26

分多次输入一些说明性的文字，如图 9-27 所示。其中为了突出显示当中的“立减 1 元”的字样，我们先在工具箱中选择“横排文字工具”，而后我们在图层面板中选中该文字所在的图层，在文字工具选项工具栏中设置字号为 36 号，文字颜色为红色，设置完毕之后，我们就可以看到发生了如图 9-28 所示的变化了！

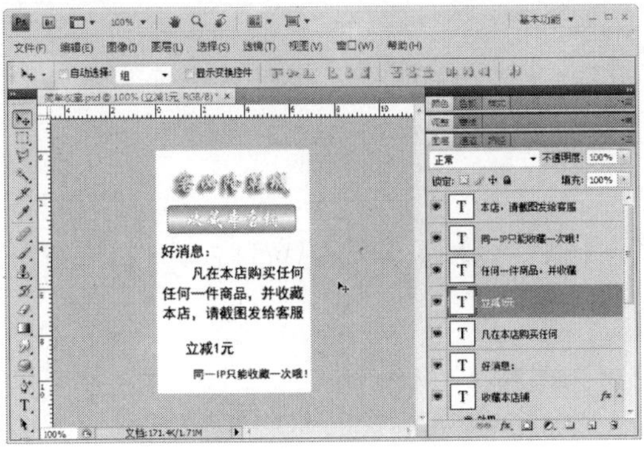

图 9-27

图 9-28

这下效果够抢眼了吧！如果我是一个买家的话，看到这样的提示，我肯定会收藏的！当然，您可以在此设置更为吸引买家的内容，一切都由自己来决定。

现在这个简单的收藏图片就算制作成功了，接下来就该以 JPEG 的格式保存备用。但在这里我还是想提醒各位读者注意，虽然我们已经得到了店铺收藏的图片，但为了方便以后对图片的修改，我们最好把我们所制作的这个图片的源文件也保存下来备用（即以 PSD 格式保存一份）。

9.2.2 动态店铺收藏图片制作

在上一小节我们虽然制作了一个收藏店铺图片，但效果比较呆板，能不能制作一个更能吸引人注意的店铺收藏图片呢？

如果想制作更有吸引力的效果，那就莫过于利用 GIF 动画来制作店铺收藏图片了。下面我们就来具体制作一个动态的店铺收藏图片。

1. 素材收集

找到自己所需要其他素材图片，如图 9-29 所示！

电视机　鼠标指针　小人像　电视荧光屏

图 9-29

2. 素材处理

用前面介绍的方法将素材图片制作成透明背景的图片。

3. 收藏图片的制作

经过前期的处理，我们制作店铺收藏的所有准备工作全部完毕了，接下来的任务就是要用 Photoshop CS4 来实现我们的构思了。下面我们就具体来看一看是如何来通过 Photoshop CS4 来制作收藏店铺设计的。

首先启动 Photoshop CS4，单击“文件”菜单，新建一个宽为 195px，高为 200px 白底空白文档，如图 9-30 所示。

在此文档中新建一个图层，将刚刚处理好的电视机图案复制并粘贴到新建图层中，使用自由变换及移动工具对这个粘贴进来的图案进行大小和位置的调整，直到效果令人满意为止，如图 9-31 所示。

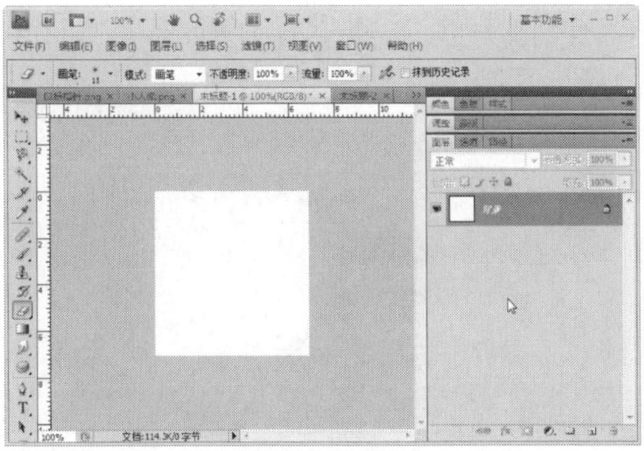

图 9-30

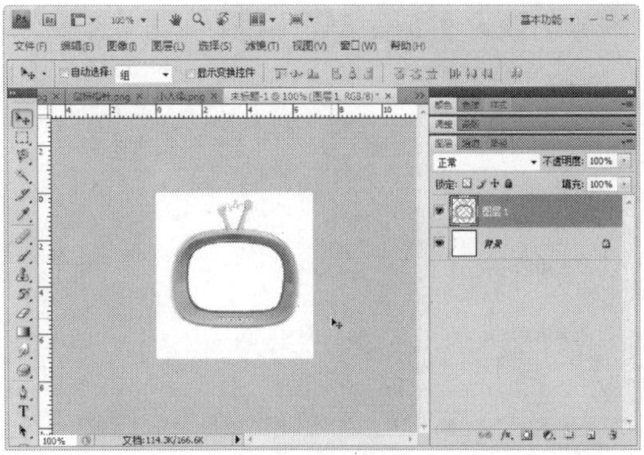

图 9-31

按照同样的方法，将其他几张图片一一粘贴到新的图层，并调整好大小和位置，为了在后面的动画制作中方便说明，将图层的名称重新命名，如图 9-32 所示。

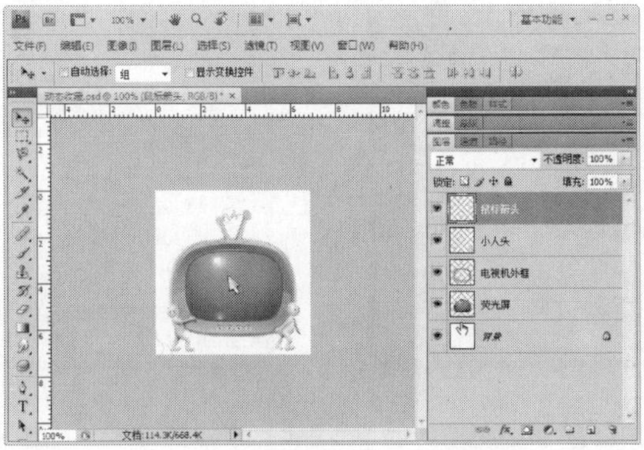

图 9-32

在工具箱中选择“横排文字工具” T，在文字工具选项栏中选择字体为“华文行楷”，字号大小为 24 点，文字颜色为白色。将鼠标指针移动到图形文档当中单击定位，而后单击文字工具选项栏上的“创建变形文字”设置按钮，在弹出的对话框中进行如图 9-33 所示的设置。

设定完毕之后，单击“确定”按钮，输入“客必隆鞋城”五个字，如果大小及位置不合适，就可以用移动工具和自由变换功能，对文字大小及位置进行调整，直到令人满意为止，最终如图 9-34 所示。

由于这几个字和屏幕融合得不是很好，现在就要处理一下，让文字更自然地出现在屏幕当中。双击文字所在的图层，系统就会弹出“图层样式”对话框，在这里我们要进行两项设置，首先在对话框中的样式当中选择“投影”样式，并将投影的距离设为 1 像素，大小为 5 像素，如图 9-35 所示。

设置完毕之后，在样式列表中再次选择“光泽”样式，将混合模式设为正常，效果颜色选择为灰色，之所以选择为灰色是因为图中电视机的屏幕的颜色为灰色，如图 9-36 所示。

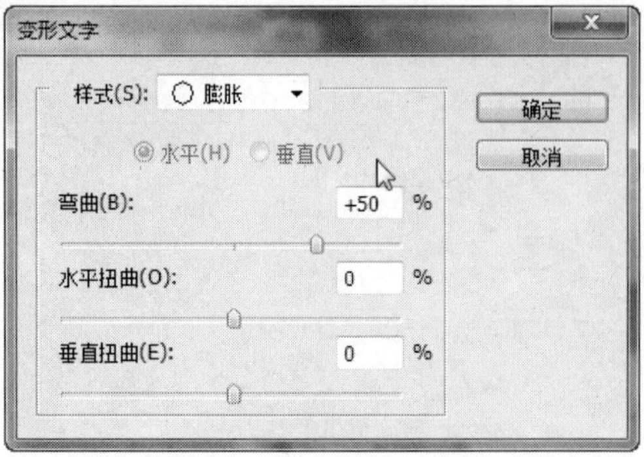

图 9-33

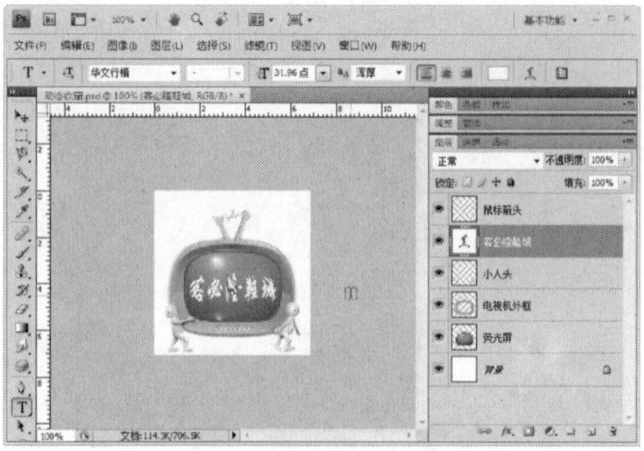

图 9-34

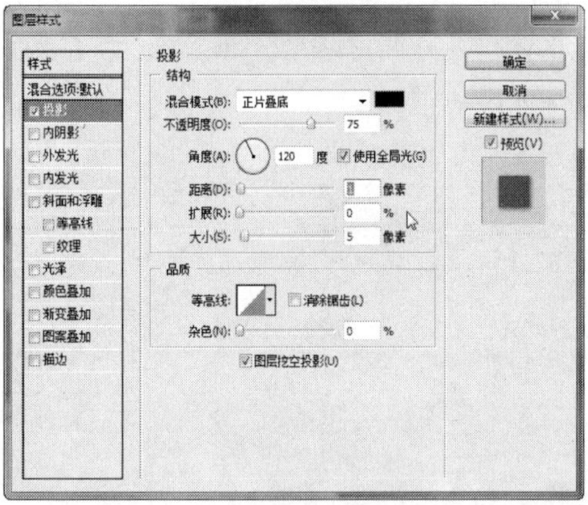

图 9-35

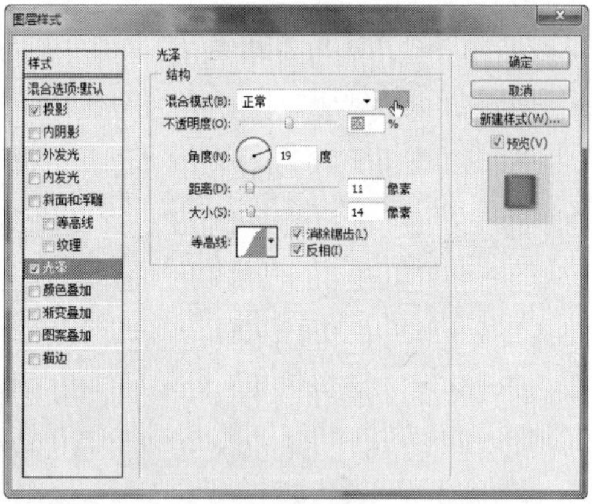

图 9-36

设置完毕之后，单击“确定”按钮，此时再来看一看文字现在的效果，如图 9-37 所示。

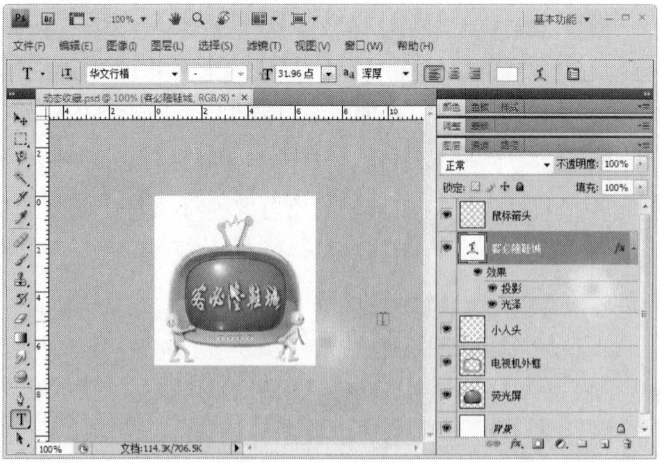

图 9-37

从图 9-37 可以看出，经过处理，图中电视机的屏幕和文字的结合就达到了一种比较好的效果。

在工具箱中选择“直排文字工具”，在文字工具选项栏中选择字体为“迷你简卡通”，字号大小为 36 点，文字颜色为电视机外壳显示的绿色。将鼠标指针移动到图形文档当中单击定位，而后单击选项栏上的“创建变形文字”设置按钮，在弹出的对话框中进行如图 9-38 的设置。

设定完毕之后，单击“确定”按钮，输入“点击”两个字，如果位置及大小不合适的话，就使用相应的工具进行调整，最终如图 9-39 所示。

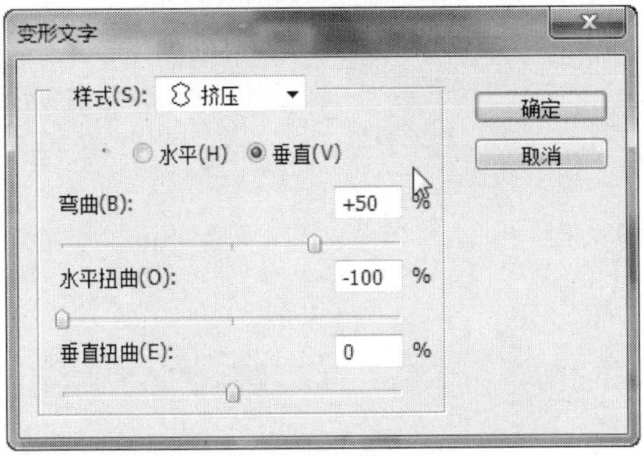

图 9-38

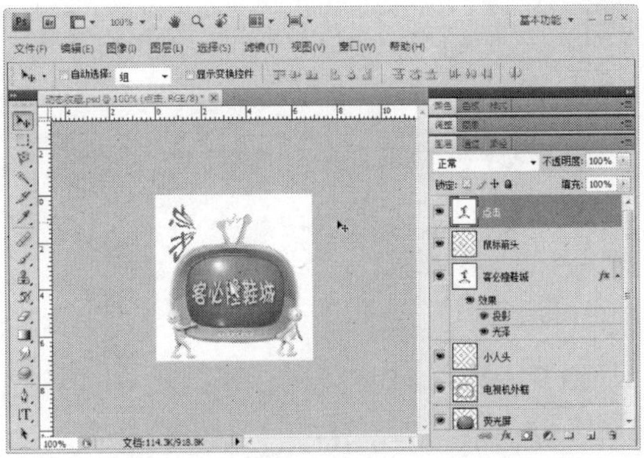

图 9-39

再次在工具箱中选择“直排文字工具”，同样在文字工具选项栏中选择字体为“迷你简卡通”，字号大小为 36 点，文字颜色为电视机外壳显示的绿色。将鼠标指针移动到图形文档当中单击定位，而后单击选项栏上的“创建变形文字”设置按钮，在弹出的对话框中进行如图 9-40 的设置。

设定完毕之后，单击“确定”按钮，输入“收藏”两个字，如果位置及大小不合适的话，就使用相应的工具进行调整，最终如图 9-41 所示。

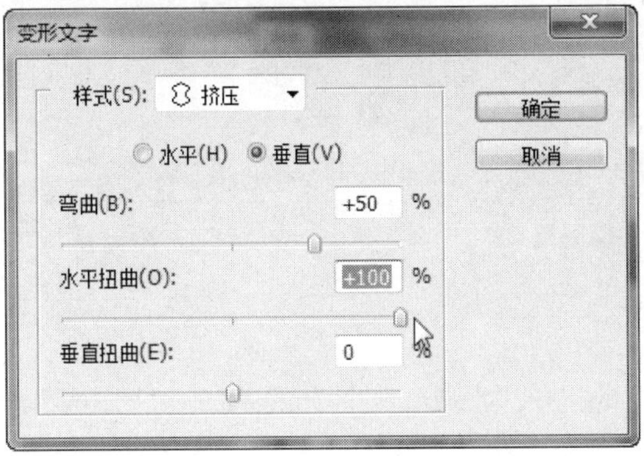

图 9-40

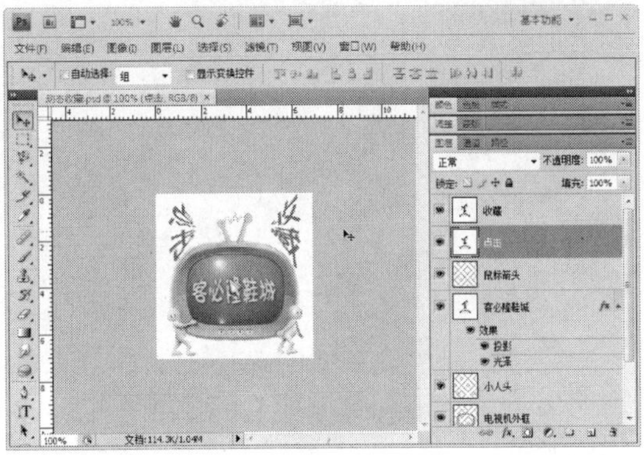

图 9-41

将“收藏”和“点击”两个文字图层分别复制一份，并取消这两个复制图层的文字变形效果，如图 9-42 所示。

在图层面板中，将变形的文字图层设为不可见，其他所有图层均设为可见，如图 9-43 所示。

图 9-42

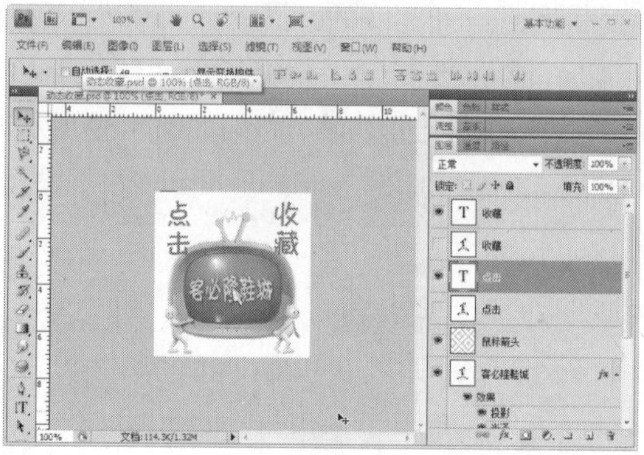

图 9-43

到了这里，这个动态的店铺收藏图片的制作工作才算告一段落了，要记得保存！下面将此图片制作成动画效果。

4. 动画的制作

利用 Photoshop CS4 打开上一小节保存的动态店铺收藏的图片源文件，单击“窗口”菜单，在其中选择“动画”，将 Photoshop CS4 的动画帧动画制作窗口显示出来，如图 9-44 所示。

在动画窗口中单击“复制所选帧”按钮，将当前所选帧复制一帧，如图 9-45 所示。

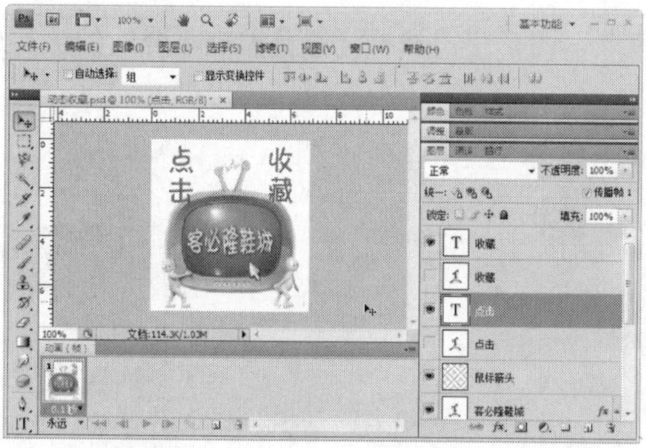

图 9-44

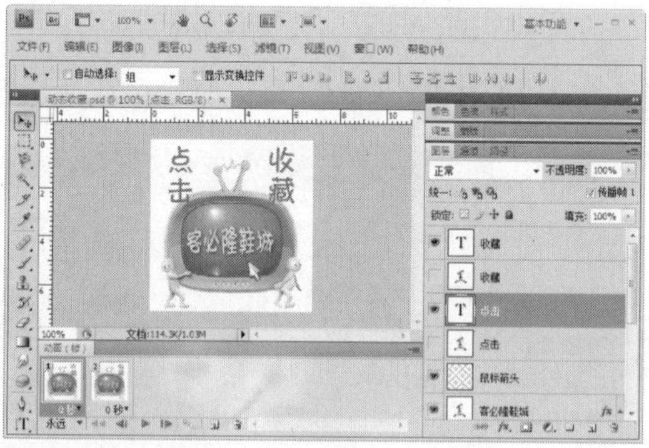

图 9-45

单击第 2 帧，在图层面板中将没有变形的“点击”和“收藏”两个图层设为不可见，但同时要把变形的“点击”和“收藏”文字图层设为可见，如图 9-46 所示。

在第 2 帧为当前帧的前提下，在图层面板中选择鼠标箭头所在的图层，在工具箱中选择“移动工具”，将此图层的图片位置移动到如图 9-47 所示的位置。

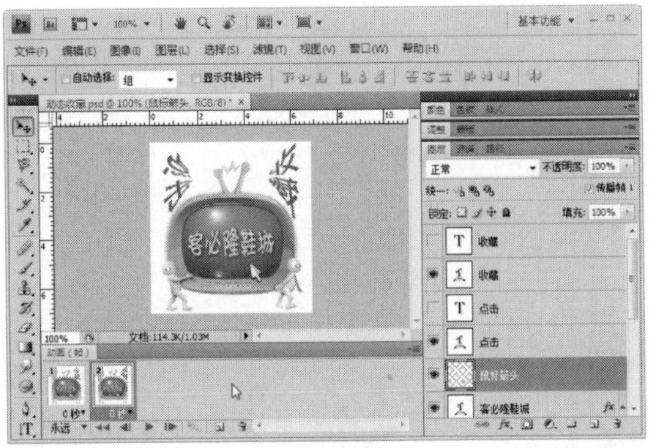

图 9-46

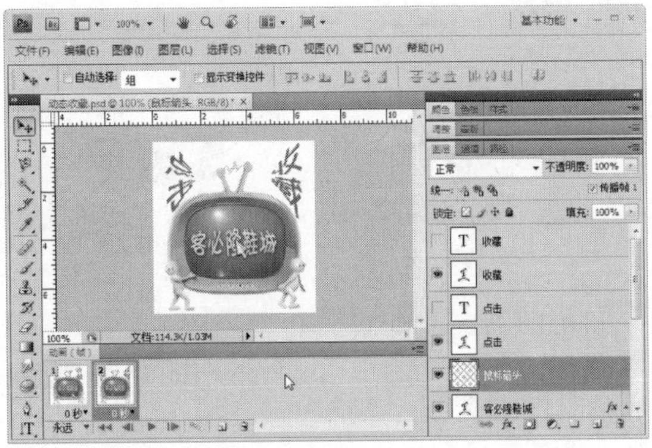

图 9-47

将第 1 帧到第 2 帧的帧间隔时间设定为如图 9-48 所示。

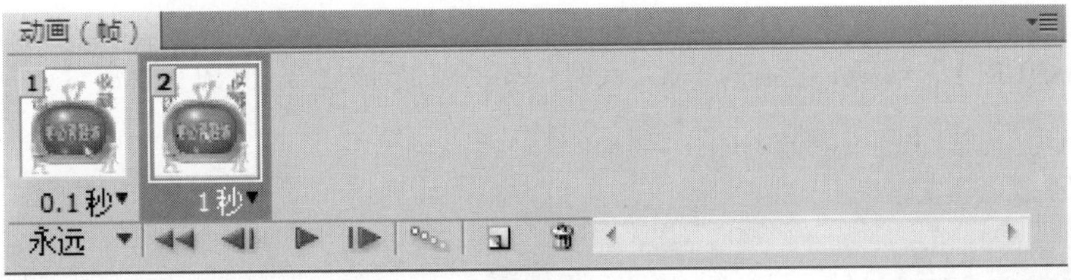

图 9-48

现在播放一下，效果还真不错！将其以 GIF 格式保存下来，保存时要注意格式的指定。

到了这里，这个动态的店铺收藏图片就已经制作成功了。当然在这个收藏图片中，我们只是简单地使用了动画来增强了显示效果而已，至于其他的内容我们可以根据自己的需要自行进行添加。但有一点必须记住，不管要添加什么内容，在制作之前一定要考虑清楚，切忌中途临时更改设计，那样就会为我们的图片制作带来意想不到的困难！

9.2.3　店铺收藏代码的获取

虽然我们已经把店铺收藏的图片制作完毕，但是距离其真正的应用还有一段距离。主要原因就在于这只是一张单纯的店铺收藏图片而已，并不能真正地让买家朋友点击收藏，为了能够让我们的店铺收藏名副其实，还要获取收藏自家店铺的代码。

首先，利用自己的淘宝账号顺利登录自家的店铺首页，如图 9-49 所示。

在掌柜档案区中，找到淘宝系统自身的“收藏本店铺”按钮，单击“收藏本店铺”按钮，系统就会一个信息提示框，如图 9-50 所示。

图 9-49

图 9-50

直接在这个信息提示框上面，单击鼠标右键，系统会弹出一个菜单，如图 9-51 所示。

在此菜单中选择“属性”命令，系统就会弹出一个名为“属性”的对话框，在此对话框中有一项“地址(URL):”，后面的所有内容就是我们自家店铺的收藏代码，如图 9-52 所示。

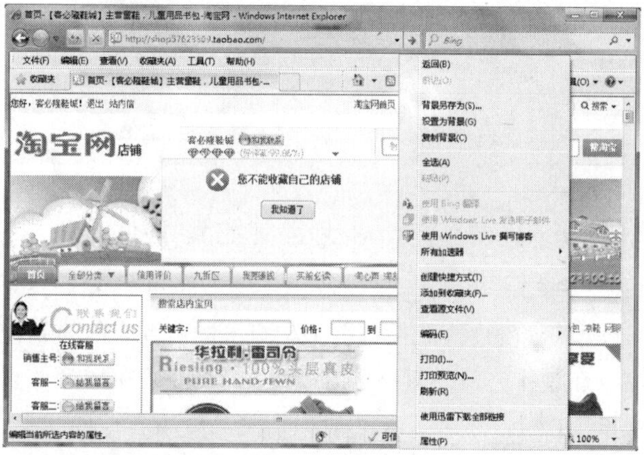

图 9-51

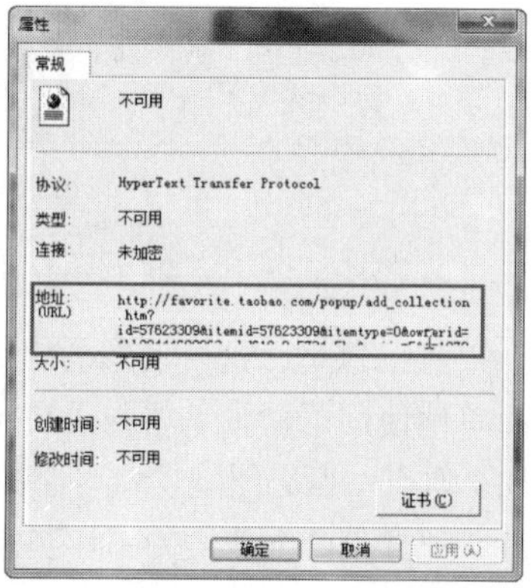

图 9-52

将图 9-52 中方框所标明位置的内容全部选定（注意一定要全部选定）。选择方法就是将光标定位到地址最前方，按住鼠标左键不放，一直将鼠标拖动到最后，即可全部选中，如图 9-53 所示。

单击鼠标右键，在弹出的菜单中选择“复制”命令，就完成了自家收藏代码的获取任务！当然这里要把所获取的代码保存下来，最好的保存方法就是将其以.txt 格式保存下来，后面我们还会用到。

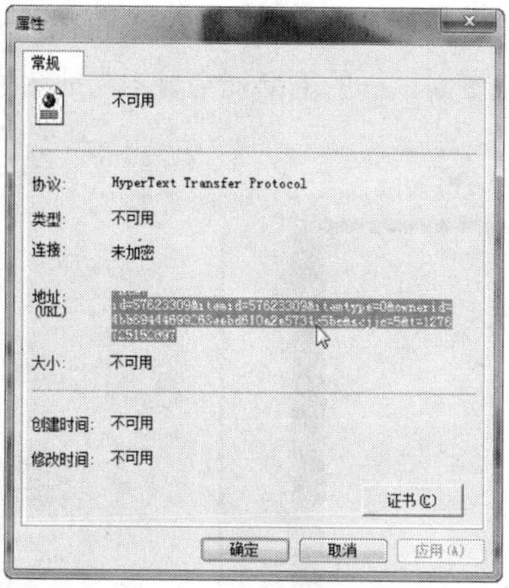

图 9-53

9.2.4　店铺收藏的应用

经过前面的一番努力，我们终于把准备工作都做完了。接下来就是要让我们的劳动成果呈现在自家铺里面，从而让各位买家不停地点击，不停地收藏，我们的排名不停地上升，下面来看一看如何使用我们制作的店铺收藏吧！

首先，从卖家中心进入到图片空间当中，将前面制作的那个店铺收藏的 GIF 动画文件上传到图片空间当中，如图 9-54 所示。

再次进入到卖家中心，进入到店铺的首页装修界面中。展开页面布局，单击左侧的“添加模块”按钮，添加一个自定义模块。调整好这个模块的位置，并单击布局页面中的“保存”按钮，此时我们在装修页面当中就会看到一个新增的自定义模块，如图 9-55 标注位置。

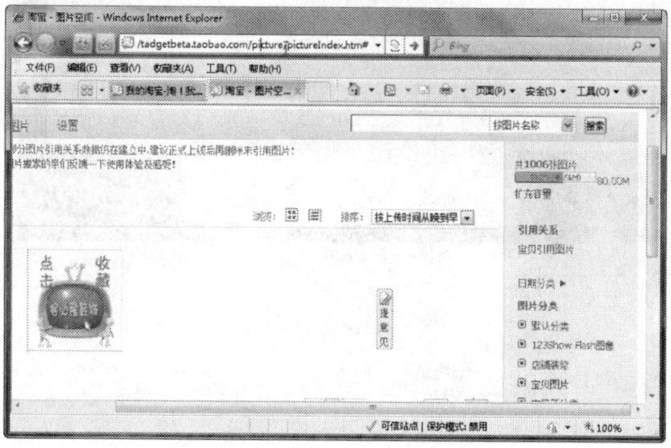

图 9-54

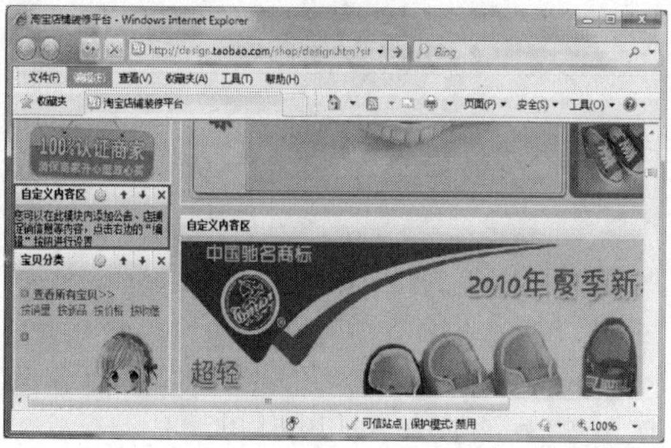

图 9-55

单击这个新增加的自定义内容区上的黄色小齿轮图标“”，系统就会弹出一个自定义内容区设置对话框，如图 9-56 所示。

由于我们的图片已经上传到淘宝的图片空间当中，单击图 9-56 中标注的“插入图片空间中的图片”按钮 ，自定义内容区设置对话框的下部就会显示当前图片空间中的图片，如图 9-57 所示。

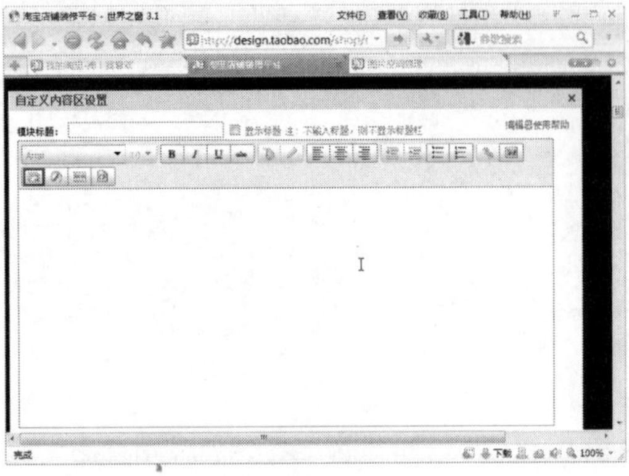

图 9-56

图 9-57

在其中我们选择前面上传的店铺收藏图片，并单击页面下方的“插入”按钮，然后再单击“完成”按钮，此时系统就会将我们所选择的图片插入到自定义区当中。选中此图片，在格式栏中单击“居中”按钮 ，将图片居中放置，如图 9-58 所示。

保持图片的选中状态，单击“超链接”按钮 。此时可以看到在页面当中已经出现了“图片设置”对话框，如图 9-59 所示。

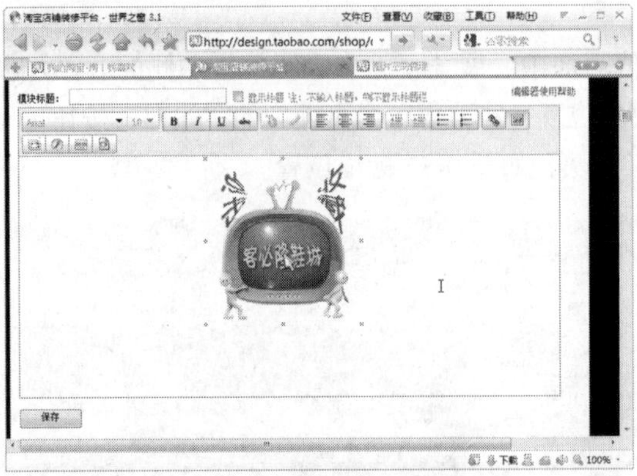

图 9-58

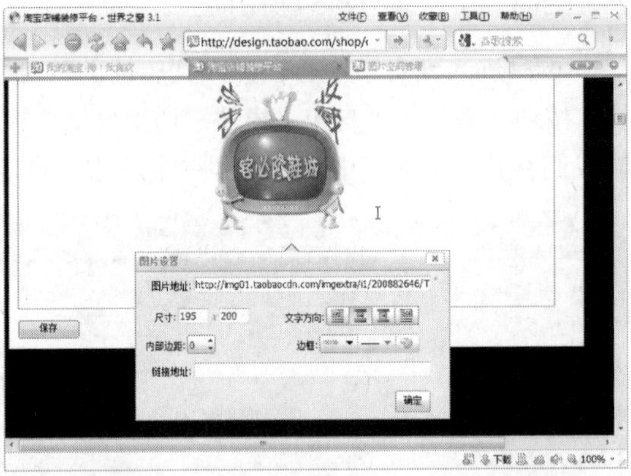

图 9-59

在“图片设置”对话框上，将前面所获取的自家店铺的收藏代码粘贴到“链接地址”文本框中，如图 9-60 所示。

粘贴完毕之后，单击“确定”按钮即可完成图片链接代码的添加任务。再单击图 9-58 上所示的“保存”按钮，此时系统就会将我们所添加的自定义模块保存下来，如图 9-61 所示。

图 9-60

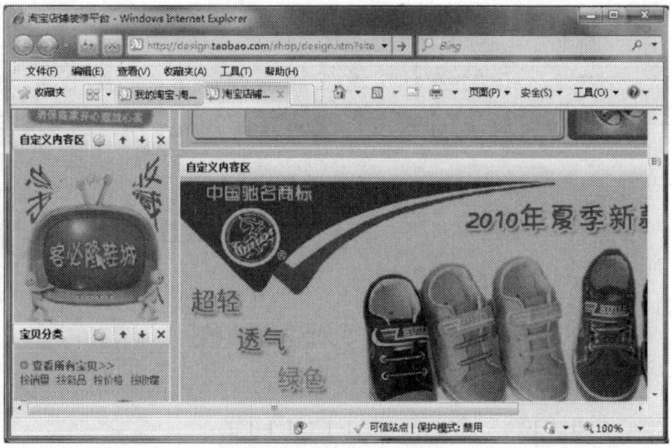

图 9-61

此时我们已经把收藏加到首页当中了！但是要注意，这只是表明我们已经将这个收藏模块添加到页面布局当中，买家是不可见的，也就是说买家是不能使用的。

为了让我们的劳动成果能和买家见面，将页面最上方有两个按钮，如图 9-62 所示。

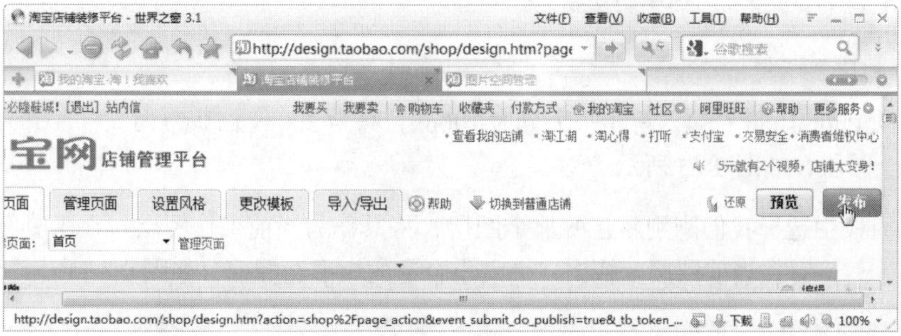

图 9-62

单击“发布”按钮，将我们所做的收藏进行发布。成功发布之后，买家就可以在我们店铺当中看到刚刚添加的那个“收藏我们”的自定义内容区，此时单击该内容就能完成店铺收藏任务，如图 6-63 所示。

总算是成功地让自制的店铺收藏进入到了店铺！

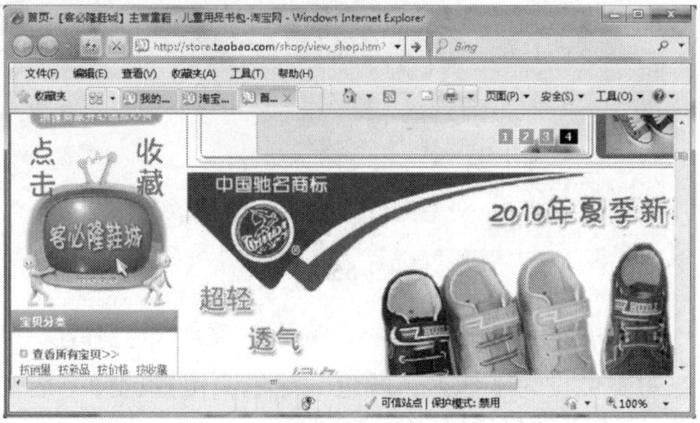

图 6-63

提示

效果不错的动态收藏按钮添加上了，至于它能不能为您带来收藏人气，那就是另外一回事儿了！因为我们现在所做的只是店铺的装修，至于别人愿不愿意收藏就靠你的营销工作了！

9.3 联系我们

9.3.1 背景图片的制作

1. 素材收集

当然最简单的“联系我们”莫过于直接在自定义区里加上联系方式，从而让买家能够看到，并直接和我们联系。要记住一点，我们是做店铺装修，就希望展现在大家面前的是最美的一面，即使是细节也要吸引人，这样就会让我们的店铺处处给人留下好印象。

图 9-64

先选择素材文件，如图 9-64 所示。

2. 图片制作

首先启动 Photoshop CS4，新建一个宽为 190px，高为 300px 白底空白文档，并在此空白文档当中新建一个图层，如图 9-65 所示。

在图层面板中选择我们刚刚新建的那个图层，将其作为当前工作图层。在工具箱中选择“矩形选框工具”，并在当前图层上拖出一个大小合适的矩形选择框，如图 9-66 所示。

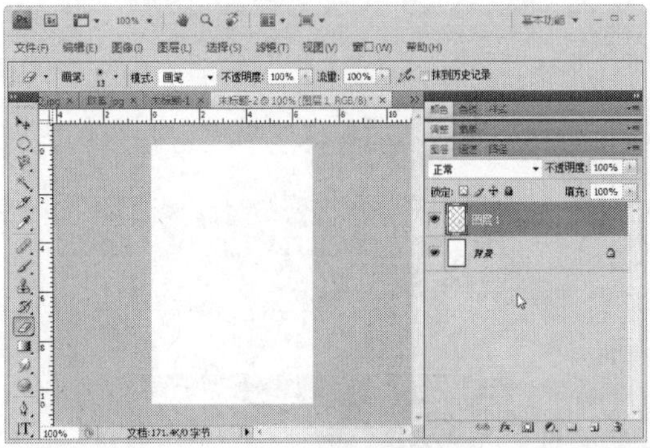

图 9-65

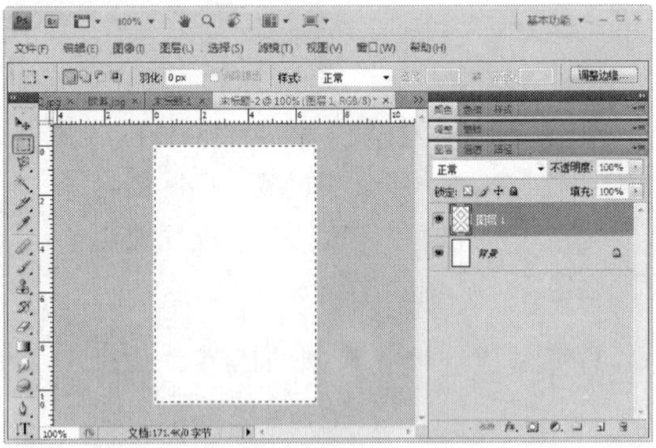

图 9-66

单击“编辑→描边…”命令，系统即会弹出一个名为“描边”的对话框。在此对话框中，将描边宽度设为 1 像素，颜色为绿色，位置选择“居中”，如图 9-67 所示。

设置完毕单击“确定”按钮，此时就会看到在当前图层中已经绘制了一个宽度为 1 像素的绿色方框，如图 9-68 所示 。

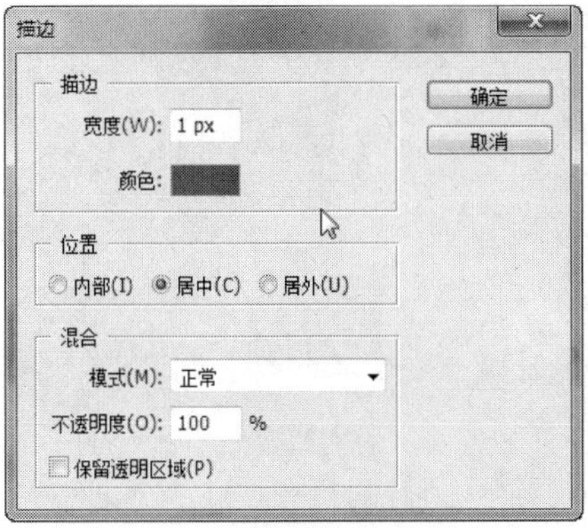

图 9-67

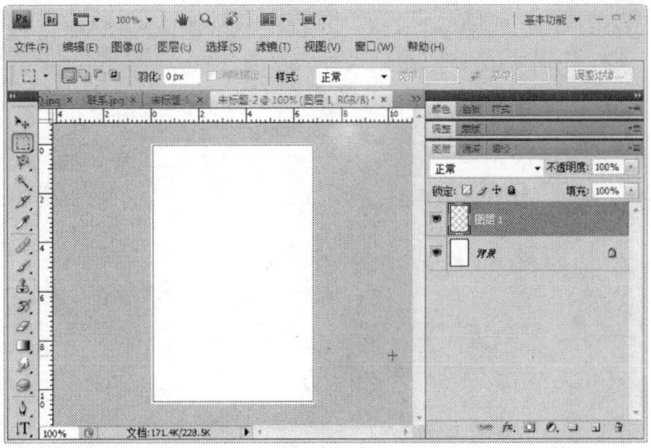

图 9-68

再次新建一个图层，并在图层面板中将新建图层选中，让其成为当前工作图层。在工具箱中选择“椭圆选框工具”，按住 Shift 键，在当前图层中拖出一个正圆形的选框，如图 9-69 所示。

按同样的描边方式，将此虚线圆形选框变成一个宽度为 1 像素的绿色圆环，如图 9-70 所示。

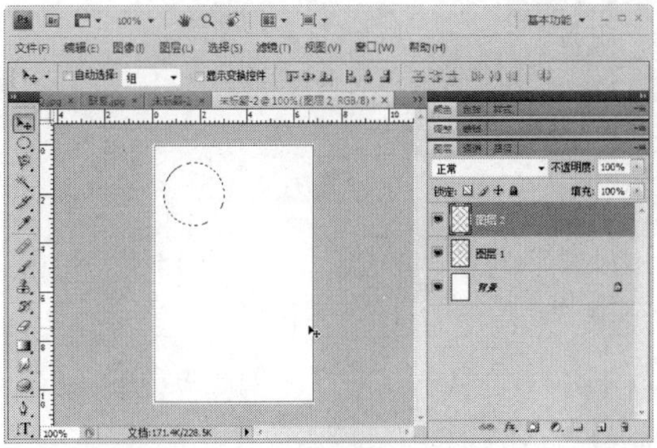

图 9-69

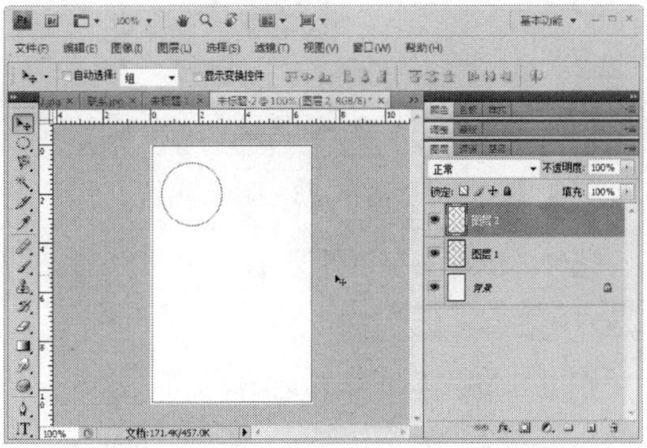

图 9-70

将“图层 2”复制一份，在工具箱中选择“移动工具”，将“图层 2”和“图层 2 副本”的绿色圆环的位置按图 9-71 所示进行调整。

在图层面板中选中“图层 2 副本”作为当前工作图层，并单击“图层→向下合并”命令，将“图层 2 副本”和“图层 2”合并。利用此种方式将三个图层全部合并为一个图层，如图 9-72 所示。

在图层面板上选定合并后的“图层 1”为当前工作图层，利用“橡皮擦工具”仔细擦除多余的边框，得到一个如图 9-73 所示的异形边框！

再次新建一个图层，将我们的所处理的素材放到这个新建的图层中，然后使用相应的工具对素材进行适当处理，将其调整到合适的大小并放置在合适的位置，如图 9-74 所示。

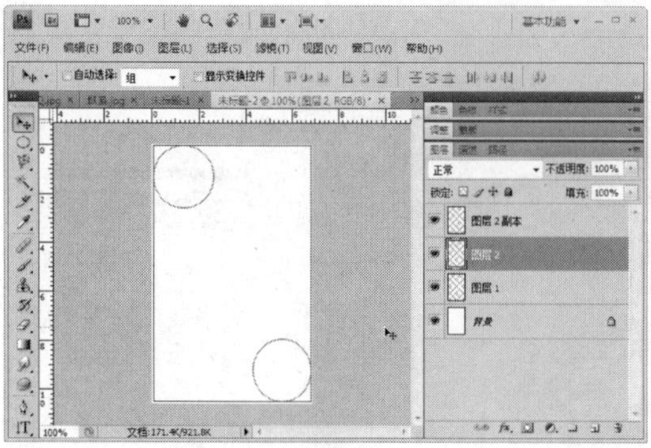

图 9-71

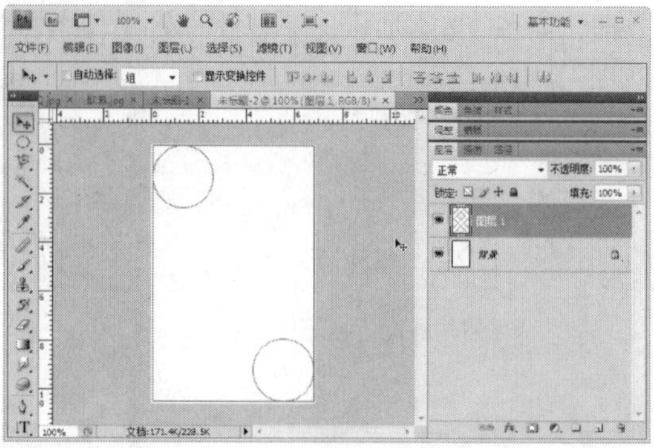

图 9-72

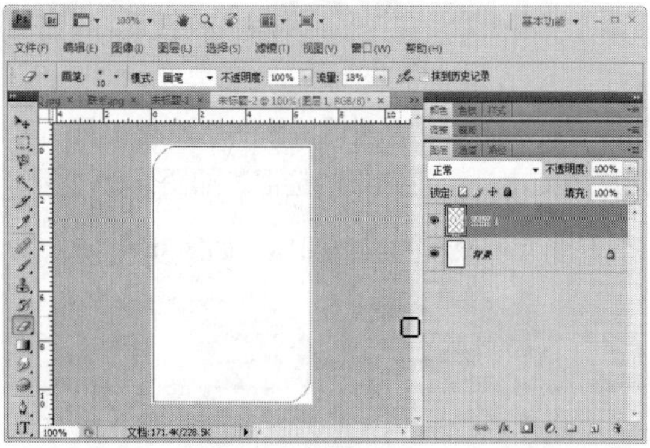

图 9-73

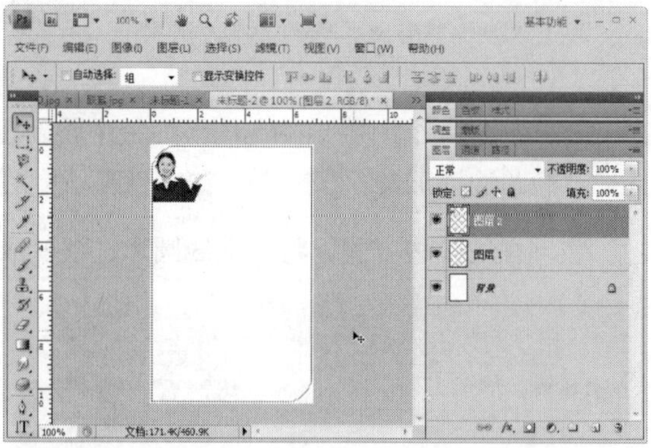

图 9-74

选择“横排文字工具” T，在文字工具选项栏中设置字体为华文仿宋，字号为 14 点，颜色为灰色。在文档工作区中输入文字“联系我们”，并将其调整到如图 9-75 所示位置。

在工具箱中再次选择“横排文字工具”，在选项栏中设置字体为 Arial，字号为 24 点，颜色为灰色，在文档工作区中输入文字“Contact us”，并将其调整到如图 9-76 所示位置。

图 9-75

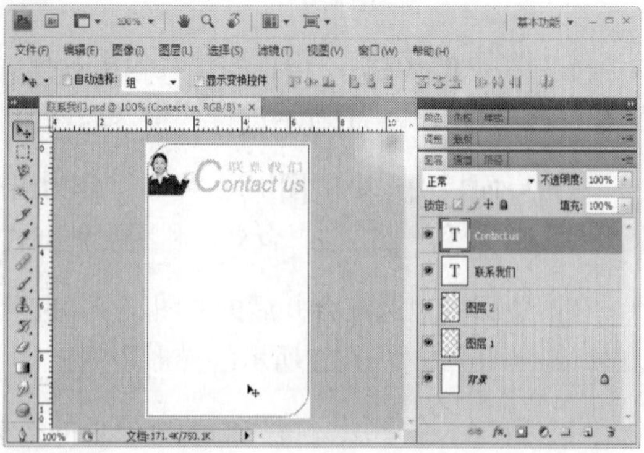

图 9-76

在工具箱中选择“直线工具”，在直线工具选项栏中设置线条粗细为 1 像素，颜色为绿色。在文档工作区中拖出一条直线，并利用移动工具将线条调整到合适位置，如图 9-77 所示。

第三次选择“横排文字工具”，在文字工具选项栏中设置字体为华文仿宋，字号为 18 点，颜色为灰色，在文档工作区当中输入文字“shop57623309.taobao.com”，并将其调整到如图 9-78 所示位置。

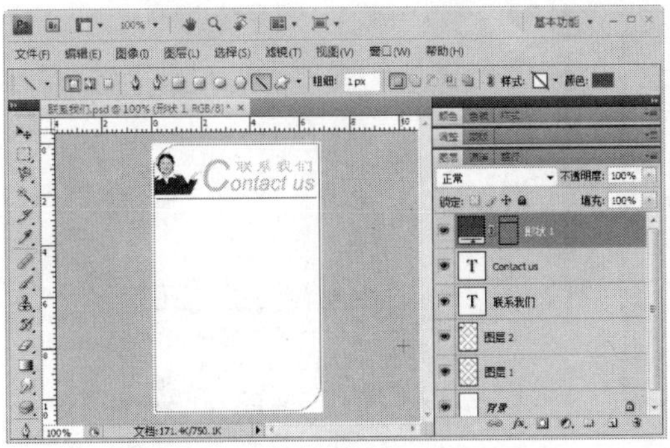

图 9-77

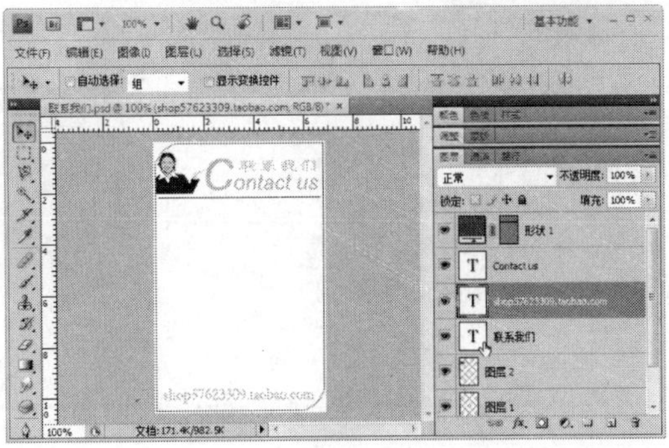

图 9-78

到了这一步，这个“联系我们”的背景图片基本上是成形了。保存一下，在下面我们将要使用这个图片继续后续制作。

9.3.2 背景图片切片

利用 Photoshop CS4 打开我们上次所保存的背景图片，在我们的背景图上利用参考线将背景图进行划分，如图 9-79 所示。

在工具箱中选择“切片工具”，将文档沿参考线进行切片，如图 9-80 所示。

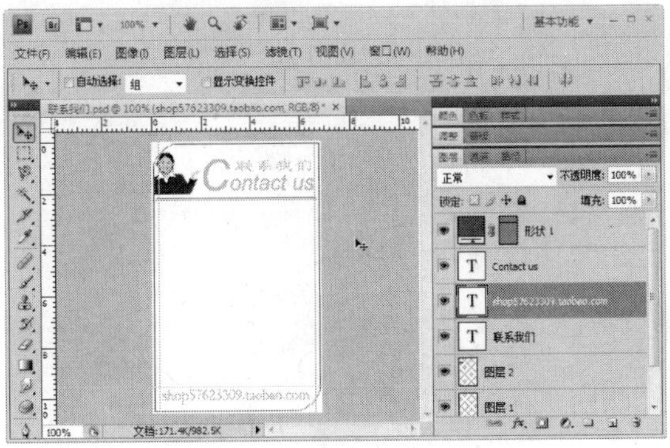

图 9-79

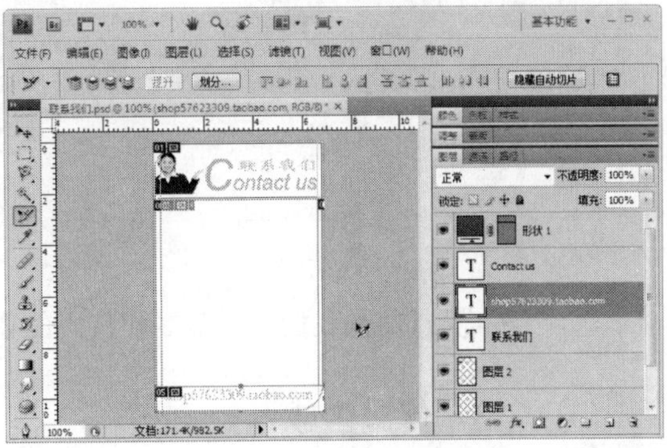

图 9-80

单击“文件→存储为 Web 和设备所有格式…”命令，系统将弹出如图 9-81 所示的对话框。

在此对话框中设定切片文件格式为 JPEG，并将品质设置为中，单击“存储”按钮，系统会弹出一个名为“将优化结果存储为”的对话框，如图 9-82 所示。

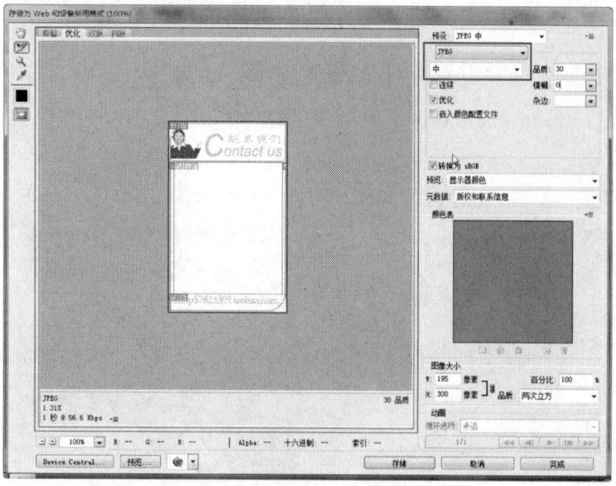

图 9-81

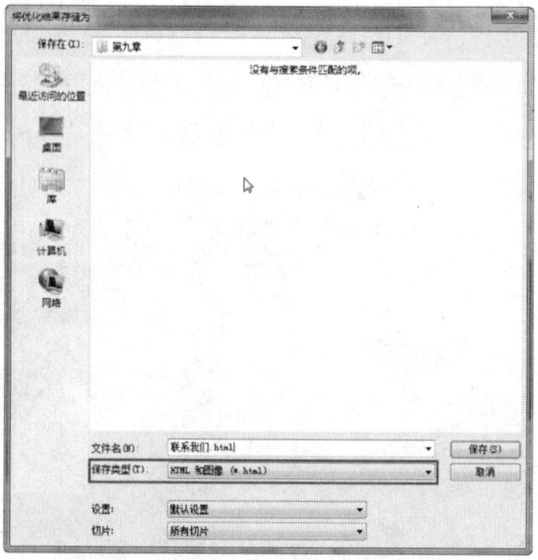

图 9-82

在图 9-82 所示对话框中，一定要在保存类型中选择“HTML 和图像(*.html)”，并指定存储位置和所存储的文件名，单击“保存”按钮进行保存。保存后的效果如图 9-83 所示。

系统将我们的切片图片文件都放在 images 文件夹之下，同时还生成了一个 html 文件，用浏览器打开这个 html 文件看一看，这正是我们制作的那个“联系我们”的背景图片，如图 9-84 所示。

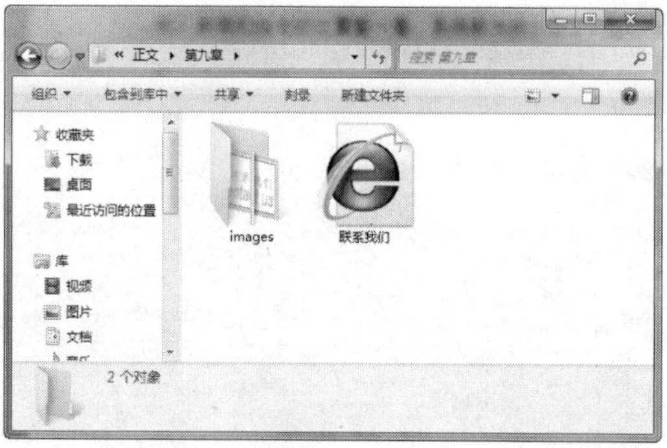

图 9-83

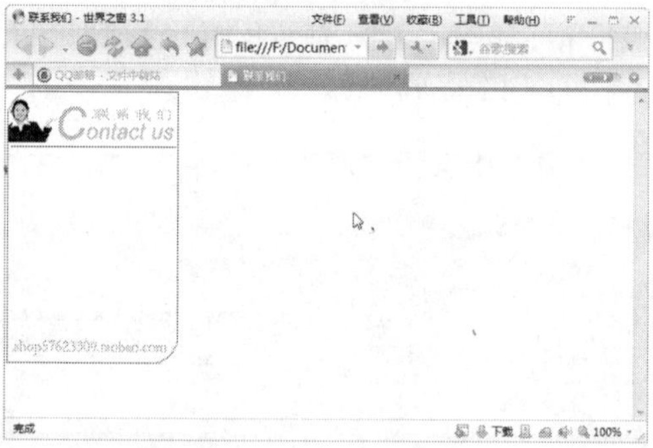

图 9-84

这个 html 文件将是我们下一节制作代码的重要资源。

9.3.3 代码生成

1. 格式调整

启动 Dreamweaver CS4，利用它打开上一节保存文件时所生成的 html 文件，也即“联系我们.html”文件，如图 9-85 所示。

从代码当中我们不难看出，事实上这个 html 文件是以表格的形式将我们的切片文件组织成一个完整的图像，每个切片都在表格的一个单元格之中。其中中间那个最大的区域将是我们放置联系方式的地方，所以这个地方的单元格图片要设置成单元格背景，至于原因和设置方式可以参考一下第 4 章的相关内容。

设置完成之后，在设计窗口中用鼠标单击那个最大的区域，让该单元格成为当前单元格，如图 9-86 所示。

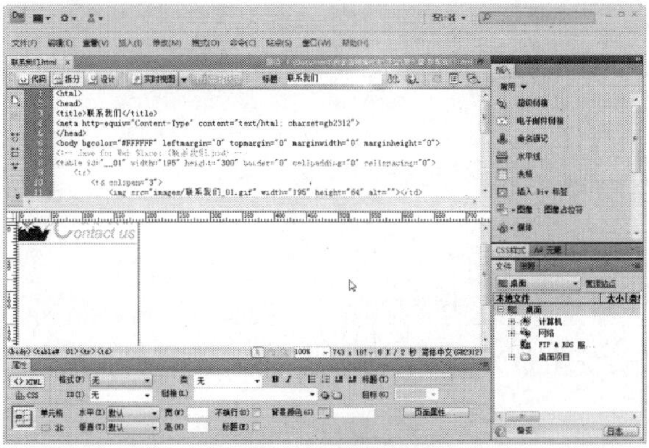

图 9-85

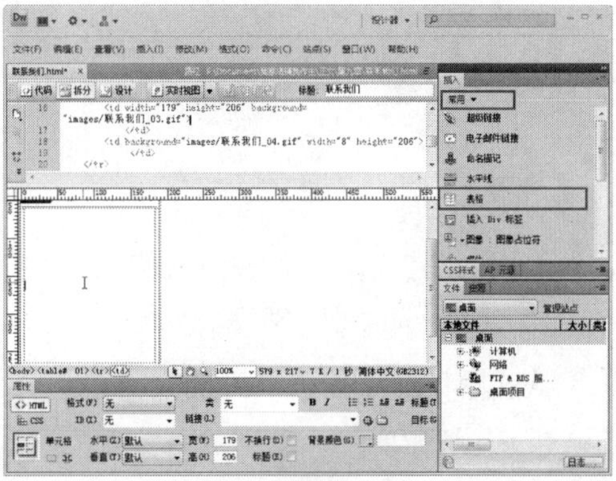

图 9-86

在下面的属性面板之中，将该单元格的对齐方式设为水平方向左对齐，垂直方向设置为顶端对齐，如图 9-87 所示。

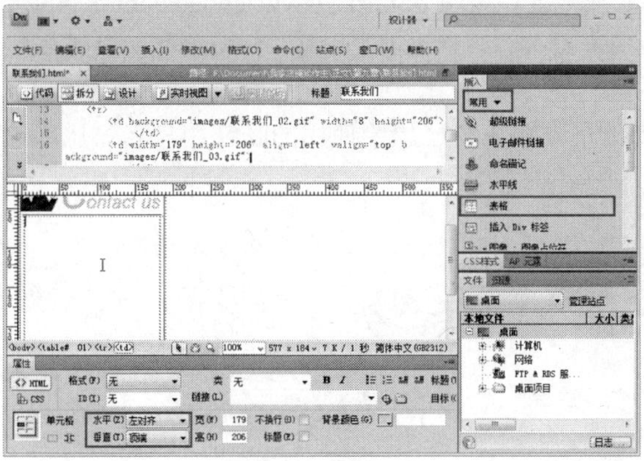

图 9-87

2. 插入表格

在插入面板中，选择“常用”标签，并单击其下的“表格”按钮，也即图 9-87 中标注的地方。

系统会弹出一个名为“表格”的对话框，根据自己的实际情况设置所要插入的表格的参数，这里设置为插入一个 10 行 2 列的表格，表格宽度为 174px，并且是无标题格式，如图 9-88 所示。

设置完毕之后，单击“确定”按钮，即可在插入一个表格。表格插入之后，在表格当中输入我们想要添加的文字，如图 9-89 所示。

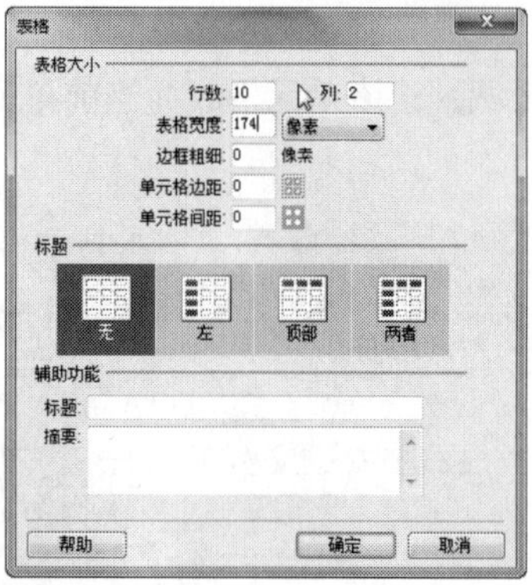

图 9-88

图 9-89

从这里我们可以看出，之所以插入这个表格，完全是为了将我们所输入的内容进行排版，以使其在显示时版面整齐划一。

3. 获取旺旺在线代码

下面就要获取旺旺在线的代码了。

NO.1：打开浏览器，在地址栏中输入 http://www.taobao.com/help/wangwang/wangwang_0628_04.php，进入旺遍天下页面中，选择自己所需要的风格，这里我们选择的是“风格一”，如图 9-90 所示。

NO.2：在风格选择的下方输入自己想要使用的旺旺用户名，比如这里输入“客必隆鞋城”，如图 9-91 所示。

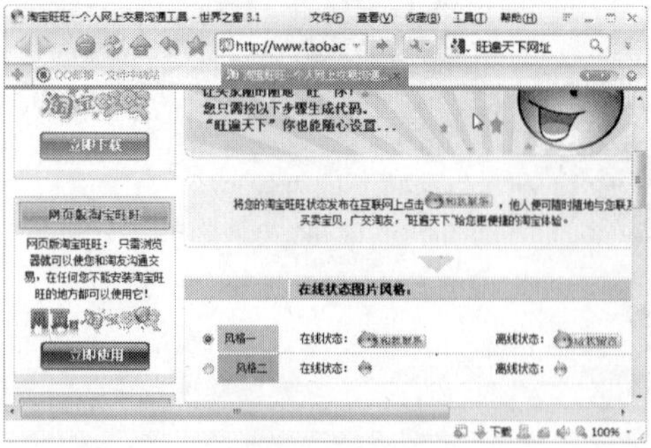

图 9-90

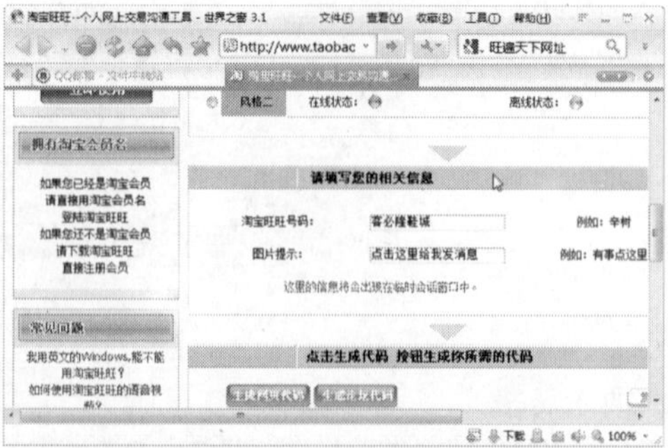

图 9-91

NO.3： 单击网页中的“生成网页代码”按钮，系统就会自动生成所输入的旺旺号的在线代码，并将其显示在文本框当中，如图 9-92 所示。

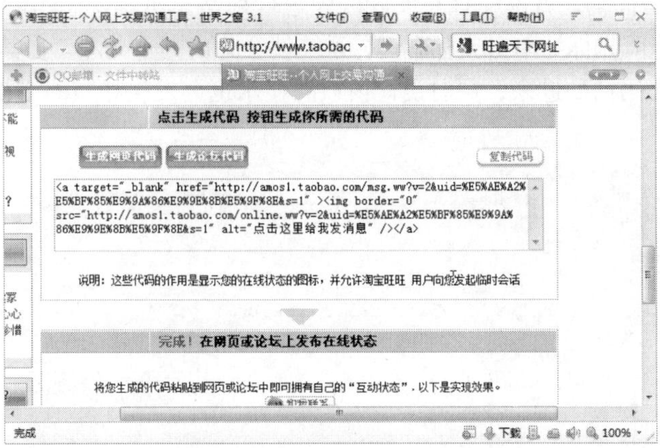

图 9-92

单击“复制代码”按钮即可将系统所生成的代码复制下来。

4. 旺旺在线代码的处理

复制旺旺在线的代码之后，下面的任务就是要将这些代码粘贴到我们所制作的那个网页文件中。

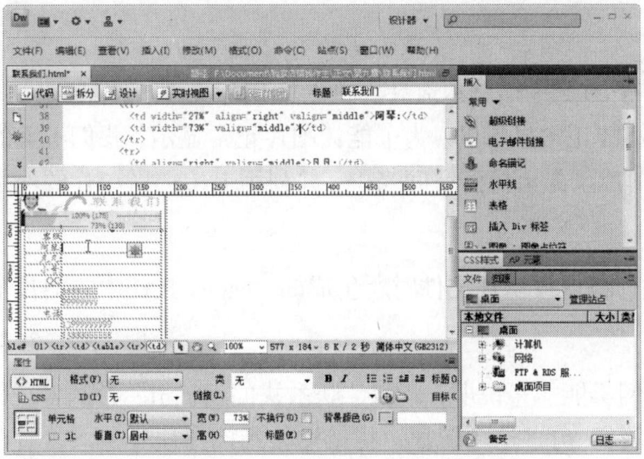

图 9-93

图 9-93 所示是前面修改之后的“联系我们”的网页。通过上图看到：在设计区中，当前光标位置处于我们要显示旺旺在线状态的单元格中；在代码区中，光标位置也处在相应的代码位置。

那么当我们从旺遍天下获取了代码之后，该把代码粘到那里呢？这确实是令新手卖家们犯糊涂的地方！我对此是深有感触的，因为我数十次为新手卖家纠正这个错误。下面我对这个问题做一个说明，希望各位卖家朋友看了之后不会再犯错误。

既然我们获取的是代码，就不应该在设计区中进行粘贴，而要在代码窗口的当前光标处进行粘贴。在代码窗口的当前光标处单击鼠标右键，系统就会弹出一个菜单。在其中找到“粘贴”命令并单击，此时就可将代码粘贴进来，同时设计窗口的显示也会发生相应的变化，如图 9-94 所示。

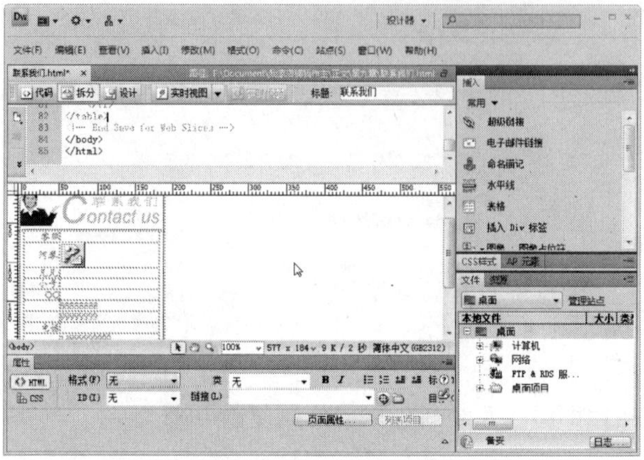

图 9-94

粘贴代码之后，设计区的显示好像不太对。没有关系，按照同样的方式将所有要添加的旺旺在线代码都一一粘贴到正确的位置，并保存该文件。

5. 图片的替换

由于这个代码文件中的图片都是本地计算机上的切片文件，当我们将这个代码应用在店铺当中时，其中本地图片是不能正常显示的。为了能让图片正常显示，我们下面的任务就是要把我们制作好的“联系我们”的图片全部上传到空间当中，并利用上传之后图片的网络地址来替换联系我们代码中的本地图片。

选择一种替换方式，将保存切片文件时所生成的 images 文件中的图片全部上传到自己的空间当中，如图 9-95 所示。

由于图片较多，我们不能一一说明，就以“联系我们_01.gif”为例来进行说明地址的替换。在空间当中，找到“联系我们_01”这个图片，将鼠标移到该图片之上，此时在图片下方就会出现一个名为“复制链接”链接，单击此链接即可复制该图片在图片空间当中的地址，如图 9-96 所示。

现在再次用 Dreamweaver CS4 打开“联系我们.html”文件，如图 9-97 所示。

在设计区中先单击“联系我们_01.gif”这个图片，让光标在代码区中也定位在相应的位置。然后在代码区中用按住鼠标左键，在“images/联系我们_01.gif”中拖动，将这些内容全部选中，如图 9-98 所示。

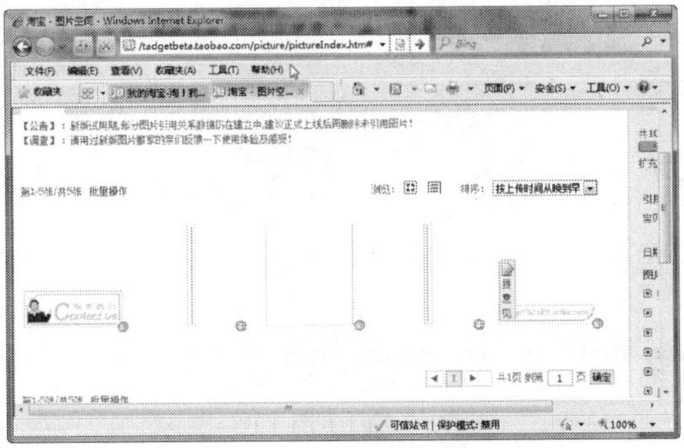

图 9-95

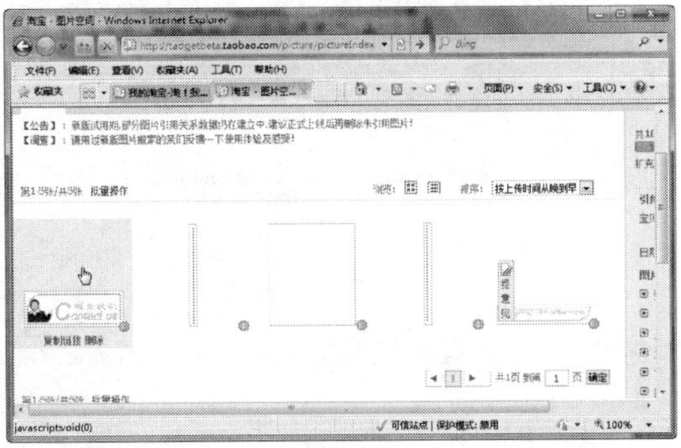

图 9-96

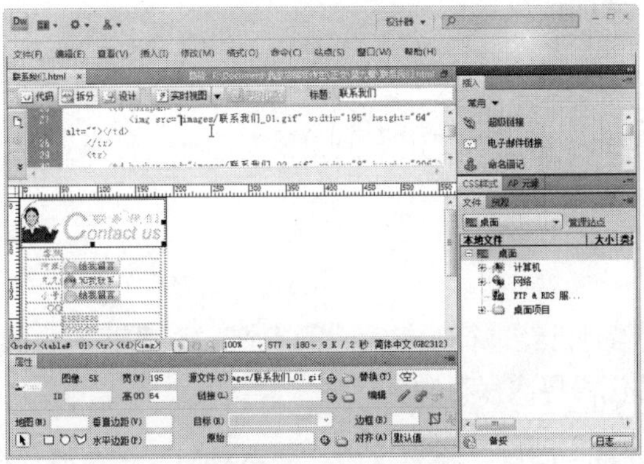

图 9-97

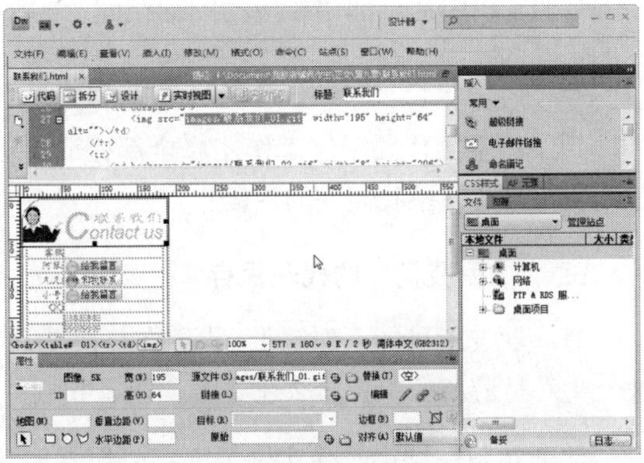

图 9-98

选中之后，在 Dreamweaver CS4 中单击“编辑→查找和替换…”命令，系统就会弹出一个名为“查找和替换”的对话框，如图 9-99 所示。

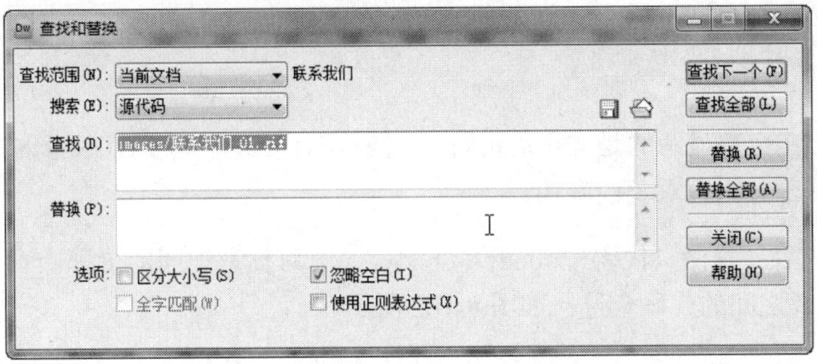

图 9-99

接下来就要将从图片空间中复制的图片地址粘贴到图 9-99 所示的“替换”文本框中，如图 9-100 所示。

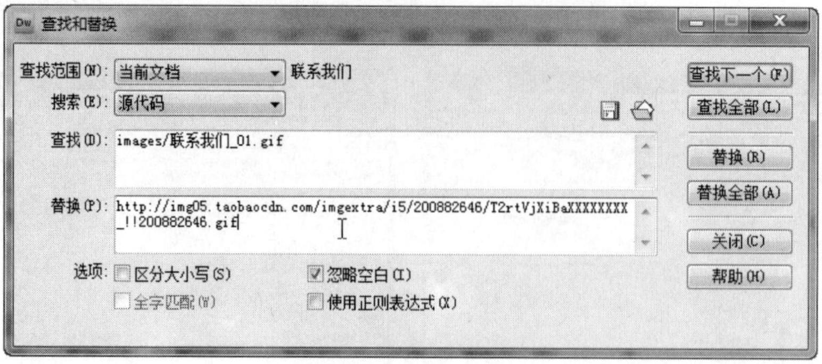

图 9-100

单击对话框中的“替换”按钮，即可将图片空间中的图片替换本地图片了。按照同样的方式，将所有的本机图片全部用相应的图片空间中的图片全部替换。

全部替换完毕之后记得要保存一下文件。

到了这里，代码制作工作才算全部完成，但是为了后面的使用方便，我们还有一件事要做，那就是保存“联系我们”的代码！

6. “联系我们”的代码保存

有些朋友就可能不理解了，我们在替换图片代码时已经进行了保存，可以保证“联系我们.html”这个文件是最新的，为什么还要将“联系我们”的代码再次保存呢？

前面在制作结束时确实做了保存，但是要注意一个问题，将来这个“联系我们”是要显示在自定义内容区当中。而在自定义内容区中是不可能将这个“联系我们.html”文件直接显示出来，只能是把这个网页中的代码粘贴到自定义区当中，这样才能正确显示。

明白这点，我们就着手进行下一步工作了。由于我们现在要将 Dreamweaver CS4 处理之后的网页代码进行保存，为了操作方便，在 Dreamweaver CS4 中将显示窗口变成代码模式，如图 9-101 所示。

在图 9-101 当中全部显示的是“联系我们”的网页的代码，但我们在装修时并不需要这里显示的所有内容，只是部分内容对我们有用。

有用的部分内容就是网页代码中<body></body>这一对标签中间的全部内容。我们在代码窗口中将<body></body>之间的代码全选，如图 9-102 所示。

选中之后使用 Ctrl+C 组合键将这些选中的内容全部复制下来。

图 9-101

图 9-102

复制下来之后放在什么地方？不要急，我们现在要使用一个最不起眼的工具，那就是 Windows 自带的记事本程序。启动记事本程序，新建一个空白文档，利用 Ctrl+V 组合键将复制的代码粘贴到这个空白文档中，如图 9-103 所示。

指定这个文本文件的存放位置和文件名称，以 TXT 格式保存下来，如图 9-104 所示。

图 9-103

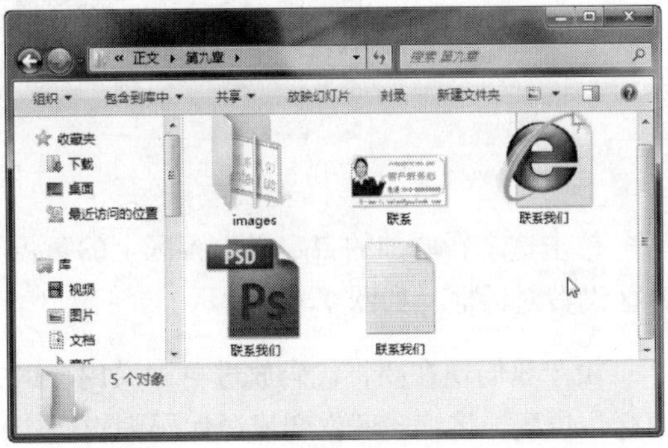

图 9-104

从图 9-104 来看，我们已经得到了一个名为“联系我们”的文本文件。这个东西就是我们辛辛苦苦得来的代码！

此时可能又有朋友不明白，为什么要把这些东西存成 TXT 文档呢？直接从 Dreamweaver CS4 中复制代码粘贴到使用的地方不就行了吗？这是因为我们从 Dreamweaver CS4 中复制的代码粘到自定义内容区时，有时会出现乱码的现象。

为了从根本上避免这种情况的发生，凡是涉及的代码，我都把它利用记事本来保存成 TXT 文档，再从 TXT 文档中复制到要用的地方，这样就不会出现问题。

记事本程序有一个特点，任何有格式的文档粘贴进来，它都不保留这种格式，只是单纯地接收中间的文本内容！但正是这个特点解决了大问题。

9.3.4 联系我们的使用

经过前面的各种处理，我们终于把准备工作做完。接下来就是要把这个“联系我们”模块显示在自家店铺里，从而方便各位买家和我们沟通交流。

进入到店铺首页装修界面中，在左侧添加一个自定义模块，调整好这个模块的位置，并单击布局页面中的“保存”按钮，完成模块的添加任务。此时在装修页面当中就会看到一个新增的自定义模块，如图 9-105 中标注的位置所示。

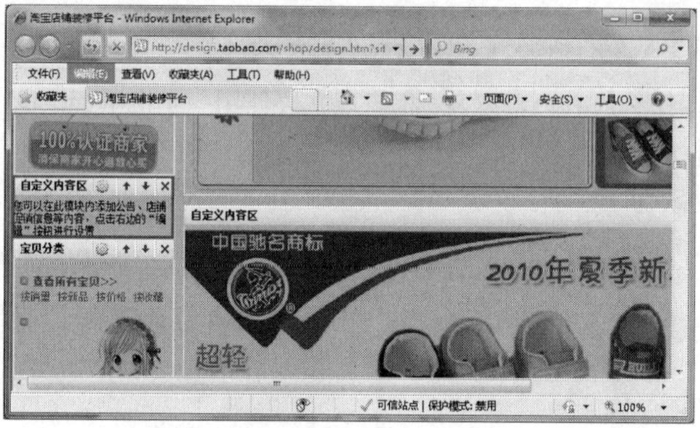

图 9-105

单击这个新增加的自定义内容区上的黄色小齿轮图标“”，系统自然就会弹出一个自定义内容区设置对话框，如图 9-106 所示。

由于我们现在要将代码放进自定义内容区，单击“编辑 HTML 源码”按钮，也即图 9-106 中标注位置，将编辑区就变成源代码编辑模式，如图 9-107 所示。

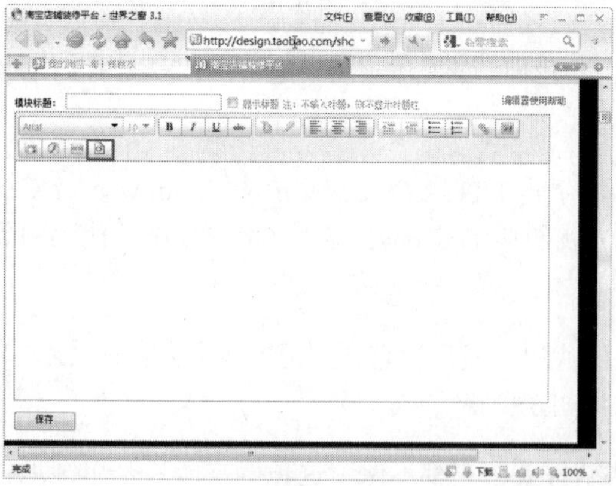

图 9-106

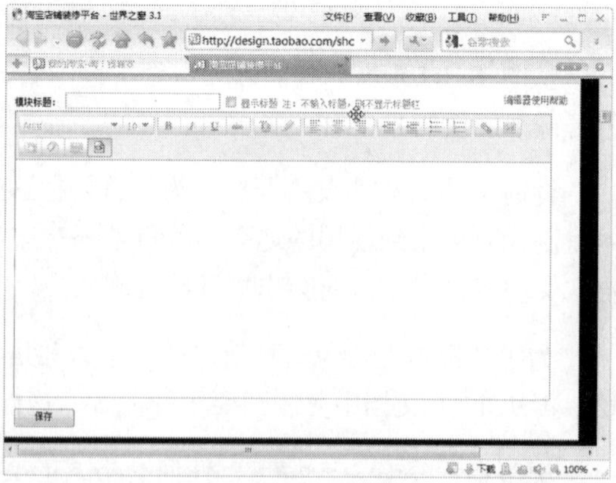

图 9-107

找到我们前面所保存名为“联系我们” 代码文本文件，打开该文件，并选中所有内容，利用 Ctrl+C 组合键将这些代码全部复制下来，并将其粘贴到源代码编辑区中，如图 9-108 所示。

粘贴进来之后，我们并不能看到任何效果，因为现在是源代码编辑模式，而不是设计模式。为了看到效果，我们现在再次单击“编辑 HTML 源码”按钮，就可变回原来的设计模式，也就可以看到添加代码之后的效果了，如图 9-109 所示。

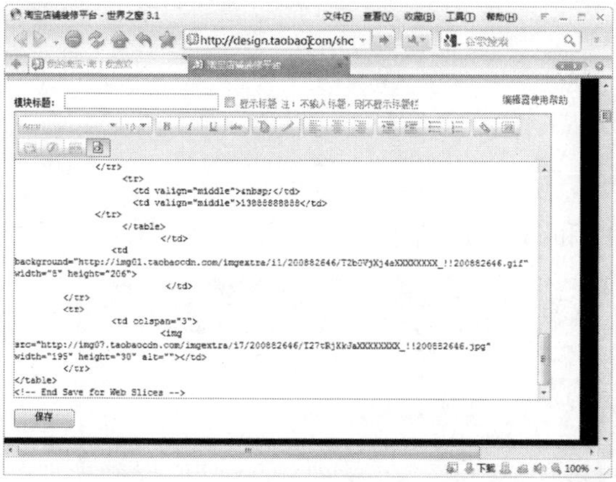

图 9-108

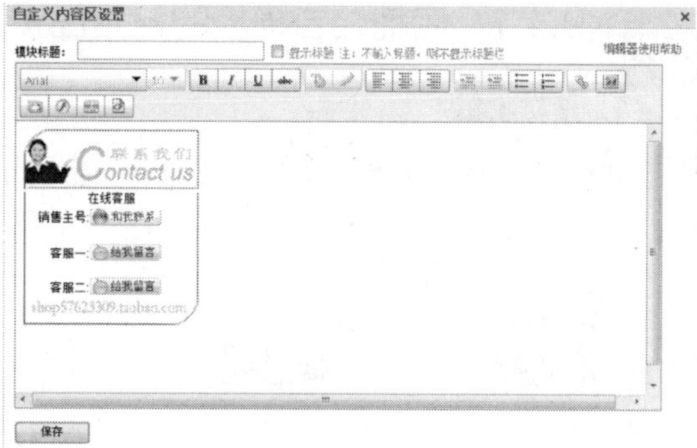

图 9-109

设置完毕之后，单击“保存”按钮，即可保存我们的设置。保存之后，将所做的改动进行发布操作，以便买家能通过浏览器看到我们店铺的更改。成功发布之后，整体效果如图 9-110 所示。

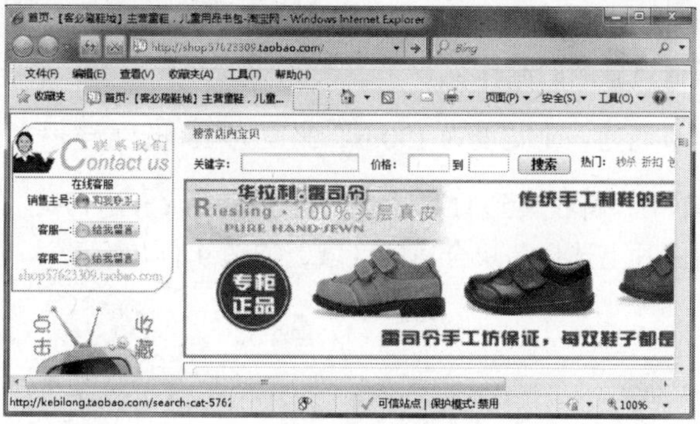

图 9-110

9.4　店铺公告模板

在前面讲过，由于网络购物买卖双方信息不对称，难免就会有买家对卖家的产品及服务有所顾虑，为了减少买家的这种顾虑，很多卖家都会在自家店铺中提示买家在网购过程中的注意事项，以及店家对买家的承诺等。

如果我们能把这个工作做到位，至少能给带来两个好处：一是能让买家事先清楚在本店购物要注意的问题及卖家所做的承诺；二是能够最大限度减少卖家售后服务的工作量。因为大多数问题我们在公告中都已经说明，如果买家能够认可，这样就可以避免交易中不必要的售后服务。为了解决这个问题，下面我们就来制作一个店铺公告模板，并且在这个模板中，店铺公告的内容还可以随时改变！

9.4.1 店铺公告模板的背景图设计

1. 素材收集

找到适合的素材并保存在计算机中，如图 9-111 和图 9-112 所示。

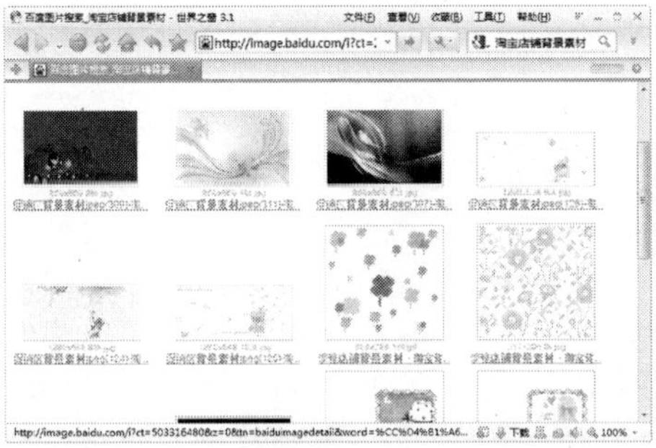

图 9-111

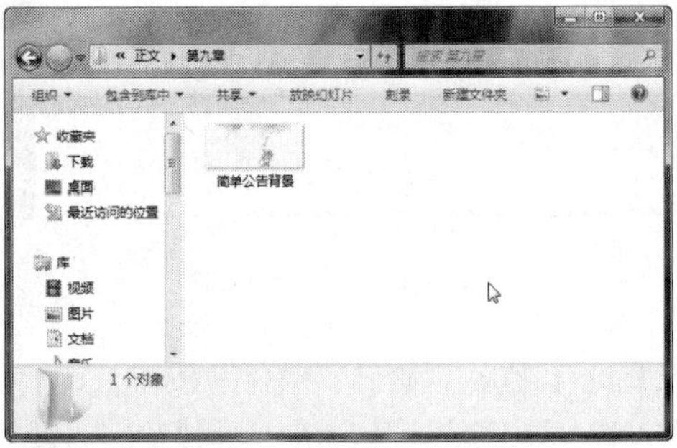

图 9-112

2. 动态店铺公告模板背景图的制作

启动 Photoshop CS4，新建一个宽度为 190px，高度为 250px 的空白文档，如图 9-113 所示。

为了避免模板内容单一，将收集到的素材也用 Photoshop CS4 打开， 在工具箱中选择“矩形选框工具” ，在素材图片上选择一块合适的区域，如图 9-114 所示。

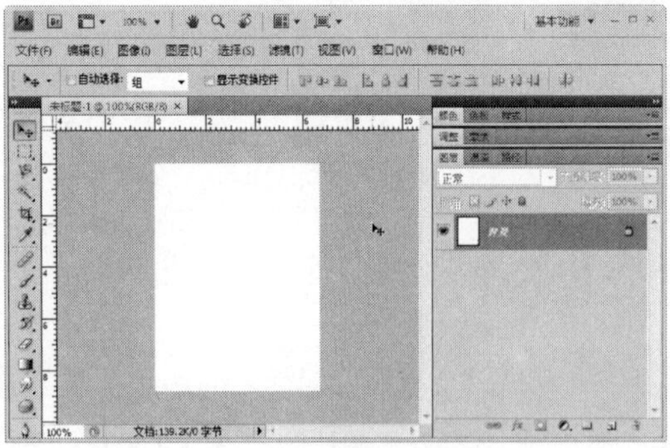

图 9-113

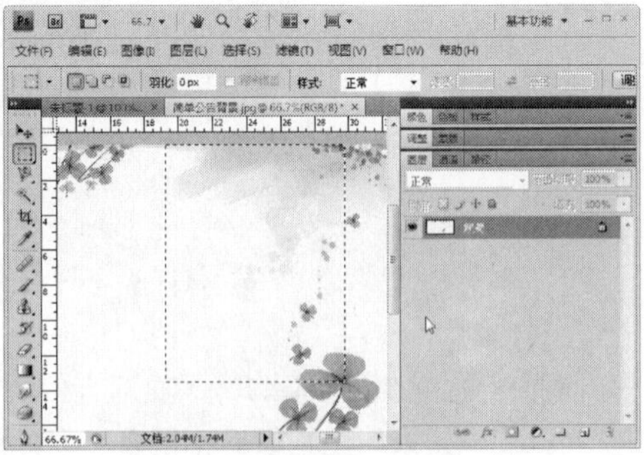

图 9-114

使用 Ctrl+C 组合键将选择的区域复制，并把其粘贴到新建的空白文档中，利用相应工具进行位置和大小的调整，一直调整到效果令人满意时为止，如图 9-115 所示。

选择“矩形工具”，在选项栏中将颜色设为设置为浅白色，其他设置不用更改，将鼠标移到工作区当中，在背景图层上拖出一个矩形方框，如图 9-116 所示。

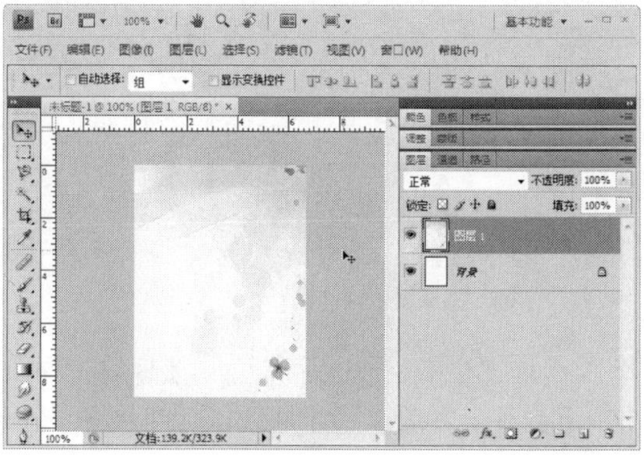

图 9-115

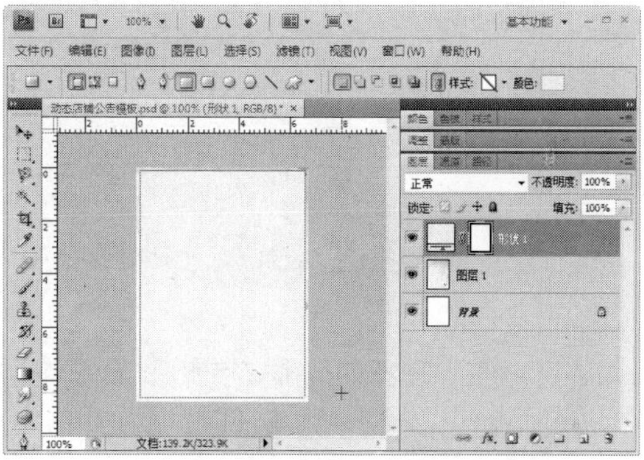

图 9-116

在图层面板中，选中刚刚新绘制的形状图层，将其作为当前图层。双击该图层，系统就会弹出“图层样式”对话框，在对话框中选择“投影”样式，并将距离和大小均设为 3 像素，如图 9-117 所示。再次在对话框中选择“描边”样式，将大小设为 1 像素，描边颜色定为墨绿色，如图 9-118 所示。

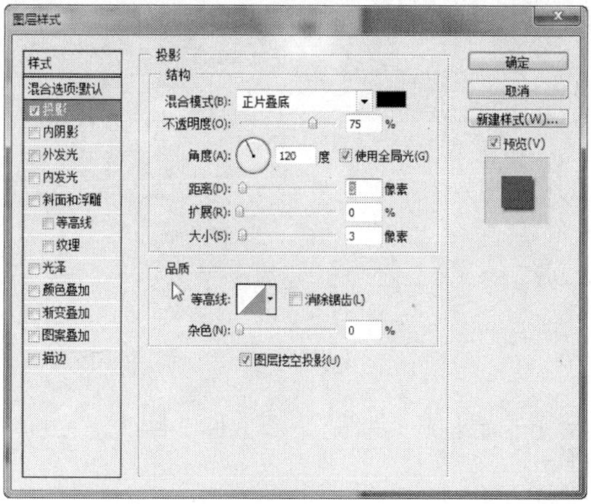

图 9-117

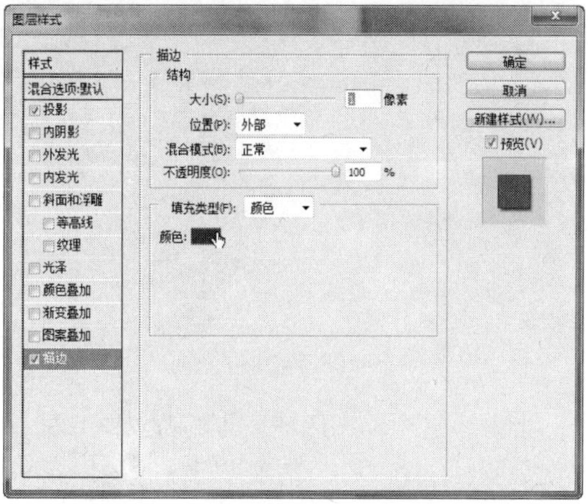

图 9-118

设置完毕之后，单击“确定”按钮，使用图层样式之后的效果如图 9-119 所示。

此时素材背景全部都被遮蔽了！将该图层的不透明度改为 65%，这样素材图片就若隐若现，有一种朦胧美，如图 9-120 所示。

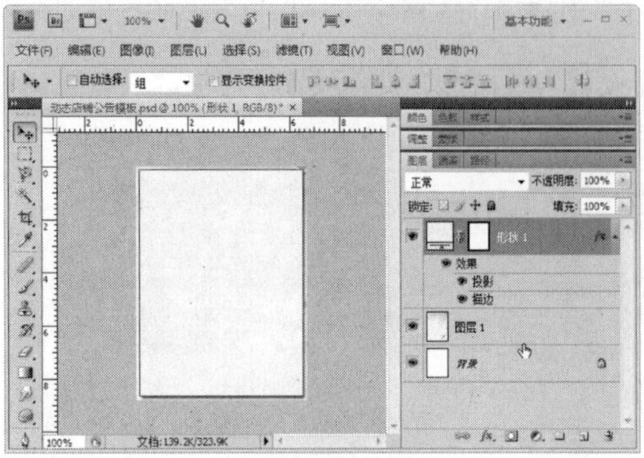

图 9-119

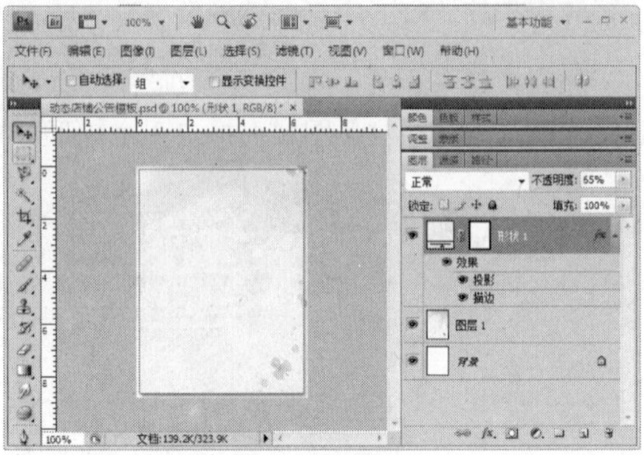

图 9-120

在工具箱中选择“横排文字工具”，在横排文字工具选项栏中，设置字体为“迷你简卡通”，字号为 24 点，文字颜色为草绿色。在工作区中单击一下鼠标，并输入“店铺公告”四个字，并用移动工具将其移到合适位置，如图 9-121 所示。

在工具箱中选择“直线工具”，在选项栏中将粗细设为 1 像素，直线颜色也设为草绿色。将鼠标移到文档工作区中，按住 Shift 键的同时，按住鼠标左键从左至右拖动，描绘出一条长短合适的水平线，并用移动工具调整好这条水平线的相对位置，最终效果如图 9-122 所示。

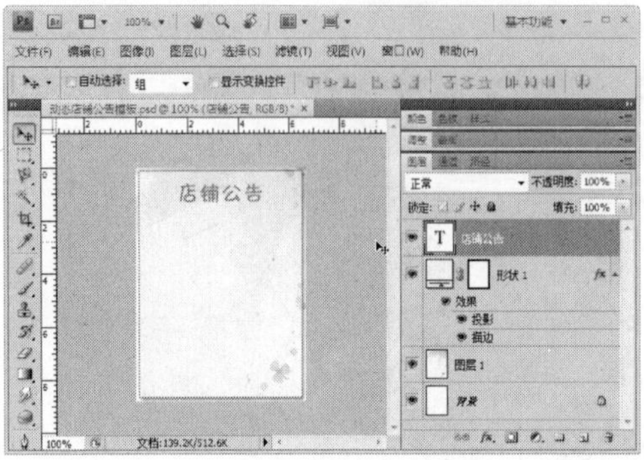

图 9-121

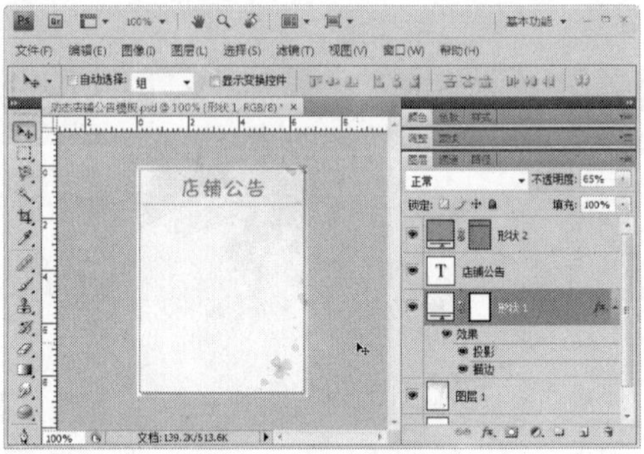

图 9-122

此时，这个动态店铺公告的背景图片就基本成形了，要记得保存这个源文件，因为下面的工作就是要以这个文件为基础进行展开的！

9.4.2 动态店铺公告模块背景图片切片

利用 Photoshop CS4 打开上一小节我们制作并保存的背景图片的 PSD 源文件，利用参考线将背景图按照设计预想对这个背景图进行划分，如图 9-123 所示。

在 Photoshop CS4 的系统工具箱中选择“切片工具”，将我们所制作的这个店铺公告沿着参考线进行切片。为了切片不出现偏差，单击“视图→对齐→对齐到参考线”命令，设定好对齐方式之后，使用切片工具将这个背景图进行切片，如图 9-124 所示。

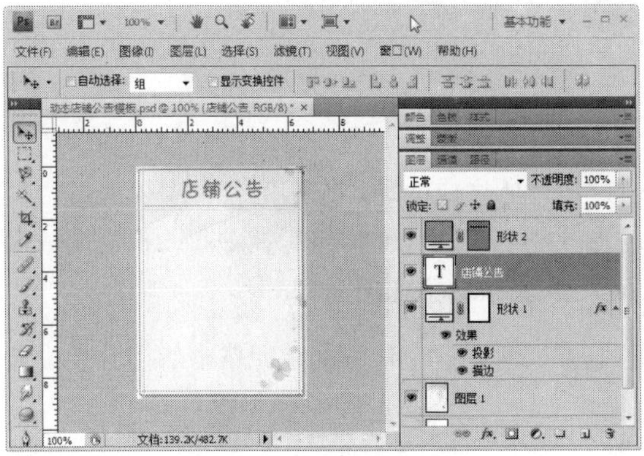

图 9-123

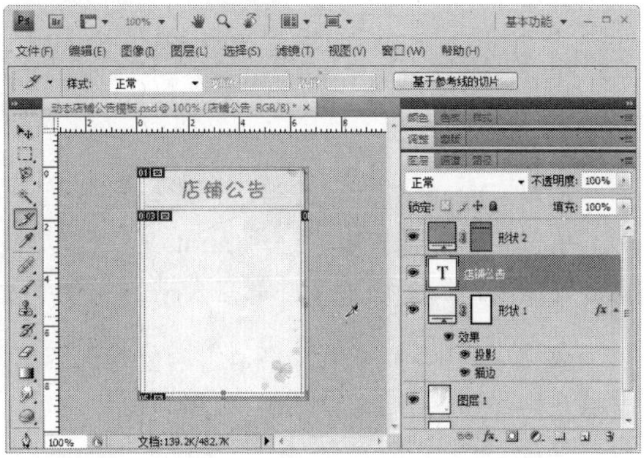

图 9-124

单击“文件→存储为 Web 和设备所有格式…”命令。在弹出的“存储为 Web 和设备所用格式(100%)”的对话框中设定切片图形文件保存格式为“JPEG”，并将品质为“中”，其他选项就按系统默认值即可。

一切设置就绪之后，单击“存储”按钮，系统会弹出一个名为“将优化结果存储为”的对话框。在此对话框中一定要在保存类型中选择“HTML 和图像(*.html)”，因为只有这样它才会生成一个我们所需要的 HTML 源文件和所有切片图像文件，同时我们还要指定存储位置和所存储的文件名，单击“保存”按钮保存文件，如图 9-125 所示。

图 9-125

和前面一样，系统将我们的切片图片文件都放在 images 文件夹之下，同时还生成了一个 html 文件，这个 html 文件正是我们制作的那个动态店铺公告背景图片的 HTML 源文件。

我们在前面说过，如果你对 HTML 标记语言非常熟悉，就可以自己动手写这个代码了，但事实上大多数卖家对于代码很是陌生，因此我们就利用 Photoshop CS4 这种自动生成代码功能来帮助我们完成这个代码的生成任务，这也正是我们大多数卖家所需要的。

9.4.3 动态店铺公告模板的代码制作

1. 代码的调整

启动 Dreamweaver CS4，打开我们在上一节通过切片所生成的“动态店铺公告模板.html”文件。从代码中不难看出，这个 html 文件是以表格的形式将各个切片文件组织在一起，拼成了一幅完整的图像，每个切片文件都在表格的一个单元格之中。表格结构如图 9-126 所示。

表格中间的 3 号单元格是店铺公告内容出现的地方，所以这个地方的单元格中的切片要设置成单元格背景。

设置完毕之后，单击 3 号单元格，光标如果在这个单元格中闪动，而不是出现的一个图片选择框，这就是操作成功的标志，如图 9-127 所示。

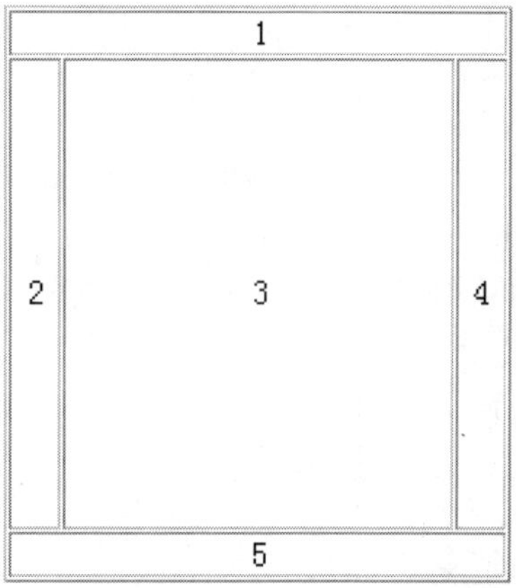

图 9-126

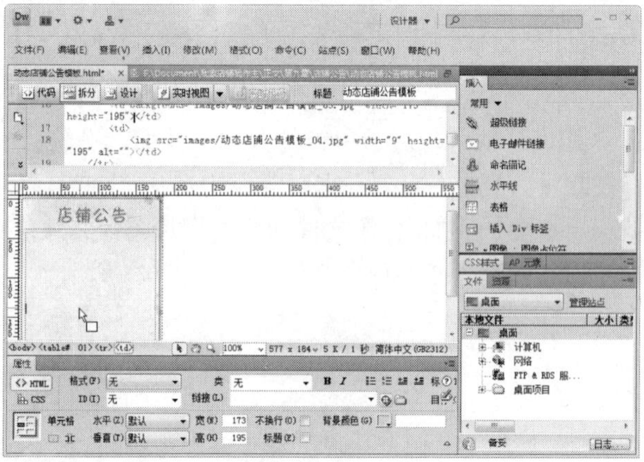

图 9-127

2. 输入公告内容

在设计窗口中输入想要显示的公告文字内容，但在输入时要注意，如果我们要换行就要先按住 Shift 键，然后按 Enter 键。完成之后的效果如图 9-128 所示。

保存一下文件，在浏览器中预览一下效果，如图 9-129 所示。

显示的效果是整个模板都被撑破了，真是惨不忍睹！造成这种效果的原因就在于我们所输入的文字内容太多，以至于这个模块的中间单元格不能够容纳这么多内容！

图 9-128

图 9-129

前面不是说过要做一个动态的店铺公告，文字随便输吗？怎么只输入了这么一点内容就不行了！现在马上解决这个问题。

3. 公告内容的处理

由于模板长度是有限的，公告文字的内容是无限的，为了让有限的空间容纳无限的内容，我们可以让公告文字滚动展示，这下就可以解决这个问题了。

怎么让文字滚动呢？只有使用 marquee 标签了。我们将下面这段代码加在公告文字之前，如图 9-130 所示。

```
<font color="#0099FF" size="3"><span style="line-height:1.5;">
<marquee direction="up" scrollamount="1" scrolldelay="0" height="190" width="170">
```

加入之后，代码区显示效果如图 9-130 所示。

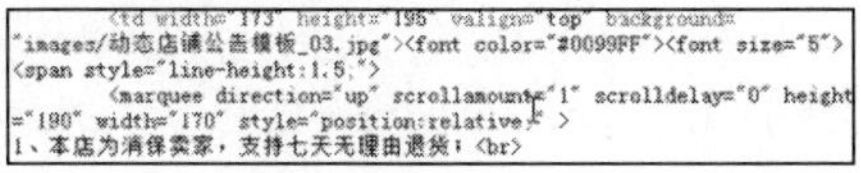

图 9-130

将下面这段代码加在公告文字之后。

```
</marquee>
        </span></font>
```

加入之后，在代码区中显示效果如图 9-131 所示。

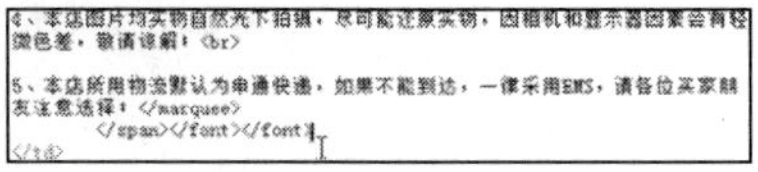

图 9-131

预览一下，看一看现在有什么变化，如图 9-132 所示。

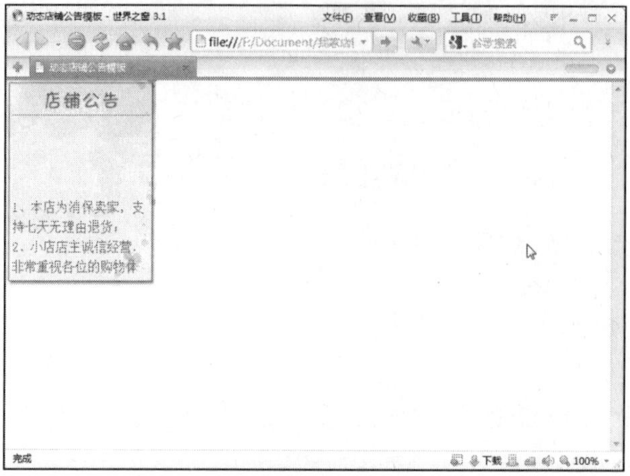

图 9-132

经过这样处理之后，前面的那个模板在浏览器中显示时并没有因为文字内容过多而被撑破，当然在设计模式下模板还是会变形的。

下面我们就来说明一下这段代码的作用。

<font color="#0099FF" size="3"></font>：这一对标签是用来指明在这一对标签中显示的文字的颜色，字号为 3 号字。

<span style="line-height:1.5;"></span>：这一对标签是用来指明它们之间所显示内容的行间距为 1.5 倍行距。

<marquee direction="up" scrollamount="1" scrolldelay="0" height="190" width="170" ></marquee>：这一对标签是用来指明它们之间的内容滚动展示，direction="up"表明向上滚动；scrollamount="1"，表明滚动速度为 1；scrolldelay="0"表时立即滚动而不延时；height="190"用来指明滚动区的高度为 190px；width="170"用来指明滚动区的宽度为 170px。

其中这里的 height 和 width 的值并不是我们随意定的，而是要根据我们背景图片的大小而定，如图 9-133 所示。

```
        <td width="173" height="195" valign="top" background="images/动态店铺公告模板_03.jpg"><font color="#00
line-height:1.5;">
        <marquee direction="up" scrollamount="1" scrolldelay="0" height="190" width="170"  >
1、本店为消保卖家，支持七天无理由退货；<br>
          2、小店店主诚信经营，非常重视各位的购物体验，但同时拒绝中差评，不满意可以退换，双方协调解决；<br>
          3、各们朋友下单请一定选好颜色和鞋码，如果清楚自己所需的鞋码，请咨询小店客服；<br>
          4、本店图片均实物自然光下拍摄，尽可能还原实物，因相机和显示器因素会有轻微色差，敬请谅解；<br>
          5、本店所用物流默认为申通快递，如果不能到达，一律采用EMS，请各位买家朋友注意选择；</marquee>
        </span></font>
```

图 9-133

可以看到这里有一组数据，“width=‘173’ height = ‘195’”，这就是指的这个背景图片的宽度为

173px，高度为 195px。那么在指定滚动区的宽和高的时候，就要求这两个数据要略小，否则在浏览器中显示时模板也会被撑破。

4. 本地图片的网络替换

进入淘宝卖家中心，再进入到我的图片空间。选择一种方式，将保存切片文件时所生成的 images 文件中的图片全部上传到空间中，如图 9-134 所示。

使用前面相同的方式，在 Dreamweaver CS4 中将所有本地图片全部用一一对应的网络图片进行替换。替换之后，在代码区中就不会再出现本地图片了，如图 9-135 所示。

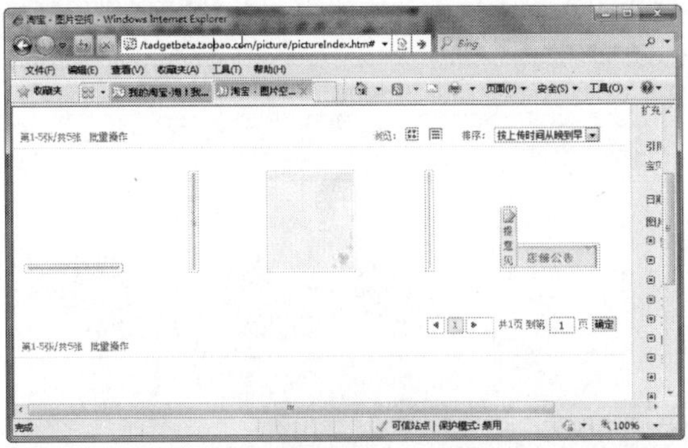

图 9-134

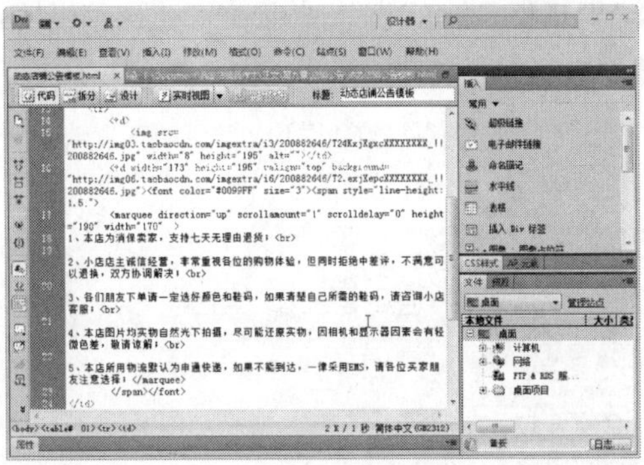

图 9-135

5. 动态店铺公告模板代码的保存

在代码窗口中将<body></body>之间的代码用鼠标拖动全选，将其复制到记事本中，并以 TXT 格式进行保存。保存之后效果如图 9-136 所示。

图 9-136

从图 9-136 来看，我们已经得到了一个名为动态店铺公告的文本文件。这就是我们所需的代码文件。

9.4.4 动态店铺公告模板的使用

经过前面的各种处理，准备工作终于做完。接下来就是要把这个动态店铺公告显示在自家店铺里，从而方便各位买家及时了解相关信息，当然是什么信息就由你决定。

进入店铺首页装修界面，在左侧添加一个自定义模块，并调整好模块的位置，保存此页面布局，完成页面模块添加任务。此时我们在装修页面当中就会看到一个新增的自定义模块，如图 9-137 中标注位置所示。

单击这个新增加的自定义内容区上的黄色小齿轮图标“”，系统弹出一个“自定义内容区设置”对话框。将此对话框转换成源代码编辑模式，将代码文本文件中的内容复制并粘贴到代码区中，然后进行保存文件，最终如图 9-138 所示。

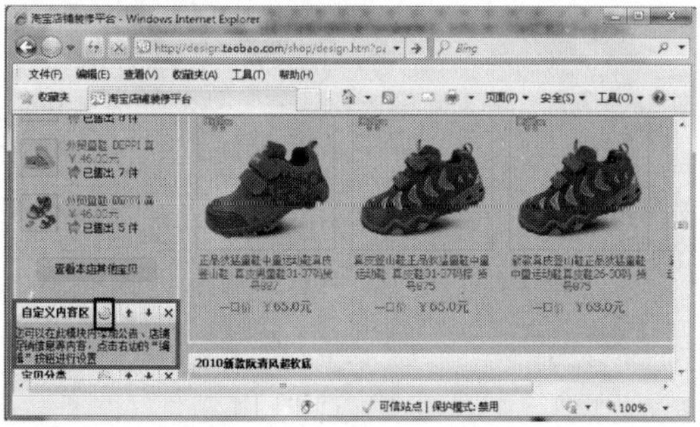

图 9-137

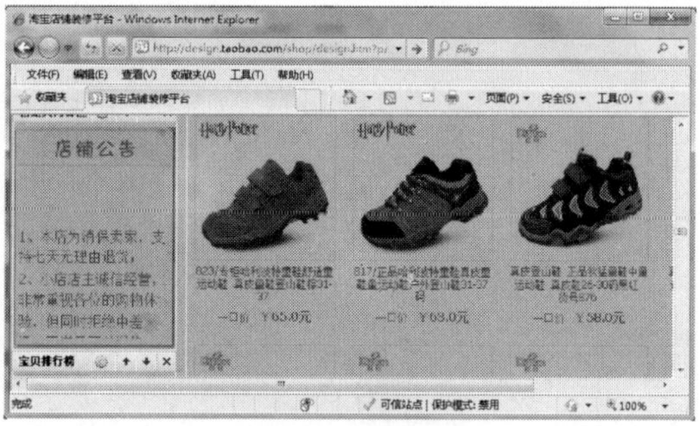

图 9-138

此时我们只需要将这个变动发布一下就可以看到效果，如图 9-139 所示。

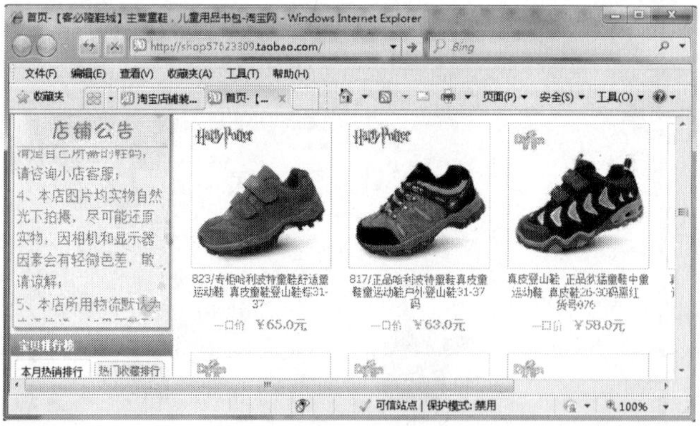

图 9-139

就这样，一个动态的店铺公告就加入到店铺中。这种动态店铺公告制作过程相对而言稍微麻烦一些，但这种公告的好处却是显而易见。第一，它能够以有限的空间展示无限的内容；第二，公告内容可以随时更改，而不必要重新制作模板，只需要把显示内容换一下就行了；第三，形式有别于呆板的静态文字，更能显现我们店铺的特色！

既然动态店铺公告的好处这么多，就是再辛苦一点也是值得的！

9.5　左侧商品促销广告

事实上，自定义区的最大利用价值就在于能够推销自己商品，因为对于卖家来说，把自家的商品成功推销出去才是最主要任务，至于其他我们所做的一切都是为了达到这个目的。下面看一下其他店铺中所截取的促销商品广告效果，如图 9-140 所示。

图 9-140

这里促销广告主要分为两大类。

第一类就是单图广告，这种广告的制作从技术上来说比较简单，只是使用 Photoshop CS4 来制作一个图片，在图片上放上自家的宝贝图片，再加上一些极具煽动性的广告词。然后将制作好的图片上传到空间中，放到一个自定义模块中，在图片加上宝贝链接，最后发布就可以了。

第二类就是多图广告，这种广告是在一个模板当中放置多个广告片，利用这种方式可以使用最少的自定义区宣传更多的宝贝。毕竟我们的自定义区的使用是有数量限制的！

接下来我们以图 9-140 中的右图为例，来制作一个类似的左侧商品促销广告。

9.5.1　广告背景图片设计

启动 Photoshop CS4，新建一个宽为 190px，高度为 570px 的一个空白文档。按照制作动态店铺公告模板的方式，将素材图片选取一部分粘贴到新建的文档中。利用相应的工具进行调整，直到素材图片将整个背景层覆盖，如图 9-141 所示。

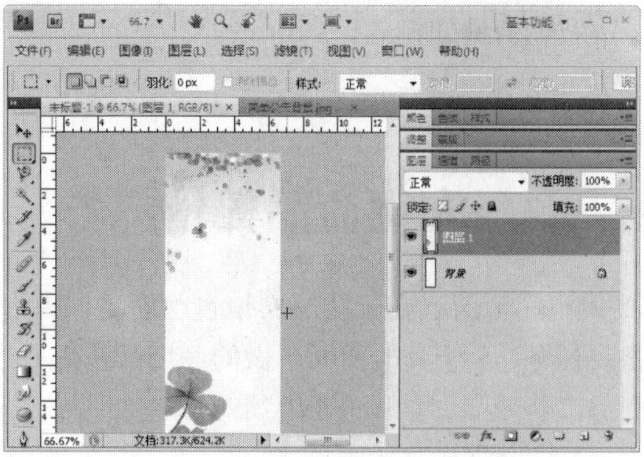

图 9-141

接下来我们就要在这个素材图片之上描绘三个完全相同的矩形方框。在工具箱中选择“矩形工具”，在选项栏中将颜色设为设置为浅白色。单击“矩形选项”按钮，在其中选择“固定大小”选项，长宽均设为 180px，如图 9-142 所示。

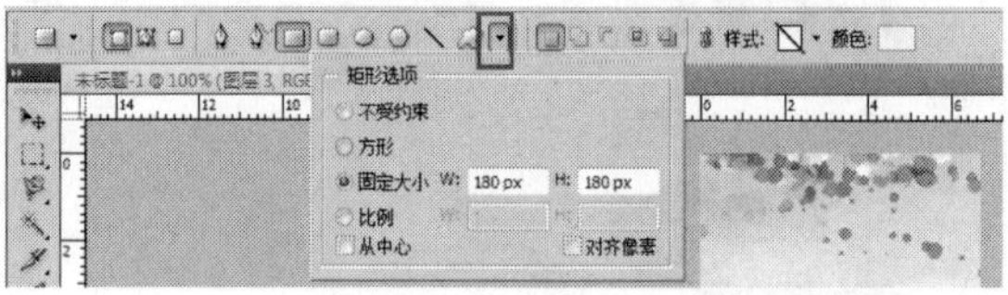

图 9-142

设定完毕之后，将鼠标移到图形文档的空白处，单击鼠标三次，描绘三个 180px×18px 矩形方框，使用移动工具将这三个矩形在素材图层之上调好各自的位置，如图 9-143 所示。

从图 9-143 显示的效果来看，效果不是怎么好，我们接着再来处理一下。在图层面板中双击“形状 1”图层，系统就弹出“图层样式”对话框，在此对话框的样式选择栏中选择“投影”选项，并将距离和大小均设为 3 像素，如图 9-144 所示。

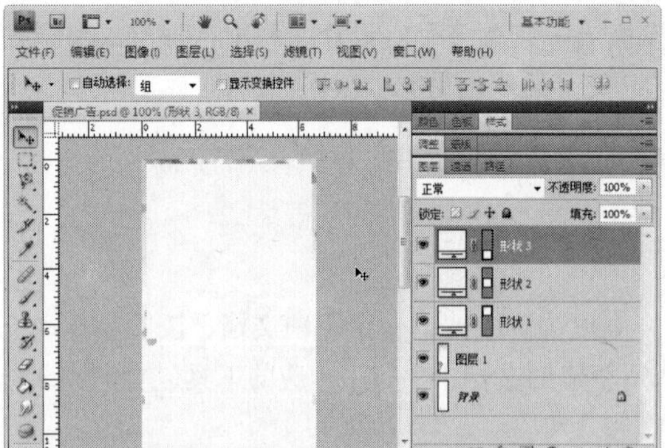

图 9-143

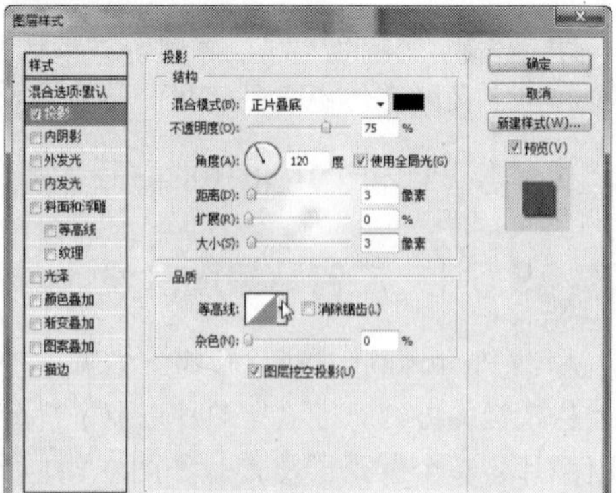

图 9-144

投影设置完毕之后，再次选择描边，将描边大小设为 1 像素，颜色选择为绿色，如图 9-145 所示。

按照同样的方式将“形状 2”和“形状 3”图层也依样设置，并再次利用移动工具将三个矩形框调整精确位置。为了显现素材背景，在图层面板中将三个形状图层的不透明度均设为 80%，最终效果如图 9-146 所示。

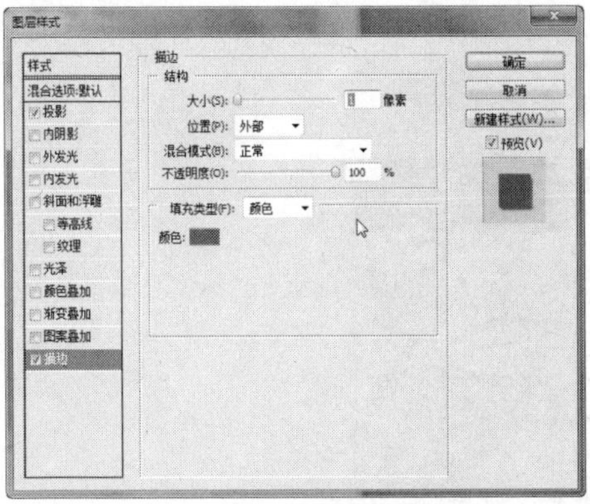

图 9-145

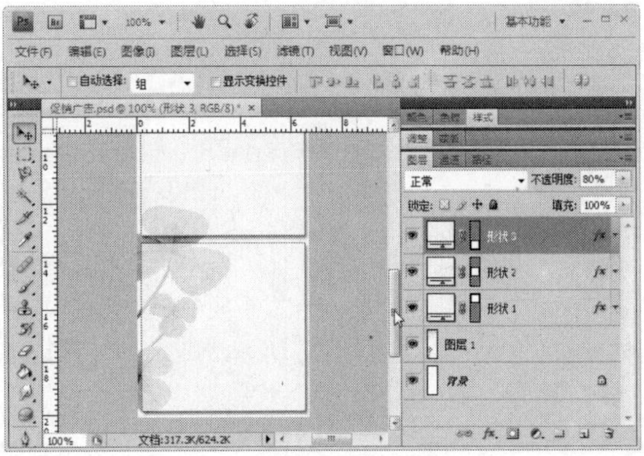

图 9-146

到了这里，这个多图广告背景图片的制作基本上是完成了。

9.5.2　广告背景图的切片

利用 Photoshop CS4，打开上一小节制作完毕并保存的促销广告背景图片的 PSD 源文件，在这个广告背景图上按照我们预想利用参考线将背景图进行粗略的划分，如图 9-147 所示。

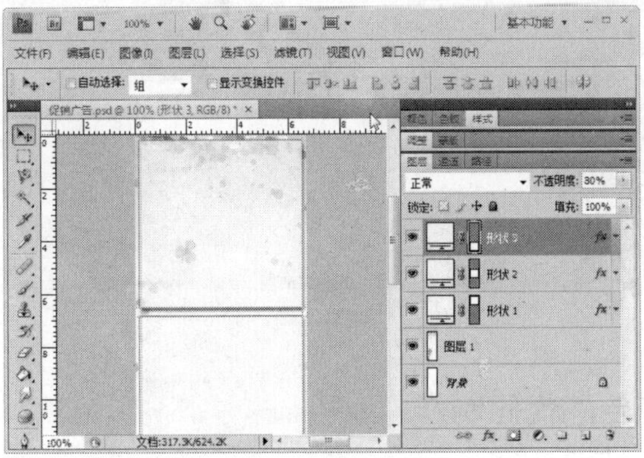

图 9-147

在 Photoshop CS4 的系统工具箱中选择“切片工具”，将所制作的这个广告背景图沿着参考线进行切片。为了切片时不出现偏差，在单击“视图→对齐→对齐到参考线”命令。

设定好对齐方式之后，选择切片工具，按照自己参考线的规划进行切片。切片时要注意一个原则，那就是“尽量横着切”。因为在生成 HTML 文件时，Photoshop CS4 是以表格的形式来展现我们所有的切片，如果都是横着切片的话，那么生成 HTML 文件时，同一水平的切片就可以放在表格的同一行里，这为后面的代码制作将带来极大方便。

当然也可以不横着切，只不过生成的 html 文件中的表格结构会非常复杂，最终的切片效果如图 9-148 所示。

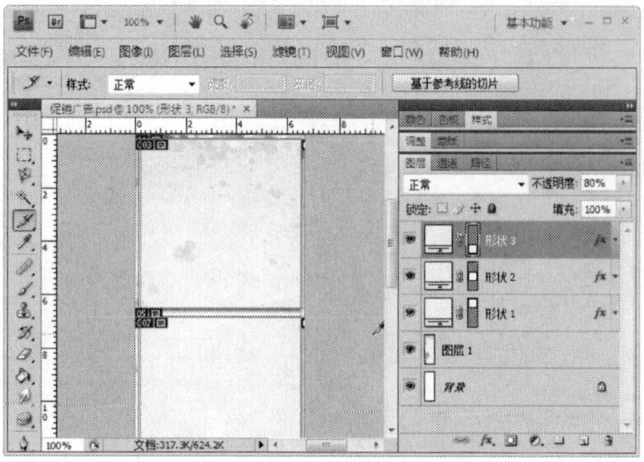

图 9-148

如图 9-148 所示，我们将这个背景图切成了 13 片，接下来就该保存此切片文件了，注意最终保存类型要选择“HTML 和图像(*.html)”。最终保存结果如图 9-149 所示。

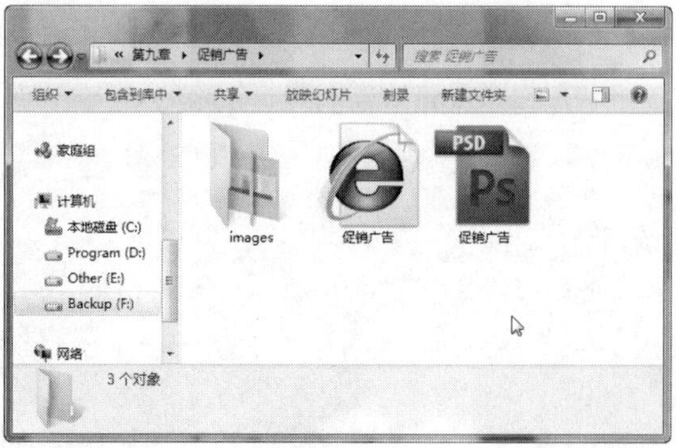

图 9-149

9.5.3 促销广告的代码制作

1. 代码的调整

启动 Dreamweaver CS4，打开上一节通过切片所生成的那个“促销广告.html”文件。当前这个组织模板切片文件表格的结构如图 9-150 所示。

根据我们的设计，3 号、7 号及 11 号切片所在的位置要放置我们店里的宝贝图片，但现在该位置已分别被三个切片图片文件所占据，按照前面的处理方法，将这三个单元格中的图片设置成图片背景，最终如图 9-151 所示。

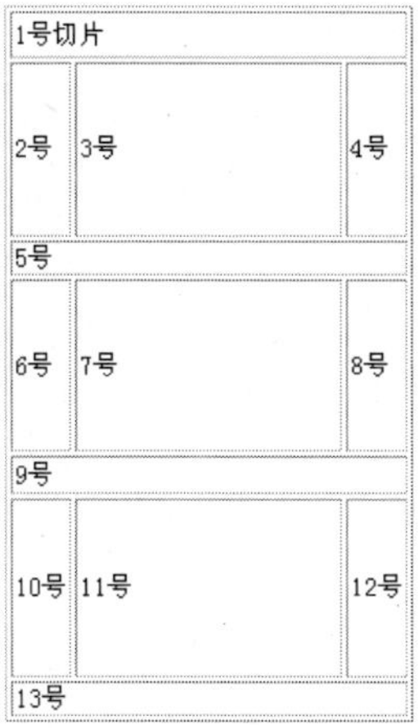

图 9-150

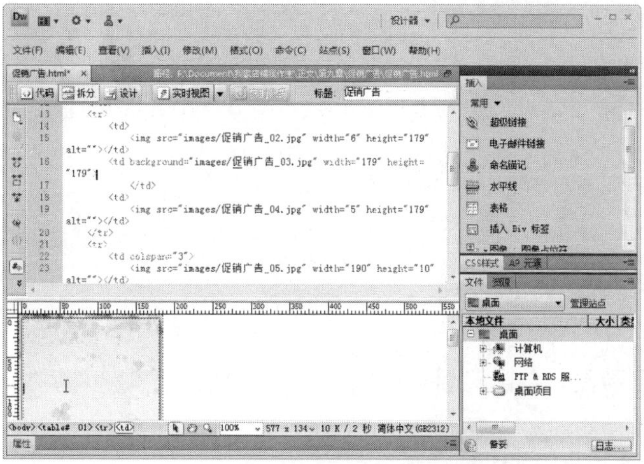

图 9-151

2. 本地图片的网络替换

为了正常使用这个模板，我们下面的任务就是把促销广告的 images 文件夹下的全部图片上传到空间中，如图 9-152 所示。

然后利用上传之后图片的网络地址将这个促销广告代码中的本地图片全部替换，如图 9-153 所示。

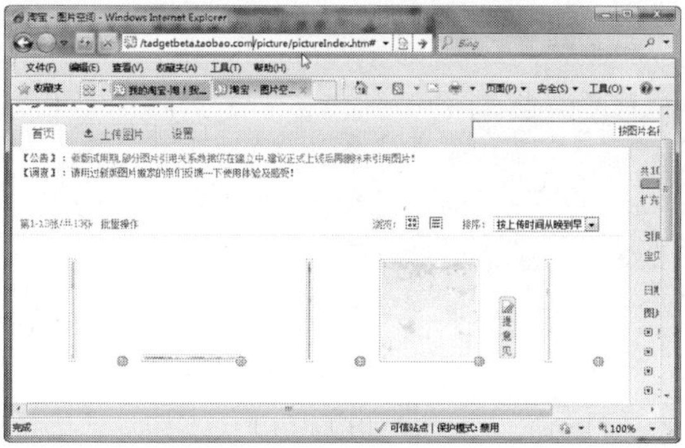

图 9-152

图 9-153

3. 促销广告代码的保存

在代码窗口中将<body></body>之间的代码用鼠标拖动全选，复制并粘贴到记事本中，以 TXT

格式保存下来，如图 9-154 所示。

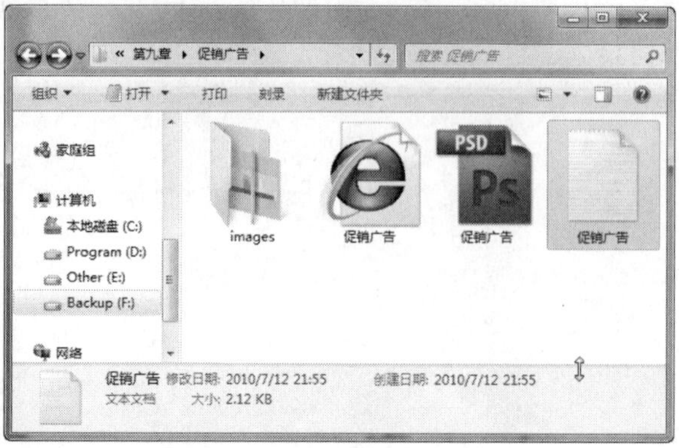

图 9-154

从图 9-154 来看，我们已经把促销广告的代码成功保存在计算机中。

9.5.4 促销广告的应用

1. 模块的添加

进入到店铺首页装修界面，在左侧添加一个自定义模块，调整好位置之后保存此页面布局。保存成功之后，在装修页面当中就会看到一个新增的自定义模块，如图 9-155 中标注位置所示。

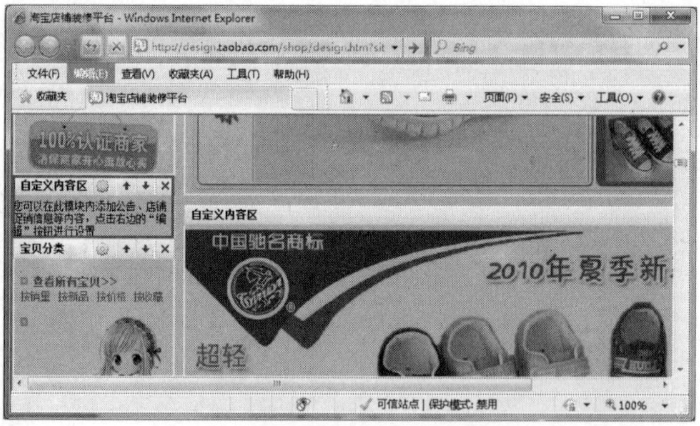

图 9-155

2. 促销广告代码的粘贴

单击这个新增加的自定义内容区上的黄色小齿轮图标“”，弹出一个自定义内容区设置对话框。将此对话框转换成源代码编辑模式，并将保存的文本文件中的代码粘贴到编辑区，将源代码编辑模式转换成设计模式，如图 9-156 所示。

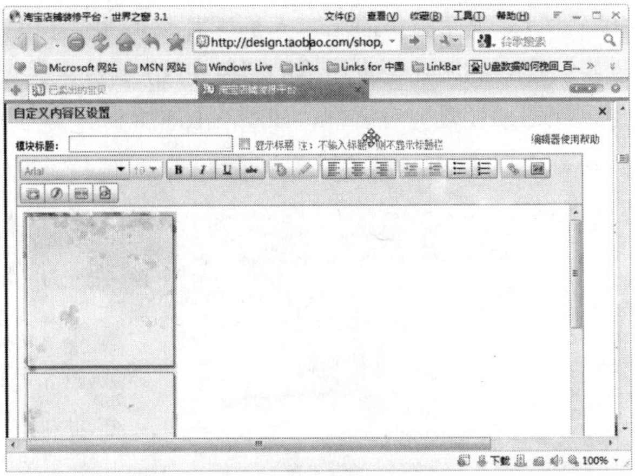

图 9-156

从图 9-156 中来看，总感觉少了一点什么。那就是广告图片，这里是促销广告模块，没有商品图片怎么促销呢?

3. 插入广告图片及其相关链接

本来这里的广告图片是需要另外制作，然后上传到图片空间中进行使用。由于篇幅有限，我们就不另行制作广告图片，直接使用店铺里的商品图片来做广告图片。

通过浏览器打开店铺首页，找到自己需要放置在左侧促销区的宝贝图片，如图 9-157 所示。

将鼠标移到这款宝贝图片上面，单击鼠标右键，在弹出快捷菜单中选择“复制”命令，如图 9-158 所示。

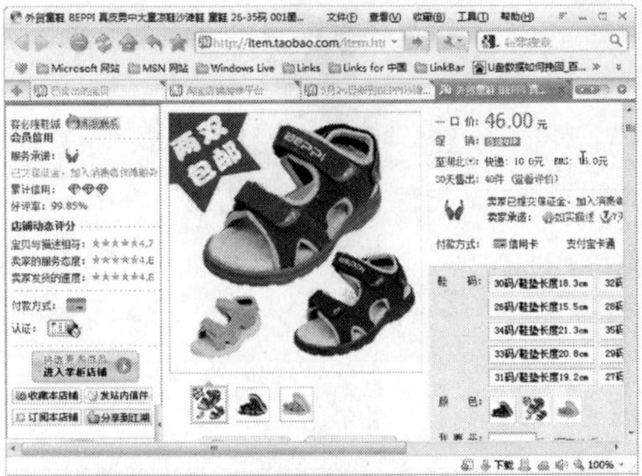

图 9-157

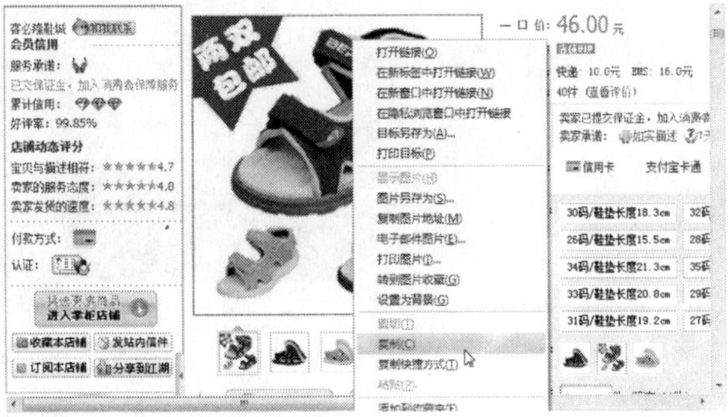

图 9-158

在“自定义内容设置”对话框中，将鼠标在第一个图片出现的位置，也即原先的 3 号切片位置单击一下，并使用 Ctrl+V 组合键将刚才从店铺中复制的图片粘贴进来，如图 9-159 所示。

现在整个表格都被撑破了!其实原因很简单，因为图片太大了。我们这个区域规划的尺寸是178px × 178px，也就是说我们插入的图片长宽均不能超过178px，如果过大，就需要调整一下。双击这个图片，在下方会出现“图片设置”对话框，如图9-160所示。

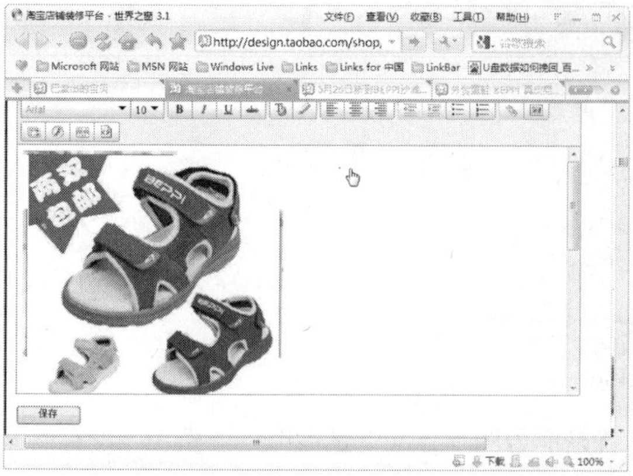

图 9-159

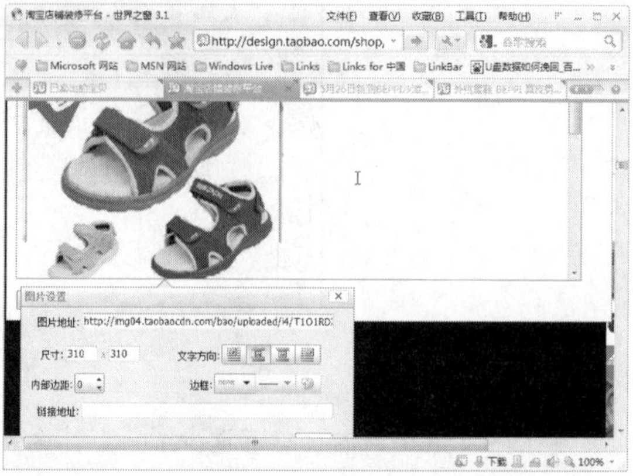

图 9-160

难怪我们的模板会被撑破，原来这个图片的尺寸为 310px × 310px！在这里将图片尺寸改为178px × 178px，如图9-161所示。

修改之后，图片完美地镶嵌在3号切片中了。再次转到这个宝贝的详情页面，在浏览器的地址栏中选中这个宝贝的描述页面的地址，使用Ctrl+C组合键复制下来，如图9-162所示。

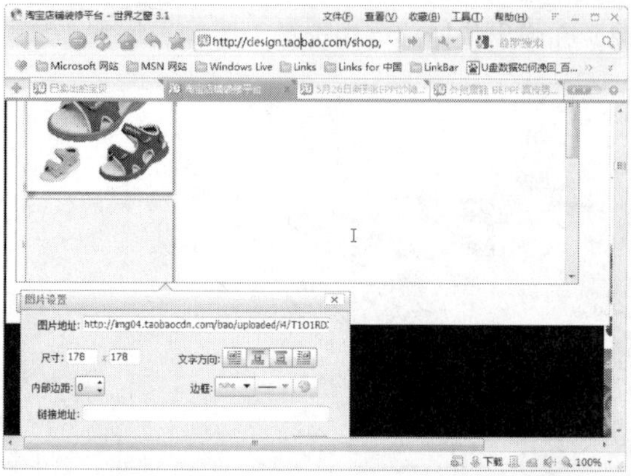

图 9-161

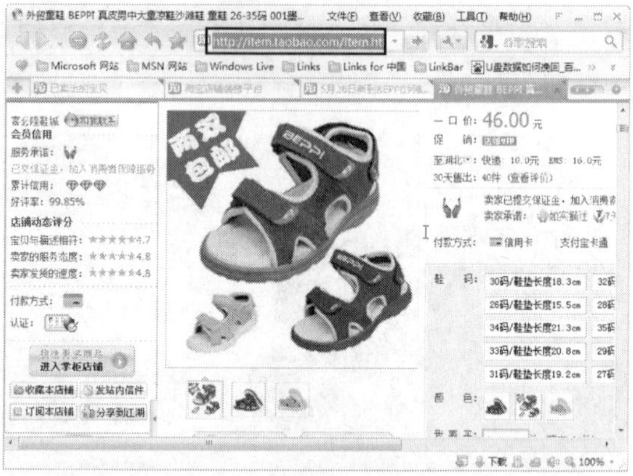

图 9-162

复制完毕之后，将这个地址粘贴到“图片设置”对话框中的“图片地址”文本框中，这样就可以保证买家看到这个广告图片点击之后就可以直接浏览这个宝贝的详情，如图9-163所示。

粘贴完成之后，单击图9-163中所示的“确定”按钮，完成第一个广告图片的插入及其相关链接。按照同样的方式将第二个、第三个广告图片相继插入并完成相关链接，如图9-164所示。

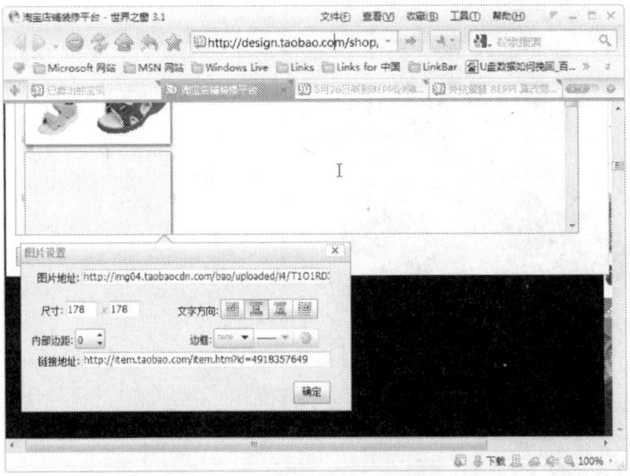

图 9-163

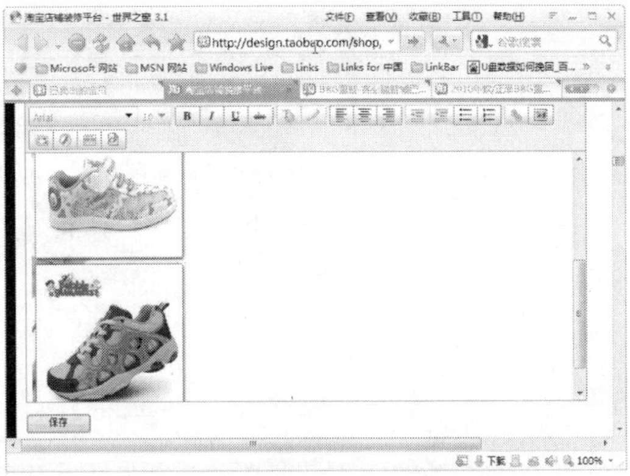

图 9-164

所有工作完毕之后，单击“保存”按钮，即可保存我们的设置，保存成功之后，这个多图商品促销广告就加到首页中了，如图 9-165 所示。

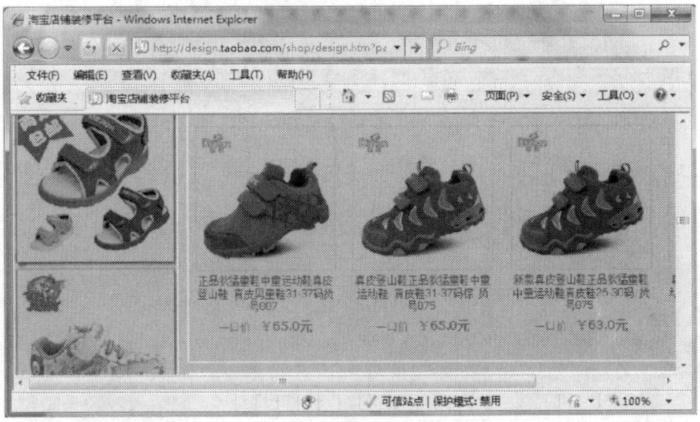

图 9-165

4. 发布

为了让商品促销广告能够更好地发挥作用，现在就必须将商品广告发布出来，以供买家浏览。广告发布成功之后，效果如图 9-166 所示。

好了，一个多图商品促销广告就这样被我们加入到了店铺中。这种多图促销广告和单图促销广告相比，虽然制作过程及使用稍显麻烦，但是这种多图促销广告的好处也是有很多的。第一它能够利用最少的空间来推销更多的产品；第二广告内容可以随时更改，而不必要重新制作促销模板，只需在模块中把里面显示的广告图片及相应链接地址更改一下就行了，这样在以后的使用过程就显得异常方便了！

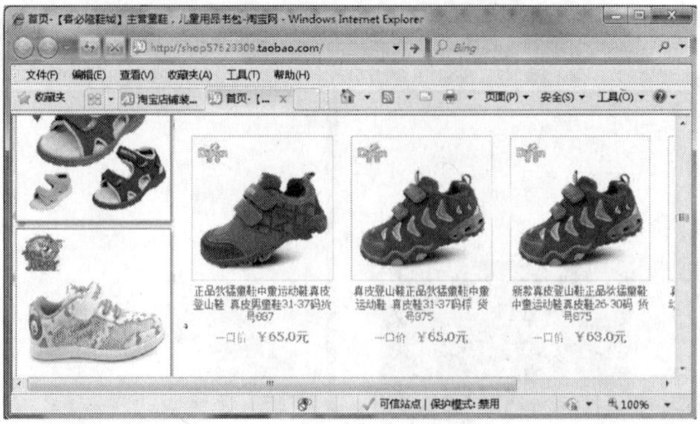

图 9-166

这就是所谓的“一次制作，终身使用”的例子！

9.6 图片轮播促销广告

图片轮播是淘宝改版之后新添加进来的功能模块。在这种模块里，系统允许我们在同一个位置增加多个图片，然后让这些图片轮番展示，从而达到利用最少的模块展示最多宝贝的目的。并且这种形式的广告出现在店铺当中还是一个比较新鲜的事，所以这种模块一经推出就备受关注，很多卖家都纷纷在自家店铺中增加了这种广告模块，如图 9-167 所示。

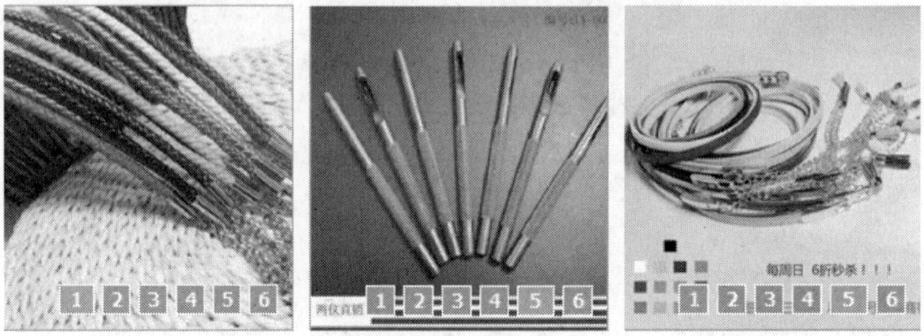

图 9-167

下面我们就来看一看，如何为我们自家店铺引入这种图片轮播广告。

9.6.1 广告图片制作

淘宝系统所推出的这种图片轮播模块并没有给予卖家们很大的自由支配权，只是简单地让我们在这个比较固定的模块当中增加图片和图片的链接。

那我们能不能像前面的多图广告那样临时从店铺中选取图片插入呢？这是不可能的，这种左侧图片轮播所允许的最大图片宽度为 190px，而我们店铺中的图片宽度如果超过了 190px，放在图片轮播模块当中只能显示部分内容；如果图片宽度不足 190px，放在模块当中四周就会显示出非常难看的白色的背景。虽然图片的高度是没有任何限制，但是在同一个模块中，如果图片长度不统一，那显示的效果会非常难看。

为了让这种轮播模式的广告显示出来是整齐划一，在使用之前就一定要事先对这种广告图片进行统一制作处理，最终以 JPG 的格式保存下来，如图 9-168 所示。

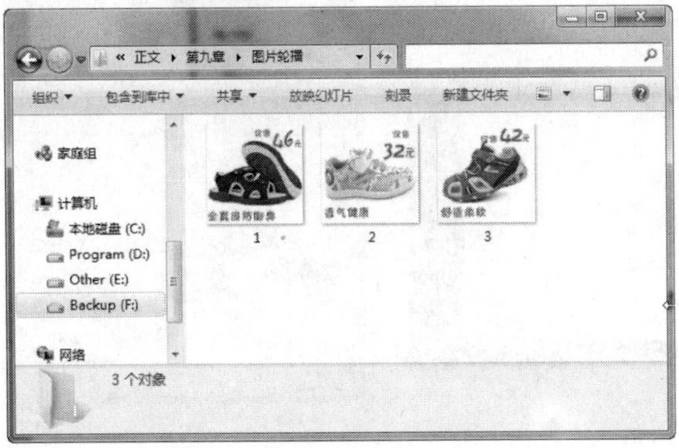

图 9-168

9.6.2　图片轮播广告的使用

1. 图片上传

将制作的广告图片全部上传到淘宝图片空间中，以备后用，如图 9-169 所示。

2. 轮播模块的添加

进入到店铺首页装修界面，展开页面布局，在左侧添加一个图片轮播模块，调整好位置并保存此布局。保存成功之后，在装修页面中就会看到一个新增的图片轮播模块，如图 9-170 中所标注的位置所示。

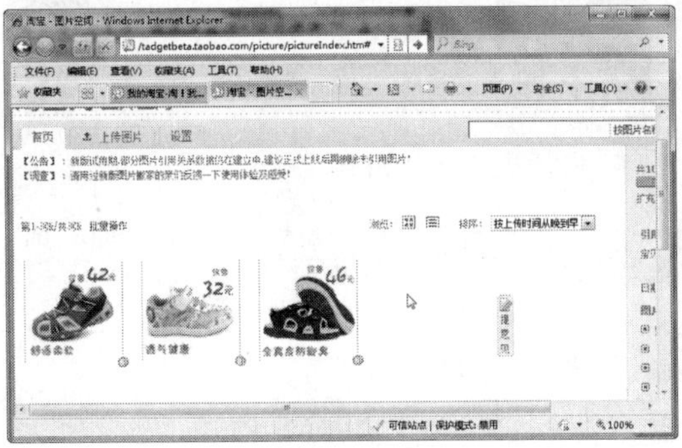

图 9-169

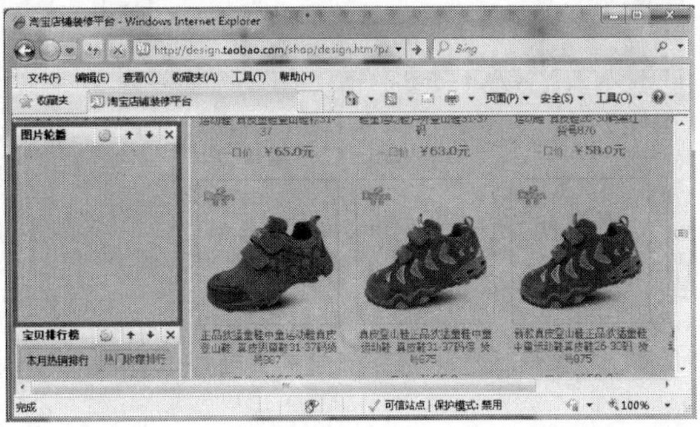

图 9-170

3. 轮播广告图片的插入及链接

单击图片轮播模块上的黄色小齿轮图标“”，系统会弹出一个自定义内容区设置对话框，如图 9-171 所示。

在图片空间中找到要放置在这里的图片，并将其地址复制下来，如图 9-172 所示。

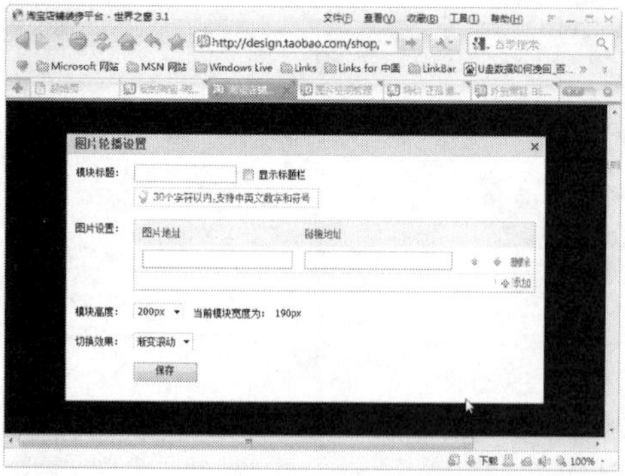

图 9-171

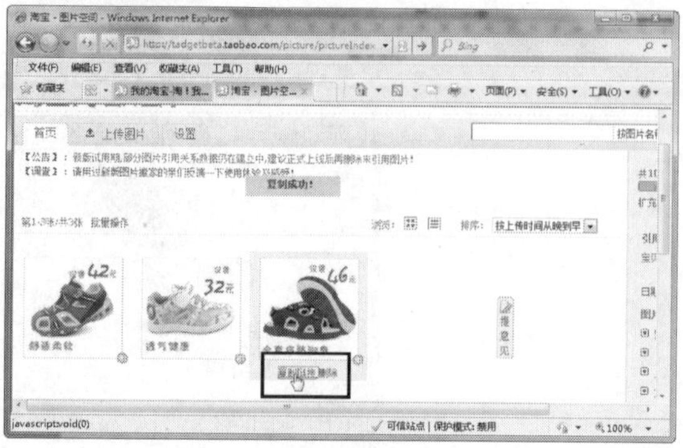

图 9-172

将复制的图片地址粘贴到如图 9-172 所示的图片地址文本框中，如图 9-173 所示。

在自家店铺中找到这张图片所对应的宝贝，打开该宝贝详情描述页，在浏览器地址栏中选中地址，复制并粘贴到图 9-174 所示的链接地址文本框中。

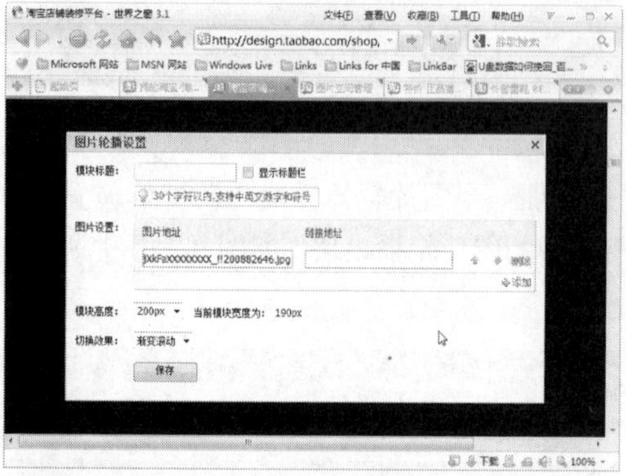

图 9-173

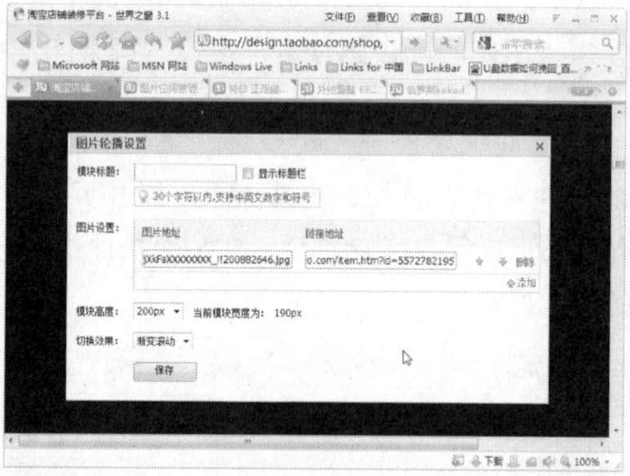

图 9-174

这样就完成了一个轮播广告插入。单击如图 9-174 所示的“添加”按钮，就可以再增加一项，如图 9-175 所示。

按照同样的方式将第二个及第三个轮播广告均插入进来，如图 9-176 所示。

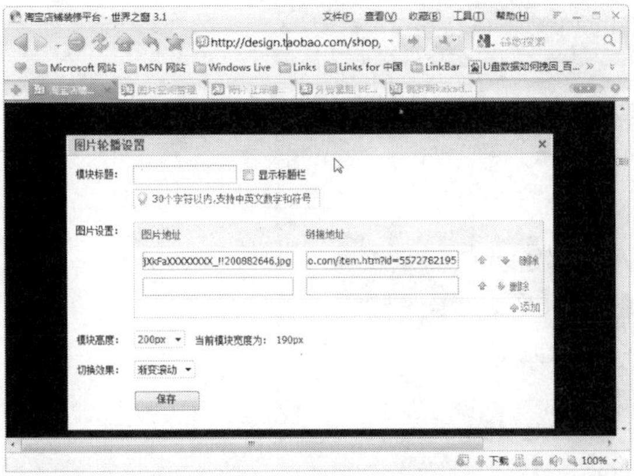

图 9-175

图 9-176

加入图片地址之后可以看到在“图片轮播设置”对话框中还有一个模块高度选项，由于图片高度为 190px，所以在这里要将模块高度高为 190px。单击“模块高度”右侧的下拉选择框，在弹出的下拉列表中选择“自定义”选项，并在其下的文本框中输入自定义高度为 190px，如图 9-177 所示。

选择一种切换效果，单击“保存”按钮，即完成了所有广告图片链接的任务，如图 9-178 所示。

图 9-177

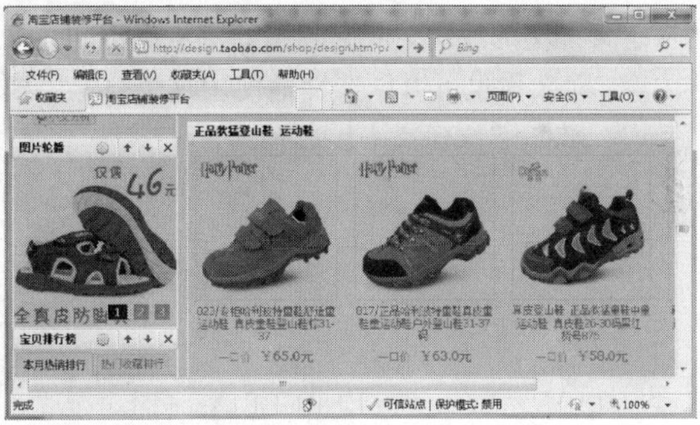

图 9-178

4. 发布

图片轮播广告制作好后可以将它发布出来，以供买家浏览。发布成功之后，系统就会引导我们进入店铺浏览页面，如图 9-179 所示。

通过上面的步骤，一个可以自己轮番展示多款宝贝的促销广告就加入到了我们的店铺中了。效果还真是不错！

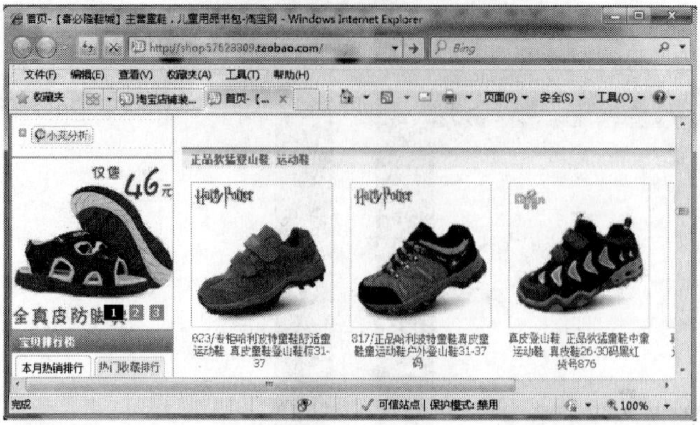

图 9-179

提示

但是大家要注意一个问题，不要在自家店铺中总是使用这种图片轮播促销广告，再好的东西也会让人看腻！只有各种广告形式相互搭配，并且经常变动，才能给人一种日见日新的感觉，买家自然就对会对我们的店铺有好印象！

经过以上内容的介绍，我们初步了解了店铺中左侧模块的使用方式。所谓的左侧模块就是对左侧自定义模块的使用。根据应用的侧重点不同，人为地将其分成了许多内容，如果了解并掌握了这些内容，那么你也可以创造性地使用这个自定义模块来为自己的店铺服务。希望各位读者通过本章的学习，都能够达到这个境界！

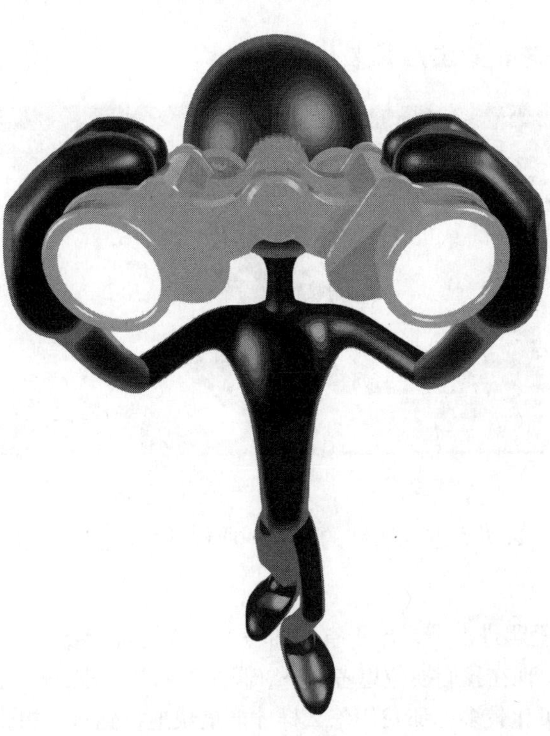

第 10 章 宝贝分类

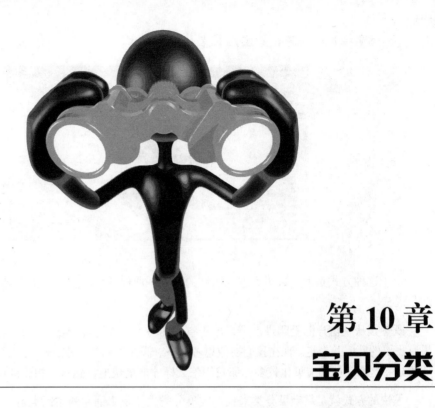

对于淘宝店铺来说，首页就是这家店铺的门户，宝贝详情页就是店铺的窗户。淘宝买家在淘宝网上购买物品时，如果不是某个店铺的忠实顾客的话，他是不会直接到达这家店铺首页的。而是在淘宝网首页上按照自己的需求，输入关键字进行宝贝搜索，然后在搜索结果中翻看是否有适合自己的宝贝，如果有的话就点击进去看一看。

例如以“外贸童鞋”为关键字进行搜索，并且选择“人气”进行降序排列。淘宝网返回的结果如图 10-1 所示。

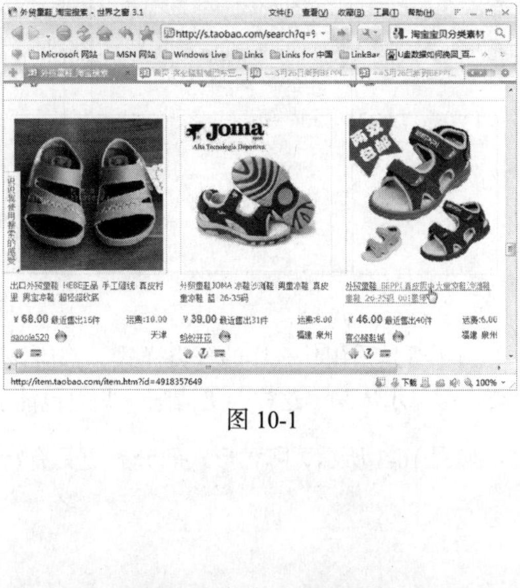

图 10-1

由于这里的关键词是“外贸童鞋”，并且选择按人气排列，那么搜索引擎就将标题中含有“外贸童鞋”四个字的宝贝按人气从高到低的顺序将搜索结果返回给我们，此时在这里可以看有没有适合自己的内容，如果有就单击宝贝图片进入相应店铺当中继续浏览，如图 10-2 所示。

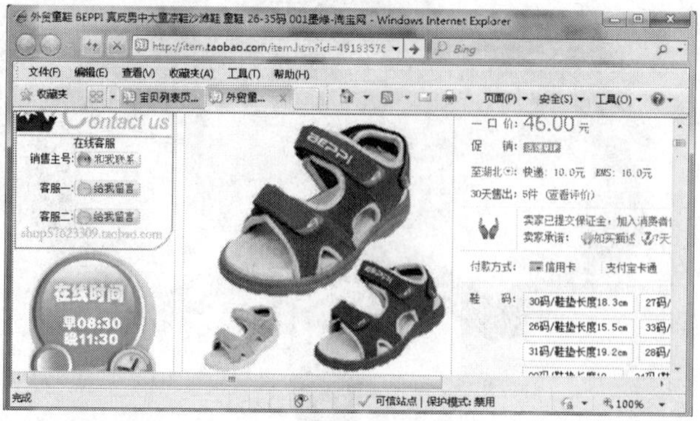

图 10-2

由于这种方式是大多数买家进入店铺的方式，所以才有淘宝网的买家都是喜欢“爬窗而入”这个说法。

既然是从“窗户”里爬进来了，出于省事的考虑，也有可能要看一看店铺中其他的宝贝，如果有需要的就一并带走。现在我们换位思考一下，假如我们是买家，现在我们进入一家店铺中。不巧的是，这家店铺的宝贝比较多，那我们怎么样才能最快地找到自己想找的商品呢？

最快的方式就是靠宝贝分类来找。宝贝分类也就是店铺左侧店铺类目，可以是文字形式、图片形式或者是图文混排形式，如图 10-3 所示。

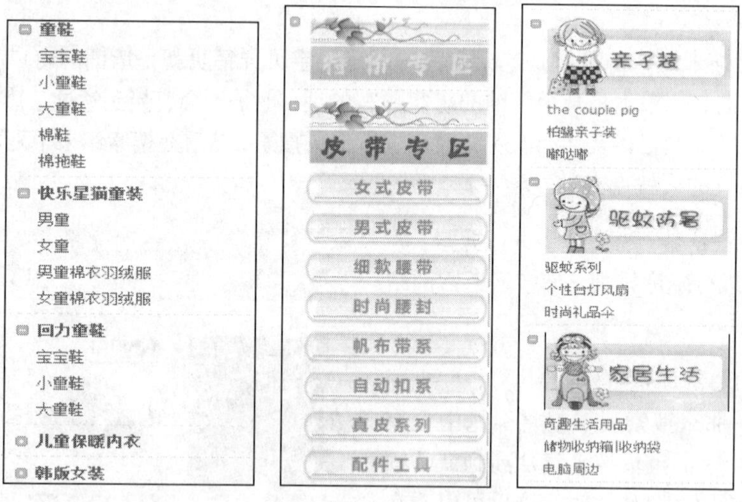

图 10-3

但不管是采用什么样的分类样式，都应该让它以最清晰的形式展现在买家面前，最好是连子分类一起显示出来，这样会更清晰一些，也能够让卖家更容易找到想要的宝贝。

如图 10-3 所示，哪种形式的分类更具有特色呢？我想卖家心里早就有所选择了。宝贝分类是店铺装修的重要环节，如果能设计出精美的图片分类，用图文结合的方式会让店铺货品分类井井有条，那么就有更多的机会让其他买家买更多的商品。

10.1　宝贝分类的设计说明

对于所有的店铺来说，宝贝分类是否合理是至关重要的一件事情，不得有一丝马虎，因为它直接关系着买家是否够在自家店铺中快速找到中意的宝贝。

目前在淘宝各类店铺中，宝贝的分类主要有两种方式：一种是纯文字分类，这种分类的最大特点就是简洁，不需要卖家另外做任何设计，只是用文字来表现自己的分类，如图 10-3 左图所示。但这种分类有一个缺陷，那就是分类的文字颜色和大小都不能更改。这个缺陷很有可能造成分类和整店风格不吻合。第二种就是用图片或图文混排的形式来进行分类，利用这种分类可以根据自己店铺的风格设计出精美的、与众不同的店铺分类，从而达到既能方便买家查看店铺里的宝贝，又能美化自己店铺的双重目的，何乐而不为呢？

对于图片分类，在设计时要注意这种图片的尺寸规定。对于分类图片而言，分类图片宽度最好不要超过 160 像素，高度可以没有任何限制，只要合适即可。

从图片的格式上来说，宝贝分类可以支持 JPG、GIF 和 PNG 等格式。由于图片的分类支持 GIF 格式，所以很多朋友都是利用 GIF 格式来制作分类图片，以期博得买家的更多关注。

另外，宝贝分类图片可以根据用途将其分成三种。

（1）用来表示欢迎光临的图片，如图 10-4 所示。

图 10-4

当各位买家朋友进入我们的店铺时，在分类中看到这种图片，自然就会感到温馨，无形之间就会加深对我们店铺的印象。当然也有些掌柜在这里将联系方式（主要说明联系电话、QQ 等固定联系方式，并不是我们前面所说的左侧自定义模块的“联系我们”）、工作时间等放在这里，这就是属于分类图片的另类应用了。

（2）作为主分类图片，如图 10-5 所示。

这种图片就是主分类图片，它用来显示店铺中商品的主分类，买家通过这些醒目的主分类图片就可以快速定位自己所需要的商品。

（3）作为子分类图片。由于淘宝网支持宝贝的二级分类，即主分类之下还有子分类，这种两级分类方式可以更加细化我们的宝贝分类，这种分类越细致，也就越方便买家对宝贝进行定向查看。如图 10-6 所示，其中的皮带专区之下的所有图片都是子分类图片！

图 10-5

图 10-6

在下面的章节中，将分别来讲解这几种分类图片的详细制作过程。当然我们在这里主要还是讲解如何利用现有素材进行修改和调整，从而制作出适合自己的分类图片。

10.2 欢迎光临图片的制作

10.2.1 素材收集

找到符合设计需要的图片素材，并将其保存到本地计算机上备用，如图 10-7 所示。

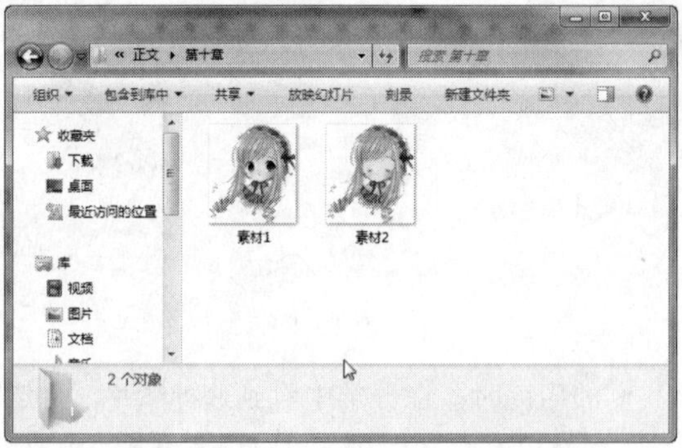

图 10-7

这里我们选择了一个小姑娘的卡通图像，总共有两幅，一幅睁着大眼睛，另一幅就是闭着双眼。之所以选择这两张作为素材，是为后面制作 GIF 动画作准备的！

这两个图片是透明背景的 PNG 格式图片，省去了处理图片的步骤，使工作量减少了很多！

10.2.2　图片的制作

首先启动 Photoshop CS4，新建一个宽 160px，高 180px 空白文档，将我们所收集到的两个素材图片分别粘贴到这个新建文档的不同图层之上。利用相关工具对素材图片的大小和位置进行设整，并保证两个素材图片完全重叠，最终如图 10-8 所示。

为了后面动画制作方便，这里将“图层 2”设为不可见，如图 10-9 所示。

图 10-8

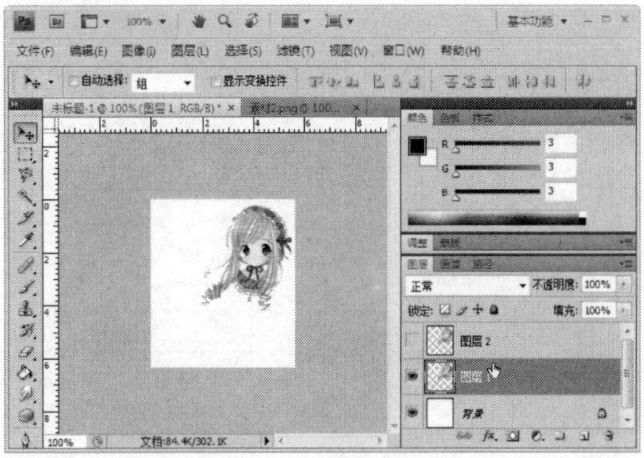

图 10-9

因为通常欢迎光临图片上都会有一些文字，比如表示欢迎的话及自己店铺的名称。那么我们现在也在这个图片上输入这类文字。

当然，为了让我们输入的文字更有特色，这里选择“横排文字蒙版工具”，因为利用此工具输入文字后，可以对这个文字蒙版进行任意颜色及渐变色的填充。

在工具箱中选择“横排文字蒙版工具”，在选项栏中设置字体为“Bruch Script MT”，字号为 36 点。新建一个图层，在此图层上输入“Welcome”，如图 10-10 所示。

为了统一颜色，选择“吸管工具”，在小女孩的头发部位单击一下，选取头部的颜色。选择完毕之后，在系统工具箱中选择“渐变工具”，在选项栏中选择“线性渐变”，将此文字蒙版图层进行渐变填充，填充效果如图 10-11 所示。

再次选择“横排文字蒙版工具”，在选项栏中设置字体为“华文行楷”，字号为 30 点。再新建一个图层，在此图层上输入“客必隆鞋城”，利用上面的填充方式将此蒙版图层也进行填充，最终如图 10-12 所示。

使用移动工具和自由变换工具对这两个文字蒙版图层进行调整，调整到大小和位置合适之后的效果如图 10-13 所示。

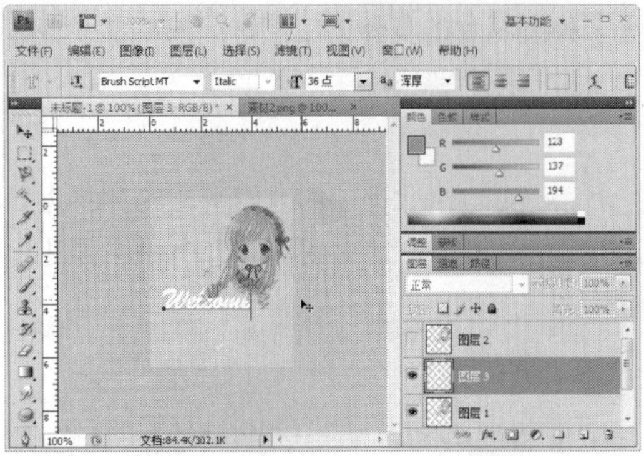

图 10-10

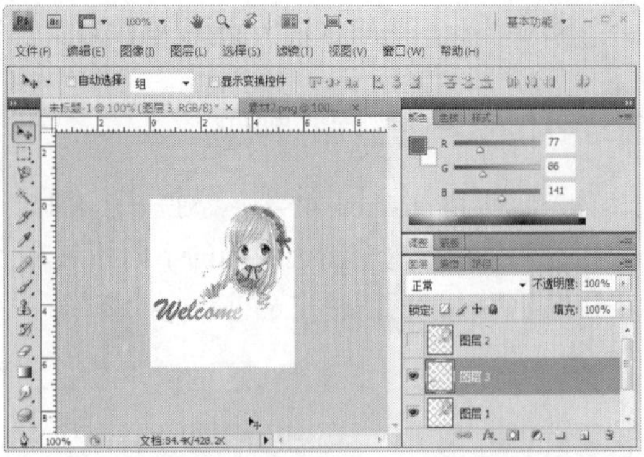

图 10-11

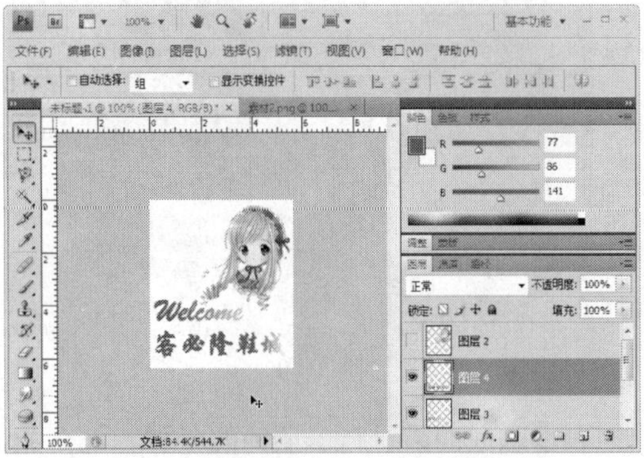

图 10-12

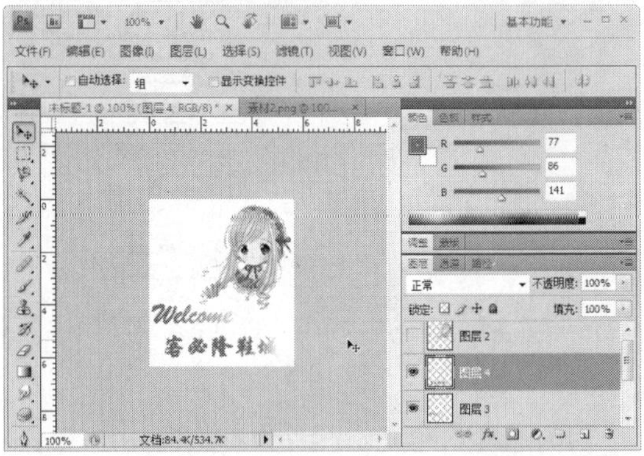

图 10-13

在图层面板中，双击“客必隆鞋城”所在的蒙版图层，弹出的“图层样式”对话框，在此选择“斜面和浮雕”样式，并将样式选择为“浮雕效果”，大小设为 1 像素，如图 10-14 所示。设置完毕后，单击“确定”按钮，设置效果如图 10-15 所示。

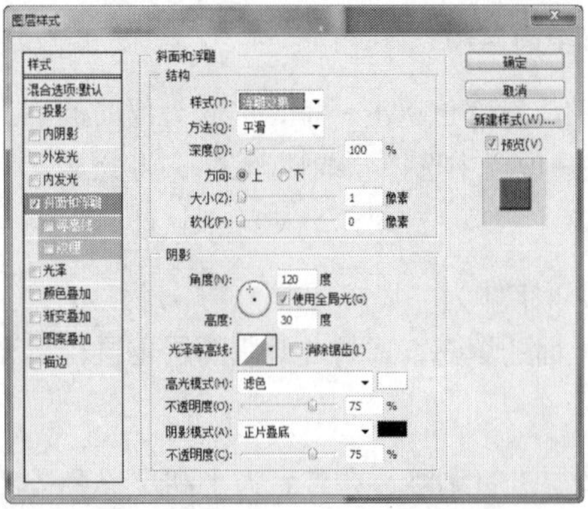

图 10-14

图 10-15

现在将图片源文件保存一下，下面还要利用它制作一个动态欢迎光临图片！

10.2.3　动画处理

欢迎光临图片的源文件已制作完毕，但看起来效果非常平淡无奇，那就只有借助 GIF 动画来添加效果了。

首先，利用 Photoshop CS4 打开上一小节所保存的欢迎光临图片的源文件，在文档工作区的下方打开帧动画控制窗口，如图 10-16 所示。

在帧动画窗口中，单击第一帧，让第一帧为当前工作帧。选定之后，在帧动画窗口最下面的控制按钮中单击“复制所选帧”按钮，将当前所选帧复制一份，如图 10-17 所示。

图 10-16

图 10-17

我们在再前面制作图片时，曾经在这个图片中粘贴进了两个几乎一样的素材（一个睁着大眼睛小女孩图片，另一个是闭着眼睛小女孩图片），并且完全重叠在一起的！其中一幅素材在“图层 1”中，另一幅在“图层 2”中，并且当时我们把“图层 2”设为不可见的，在图 10-17 中，依然可以看到“图层 2”是不可见的。

那么现在为了体现动画效果，在帧动画控制窗口中，用鼠标单击第二帧，让第二帧成为当前工作帧。在图层面板中，将“图层 2”设为可见，而“图层 1”为不可见。设置完毕之后，效果如图 10-18 所示。

经过这样的处理之后，我们已经得到了两帧不同的画面，在帧动画按钮中单击“播放”按钮，看一看效果吧！

不看不知道，一看吓一跳！那小姑娘的眼睛眨得太快了。这是怎么回事呢？原来每幅帧的延迟时间都为 0，这就意味着两帧之间切换得太快了，难怪小女孩的眼睛眨得那么快！下面我们就来更改一下每帧的延迟时间。

图 10-18

由于一个自然的眨眼过程大概是需要 1 秒钟的时间，其中闭眼和睁眼的时间比值大致为 1:6。按照这个比例，第一帧的延迟时间就定为 0.84 秒，第二帧的延迟时间定为 0.14 秒，如图 10-19 所示。

图 10-19

再单击一次“播放”按钮看一看效果，这次效果自然多了！

动画制作好后，将这个 GIF 动画保存起来，如图 10-20 所示。

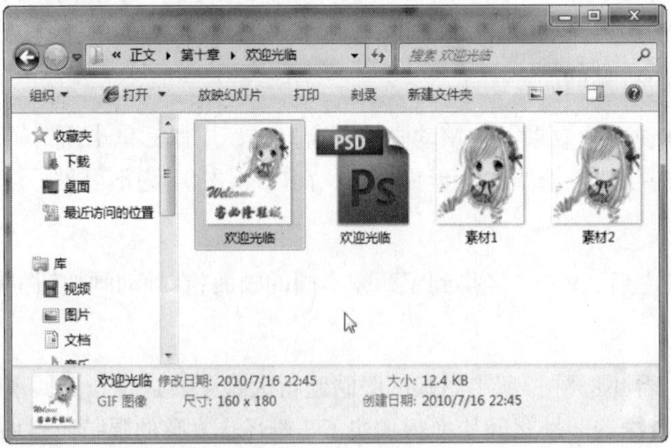

图 10-20

10.3　宝贝主分类的制作

我们在前面再三强调过，一个店铺的主分类是否清晰明了直接关系着这个店铺的宝贝浏览量及成交量，所以店铺装修中宝贝主分类图片的制作是重点，我们要力争在最小的空间当中做出自己的特色，从而吸引各位买家有兴趣去点击我们店铺中的分类。

10.3.1　素材收集

找到符合要求的图片，并将图片保存下来备用，如图 10-21 所示。

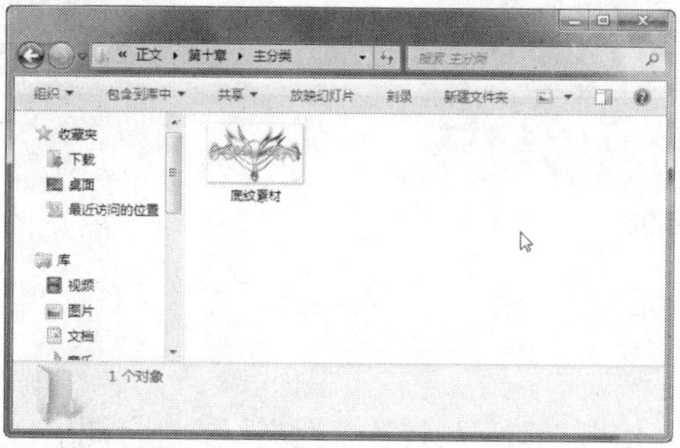

图 10-21

10.3.2　图片制作

我们在上一节已经将要用到的素材收集到了，下面就该来制作宝贝主分类图片了。

首先启动 Photoshop CS4，新建一个宽 160px，高 90px 空白文档。新建一个图层，使用 Ctrl+A 组合键将整个空图层选中，如图 10-22 所示。

单击工具箱中的前景色，在弹出的拾色器中选择一种合适的颜色，如图 10-23 所示。

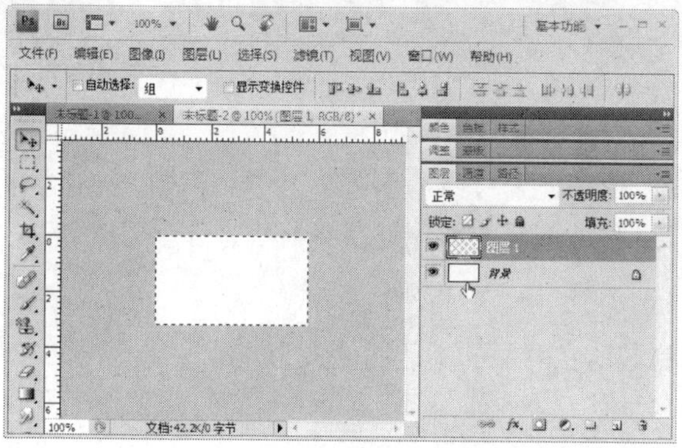

图 10-22

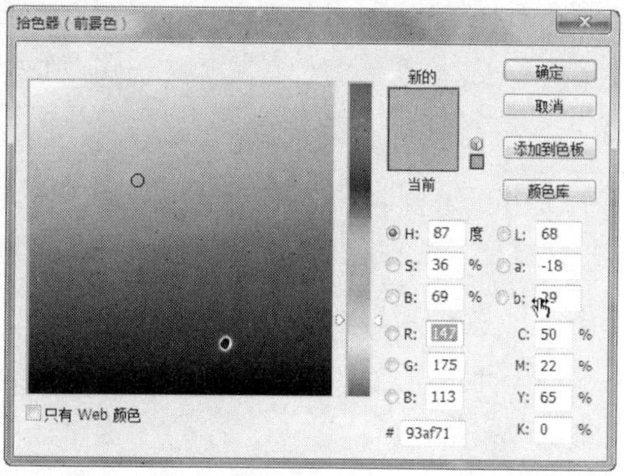

图 10-23

完成前景色的选择之后，选择“渐变工具”，在工具选项栏中将渐变模式选择为线性渐变。利用这种渐变色将我们的选择区全部填充，如图 10-24 所示。

再次新建一个图层，利用“矩形选框工具”在此图层上拖出一个条形选择框，如图 10-25 所示。

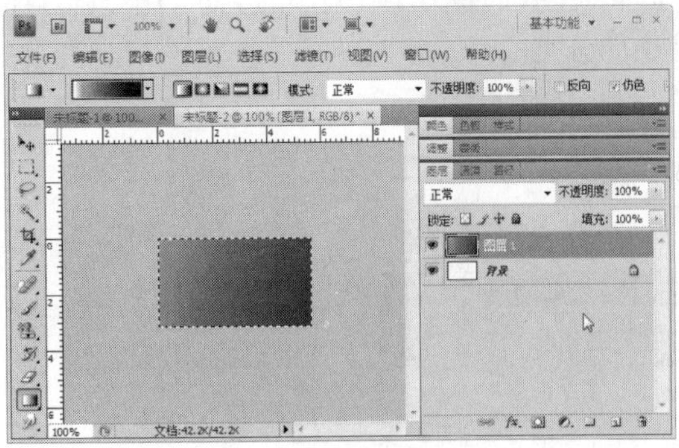

图 10-24

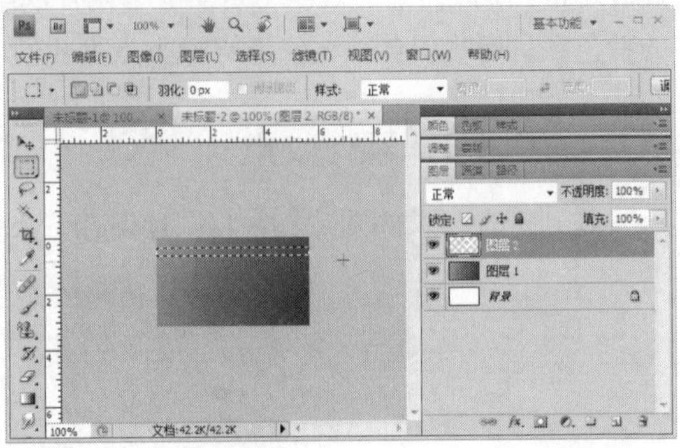

图 10-25

同样利用渐变工具对其进行填充，只是在填充时注意颜色要稍淡一些，填充之后效果如图 10-26 所示。

将此图层复制多份，并使用移动工具将各个图层位置进行调整，形成装饰性的条纹。然后使用“向下合并”功能将这些条纹图层合并成一个图层，如图 10-27 所示。

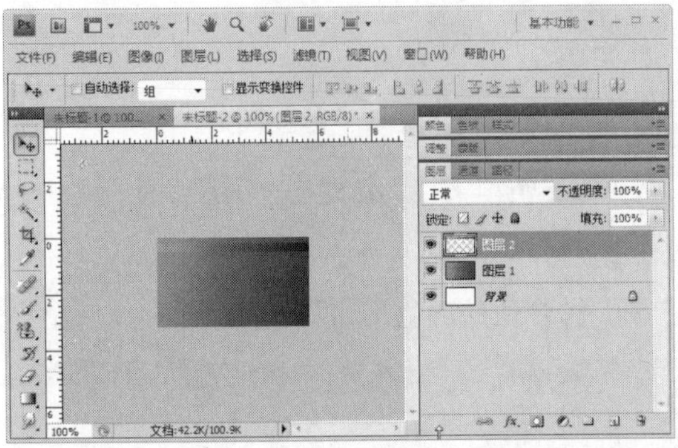

图 10-26

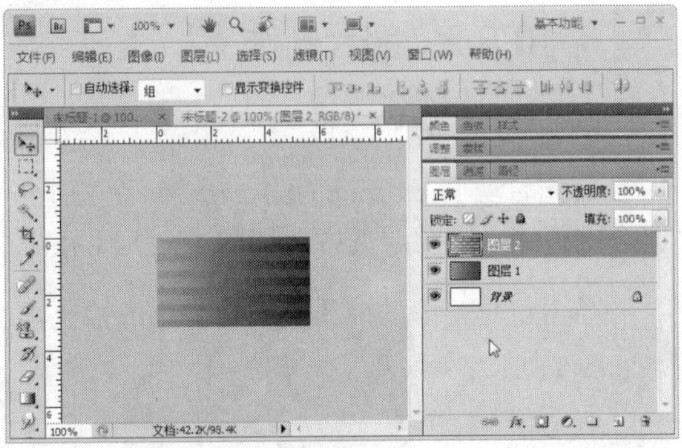

图 10-27

使用 Photoshop CS4 打开前面所收集的素材，由于此素材并不是透明背景，在这里利用魔棒工具将图案之外的白色选中并删除，形成透明背景，将处理后的图片复制并粘贴到新建文档中，并对其大小和位置进行调整，如图 10-28 所示。

由于此图案效果过于明显，在图层面板中将其所在图层的不透明度设为 40%，使其若隐若现，如图 10-29 所示。

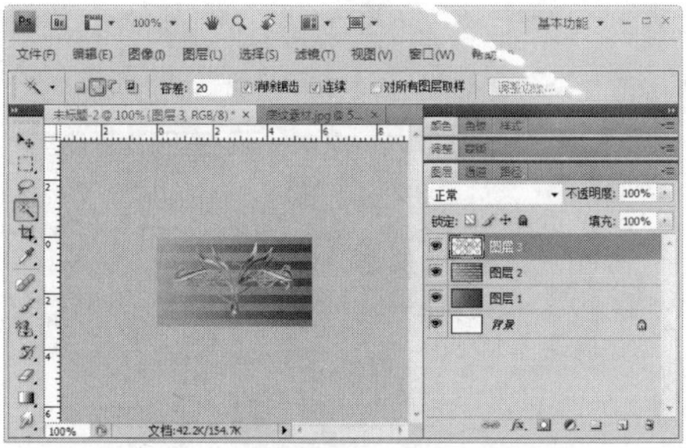

图 10-28

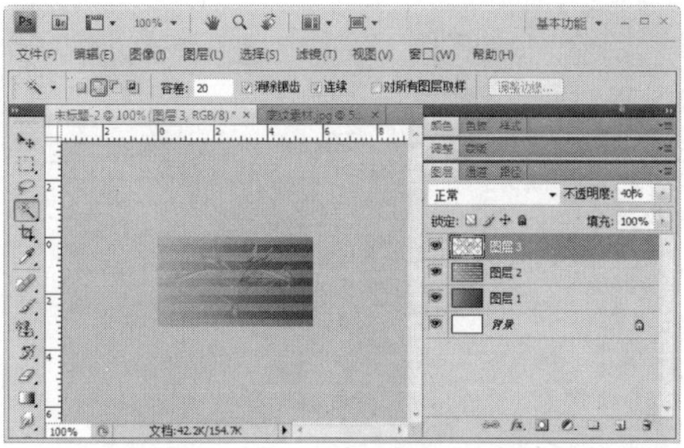

图 10-29

在系统工具箱中选择“横排文字工具”，在选项栏中选择字体为黑体，字号为 30 点，将颜色设为我们的背景图层中的绿色。利用文字工具输入文字内容，我们在这里输入“品牌分类”四个字，如图 10-30 所示。

在图层面板当中选中文字所在的图层，双击该图层，弹出“图层样式”对话框。在“图层样式”对话框中，选择“投影”和“描边”两种样式，并将描边颜色选择为灰色，描边大小定为 1 像素。最终文字效果如图 10-31 所示。

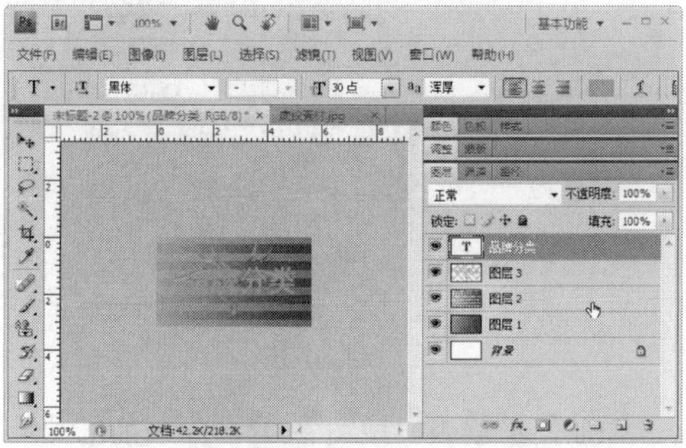

图 10-30

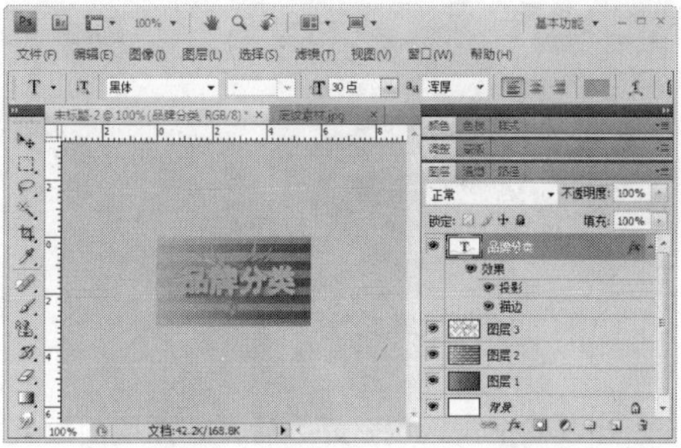

图 10-31

经过这样处理之后，文字显示效果已经出来了。但这并不是我们的最终效果，我们接着处理。选中此文字图层，将此文字图层复制一份。

单击“图层→栅格化→文字”命令，系统就会将此副本图层进行栅格化，也就是将文字成普通的图层，方便我们进行再编辑，如图 10-32 所示。

在工具箱中将前景色调整为白色，按住 Ctrl 键不松开，用鼠标单击栅格化之后的副本图层，注意鼠标单击位置是最右边的图层缩略图，单击之后就会形成一个文字选区，如图 10-33 所示。

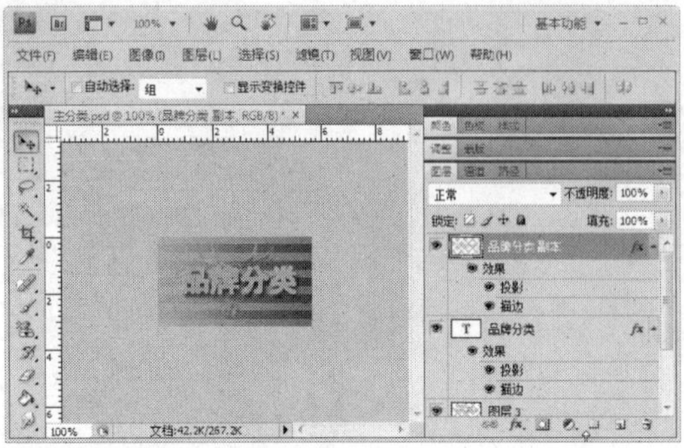

图 10-32

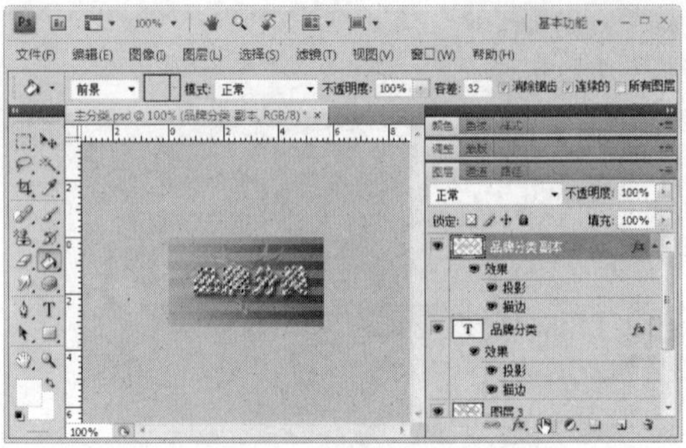

图 10-33

在工具箱中选择“油漆桶工具”，将选区填充成我们所选择的白色，填充完毕之后，使用 Ctrl+D 组合键取消选区，如图 10-34 所示。

在保证填充之后的图层为当前图层的情况之下，在工具箱中选择“椭圆选框工具”，在此图层之上拖出一个合适的椭圆选框，并调整好其位置，如图 10-35 所示。

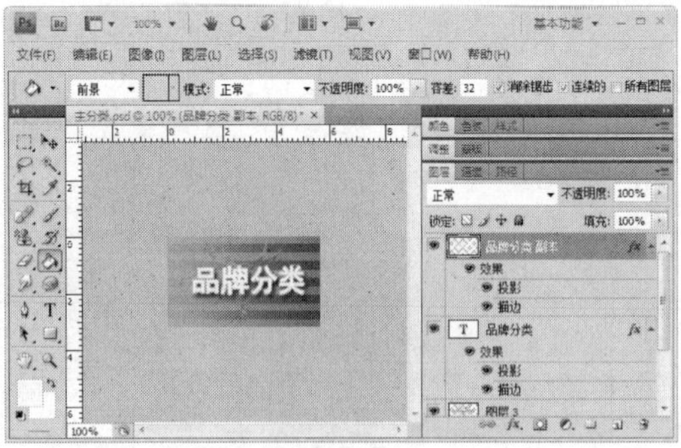

图 10-34

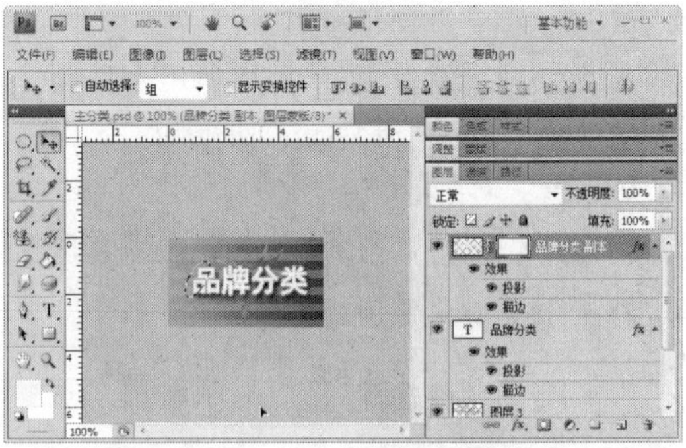

图 10-35

当我们把选区调整好之后，在图层面板上单击“添加矢量蒙版”按钮 ，为当前的图层增加一个矢量蒙版，如图 10-36 所示。

当蒙版添加完毕之后，由于在后面我们会移动这个内容，为了防止图层内容和蒙版一起被移动，所以现在要取消蒙版和图层之间的链接关系。单击超链接标志，就可以取消蒙版和图层之间的链接关系，如图 10-37 所示。

到了这里，一个比较复杂的主分类图片的制作才算是大功告成了。不过一定要记得保存自己的劳动成果，否则一旦出现什么问题，就可能重新制作！

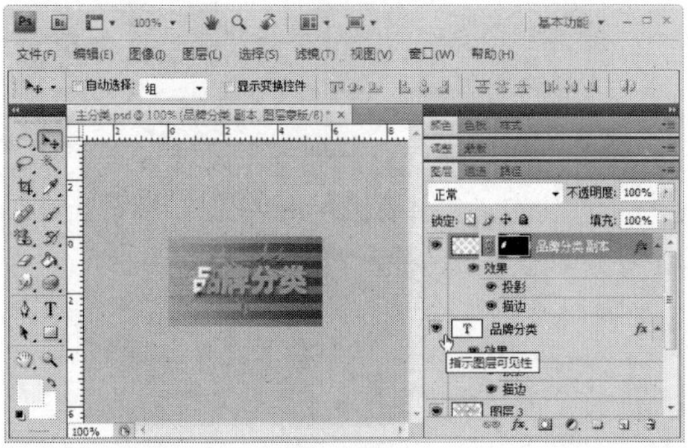

图 10-36

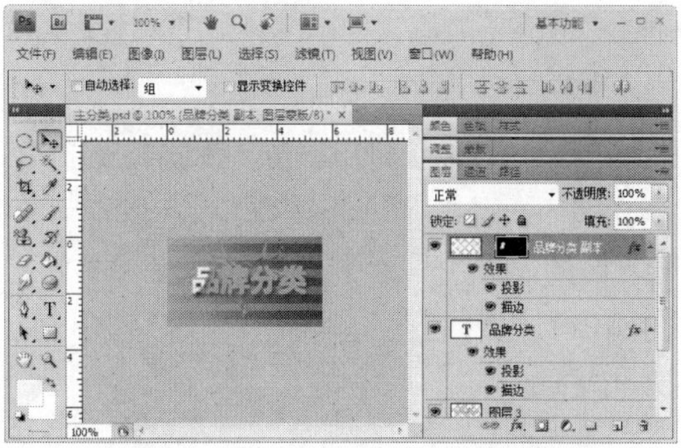

图 10-37

10.3.3　动画处理

事实上，单看这个图片，觉得平淡无奇，没有什么地方可以吸引人。那是不是就意味着我们这个分类图片的制作是失败的呢？事情并不是这么简单!前面所做一切只是为了我们这一节的内容做铺垫，下面就让我们来为这个看似平淡的图片添加效果，从此让它不再平淡。

首先，利用 Photoshop CS4 打开上一节所保存的主分类图片的源文件，让帧动画控制窗口在文档工作区的下方打开。在帧动画控制窗口的下方，单击“复制所选帧”按钮，将当前帧复制一份。

复制之后，第二帧已经成为当前帧了。保持第二帧为当前帧的情况之下，在图层面板中，单击副本图层将其选中，使其作为当前工作图层，如图 10-38 所示。

用鼠标在当前图层的蒙版区上单击一次，保证蒙版处于编辑状态。在工具箱中选中“移动工具”，用鼠标将蒙版区移动到当前图层的最右面，如图 10-39 所示。

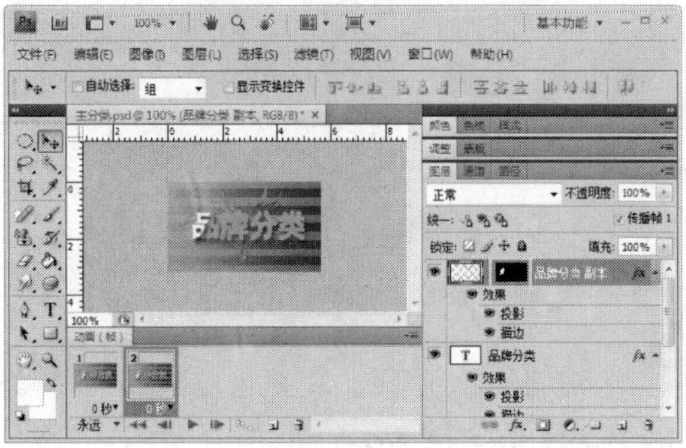

图 10-38

图 10-39

将两帧全部选中后，在帧动画控制面板当中单击“过渡动画帧”按钮，系统就会弹出一个名为“过渡”的对话框。在对话框中，我们将过渡帧的数目就设为 7 帧，其他的设置依照系统的默认值。设置完毕之后，单击“确定”按钮，我们就可以看到在帧动画窗口中已经增加了 7 个过渡帧，如图 10-40 所示。

在帧动画控制窗口中单击“播放”按钮，看一下效果。图片播放后好似一束光线在文字之上从左至右循环扫动，效果非常酷！只是光线扫动的速度有点儿快，能不能扫慢一些呢？答案当然是肯定的。分别选中每一帧，将每一帧下方的帧延迟时间都调整为 0.5 秒，如图 10-41 所示。

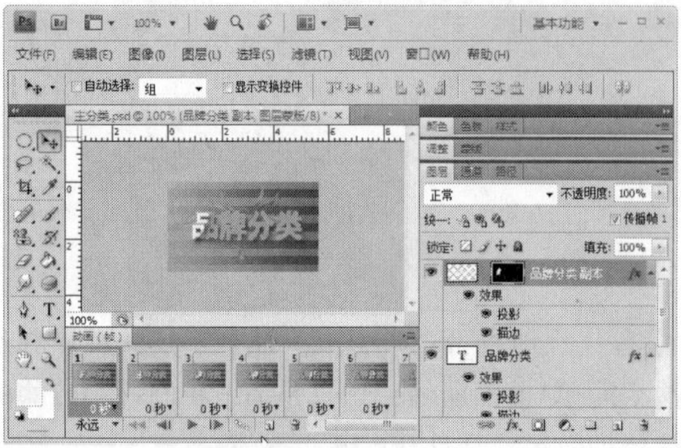

图 10-40

图 10-41

再单击一次“播放”按钮，这次效果自然多了！

动画制作好后，将其作为 GIF 动画保存起来。 按着同样的制作方法，将我们所要用到的主分类图片全部制作并保存成 GIF 动画，以备后用，如图 10-42 所示。

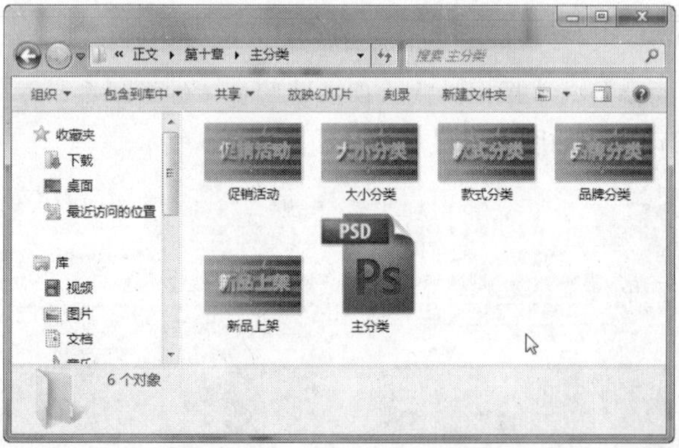

图 10-42

10.4 宝贝子分类图片的制作

为了让各位卖家更好地将自家宝贝进行分类，方便买家利用分类更快更准确地在店铺中找到自己需要宝贝，淘宝网在分类中支持二级分类，即在一个大的类目之下还可以细分成子类。

如图 10-43 所示是一个典型的主分类之下带有二级子分类的分类截图。在这个地方，我们可以看到这家店铺的子分类是沿用淘宝网原有的文字分类。虽然主分类非常醒目，但是子分类却非常小，不注意看的话，很容易漏掉。特别是当子分类的内容很多的时候，就更容易出现这样的问题，如图 10-44 所示。

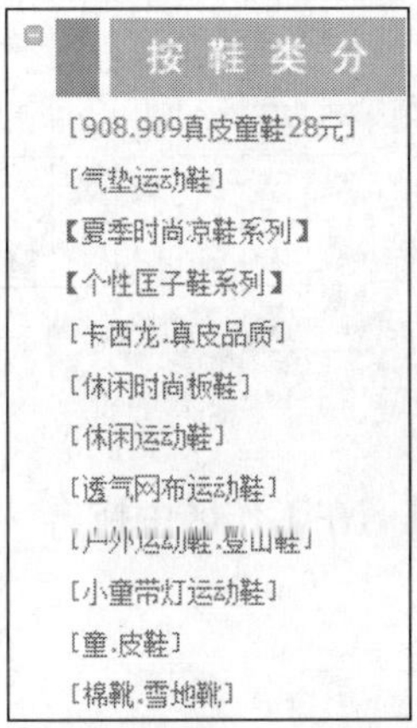

图 10-43

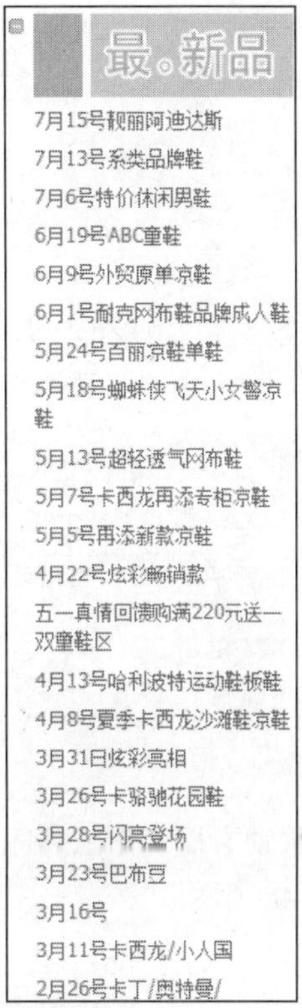

图 10-44

但是淘宝网系统是不允许我们对分类文字的大小和颜色进行更改，为了解决这个问题，我们就也只能自己制作子分类图片来替代系统原有的文字分类，从而达到清晰展示的目的。下面我们就一起来制作子分类图片。

随着店铺里面宝贝数目的增多，很有可能单个主分类之下的子分类数量也会随之增多。在这种情况之下，如果我们把子分类图片做得过大，就会造成子分类区被过度拉长，影响店铺装修的整体效果。

首先还是启动 Photoshop CS4，新建一个 160px × 30px 的透明背景文档，如图 10-45 所示。

在工具箱中单击“设置前景色”按钮，在弹出的拾色器中选择前景色为深绿色，如图 10-46 所示。选定之后，单击“确定”按钮。

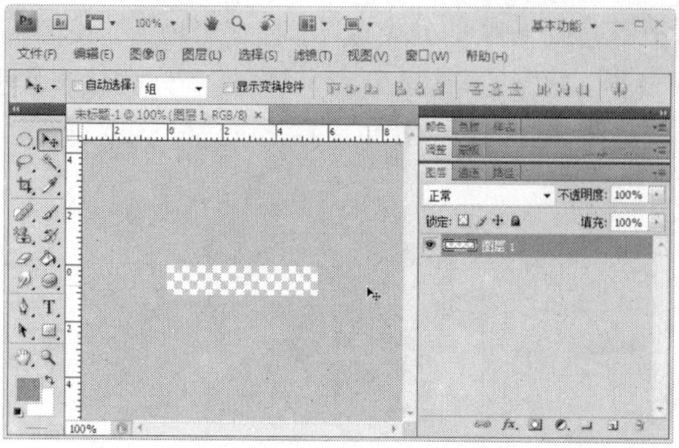

图 10-45

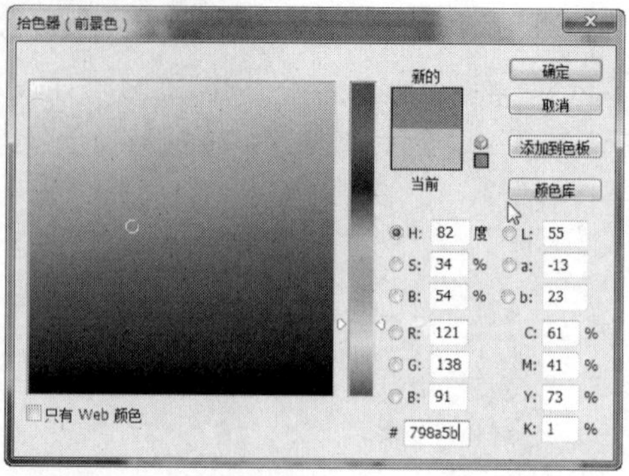

图 10-46

在工具箱中选择“圆角矩形工具”，并在选项栏中选择模式为“形状图层”，半径为 5px，选择样式为“1 像素描边 0%填充不透明度”，如图 10-47 所示。

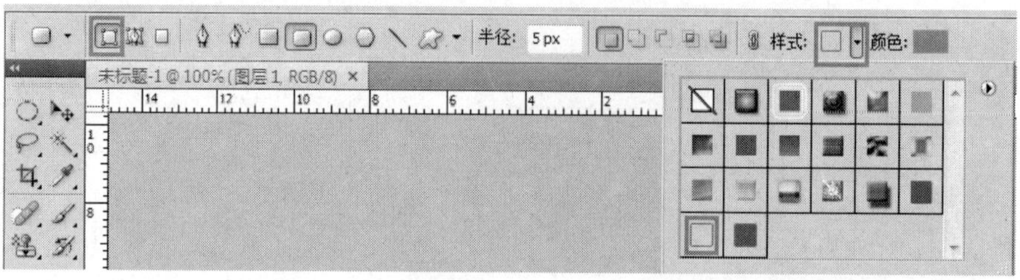

图 10-47

将鼠标指针移动文档工作区的适当位置，按住鼠标左键，在工作区中拖出一个大小合适的圆角矩形，如图 10-48 所示。

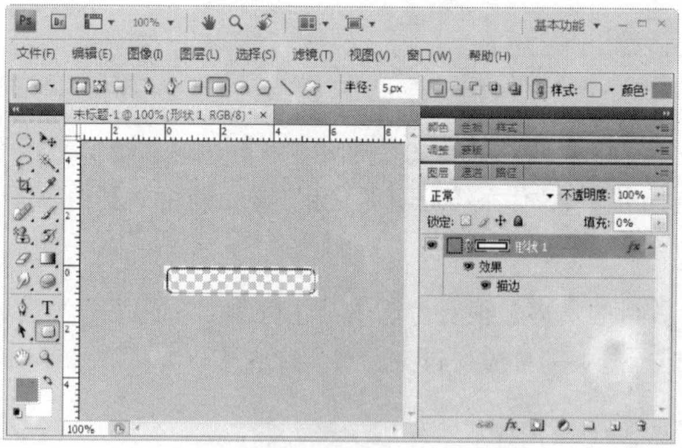

图 10-48

下面就开始对这个圆角矩形所在的图层进行图层样式设置。

（1）描边：将大小设为 1 像素，颜色选定为黑色，并将不透明度设为 50%，也即半透明的黑色，如图 10-49 所示。

（2）渐变叠加：将混合模式选为“正片叠底”，渐变色选择我们已经设置好的绿色，勾选“反向”复选框，样式选择为“对称”，同时选择“与图层对齐”复选框，如图 10-50 所示。

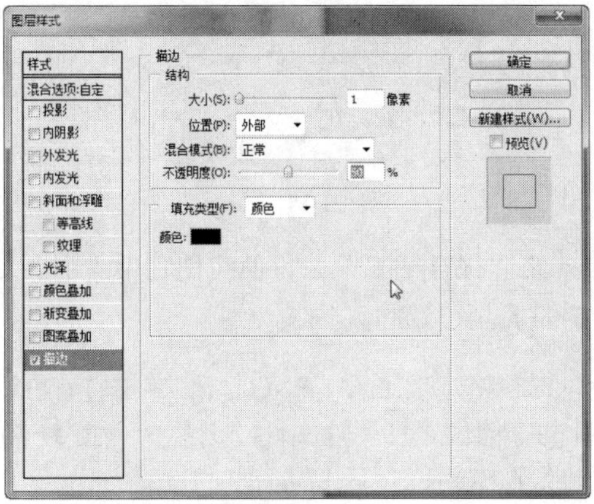

图 10-49

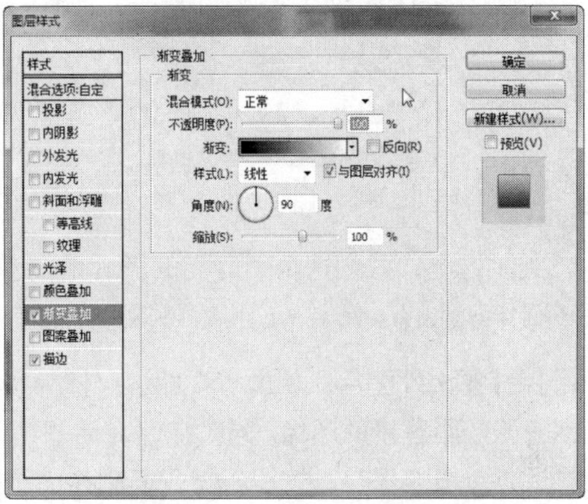

图 10-50

（3）内发光：将混合模式中选择“实色混合”；将不透明度调整一下，设定为 80%；设置发光颜色为黑色，这里的发光颜色是可以通光单击颜色方框，在弹出的拾色器中进行选择；方法选择为“柔和”；源则选择为“边缘”，并将大小设为 2 像素，如图 10-51 所示。

设置完毕之后，单击“确定”按钮，再来看一看有没有什么变化，效果如图 10-52 所示。

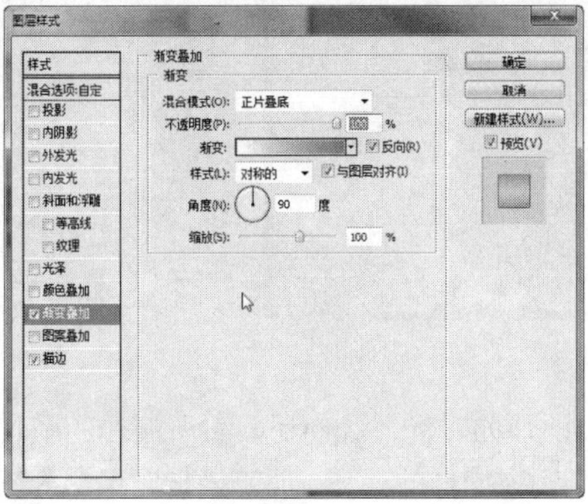

图 10-51

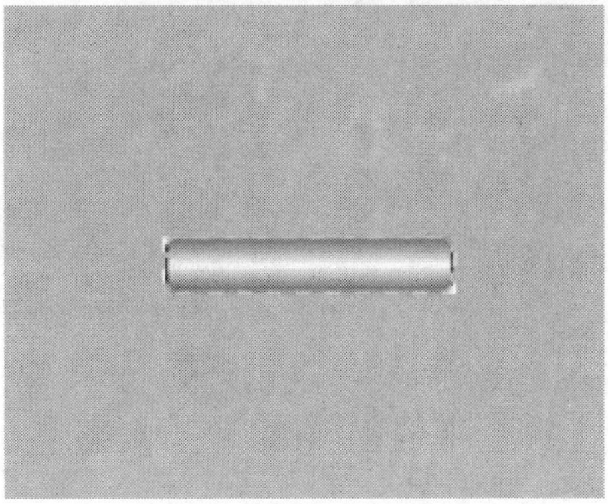

图 10-52

新建一个图层，并在工具箱中选择“横排文字工具”，在选项栏中选择字体为黑体，定号为 18 点，并将文字颜色设为白色。在新建图层之上，将鼠标指针定位到我们所绘制的按钮的上方，输入“本周新品”几个字，调整好它的相对位置，如图 10-53 所示。

双击刚刚输入的文字图层，在出现的“图层样式”对话框中选择“阴影”样式，并将大小设置为 1 像素，距离就设为 0 像素，在等高线中选择“高斯”选项，并选中“消除锯齿”和“图层挖空投影”复选框。设置完毕之后，单击“确定”按钮，我们可以发现文字也已经浮现在按钮之上，效果如图 10-54 所示。

图 10-53

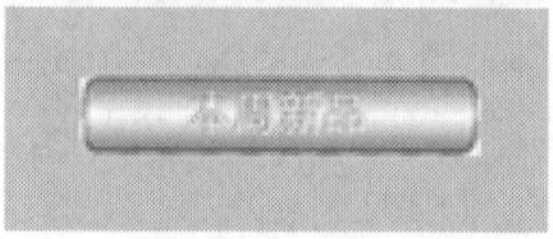

图 10-54

到了这里，我们这个子分类的图片的制作完成了。将它保存一下，以方便我们利用这个源文件来制作其他的子分类，这样就可以保证所有的子分类是完全一致的。

保存源文件之后，单击“文件→存储为…”命令，保存格式指定为“PNG”，这样我们才可以得到一张透明背景的图像。同时在此对话框中指定图片的存储位置和图片文件的名称，一切设定完毕之后，单击“保存”按钮，将我们制作的子分类图片保存下来。

按照同样的方式，将我们的源文件加以更改，制作成其他我们所需要的子分类图片，保存备用，最终如图 10-55 所示。

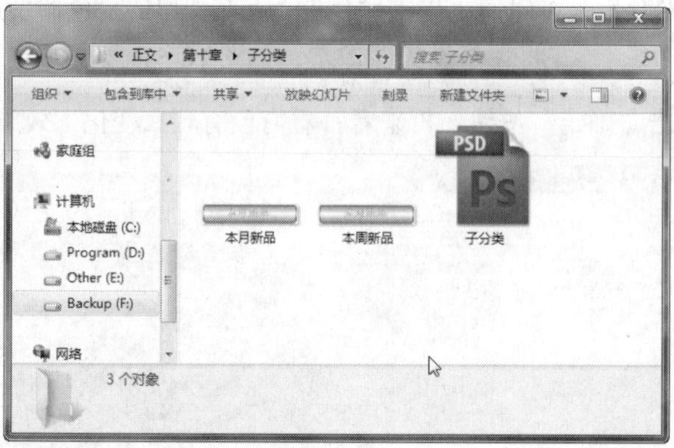

图 10-55

到了这里，可能有读者会问，在前面制作主分类图片的时候，我们还要对所制作的图片进行动画处理，从而增强分类图片的显示效果，这里为什么不做同样的处理，而直接把它保存为静态图片呢？

事实上，我以前也想过这个问题。一看到动态的图片更能吸引人，就不管三七二十一，把全部图片都制作成动态的。结果到使用时才发现问题来了。什么问题？我们知道宝贝的分类是整个店铺当中非常重要的一个内容，几乎所有的页面都有它的存在。并且分类还有一个特点，那就是分类区是不可能分段显示，要显示就一下子全部集中显示在店铺的左侧。如果我们所有的分类图片都是动态的，那整个页面的左侧全部都在晃动，眼睛都被晃花了，谁还愿意看呢？不仅没能达到吸引人注意的目的，反而把人吓跑了，适得其反啊！所以从某种角度上来讲，我们应该动静结合，“动”是为了引起别人的注意，“静”是为了便于让人注视，二者是各司其职，相互配合才能达到更好的效果。

10.5　宝贝分类图像的上传

经过我们的努力，终于是把分类图片全部制作完毕了。为了能够正常使用这些图片，一定先要把这些图片上传到自己的图片空间中，如图 10-56 所示。

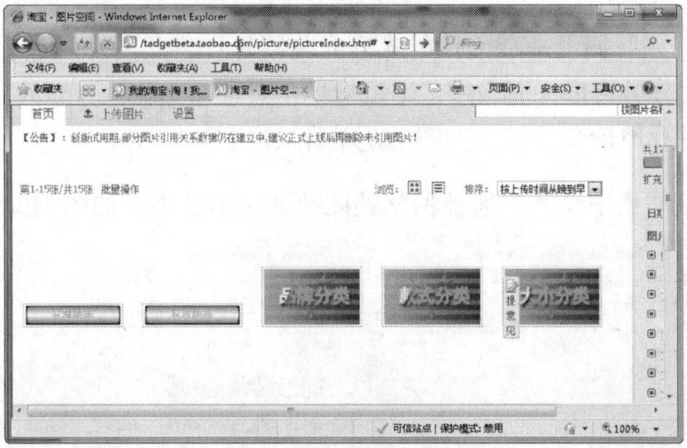

图 10-56

从这里可以看到，分类图片已经全部成功地放置到了我们空间中的宝贝分类之下了。同时这也表明我们图片上传工作已经结束了，剩下问题就是如何将这些分类图片应用到自家店铺中了。

10.6　宝贝分类图片的应用

在上一节中，我们已经成功地将图片上传到了图片空间中，这一节我们就来看一看如何将我们的这些图片应用到店铺中。

首先用自己的账号登录淘宝网，并进入到卖家中心。在卖家中心左侧的功能菜单当中找到“宝贝分类管理”选项，单击此项，就会进入到宝贝分类管理页面，如图 10-57 所示。

由于此分类里面并没有欢迎光临模块这一项，因此我们在图 10-57 所示的界面当中添加一个新分类，这个分类的名称就叫做“欢迎光临”。添加方法很简单，就是单击当前页下方的“添加新分类”按钮，并输入分类名称。由于“欢迎光临”模块都是位于所有类目的最上方，因此我们通过单击　“上移”按钮，将此分类项调整最上方，最终如图 10-58 所示。

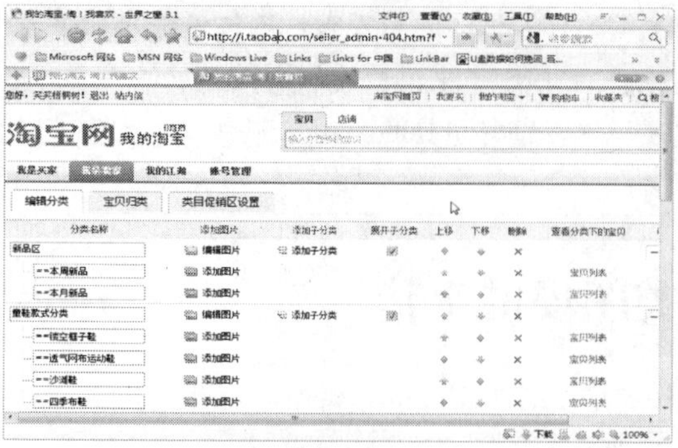

图 10-57

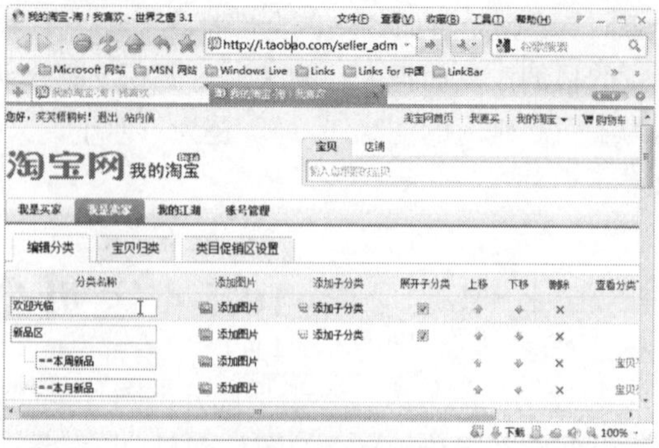

图 10-58

在图片空间中，找到我们上一节上传的欢迎光临图片，将此图片的地址复制下来。地址成功复制之后，再转到宝贝分类管理页面当中，用鼠标单击“欢迎光临”分类项左侧的“添加图片”按钮，此时会弹出一个图片地址文本框，如图 10-59 所示。

将我们刚从图片空间当中复制的地址粘贴到此地址文本框中，如图 10-60 所示。

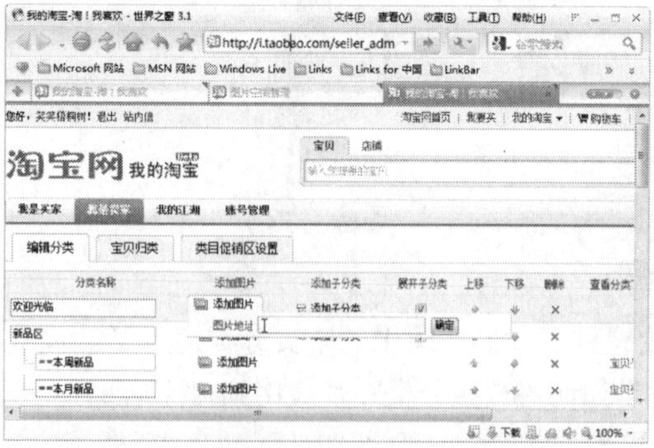

图 10-59

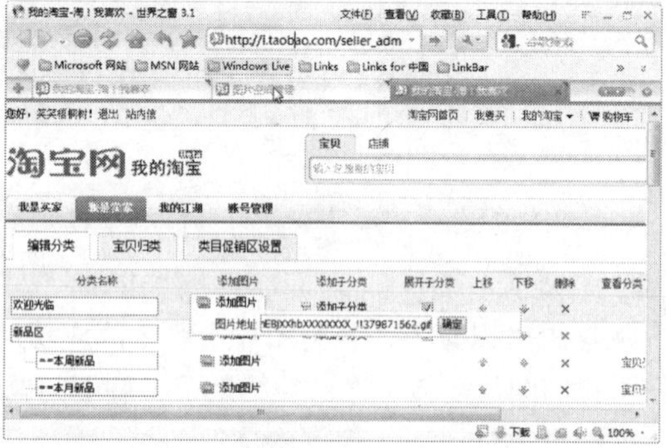

图 10-60

粘贴完之后单击“确定”按钮，完成此菜单项的图片添加任务，按着同样的方式，将所有其他的菜单项都加上图片。

当所有的分类项图片都添加完毕之后，一定要记得在宝贝分类管理当中单击“保存”按钮，否则所做的更改无效。单击“保存”按钮之后，我们到店铺里看一下，如图 10-61 所示。

好了，经过一番努力我们所制作的分类图片终于进入到店铺中。

经过上面内容的介绍，我们现在应该了解到宝贝分类在店铺当中的重要地位。它不仅可以反映出一个店铺的商品管理水平，还直接影响着买家朋友的购物心情。所以为了能够体现店铺管理水平，还能给各位买家带去方便，我们一定要精心组织自家店铺当中的宝贝分类，并充分利用 Photoshop CS4 来制作出精美的分类图片，只有二者结合，才能吸引买家朋友主动点击我们的分类，轻松找到并带走想要的宝贝。

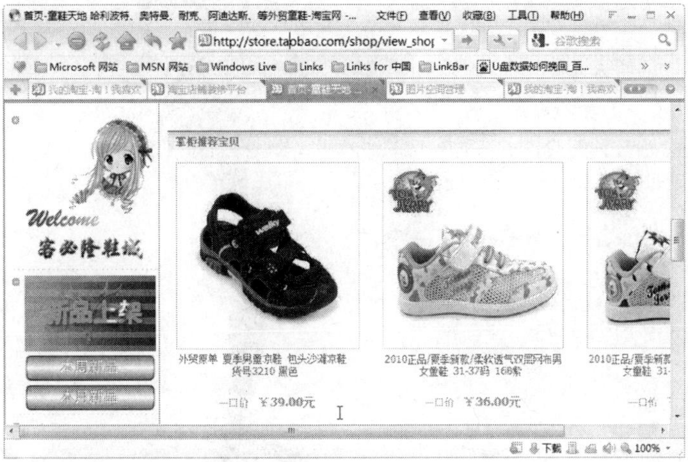

图 10-61

最后，关于宝贝分类图片是否全部使用 GIF 动画文件，我想再次送大家一句话：动画虽好，但不要贪多！

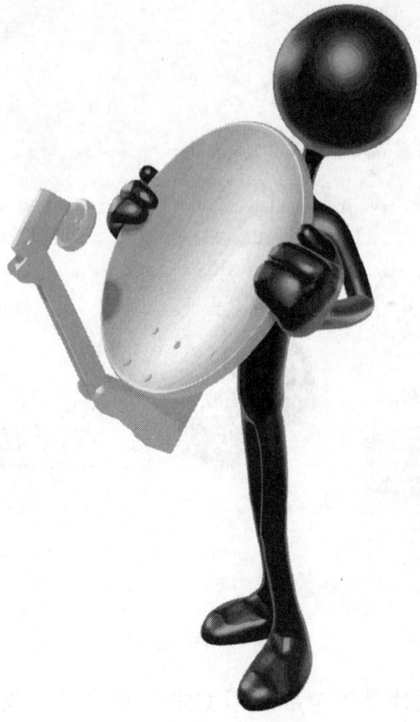

第 11 章 店招

所谓店招就是在淘宝店铺招牌的简称。在淘宝网中除了普通店铺之外，所有店铺都能使用店招，店招是会出现在店铺当中的任何页面之上，其宽为 950px，高为 150px。

在这个页面上方的 950px × 150px 的超大区域里我们可以写上自家店名、所经营的品牌、自家的经营理念乃至广告等一切掌柜们自己想要增加的内容。这个店招区除了可以使用 JPG 图片之外，还可以使用 Flash、GIF 动画来推广宣传店铺形象、品牌字号，这绝对是装修的一个重点区域，因为它就代表着我们店铺的形象!

还有一点需要注意，每个买家进入到店铺中第一眼看到的就是我们的店招。因此，一个好的店招绝对是可以让买家眼前一亮，从而不自觉地就会恋上你的店。

既然店招在店铺中拥有最高的出镜率，那么这个地方就是我们再次向买家朋友推广宣传自己的一个绝佳位置，如果能够在此位置下足工夫推销自己，肯定会取得意想不到的效果，各位卖家一定不要浪费优良资源!

11.1　店招的设计说明

对于店铺而言，店招就是店铺的一张脸。不管买家通过何种途径进入我们的店铺，首选映入买家眼帘的就是店招。因此店招的设计是至关重要！

目前在淘宝各类店铺中，从表现形式上来看，店招主要有两种形式：一种是纯文字店招，这种店招的最大特点就是简洁，不需要卖家们另外做任何设计，只是用文字来表达自己想要表达的内容，如图 11-1 所示。

图 11-1

第二种形式就是图文并茂式的店招，这种店招合理地利用相关图形素材，并结合文字来传递自己想要传递给买家的信息，如图 11-2 所示。

图 11-2

不管选择哪一种表现形式，前提条件是要根据自己店铺的风格来进行设计。

对于店招，在设计时要注意图片的尺寸规定。店招的分类图片宽度最好为 950 像素，高度不能低于 100 像素，但最大也不能超过 150 像素。

从图片的格式上来说，店招可以支持 JPG、GIF、PNG 和 SWF 等格式。但是由于动态的店招更容易引起买家的注意，因而基本上现在制作店招时都是利用 GIF 或 SWF 动画，以期博得买家的更多关注。

在下面的章节当中，我们将分别来为大家讲解这几种店招图片的详细制作过程。

11.2　纯文字店招的制作

看一看如图 11-3 所示的店招。这就是一个非常典型的纯文字类的店招，下面就以这个店招为例，介绍一个完整的纯文字店招制作过程，希望卖家能够初步了解旺铺店招的制作要领。

图 11-3

启动 Photoshop CS4，新建一个 950px × 150px 且背景为纯白色的空白文档。在工具箱中，单击设置前景色按钮，此时系统就会弹出“拾色器（前景色）”对话框，在这个对话框中设置前景色，如图 11-4 所示。

在工具箱中选择“油漆桶工具”，在空白背景上单击一下，此时系统就会将背景填充为设置好的前景色，填充之后效果如图 11-5 所示。

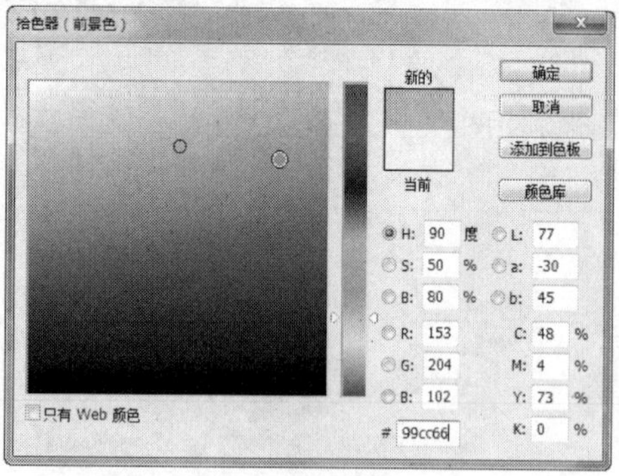

图 11-4

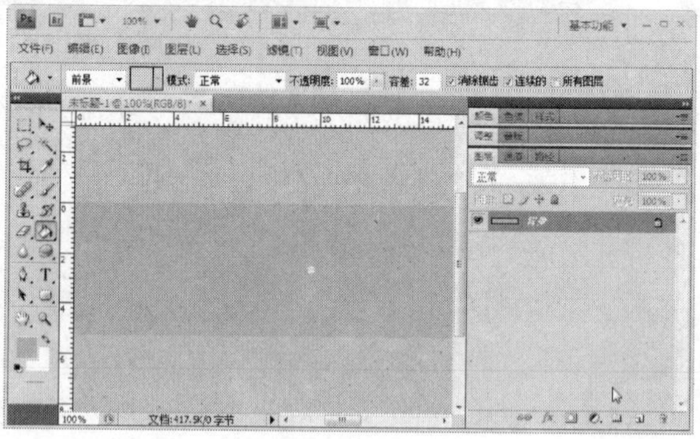

图 11-5

在工具箱中选择“横排文字工具”。在选项栏中，设置字体为“华文琥珀”，字号为 36 点，并将文字颜色设为白色。在新建文档的空白处输入自己的店名，如“客必隆鞋城”。输入完毕之后，对文字的位置进行调整，最终如图 11-6 所示。

为了不让整个界面显得呆板，可以在界面当中增加一个装修线。在工具箱中选择“直线工具”，选择之后在选项栏中将线条粗细设为 1 像素，颜色定为白色。

设定完毕之后，将光标移至文档之上，按住 Shift 键不松开，同时按住鼠标左键，在文档中绘出一根粗细为 1 像素的白色直线。绘制之后，利用移动工具将所绘制的直线移动到合适的位置，如图 11-7 所示。

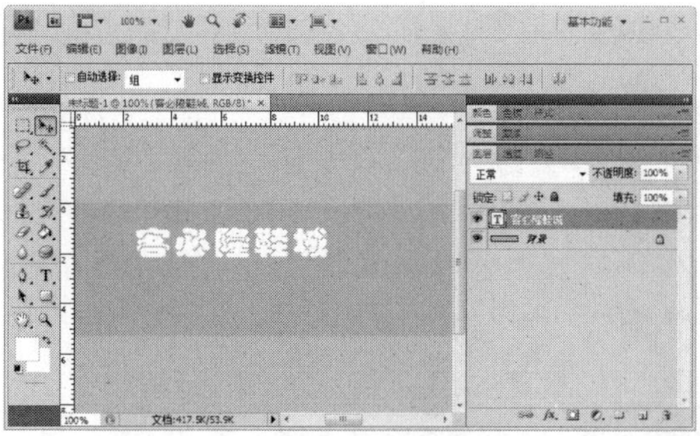

图 11-6

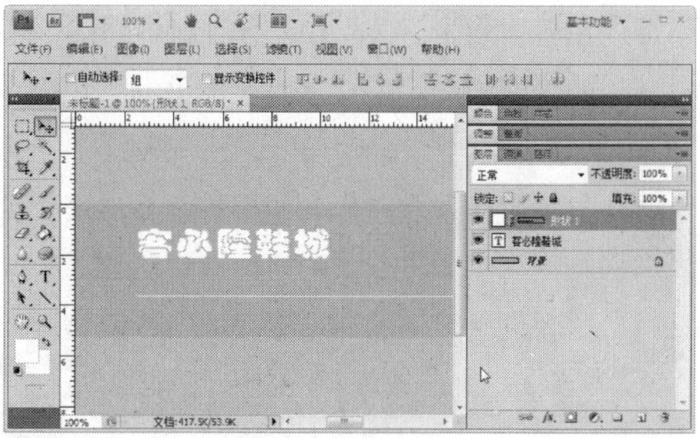

图 11-7

再次在工具箱中选择“横排文字工具”，在选项栏中选择字体为“华文中宋”，字号为 18 点，文字颜色为白色。设置完毕之后，在空白处输入“本店商品全部实物拍摄”、“经营：童鞋 儿童用品”及店铺的二级域名“KebiLong.taobao.com”和“is your best choice”等文字。输入完毕之后，将文字的位置及大小进行调整，直到效果令人满意为止。

到了这里，这个纯文字店招可以说是已经制作完毕了。接下来的任务就是要将这个文字店招以图片的形式保存下来。在存储时应指定图片格式为“JPEG”并将图像品质设为高。最终店招图片的效果如图 11-8 所示。

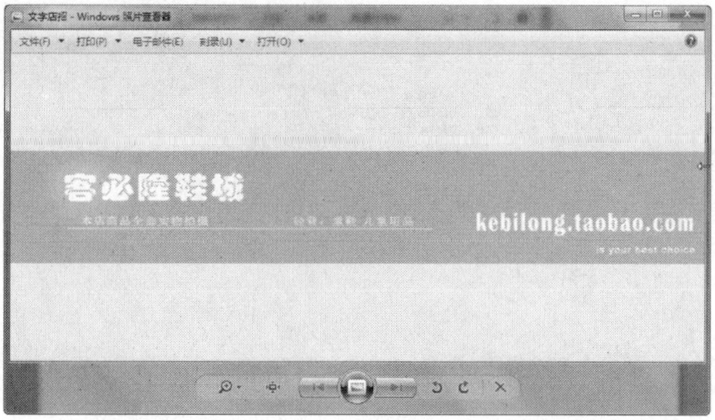

图 11-8

这种店招应该来说是最简单的一种店招，它具备了店招的基本特征，也即在店招中体现了店铺名称、经营产品、店铺特点，以及自己店铺的二级域名。如果我们对店招的要求不高的话，这种类型的店招已经够用了。

11.3 图文并茂动画店招的制作

在上一节，我们制作了一个纯文字的店招，但是其内容比较单一，有时不能够很好地和自家店铺风格统一起来。因此为了解决这个问题，这一节我们就再一起来制作一个图文并茂的店招，通过这个店招的制作，让各位卖家能掌握店招制作的一般技巧。

当然在制作店招图片之前，首先要有一个设想，比如这个店招应该包含哪些内容，应该使用一些什么类型的素材来让店招更符合自己店铺的风格等。下面就以图 11-9 所示这个简单店招为例来说明一下这个图文并茂的店招制作过程。

图 11-9

11.3.1 素材收集

找到自己满意的素材图片，如图 11-10 所示。

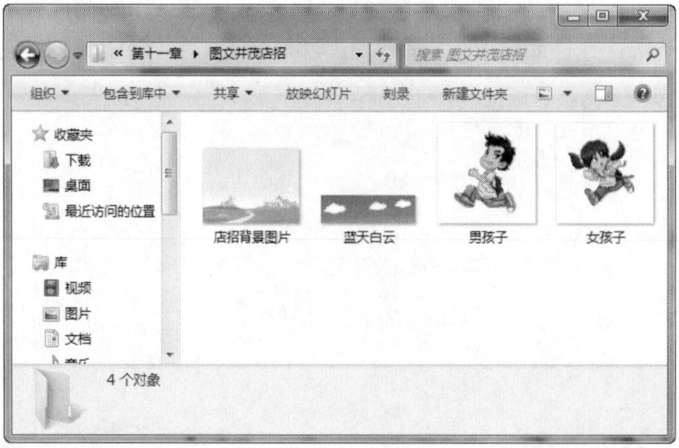

图 11-10

11.3.2 图片处理

这里所收集到的店招背景图片中天空部分的颜色非常暗淡，如果要是把这个图拿来作为店招，效果肯定不好，但是由于其画面的主体部分非常适合我们店铺的风格。因此，将此图背景图的灰暗天空去掉，以便换上收集到的蓝天白云。

首先，我们利用 Photoshop CS4 打开等待处理的图片，将该背景图层转换成普通图层。使用相应的选择工具并配合橡皮擦将灰暗的天空删除，最终如图 11-11 所示。

图 11-11

经过多次操作之后，终于得到了一个比较理想的图片了。但这个图片并不适合我们，还要做进一步的处理。

将刚刚处理过的那个图层复制一份，形成一个图层副本。为了后面的操作方便，我们最好将“图层 0 副本”的名称改为“风车”并将此图层作为当前工作图层，在工具箱中选择“套索工具”，选中风车的转叶，如图 11-12 所示。

把这个风车的转叶保留下来，其他的部分全部删除。为了达到这个目的，单击“选择→反向”命令，将风车转叶之外的内容选中，并按 Delete 键，将所选择的区域删除。为了更好地观看效果，将图层 0 设为不可见，如图 11-13 所示。

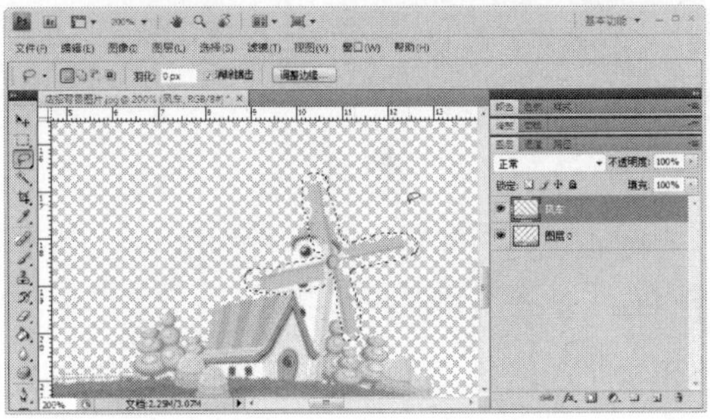

图 11-12

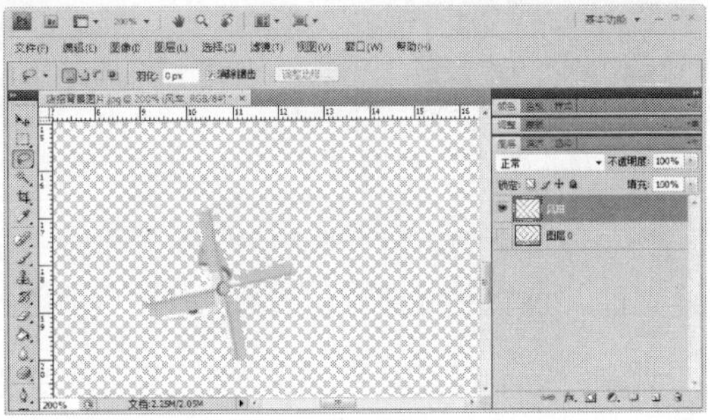

图 11-13

在工具箱中，选择“橡皮擦工具”，并不断地调整画笔的直径，小心地擦除风车转叶边缘的内容，擦除之后，效果如图 11-14 所示。

既然在这个图层中已经把风车的转叶抠出来，那么“图层 0”中的转叶就应该删除掉，否则会为我们后来的店招制作带来麻烦。现在将“风车”图层隐藏，将“图层 0”展示出来。单击“图层 0”，将该图层作为当前工作图层，并在工具箱中选择“橡皮擦”工具，沿着塔楼的边缘将风车擦除。擦除之后，效果如图 11-15 所示。

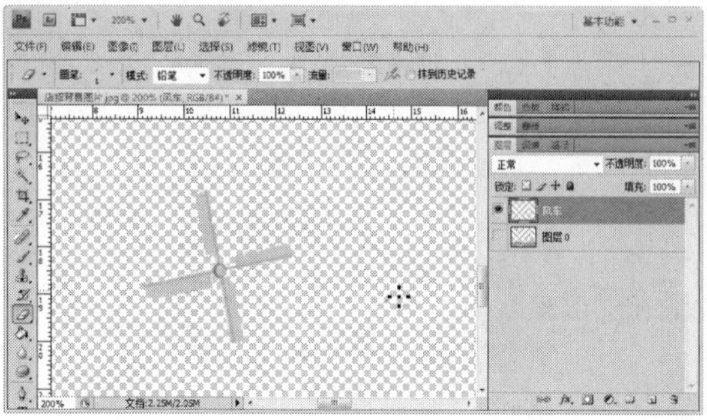

图 11-14

图 11-15

从图 11-15 可以看出，此时只是将塔楼边缘的风车擦除，而中央部分还是存在的，为了解决这个问题，在工具箱中选择“仿制图章”工具，利用周围相同的像素将塔楼上风车的剩余部分覆盖，最终如图 11-16 所示。

利用同样的方式，将背景图片的其他主体元素都单独分离出来，以方便我们后面的店招制作，如图 11-17 所示。

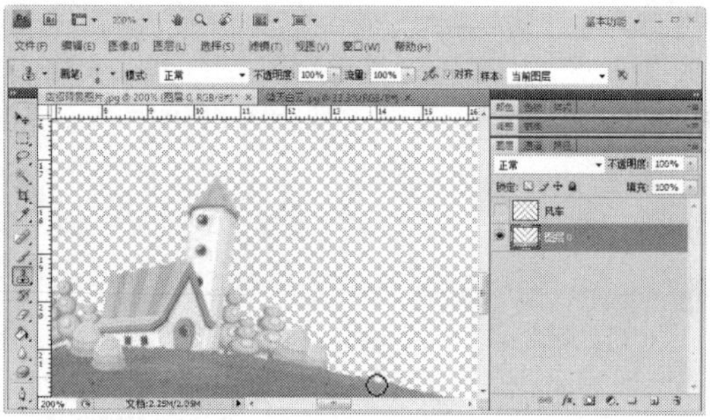

图 11-16

图 11-17

为了让自家的店招更具特色，在制作时一定要有耐心。各个部分分离完毕之后，一定要记得将此文件以 PSD 格式保存，因为我们在后面的制作过程中就要用到这些元素！

处理完这个背景图片之后，就应该处理那两个小孩子的图片，处理过程比较简单，将两个小孩子的背景处理成透明背景备用，如图 11-18 所示。

图 11-18

至于那个蓝天白云的图片我们就不需要做更改了。到这里，图片处理工作总算是告一段落，接下来的任务就是制作店招图片了。

11.3.3　店招图片的制作

在上一节，我们将制作店招所用到的素材已经全部处理完毕，接下来的任务就是用这些素材来实现我们的构想了。下面就具体来看一看如何通过所处理的素材来得到自己的店招图片。

启动 Photoshop CS4，新建一个 950px × 150px 并且背景为透明的空白文档。将前面处理的素材文件用 Photoshop CS4 打开，根据需要，将各部分元素逐一复制并粘贴到新建的文档中。当然并不是粘贴进来就可以了，还要综合运用 Photoshop CS4 所提供的各种工具将这些素材进行合理处理，并将它们按照我们的设想一一排列，最终如图 11-19 所示。

在图层面板中选择名为“风车”图层，使其成为当前工作图层，并将该图层复制一份，改名为“风车辆 1”，如图 11-20 所示。

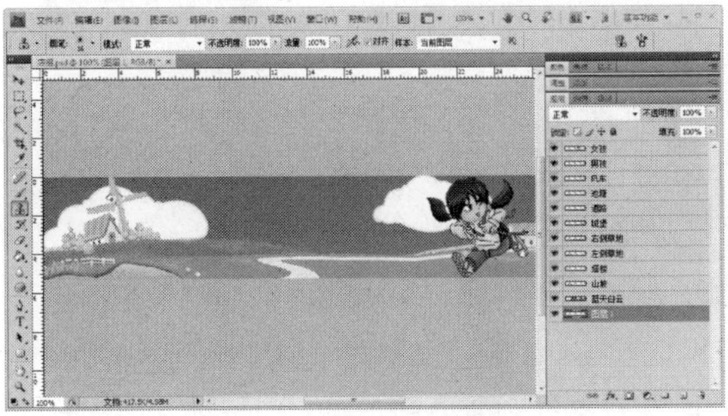

图 11-19

图 11-20

在确保我们刚才复制的名为“风车 1”的图层为当前图层的前提下，单击“编辑”菜单，在其中找到“自由变换”菜单项，单击此菜单项，激活系统的自由变换功能。此时我们可以看到在系统菜单之下已经出现了自由变换的选项栏，在选项栏的旋转角度中输入 45 度，如图 11-21 所示。

填充之后，我们已经可以看到风车的转叶已经旋转了 45 度。在工作区的空白处双击或按 Enter 键确认此次旋转。旋转完毕之后，将名为“风车 1”的图层复制一份，并将其命名为“风车 2”。复制之后，将“风车 2”图层上的转页再次旋转 45 度。依次操作，直到在当前工作区中总共出现 8 个风车转叶图层为止，如图 11-22 所示。

在工具箱中选择“横排文字工具”。再在选项栏中设置字体为“华康少女体”，字号为 18 点，并将文字颜色设为自己认为合适的颜色。在工作区的适当位置单击一下，并输入自己的店址，如“http://shop57623309.taobao.com/”。输入之后，利用自由变换工具对刚刚输入的店址文字图层进行调整，最终效果如图 11-23 所示。

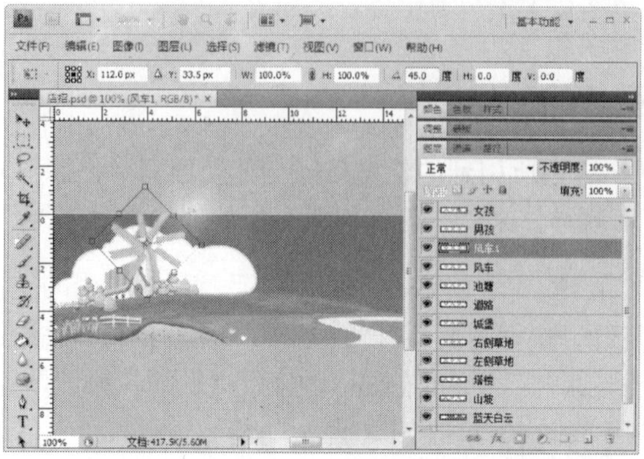

图 11-21

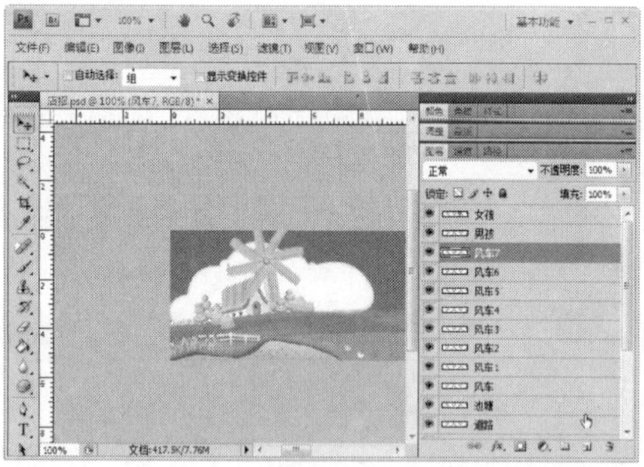

图 11-22

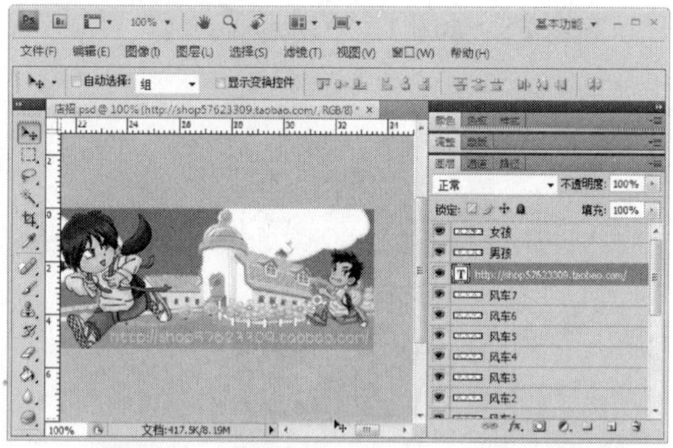

图 11-23

为了突出显示店址文字，在这里使用图层样式将文字进行特效处理。在“图层样式”对话框中，选择“斜面和浮雕”样式，并在左侧将结构中的样式选择为“浮雕效果”，大小设为 2 像素，其他的选项就依照系统的默认值，设置完毕之后，单击对话框上的“确定”按钮，此时我们就可以看到所输入的文字已经凸显在店招中，如图 11-24 所示。

图 11-24

再次选择“横排文字工具”，在菜单栏之下的横排文字工具选项栏中，选择字体为“华文行楷”，字号为 60 点，并将文字颜色设为自己认为合适的颜色。在工作区的适当位置输入自己的店名，如“客必隆鞋城”，如图 11-25 所示。

图 11-25

为了突出显示店铺名称，在图层面板中，将鼠标移至此文字图层之上，单击鼠标右键，在弹出的菜单中选择“混合选项…”命令，此时系统就会弹出“图层样式”对话框。

在对话框的左侧样式选择栏中，选择“投影”样式，并在右侧将角度设为 45 度，距离为 8 像素，大小为 2 像素。

为了更进一步突出显示店名，在“图层样式”对话框的左侧再将“斜面和浮雕”样式选中，并在右侧中将结构样式选择为“浮雕效果”，大小设为 5 像素，软化值为 2 像素。阴影的角度也设为 45 度。设置完毕之后，直接单击“确定”按钮，此时我们就会发现店铺名称已经非常抢眼地显示在店招当中，如图 11-26 所示。

图 11-26

当然，在这里还可以输入一些经营理念之类的内容，不过由于篇幅的限制，我们不再多做说明。大家如果有兴趣可以在制作时自行添加想要的内容。

到了这里，这个店招的图片制作就算告一段落。

11.3.4　店招动画的制作

在上一小节，我们已经将整个店招的图片制作完毕，但是作为店招而言，我个人的感觉还是以动态展示为好，至于在什么环节使用动态的内容，那就要看个人的设计了。在这里，我们让这个刚刚制作好的店招动起来。

利用 Photoshop CS4 打开我们上一节所制作的店招图片的 PSD 源文件，让帧动画控制窗口出现在工作区的下方。在图层面板当中，将名为“风车 1”至“风车 7”的图层全部隐藏起来，让其不可见。

在帧动画控制窗口中，通过单击“复制所选帧”按钮，将当前帧复制 7 份，从而在帧动画窗口中总共显示 8 帧动画。并在帧动画窗口中单击第 2 帧，让第 2 帧成为当前帧，如图 11-27 所示。

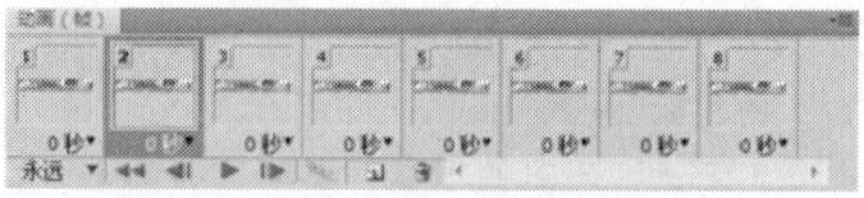

图 11-27

在第 2 帧为当前帧的前提下，在图层工作面板当中，将名为“风车 1”的图层设为可见，而把名为“风车”图层设为不可见，如图 11-28 所示。

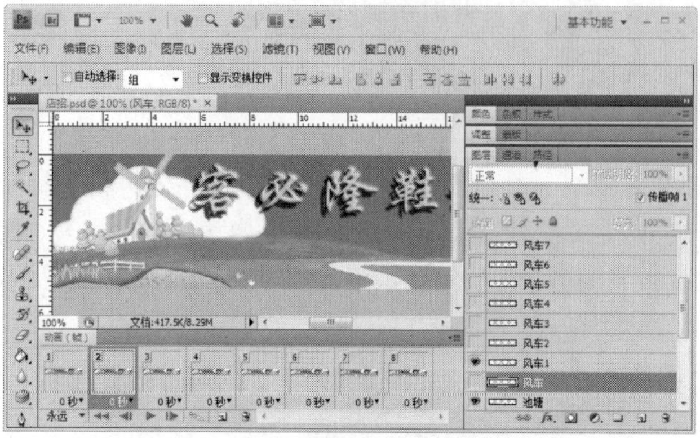

图 11-28

选择第 3 帧为当前工作帧，在图层面板中将名为“风车 2”的图层设为可见，而把名为“风车”图层设为不可见，如图 11-29 所示。

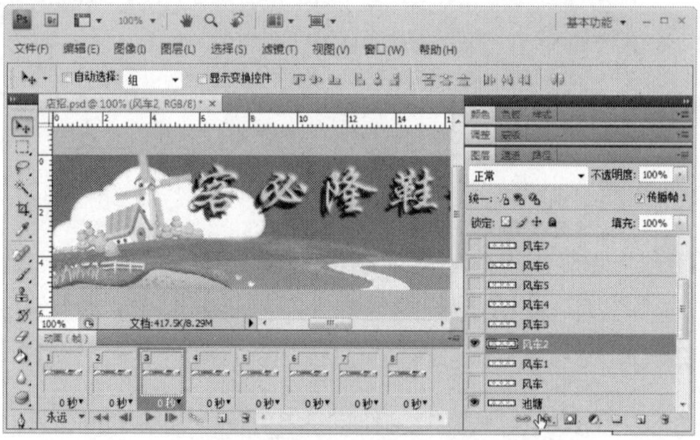

图 11-29

按照同样的方式，将第 4 帧中的“风车 3”图层设为可见，第 5 帧中的“风车 4”图层设为可见……一直到第 8 帧，将“风车 7”图层设为可见。

此时，在帧动画控制窗口中单击“播放”按钮，原来我们这里所做的一切就是为了让这个风车的转叶能够转动起来！但现在美中不足的是这个转叶转动速度过快。下面我们就来解决这个问题。

将所有帧的帧延迟时间均设为 0.2 秒，设置完毕之后如图 11-30 所示。

再次在帧动画控制窗口中单击“播放”按钮，此时我们已经可以看到风车转叶的转动速度已经慢下来了，效果还不错!

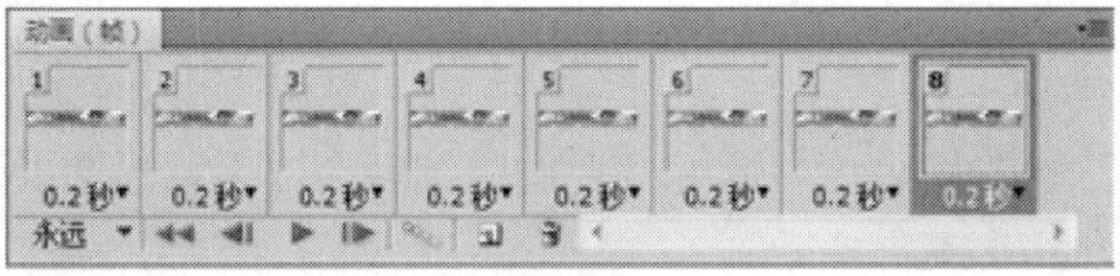

图 11-30

动画是制作好了，接下来的任务就是要将我们制作的这个 GIF 动画保存起来。最终效果如图 11-31 所示。

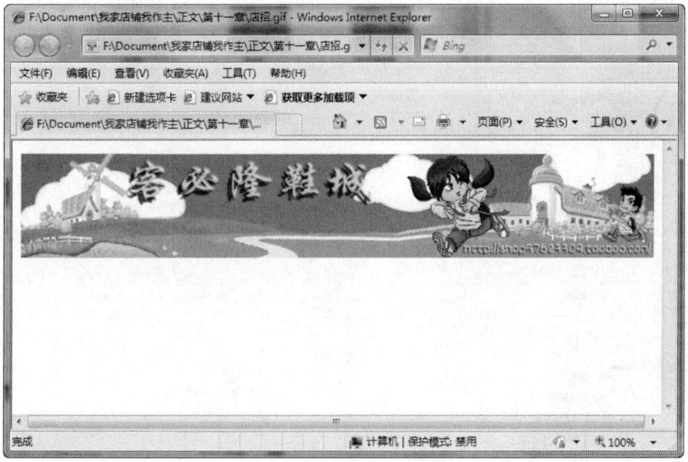

图 11-31

11.4　店招的应用

我们已经成功地制作了两种不同类型的店招图片，一种是纯文字店招，另一种就是图文并茂的店招。并且不管是哪一种店招，我们为了让店招更能吸引买家朋友的注意，都对店招进行了动画处理，以期能够达到理想效果。

但是怎样才能让我们精心设计的店招出现在店铺中，从而博得买家的关注呢？下面我们就来看一看如何将制作完毕的店招图片应用到店铺中。

进入到店铺首页装修管理平台之中，如图 11-32 所示。

图 11-32

在店招区的右上角，单击黄色齿轮图标，此时系统就会出现背景图设置区，也就是我们所说的店招设置区，如图 11-33 所示。

图 11-33

在这个背景图设置区中，我们可以看到有一个更换背景图，在其右侧有一个“浏览…”按钮，此时系统就会弹出一个名为“选择要加载的文件”的对话框，如图 11-34 所示。

图 11-34

在这个本地计算机文件中选中我们想要加载的店招文件，单击对话框中的“打开”按钮。此时就会返回店铺装修管理平台，如图 11-35 所示。

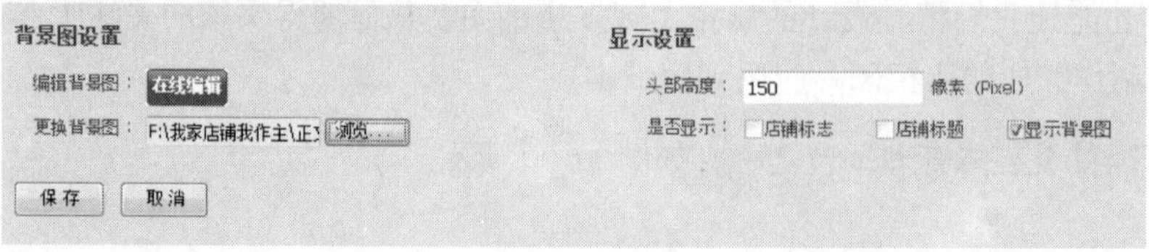

图 11-35

此时可以看到更换背景图的文本框中已经被填充了我们刚才所选择店招文件的本地路径。确认无误后，直接单击背景图设置区最下方的“保存”按钮。即可完成店招图片的上传任务，如图 11-36 所示。

图 11-36

接下来就该发布了，发布成功之后，店铺首页如图 11-37 所示。

图 11-37

到了这里，我们所制作的店招文件终于是和所有买家见面了，是不是很简单呢？当然店招发布工作的确很简单，但是要想制作出一个好的店招文件，就不是那么轻松的一件事了。

11.5　在线店招制作

由于店招的制作设计并不是一件轻松的事，特别是要构思出好的店招就更不容易了！所以很多新手卖家在这里就感到非常为难，不知如何是好？如果自己动手设计，没有那么高的设计水平，制作出的店招不是那么令人满意；请别人来为自己制作设计，但是价钱又不好商量，并且别人制作出来的店招是没有源文件的，以后想修改是不可能的，真是进退两难！

好在现在淘宝网推出了在线店招制作系统，在这里汇聚了很多优秀的设计师，他们设计出了大量的优秀店招模板并供我们免费使用，当然这个免费使用的模板数量是有限制的！不过既然能够免费，而且又是专业设计师设计的，那效果当然出众，这对没有美术基础而又不愿去学习店招设计的卖家来说就是一种福音。下面我们就来看一看如何使用淘宝网的在线店招制作系统来完成店招设计，并将其应有到自家店铺中。

11.5.1 淘宝在线店招制作系统的进入

在左侧功能模块中单击“店铺装修”菜单项，进入到店铺装修管理平台之中。单击店铺招牌右上角的编辑按钮，展开背景图设置。在这个背景图设置区中，我们可以看到有一个“在线编辑”按钮，单击此按钮，系统就会引导我们进入模版设计页面，如图 11-38 所示。

图 11-38

单击“在线编辑”按钮，就可以进入在线店招设计工作界面，如图 11-39 所示。

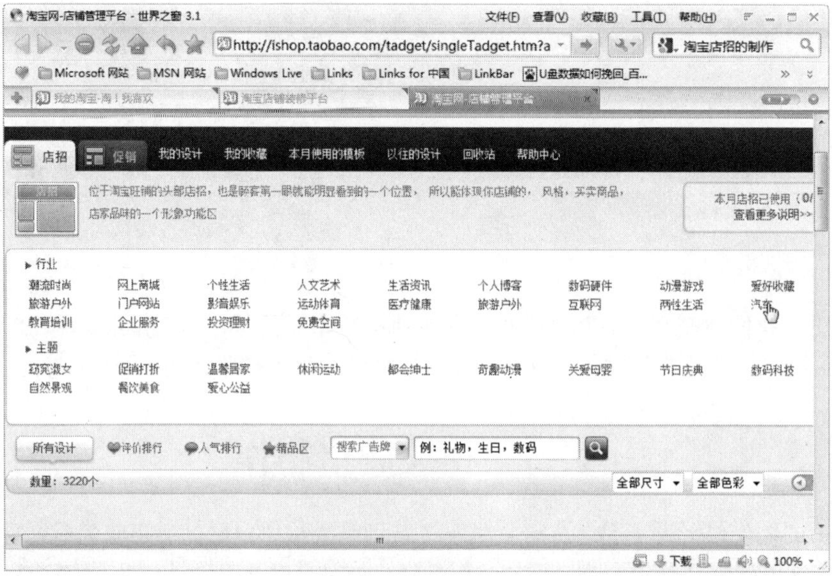

图 11-39

11.5.2 店招模板的选择

在这里的店招设计模版当中已经按行业、主题作了分类，各位卖家可以根据自己实际情况来进行选择。

由于我是经营童鞋的，我希望我的店招富有童趣，因此在主题当中单击“奇趣动漫”，此时系统就将此种风格的设计全部列举出来，如图 11-40 所示。

图 11-40

经过浏览对比之后，我还是觉得如图 11-41 所示的这个模板比较适合。

图 11-41

图 11-42 中可以看到其他卖家对这个模板的称赞度，称赞度越高，就说明这个模板就越受欢迎，并且在其下还有这个模板适用范围的介绍，当中有一个童鞋模板，正好符合我们的主营产品！

图 11-42

11.5.3 在线店招制作

单击所选中模板上的“开始制作”按钮，进入到店招设计界面，如图 11-43 所示。

图 11-43

在图层面板中，选中模板上的“印象视觉设计”，将其更改为我们的店铺名称，这里改成“客必隆鞋城”，如图 11-44 所示。注意，这里的有三个完全相同的文字图层，这三个图层都要修改。

在图层面板当中选择“◇儿童用品 ◇学习文具 ◇益智玩具 ◇少儿读物”内容，将其更改为我们经营的产品，比如改成“◇童鞋◇学习文具 ◇儿童用品”，如图 11-45 所示。

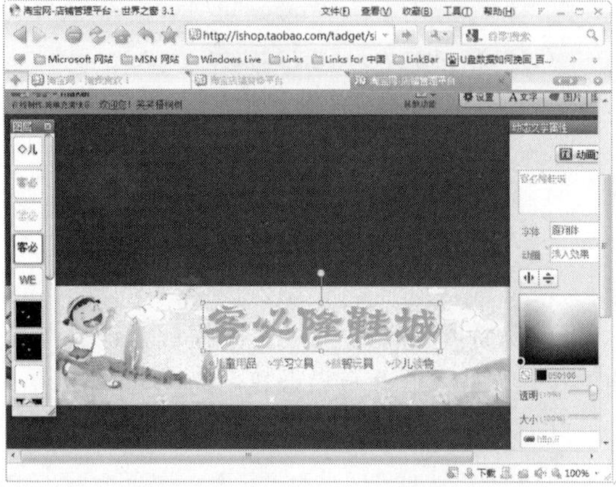

图 11-44

图 11-45

更改完毕之后，单击“预览/保存”按钮。如果我们对设计效果满意，就在此单击“确定保存设计”按钮。经过一段时间的处理之后，系统就会有两个按钮，让我们进行选择，如图 11-46 所示。

由于我们已经确认此设计，单击“输出，获取设计”按钮。此时系统就会退出店招设计界面，从而显示出当前所设计并已被系统保存的店招，如图 11-47 所示。

图 11-46

图 11-47

此时在店招之下，有一个“应用到店招”按钮，单击此按钮，系统就会将我们这个店招添加到店铺中，如图 11-48 所示。

图 11-48

我们在线制作的店招已经到了自家店铺中，剩下的就是将店铺进行发布，让我们这个新店招和亲爱的买家见面吧！

到了这里，我们的店招的制作总算是结束了。通过这一章的叙述，我们应该能够对我们店铺店招制作过程有所了解，大家可以根据本章内容，结合自己的实际情况，充分发挥自己的设计才能，添加不同的效果、图片或者文字，让自己的店招更加丰富多彩。当然，想要获得更好的效果，还要靠各位读者自己多发掘！

第 12 章 右侧模块

12.1 右侧模块的说明

现在淘宝网上所有店铺的页面都是左右两栏布局，并且是左窄右宽，并且左侧为 200px，右侧为 750px，结构如图 12-1 所示。当然拓展版及其以上版本的店铺除外，因为拓展版及其以上版本的旺铺是可以店家自行决定页面的布局模式。

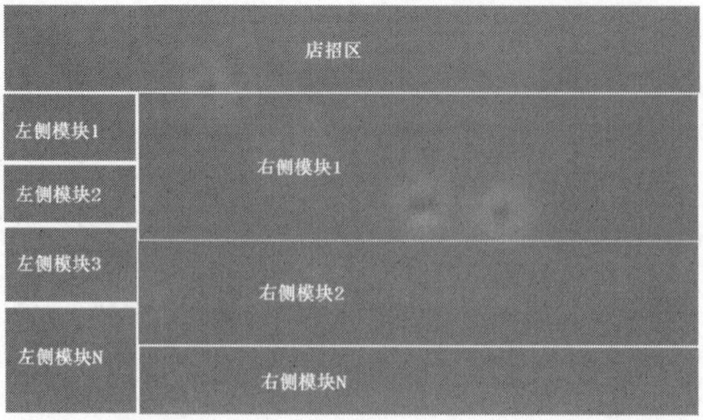

图 12-1

那么对于一个标准版的旺铺来说，淘宝网可以让我们在店铺页面的右侧增加一些什么模块呢？事实上淘宝网对于店铺的右侧页面准备了十个模块,对于这十个模块我们可以根据自己的需要来进行组合，从而装点出自己的店铺，如图 12-2 所示。

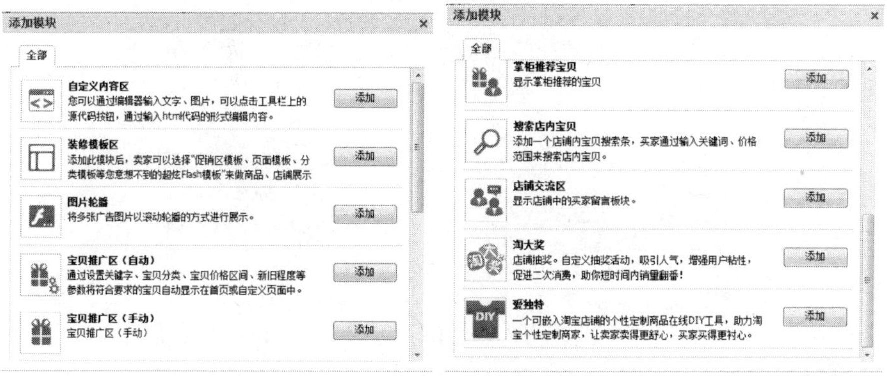

图 12-2

在图 12-2 中，已经列举出了系统可以让我们增加的十个模块。但是大家要注意，在这十个模块当中只有自定义内容区、装修模板区及图片轮播这三个模块可以让我们发挥自己的创意；而其他的模块就都属于功能性模块，只能具体的实现某一单纯功能。

因此对于店铺的装修而言，我们的重点就在于自定义内容区、装修模板区和图片轮播这三个模块。

在这三个模块当中，装修模板并不是免费使用，它需要购买淘宝网的服务才能使用。事实上这里的装修模板和在线店招制作相似，也是在其他设计师提供的模板之上进行更改，从而得到自己想要的内容。这里本着花最少的钱装出最好效果的原则，完全可以用自定义内容区来进行替代，所以在这里我们也不打算对它做过多的讲述，如果大家订购了此项服务，完全可以参照我们第 11 章在线店招制作这一部分来使用这个装修模板。

对于图片轮播功能，我们应该不会陌生，我们在第 9 章左侧模块中介绍了这种图片轮播模块的使用，现在页面右侧模块当中同样出现了这个内容，只不过是图片的宽度由 190 像素变为 750 像素，使用和功能是和左侧图片轮播完全相同的，基于这点，在本章我们也不再对这种图片轮播模块进行说明。

关于页面右侧的装修就是右侧自定义内容区。事实上我们在前面讲旺铺的特征时就说过：和扶持版旺铺相比，标准版旺铺是淘宝网的一项增值服务，它增值的地方就在于允许我们在标准旺铺页面中添加多个自定义内容区（左右两侧都可以增加这种自定义内容区），而这种自定义内容正是给了我们自由发挥的空间，可以让我们把店铺宣传做到极致。

在实际应用当中，右侧自定义区有以下几种用法。

1. 店铺促销公告

现在很多卖家都会主动在自家店铺中使用大幅面的自定义区来宣传自己店铺的优惠活动，以期让买家了解，激发买家的购买欲，从而达到提高销量的目的，如图 12-3 所示。

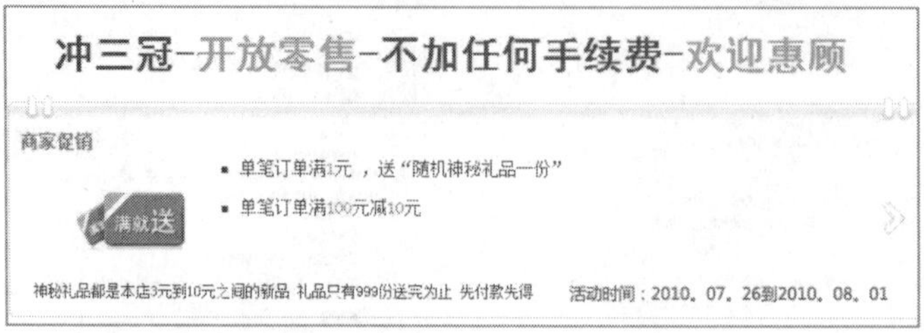

图 12-3

当然这里也可以用来做一些特别说明，以提醒买家注意，如图 12-4 所示。

图 12-4

2. 商品促销广告

为了能让客户进店后，更长时间停留在自己店里，更多地浏览自家的商品，从而提高成交率，也有很多掌柜选择在右侧添加自家的热销宝贝，进行推荐，达到吸引客户的目的，这也是很不错的一种选择。

但要注意的是，在右侧进行促销时，所选的商品一定要有特色，能吸引人。具体怎么使用，那就要卖家多思量了，如图 12-5 所示就是一个右侧商品促销广告。

图 12-5

当然，由于淘宝网的自定义区的容量有所增加，因而就允许我们使用大幅面的广告来进行促销，因此在同一个自定义区中展示多件商品广告已经成为很多卖家的首选，如图 12-6 所示。

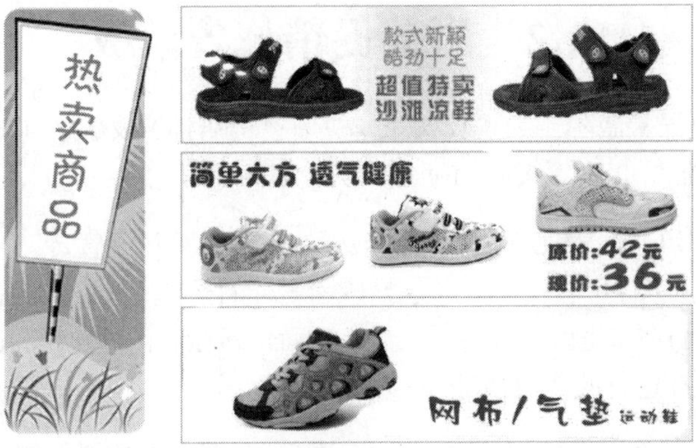

图 12-6

3. 动态商品促销模板

我们前面说过，在店铺当中可以通过自定义区来为我们的店铺添加促销广告，从而达到促销的目的。但不知大家有没有考虑过这样一个问题：这种促销广告不管是单图，还是多图，它们都有一个不足之处，那就是这个商品的广告图是固定不变的，如果要想进行商品的更换，那我们就必须重新制作，这无疑就会大大增加我们的工作量。

针对这个问题，我们只要把商品促销区做成形式相对固定的模板，而其中促销的商品可以随时更换，这样就可以顺利地解决这个看似棘手问题。

因此动态商品促销模板的制作才是我们右侧自定义区的重点之处！如图 12-7 所示，这就是一个简单的动态商品促销模板。

图 12-7

从以上介绍我们不难看出，店铺左侧区域的装修是大有作为的，在本章的后续章节中将对以上所说的内容进行具体介绍。

12.2 店铺促销公告模板

由于淘宝网上竞争异常激烈，为了让买家走进自己的店铺，又能够主动掏腰包购买，各位卖家纷纷想出各种促销方案，以期激发买家朋友购买欲望。

怎样才能让买家知道我们的促销活动呢？最好的方式就莫过于宣传。再好的促销活动，如果买家不知道，就不会带来效果。宣传一方面包括店铺之外的推广宣传，当然在店外如何推广宣传不是本章的主要内容，我们在这里就不做说明。另一方面包括在店内做宣传，让买家一进入我们的店铺，就可以看到现在正在进行的优惠活动。

基于这一点，所以现在很多卖家都会在自家店铺的显眼位置放置促销公告。这种促销公告主要有以下三种方式。

第一种直接使用自定义区，在自定义区中写上促销文字，如图 12-8 所示。

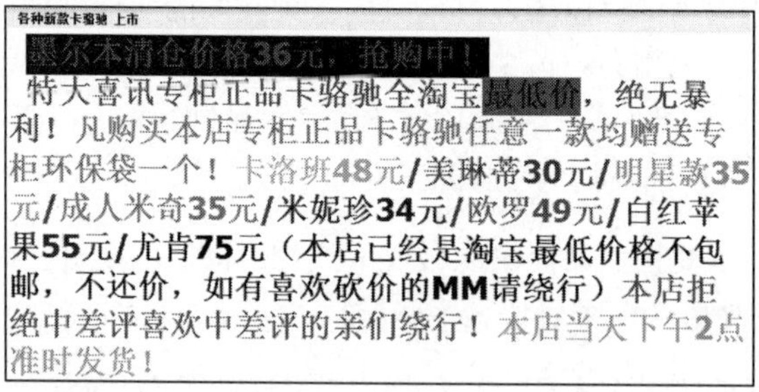

图 12-8

上面的这个促销公告太醒目了，已经醒目到了刺眼的地步，没有任何美感可言。我们对店铺的装修要有一个整体考虑，不要因为局部问题而破坏了店铺的装修效果！

第二种方式就是直接将促销文字做成图片，然后用自定义区展示出来，如图 12-9 所示。

图 12-9

这种形式从整体效果上来看比第一种方式要好，如果处理得好，它也可以兼顾店铺的整体装修效果。但是这是一个图片式的促销公告，内容已经完全固化，如果我们要修改的话，就必须重新制作，从头再来。看来这个简单的固定促销公告方式也不是很可取。

第三种方式就是使用动态的店铺促销公告模板！这种公告模板最大的好处就在于公告的内容可以随意更换而不需重新制作!

下面就讲解简单动态店铺促销公告模板的完整制作过程，希望大家通过这个简单的公告模板的制作能有所启发，从而在今后的店铺装修中能制作出更为精美，更加适合自己的促销公告模板！

12.2.1　动态店铺促销公告模板背景图的制作

启动 Photoshop CS4，新建一个宽 750px，而高 350px 空白文档。在系统工具箱中选择“矩形选框工具”，在空白文档上方拖出一个矩形选框，如图 12-10 所示。

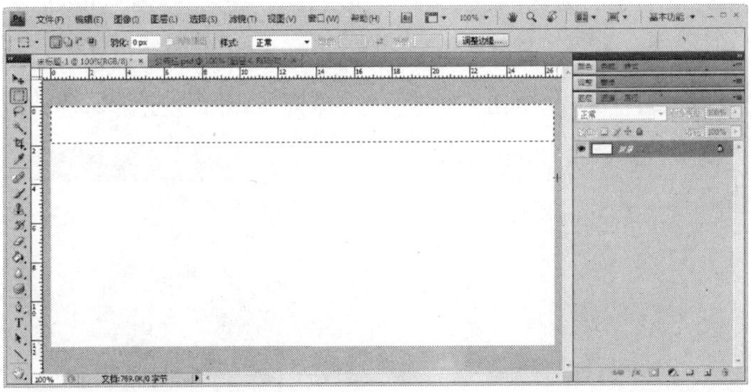

图 12-10

单击　“编辑→填充…”命令，系统弹出一个名为“填充”的对话框，如图 12-11 所示。

在此对话框的“使用”下拉选择框中单击“颜色…”选项，系统弹出一个名为“选取一种颜色:”对话框，这里我选择一种绿色，如图 12-12 所示。

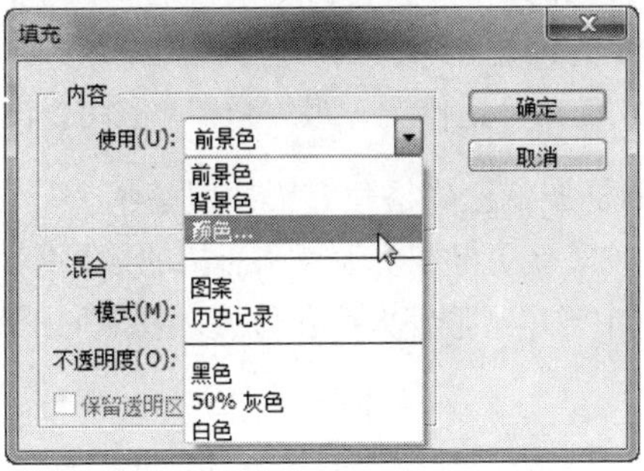

图 12-11

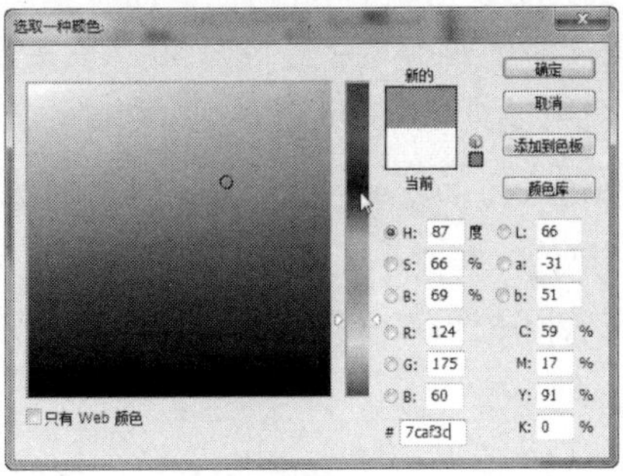

图 12-12

选择完毕之后，单击“确定”按钮，此时就可以看到矩形选择框已经被我们用所选择的绿色填充，如图 12-13 所示。

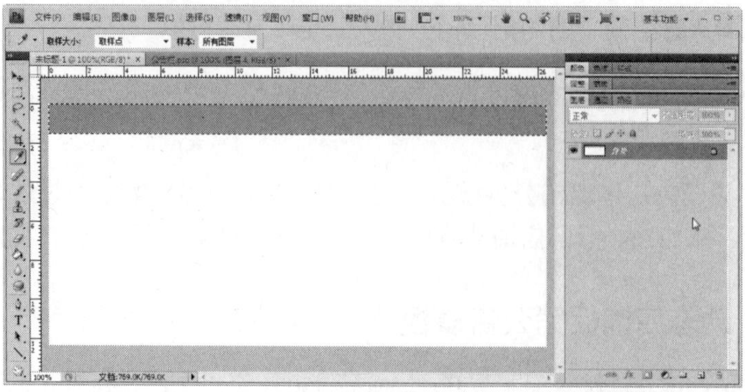

图 12-13

单击系统的“选择→全选”命令，将整个文档区域全部选中，此时我们会发现整个文档区域均被虚线框所包围。单击系统的“编辑→描边…”命令。在弹出的“描边”对话框中将描边的宽度设置为 2px，如图 12-14 所示。同时单击“颜色”选择框，将颜色定为绿色，如图 12-15 所示。

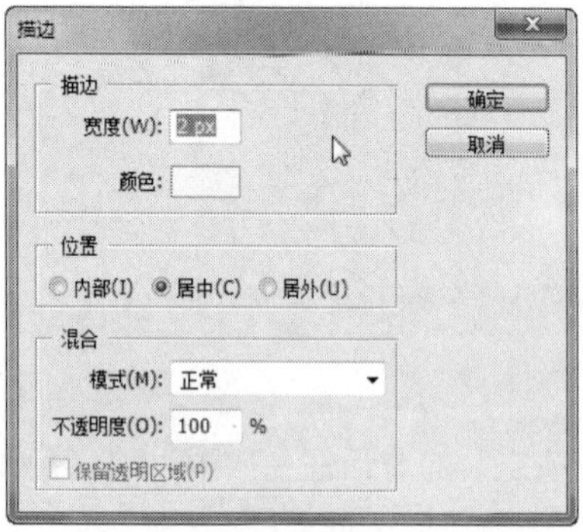

图 12-14

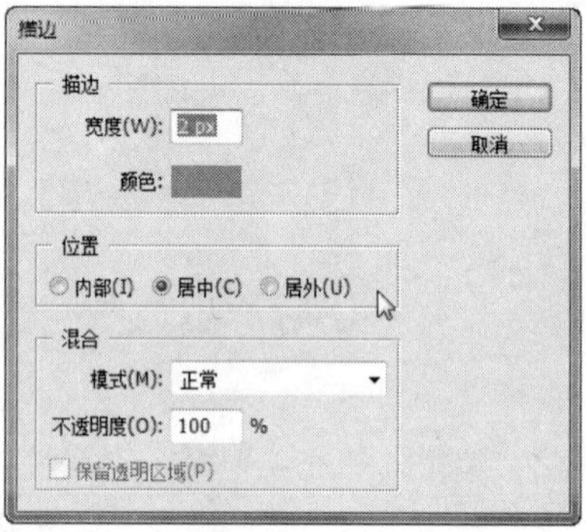

图 12-15

单击“确定”按钮，完成模板描边工作。选择“横排文字工具”命令，在选项栏中，选择字体为“华康少女文字”，字号设为 30 点，文字颜色设定为白色。在文档工作区中输入“店铺促销公告”，并使用移动工具将其位置进行调整，将文字被放置在合适位置，最终效果如图 12-16 所示。

按理说，到了这里，我们的这个店铺促销公告的框架就已经搭建完毕，但是整个公告区比较单一，如果能够在这个区域当中添加一些装饰图案，效果就更好了。为了和店招的效果统一，我们就在原来店招中选取一部分图案将其粘贴到公告模板中，并调整好大小及位置。效果如图 12-17 所示。

经过这样处理之后，公告模板的整体效果和我们的店招相呼应，保持整体效果一致。

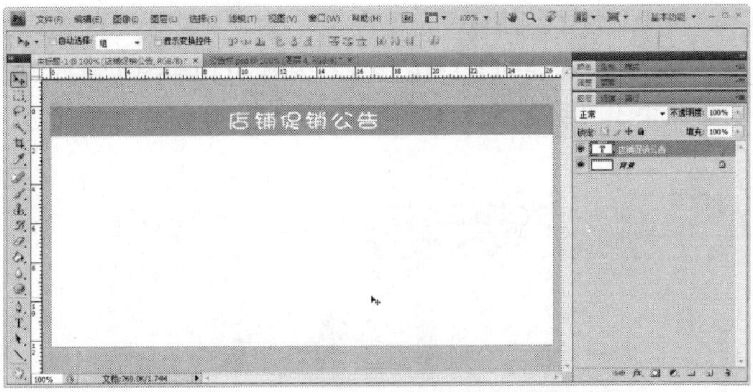

图 12-16

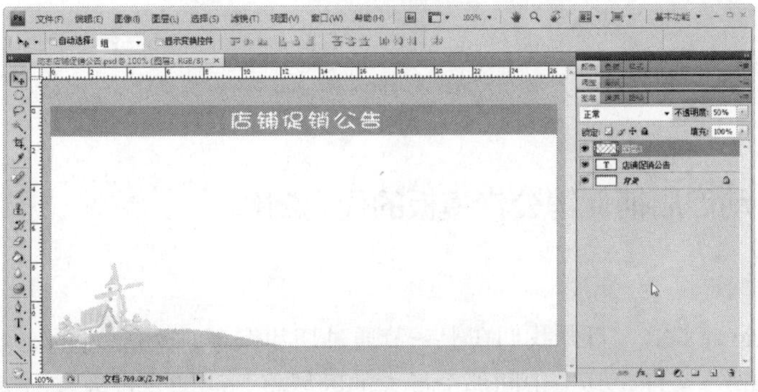

图 12-17

12.2.2　动态店铺促销公告模板背景图的切片

利用 Photoshop CS4 打开上一小节我们制作并保存的动态店铺促销公告模板的 PSD 源文件，在背景图上按照我们的设计预想利用参考线对这个背景图进行划分，如图 12-18 所示。

选择“切片工具”，将我们所制作的促销公告沿着参考线进行切片。为了在切片时不出现偏差，先应将对齐方式定为“对齐到参考线”，然后使用切片工具将这个背景图切片，如图 12-19 所示。

图 12-18

图 12-19

接下来就该保存此切片文件了，注意一定要在保存类型中选择“HTML 和图像(*.html)”，因为只有这样它才会生成一个我们所需要的 HTML 源文件和所有切片图像文件，如果不这样选择的话，那么就意味着我们要自己手工来编写 HTML 代码。成功保存切片文件之后，所得到的内容如图 12-20 所示。

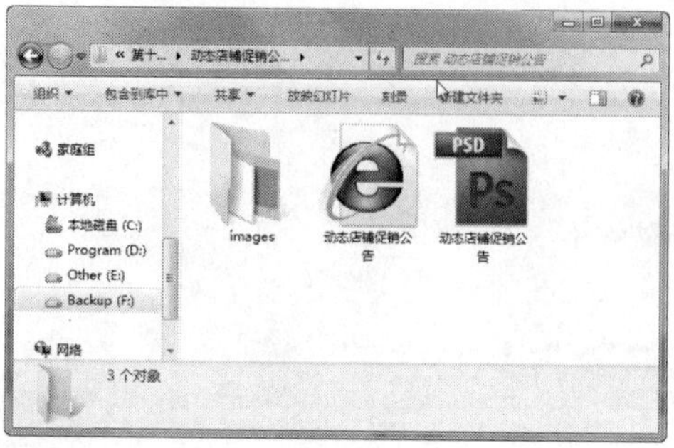

图 12-20

12.2.3 动态店铺促销公告模板的代码制作

1. 代码的调整

启动 Dreamweaver CS4，打开我们在上一节通过切片保存时 Photoshop CS4 自动生成的 “动态店铺促销公告.html”文件，其中中间那个最大的区域将是店铺公告内容出现的地方，所以要将这个地方的单元格中的切片要设置成单元格背景，如图 12-21 所示。

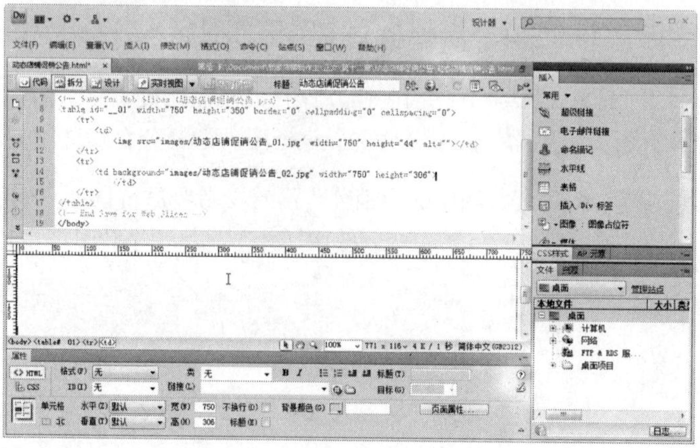

图 12-21

2. 插入嵌套表格

为了让以后输入的文字版式美观，且只能输入在规定位置，我们现在要在以后输入促销文字的地方插入一个表格，用这个表格来对文字的版式进行约束。

在设计窗口区中选中背景图片所在的单元格，然后在插入面板当中“常用”项当中找到“表格”。系统就会弹出一个名为“表格”的对话框，在此对话框中，将行数定为 8 行，列数设为 1 列，表格宽度为 98，宽度单位为百分比，边框粗细为 0 像素，单元格边距为 0 像素，单元格间距为 2 像素。其他选项为系统的默认值。

设定完毕之后，单击对话框上的“确定”按钮，此时系统就会在所指定的单元格中插入一个空白表格，如图 12-22 所示。

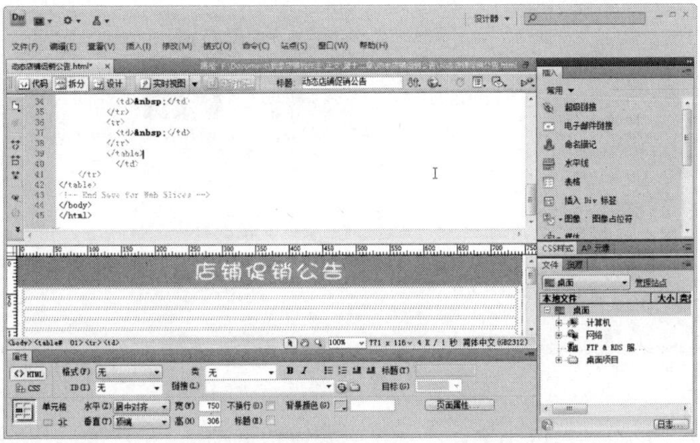

图 12-22

将来我们的促销文字输入在这个嵌套表格中，就不用担心文字内容的版面不美观了！

3. 本地图片的网络替换

把我们制作的“联系我们”的图片全部上传到空间中，并利用上传后图片的网络地址来替换这个动态店铺促销公告模板代码中的本地图片。全部替换之后的代码如图 12-23 所示。

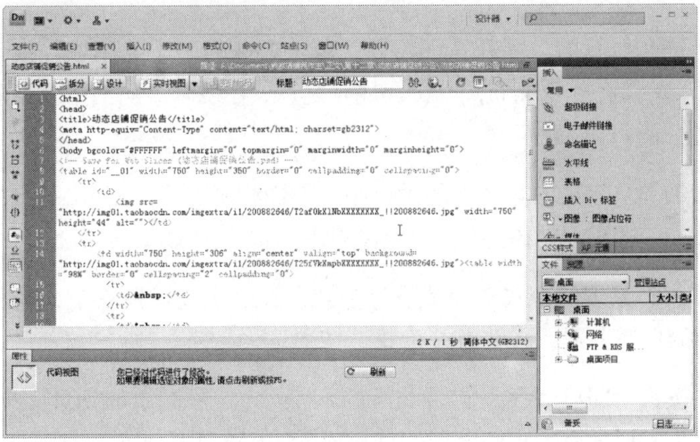

图 12-23

4. 动态店铺促销公告代码的保存

在代码窗口中将<body></body>之间的代码用鼠标拖动全选，复制并粘贴到记事当中，以文本文档的形式保存在指定位置，如图 12-24 所示。

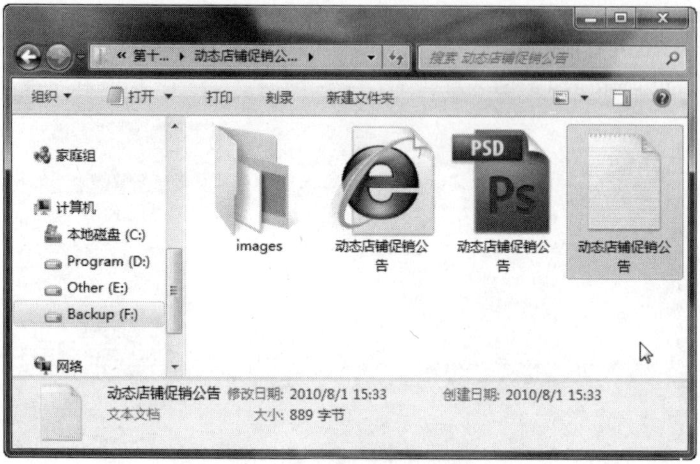

图 12-24

从图 12-24 来看，我们已经得到了一个名为“动态店铺促销公告”的文本文件。这里面的文本内容就是我们要使用的店铺装修代码，一定要保存好！

12.2.4 动态店铺促销公告的使用

经过前面的各种处理，我们终于把准备工作做完。接下来就是要把这个动态店铺促销公告显示在自己店铺里，并在其中写上自家的促销信息，从而方便买家及时了解相关信息，当然写什么信息就由你自己决定了。

进入到首页店铺装修页面，展开页面布局，单击右侧的“添加模块”按钮，在页面右侧添加一个自定义内容区，并保存此页面布局。保存成功之后，在装修页面当中就会看到一个新增的自定义模块，如图 12-25 中标注位置所示。

单击这个新增加的自定义内容区上的黄色小齿轮图标“ ”，将弹出的自定义内容区设置框转换成源代码编辑模式，把我们制作的代码复制并粘贴到源代码编辑区中。

粘贴完成之后，再将编辑模式转换成设计模式。在这个设计模式中，利用淘宝系统所给定的文字工具输入我们的促销方案，并调整好格式，如图 12-26 所示。

单击“保存”按钮，即可保存我们的设置，并将此自定义区添加到页面中。为了让买家看到，就赶快发布吧！发布成功之后，我们店铺的首页如图 12-27 所示。

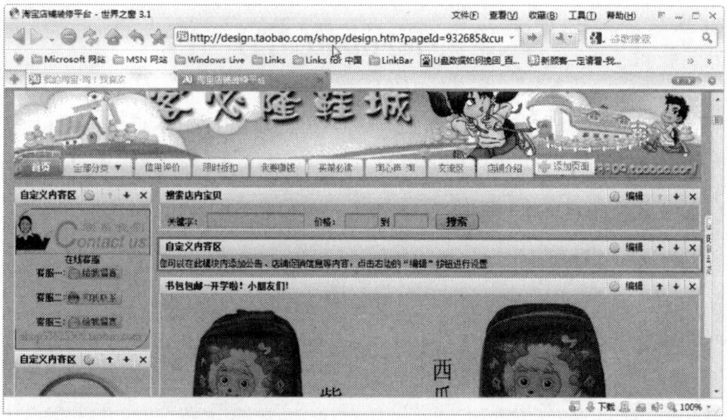

图 12-25

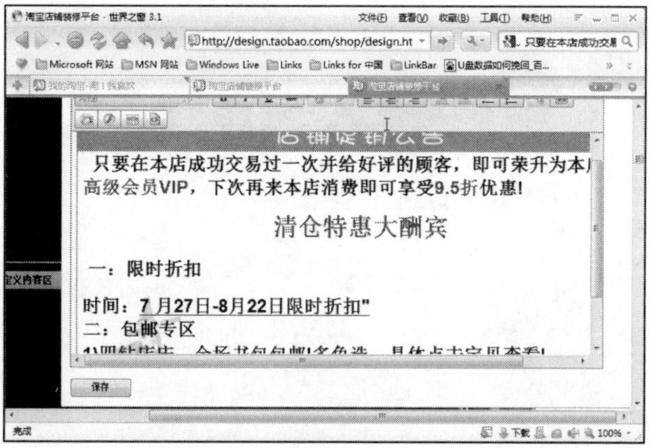

图 12-26

图 12-27

就这样，一个高度不限的店铺促销公告就被我们加入到了店铺中。这些促销公告内容可以随时更改，而不必要重新制作模板，只需要把里面显示的内容换一下就行了。

12.3 商品促销广告

对于卖家来说，自定义内容区的最大利用价值就在于能够用来推销自己的商品，因为对于卖家来说，把自家的商品成功推销出去才是我们最主要任务，至于其他我们所做的一切都是了达到这个目的。下面看一看其他店铺中的促销商品广告，如图 12-28 和图 12-29 所示。

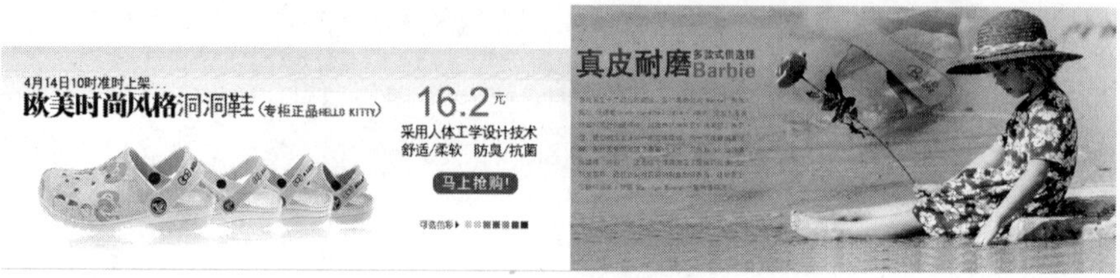

图 12-28

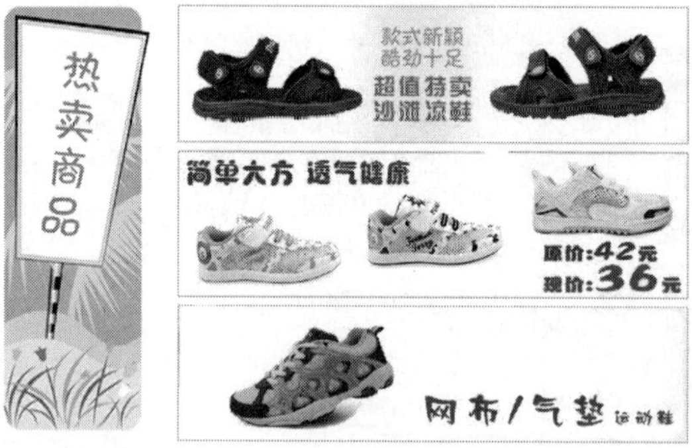

图 12-29

从图 12-28 和图 12-29 可以看出，在右侧广告可设置两种图片广告。

第一大类是单图广告，这种广告的制作从技术上来说比较简单，先使用 Photoshop 来制作一个图片，在图片上放上自家的宝贝图片，再加上一些极具煽动性的广告词。然后将制作好的图片上传到空间中，放到一个自定义模块中，在图片上加上宝贝链接，最后发布一下就可以了。

第二大类是多图广告，这种广告是在一个模板当中放置多个广告图片，利用这种方式可以使用最少的自定义区宣传更多的宝贝。毕竟自定义区的使用是有数量限制的！

接下来以图 12-29 为例，来讲解制作一个多图商品促销广告的步骤。

12.3.1 广告图片的制作

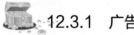

利用 Photoshop CS4，新建一个宽为 546px，高为 146px 的空白文档。并以此为工作区来创建一个广告图片，加上宝贝图案及广告语，并合理调整位置，如图 12-30 所示。

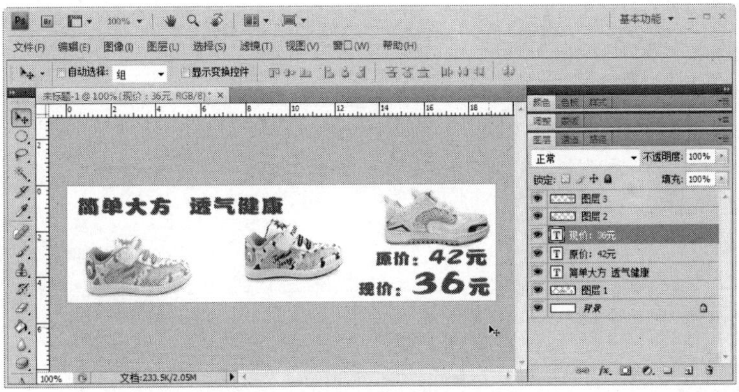

图 12-30

将此图片以 JPEG 格式保存下来，按照同样的方式将其余几个图片一一制作出来并保存备用。最终我们得到的全部所需图片，如图 12-31 所示。

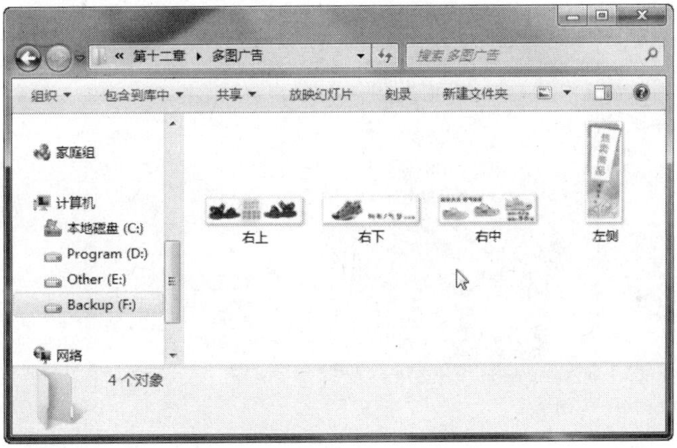

图 12-31

12.3.2　代码制作

1. 编写代码

在上一小节当中，我们已经把要促销的广告图片全部制作完毕，接下来就该我们将这几个图片组合起来了。

启动 Dreamweaver CS4，在启动之后的欢迎页面中单击“新建 HTML”选项，Dreamweaver CS4 就会为我们创建一个空白的 HTML 文件，如图 12-32 所示。

为了以后让图片版式美观，现在就要插入一个表格，用这个表格来对图片进行排版。单击插入面板当中“常用”项的“表格”按钮。在弹出的对话框进行设置，如图 12-33 所示。

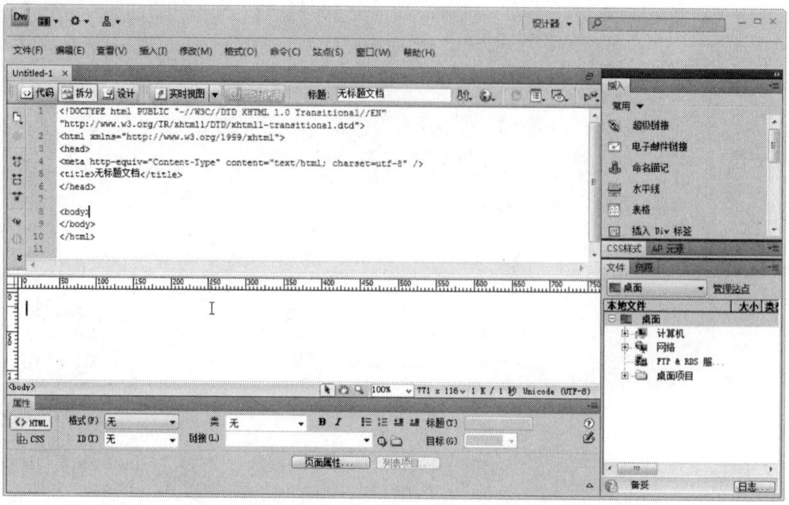

图 12-32

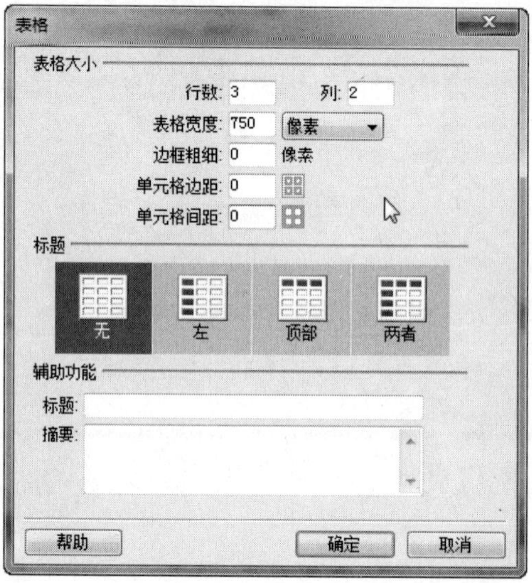

图 12-33

设定完毕，单击“确定”按钮，此时一个符合要求的表格就被插入到新建的 HTML 文档中。将第一列的三个单元格全部选中并合并单元格，再将所有单元格的水平和垂直对齐方式设为“居中”对齐，如图 12-34 所示。

现在表格设定完毕，下面就开始将广告图片按照第 4 章所讲述的图片插入方法，将所有图片插入到规定的位置，如图 12-35 所示。

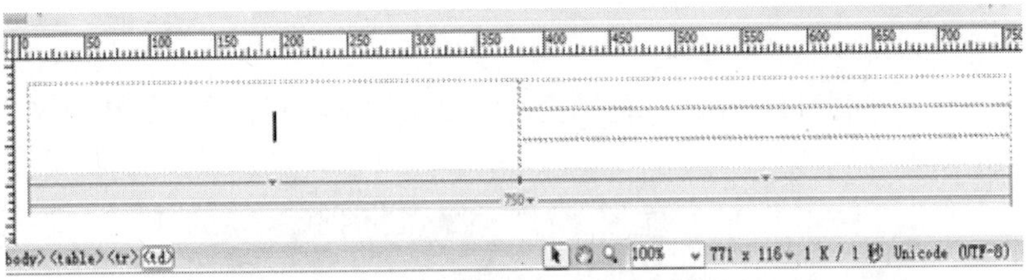

图 12-34

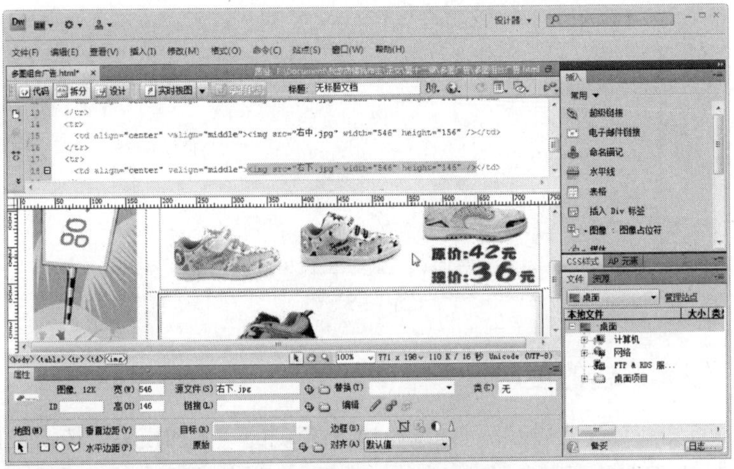

图 12-35

2. 本地图片的网络替换

将我们制作的所有图片全部上传到图片空间中，并将代码中的本地图片用相应的网络图片进行替换。替换之后代码如图 12-36 所示。

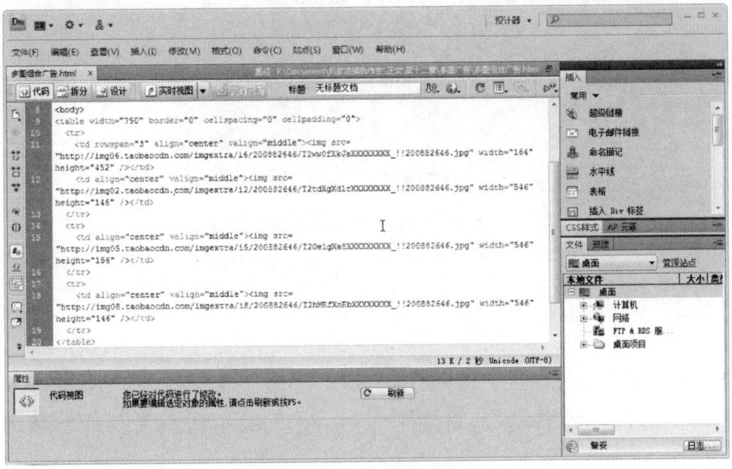

图 12-36

3. 代码保存

将<body></body>之间的代码用鼠标拖动全选，复制并粘贴到记事本当中以文本格式进行保存，如图 12-37 所示。

图 12-37

12.3.3 多图广告的使用

进入到店铺首页装修页面，展开页面布局，单击右侧的“添加模块”按钮，在页面右侧添加一个自定义内容区，并保存此页面布局。保存成功之后，在装修页面中就会看到一个新增的自定义模块，如图 12-38 中标注位置所示。

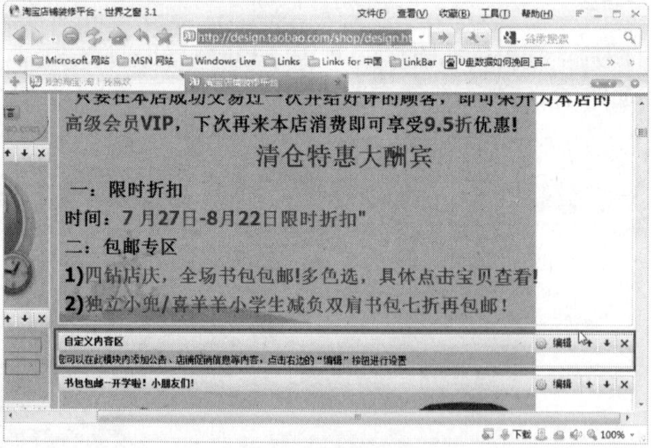

图 12-38

单击这个新增加的自定义内容区上的黄色小齿轮图标“ ”，在弹出的自定义内容区设置对话框中将编辑模式转换为源代码编辑模式，将刚刚保存下来的文本代码复制并粘贴到源代码编辑区下的编辑框中。

粘贴进来之后，我们并不能看到任何效果，因为现在是源代码编辑模式，而不是设计模式。为了看到效果，再次单击“编辑 HTML 源码”按钮 ，回到原来的设计模式，也就可以看到添加代码之后的效果了，如图 12-39 所示。

在这个设计模式当中，首先用鼠标单击并选中第一个图片，如图 12-40 所示。

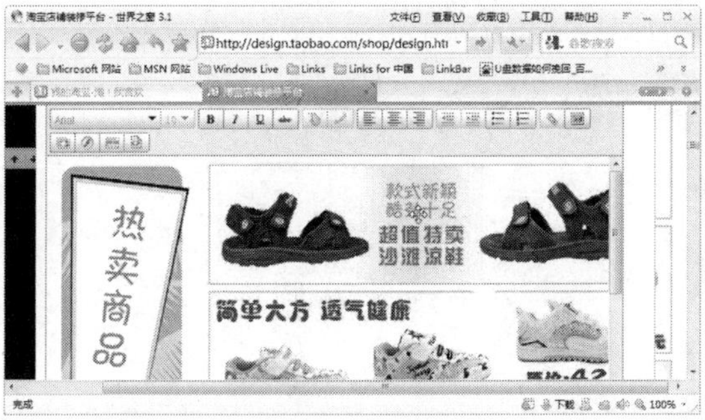

图 12-39

图 12-40

单击编辑区工具栏上的“超链接”按钮 ，也即图 12-39 中标注位置的按钮，系统会弹出如图 12-41 所示的对话框。

接下来我们找到这个广告图片所对应的宝贝链接地址，将其复制下来，再把它粘贴到图 12-41 所示的链接地址文本框中。效果如图 12-42 所示。

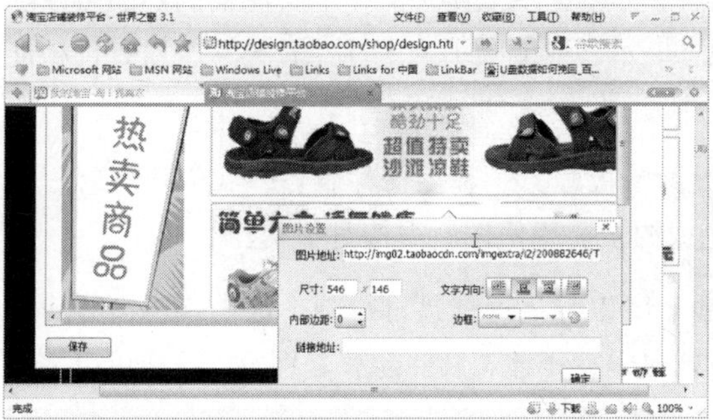

图 12-41

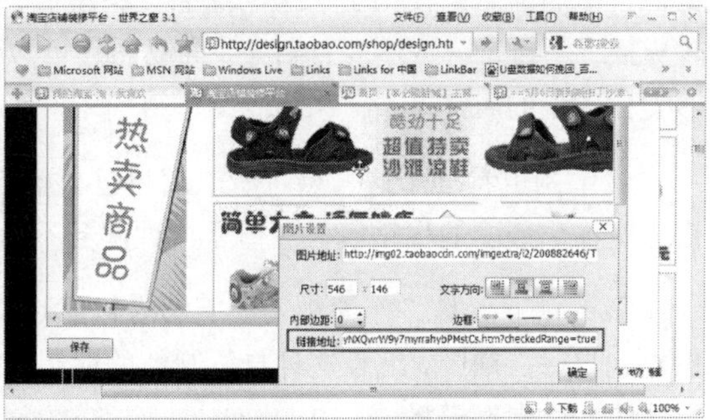

图 12-42

单击“确定”按钮，完成这个图片的链接添加。按照同样的方式将其他几个广告图片也添加链接地址。

全部工作结束之后就开始发布了。此后，可以看到这个多图广告就展现在我们店铺当中，如图 12-43 所示。

虽然这种形式的广告制作稍微麻烦一些，但使用这种方式可以利用最少的模块来完成最多的广告投放。为什么要这样呢？因为淘宝网对于每个页面所允许添加的模块数量是有限制的，所以我们就应该精打细算，不要单纯为了投放一个广告就浪费一个模块！

图 12-43

12.4 动态商品促销模板

不管是添加商品促销公告还是商品促销广告图，目的都是为了在店铺当中更好地宣传自家的产品，以期能够将流量转化为销量。

但是上面两种促销宣传方式都过于单一，并且在形式上有一些呆板。因此现在很多卖家都纷纷在自家店铺当中使用了动态的商品促销模板，这种模板有三大优点：第一，所促销的商品可以随时更换，不再是一成不变；第二，商品图片可以动态展示，更能吸引人的注意；第三，这种模板能够美化我们的店铺。

淘宝网也看准了这一点，所以它自己也推出促销模板服务。利用这种服务，我们可以轻轻松松地制作出靓丽的促销模板。但是这种服务不是免费的，要想使用就得按月付费！

我的观点就是，作为小卖家能够省钱就是赚钱。所以我一直都是自行制作促销模板，并将其投放到自己店铺中，况且这种自行制作的促销模板效果也并不差，只要能够处理好，一样可以媲美那些收费的促销模板。

在本节，我们就来一起制作一个动态商品促销模板！

12.4.1 素材收集及处理

1. 素材收集

找到自己需要的素材图片，如图 12-44 所示。

图 12-44

2. 素材处理

我的构想是做出一个探照灯来进行扫射的效果。为了能够让收集到的素材满足制作要求，有必要对这个素材进行一番处理。

利用 Photoshop CS4 打开图片素材，将背景层转换成普通图层。使用“磁性套索工具”将右上角探照灯的区域选中，如图 12-45 所示。

单击“选择→反向”命令，选定的探照灯之外的区域，并按 Delete 键将其删除，如图 12-46 所示。

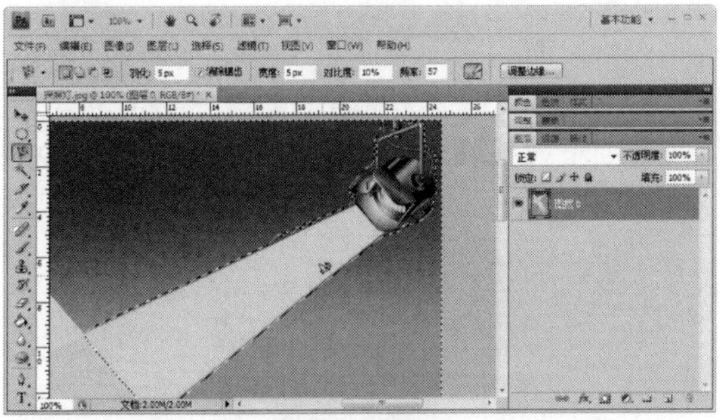

图 12-45

图 12-46

在工具箱中选择“橡皮擦工具”将图像周围的杂边小心地擦除，如图 12-47 所示 。

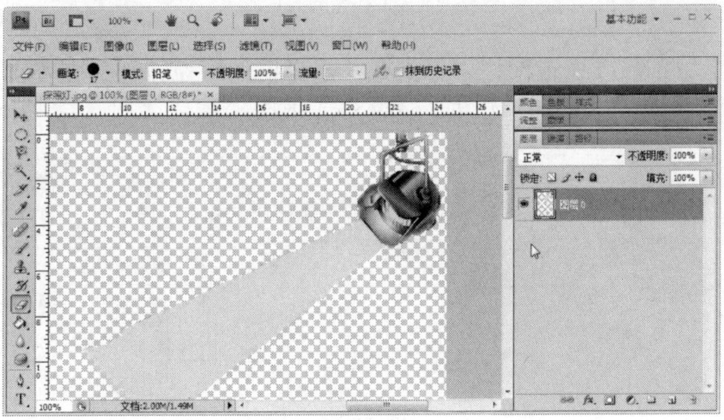

图 12-47

12.4.2 动态促销模板背景图片制作

启动 Photoshop CS4，新建一个宽 750px，高为 410px 的空白文档。为了更好地体现模板的样式，利用前面已经使用过的方式，将整个文档区域加上宽为 2px 的绿色边框。最终效果如图 12-48 所示。

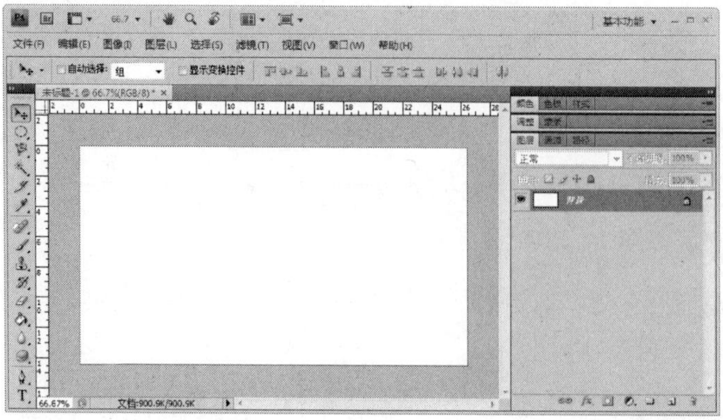

图 12-48

选择“圆角矩形工具”，在选项栏中单击几何选项下拉按钮，在弹出的圆角矩形选项中选择“不受约束”选项，如图 12-49 所示。

图 12-49

设定几何选项之后，继续在选项栏中单击样式选择框的下拉按钮，在弹出的样式当中选择“1像素描边，0%填充不透明度”样式，也即如图 12-50 中标注所示。

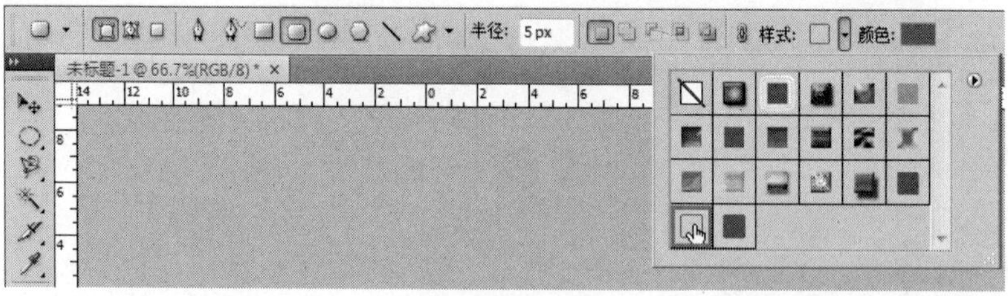

图 12-50

设定完毕之后，按住鼠标左键不放，在空白文档中拖出一个圆角矩形框并调整好其位置。双击刚描绘的形状图层，此时就会弹出名为“图层样式”对话框。在此对话框中，可以看到当前图层已经被描边，描边像素为 1 像素，描边颜色为黑色，我们将颜色改成灰色，如图 12-51 所示。

将颜色改变之后，再次在“图层样式”对话框中选择“投影”样式，并在右侧将投影的颜色改为深灰色，距离和大小均改为 2 像素，如图 12-52 所示。

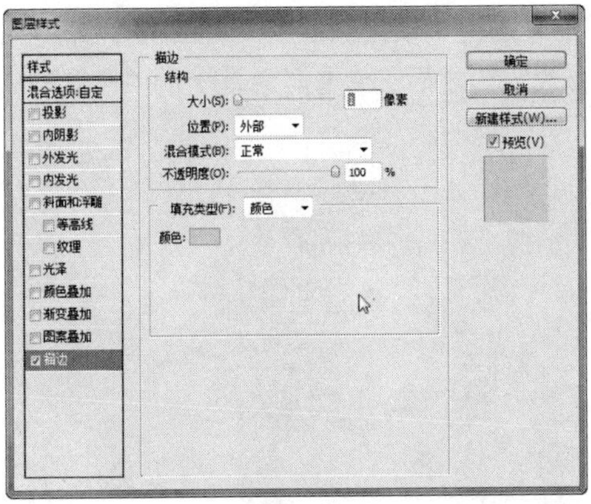

图 12-51

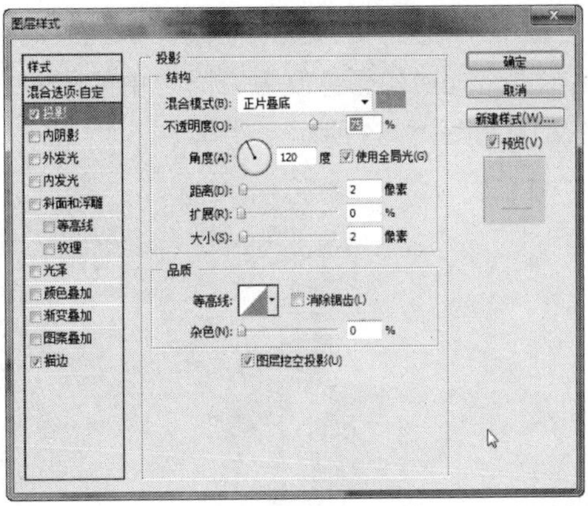

图 12-52

单击“确定”按钮，此时就会将黑色的圆角矩形方框变为了灰色的圆角矩形方框。在图层面板当中，选中“形状 1”图层，将此图层复制一份，利用自由变换及移动工具将其大小和位置进行调整，最终如图 12-53 所示。

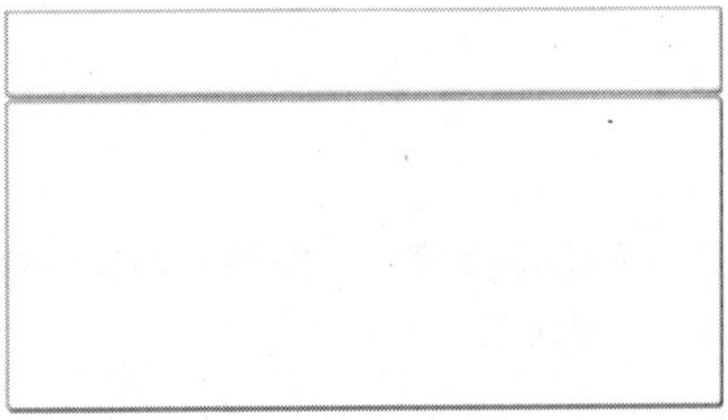

图 12-53

在工具箱中再次选择“圆角矩形工具”，依然按照第一次描绘圆角矩形的设置，在空白文档当中再次拖出一个圆角矩形框，并用自由变换和移动工具进行调整。最终效果如图 12-54 所示。

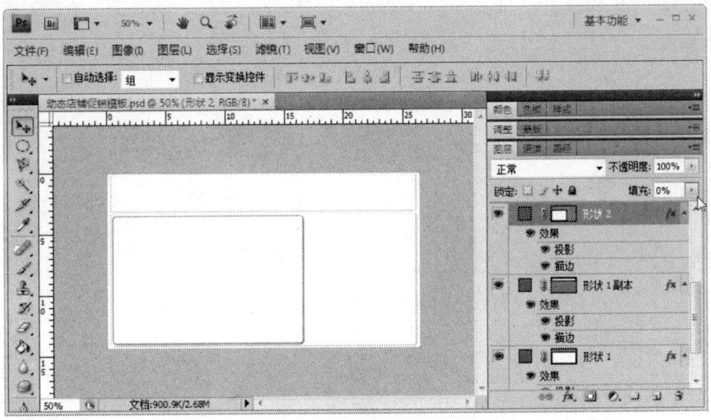

图 12-54

在图层面板当中再次双击刚才所描绘的形状图层的“描边”效果图层，在弹出的“图层样式”对话框中将描边的颜色改为店铺的主色调——绿色，修改完毕之后，单击对话框上的“确定”按钮。最终效果如图 12-55 所示。

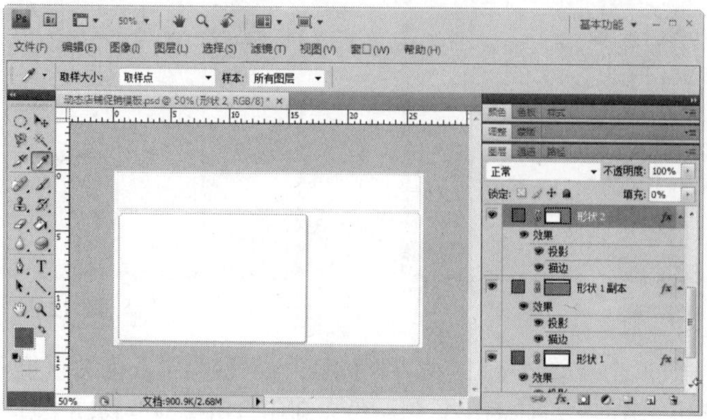

图 12-55

在工具箱中第三次选择“矩形工具”，在选项栏中单击几何选项下拉按钮，在弹出的矩形选项中选择“比例”，并将宽高之比设为 4:3，在弹出的样式当中选择“1 像素描边，0%填充不透明度”。

样式设定完毕之后，按住鼠标左键不松开，在空白文档当中拖出一个大小合适的矩形方框，并将其调整到合适的位置，如图 12-56 所示。

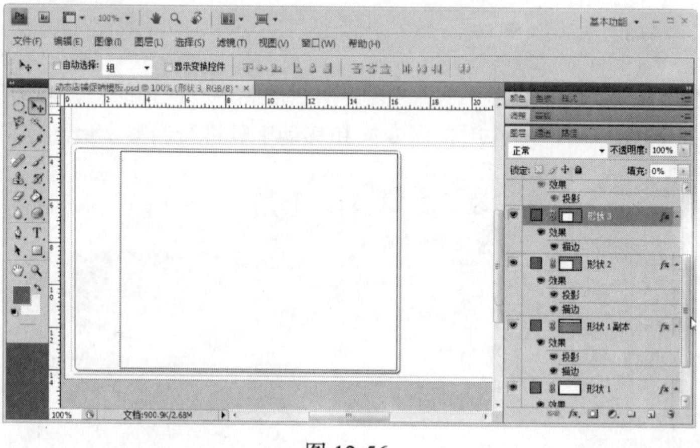

图 12-56

第四次在工具箱中选择“圆角矩形工具”，在选项栏中单击几何选项下拉按钮，在弹出的圆角矩形选项中选择“不受约束”，在样式当中选择“默认”样式，同时还要记得要把颜色也选定为一直所使用的绿色。设定完毕之后的样式栏如图 12-57 所示。

图 12-57

设定完毕之后，按住鼠标左键不松开，在文档当中拖出一个被绿色填充的圆角矩形框，使用自由变换将这个圆角矩形框调整到合适的大小，并将其位置也做适当调整，最终如图 12-58 所示。

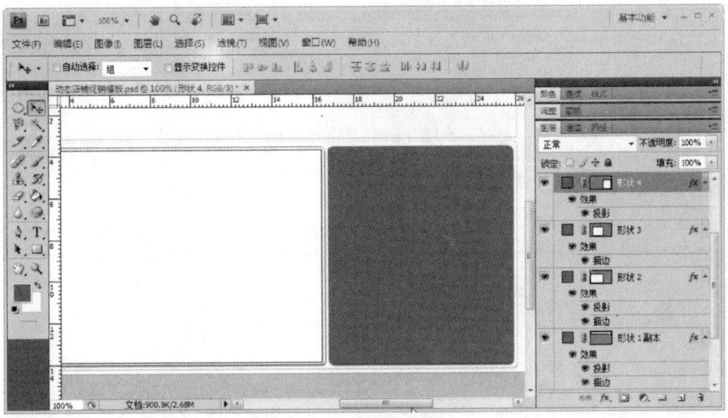

图 12-58

在系统工具箱中选择“横排文字工具”。选中之后，在选项栏中，设置字体为“华文行楷”，字号为“36 点”，文字颜色为绿色。输入“诚信经营”四个字，并将其调整到合适的位置。

选择“横排文字工具”。设置字体为“Arial”，样式为“Bold”，字号为“18 点”，文字颜色为灰色。输入“Credit management”，并将其调整到合适的位置。

再次选择“横排文字工具”。设置字体为“宋体”，字号为“12 点”，文字颜色为绿色。输入“专注童鞋　儿童用品”，并将其调整到合适的位置，最终效果如图 12-59 所示。

图 12-59

在系统工具箱中选择“直线工具”。选定之后在选项栏中将直线的粗细设为 2px，颜色设为灰色，如图 12-60 所示。

图 12-60

在键盘上按住 Shift 键不放，同时按住鼠标左键也不放，在文档中绘制出一直竖直线，并调整好大小及其位置，如图 12-61 所示。

图 12-61

选择“横排文字工具”，设置字体为“黑体”，字号为“18 点”，文字颜色为黑色。输入“温馨提示”，并将其调整到合适的位置，如图 12-62 所示。

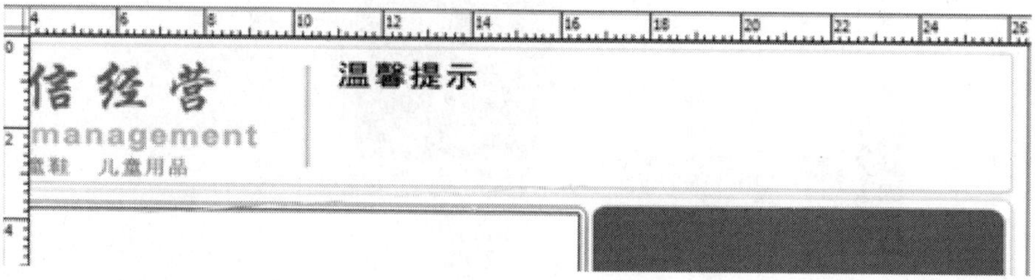

图 12-62

选择“矩形工具”，在选项栏中单击几何选项下拉按钮，在弹出的圆角矩形选项中选择“不受约束”选项。在样式当中选择“1 像素描边，0%填充不透明度”样式，也即如图 12-195 标注位置所示。在空白文档当中拖出一个大小合适的矩形方框，并将其调整到合适的位置，如图 12-63 所示。

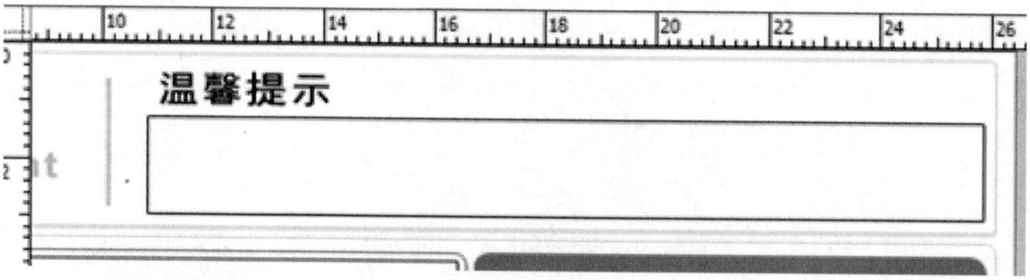

图 12-63

选择“直排文字工具”。设置字体为“华文行楷”，字号为“36 点”，文字颜色为绿色。输入“新品上架”，并将其调整到合适的位置，如图 12-64 所示。

选择“横排文字工具”，设置字体为“华文行楷”，字号为“36 点”，文字颜色为白色。输入“热销宝贝”，并将其调整到合适的位置，如图 12-65 所示。

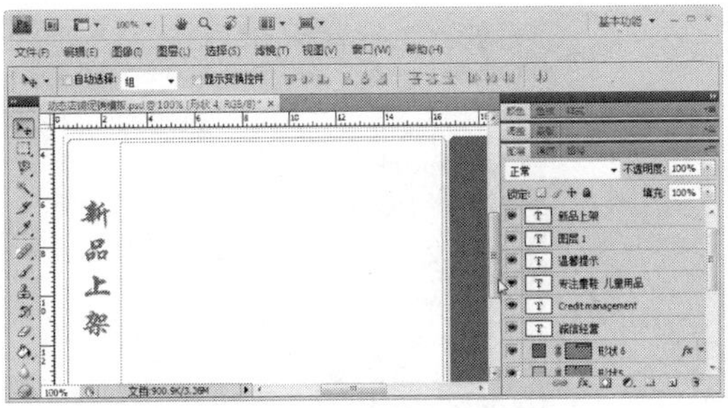

图 12-64

图 12-65

在工具箱中选择“矩形工具”，在选项栏中单击几何选项下拉按钮，在弹出的圆角矩形选项中选择“比例”，将宽高之比设为 4:3，在样式当中选择“默认”样式。设定完毕之后，按住鼠标左键不放，在空白文档中拖出一个大小合适的矩形方框，并将其调整到合适的位置。

将刚刚描绘的这个形状图层复制 5 份，并利用移动工具将其排列整齐，如图 12-66 所示。

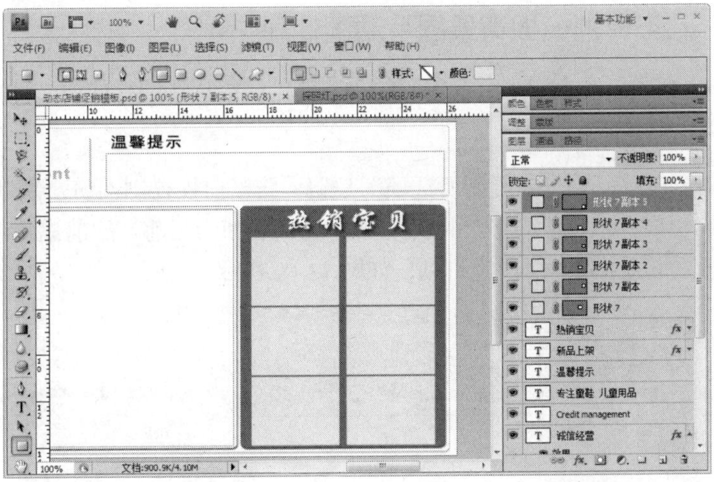

图 12-66

将我们前面所收集并处理过的探照灯素材粘贴到当前文档中，并利用自由变换和移动工具将其大小和位置进行调整，如图 12-67 所示。

将此探照灯所在图层复制一份，同样利用自由变换和移动工具将其大小和位置进行调整，如图 12-68 所示。

调整到合适位置及大小之后，将此图层设为不可见，保存一下源文件。到此，这个比较复杂的动态促销模板的背景图片制作任务就算告一段落了。

图 12-67

图 12-68

12.4.3 动态促销模板背景图片动画处理

利用 Photoshop CS4 打开上一小节所保存的动态促销模板背景图片的源文件。让帧动画控制窗口出现在文档工作区的下方。

在帧动画控制窗口中，单击“复制所选帧”按钮，将当前帧复制两份。复制完毕之后，在帧动画控制窗口中单击第 2 帧，让其成为当前所选帧。在第 2 帧为当前帧的前提条件下，将“图层 1”设为不可见，而把“图层 1 副本”设为可见，如图 12-69 所示。

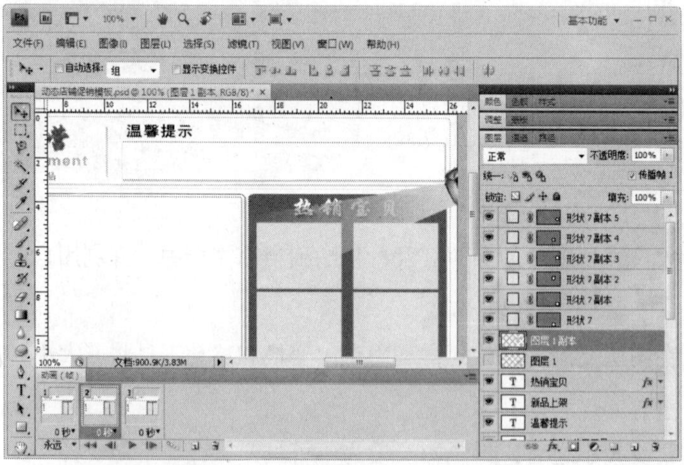

图 12-69

将第 1 帧和第 2 帧的帧延迟时间都定为 2 秒，如图 12-70 所示。

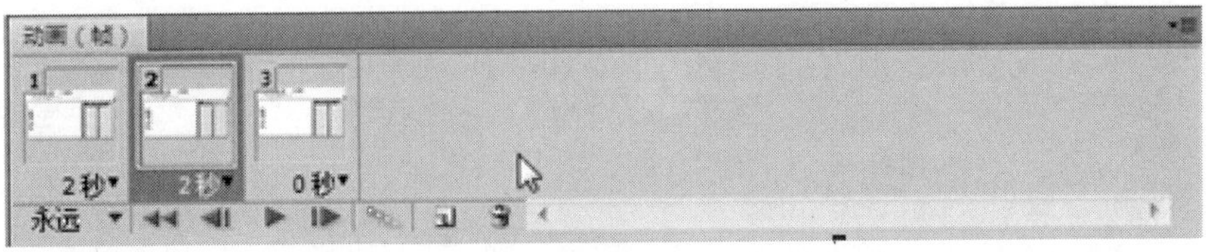

图 12-70

按住 Ctrl 键不松开，用鼠标单击第 1 帧和第 2 帧，同时选中两个帧。在帧动画控制窗口中单击“过渡动画帧”按钮。在这两个帧之间添加 5 个过渡帧，并将这 5 个新加的过渡帧的帧延迟时间为 0.2 秒。效果如图 12-71 所示。

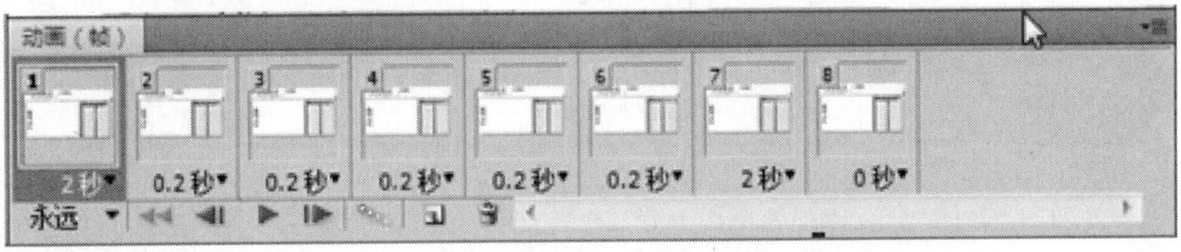

图 12-71

按下“Ctrl”键不放，用鼠标单击第 7 帧和第 8 帧，同时选中这两个帧。同样在此两帧之间添加 5 个过渡帧，并将这新加的过渡帧的帧延迟时间也都设为 0.2 秒，如图 12-72 所示。

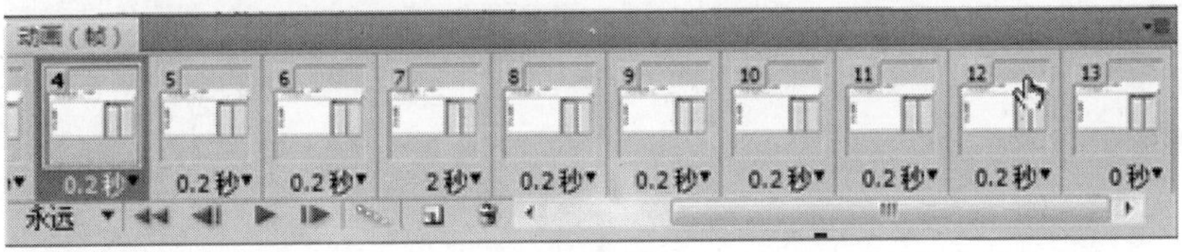

图 12-72

到这里，我们已经得到了一个探照灯扫射的动态店铺促销模板，效果还不错，不过还是要记得保存一下 PSD 源文件！

12.4.4　动态促销模板背景图片切片

动态促销模板的背景图片已经制作完毕，但要想真正投入使用，那还得继续处理。

接下来应该利用切片工具对模板进行切片。

为了切割的方便，首先利用参考线将图片进行区域的划分。单击“视图→新建参考线…”命令，在弹出的对话框中根据需要选择新建何种参考线。最终划分结果如图 12-73 所示。

将对齐方式设定为“对齐参考线”，而后在系统工具箱中单击“切片工具”，按着“尽量横着切”的原则对促销模板进行切割，如图 12-74 所示。

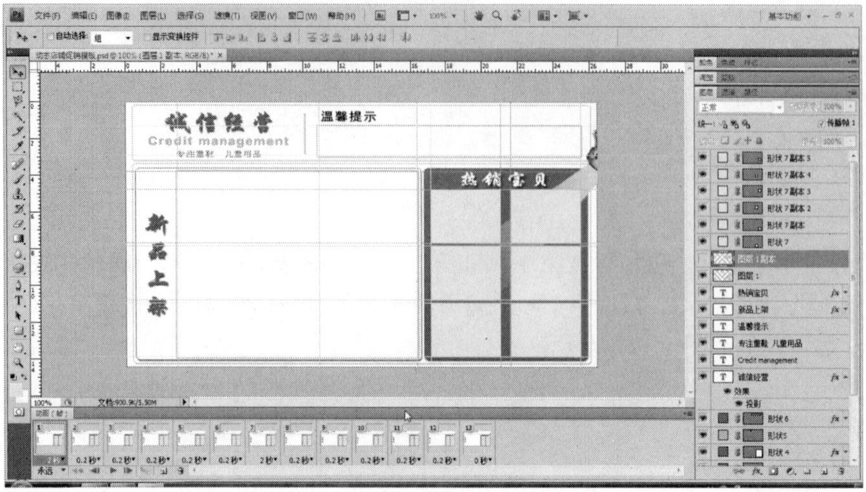

图 12-73

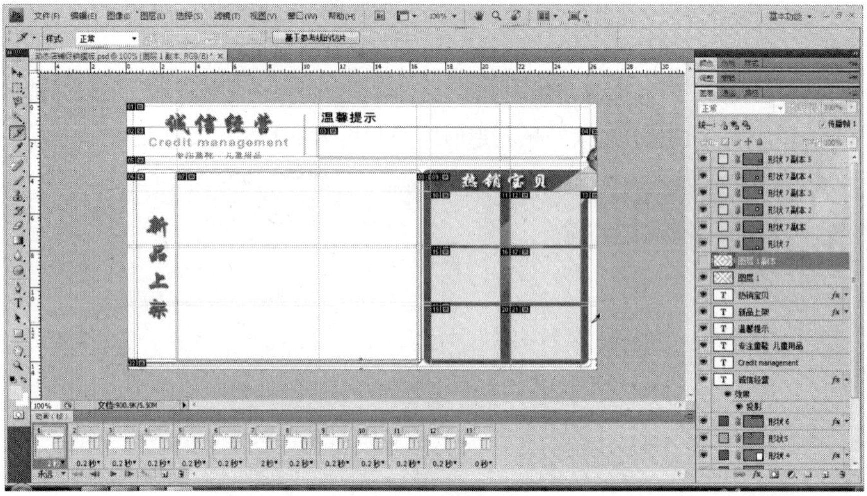

图 12-74

将这个模板图片切割成 24 片。切割完毕之后，保存为 HTML 和图像格式。设定完毕之后，单击对话框中的“保存”按钮。如果我们将文件名命令成中文名字系统会弹出一个警告框，提示我们使用了中文文件名，如图 12-75 所示。

如果不想看到这样的提示，可以使用英文文件名进行存储。当然，有些版本的 Photoshop CS4 以中文名称进行存储时会出现一些意想不到的错误。如果不想出意外，最好就用英文名称进行保存。

直接单击“确定”按钮即可完成任务，如图 12-76 所示。

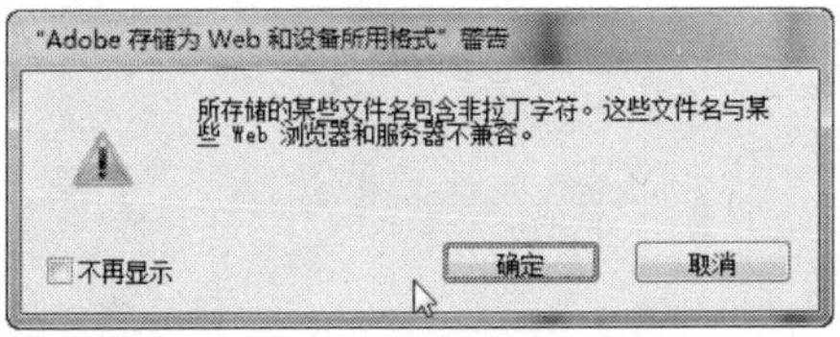

图 12-75

图 12-76

12.4.5　动态店铺促销模板的代码制作

1. 代码的调整

启动 Dreamweaver CS4，打开我们在上一节通过切片保存时 Photoshop CS4 自动生成的 “动态店铺促销模板.html” 文件，这个 html 文件是以表格的形式将我们的各个切片文件组织在一起，拼成了一幅完整的图像，每个切片文件都在表格对应的单元格之中。表格结构如图 12-77 所示。

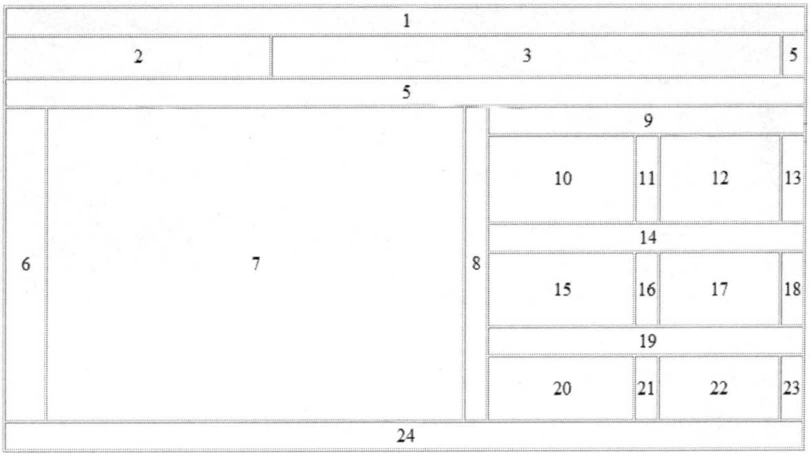

图 12-77

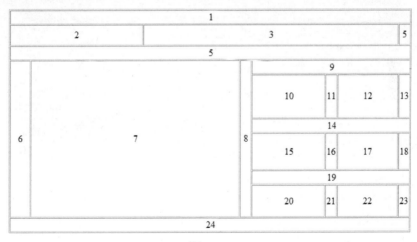

按照以前的操作，将 3、7、10、12、15、17、20 和 22 号位置的切片都处理成单元格的背景，如图 12-78 所示。

事实上这个操作看起来很复杂，真正操作起来却是很简单的。

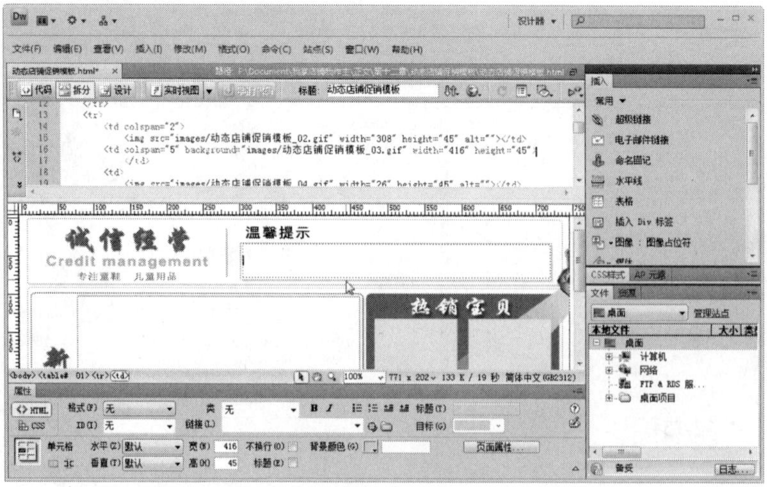

图 12-78

2. 本地图片的网络替换

将切片后的 24 张图片文件上传到自己的淘宝空间中。并将代码中的本地图片文件全部进行替换。最终效果如图 12-79 所示。

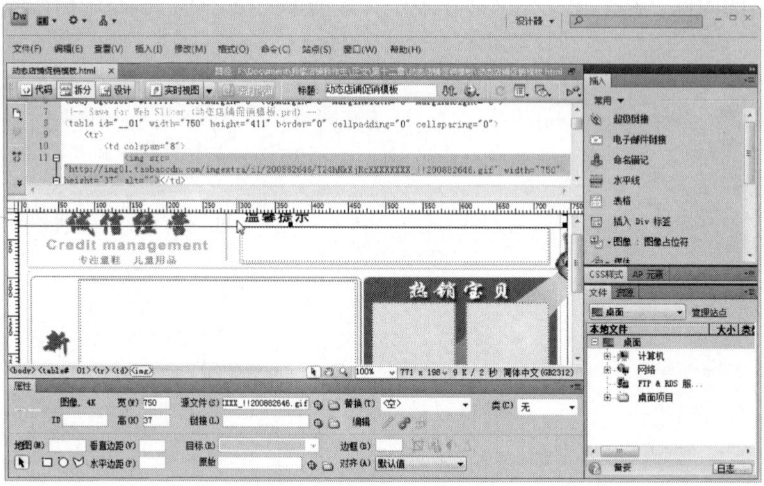

图 12-79

3. 图片展示区的大小确定及焦点图代码添加

由于 7 号位置是用来展示新款商品的，那么我们怎样确定展示的图片的大小？在设计窗口区用鼠标单击 7 号位置，选中该区域所在的单元格。选中单元格之后的代码显示如图 12-80 所示。

```
        <td align="center" valign="middle" colspan="3" rowspan="6" background=
"http://img01.taobaocdn.com/imgextra/i1/200882646/T24ilkXXRaXXXXXXXX_!!200882646.gif" width="381"
height="287">

    </td>
```

图 12-80

从这里来看，这个 7 号位置的区域大小为 381px × 287px，那就意味着在这里展示的商品图片是最大也不能超过 381px × 287px。否则模板就会被撑破。

下面我们就来添加焦点图代码。代码结构如下：

```
<DIV style="HEIGHT: 焦点区的高度 px" class="slider-promo J_Slider">
<ul>
<li>
<A href="链接地址 1" target=_blank>
<img border=0 src="图片 1 地址" width="图片的宽度" height="图片的高度">
</A>
</li>
<li>
<A href="链接地址 2" target=_blank>
  <img border=0 src="图片 2 地址" width="图片的宽度" height="图片的高度">
</A>
</li>
 </ul>
</DIV>
```

这个代码共有两张图，卖家可以根据自己的需要进行增加。根据实际情况，这里的焦点区的高度不应该超过 287px，每张图片的宽度不能超过 381px，宽度来能超过 287px。根据需要，我们将这里的图片增加进来，并加上正确的链接地址，如图 12-81 所示。

```
<DIV style="HEIGHT: 287px" class="slider-promo J_Slider">
<ul>
<li><A href="http://item.taobao.com/auction/item_detail.htm?
item_num_id=7117839807" target=_blank><img border=0 alt=""
src="http://www60.babidou.com/pic/2009/8/31/5151/619/3.JPG" width=380
height=287></A></li>
<li><A href="http://item.taobao.com/item.htm?id=7117570925"
target=_blank><img border=0
src="http://www60.babidou.com/pic/2009/8/31/5151/619/7.JPG" width=380
height=287></A></li>
<li><A href="http://item.taobao.com/item.htm?id=7117585219"
target=_blank><img border=0
src="http://www60.babidou.com/pic/2009/8/31/5151/619/11.JPG" width=380
height=287></A></li>
<li><A href="http://item.taobao.com/item.htm?id=7117808503"
target=_blank><img border=0
src="http://www60.babidou.com/pic/2009/8/31/5151/619/15.JPG" width=380
height=287></A></li>
</ul>
</DIV>
```

图 12-81

4. 动态店铺促销模板代码的保存

将<body></body>之间的代码用鼠标拖动全选，复制并粘贴到记事本中，以 TXT 格式保存下来，如图 12-82 所示。

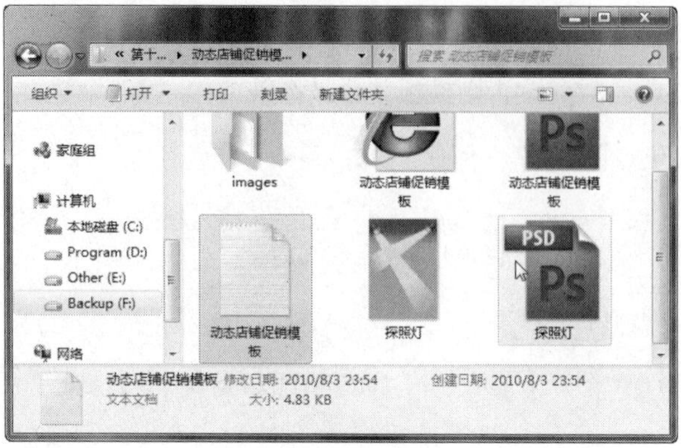

图 12-82

12.4.6 动态店铺促销模板的使用

经过一番努力，我们的动态店铺促销模板总算是制作完毕，接下来我们就将这个动态店铺促销模板应用到我们店铺中。

进入到店铺装修界面，展开页面布局，在右侧增加一个自定义区，并保存此页面布局。保存成功之后，在装修页面中就会看到一个新增的自定义模块。

单击这个新增加的自定义内容区上的黄色小齿轮图标“”，在弹出一个自定义内容区设置对话框中，将其转换成源代码编辑模式，并将文本文档中的代码全部粘贴进来。

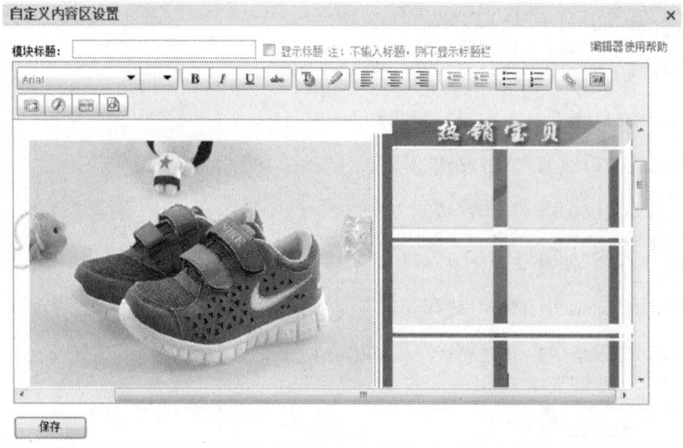

图 12-83

粘贴进来之后，我们并不能看到任何效果，因为现在是源代码编辑模式，而不是设计模式。为了看到效果，现在再次单击“编辑 HTML 源码”按钮，返回到原来的设计模式，也就可以看到添加代码之后的效果了，如图 12-83 所示。

在这个设计模式中，首先用鼠标单击 3 号切片位置，也即温馨提示下面的小方框。输入我们想要提示的内容，并用排版工具设置好文字的格式，如图 12-84 所示。

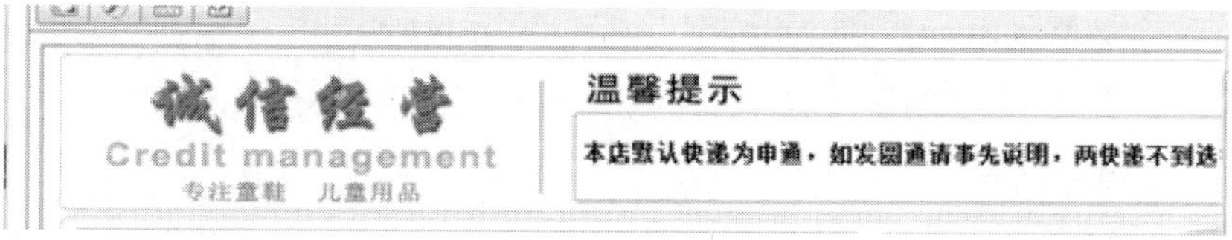

图 12-84

接下来插入热销宝贝图片。本来这些新品图片应该事先制作并上传到图片空间中。这里我们直接在店铺当中选择图片。注意在添加图片时一定要注意不要让图片的大小超过它所处的背景区的大小，并加上正确的链接。添加完毕之后，如图 12-85 所示。

这里看来好像模板都被撑破了，但只是确定插入的图片尺寸大小没有问题，就可以不用处理。现在直接单击“保存”按钮，把这个动态店铺促销模板就添加到首页中了，如图 12-86 所示。

图 12-85

图 12-86

保存之后模板就是完整的！接下来我们就应该进行发布了。成功发布之后，在我们店铺中就可以看到增加的这个店铺促销模板，如图 12-87 所示。

图 12-87

就这样，一个效果非常不错的店铺促销模板就展现在我们店铺中。虽然其整个制作过程比较复杂，但是看着这个自己亲手制作的动态店铺促销模板与众不同，还是很高兴的。

其实对于店铺装修而言，真正最核心的部分就在于自定义区的应用。如果我们能够精心设计，仔细把握，不仅能够制作出效果精美的各种模板，而且这种精美的模板对于我们的店铺又能起到美化作用，而这种美化又能够在一定程度上向买家展示我们的店铺，增加买家对我们店铺的认同。这就达到了“一石三鸟”的效果，我认为在这个方面多花一些时间是值得的。

第 13 章 宝贝描述模板

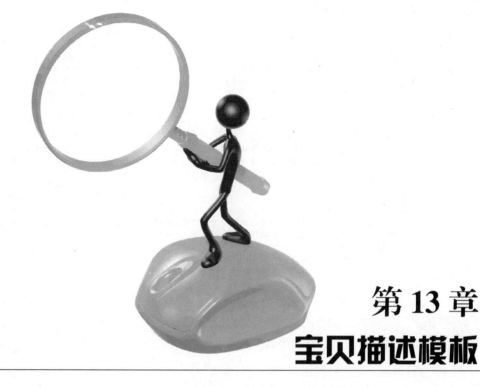

13.1 宝贝描述模板的设计说明

在我们店铺中，宝贝描述模板是用来陈列和展示我们宝贝的。宝贝描述模板虽然只是出现在宝贝详情页里，在首页上我们并看不到它的踪影，但是一旦买家打开每个产品之后，它就会呈现在各位买家面前。

如果某位卖家能够把自己的宝贝描述板做得赏心悦目并且简洁明了，那么这对于增强顾客的购买欲望，营造良好的购物展示环境有着至关重要的作用。从某种意义上来讲，一个好的宝贝描述模板可以对我们的店铺中的商品起到装饰和衬托的作用，还能够提高商品的人气。

在淘宝网上，对旺铺而言，宝贝描述的模板通常有两种形式，一种是宽版形式，宽度小于 950 像素；另一种是窄版形式，宽度小于 750 像素。不管是哪一种形式的宝贝描述模板，宝贝描述模板主要包括以下几部分内容。

（1）品牌简介：用来介绍宝贝的品牌内容，培养买家的品牌意识，如图 13-1 所示。

品牌简介——狄猛

2009年，是运动鞋服行业发展艰难的一年，受金融危机影响，运动鞋服行业发展步履维艰，生意难做，是大多数经销商的心声。有句哲理说的好：“黑夜过后，必将迎来绚丽灿烂的朝阳。据相关专业数据显示，08年以来的危机与阴霾已经渐入尾声，行业发展已经逐渐回归健康。2010年已然临近，面对2010年的新形势和新机遇，选择与一个文化理念和品牌实力兼备的企业合作，是所有期冀事业成功的人的希望。

然而，目前鞋行业内同质化现象越来越严重，童鞋领域也是品牌林立……在这乱花渐欲迷人眼的时代，晋江华坤鞋业旗下品牌狄猛童鞋通过携手著名童星“小周杰伦”侯高俊杰，着力为广大儿童打造不一样的童年，成功的为时尚休闲类童鞋品牌画上了一抹最靓丽的色彩，

狄猛，是一个以运动演绎时尚，以科技美化生活，倡导时尚休闲生活的童鞋品牌；致力于简约、时尚、活力的完美演绎，用心铸就每一件产品，为青少年消费者营造至真、至尚的品质生活。

图 13-1

（2）宝贝描述：利用文字对我们的宝贝各个属性进行叙述，从而使买家通过这些文字描述来了解我们的产品，如图 13-2 所示。这一部分非常重要，大家不要轻视。试想一下，如果连自己都不能仔细地对自家宝贝进行描述，那么买家朋友会对你的宝贝产生兴趣吗？

（3）宝贝展示：主要是用图片的形式来全方位展示我们宝贝信息，当然这里的图片可以是大图，也可以是细节图。这部分内容是买家了解店铺商品的最直观的途径，各位卖家一定要注意实物图片的拍摄，如图 13-3 所示。

宝贝描述

俄罗斯kakadu外贸原单包头童沙滩鞋

鞋面：布+牛巴，牛巴革——牛巴革是经过拉绒和浅黄色上色，将其表面加工成类似于绒面革细毛的头层皮。由于它是一种头层皮，因此，虽然拉绒程序也在一定程度上削弱了皮革强度，但是它仍然比一般的绒面革牢固许多。

鞋底：TPR。鞋中底MD外包绒布，舒适柔软。

包装：盒装

图 13-2

图 13-3

（4）买家须知：在这里我们可以用来说明一些买家注意事项，让买家了解购物过程当中一些需要注意的问题，如图 13-4 所示。

（5）邮资说明：这里用来说明商品邮寄资费，如图 13-5 所示。

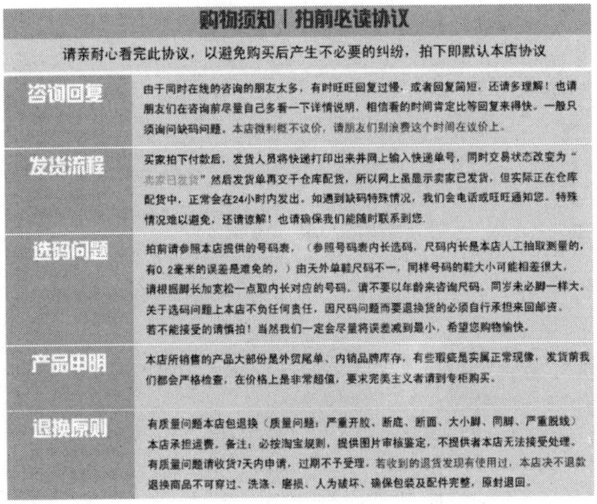

图 13-4

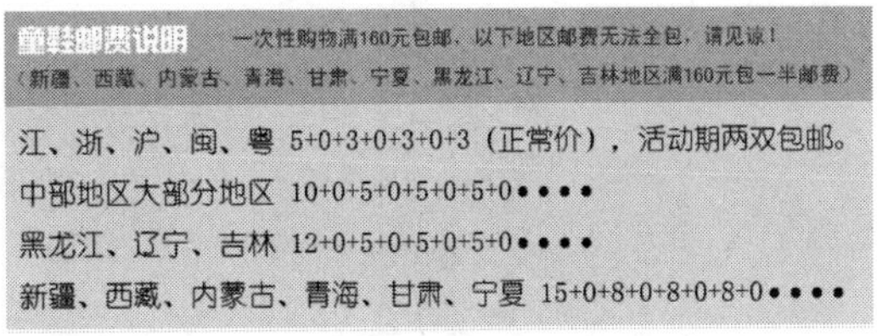

图 13-5

除此之外，在宝贝描述模板中还可以加入联系方式、店铺公告，以及新品展示等之类的东西。当然各位卖家可以自己决定在宝贝描述模板当中放置的内容，并不一定就局限于我们所说的这几个内容。

由于宝贝描述模板的制作是店铺装修的一个至关重要的内容，为了达到最佳效果，在制作之前，一定要精心设计，事先做好规划。也就是说，宝贝描述模板当中应该包含哪些内容，应当以什么样的形式进行表达，这些内容都要事先考虑清楚，也只有这样我们才能顺利地进行下一步的工作。

另外关于宝贝描述模板的制作，我有一点看法：那就是效果不必太过花哨，因为描述模板的作用就是用来烘托商品的，一旦形式过于花哨就会喧宾夺主，从而分散买家对于商品的关注程度，这就得不偿失了。因此在这个问题之上，希望各位卖家一定要注意。

下面大家就跟我一起来制作这两种宝贝描述模板。

13.2　窄版宝贝描述模板

13.2.1　窄版宝贝描述模板的设计制作

首先，启动 Photoshop CS4。新建一个 740px × 1215px，背景为白色的空白文档。

在工具箱中选择“矩形工具”。在选项栏中单击几何选项下拉按钮，在弹出的矩形选项当中选择“固定大小”选项，并将宽度设为 730px，高度就定为 150px，如图 13-6 所示。

矩形选项设置完毕之后，我们在矩形工具选项栏中单击“样式拾色器”下拉按钮，在弹出的样式选择框中选择“默认样式”，也即如图 13-7 中标注所示。

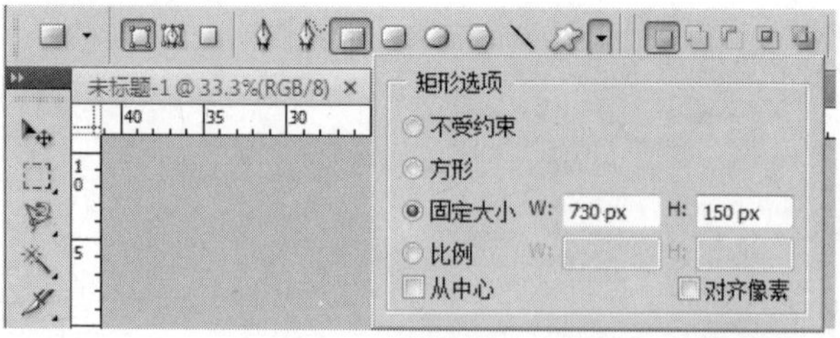

图 13-6

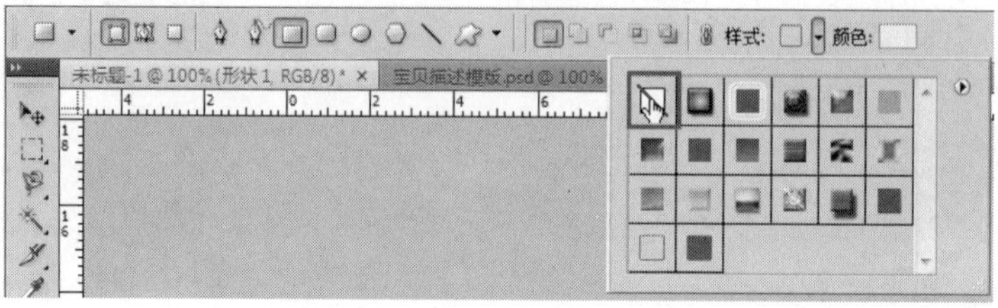

图 13-7

样式设定完毕之后，在矩形工具选项栏中单击颜色选择框，系统就会弹出名为“拾色器”的对话框，在此对话框中，将颜色定为浅灰色。颜色选择完毕之后，单击拾色器对话框上的“确定”按钮。此时矩形工具选项栏如图 13-8 所示。

图 13-8

矩形工具的选项到此设置完毕，在文档的空白区上单击鼠标，系统就会自动在空白区上生成一个宽度为 730 像素，高度为 150 像素浅灰色矩形框。利用工具将我们刚才所绘制的浅灰色矩形框的位置调整到合适位置，如图 13-9 所示。

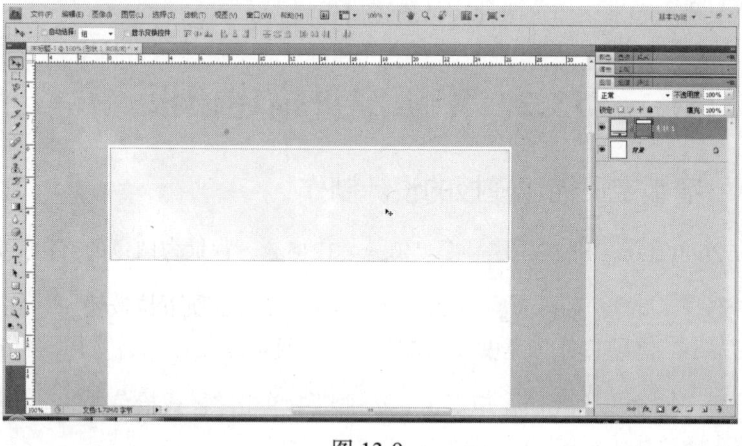

图 13-9

在图层面板当中，用鼠标单击我们刚才所描绘的形状图层，将其作为当前工作图层。选定之后，单击“图层→栅格化→形状”命令。将我们所描绘的矩形转变成普通图层，如图 13-10 所示。

在系统工具箱中选择“矩形选框工具” 。利用此工具在当前工作图层上拖出一个大小合适的矩形选择区，并将其调整到合适位置，如图 13-11 所示。

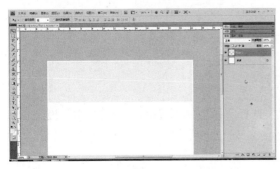

图 13-10

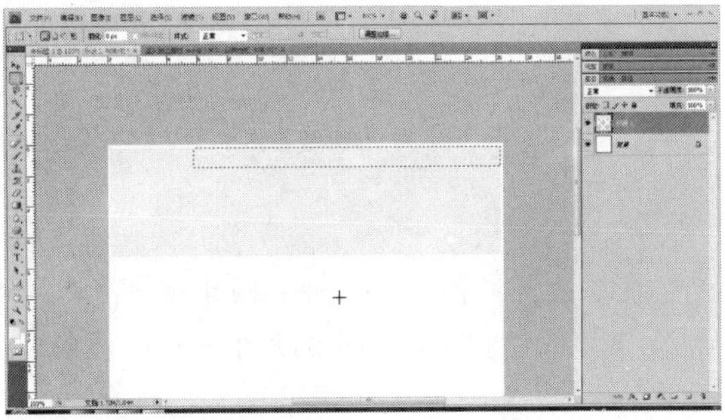

图 13-11

此时，在键盘上按 Delete 键，将此选择区删除，如图 13-12 所示。

图 13-12

为了突出效果，利用图层样式对该图层进行特效处理。

在“图层样式”的对话框，在左侧的样式选择框中单击“投影”样式，并在右侧投影选项中将距离设为 2 像素。在样式选择框中再次单击“描边”选项，并在右侧的描边效果当中将描边的宽度设为 1 像素，描边颜色选为深灰色。最终结果如图 13-13 所示。

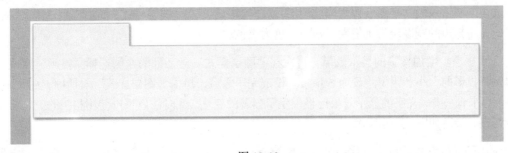

图 13-13

在工具箱中选择“矩形工具”。利用此工具在文档之中拖出一个白色填充的矩形，并调整好其位置及大小，如图 13-14 所示。

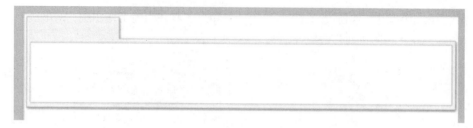

图 13-14

在系统工具箱中，选择“横排文字工具”。选择字体为“华康少女文字”，字号设为“24 点”，文字颜色就设置为我们开始填充的浅灰色。将光标定位之后，输入“品牌简介”，如图 13-15 所示。

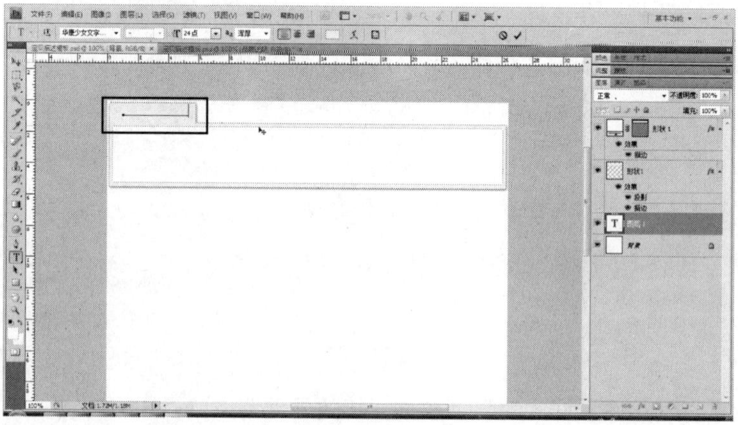

图 13-15

怎么什么也看不见呢？这是因为文字颜色也是浅灰色。

可是我们的文字不就是要让别人看到吗？现在谁都看不到，还有什么用？不要紧，在图层面板中选中刚刚输入的文字图层作为当前图层。双击该图层，在“图层样式”对话框中选择 “描边”样式，并将描边的宽度定为 1 像素，描边颜色为黑色。

为了进一步增加文字的显示效果，再次在“图层样式”对话框的左侧选择“投影”样式，并在右侧将投影的大小和距离均设为 5 像素。设定完毕之后，单击“图层样式”对话框上的“确定”按钮，再来看一看，文字的显示效果已经发生了显著的变化。此时注意可以使用相关的工具将文字进行调整，最终如图 13-16 所示。

利用同样的方式，再次制作一个和品牌简介完全相同的内容，只是将品牌简介变换成宝贝描述。制作完毕之后，如图 13-17 所示。

图 13-16

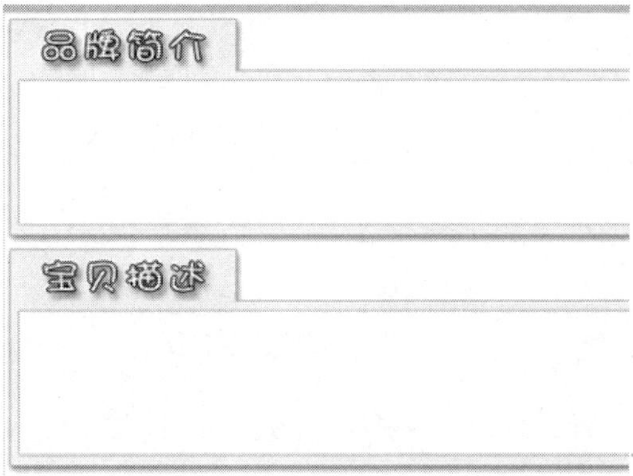

图 13-17

由于我是经营童鞋的，鞋类商品的特殊性决定了在宝贝描述当中一定要说明鞋子的鞋码和内长对照表，以方便各位买家能够选择到合适的鞋子。因此下面在这个宝贝描述模板当中增加一个鞋码内长对照表。

有很多买家并不知道鞋子内长的量法，因此在这里我们加上一个我们对鞋子内长的量法，并且告诉买家如何测量孩子的脚长，如图 13-18 所示。

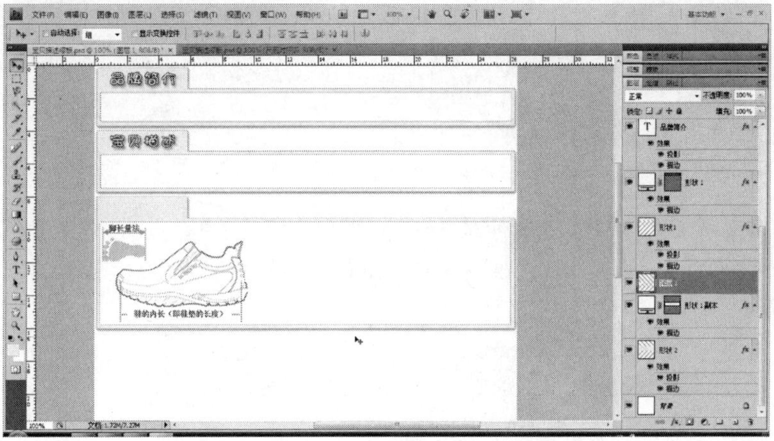

图 13-18

利用表格制作软件制作出一个表格并在表格当中输入相关内容。输入完毕之后，将此表格以图片形式粘贴到我们的这个宝贝描述模板当中，如图 13-19 所示。

利用前面同样的格式，再次输入“鞋码内长对照表”并调整好文字的大小及位置，如图 13-20 所示。

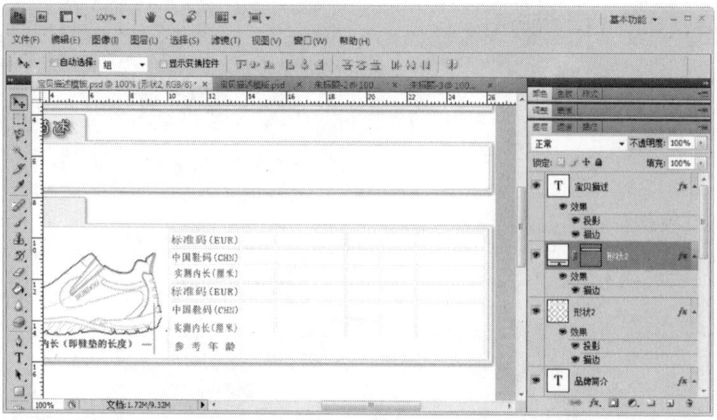

图 13-19

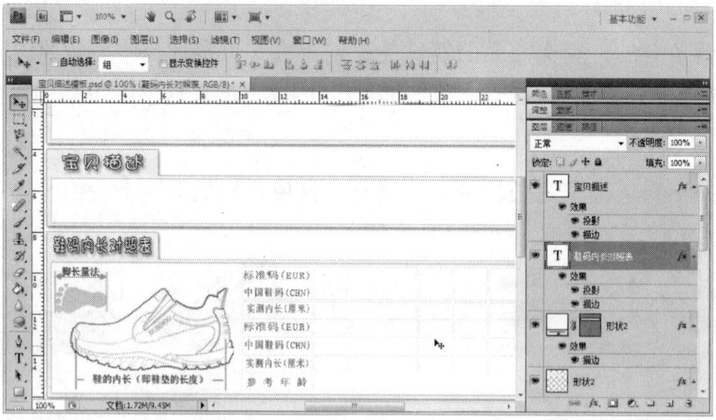

图 13-20

选择“横排文字工具” T。选择字体为“宋体”，字号为“14 点”，文字颜色为“黑色”。输入“内长=脚长+1 至 1.5cm”及 “(内长手工实际测量，误差小于 0.2CM)”，并将其移到合适位置，如图 13-21 所示。

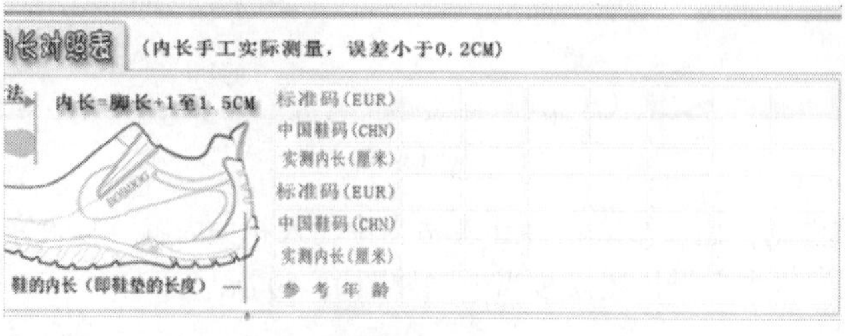

图 13-21

接下来，我们再来为宝贝的图片展示描绘一个矩形框，并加上说明性的文字，如图 13-22 所示。

图 13-22

下面我们再来描绘一个“童鞋邮费说明”的矩形框，描绘之后利用文字工具输入相应的文字内容，如图 13-23 所示。

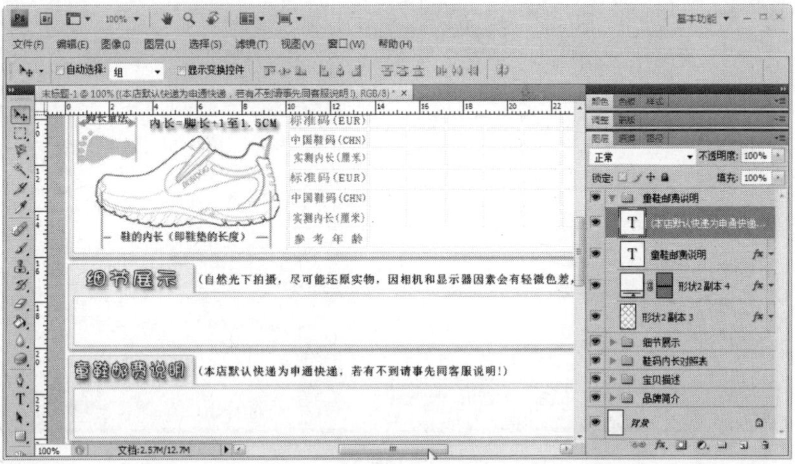

图 13-23

最后，再来添加一个“购物须知”模块。由于购物须知的内容较多。所以先利用横排文字工具输入“购物须知”的一些内容，并将内容进行排版。一切调好之后，效果如图 13-24 所示。

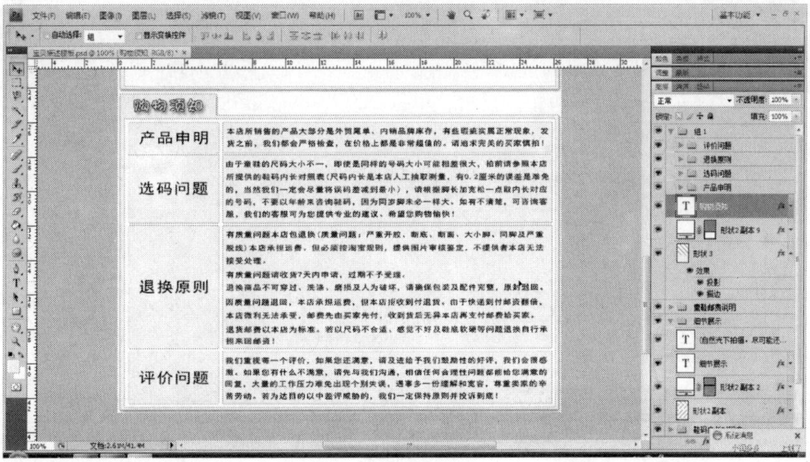

图 13-24

至此，一个典雅型的宝贝描述模板的背景图片制作完毕了，该保存一下自己的劳动成果了。

13.2.2 窄版宝贝描述模板的切片

现在这个窄版的宝贝描述模板的背景图片已经制作完毕，但离真正的投入使用还有一段距离！

首先我们用 Photoshop CS4 打开上一节我们所制作的模板图片的源文件。利用多根参考线最终将模板划分成如图 13-25 所示的效果。

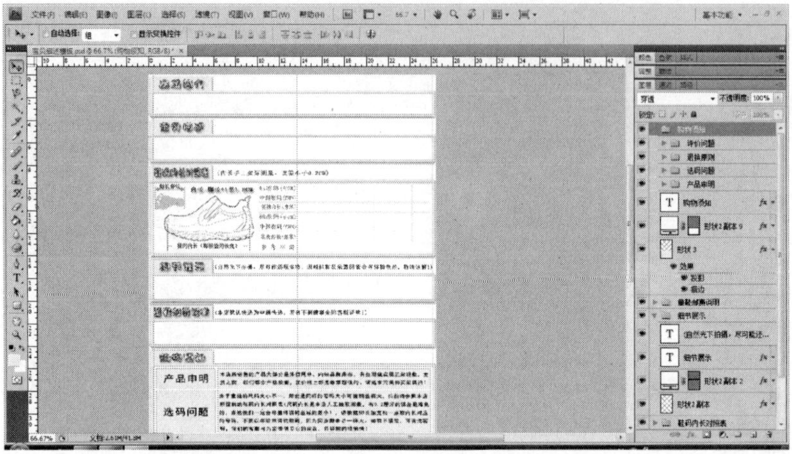

图 13-25

设定对齐到参考线之后，在系统工具箱中单击“切片工具”，选中此工具，按着“尽量横着切”的原则将宝贝描述模板进行切割，如图 13-26 所示。

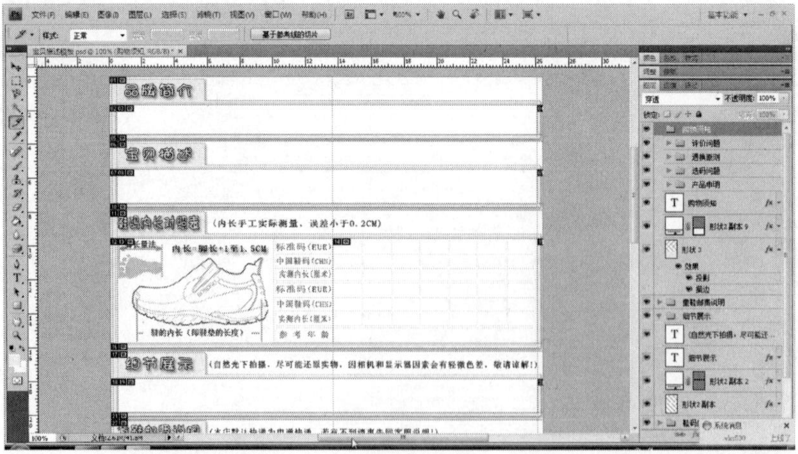

图 13-26

将这个模板图片切割成了 27 个切片之后，以 HTML 和图像格式保存备用，最终保存结果如图 13-27 所示。

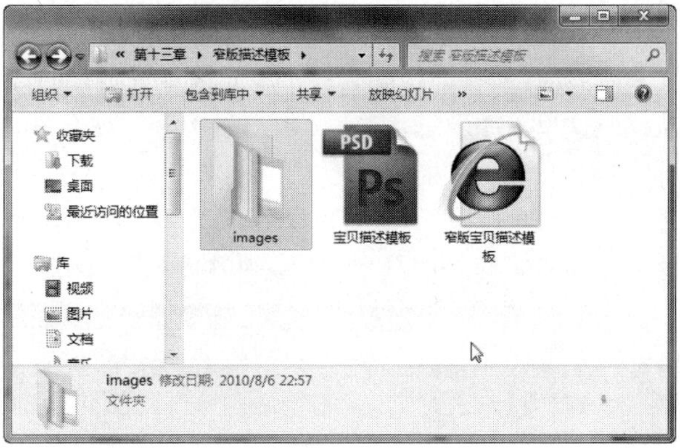

图 13-27

13.2.3　窄版宝贝描述模板的代码制作

1. 代码的调整

虽然，利用 Photoshop CS4 的自动代码生成功能生成一个模板的 HTML 源文件，但这个源文件并不能真正使用，要想使用这个 HTML 源文件，还需要对它进行一番调整。

启动 Dreamweaver CS4，打开“窄版宝贝描述模板.html”文件，制作这个模板切片文件的表格结构，如图 13-28 所示。

<table>
<tr><td colspan="4">1</td></tr>
<tr><td>2</td><td colspan="2">3</td><td>4</td></tr>
<tr><td colspan="4">5</td></tr>
<tr><td colspan="4">6</td></tr>
<tr><td>7</td><td colspan="2">8</td><td>9</td></tr>
<tr><td colspan="4">10</td></tr>
<tr><td colspan="4">11</td></tr>
<tr><td>12</td><td>13</td><td>14</td><td>15</td></tr>
<tr><td colspan="4">16</td></tr>
<tr><td colspan="4">17</td></tr>
<tr><td>18</td><td colspan="2">19</td><td>20</td></tr>
<tr><td colspan="4">21</td></tr>
<tr><td colspan="4">22</td></tr>
<tr><td>23</td><td colspan="2">24</td><td>25</td></tr>
<tr><td colspan="4">26</td></tr>
<tr><td colspan="4">27</td></tr>
</table>

图 13-28

其中 2、3、4、7、8、9、12、13、14、15、18、19、20、23、24 和 25 号位置的切片都应该处理成单元格的背景，以便我们在这些单元格中展示内容。我们在前面已经做过很多次这样的工作了，所以这里不再详细说明。

现在 Dreamweaver CS4 已经在属性面板中去掉了单元格背景图片的设置，但这又是我们非用不可的功能，因此只能从代码这里着手了。

2. 本地图片的网络替换

将切片后生成的图片文件全部上传到图片空间中，如图 13-29 所示。

图 13-29

将本模板中所有本机图片全部用图片空间中相应的图片替换。全部替换完毕之后一定要记得保存这个 HTML 源文件。

3. 插入嵌套表格

还有一个地方要插入表格，那就是我们的鞋码内长对照表，具体位置就在 14 号位置。由于这个地方已经用图片做了表格，但现在要保证我们所输入的内容恰好在图表表格中，就必须在此插入一个和图片表格一致的无边框表格。

单击 14 号位置，选中 14 号位置所在的单元格，如图 13-30 所示。

从代码区中可以看到，14 号位置的这个背景图片的尺寸为 348px × 176px，那么为了对应显示的鞋码，我们在这里插入的表格也只能为这个尺寸。

在插入面板中选择“表格”选项，Dreamweaver CS4 就会弹出“表格”对话框，如图 13-31 所示。

设定完毕，单击“确定”按钮，14 号位就会置插入一个表格，如图 13-32 所示。

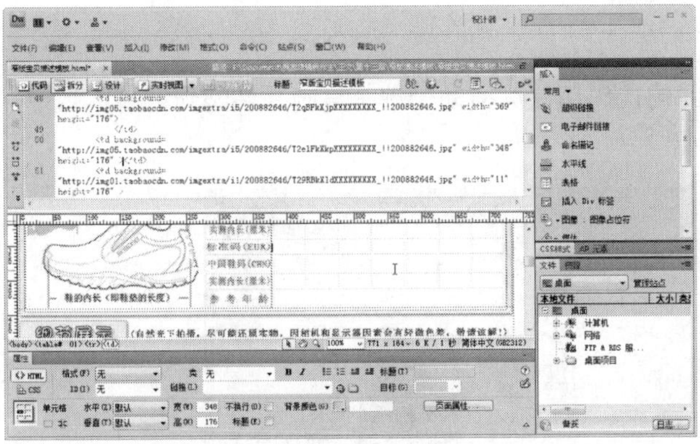

图 13-30

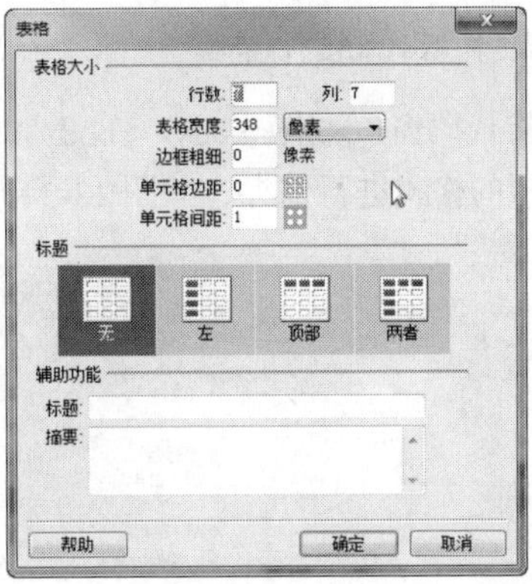

图 13-31

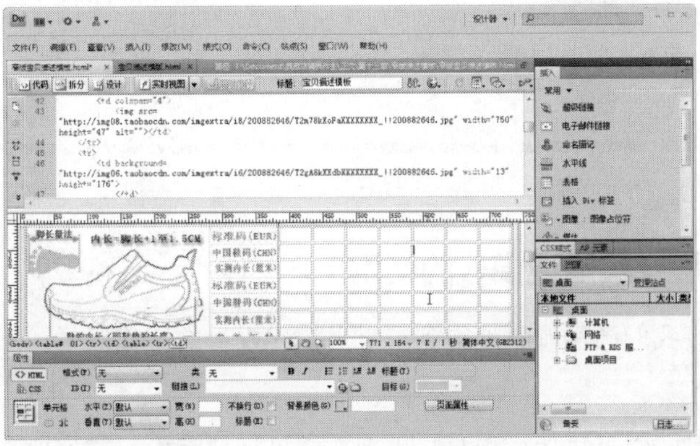

图 13-32

为了更好地使用表格，将这个插入的表格进行一下调整，输入辅助定位的文字并设置好格式，以方便我们使用时修改，最终如图 13-33 所示。

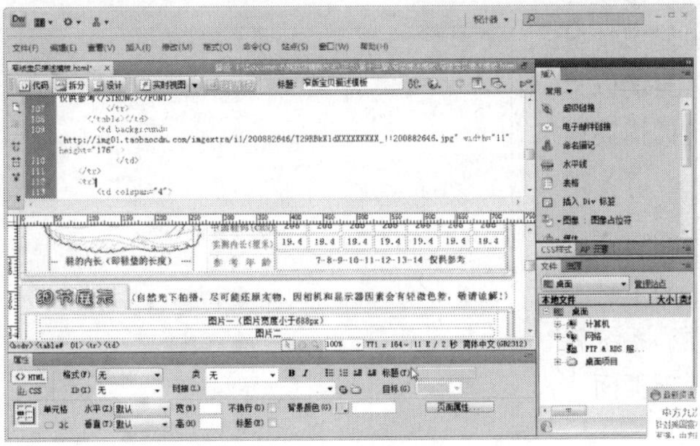

图 13-33

4. 模板代码的保存

将代码窗口中将<body></body>之间的代码用鼠标拖动全选，复制并粘贴到记事本当中，以文本文档的格式进行保存，如图 13-34 所示。

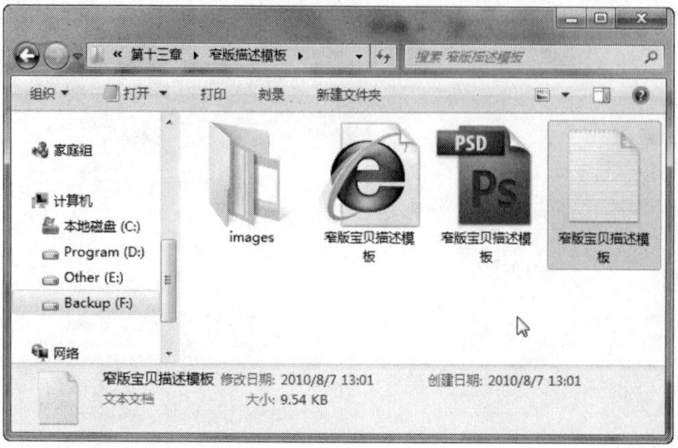

图 13-34

13.2.4 窄版宝贝描述模板的使用

经过前面的工作，我们已经顺利地得到了宝贝描述模板的源代码了。下面介绍一下宝贝描述模板的使用。

我们在前面曾说过，宝贝描述模板只是出现在宝贝详情页中，其他地方是不会出现的。那么我们在什么情况下才可能对宝贝的详情进行编辑，从而使用这个宝贝描述模板呢？

只有在两种情况之下我们才会对宝贝详情进行编辑。第一种情况是进行新品发布上架，第二种就是对已有的宝贝进行修改。

由于这两种方式的模板使用情况基本上相同，所以在这里就以第二种情况为例来说明宝贝描述模板的使用。

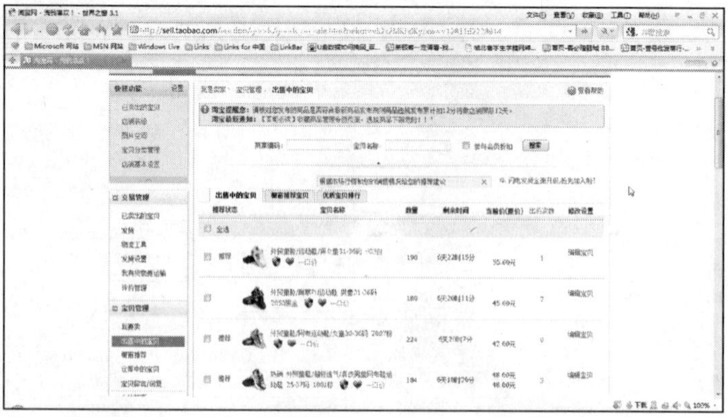

图 13-35

进入到卖家中心，在卖家中心的左侧找到“出售中的宝贝”菜单项，单击此菜单项，系统就会进入出售中的宝贝管理页面，如图 13-35 所示。

在这个页面当中，搜索并找

到我们想要修改的宝贝，如图 13-36 所示。

图 13-36

当我们找到要修改的宝贝之后，在该宝贝的最右侧有一个“编辑宝贝”链接，单击该链接，就可以进行宝贝详情编辑界面了，如图 13-37 所示。

图 13-37

其中如图 13-37 所示的界面已经是该款宝贝的宝贝描述编辑界面了。这个编辑界面的编辑功能和店铺装修中的功能模块装修界面大同小异。也就是说这个编辑界面可以在设计模式和源代码模式之下进行切换。目前是处于设计模式之下，由于我们已经得到了描述模块的代码，所以现在要切换到宝贝描述的源代码模式之下。

我们可以看到在宝贝详情编辑框最上方有一个“编辑源文件”按钮，如图 13-38 所示。

图 13-38

单击此按钮，看一下有什么变化，如图 13-39 所示。

图 13-39

整个编辑框中都是 HTML 代码！这就表明我们已经到了宝贝描述编辑框的源代码编辑模式之下了。现在编辑框中的内容都是以前宝贝描述里面的内容，我们现在要更换模板，那以前的内容怎么办呢？可能有些读者会说，既然要换模板，那就把以前的内容就全部删除，然后重新编辑。这种方式当然可行，但是以前的描述文字和图片全部都会不存在，而我们更换模板并不需要要全部去掉这些内容，可能只是把模板的样式进行变化。

所以最好的处理方式就是不要直接删除以前的内容，如果对内容熟悉，可以把新模板的代码追加到原来的代码当中，然后进行修改。修改完毕之后，再将原来的模板代码删除。这种方式就要求卖家具有一定的专业知识，所以我们就采用另外一种处理方式，这种方式既可以让我们清空原有编辑框的内容，又可以让以前的内容保留下来。

由于我们这里只是修改宝贝信息，如果不提交修改操作的话，系统就不会认为我们对这件宝贝做了修改，所以在这里可以在浏览器当中新打开一个宝贝的链接，进入详情浏览页面，如图 13-40 所示。

在没有确认修改之前，宝贝编辑和宝贝浏览是互不相干的！当我们以新页面打开宝贝详情的浏览页面之后，再次回到宝贝编辑页面，在源代码模式之下，将编辑框中的内容全选，然后按 Delete 键删除当前的内容，如图 13-41 所示。

图 13-40

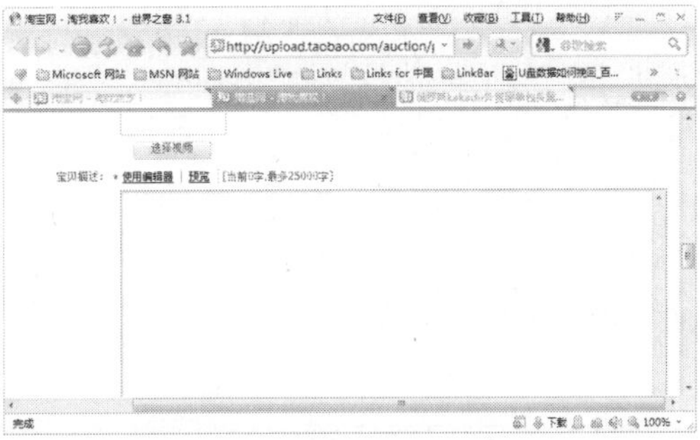

图 13-41

在本地计算机上找到已经制作好的“窄版宝贝描述模板.txt”文本文件，打开这个文件，选中文件中的全部内容，将内容全部复制并粘贴到我们刚刚清空的源代码编辑框当中，如图 13-42 所示。

当我们把这个新的模板代码粘贴进来之后，单击宝贝描述框上的“使用编辑器”按钮，再次回到设计模式，如图 13-43 所示。

图 13-42

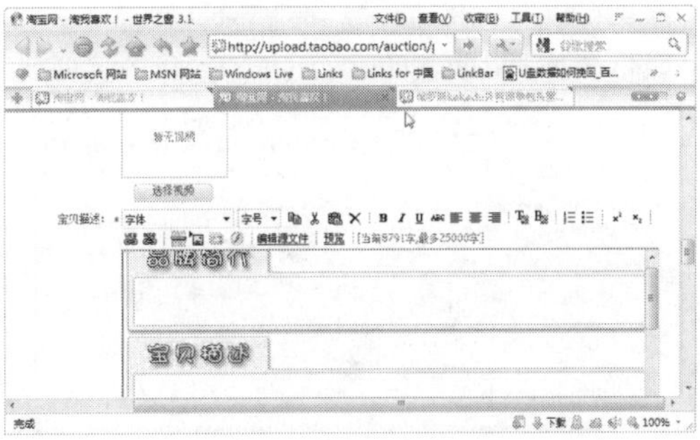

图 13-43

接下来我们就从事先已经打开的宝贝浏览页面中把需要复制的内容逐一复制，如图 13-44 所示。

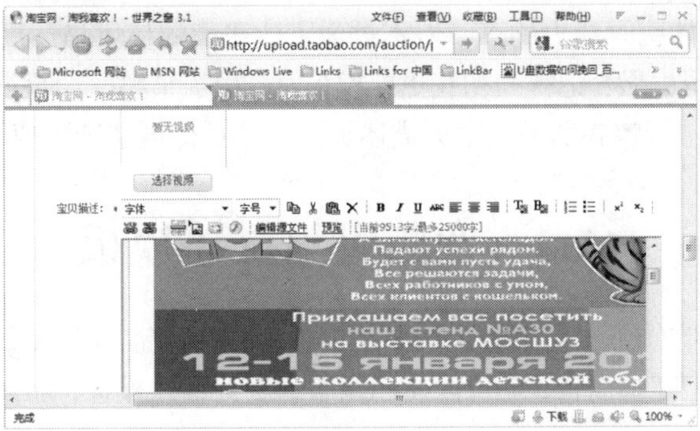

图 13-44

修改完毕之后，在宝贝编辑页面最下方找到“确定”按钮，如图 13-45 所示。

图 13-45

如果确认已经修改完毕，就可以单击“确认”按钮，从而完成本次模板的更换任务。我们来看一看成功上传的这个宝贝描述模板，效果还不错，如图 13-46 所示。

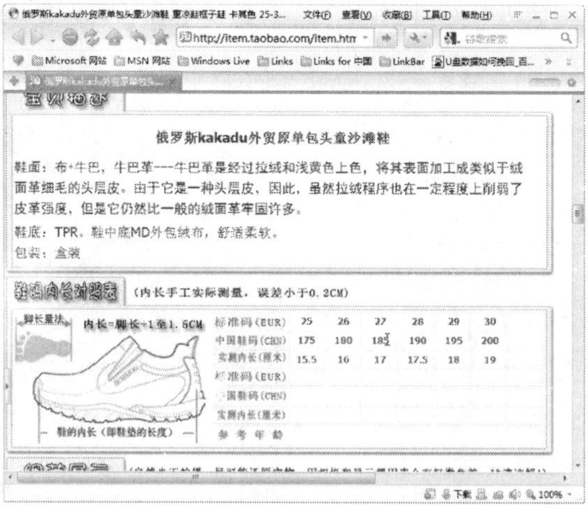

图 13-46

更换模板的确是一件费时费力的事，但不过为了让我们的宝贝描述更显得专业，增加买家对我们的信任度，还是值得去做！记得当初我更换模板时，用了整整一个星期的时间才干完，不过干完之后，回过头再来看一看整齐划一的宝贝描述页面，又觉得再辛苦也值了！

13.3　宽版宝贝描述模板

在上一节中，我们制作了一个窄版宝贝描述模板，用在店铺当中效果还是很不错的。不过，我在第 5 章就说过，对于旺铺而言，还可以使用宽版的宝贝描述模板，那么宽版的宝贝描述模板究竟该如何制作呢？

下面我们就一起来制作一个宽版的宝贝描述模板。

13.3.1　素材收集

找到需要的素材，如图 13-47 所示。

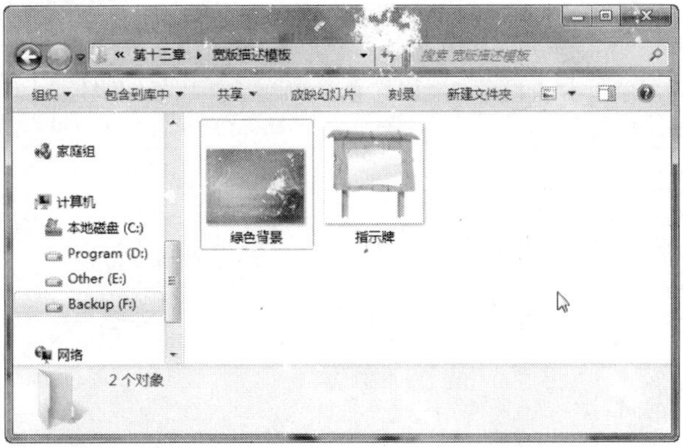

图 13-47

13.3.2　宽版宝贝描述模板的设计制作

启动 Photoshop CS4 新建一个 940px × 1200px，背景为白色的空白文档。打开上一小节所收集到的那个绿色背景图片，使用“矩形选框工具”，在这个背景图片中拖出一个矩形选择范围，如图 13-48 所示。

将所选择的这块区域复制下来，并粘贴到我们刚才新建的空白文档中，并将其调整到合适的位置，如图 13-49 所示。

图 13-48　否

图 13-49

在图层面板当中单击背景图层，让背景图层成为当前工作图层。选择“油漆桶工具”，将背景图层填充为绿色，填充之后效果如图 13-50 所示。

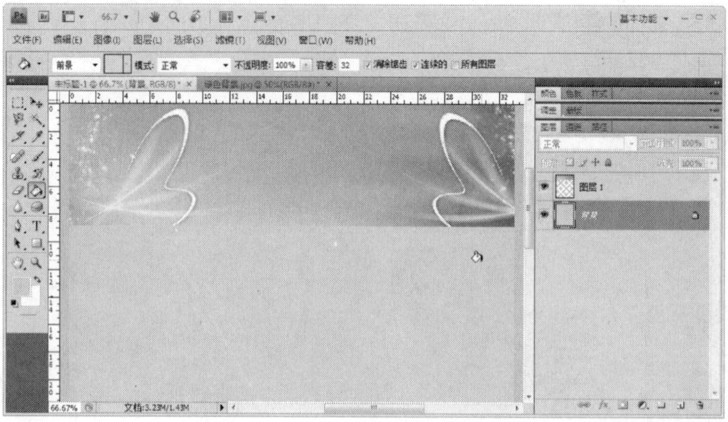

图 13-50

选择“圆角矩形工具”，在选项栏中单击几何选项下拉按钮，在弹出的矩形选项中选择“不受约束”选项，样式选择“默认样式”，颜色选定为白色。此时矩形工具选项栏如图 13-51 所示。

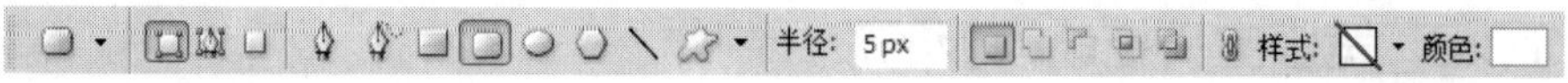

图 13-51

按住鼠标左键在文档的空白区上拖出一个白色圆角矩形，并使用“移动工具”将刚才所绘制的白色矩形框的位置调整到合适位置，如图 13-52 所示。

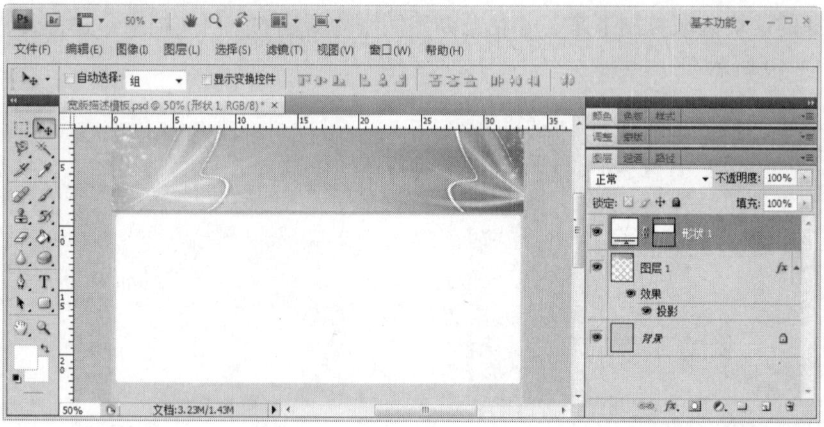

图 13-52

在图层面板中选中刚刚拖出的那个圆角矩形的形状图层，将其作为当前图层。在该图层偏右位置双击此图层，此时 Photoshop CS4 就会弹出“图层样式”对话框。

在“图层样式”对话框中，在左侧的样式选择框中选中“描边”样式，并将描边的宽度定为 1 像素，描边颜色为深绿色。

为了进一步增加图层的显示效果，再次在“图层样式”对话框的左侧选择“投影”样式，并在右侧将投影的大小设为 5 像素，距离设为 2 像素。

设定完毕之后，单击“图层样式”对话框上的“确定”按钮，此时圆角矩形的显示效果已经发生了显著的变化，如图 13-53 所示。

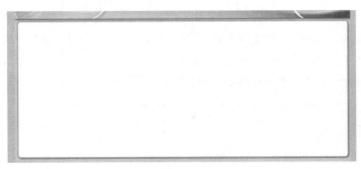

图 13-53

打开我们前面所收集的树叶素材，将此素材复制并粘贴到模板文档中。使用自由变换工具将此图案的大小进行调整，并将其移动到合适的位置，如图 13-54 所示。

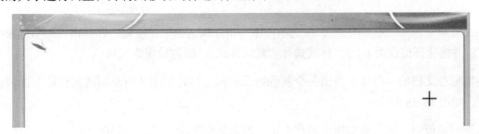

图 13-54

将此树叶图层复制一份，形成一个图层副本。单击“编辑→变换→水平翻转”命令，将副本图层进行水平翻转。使用移动工具将翻转后的图层移动到右侧对称位置处，如图 13-55 所示。

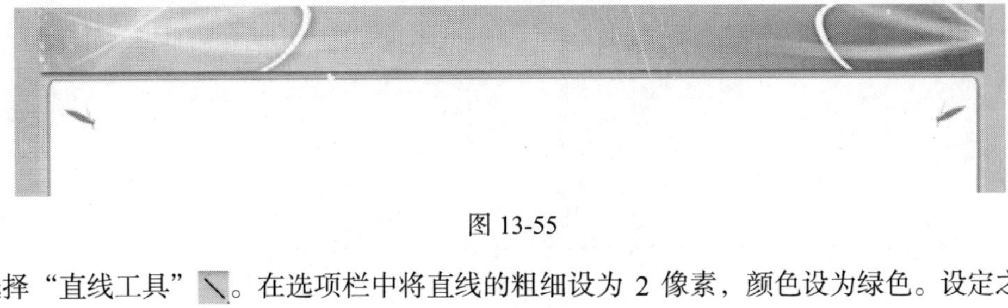

图 13-55

选择“直线工具”。在选项栏中将直线的粗细设为 2 像素，颜色设为绿色。设定之后，按 Shift 键不放，用鼠标在文档中拖出一条直线，并调整好直线的位置，如图 13-56 所示。

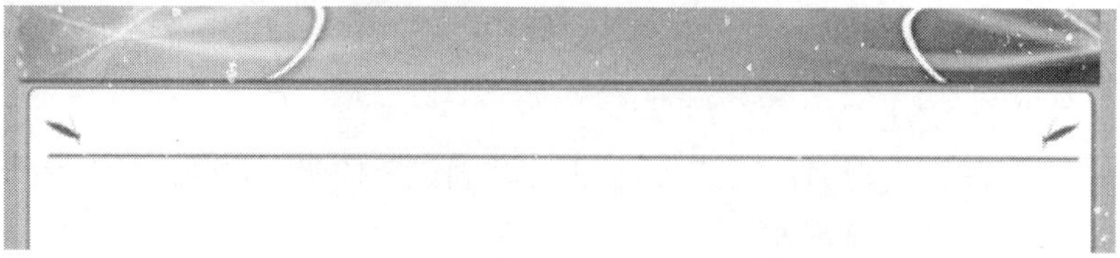

图 13-56

在系统工具箱中，选择“横排文字工具” T。在选项栏中，选择字体为“华文行楷”，字号设为“36 点”，文字颜色就设为绿色。在文档之中输入“推荐宝贝”。将这个图层的图层样式选择为“投影”，并在右侧将投影的大小和距离均设为 2 像素。最终效果如图 13-57 所示。

图 13-57

在工具箱中选择“矩形工具”，在选项栏中单击几何选项下拉按钮，在弹出的矩形选项中选择“比例”，并将比例值设为 1∶1。样式选择“默认样式”，颜色设定为浅灰色。

用鼠标在文档的空白区上拖出一个灰色矩形方框，将我们刚才所绘制的灰色矩形框调整到合适位置，如图 13-58 所示。

在图层面板当中选中刚刚拖出的那个正方形的形状图层，并作为当前图层。将该图层的图层样式设定为“描边”样式，并将描边的宽度定为 1 像素，描边颜色为深灰色。

将描边后的灰色矩形所在的图层复制一份，复制之后使用自由变换和移动工具将副本图层进行调整，如图 13-59 所示。

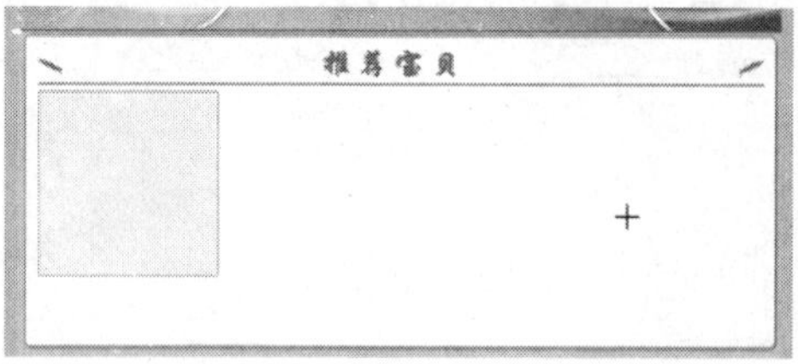

图 13-58

图 13-59

调整之后，将这两个灰色矩形所在图层进行栅格化，分别将栅格化后的图层设置“投影”样式，并进行位置调整。效果如图 13-60 所示。

将这两个图层同时选中，并复制出三次，使用移动工具调整位置，效果如图 13-61 所示。

图 13-60

图 13-61

接下来我们就依次制作宝贝描述、细节展示、买家必读和细节说明四个模块，效果如图 13-62 所示。

图 13-62

再次用 Photoshop CS4 打开我们收集的那个绿色背景图片，利用“矩形选框工具”将其选取，如图 13-63 所示。

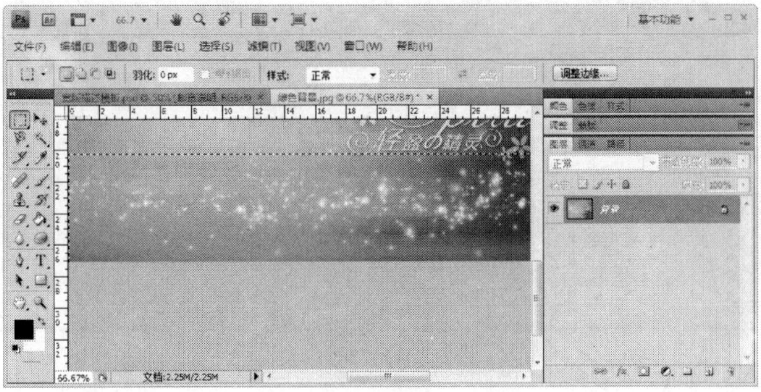

图 13-63

将所选的区域复制下来，粘贴到模板当中，并将所粘贴的内容移动到合适的位置，如图 13-64 所示。

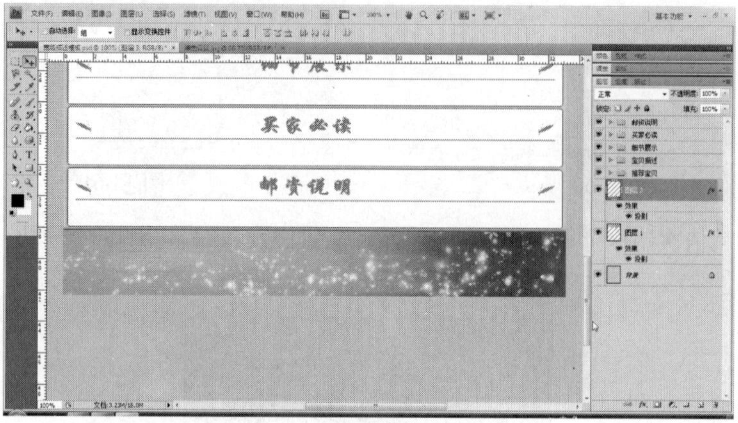

图 13-64

到这里，一个宽版宝贝描述模板的整体框架总算是搭建起来了，但是还有一些地方需要完善。下面我们就继续来对这个模块进行一些必要的处理。

利用 Photoshop CS4 打开前面收集的指示牌图片。按 Ctrl+A 组合键将图案全选，再按 Ctrl+C 组合键将图案复制下来。转到我们的模板制作文档中，将此图案粘贴到模板文档中。使用自由变换工具调整此图案的大小，并将其移动到合适的位置，如图 13-65 所示。

选择“横排文字工具” T，在选项栏中将字体选择为“迷你简丫丫”，字号大小为“36 点”，文字颜色为“黑色”。选择完毕之后，在模板中输入“欢迎光临”四个字，并利用“移动工具”将所输入的文字移动到指示牌图案之上。

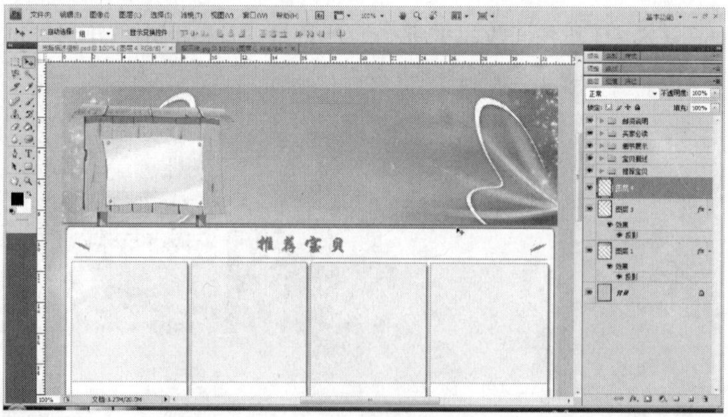

图 13-65

再次选择“横排文字工具”T，在选项栏中将字体选择为“迷你简丫丫”，字号大小为“18 点”，文字颜色为“黑色”。在模板中输入“http://shop57623309.taobao.com/”，也即我们的店址，并利用“移动工具”将所输入的文字移动到指示牌图案之上，并使用自由变换工具对其大小进行调整，如图 13-66 所示。

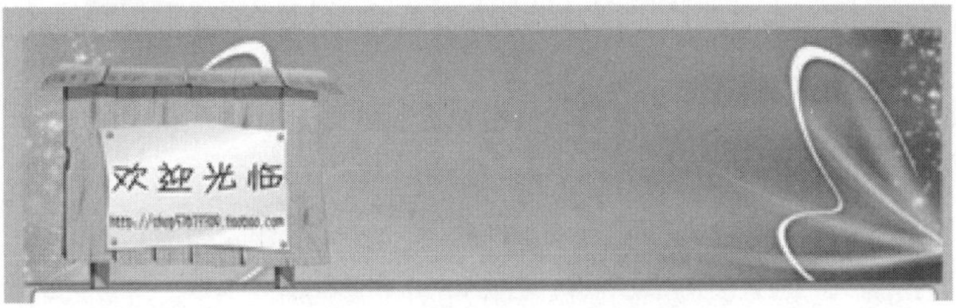

图 13-66

选择“横排文字工具”T，在选项栏中将字体选择为“华文行楷”，字号大小为“60 点”，文字颜色为“白色”。在模板中输入“客必隆鞋城”，也即我们的店名，并利用“移动工具”将所输入的文字移动到合适位置。

双击刚刚输入的店名文字所在的图层，系统会弹出“图层样式”对话框，在对话框左侧的样式选择框中选择“斜面和浮雕”样式，并在右侧选择“外斜面”，并将大小设为 3 像素。

为了更进一步增强文字的显示效果，在左侧样式选择框中选择“描边”样式，并将描边大小设为 1 像素，颜色设为深绿色。此时我们可以看到店铺名称的显示效果已经发生了变化，如图 13-67 所示。

按照 9.2.1 节简单店铺收藏图片制作当中的按钮制作方式，在此制作出一个超长的绿色按钮，如图 13-68 所示。

图 13-67

图 13-68

选择“横排文字工具”，在选项栏中选择字体为“幼圆”，字号为“18 点”，文字颜色为黑色。在模板中输入“进入店铺”四个字，并调整文字的位置。

在图层面板当中双击刚刚输入的文字图层，在弹出的“图层样式”对话框中选择“外发光”样式，颜色为“白色”，不透明度为 75%，方法选择为“柔和”，扩展为 10%，最终显示效果如图 13-69 所示。

图 13-69

按照同样的方式，输入“店铺介绍”、“信用评价”、“限时折扣”和“我的江湖”等内容，并在模板中排列位置，如图 13-70 所示。

图 13-70

最后，选择“横排文字工具”，在选项栏中选择字体为“迷你简丫丫”，字号为 24 点，文字颜色为黑色。在模板中输入“客必隆鞋城专用模板　盗用必究”之类的版权说明文字，并将文字的位置进行调整，如图 13-71 所示。

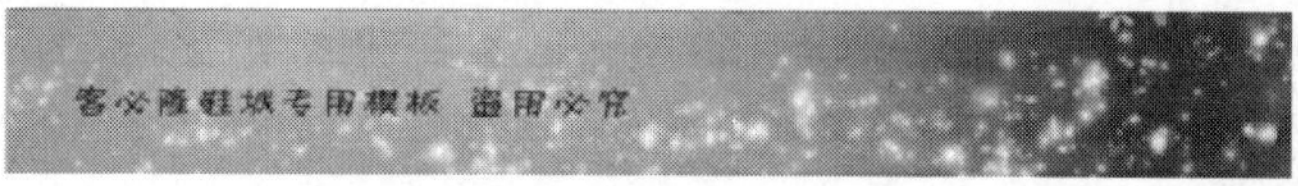

图 13-71

至此，这个宽版宝贝描述模板的图片制作就算完成了。我们来看一看整体效果，如图 13-72 所示。

图 13-72

虽然说制作过程颇费了一番周折，但看到展现在我们面前的模块，心里还是美滋滋的。

图片制作成功了，但一定要记得将我们这个图片以 PSD 格式进行保存，以备使用。

13.3.3　宽版宝贝描述模板的切片

用 Photoshop CS4 打开上一节中所制作的宽版宝贝模板图片的源文件。根据自己的设计，利用多根参考线将模板划分成如图 13-73 所示的样子。

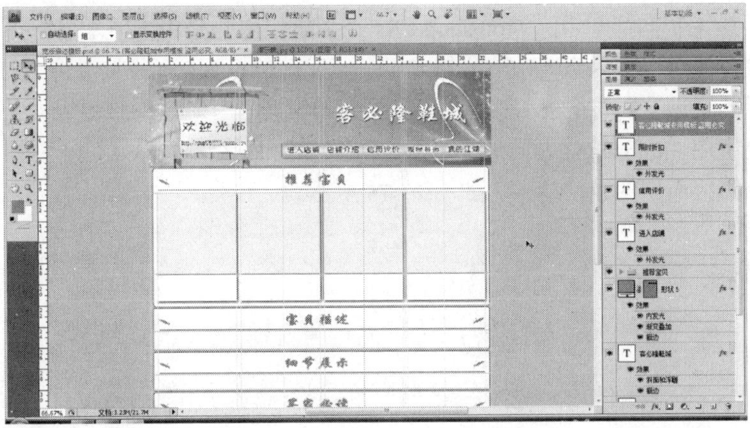

图 13-73

我们将这个模板图片整整切割成了 45 片。当然切割的数量和模板设计有关，设计得越复杂，所需要切割的就越多。切割完毕之后，按照我们以前制作模板的方式进行保存，最终保存结果如图 13-74 所示。单击系统的“文件”菜单，在弹出的下拉菜单当中单击“存储为 Web 和设备所用格式...”命令，此时系统就会弹出一个名为“存储为 Web 和设备所用格式”的对话框。

图 13-74

切片保存之后，生成了一个 HTML 文件和一个名为“images”的文件夹。

13.3.4 宽版宝贝描述模板的代码制作

1. 代码的调整

启动 Dreamweaver CS4，打开我们在上一节通过切片保存时 Photoshop CS4 自动生成的“宽版描述模板.html”文件。

到现在，不用说我们都知道，Photoshop CS4 在生成代码时是用表格来组织各个切片文件，将各个切片文件放在一个个单元格当中然后拼成了一幅完整的模板，有些类似拼图的感觉。事实上这个工作让我们手工来做，真的是很为难，不仅耽搁时间，而且有时还很难组织，因此我们进行店铺装修时还是需要使用 Photoshop CS4 和 Dreamweaver CS4 相结合来完成。为了后面的说明方便，我们在此给出这个模板所用的表格结构，如图 13-75 所示。

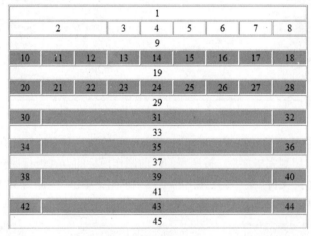

<table>
<tr><td colspan="9">1</td></tr>
<tr><td colspan="3">2</td><td>3</td><td>4</td><td>5</td><td>6</td><td>7</td><td>8</td></tr>
<tr><td colspan="9">9</td></tr>
<tr><td>10</td><td>11</td><td>12</td><td>13</td><td>14</td><td>15</td><td>16</td><td>17</td><td>18</td></tr>
<tr><td colspan="9">19</td></tr>
<tr><td>20</td><td>21</td><td>22</td><td>23</td><td>24</td><td>25</td><td>26</td><td>27</td><td>28</td></tr>
<tr><td colspan="9">29</td></tr>
<tr><td>30</td><td colspan="7">31</td><td>32</td></tr>
<tr><td colspan="9">33</td></tr>
<tr><td>34</td><td colspan="7">35</td><td>36</td></tr>
<tr><td colspan="9">37</td></tr>
<tr><td>38</td><td colspan="7">39</td><td>40</td></tr>
<tr><td colspan="9">41</td></tr>
<tr><td>42</td><td colspan="7">43</td><td>44</td></tr>
<tr><td colspan="9">45</td></tr>
</table>

图 13-75

其中 10、11、12、13、14、15、16、17、18、20、21、22、23、24、25、26、27、28、30、31、32、34、35、36、38、39、40、42、43 和 44 号位置的切片都应该处理成单元格的背景，也就是我们表格中灰色填充的区域。

虽然切片很多，操作也有点烦琐，但这是我们自己设计的模板，还是需要自己去解决。

2. 本地图片的网络替换

经过上面的处理，我们只是将作为背景的切片放到了相应的单元格背景区中，但这还不能直接使用。因为我们还有一个重要的工作没有进行。那就是要将模板中用到本地计算机中的图片上传到图片空间当中，并用图片空间中的图片来替换本机图片。效果如图 13-76 所示。

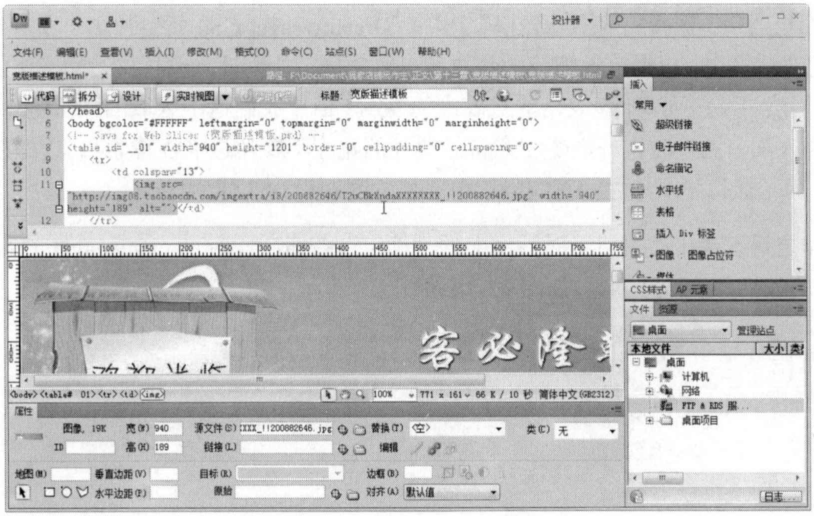

图 13-76

全部替换完毕之后一定要记得保存这个 HTML 源文件。

3. 插入嵌套表格

由于 35 号位置切片是用来展示宝贝细节图片的，为了让我们的图片展示整齐美观，我们在这里通过插入表格来对图片的展示位置进行规划。

在设计窗口区用鼠标单击 35 号位，选中该区域所在的单元格。在属性面板当中，设置此单元格的水平对齐方式为“居中”对齐，垂直对齐方式为“居中”对齐，如图 13-77 所示。

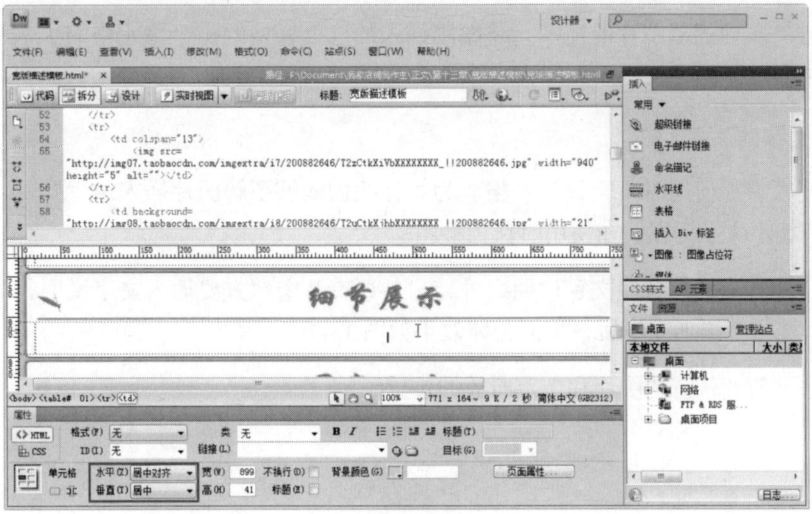

图 13-77

在插入面板当中，选择“常用→表格”选项，Dreamweaver CS4 就会弹出一个名为“表格”的对话框，在此对话框中，根据宝贝细节图片数量自行来确定所需插入表格的行数（这里我们暂定为 10 行），列数当然只要一列就行。表格的宽度定为 96%（由于我们这个区域的预留宽度为 899 像素，那么我们在插入细节图片时，一定要注意自己图片的宽度不要超过 863 像素），边框粗细和单元格边距设为 0，为了让每张图片之间有间隔，单元格的间距设为 5 像素。

设定完毕之后，单击“表格”对话框上的“确定”按钮。此时 Dreamweaver CS4 就会插入一个 10 行 1 列的表格到 35 号区域，如图 13-78 所示。

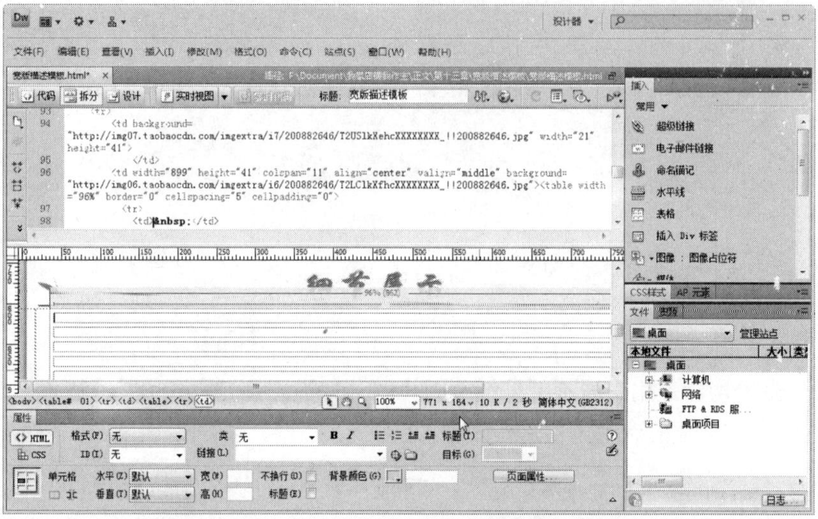

图 13-78

为了更进一步地规范图片的显示，将刚刚插入的这个表格的每个单元格的水平和垂直对齐方式均设为“居中对齐”。

4. 备注文字的添加

由于描述模板在使用时不会显示表格。为了让我们能够了解图片插入位置及图片的大小，在插入的表格中加上文字标注，在使用时作为参考。

除了这个地方要插入备注文字说明之外，另外还有几个地方要插入文字说明，下面我们逐一添加。所有备注文字添加完毕后，页面整体效果如图 13-79 所示。

这样一来，我们就清楚图片和文字所放的位置了。

图 13-79

5. 导航条的链接添加

在这个模板之上，这里特意加了一个导航条，具体位置就在模板的上方，如图 13-80 所示。

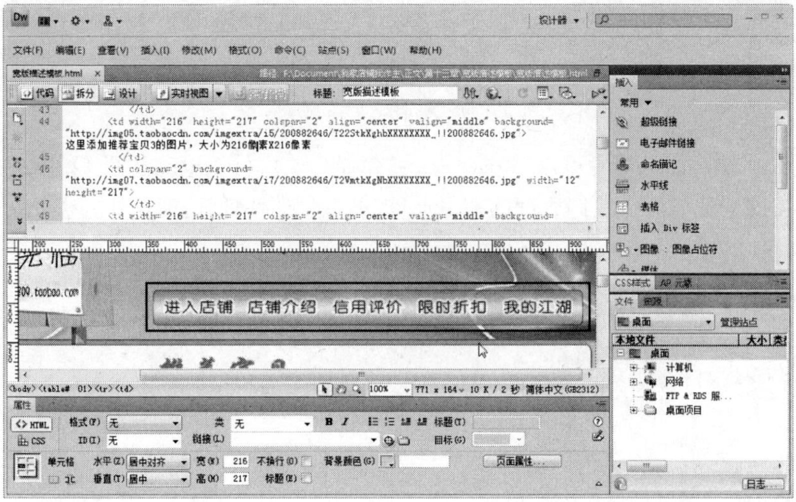

图 13-80

在这里我们共设置了五个导航区，分别为“进入店铺”、“店铺介绍”、“信用评价”、“限时折扣”和“我的江湖”。

当模板应用到我们店铺中之后，买家在浏览宝贝时，就可以在宝贝详情页面中单击相应的按钮进入到相应的页面。

当然它是不可能直接跳转的，必须要我们手工为这些导航区设置链接地址才行。我们下面来看一看如何正确设置导航区的链接，从而让它们能够引导买家朋友进入到相应的页面。

由于每个导航的链接设置基本相同，只不过是链接的目的地不一样而已，所以在这里我们用其中的一个作为例子来说明一下操作方法。

在设计区当中，单击“进入店铺”选项并选中该图片，如图 13-81 所示。

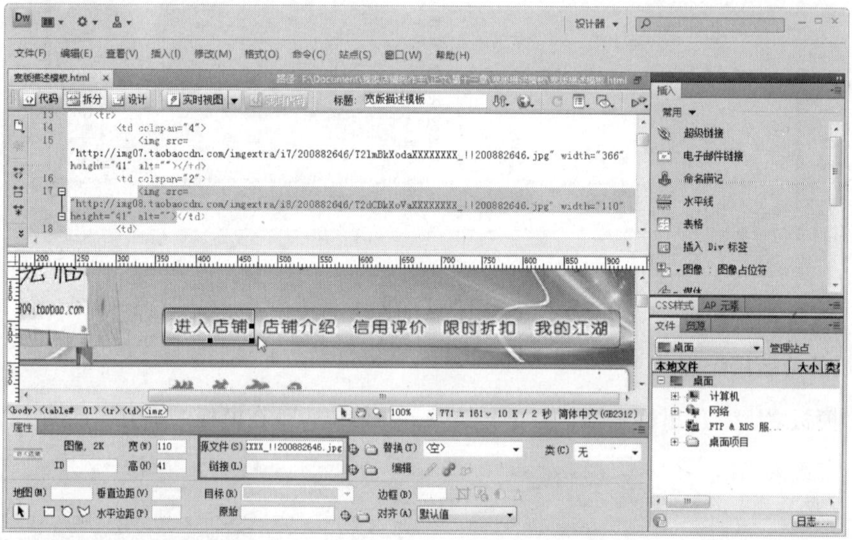

图 13-81

选中之后，在属性面板当中可以看到有一个“链接”文本框，也就是图 13-81 中标注所示的地方，我们只要在这个地方添上我们店铺的首页地址，那么在模板使用时，单击这里就可跳转到店铺的首页。

将我们店铺首页的地址复制并粘贴到“链接”文本框当中，如图 13-82 所示。

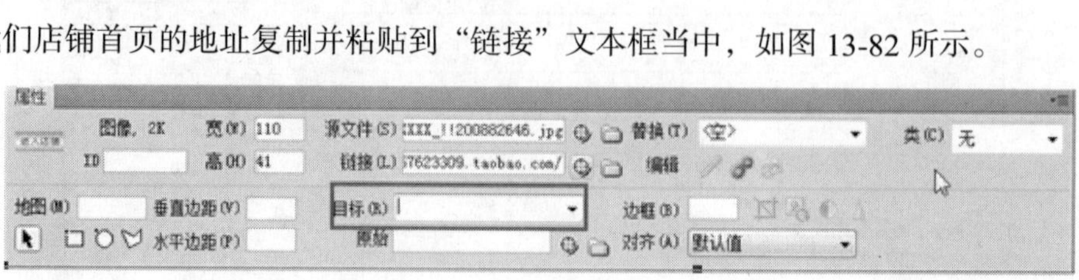

图 13-82

当地址粘贴完毕之后，我们发现在属性面板中，“目标”下拉选择框变成可用，也即图 13-82 中方框所标注的位置处。我们在此下拉框中选择“_blank”，表明当点击此处链接时，浏览器重新打开一个窗口来显示链接目的地的网页。

最后还要将边框数值设为 0，如图 13-83 中标注所示。这里一定要输入，否则到时你的模板会被撑破!

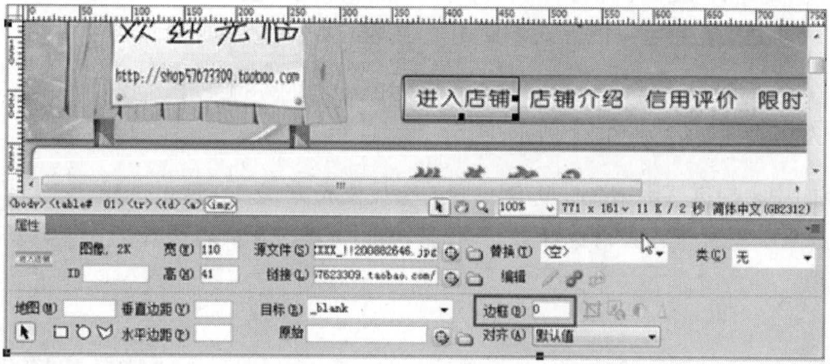

图 13-83

按照相同的操作，将其他几个导航区的链接全部都添加进来，特别是在粘贴链接地址时不要搞错了。

6. 模板代码的保存

将<body></body>之间部分的代码复制并粘贴到记事本中，以文本文档的形式保存下来，如图 13-84 所示。

图 13-84

13.3.5 宽版宝贝描述模板的使用

经过一番努力，我们已经顺利得到了宽版宝贝描述模板的源代码了，但这个模板我们并没有正式使用。

只有两种情况之下，我们才会使用模板，第一种情况是我们进行新品发布上架，第二种就是对已有的宝贝进行修改。关于第二种方式之下使用宝贝描述模板我们已经做了说明。这一节我们就使用第一种方式即利用发布宝贝的方式来使用宽版描述模版。

首先，用自己的账号正常登录卖家中心。在卖家中心的左侧单击“我要卖”选项，就会进入出售中的宝贝发布页面，如图 13-85 所示。

在这个页面中，根据实际情况，选择我们的宝贝发布方式。在这里选择“一口价”，单击图中的“一中价”按钮，就会进入类目选择页面，选择类目完毕之后，就正式进入宝贝发布页面，如图 13-86 所示。

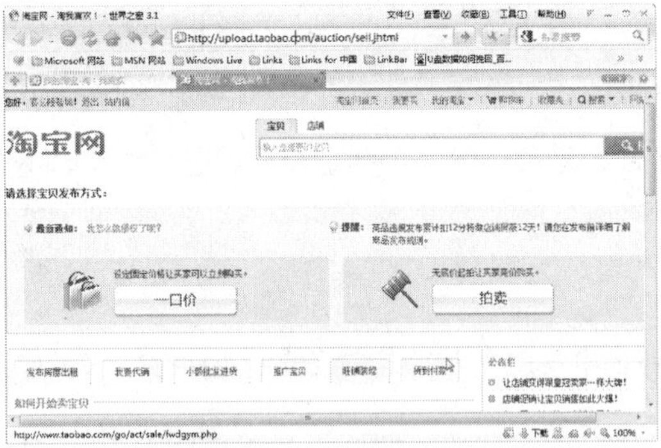

图 13-85

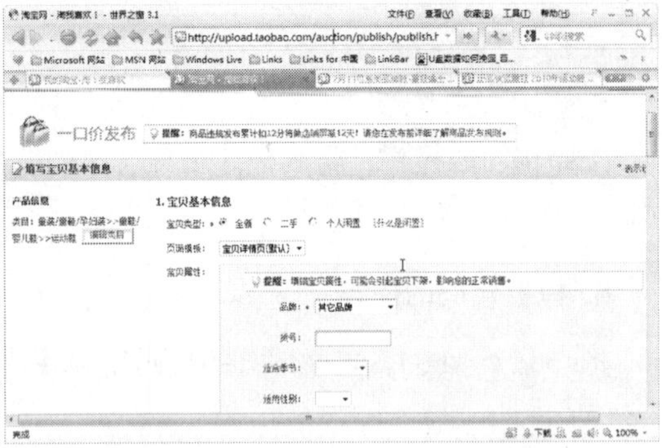

图 13-86

这里就是我们的宝贝发布页面，在这里我们将一些基本信息都填充完毕。此时我们就可以看到宝贝描述界面，如图 13-87 所示。

在此界面中，将其切换到源代码编辑模式之下。找到已经制作好的“宽版宝贝描述模板.txt”文本文件，打开这个文件，选中这个文本文件中的全部内容，复制代码并粘贴到源代码编辑框中。再次回到设计模式之下，如图 13-88 所示。

接下来我们就把需要插入的图片和文字内容逐一添加，如图 13-89 所示。

修改完毕之后，在宝贝编辑页面最下方找到“发布”按钮，如图 13-90 所示。

如果确认已经修改完毕，就可以单击图 13-90 中的“发布”按钮，从而完成本次宝贝的发布任务，宝贝发布之后，我们的模板也就成功应用了。效果如图 13-91 所示。

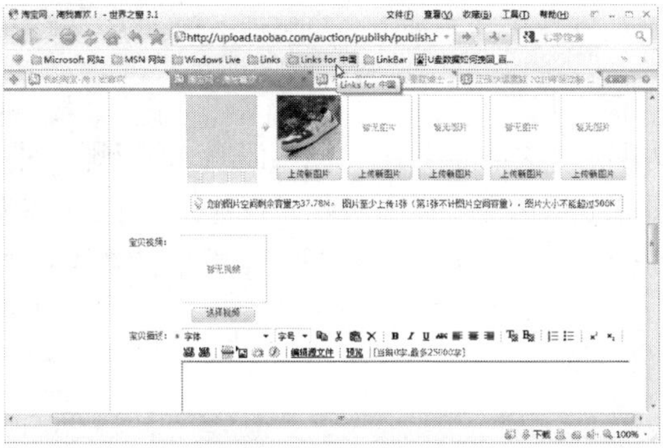

图 13-87

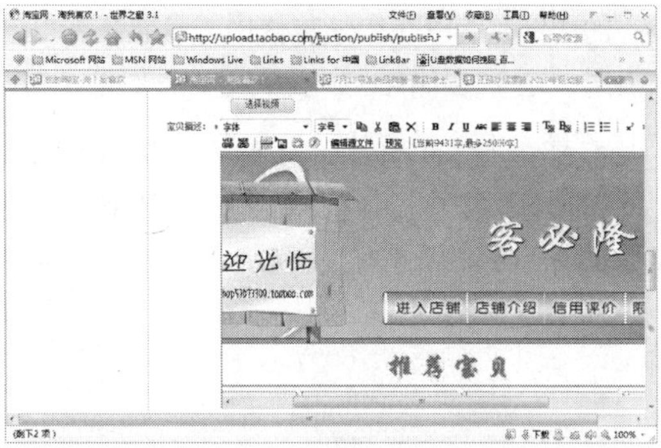

图 13-88

图 13-89

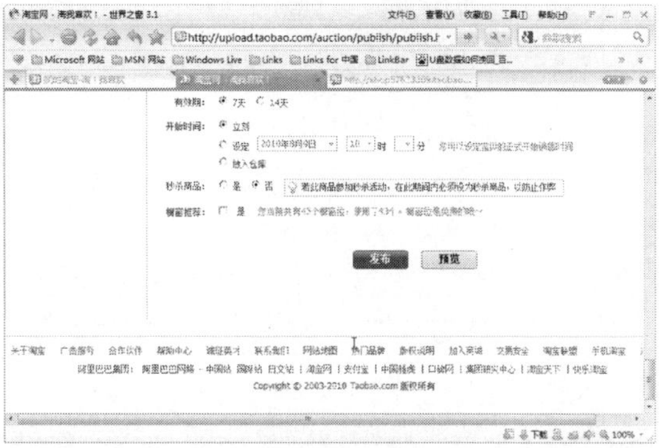

图 13-90

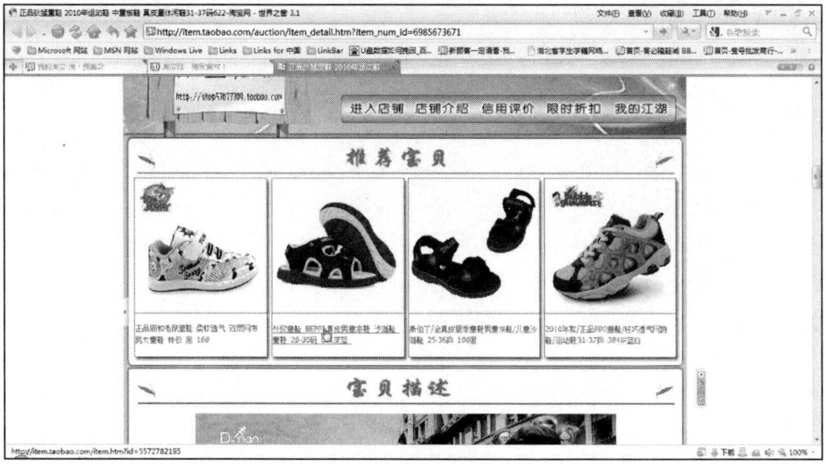

图 13-91

好了，关于宝贝描述模板这一部分内容就已经全部讲完了。从这里我们应该知道，在淘宝店铺当中存在宽、窄两种形式的宝贝描述模板，不管是哪一种形式的模板，它都可由我们自己来决定显示的内容，所以在店铺装修中，最能体现自己创意的就在于这个地方，只要你敢想，就一定能够做出来，至于能不能达到效果就要看你自己的水平了。

但是在具体使用时我们该选择哪一种形式的模板呢？这个并没有一定的准则，采用哪一种形式就完全看卖家自己的选择，但有一点我要提醒，如果是要使用宽版宝贝描述模板，一定要在装修宝贝详情页中选择“默认不显示”单选框，如图 13-92 所示。否则，宽版模板是不会正常显示的。

图 13-92

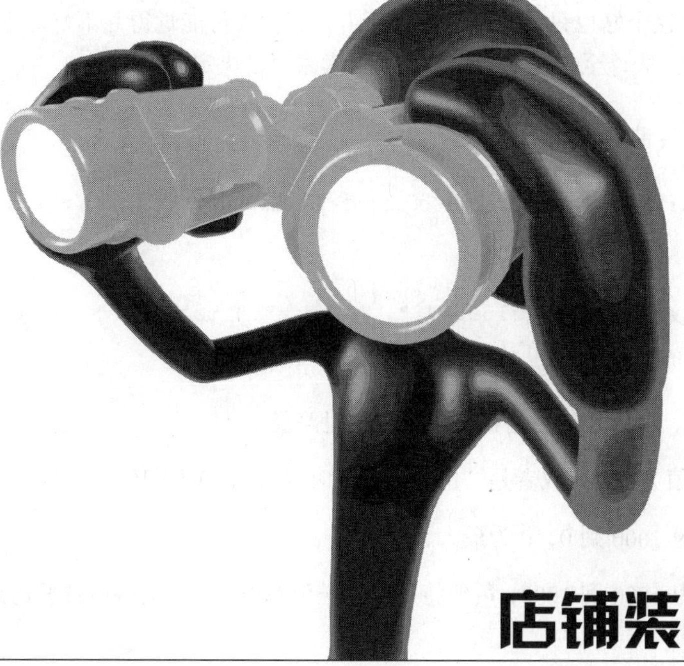

第 14 章 店铺装修其他内容

在前面的章节中，我们已经把店铺装修的各个环节都做了说明，并且也详细地说明了各个环节的装修制作过程。如果大家能够了解并掌握以上内容，再加上自己的创意，装修出具有鲜明个性特色的店铺就是指日可待的事情了。

虽然说店铺装修过程大同小异，然而事实上为了让我们的店铺装修更显特色，我们还可以在装修过程加入一些特色内容，从而可以达到更好的装修效果。那么在这一章，我们就来讲一讲店铺装修中的特色内容。

14.1 店铺背景音乐

14.1.1 店铺背景音乐说明

我们在生活中不管是逛超市，还是逛商场，都能听到店家或是商场服务台正播放各种动听音乐，这让我们在购物之时，能有一个轻松愉快的心情。但只有好的音乐才能让人心旷神怡，心情大悦，从而激发顾客的消费热情，而不适合的音乐，只会让顾客感到烦躁，唯恐避之而不及。所以说背景音乐也是一把双刃剑，搞不好就会伤到自己。

另外即使是好的音乐，这个好也只是对一部分人而言，其他人可能觉得并不好。下面就介绍一下淘宝店铺中加载音乐的方法，至于是否使用就由各位卖家自己决定了。

14.1.2 加载音乐背景代码

要在网页当中使用背景音乐，我们可以使用<bgsound></bgsound>标签。

语法：

```
<bgsound  src="声音文件链接地址"  loop="3"  volume="0" balance="0"></bgsound>
```

说明：

Src 是音乐文件的地址，可以是绝对路径也可以是相对路径。

Loop 是循环次数，当值为“-1”或者是“Infinite”的时候表示无限循环。

Volume 表示音量，值为-1000 到 0，0 为最大音量。

Balance 表示声道，值为-1000 到 1000，负值将声音发送至左声道，正值将声音发送到右声道，0 就表示立体声。

注意

在播放的过程中，直接按 Esc 键就可以停止播放音乐。

14.1.3 具体操作

当我们知道了添加音乐的代码之后，那么在自家店铺当中添加音乐就是一件非常简单的事了。下面我们就一起来操作一下。

首先进入到百度的 MP3 搜索界面。由于这里提供了几种音乐格式，对于我们来说，最好是选择“wma”格式，因为这种音乐格式的文件较小，不至于在加载时需要等待很长时间。因此我们在这里将格式选择为“wma”，并在搜索框当中输入要搜索的音乐名称，这里输入“三只小熊”，如图 14-1 所示。

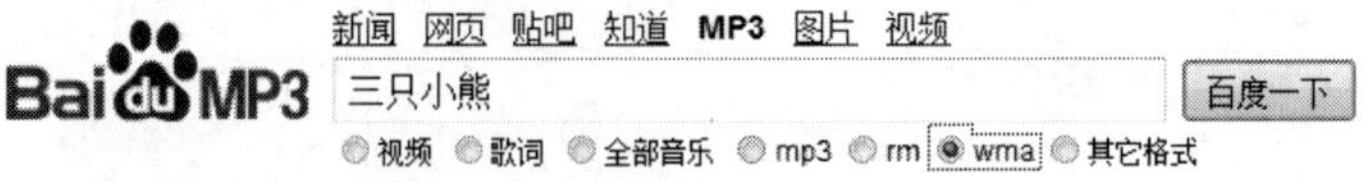

图 14-1

单击“百度一下”按钮，百度就会在网上执行相应的搜索，并将搜索结果显示出来，如图 14-2 所示。

在这里我们选择一个链接速度较好且文件比较小的文件，为了保证效果，我们在选中的文件那一行当中单击一下“试听”超链接，单击之后出现如图 14-3 所示的界面。

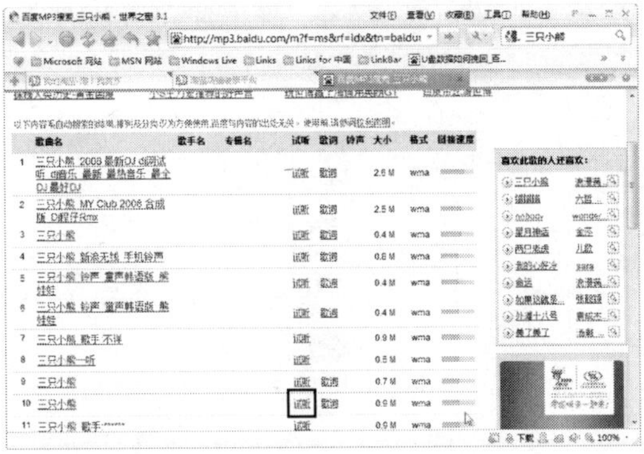

图 14-2

图 14-3

在这里试听一下效果，如果效果不好就另换一个文件，一直找到自己满意的为止。确定下来之后，我们在图 14-3 所示的界面中单击“复制链接”选项，此时就可以将此音乐文件网络地址复制下来。

获取音乐地址之后，将此地址放到 bgsound 标签中，并根据自己的需要设置其属性。最终代码如图 14-4 所示。

进入到店铺装修界面，这里我们要将背景音乐代码放置在店铺促销公告区，单击这个模块右上角的“编辑”按钮。即可进入此模块设计模式。单击“编辑 HTML 源码”按钮 ，切换到源代码编辑模式之下。

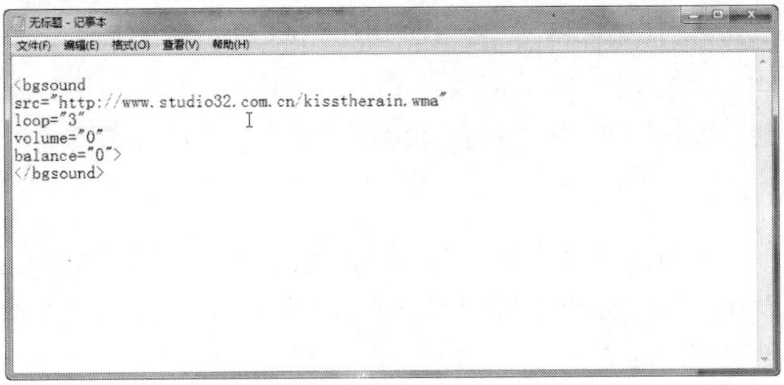

图 14-4

利用滚动条将代码区滚动到最后，并将我们所整理的背景音乐代码粘贴到代码区的最后一行，如图 14-5 所示。

确认代码无误之后，单击“保存”按钮，保存此代码。如果没有其他问题，此时背景音乐就该响起来了。当然这里只是在管理后台中响起来，买家是听不到的。要想让买家能够听到，发布一下就行了。

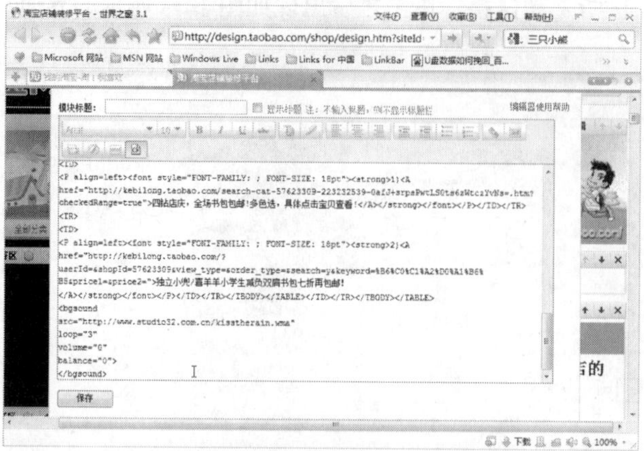

图 14-5

成功发布之后，买家一打开我们的店铺首页就会听到所设置的背景音乐了。

14.2 Flash 在店铺装修中的使用

14.2.1 Flash 的使用说明

和 GIF 动画相比，Flash 动画在效果和表现形式上有着无与伦比的优势。因此能在店铺中插入 Flash 动画，肯定会让自己的店铺添色不少，但在这里存在两个问题，第一个问题是由于 Flash 允许使用交互代码，那么别有用心的人可以利用这一点，编制一些恶意代码。如果把附有恶意的代码 Flash 放置在店铺中，会带来什么样的后果，这个谁也说不准。所以为了安全起见，淘宝网是不允许个人用户自行制作 Flash 动画上传的，那么为了能使用 Flash 动画，就必须订购相关的收费服务，比如“123show 宝贝动态展示”及“店铺装修模板”，因为这里面都是其他设计师设计好的模板，不会有安全隐患。

第二个问题是我们所定制的这些服务虽然可以让我们在店铺中使用 Flash，但这些 Flash 不能由自己的意愿来进行设计，不能很好地体现自己的设计意图，达到自己想要的效果。另外由于淘宝提供的模板有限，而淘宝店铺的数量却是数以万计，所以难免会出现模板重复。

基于这样两个原因，我一直都没有在店铺的装修当中使用 Flash，反而一直都是用表现效果稍逊一筹的 GIF 动画来替代 Flash，毕竟 GIF 动画可以完全表达自己的设计意图。

但真正想用 GIF 动画来替代 Flash，那就对卖家的计算机水平和美术功底有一定的要求，然而能达到这一要求的卖家毕竟还是少数。因此，为了让大多数朋友能够利用 Flash 来美化店铺，下面还是介绍一下如何利用定制的 Flash 服务来装饰我们的店铺。

14.2.2　定制 Flash 服务

首先进入到卖家中心，在卖家中心左侧找到“我要订购”菜单项并单击，系统就会引导我们进入淘宝网的软件服务订购中心。在这里列举了我们可以订购的所用服务。在其中有一项“素材/图片/视频”服务，在其下就有“123show 宝贝展示”服务，如图 14-6 所示。

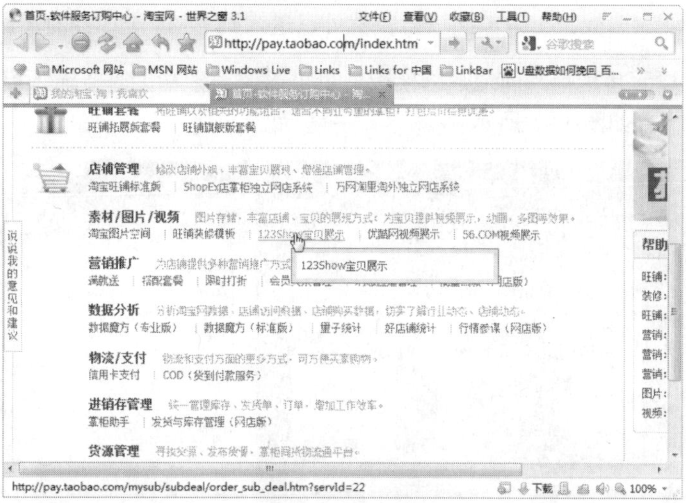

图 14-6

在订购界面中，单击“123show 宝贝展示”，就会进入到 123show 宝贝动态展示服务的订购界面，如图 14-7 所示。

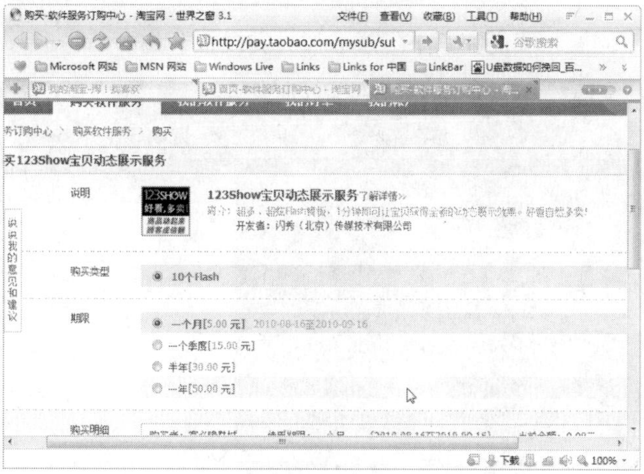

图 14-7

我们根据自己的需要进行定制即可开通。

14.2.3 使用 123show 宝贝动态展示制作 Flash

当我们成功订制 123show 宝贝动态展示服务之后，就可以开始使用该服务了。

首先，进入到卖家中心。在卖家中心左侧找到媒体中心。单击“媒体中心”选项，系统就会引导我们进入已订购媒体服务。在此界面中我们可以看到已订购的服务当中有一个其他类服务，也就是“123show” 123show 按钮。单击此按钮，就可以进入到 Flash 设计界面。

我们在这里可以直接选择当前最热的模板，也可通过搜索功能直接输入模板编号或分类来进行查找所需要的模板，如图 14-8 所示。

图 14-8

为了演示说明这个问题，我们在其中随意选择一款模板，如图 14-9 所示。

图 14-9

预览效果，确认我们需要这款模板，单击“选择使用”按钮即可完成模板选择的操作。当然在这里单击“更多模板”选项，可以重新进行模板选择。

选择模板之后，可通过单击界面最右边的“上传”按钮，从本地计算机中上传图片，如图 14-10 所示。

图 14-10

或从“最近上传”中选择已经上传的图片，或从“淘宝相册”上传相册空间中的图片，这里我们已上传到淘宝空间的图片使用为例。不管是哪种方式，总之我们要将宝贝图片先上传再通过双击图片或将图片拖拽到左侧区域，即可预览展示效果，如图 14-11 所示。

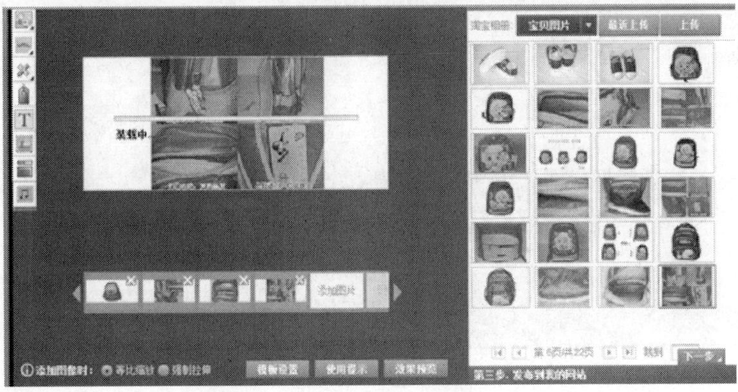

图 14-11

在界面的左侧有一个工具箱，在此工具箱中，可以选择相应的工具给图片增加局部放大热区，给图片添加局部或全图链接，对图片进行简单编辑，给图片添加各种标签，给图片添加各种文字，编辑模板背景，以及个性化边框、修改名称和描述及添加音乐效果。这样就能使我们的 Flash 更加丰富美观。

设计完毕之后，可以单击“效果预览”按钮，进行效果预览，如图 14-12 所示。

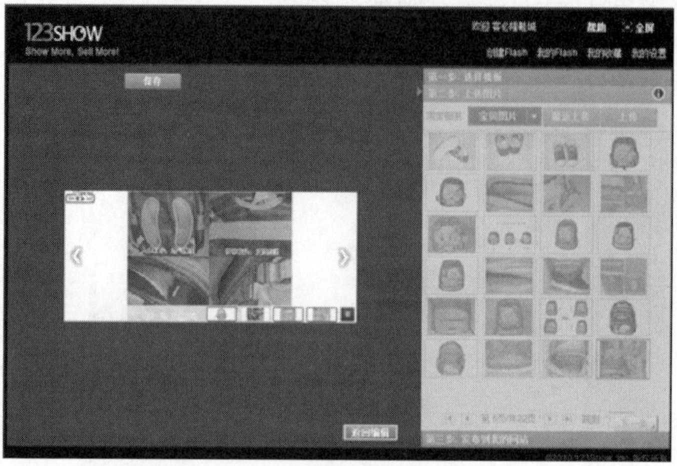

图 14-12

如果效果满意就可以单击“保存”按钮，保存当前设计，不满意就可以单击“返回编辑”按钮重新进行设计。单击“保存”按钮，成功保存之后，就会显示如图 14-13 所示的界面。

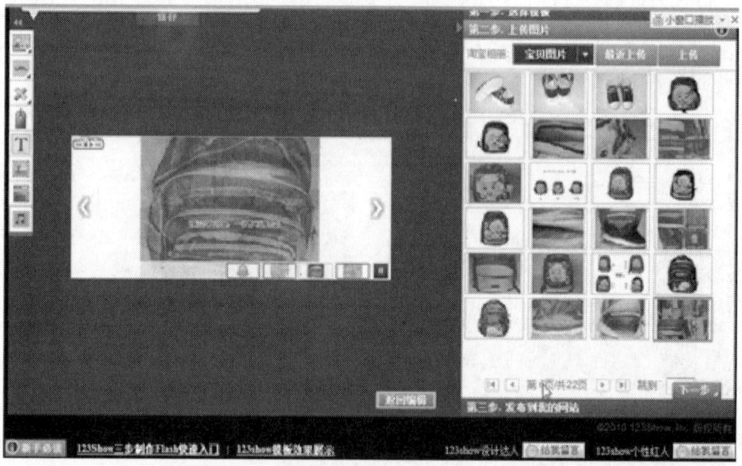

图 14-13

在这里单击“下一步”按钮 下一步 ，就进入 Flash 发布界面了。单击“发布”按钮，就可以进行 Flash 发布了。发布成功之后，将显示如图 14-14 所示的界面。

单击“退出”按钮 退出 ，退出 123show 的制作界面。

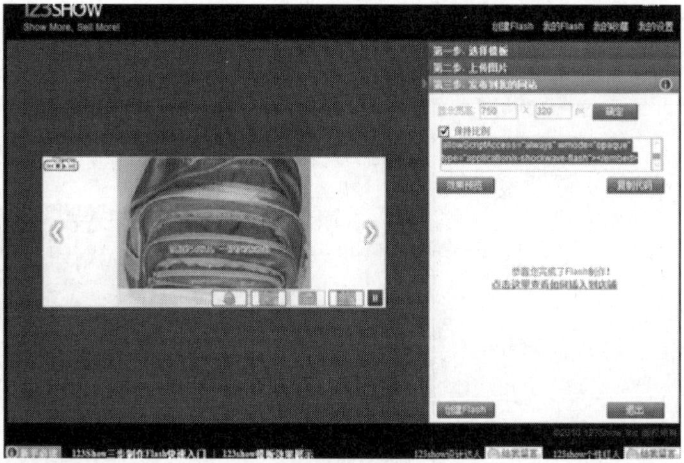

图 14-14

14.2.4　Flash 在店铺中的应用

现在，我们已经成功制作 Flash 动画了，但这个 Flash 并不能显示在自家店铺中。要想将这个 Flash 使用到自家的店铺当中，还必须进行进一步的处理。

进入到店铺装修界面，展开页面布局，在右侧增加一个自定义内容区，并保存此页面布局。保存成功之后，在装修页面当中就会看到一个新增的自定义模块，如图 14-15 中标注所示。

单击这个新增加的自定义内容区上的黄色小齿轮图标“ ”，就会弹出的“自定义内容区设置”对话框，如图 14-16 所示。

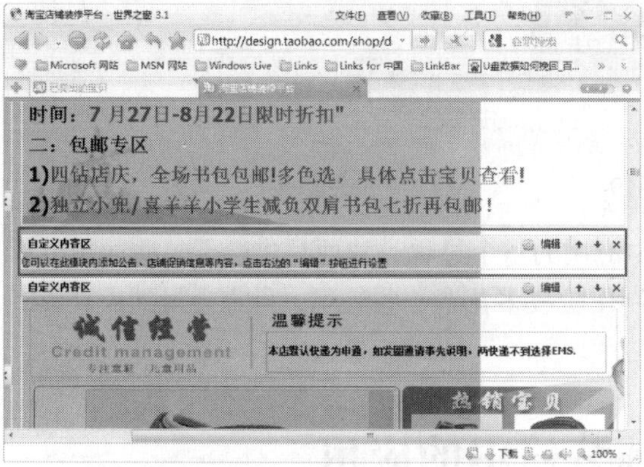

图 14-15

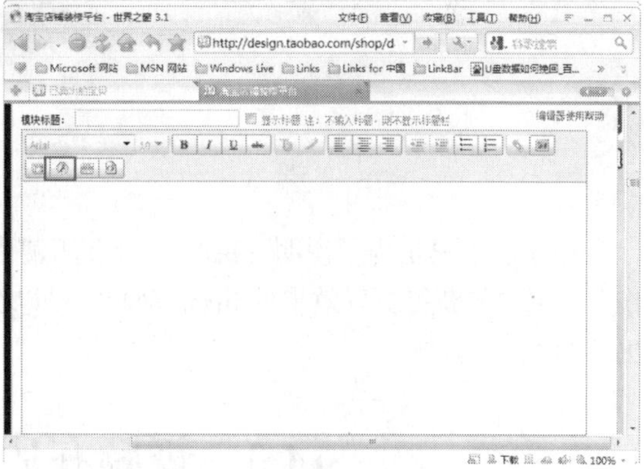

图 14-16

由于我们现在要插入 Flash 到自定义内容区，所以现在我们单击“插入 Flash”按钮 ，也即图 14-16 中标注的位置，单击之后编辑区就会发生变化，如图 14-17 所示。

将 Flash 空间当中的 Flash 选中并插入。插入之后，单击“完成”按钮即可完成 Flash 的插入工作，如图 14-18 所示。

图 14-17

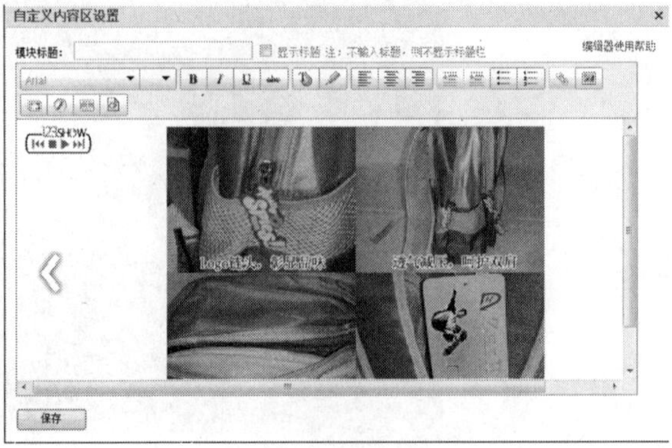

图 14-18

现在直接单击“保存”按钮，就可以把这个 Flash 添加到首页中。接下来我们就应该进行发布了。发布成功之后，就可以在店铺当中看到我们所插入的 Flash 正在闪动，如图 14-18 所示。

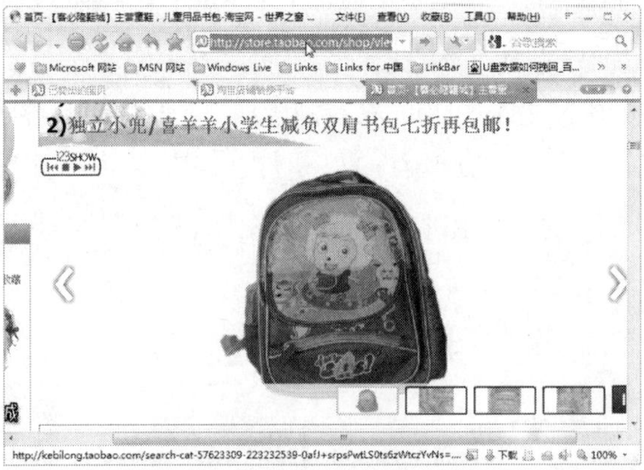

图 14-19

由于这里只是为了说明 Flash 动画在店铺当中应用的整个过程，故而只进行了一些简单的操作，如果想要获得更好效果的 Flash 动画，可以在制作阶段多花费一些心思，肯定会得到表现形式更佳的 Flash 动画。

14.3 视频在店铺装修中的应用

14.3.1 视频的使用说明

我个人认为，想要真正全面展示自家的宝贝，视频应该是最佳的选择。原因很简单，因为视频文件是一种真正意义上的富媒体。这种媒体文件可以向买家提供图片、文字、声音及动态效果等全方位的信息，从而可以让买家更好地接受这些信息，以达到促销的目的。图 14-20 是一家店铺使用的视频截图。

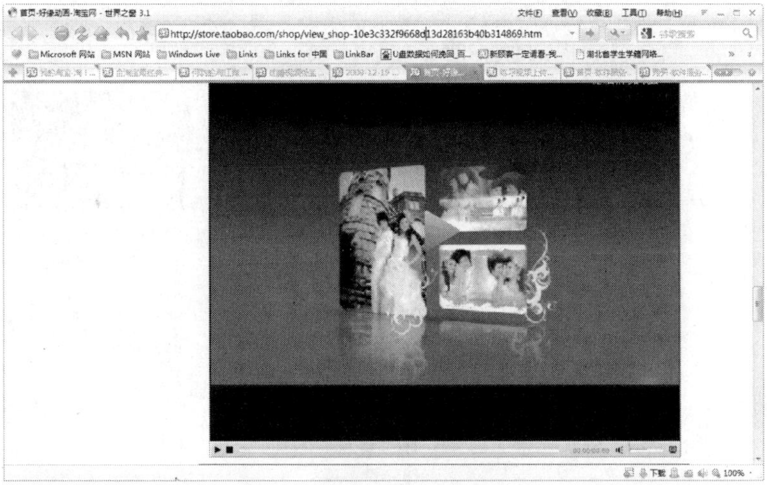

图 14-20

由于视频文件是一种富媒体，当我们觉得静态图像无法说清楚商品特点的时候，就可使用视频来向买家进行辅助展示。

但我们在使用视频时要注意一个问题，那就是视频文件不要和宝贝描述里的图片内容重复。如果视频上有的内容图片上全有了，就没有任何意义了。更何况我们在店铺当中所插入的视频由于网络条件的限制，其清晰度还不如宝贝描述图片，那么此时使用视频的意义也就失去了。视频就应该表现出静态图像表现不了的那一部分。

由于淘宝网仅提供 5 分钟/个的视频服务，所以我们充分利用好 5 分钟/个视频的内容，为了达到这个目的，在拍摄之前就应先设计好所拍摄的内容，拍摄之后，再对所拍摄的内容进行剪辑，让这宝贵的 5 分钟的时间得到充分的利用。

提示

不过在这里要提醒大家，要想制作出精美的视频文件，那是需要专业的制作软件及设备，当然还需要专业的技能，不是一般人能够胜任的，所以我们要想店铺当中的视频文件能够起到应有的作用，最好还是求助于专业的视频制作人员，以免弄巧成拙。

14.3.2　定制视频服务

首先进入到卖家中心，在卖家中心左侧找到“我要订购”菜单项并单击，下面就进入淘宝网的软件服务订购中心。在这里展示了可以订购的所用服务。在其中有一项“素材/图片/视频”服务，在其下就有“优酷网视频展示”服务，如图 14-21 所示。

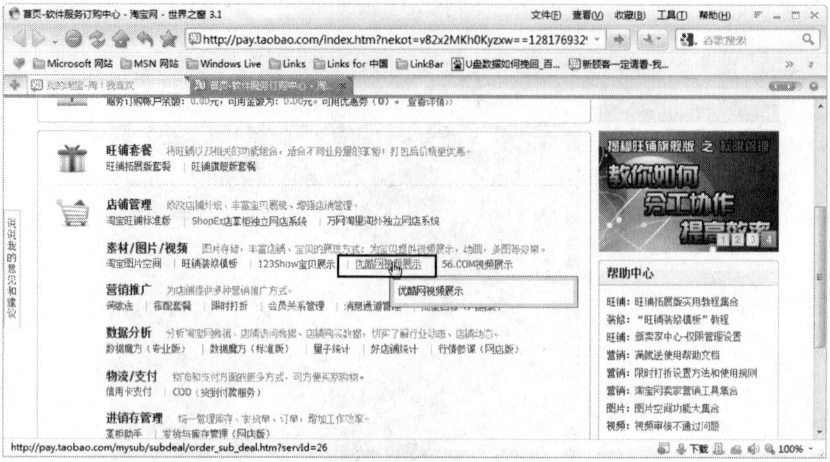

图 14-21

在订购界面中，单击“优酷网视频展示”链接，就会进入到优酷网视频展示服务的订购界面，如图 14-22 所示。

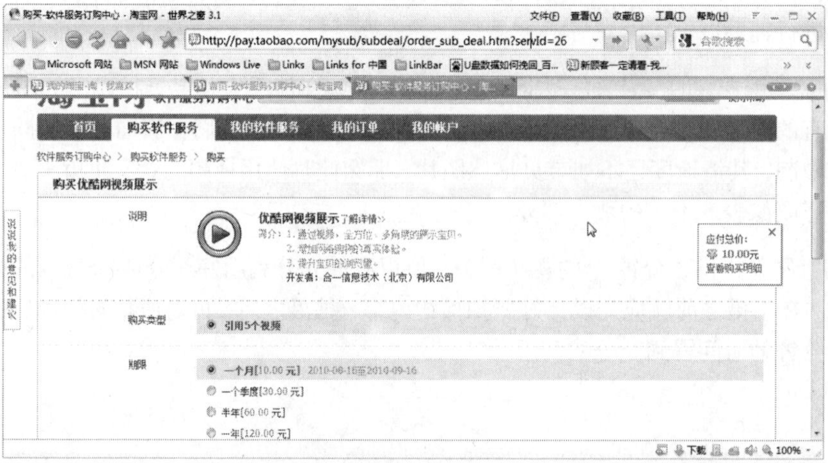

图 14-22

我们根据自己的实际情况进行定制，定制之后即可开通。

14.3.3 使用优酷网视频展示服务

当我们成功定制优酷网视频展示服务之后，我们就可以开始使用该服务了。

首先，还是要进入到卖家中心，在卖家中心左侧找到媒体中心。单击“媒体中心”选项，就会进入已订购媒体服务。在此界面当中可以看到已订购的服务中有一个视频类服务，也就是“优酷视频”按钮。单击此按钮，就可以进入到优酷视频管理界面，如图 14-23 所示。

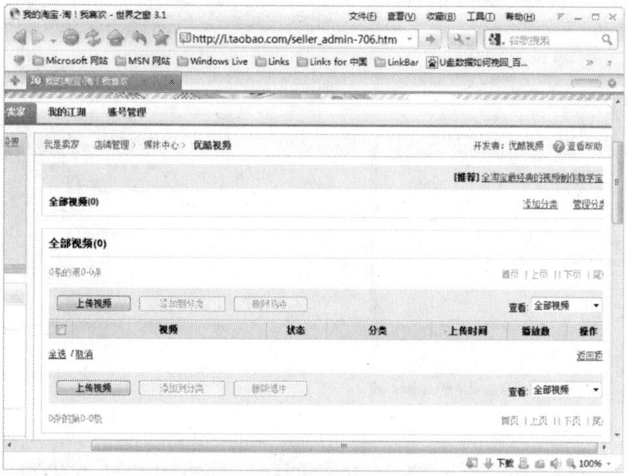

图 14-23

我们在这里可以上传视频、添加分类及删除视频等操作。由于我们要在店铺当中展示视频，所以事先就必须把拍摄好的视频上传到我们的视频空间中。

单击“上传视频”按钮，系统就会引导我们进入视频上传界面，如图 14-24 所示。

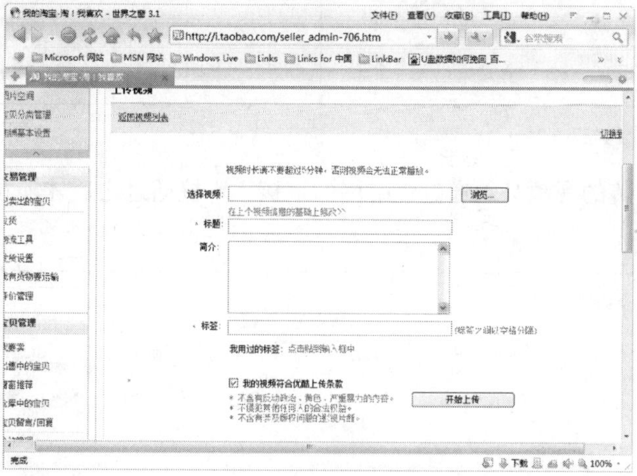

图 14-24

在这里单击“浏览…”按钮，系统就会弹出一个“选择要上载的文件，通过 api.youku.com”对话框。在此对话框中找到我们已经制作完毕并存放在本地计算机上的视频文件，如图 14-25 所示。

选中该文件，并单击“打开”按钮。此时就会返回上传视频界面。在此界面当中，我们将必须输入的内容一一添加完毕，如图 14-26 所示。

图 14-25

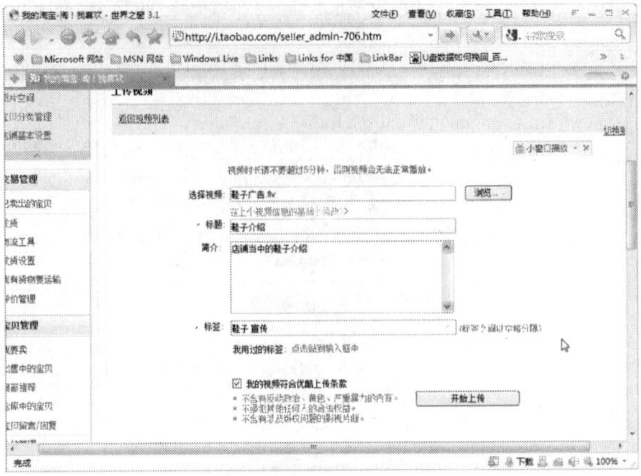

图 14-26

所有信息添加完毕之后，单击“开始上传”按钮，就可以开始上传视频了，如图 14-27 所示。

视频上传成功之后，就会显示如图 14-28 所示的内容。

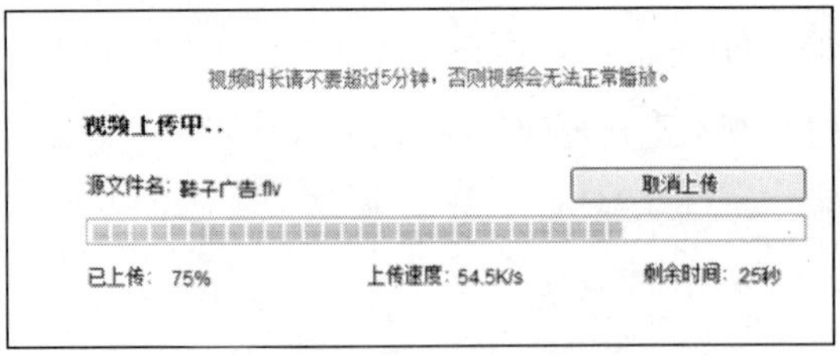

图 14-27

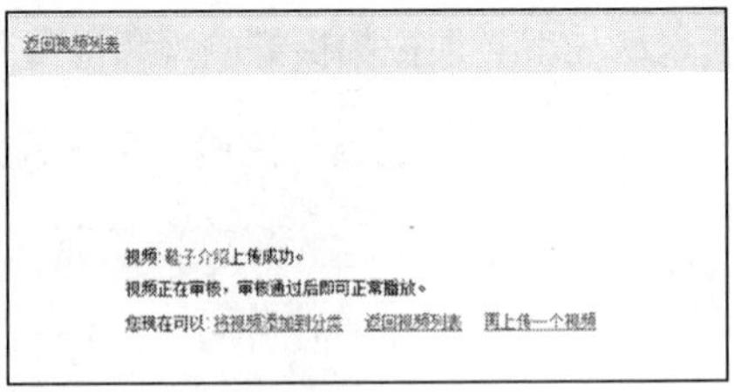

图 14-28

也就是说我们上传的视频必须通过优酷网的审核，审核通过之后才能正常使用。审核通过之后，如图 14-29 所示。

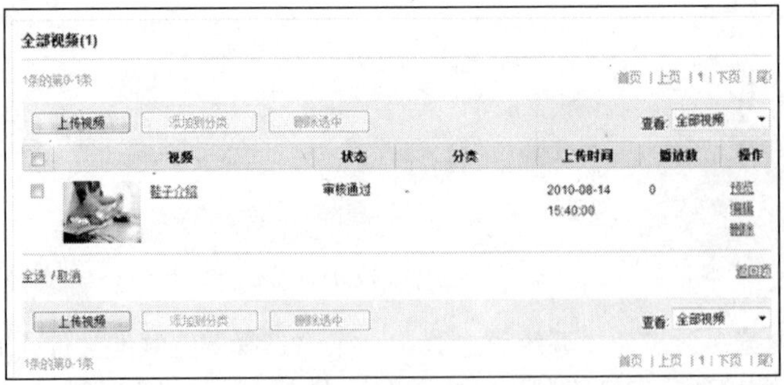

图 14-29

14.3.4 视频在店铺中的应用

视频文件现在已经上传到视频空间中，但它并不能直接显示在自家店铺中。要想将这个视频文件应用到自家的店铺中，还要继续处理。下面我们就以视频文件插入到首页为例，来说明一下视频文件在店铺当中的应用。

进入到店铺装修界面，展开页面布局，在右侧增加一个自定义内容区，并保存此页面布局。保存成功之后，我们在装修页面中就会看到一个新增的自定义模块。单击这个新增加的自定义内容区上的黄色小齿轮图标"⚙"，系统自然就会弹出一个自定义内容区设置页面，如图 14-30 所示。

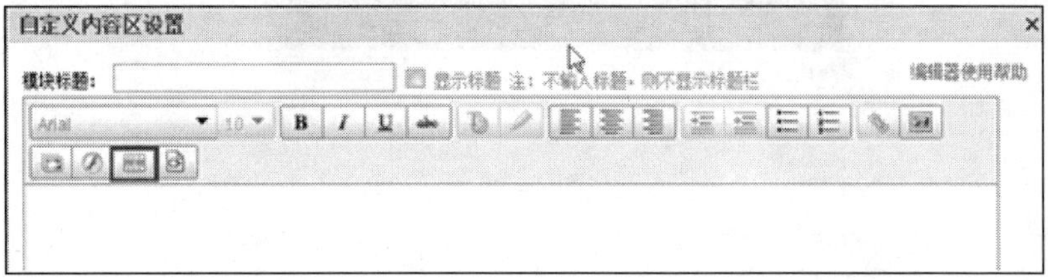

图 14-30

由于我们现在要插入视频文件到自定义内容区，所以现在单击"插入视频"按钮，也即图 14-30 中标注的位置，单击之后编辑区就会发生变化，如图 14-31 所示。

图 14-31

在这里我们将上传视频文件选中并单击"插入"按钮，再单击"完成"按钮即可完成视频文件的插入工作。插入之后效果如图 14-32 所示。

现在直接单击"保存"按钮，我们就可以把这个视频文件添加到店铺首页中。将视频成功发布之后，我们到店铺首页看一看效果，如图 14-33 所示。

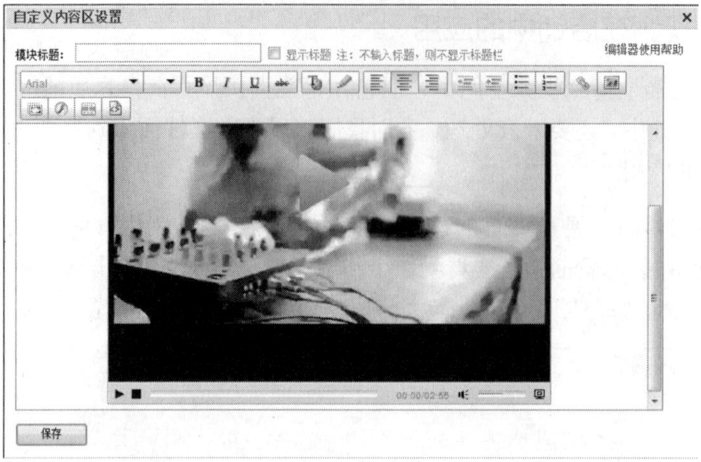

图 14-32

图 14-33

现在，一个视频文件就被我们添加到店铺中了。当然在这里，我们可以根据自己的需要在不同的地方插入视频，来更好地装饰自己的店铺，从而更好地向买家展示我们的店铺及宝贝，从而为我们带来源源不断的订单。

第 4 篇

店铺推广篇

第 15 章 店铺推广路路通

对于经营淘宝店铺而言，将自己的店铺装修得能够吸引买家只是成功的第一步。要知道，不管我们是经营哪种产品，总会有数以万计的同类店铺和我们竞争，在淘宝网上我们是不可能垄断经营某些产品的。既然我们处于这个现实情况之下，又义无反顾地进入淘宝网，那么就要想尽一切办法让买家知道自己店铺，并选择自己的商品，从而在诸多竞争对手中脱颖而出，也就是说要学会推广店铺。

在淘宝网中生存，要记两点：一是再好的商品，再漂亮的店铺，再优惠的活动，没有一个行之有效的推广方式，那也只能看着这些宝贝压箱底，无人问津；二是不要等着别人从上亿个宝贝里面找到我们，这种几率太小。

那么在淘宝网中该如何进行店铺推广呢？这个问题是仁者见仁，智者见智，并没有一定的说法。在论坛上，各路高手都纷纷写下自己的店铺推广心得，但作为卖家，要明确一点，任何成功的推广经验都是不可复制的，我们顶多也只能通过这些文章来了解别人的做法，从而为自己店铺推广提供一种新的尝试途径。

成功的店铺推广经验都是要经过自己的长期摸索，并有可能付出极为沉重的代价才能获得，并且这个经验并不具有普遍适用性。基于这个原因，在本章中只是来讲一讲店铺推广的基本途径，至于实际运用，就要靠卖家自己的在实践中积累经验，从而实现量变到质变的飞跃！

15.1　淘宝直通车推广

淘宝直通车是由阿里巴巴集团下的雅虎中国和淘宝网进行资源整合，推出的一种全新的搜索竞价模式。它的竞价结果不只可以在雅虎搜索引擎上显示，还可以在淘宝网（以全新的图片+文字的形式显示）上充分展示。每件商品最多可以设置 200 个关键字，卖家可以针对每个竞价词自由定价，并且可以预测自己的出价在淘宝网上的排名位置，按实际被点击次数付费，它可以实现宝贝的精准推广。

15.1.1　直通车的作用

淘宝直通车能为我们带来什么呢？淘宝直通车能给店铺中的宝贝，以及整个店铺带来流量，提高宝贝和店铺的曝光率。主要体现在以下几个方面。

（1）被直通车推广的宝贝，只要想来淘宝网买这种宝贝的人就能看到，大大提高了宝贝的曝光率，给我们带来更多的潜在顾客。

（2）只有想买这种宝贝的人才能看到你的宝贝，带来的顾客都是购买意向明确的买家。

（3）直通车能给整个店铺带来人气，虽然我们推广的是单个的宝贝，但很多买家都会进入我们的店铺里去逛逛，一个点击带来的可能是几笔订单，这种整体连锁反应，是直通车推广的最大优势，久而久之我们的店铺人气自然高起来了。

（4）可以参加更多的淘宝促销活动，有不定期的直通车用户专享活动，以及淘宝单品促销活动，加入直通车后，可以报名参加各种促销活动。

15.1.2　直通车广告展示位置

如果一个买家的购买意向明确，那么这位朋友打开淘宝网首页之后，就会在搜索栏中输入自己想要购买商品的关键字（这个关键字就是卖家所购买的关键词），然后单击“搜索”按钮，如图 15-1 所示。

单击之后，此时淘宝网就会根据自己的搜索规则将搜索结果展现在搜索结果页面中，如图 15-2 所示。

在这里我们要特别关注页面的最右侧的“掌柜热卖”，这里所显示的商品全部都是在直通车当中购买了“BEPPI”这个关键词的商品，并且根据掌柜的出价来决定它们的展示先后及次数。这里所展示内容比搜索结果当中所展示内容要大而清晰，更具有诱惑力，这就是直通车广告的优势，如图 15-3 所示。

图 15-1

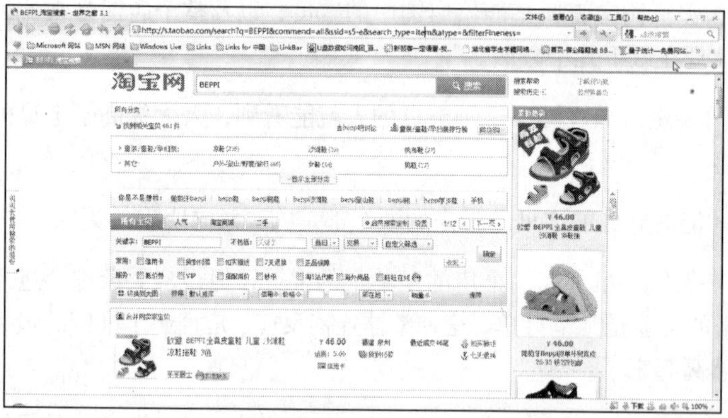

图 15-2

图 15-3

这个区域总共有八个展示位。除此以外，在搜索结果页面的最下方也有 5 个直通车的展示位，如图 15-4 所示。

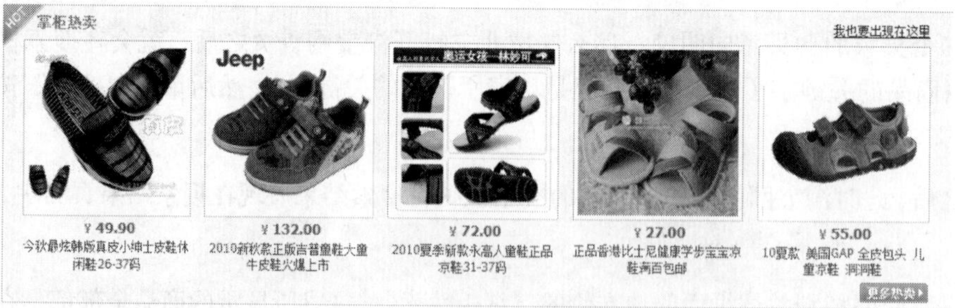

图 15-4

当然，还存在另一种情况。也就是，买家朋友进入淘宝首页之后，并不在搜索框当中输入关键词进入查找，而是直接点击类目中的子目录，在子目录中逐级寻找自己所需要的宝贝。假定我现在想要寻找儿童凉鞋，就在母婴大类之下找到凉鞋子类目，如图 15-5 所示。

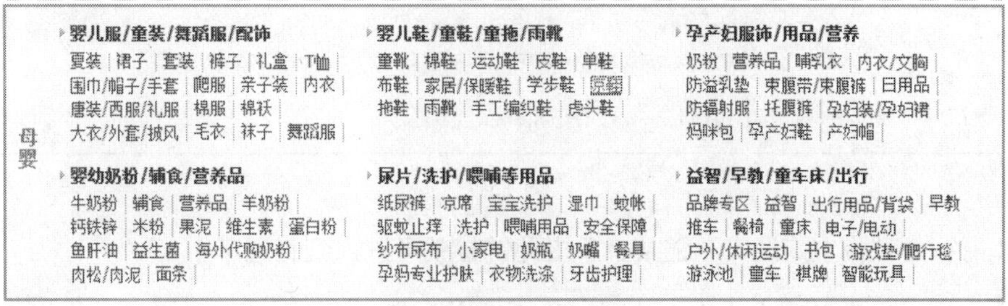

图 15-5

单击“凉鞋”子分类，系统就会显示该子分类之下的搜索结果，与此同时在搜索结果显示页的右侧同样会出现 8 个广告位，下侧也会出现 5 个广告位。那么这些广告位也是直通车的广告位，如果你在直通车当中对此类目进行了出价，那么我们的宝贝就可以展示在这些地方，如图 15-6 所示。

图 15-6

以上这些地方就是淘宝直通车的宝贝展现位置，我们的宝贝如果出现在这些黄金位置，可以给买家带来直观的视觉效果。并且无论买家朋友通过何方式来搜索自己想要购买的宝贝，只要购买了相应的关键词，并对相关类目进行了出价，那么我们的宝贝都会在第一时间展现在买家面前！

15.1.3　直通车的实际操作

1. 进入直通车

当我们进入卖家中心之后，在页面中央的面板上可以看到有一个推广面板，如图 15-7 所示。

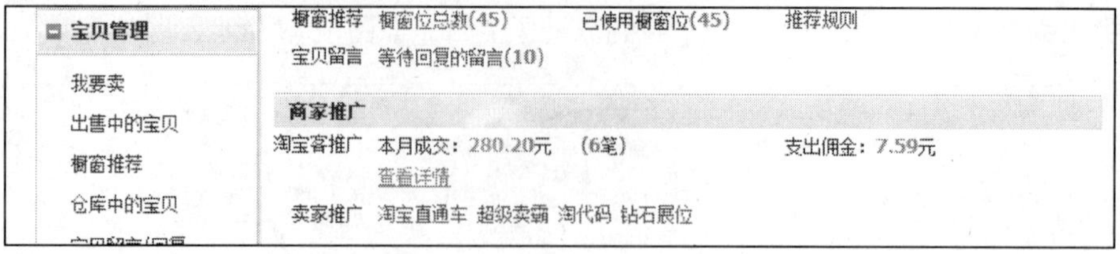

图 15-7

在这里有一个“淘宝直通车”链接，单击此链接就可进入到直通车中。

当然我们也可以在卖家中心当中找到“我要推广”菜单项，单击此菜单项，即可进入卖家推广页面，如图 15-8 所示。

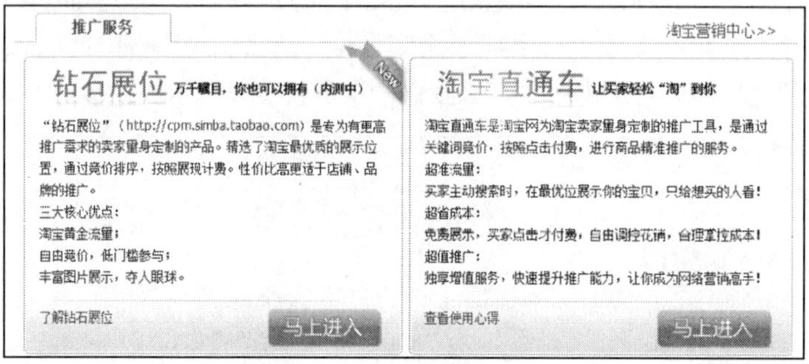

图 15-8

在这里，我们找到淘宝直通车，单击“马上进入”按钮，也可以进到直通车操作界面中。

不管是哪一种方式进入，我们都可以见到如图 15-9 所示的直通车操作界面。

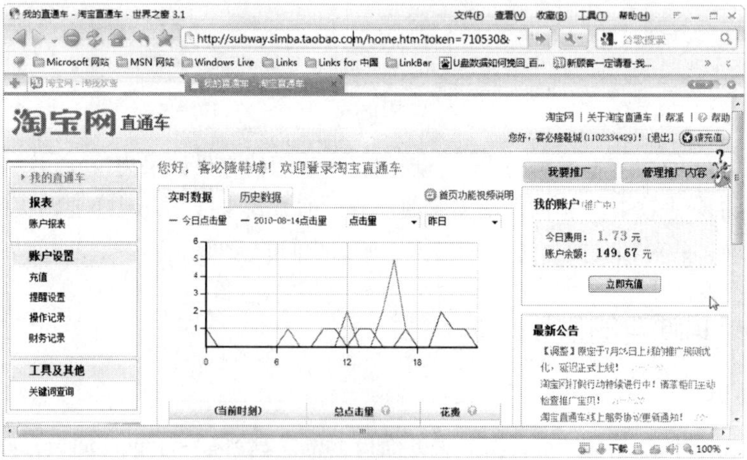

图 15-9

2. 推广宝贝

现在直通车已经做了改版，要想推广一个宝贝大致要分两步。

第一步新建推广计划

当我们进入直通车的主界面之后，在界面右上方有两个醒目按钮，一个是“推广新宝贝”，另一个就是“管理推广内容”。单击任何一个按钮，都可以看到如图 15-10 所示的界面。

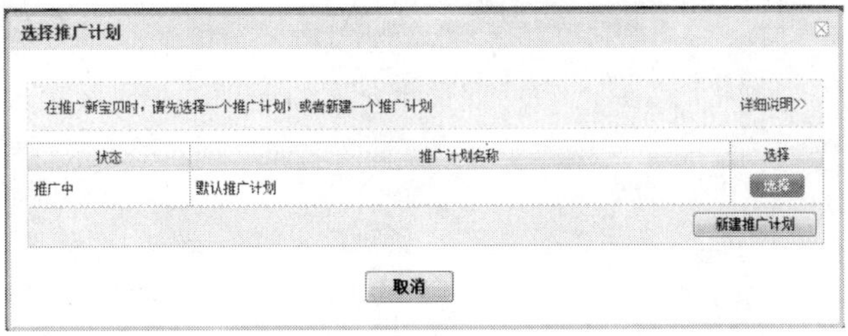

图 15-10

在这里，我们已经有一个默认的推广计划。“推广计划”是淘宝网根据用户推广的需求，专门研发的多推广计划的功能。通过推广计划，可以实现对所有推广宝贝进行分计划有针对性管理，使我们的推广更加有效更加精准。在此功能中，目前我们可以创建 4 个推广计划，每个计划中可独立设置日限额、投放地域、投放时间、投放平台，选择相应的宝贝设置关键词及出价。在这里，我们选择新建推广计划。单击“新建推广计划”按钮，就可进入新建推广计划页面，如图 15-11 所示。

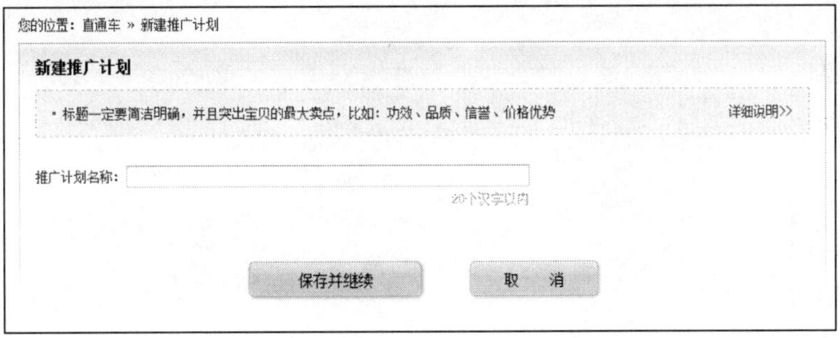

图 15-11

在文本框中，输入推广计划名称，并单击“保存并继续”按钮即可完成推广计划的新建。

第二步为新建推广计划选择推广宝贝

当我们在上面新建计划完毕，就可以进入到如图 15-12 所示的宝贝选择页面。

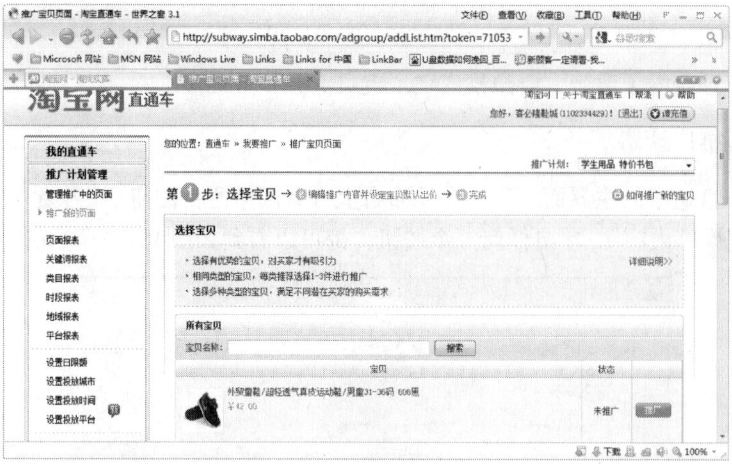

图 15-12

在这里，我们可以逐页翻看选择要推广的宝贝，也可以在“宝贝名称”对话框当中输入宝贝名称进行搜索。当我们选中要推广宝贝之后，在宝贝右侧单击“推广”按钮，就可以进入推广内容编辑界面。推广内容编辑主要分成四块。

（1）编辑直通车推广标题

这个标题和我们店铺当中的宝贝标题并不是同一个概念。这个标题必须限定在20个汉字以内，并且要简洁明了，尽可能地突出宝贝的最大卖点，例如：功效、品质、信誉和价格优势等，如图15-13所示。

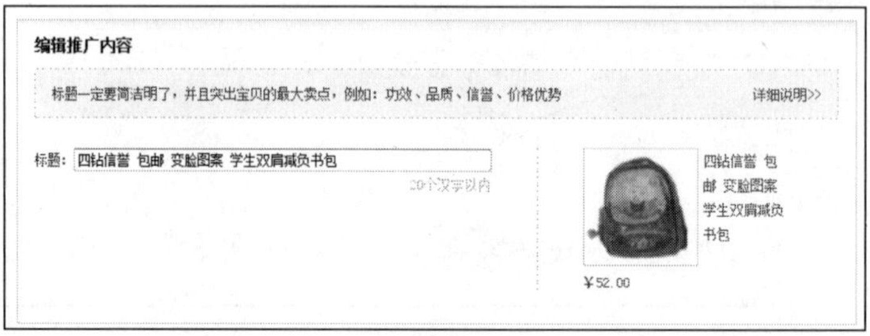

图 15-13

（2）选择宝贝关键词

在这里我们要尽量从买家的角度出发，想想他们可能会以什么词进行搜索；另外选择词的范围要包括产品名称、品牌、型号、质地、功能等，详见推荐词表，并且在推荐词表中选择关键词时尽量选择相关度高的词；每个宝贝推荐至少设置10个以上的关键词，如图15-14所示。

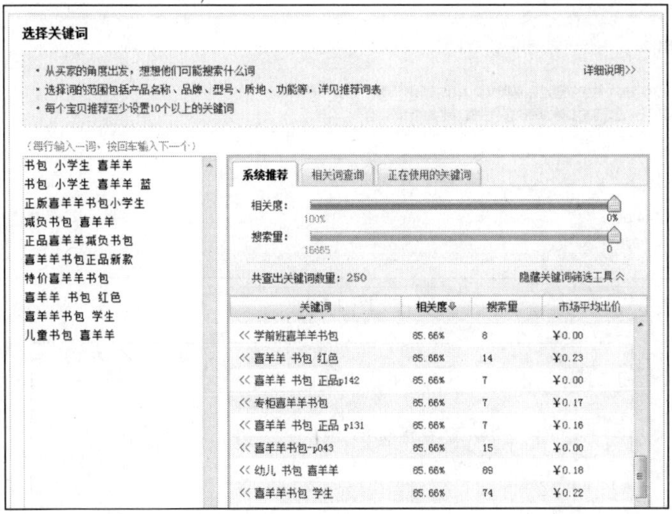

图 15-14

（3）选择是否启用类目出价

我们在前面说过，买家朋友搜索宝贝时，有两种方式，一种方式是通过关键词来进行搜索；另一种方式就是通过类目来搜索。并且有统计表明，有近半数的淘宝成交订单是来自类目浏览，如果我们不启用类目出价，就有可能损失一半的流量。那么为了的直通车达到最佳效果，我们还是选择启用类目出价，如图 15-15 所示。

图 15-15

（4）设置默认出价

为了方便操作，我们在这里首先把所选的关键词和类目进行统一出价，当我们把推广完成之后，再逐一更改自己的出价，如图 15-16 所示。

当我们把以上四步都完成之后，我们单击“下一步，完成”按钮，完成此个宝贝的推广任务。单击之后，系统就会显示如图 15-17 所示的界面。

此时我们可以选择再推广一个宝贝，也可以选择进入管理页面进行相关设置。在这里，我们只是说明基本操作，所以接下来我们就进入管理页面，进行相关设置。

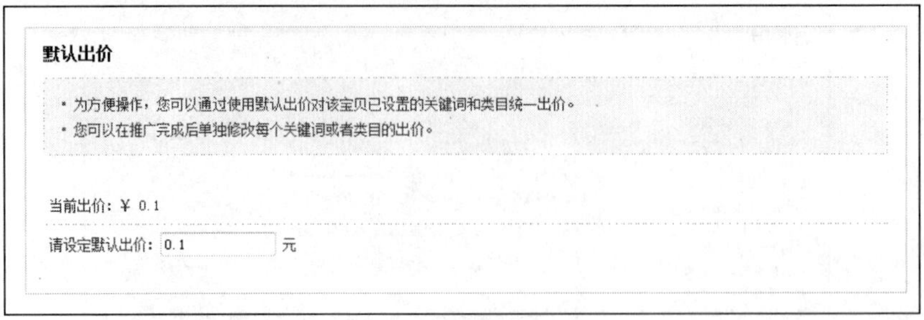

默认出价
• 为方便操作，您可以通过使用默认出价对该宝贝已设置的关键词和类目统一出价。
• 您可以在推广完成后单独修改每个关键词或者类目的出价。
当前出价：¥ 0.1
请设定默认出价：0.1 元

图 15-16

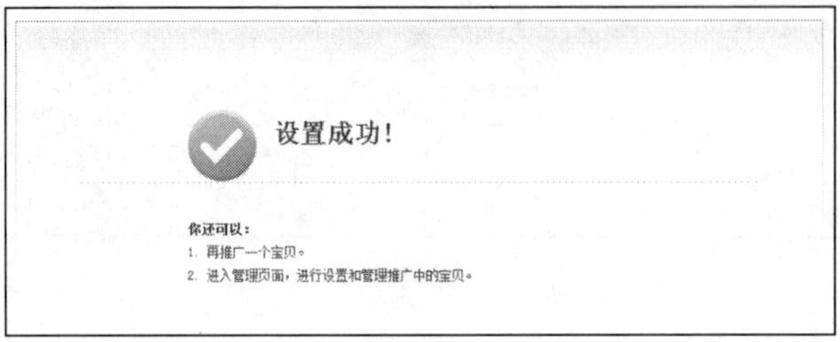

图 15-17

3. 推广设置

当在图 15-17 中点击“2. 进入管理页面，进行设置和管理推广的宝贝”链接，即可进入推广设置页面，如图 15-18 所示。

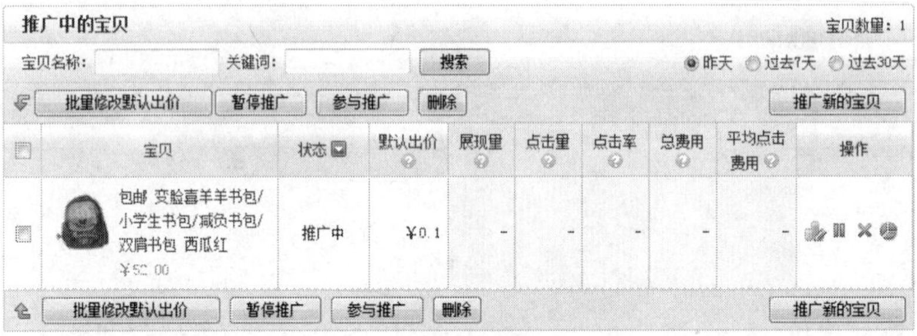

图 15-18

在这里，我们可以进行新增推广宝贝、删除推广宝贝、暂停推广、参与推广及批量修改默认出价的操作。除此以外，我们更可以对某个宝贝的推广内容进行管理，方式就是单击相应宝贝右侧的“编辑”按钮。单击此按钮之后，显示如图 15-19 所示。

在这里，我们可以对所选的关键词进行管理。比如对关键词进行删除、新增操作。事实在这里，我们更多的是根据自己对报表数据的分析来调整关键词的出价和类目价。调整方式也比较简单，想要调整哪一个出价，就单击相应内容右侧的“编辑”按钮，即可进入编辑界面，如图 15-20 所示。

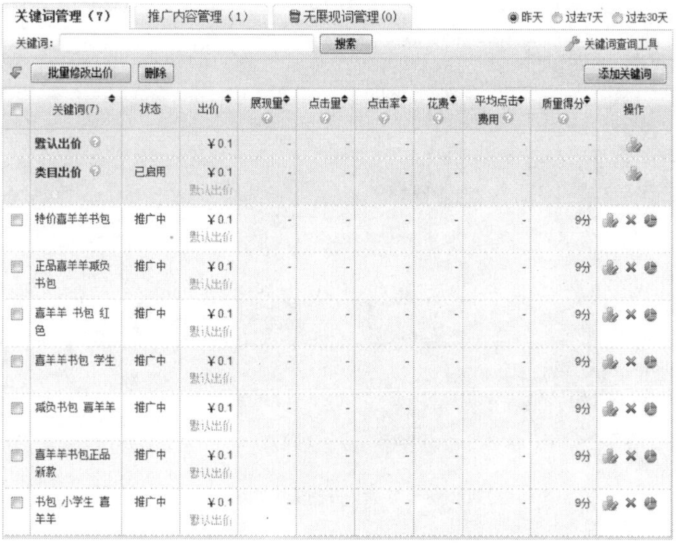

图 15-19

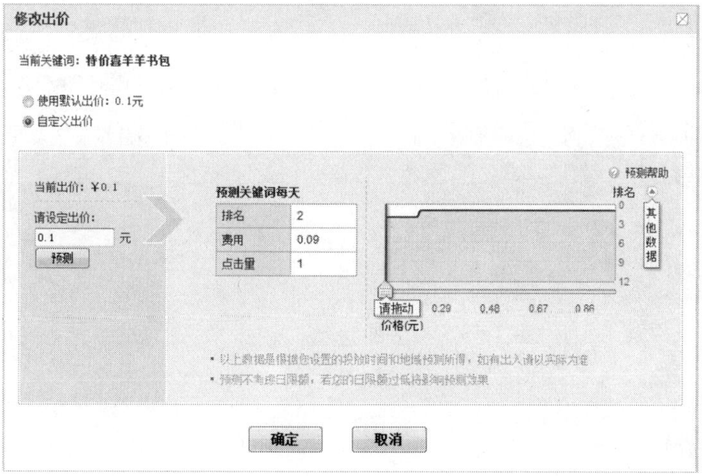

图 15-20

在图 15-20 所示的界面当中，选择“自定义出价”，就可以开始设定自己的出价，当然，我们还可以预测自己出价的排名，至于这个排名预测是否准确，那就不得而知了。在这里，我们将出价改为 0.2 元，如图 15-21 所示。

单击“确定”按钮，即可完成该关键词的出价修改，并回到关键词管理页面，如图 15-22 所示。

返回之后，我们可以看到出价已经被修改，并且修改后的价格用红色字体显示。

和关键词管理功能类似的还有一个“推广内容管理”选项页，如图 15-23 所示。

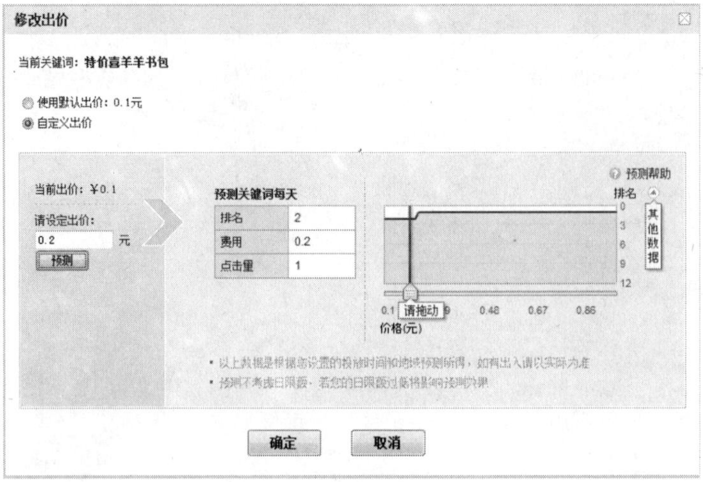

图 15-21

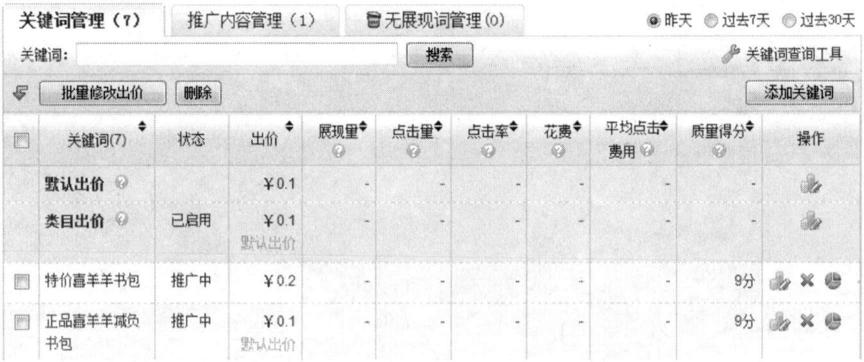

图 15-22

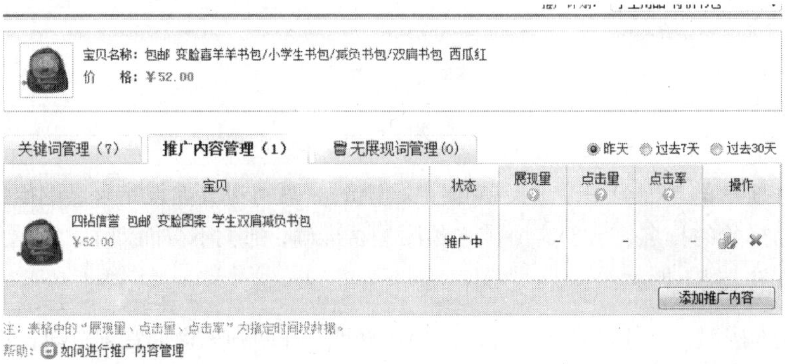

图 15-23

在这里可以修改直通车推广宝贝的推广内容，也就是推广标题。可以对同一个推广宝贝添加多个推广标题，也可以修改推宝贝的标题，当然，也可以删除一个推广内容。操作很简单。单击“添加推广内容”按钮，就可以增加推广标题；单击“编辑”按钮，就可以修改推广标题；单击“删除”按钮就可以删除推广标题了。

15.1.4　直通车的推广成本控制

很多新手朋友都对直通车是又爱又恨。爱的是直通车可以进行精准的广告投放，恨的是觉得直通车太“烧钱”而又不能带来成交量。

作为卖家要有一个清醒的认识，直通车只是一个推广工具，它能够带来有效的流量，至于带来流量能不能成交，那就是卖家在店内应该做的事！当然，我们使用直通车也有一些减少开支的方法，只要使用得当，就可以以最小的代价让直通车为我们带来最大的流量。下面我们来看一看如何有效地控制自己的直通车推广成本。

当我们进入直通车管理界面当中，选择一个推广计划，并进入到推广计划管理页面，在该页面的最左侧有几个设置选项，如图 15-24 所示。

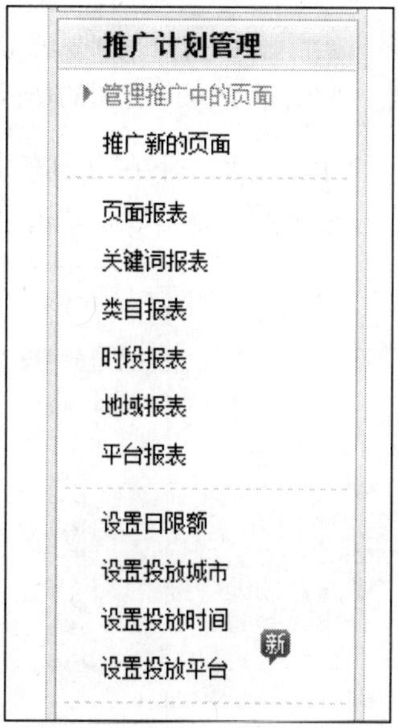

图 15-24

1. 设置日限额

淘宝直通车的最高日限额就是指淘宝直通车扣费每天的可用额度，如果设置了最高日限额，每天的直通车扣费达到这个额度值之后，系统就会自动停止推广，这样可以有效地控制推广费用。

有了这个设置，就可以控制广告推广费用了？明白了基本概念之后，我们一起来看一看如何设置最高日限额。在推广计划管理页面的左侧，单击“设置日限额”菜单项，此时出现如图 15-25 所示的界面。

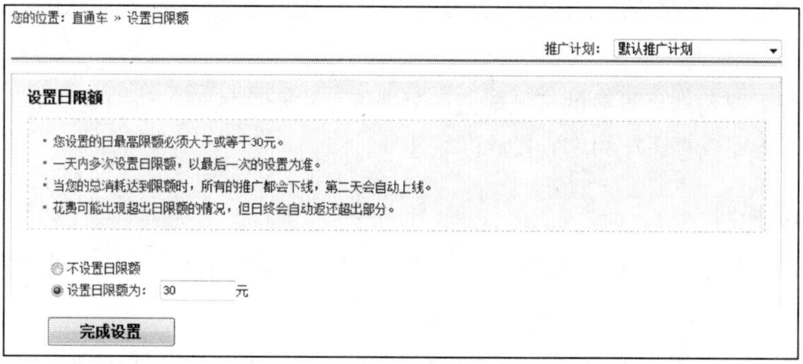

图 15-25

在设置时我们要注意这样几个问题：我们的日限额不能少于 30 元；一天之内可以多次设置日限额，但最终系统是以最后一次设置为准；当天直通车的总消耗达到限额时，所有的推广都会下线，第二天会自动上线。我们在这里就可以根据自己的预算来决定自己的最高日限额，从而有效控制成本。

2. 设置投放城市

如果我们推广计划当中的宝贝具有地域性，要是在直通车的投放地域不进行限制，也会产生很多无效点击。要知道，直通车是按点击收费的，减少无效点击就是降低我们的推广成本。所以为了更好地让自己所购买的直通车广告投放到合适的地区，我们就有必要对广告的投放区域进行设置。

至于宝贝要投放到哪些地方，或者说要重点投放到什么地方，自己要有一个清楚的认识。当然，此时量子恒道店铺的访问来源报表就是我们的一个设置依据。

下面了解一下在直通车中如何选择广告的投放区域。在推广计划管理页面的左侧，单击“设置投放地域”菜单项。单击之后，就会出现如图 15-26 所示的界面。

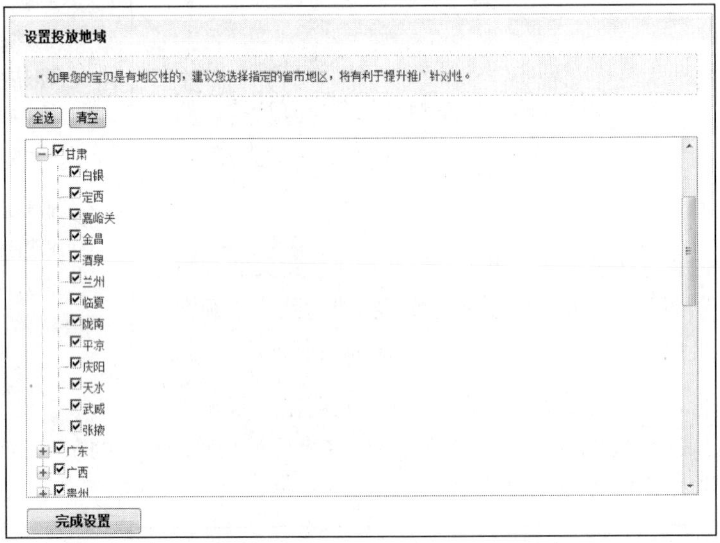

图 15-26

在这里，只需要勾选要投放的区域前面的复选框（这个区域可以精确到地级市），并单击“完成设置”按钮即可完成直通车的广告投放区域选择。

3. 设置投放时间

如果我们的宝贝是有时效性的，那么就可以选择在指定的时间段投放，这将大大有利于提升推广实际效果。

另外对于众多中小卖家来说，由于经营规模有限，不可能做到全天营业，那么在我们不营业时，就应该停止直通车的推广，这样也可以节省自己的推广成本。为了实现这点，我们就可以利用直通车的分时推广功能。下面就来看一看如何设置直通车的推广时间。

在推广计划管理页面的左侧，单击“设置投放时间”菜单项。单击之后，就会出现如图 15-27 所示的界面。

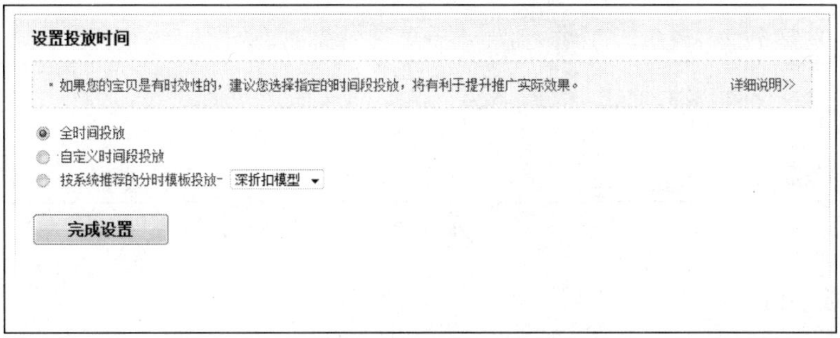

图 15-27

在这里系统是默认全时段投放，如果你的店铺不能全天营业，这时你的直通车就可能多“烧”很多钱。现在我们选择“自定义时段投放”选项，整个界面就会变成如图 15-28 所示。

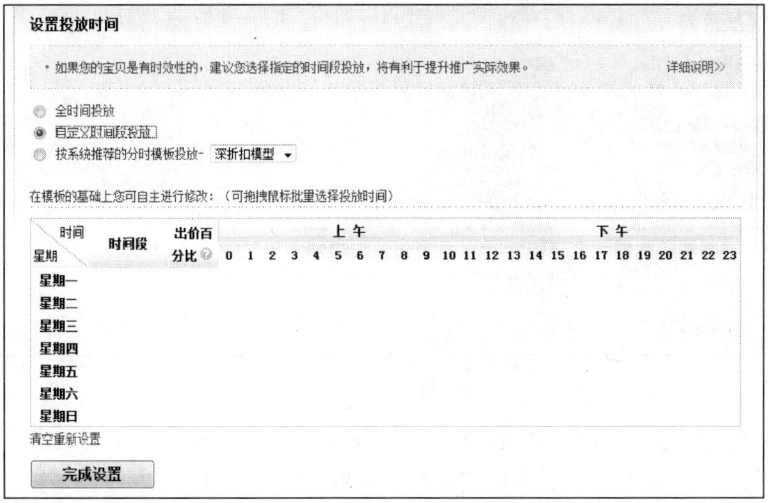

图 15-28

在这个表格当中我们通过用鼠标在时间段进行拖选，自行设定广告的投放时间（最小时间间隔为 30 分钟），并且还可以设置此时间段内的出价折扣百分比，如图 15-29 所示。

通过这种方式不仅可以限定自己的广告投放时间，还可以控制自己的出价折扣百分比，因而又能节省下一部分无效的广告费用。当我们的投放时间段设置完毕之后，一定要记得单击“完成设置”按钮，这样才能生效！

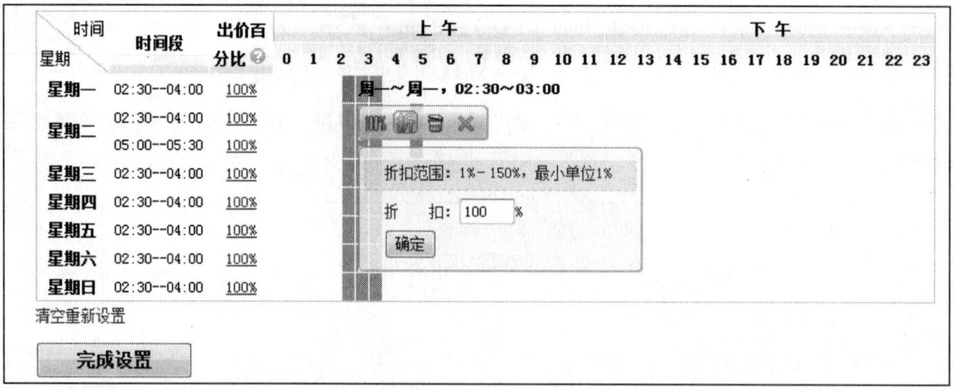

图 15-29

4. 设置投放平台

现在直通车中又推出了新的功能，那就是允许我们选择广告的投放平台。当然，这种平台分为两种，一种是淘宝站内平台，这是所有宝贝必选的；第二种就是淘宝站外平台，如果我们将广告投放到淘宝站外，就有可能从站外引来流量，如图 15-30 所示。

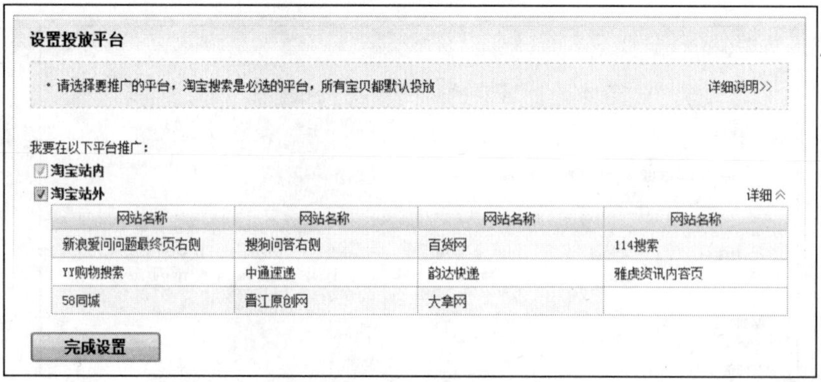

设置投放平台
· 请选择要推广的平台，淘宝搜索是必选的平台，所有宝贝都默认投放
详细说明>>
我要在以下平台推广：
淘宝站内
淘宝站外
详细
网站名称
新浪爱问问题最终页右侧
搜狗问答右侧
百货网
114搜索
YY购物搜索
中通速递
韵达快递
雅虎资讯内容页
58同城
晋江原创网
大拿网
完成设置

图 15-30

通过上面的讲述，相信卖家对直通车这种行之有效的推广方式有所了解。由于这是一个目的性最强、效果最好的一个推广方式，所以在关键词设置、投放时间设置、投放区域设置等，还是要多用心，这里面的学问还是很大的。

另外直通车开通后每天都要关注一下买家朋友的访问情况，通过哪个页面进去的，通过哪些关键词找到的，哪个地区的访问的人最多，两天总结并归纳一次，实时进行调整，您将会看到每天的收获也是不一样的。

15.2　淘宝客推广

在说明淘宝客推广方式之前，我们要先明白什么是淘宝客。所谓淘宝客就是指帮助淘宝卖家推广商品赚取佣金的人。淘宝客只要获取淘宝商品的推广链接，让买家通过他的推广链接进入淘宝店铺购买商品并确认付款，他就能赚取由卖家支付的佣金。

了解了淘宝客之后，我们再来看一看什么是淘宝客推广。淘宝客推广是专为淘宝卖家提供淘宝网以外的流量和人力，以帮助卖家朋友推广商品，成交后卖家才支付佣金报酬的一种推广方式。

这种方式对于淘宝卖家来说，最大的好处就在于展示、点击、推广全都免费，只在成交之后我们才向淘客支付佣金。并且作为卖家的我们能够随时调整佣金比例，灵活控制支出成本，当然宝贝佣金比例过低是不会有淘宝客愿意为我们推广的,所以我们要根据自己的实际情况对佣金比例作一个适当的设置。

15.2.1　淘宝客推广的进入

当我们进入卖家中心之后，在页面中央的面板上可以看到有一个推广面板，如图 15-31 所示。

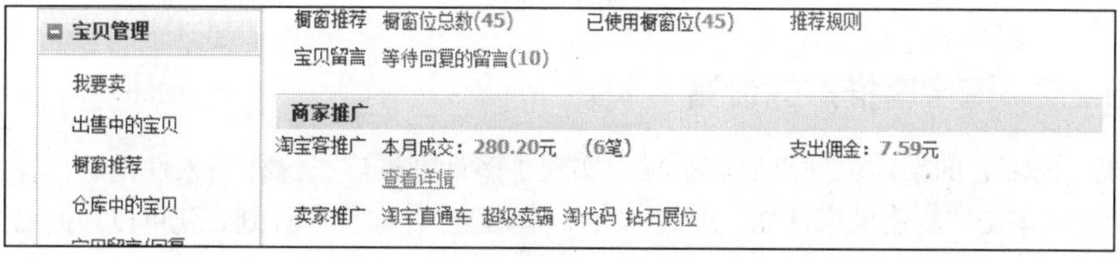

图 15-31

如果你以前已经加入了淘宝客推广计划，在这里就应该有一个“淘宝客推广”内容，单击“查看详情”选项就可进入。

当然我们也可以在卖家中心当中找到“我要推广”选项，单击此选项，即可进入卖家推广页面，如图 15-32 所示。

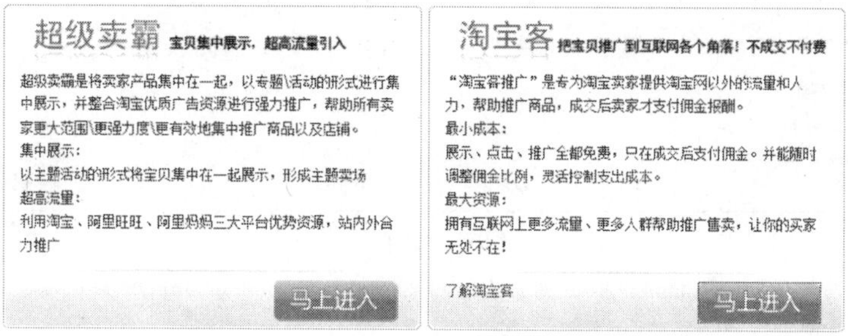

图 15-32

在这里，我们找到淘宝客，单击“马上进入”按钮，也可以进到淘宝客的操作界面当中。

不管是哪一种方式进入，我们都可以见到如图 15-33 所示的淘宝客操作界面。

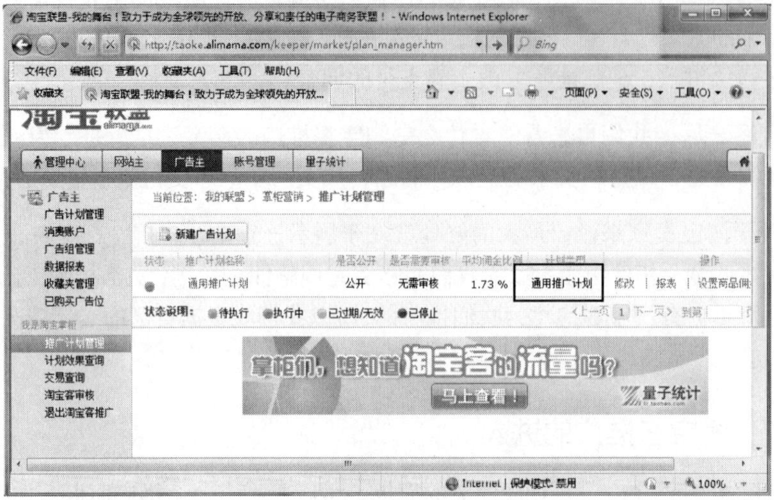

图 15-33

15.2.2 淘宝客推广的设置

在这里，淘宝客的推广也同直通车一样，实现了多计划推广，这样更人性化了。在这里如果要新建计划，就单击“新建推广计划”按钮，如果以前已经存在推广计划，就可以在此看到原有的推广计划。单击通用推广计划链接，如图 15-34 所示。

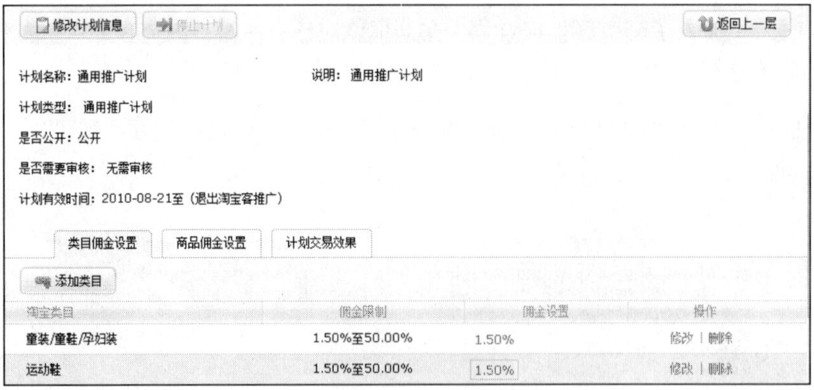

图 15-34

1. 类目佣金设置

由于每个淘宝客的推广习惯不同，有一些淘宝客比较喜欢推类目，基于这一点，我们可以选择自家店里商品所属的一些类目进行设置，设置之后如果有淘宝客推广了我们这个类目下的东西，那淘宝网就会自动地按照我们所设置的比例把佣金划到淘宝客的个人账户之中。设置方式很简单，只需要单击“添加更多类目”选项就可以选择自己宝贝所属的类目，如图 15-35 所示。

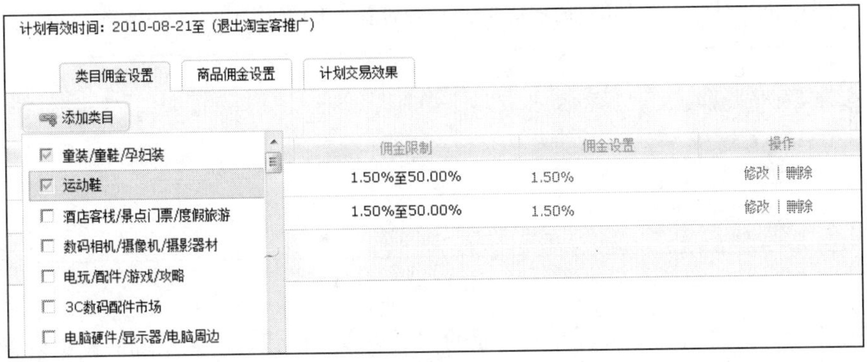

图 15-35

选择完毕之后，我们就可以对不同的类目的出价进行修改或删除。操作方式很简单，只要单击相应类目右侧的“修改”或“删除”链接即可进行相应的操作。当单击“修改”按钮之后，就会出现如图 15-36 所示的界面。

图 15-36

在这里根据自己的实际情况设置完佣金比例之后，单击“确定”按钮即可完成修改。

2. 商品佣金设置

刚才我们说了，由于淘宝客的习惯不一样，有的人喜欢推广类目，而另外有的人喜欢推广单品，所以为了能更好地推广自己的宝贝，我们还是要选择一下自己的主推商品。

如果我们从来没有为每个独立宝贝设置佣金的话，可以直接单击“商品佣金设置”。进去之后就会看到如图 15-37 所示的页面。

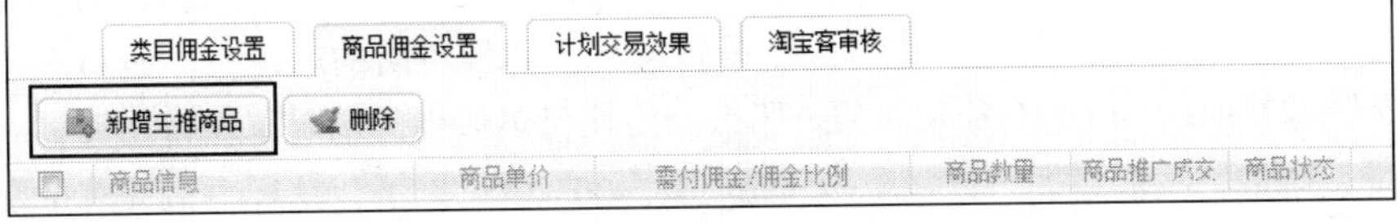

图 15-37

此时，单击“新增主推商品”按钮，就会看到我们店铺中的所有产品列表，列表当中每一个宝贝的最右边都会有一个“选择推广”链接，单击该链接后，该宝贝就会跳到页面最上方，等待着下一步的操作，然后再选择其他商品，在这里我们一共可选三十个产品，当然这里我们一定要选择我们店里销量最好的三十个，否则的话淘宝客是不会对我们的推广宝贝感兴趣的，如图 15-38 所示。

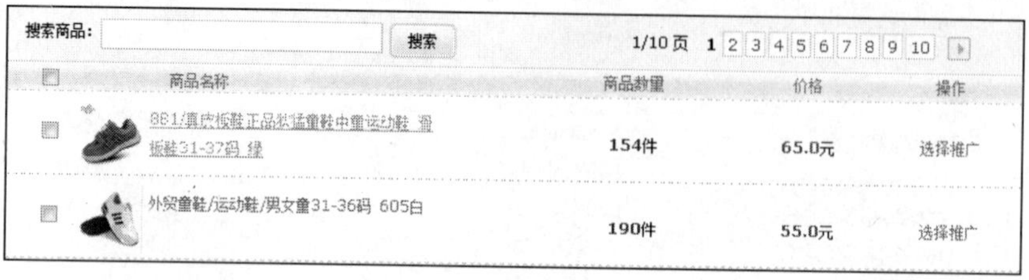

图 15-38

选择完三十个产品之后，单击页面最下面的“下一步”按钮，按照系统的提示设置好佣金就可以了。

如果以前已经设置了主推商品，或者说我们现在想修改某件宝贝的佣金，单击“商品佣金设置”之后就会看到我们的主推商品，如图 15-39 所示。

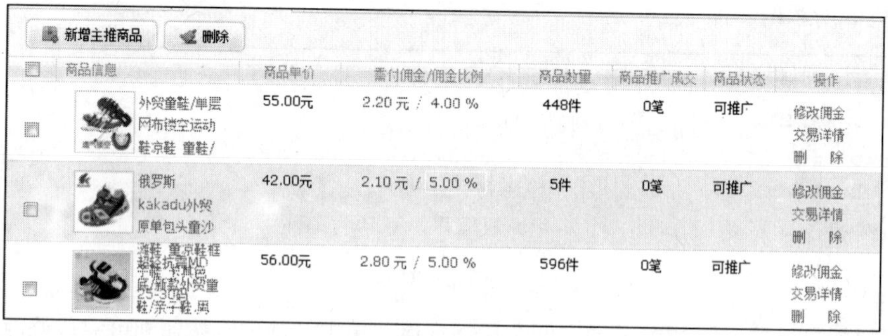

新增主推商品
删除
商品信息
商品单价
需付佣金/佣金比例
商品数量
商品推广成交
商品状态
操作
外贸童鞋/单层网布镂空运动鞋凉鞋 童鞋/
55.00元
2.20 元 / 4.00 %
448件
0笔
可推广
修改佣金
交易详情
删除
俄罗斯 kakadu外贸厚单包头童沙
42.00元
2.10 元 / 5.00 %
5件
0笔
可推广
修改佣金
交易详情
删除
56.00元
2.80 元 / 5.00 %
596件
0笔
可推广
修改佣金
交易详情
删除

图 15-39

在这里，我们可以针对不同的宝贝对佣金比例进行修改或删除主推宝贝。至于佣金比例设置为多少，有很大的弹性空间，如果您的货源足够好，成本价比网络价格便宜很多，或者不怕亏钱来做宣传，可以设置到 50%。这样的佣金比例对于很多淘宝客都有非常大的吸引力，他们都会纷纷为你推广。有一次我在旺旺群中和一个旺友交流时，他告诉我他店里每月淘宝客的推广成交都在 300 笔以上。我就问他怎么能有这么高的淘宝客成交量？他告诉我他的宝贝的佣金比例都设置为 50%，难怪会有这么好的效果！

通过这个例子，我们应该明白，佣金比例设置越高，我们付出的就越多，而对淘宝客的吸引也就越高。设置越低的话，就会有相反效果。那么如何在付出最少的情况下保持足够的对淘宝客的吸引力呢？一般来说，我们将佣金比例范围设成 15%~20%就可以了，这样对淘宝客的吸引力已经足够大了，不必要设置太高，除非您想赔本赚吆喝。

15.3　淘宝的各项活动推广

淘宝网经常有一些促销活动推出，由于是淘宝网官方举行的活动，因此这些活动页面享有淘宝网最好的推广资源，当然也有一些活动会在淘宝站外进行推广，如图 15-40 所示。

图 15-40

假如我们的宝贝能出现在这样宣传页面当中，当然就能被更多的买家看到。如果我们的宝贝又真是那么具有吸引力，想不引人注目都难!

要想参加这个活动必须先要报名，通过审核之后才能参加的。下面我们来看一看报名的方式!

进入卖家中心，在卖家中心的左侧的“营销中心”模块之下有一个“活动报名”菜单项，如图 15-41 所示。

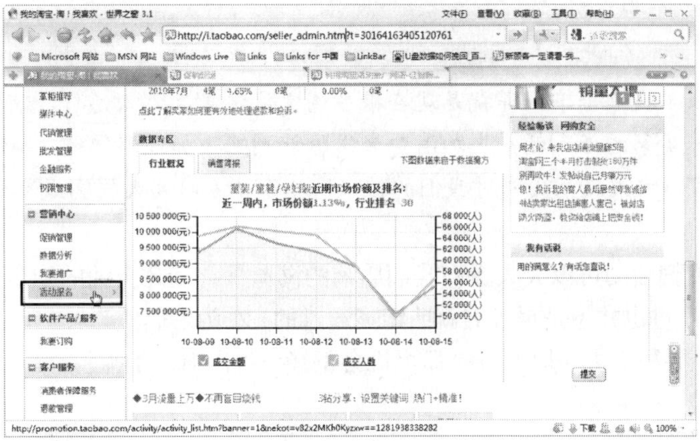

图 15-41

单击“活动报名”菜单项，就会进入淘宝的活动报名页面，如图 15-42 所示。

图 15-41

从图 15-42 中可以看出，这里的活动主要分成促销类活动、招商类活动、培训类活动、店铺街活动和其他活动五种。不管是哪一种活动，在页面当中都列出了活动的基本说明，如图 15-43 所示。

图 15-43

如果您想更加详细地了解该活动，单击“活动详情”按钮，系统就会引导你到达活动详情的说明页面。当觉得自己满足参加活动的条件，就可以单击“我要报名”按钮去报名了。

注意

不过，在这里我要提醒一下，那就是现在很多淘宝促销活动都只是针对消保卖家开放。如果还不是消保卖家的话，赶紧去加消费者保障计划吧，加入消保还是有好处的，至少加入消保之后可以大大提高买家对我们的信任，从而就可以大大提高成交率。

虽然参加淘宝促销活动可以大大提高我们店铺的浏览量，提高店铺的知名度，进一步提高自己店铺的销售业绩，不过也并不是报了名就一定能通过的，必须要等淘宝小二审核批准后才能通过，不过只要有机会还是要积极去争取，万一那个机会正好被我们抓住了呢？

15.4　自主推广

如果说淘宝网是一片大海的话，那我们的店铺在淘宝网里只是大海里的一滴水。如果不注意进行推广宣传，再加上商品没有特色，那我们的商品就会淹没在茫茫无际的淘海中，买家自然就很难搜索到我们的店铺，自然也就没有生意!

在前面，我们已经介绍了几种推广方式，但这些方式还是远远不够的，我们还要另辟途径去多方宣传。

1. 告诉身边的人

第一时间告诉所有亲戚、朋友、同学、同事及所有认识的人，说不定这些人都是我们潜在的客户，更重要的是这些人又能够告诉他们所认识的人，这样一传十、十传百，那我们不就达到了宣传效果吗?

2. 利用 QQ 来帮忙

使用 QQ 进行交流已经是一个大趋势，我们可以利用 QQ，将 QQ 的个人签名改成“我的淘宝店 http://shop57623309.taobao.com/欢迎光临帮忙”，如图 15-44 所示。

图 15-44

然后我们在所加入的群中发布这条消息，也可以进行宣传。另外，要好好利用自己的 QQ 空间，在空间当中上传自己的宝贝图片，并写下一些介绍我们自家店铺的日志，总会有人会关注我们空间，这样也是一种推广方式!

3. 论坛推广

在淘宝论坛上多发帖，多回帖对我们淘宝卖家来说也是一种非重要且行之有效的推广方式。在淘宝社区上最好发原创帖，并且要尽可能使用自己的原创帖成为精华帖。因为我们的原创帖被加精的话，就会获得淘宝网的银币奖励。而得到了银币之后，我们就可以去抢淘宝的广告位，如果手快能抢到广告位，这对我们卖家来说那又是一个绝佳的推广宣传机会。除此以外，精华帖每天都会有很多人浏览，这样也能起到一定的宣传作用。

如果您认为自己水平不够，不能够写出精华帖，那也没有关系。至少我们还可以认真回帖了，如果回帖的内容正是其他人所需要的，还怕他们不顺便到我们店铺当中看一看吗？不过回帖也要抢位置，如果回帖的时候能够抢到“沙发”、“板凳”或者第 15 楼，那就更好了，这样所有想给帖子回复的人，都能在回帖的时候看到您的信息。

4. 友情链接

要主动出击，找一些网店经营比较成功的淘友，主动和他们进行友情链接。因为很多顾客在他家店铺买了东西之后，说不定就能通过友情链接到达我们的店铺。如果能够给自家的店铺取一个响亮的好名字，并在其他店铺当中做了友情链接，那么不就等于在别人的店铺里投放了我们自己的广告吗？这样他们的一部分客户就也有可能成为我们的客户。

5. 百度知道

在百度知道里面搜索待解决的问题，然后用心回答，回答完问题后，就会发现下面有一个参考资料栏，那我们就可以在这里输入自家的店铺网址和经营范围等。如果我们的回答被评为最佳答案，那就最好不过了，因为下次不管是谁搜索同样的问题，他们就一定可以看到我们的答案，而在这个答案下面就有我们的店铺网址！

6. 信用评价

进入我们店铺的买家朋友是非常关注信用评价这个地方的，因为他们可以通过这个地方来了解卖家的信用状况，每天有很多买家和卖家都会看的。我们在给别人评价的时候也记得顺便添上我们自家店铺的相关信息，那么其他人看到您留下的那么吸引人的评价，也有可能不自觉地来您的店里看一看！不过千万别放太多，否则，也会被删！

7. 发货宣传

千万别以为把货交给快递公司，整个交易就结束了。因为这个买家的亲戚、朋友及同事都有可能是我们的潜在顾客！那么我们就再在包裹里面放上自己店铺的名片，或者是宣传单，或者定做一些印有店铺广告的办公用品作为赠品，那么当赠品被买家的朋友或者同事看见，这又是一次无形的广告宣传。

总之，要想生意好，推广不可少！

《视觉推广——赚钱淘宝店铺装修全攻略》读者交流区

尊敬的读者：

感谢您选择我们出版的图书，您的支持与信任是我们持续上升的动力。为了使您能通过本书更透彻地了解相关领域，更深入的学习相关技术，我们将特别为您提供一系列后续的服务，包括：

1. 提供本书的修订和升级内容、相关配套资料；

2. 本书作者的见面会信息或网络视频的沟通活动；

3. 相关领域的培训优惠等。

您可以任意选择以下四种方式之一与我们联系，我们都将记录和保存您的信息，并给您提供不定期的信息反馈。

1. 在线提交

登陆 www.broadview.com.cn/12612，填写本书的读者调查表。

2. 电子邮件

您可以发邮件至 jsj@phei.com.cn 或 editor@broadview.com.cn。

3. 读者电话

您可以直接拨打我们的读者服务电话：010-88254369。

4. 信件

您可以写信至如下地址：北京万寿路 173 信箱博文视点，邮编：100036。

您还可以告诉我们更多有关您个人的情况，及您对本书的意见、评论等，内容可以包括：

（1）您的姓名、职业、您关注的领域、您的电话、E-mail 地址或通信地址；

（2）您了解新书信息的途径、影响您购买图书的因素；

（3）您对本书的意见、您读过的同领域的图书、您还希望增加的图书、您希望参加的培训等。

如果您在后期想停止接收后续资讯，只需编写邮件“退订+需退订的邮箱地址”发送至邮箱：market@broadview.com.cn 即可取消服务。

同时，我们非常欢迎您为本书撰写书评，将您的切身感受变成文字与广大书友共享。我们将挑选特别优秀的作品转载在我们的网站（www.broadview.com.cn）上，或推荐至CSDN.NET等专业网站上发表，被发表的书评的作者将获得价值50元的博文视点图书奖励。

更多信息，请关注博文视点官方微博：http://t.sina.com.cn/broadviewbj。

我们期待您的消息！

博文视点愿与所有爱书的人一起，共同学习，共同进步！

通信地址：北京万寿路 173 信箱　博文视点（100036）　　电话：010-51260888

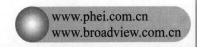

E-mail：jsj@phei.com.cn，editor@broadview.com.cn

反侵权盗版声明